Lucia St. Clair Robson

Mutiges Herz, wildes Land

Aus dem Amerikanischen
von Michael Windgassen

BASTEI-LÜBBE-TASCHENBUCH
Band 12987

Titel der englischen Originalausgabe: MARY'S LAND
© 1995 by Lucia St. Clair Robson
© für die deutsche Lizenzausgabe 1999 by
Bastei-Verlag Gustav H. Lübbe GmbH & Co.,
Bergisch-Gladbach
Titelillustration: Claude Joseph Vernet (1714–1789),
»Seegestade mit Schiffen«
Umschlaggestaltung: QuadroGrafik, Bensberg
Satz: KCS GmbH, Buchholz/Hamburg
Druck und Verarbeitung: Elsnerdruck, Berlin
Printed in Germany, September 1999
ISBN: 3-404-12987-3

Sie finden uns im Internet unter
http://www.luebbe.de

Der Preis dieses Bandes versteht sich einschließlich
der gesetzlichen Mehrwertsteuer.

Das Leben geht weiter
wie ein Fuhrwerk über Stock und Stein.

ALTES ENGLISCHES SPRICHWORT

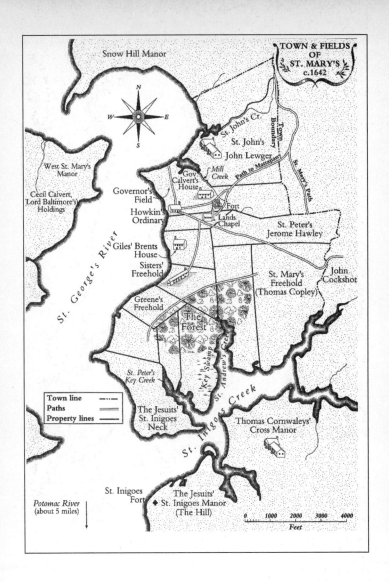

1

Im Jahre 1638 hatte sich die Erdscheibe zwar längst schon zur Kugel gewandelt, doch bei Bristol fielen immer noch einige Menschen über den Rand. Von den Weltmeeren liefen Schiffe ein und ankerten in den beiden Flüssen, die die Stadt umarmten. Grüner Ingwer und brauner Rohzucker aus Jamaika, kretischer Wein, Tücher und Glas aus Venedig, Falken aus Algier und Schmuck aus Berbergold schwemmten in den Hafen und flossen in die Stadt.

Rauch aus sieben Jahrhunderten hatte den Verputz und die freiliegenden Balken der Häuser geschwärzt. In den Gassen der Altstadt ragten die hohen Giebel so weit vor, daß sie einander fast berührten. Zwischen den vier- und fünfstöckigen Gebäuden taten sich tiefe Schluchten auf, verhangen von schwefeligen Kohleschwaden, die nur einen Abglanz der Sonne durchscheinen ließen. Darunter brodelten Bristols Wirtschaft, Handel und Verkehr.

Anicah Sparrow stieß den Ellbogen an Zieskens knochige Brust und machte ihn aufmerksam auf die Kupplerin, die sich mit gezierten Verrenkungen anschickte, die Abwasserrinne zu überqueren. Auf den dickwattierten Schößen ihres altmodischen Reifrocks hätte sich wie auf einem Beistelltischchen eine Mahlzeit servieren lassen. Der Saum des Kleides fegte den Dreck auf weiter Fläche.

»Ist das die Hure vom Haus in der Grabschgasse?« Ziesken warf einen verstohlenen Blick auf die massige, auffällige Erscheinung der Frau.

»Ja«, sagte Anicah. »Und meine Eintrittskarte fürs Theater.«

Anicah kannte sie. Sie führte eine Flagellantenschule und

ließ die Peitsche knallen, um alte Männer wieder auf den Geschmack zu bringen. Anicah kannte die meisten erfolgreichen Bürger und Bürgerinnen der Stadt. Während der vergangenen Jahre hatte sie wiederholt in deren Taschen gelangt, doch immer nur gerade genug darin gefunden, um in der Garküche etwas zu essen zu bekommen – Haferschleim, Schwarzbrot, ein Stück Käse und einen Becher Dünnbier.

Anicah war größer als Ziesken, aber ein wenig klein für ihre dreizehn Jahre. Sie war schlank, agil und schnell auf den Beinen, was ihrem Geschäft zugute kam. Der klebrige Rauch aus den Kaminen Bristols hatte ihre hellbraune Haut auf die Farbe einer polierten Walnuß heruntergebeizt.

Vom unablässigen Rußregen waren die Kniehose und das zerlumpte Hemd aus grobem Leinen schwarz geworden. Unter dem Hemd traten die Schultern hervor wie Spindeln. Die Strickmütze versteckte Haare und Ohren und war bis zu den dunklen Brauen heruntergezogen. Die Augen schimmerten wie dunkle Bernsteine; der Hunger hatte sie ausgehöhlt, und ihr Blick, wild und scheu zugleich, glich dem eines aufgeschreckten Rehs.

In der Hitze des Augusts trug die Kupplerin ihren Mantel offen auf den Schultern. Die Brüste wogten über den Rand des enggeschnürten Mieders. Das Dekolleté war rot gepudert und reichte bis zu den Papillen, die nach Farbe und Textur der Haut eines Haifischs entsprachen. Mit schwingender Gerte bahnte sie sich einen Weg durch das Gedränge aus Händlern und Bettlern, Tagelöhnern, Dieben, Straßenkötern, Seeleuten von nah und fern und Bauern, die in hohen Kiepen ihre Ernte zum Markt trugen.

Von weitem schallte die Trompete, die den Beginn des Theaterstücks verkündete. Die Kupplerin beschleunigte ihren Schritt. Anicah und Ziesken blieben ihr dicht auf den Fersen, folgten durch das Getümmel nach und wichen den riesigen Lastpferden aus, die kohle- und fässerbeladene Schlitten übers Pflaster schleppten. Derweil nahm Anicah Maß von dem großzügigen Überhang der Krinoline.

»Vielleicht passen wir beide drunter, Ziesken.«

Der Junge schnitt eine Grimasse und kniff die Nase zu bei der Vorstellung, sich unter den Reifrock der Kupplerin zu verkriechen. Für Anicah, die keine Familie mehr hatte, war er wie ein Bruder. Weil er gleich jenen kleinen Feuerwerkskörpern sprühend umhersprang, dabei eine Menge Lärm machte und schließlich verschwand, hatte sie ihn Ziesken genannt.

»Ich geh lieber rüber zur Hatz«, sagte er. »Pritchard rückt mit zwei Doggen an. Da wird sicher was los sein.«

Anicah war versucht mitzugehen. Bei der Bullenhatz würde jede Menge Blut fließen. Bevor die Schlachttiere unters Messer kamen, wurden Hunde auf sie angesetzt und Knallfrösche gezündet, um das Fleisch zu veredeln. Die Hunde würden kläffen, Fleischhändler und Bänkelsänger um die Wette krakeelen. Und bestimmt würde es auch zu Raufereien unter Betrunkenen kommen.

Doch heute stand ein Spiel des Schreibers vom Avon auf dem Programm, und das fand Anicah noch verlockender. Denn in Bristol wurden Komödien dieser Art nur selten aufgeführt, obwohl die Puritaner hier im Westen des Landes weniger Einfluß hatten als in anderen Teilen Englands. Bislang war es Anicah nur ein einziges Mal gelungen, sich ins Theater hineinzustehlen; sie wollte sich die neuerliche Gelegenheit nicht entgehen lassen.

»Mir ist mehr nach Lachen zumute«, sagte sie. »Wir treffen uns dann am High Cross, wenn's dunkel wird.«

Sie hakelten mit dem kleinen Finger und zerrten aneinander, bis Ziesken klein beigeben mußte. Es war ein Ritual, von dem sie sich Glück erhofften.

»Nimm dich in acht vor den Schergen!« sagte Anicah.

Ziesken grinste, als hätte er unter den Gerichtsdienern nur gute Freunde, als drohe ihm nicht, an einen Karren gebunden, durch die Straßen gezerrt und ausgepeitscht zu werden, falls sie auch nur einen gestohlenen Farthing bei ihm fänden, als würde ihm der Galgen erspart bleiben, falls sie ihn mit mehr als zwei Schillingen erwischten.

»Und lenk die alte Hure ab, bevor du dich verdrückst.« Sie hatten den Eingang zum Theater fast erreicht. Es war Zeit, an Bord der Fregatte zu gehen, ehe sie über den Horizont davonsegelte.

Ziesken nahm eine Handvoll Dreck vom Boden auf und trottete neben Anicah einher, die nun den Abstand zwischen sich und dem ausladenden Reifrock verringerte und die Hosenbeine schürzte unter dem zerfransten Seil, das als Gürtel diente. Ziesken wartete auf ihr augenzwinkerndes Signal und warf einem Mann, der unmittelbar vor der Kupplerin über die Straße ging, den Dreck ins Gesicht.

»Verflucht!« Der Mann blieb so abrupt auf der Stelle stehen, daß ihm der breitkrempige Hut vom Kopf fiel. Und rücklings prallte mit voller Wucht die Kupplerin auf.

Der Mann blickte drein, als würde ein Bienenschwarm auf ihn herabstürzen. Er preßte seine Tasche an die Brust, versuchte gleichzeitig, sich seiner Haut zu erwehren, den Staub vom Gesicht zu wischen und den federgeschmückten Hut zu bergen, der in eine Pfütze zu rollen drohte. Er war sichtlich überfordert, was Anicah zum Lachen brachte. Sie machte sich zum Sprung bereit.

»Im Stock zu hängen ist womöglich ein Vergnügen dagegen«, murmelte sie vor sich hin, lupfte den verschmutzten Saum des schweren Seidenkleids sowie die Unterröcke aus Atlas und schlüpfte ins schwüle Versteck darunter.

Die Kupplerin setzte gewiß nicht die Gesundheit aufs Spiel durch häufiges Baden, und sie trug nichts, was die Scham bedeckte. Im Halbdunkel waren rote Strümpfe zu erkennen, festgeklemmt mit Haken und Ösen. Daraus hervor quollen feiste Schenkel, die sich wie geschälte Baumstämme erhoben hinauf ins drahtverhauene Zelt. Krankheit und übermäßige Inanspruchnahme hatten den Muff zwischen den Beinen ausgedünnt. Der schüttere Haarbewuchs glich einem vom Wind zerzausten Vogelnest. Von der Taille baumelte an einer Schnur ein Leinensäckchen herab.

Daß ihr Weg in die gewünschte Richtung führte, erkannte

Anicah nur am Übergang der Pflastersteine in die breiten Stufen, die zum Theatereingang hochführten. Sie zog das kleine Messer aus dem Gürtel und durchschnitt die Schnur, an der die Börse hing. Durch die Leinwand waren ein paar Münzen und ein Fingerhut zu ertasten. Die alte Hure gewährte Kredit und hortete ihr Geld an anderer Stelle, obwohl sich Anicah keinen sichereren Ort als hier unterm Rock vorstellen konnte. Sie stopfte die Börse ins Hemd.

Kauernd Schritt zu halten strengte an, und Anicah fürchtete schon, nicht mehr weiter zu können, als sie die rauhen Holzdielen des Theaters unter den bloßen Füßen spürte. Vom Kartenschalter weit genug entfernt, hockte sie sich auf den Boden und ließ die Alte weiterziehen und die Schleppe des Kleids über den Rücken gleiten.

Anicah stand auf und holte tief Luft, reckte die Beine und mischte sich unters Publikum. Lose Geldbeutel waren nirgends zu sehen. Die meisten Leute trugen ihr Geld seit neuestem in eingenähten Taschen. Um Beute zu machen, mußte eine völlig andere Technik eingeübt werden.

Sie schaute sich um, zupfte dabei eine Locke unter der löchrigen Strickmütze hervor und wickelte sie sich um den Finger. Das Haar war wieder kräftig nachgewachsen. Vor zwei Monaten hatte sie ihre dunkle Mähne einem Perückenmacher verkauft. Es war ihr nicht schwergefallen, sich davon zu trennen, denn das Gestrüpp taugte allzugut auch als Weide für das sechsbeinige Vieh.

Was für einen Dichter Tinte und Schreibblatt, für einen Steinmetz der Steinbruch oder für einen Schauspieler das Textbuch, das war für Anicah die Menge der Menschen. Das Schöne und der Charme ihrer Kunst lagen in der Improvisation. Der Erfolg hing ab von der rechten Auswahl des Opfers. Den Stutzern der Oberschicht zog sie die soliden Kaufleute vor, denn während jene nur auf Pump lebten, führten diese immer ausreichend Geld bei sich.

Diesmal traf ihre Wahl auf einen stämmigen Kerl, der in seinem weiten grünen Überrock aussah wie ein tuchverhüllter

Kleiderschrank. Der Eingriff zu seiner Tasche war, weil speckig und fleckig, gut auszumachen, doch die Tasche zu finden in den Falten der Schlumperhose war heikel und schwierig. Anicah streifte ihn, wie von der Menge gedrängt, und langte in den Eingriff, ertastete die Tasche mit flinken Fingern und erbeutete eine Schnupftabaksdose, die über der Börse lag. Als sie ein zweites Mal zulangen wollte, um auch die Börse zu ergattern, rückte der Mann von ihr weg. Sie steckte die Dose ins Hemd und setzte sich im Gedränge der Zuschauer vor der Bühne auf den Boden.

Es war ein altes Theater, ohne Dach, mit abgewetzten Bodendielen und wackligen Logenboxen. Die Galerien, in mehreren Stufen bis hoch an die kreisrunde Außenmauer aufgebaut, umringten die Bühne. Gutgenährte Landjunker und Kaufleute mit ihren Frauen und Dienstboten beugten sich über die Brüstung und begrüßten Freunde. Die Knechte und Gesellen in den billigen Rängen darüber waren noch lauter, doch niemand erregte größeres Aufsehen als die vornehmen Kavaliere. Die meisten von ihnen saßen auf der Bühne, um einen ungehinderten Blick auf die Szene zu haben.

Sie kämmten sich die schulterlangen Locken und flochten Bänder hinein. Sie spuckten zur Seite hin aus, rauchten und würfelten und sangen zur Selbstunterhaltung, vor allem dann, wenn die Vorführung mißfiel. Tumulte und Händel waren gut fürs Geschäft.

Der Platz rund um Anicah war eine rechte Suhle für die niederen Zuschauer. Sie fanden, daß die Vorstellung beginnen sollte, und fingen zu johlen an. Anicah johlte mit ihnen.

»Meine Herrschaften, ich bitte Sie.« Der Theatervorsteher wich auf der Bühne zurück und duckte sich vor dem herbeifliegenden Unrat, mit dem er beworfen wurde. »Unsere Feenkönigin rasiert sich noch. Aber unsere kleine Aufführung wird in Kürze beginnen können.«

»Und wo, bitte, rasiert sich Ihre Majestät?« brüllte Anicah.

Als das Spiel anfing, rückte Anicah näher an die Bühne heran. Was dort gesprochen wurde, war kaum zu verstehen, denn ständig brüllte jemand dazwischen, und die Stutzer plänkelten ungeniert mit den Mädchen herum, die Orangen verkauften. Im Unterschied zu vielen anderen, die mit der Darbietung nicht einverstanden zu sein schienen und ihre Kritik durch unflätige Laute und ein Bombardement von faulen Früchten zum Ausdruck brachten, war Anicah begeistert von Shakespeares Sommernachtstraum. Wenn Snug, Bottom, Flute, Snout und Starveling auf die Bühne polterten, rief sie ihnen lauthals Grüße zu. Sie vergaß, daß sie nur Zuschauerin war, sprang auf, um Antworten zu geben oder Einwände zu äußern.

William Shakespeare war schon mehr als zwanzig Jahre tot, doch Anicah verstand jede Anspielung. Sie sprach dieselbe Sprache, denn sie war die Sprache der Gauner, der Vagabunden und Prostituierten, wenngleich sehr viel gewandter, was Anicah zu schätzen wußte. Mochten die Darsteller auch etliche Aussetzer haben und unbeholfen improvisieren, so ging doch nichts vom Reiz der Worte und ihrem lasziven Witz verloren.

Vergnügt verließ sie das Theater, wenn auch kaum reicher als beim Eintritt. Der Magen rumorte, und zügig eilte sie der Broad Street und dem High Cross in der Mitte Bristols entgegen. Die Straßen waren belebter als sonst zu dieser Uhrzeit, denn die Leute trieb es zur Abkühlung hinaus vor die Tür. Der August hatte ihre Wohnungen wie Backöfen aufgeheizt. Sie passierte die Geschäfte, und die Händler riefen ihr zu: »Was fehlt dir, Junge? Was fehlt dir?«

Um eine Ecke biegend, sah sie, wie mehrere Straßenjungen eine kleine Gruppe von Leuten mit Unrat aus der Abwasserrinne bewarfen. Bei den so Verunglimpften schien es sich um Rekusanten zu handeln, um Anhänger der römisch-katholischen Kirche, die sich weigerten, ihrer gesetzlich verbotenen Religion abzuschwören.

»Royalisten-Pack! Jesuitische Papisten!« schrie einer. »Antichristen!«

Die Gruppe, bestehend aus zwei Männern mit kurzen Überröcken und zwei verhüllten Frauen mit ihren Dienstmädchen, floh in eine enge Gasse. Sie liefen über halsbrecherische Steinstufen hinauf zur Herberge »Cocklorel« und warfen die Tür hinter sich zu.

Anicah hob eine Handvoll Pferdedung vom Boden auf und schleuderte sie vor die Hauswand. »Teufelsbrut!« brüllte sie. Sie hatte nichts gegen diese Leute einzuwenden; es gefiel ihr einfach, an solchen Beschimpfungen teilzunehmen.

Die Straßenjungen hatten sich offenbar ausgetobt und liefen davon. Kaum waren sie weg, rückten weitere Dienstboten an, bepackt mit Kisten und Koffern. Anicah ahnte, daß sie zu den Herrschaften gehörten, die dem Aussehen nach Adlige vom Lande waren und anscheinend zu einer Reise aufbrechen wollten, wahrscheinlich zu einer Seereise, denn im Cocklorel machte für gewöhnlich Halt, wer eine Passage übers Meer gebucht hatte. Anicah starrte auf die Herberge und dachte darüber nach, wie sie die Reisenden um ein paar Gepäckstücke erleichtern könnte.

2

Die kleine Kammer im Obergeschoß der Herberge hatte keine Fenster. Es war drückend heiß. Über dem langen Tisch und den Stühlen mit ihren hohen Lehnen waberte blauer Tabaksrauch. Von unten drangen durch die Dielen das Gejammer einer Fiedel und die Flüche und das Gelächter der weniger vornehmen Gäste im Schankraum.

Die grauen Augen von Margaret Brent verrieten kein bestimmtes Gefühl, obwohl sie schon den ganzen Tag über an heftigen Kopfschmerzen litt.

»Oberst Fleete«, sagte sie. »Ich kenne mich mit den Preisen in dieser Stadt nicht aus. Kann er mir sagen, welche Summe den Musikanten da unten bewegen würde, sein Spiel einzustellen?«

Henry Fleete nagte an einem Hammelknochen. »Geigenspieler sind keine gewöhnlichen Beutelschneider, Mistreß Margaret. Je mehr man ihnen gibt, desto länger halten sie aus.«

»Verdammt, diese Burschen entwickeln sich langsam zu einem öffentlichen Ärgernis.« Giles, der Bruder von Margaret, stopfte Tabak in die Pfeife und hielt sein Feuerzeug daran, einen salpetergetränkten Docht, der in einem Behälter aus Metall glimmte.

Vom jahrelangen Pfeifenrauchen hatte sich in Giles' Gebiß eine ellipsenförmige Lücke aufgetan. Er brauchte die Zähne nicht mehr auseinanderzunehmen, um die Pfeife dazwischenzustecken. Neben ihm saß sein Bruder Fulke, der ebenfalls kräftig an einer Pfeife paffte.

Die beiden produzierten so viel Rauch, daß Margaret die Augen brannten; der Hals tat ihr schon weh, doch sie wußte, daß es vergeblich wäre, die Brüder um Rücksicht zu bitten. Eine solche Bitte käme der Aufforderung gleich, das Atmen einzustellen. Margaret konnte dem seligen König James nur recht geben, der geschrieben hatte, daß Tabak »dem Auge lästig, der Nase verhaßt, schädlich fürs Gehirn und gefährlich für die Lungen« sei. Dennoch baute Margaret ihre Zukunft auf den Handel mit dieser Ware.

Sie hätte sich zu ihrer Schwester Mary und zu den unzähligen Flöhen in die Dachstube zurückziehen können, doch dazu fehlte ihr die Ruhe. Die turbulenten Gedanken während eines Spaziergangs durch die Straße zu ordnen war ausgeschlossen. Sie verzog das Gesicht in Erinnerung daran, vor gut einer Stunde mit Kot beworfen worden zu sein.

Margaret brannte darauf, mehr über das wilde Land zu erfahren, das jenseits des Horizonts auf ihre Ankunft wartete, und Henry Fleete war derjenige, der Auskunft geben konnte. Er hatte in Virginia gelebt und fast zwanzig Jahre lang mit den Indianern Handel getrieben. Wegen seiner Pelzgeschäfte hielt er sich seit einigen Monaten in England auf, doch nun wollte er in die neue Kolonie von Lord Baltimore zurückkehren, und zwar an Bord desselben Schiffes, mit dem auch die Brents fahren würden.

Margaret Brent hatte wie ihre Brüder Giles und Fulke ein langes, schmales Gesicht, das aber bei ihr sehr viel stärker ausgeprägt war. Unter dichten Brauen wölbte sich ein knochiger Nasenkamm, der zum Ende hin einen Haken bildete. Der breite Mund war so sinnlich wie der von Giles, aber weniger auffällig zwischen dem Überhang der Nasenspitze und dem hervorspringenden Kinn. Das stumpfe, braune Haar an den Schläfen war von silbernen Strähnen durchzogen. Sie trug es nach der Mode seitlich gebauscht und am Hinterkopf aufgesteckt, und nur an den Ohren hingen Schlangenlocken herab.

Sie war großgewachsen, hatte kräftig ausgebildete Schultern, einen langen Rücken und breite Hüften. Die Leute aus dem Dorf hatten ihr Hinterteil mit einem »Freßkorb« verglichen und heimlich frotzelnd ihren Rücken als »Makrelenbuckel« bezeichnet. Sie hatten geglaubt, daß die Brent von diesen Schmähungen nichts mitbekäme, doch Margaret war nicht so leicht zu täuschen.

Für eine Frau ihres Standes trug sie ein recht bescheidenes Kleid mit breitem Kragen über einem quadratischen Ausschnitt am Hals. Der seidene Überrock war vorn modisch geteilt und über dem blauen Unterrock aus Leinen faltenwerfend aufgerafft. Über ein enggeschnürtes Schoßleibchen fiel das U-förmige Brusttuch.

Unter dem Steifleinen des Mieders kitzelte der Schweiß. Von dem langen Ritt zu Pferde schmerzten ihr die Beine, die sie nun auszustrecken versuchte, doch Giles' Bulldogge und der Whippet nahmen unter dem Tisch allen Raum für sich ein. Margarets Stuhl war so schwer, daß er sich kaum verrücken ließ; also versetzte sie der Dogge einen Tritt mit dem Fuß. Die grunzte nur und furzte, rührte sich aber nicht vom Fleck.

Die Erziehung hatte Margaret gelehrt, daß für ein würdiges Auftreten kein Preis in Form von Unbequemlichkeit zu hoch war. Die mütterliche Linie ihrer Familie führte zurück bis auf John of Gaunt und Thomans Woodstock, die Söhne König

Edwards III. Eine Frau aus diesem Adelsgeschlecht war durch nichts zu erschüttern. Möglichst unauffällig zerrte sie am quälenden Mieder. Einem aufmerksamen Beobachter wäre ihre Pein nicht entgangen, doch Oberst Fleete zeigte sehr viel mehr Interesse am Hammelknochen und dem Sherry als an ihr.

Margaret war daran gewöhnt, daß man sie kaum zur Kenntnis nahm. Sie war inzwischen siebenunddreißig Jahre alt, doch die Männer hatten sie schon in jüngeren Jahren meist unbeachtet gelassen – mit Ausnahme der Jesuiten, durch die sie in Frankreich unterrichtet worden war, und einiger weniger Bewerber, die sich allerdings weniger durch sie als von ihrer Mitgift hatten anlocken lassen. Wie dem auch sei, Margaret verfolgte andere Pläne; sie wollte ihr Vermögen und ihre Zukunft nicht auf einen einfältigen Landjunker mit ungehobelten Manieren und faulem Mundgeruch verschwenden. Sie hatte in den Wollhandel investiert und Erfolg damit gehabt. Der Gewinn, sicher verwahrt in einer Londoner Bank, sollte ihren Anteil an der nun bevorstehenden, wagemutigen Unternehmung finanzieren.

Und wieder fragte sie sich voll Sorge: Auf was lasse ich mich da bloß ein? Sie verschränkte die zitternden Hände in den Falten des Unterrocks und war geneigt zu verkünden, daß sie mit der Schwester am Morgen zurück nach Hause zu reiten gedenke. Zusammen mit Mary würde sie sich dann in ein entlegenes Zimmer des Familienanwesens zurückziehen, wo sie ihre Tage betend verbrächten.

Doch das Anwesen war in den Besitz des reizbaren ältesten Bruders übergegangen. Und für Margaret war absehbar, daß sie und Mary, ins Abseits gedrängt, von Jahr zu Jahr mehr verkümmern würden, bis die großen Gemälde mit den Porträts der Ahnen an den Wänden der Galerie lebendiger wären als sie.

Schlimmer noch, sie würden entweder den Gottesdienst der Ketzer besuchen oder aber Strafe zahlen, wenn nicht gar riskieren müssen, ins Gefängnis geworfen zu werden. Der Haß der Nachbarn wäre ihnen gewiß. Und wieder dachte

Margaret mit Schrecken an die kreischenden Bengel, die sie mit Kot beworfen hatten.

Lord Baltimore jedoch war Katholik. In dem neuen Protektorat, das dieser Terra Maria, also Marys Land nannte, würden Margaret und ihresgleichen zum erstem Mal frei und ungehindert ihren Glauben praktizieren können. Baltimore behauptete zwar, daß er die Kolonie nach Henrietta Maria, der Gemahlin des Königs Charles, benannt hatte, doch Margaret wußte es besser. Niemand anders als die Heilige Jungfrau war Namensgeberin dieses weiten Landes. Doch sie sagte nichts und lehnte sich im Stuhl zurück.

Fleete beugte sich zu Giles heran und zwinkerte schelmisch mit den wäßrigblauen Augen. »Kennt Ihr den Unterschied zwischen Orthodoxie und Heterodoxie, Junker Brent?«

Giles biß sichtlich nervös auf das Mundstück der Pfeife. Nach seinem Geschmack wurde in letzter Zeit allzu häufig über religiöse Fragen debattiert und nicht selten auf hitzige Weise. »Nein«, antwortete er argwöhnisch.

»Nun, im ersten Fall handelt es sich um einen Mann, der seine eigene Gloria hat, im zweiten Fall um einen solchen, der sich mit der Gloria eines anderen verlustiert.«

Nach einer kurzen Pause fing Margaret zu glucksen an. Dann, als das enge Mieder zu platzen drohte, brach sie in schallendes Gelächter aus. Es war das erste Mal, daß sie seit dem Aufbruch aus dem Norden Gloucestershires vor sechs Tagen lachen konnte, und das tat gut.

Fleete hatte mit soviel Heiterkeitserfolg gar nicht gerechnet, denn er wußte, daß die Brentschen Damen, indoktriniert von den verhaßten Jesuiten, als besonders strenge Frömmlerinnen galten, mit denen über solche Dinge nicht zu scherzen war.

Er grinste Margaret zu und gab sich reumütig. »Verzeiht mein nichtswürdiges Geschwatz, Mistreß.«

»Er ist ein Schelm.«

Henry Fleete hatte, kaum dreißig Jahre alt, eine von vielen Raufereien verunstaltete Nase. Die Haut war blatternarbig, das Kopfhaar räudig, so auch der kleine rötliche Spitzbart. Er trug Kniehosen aus braunem Barchent und ein Lederkoller, das zusammengeschnürt war, um die groben Flicken auf dem Leinenhemd zu verstecken. Insgesamt war seine Erscheinung durchaus ungewöhnlich zu nennen.

Seinen Hut schmückten breite, kupferfarbene Federn, die im Kerzenlicht schillerten. Er behauptete, sie einem Truthahn herausgerupft zu haben; diese Vögel seien in den Wäldern Amerikas dermaßen zahlreich vertreten, daß man, wenn sie zu kollern anfängen, sein eigenes Wort nicht mehr verstünde. Fleete wußte noch viele andere solcher hanebüchenen Geschichten zu erzählen. Margaret hatte den Verdacht, daß er sie alle zum Narren hielt.

»Darf ich mir einmal die Tabakspfeife näher anschauen, Oberst?«

»Gewiß.« Er reichte ihr das sonderbare Ding über den Tisch.

Auf dem drei Fuß langen Rohr war das geschnitzte Bild eines Panthers zu erkennen, der sich halb verborgen hielt hinter einem Geflecht aus Ranken. Die gelb bemalten Augen des Raubtiers wirkten wie beseelt. Ein erstaunliches Kunstwerk, wie Margaret befand.

»Hat Er wirklich fünf Jahre in Gefangenschaft der Wilden zugebracht?«

»Jawohl, Mistreß Margaret. Die waren so angetan von meiner Person, daß sie darauf bestanden, meine Gastgeber sein zu dürfen.«

»Kann Er ein paar Worte in deren Sprache sagen?«

Fleete gab eine Folge von dumpfen, lallenden Lauten von sich, die so unheimlich klangen, daß Margaret die Haare zu Berge standen. Sie beschworen einen Ort und ein Volk herauf, die, fern und fremd, jenseits ihrer Vorstellung lagen.

»Was hat Er da gesagt?«

»Ich sagte, daß ich die Sprache der Indianer besser beherrsche als meine eigene.«

»Oberst Fleete ist hochangesehen unter den Wilden.« Giles

trank den letzten Schluck Süßwein und stampfte mit dem Fuß auf den Boden, um die Bedienung unten im Schankraum auf sich aufmerksam zu machen.

Giles war vierunddreißig Jahre alt und beileibe kein junger Mann mehr. Seine dünnen blonden Haare fielen wellig auf die Schultern. Die nach oben weisenden Spitzen des Knebelbartes verliehen seinem Gesicht ein unablässiges Grinsen, und der Spitzbart am fliehenden Kinn sah aus wie angeklebt. Die Lider hingen tief über blauen Augen, so daß sein Blick entsprechend müde und erschöpft wirkte. Das gesteppte, gelbe Atlaswams war an den Schultern dick wattiert, weshalb Rumpf und Taille noch schmächtiger erschienen.

Giles war der fünfte Sohn und ohne Aussicht darauf, eines der beiden Familienanwesen zu erben oder darin wohnen zu dürfen. Als Katholik war ihm ein öffentliches Amt verwehrt, so auch der Zugang zur Universität oder eine Laufbahn als Soldat. Die meisten Berufe blieben ihm verschlossen. Aber er war zu stolz, um sich durch die Ehe mit einer reichen Kaufmannstochter ein Auskommen zu sichern. Schließlich entstammte er der Adelskaste, und ein Gentleman war kein Gentleman, solange er kein Land besaß und Lehnsleute hatte, die ihn »Squire« nannten.

Fulke war der zweitgeborene Sohn; dieses Schicksal traf ihn noch härter als Giles das seine. So knapp Wohlstand und Ansehen verpaßt zu haben, hatte ihn verbittern lassen. Mit seinen dreiundvierzig Jahren wirkte er wie ein bleiches, schäbiges Abbild des jüngeren Bruders.

Die Dienstmagd brachte eine Flasche Wein und eine Fleischpastete in der Größe eines Faßdeckels. Giles faßte sie beim Arm und zog sie nahe zu sich heran, um ihr etwas ins Ohr zu flüstern.

»Schämt Euch, Junker.« Sie kicherte und ging. Giles gab ihr einen Klaps aufs Hinterteil mit auf den Weg.

Henry Fleete saugte das Mark aus dem Hammelknochen und hielt ihn dann wie einen Marschallstab in die Höhe, als er sagte: »Maryland ist ohne Frage besonders angenehm und zuträglich für die Gesundheit. Und der Potomac ist der größte Fluß der ganzen Welt.« Er stach mit dem Messer in die Pastete, um die heiße Luft daraus entweichen zu lassen.

»Sommers ist das Klima gemäßigt, mild im Winter.« Fleete ließ sich durch die Bissen, die er in den Mund steckte, von seinem Vortrag nicht abhalten. »Der grüne Küstenstreifen und das fruchtbare Hinterland vermählen sich mit der tiefen Bucht von Chesapeake und ihren mächtigen, mäandernden Zuflüssen wie die Körper zweier Liebenden. Das Wild ist so zahlreich wie die Hahnreie in London. Es wird Euch gefallen, Mistreß Margaret, dessen bin ich mir sicher.«

»Gewiß.« Margaret wußte, daß Fleete, ein Protestant und von gemeiner Herkunft, in Maryland den Besitzanspruch auf über zweitausend Hektar Land erworben, ein stattliches Gutshaus gebaut hatte und über Diener und Pächter verfügte. Daß er von diesem Land schwärmte, war allzu verständlich.

»Auch die Weibsbilder, die als Mägde ihren Dienst tun, können sich nicht beklagen, nicht einmal die wilden Irinnen«, sagte Fleete mit vollem Mund. »Denn kaum haben die Frauenzimmer ihren Fuß an Land gesetzt, werden sie so eifrig umworben, daß ihnen die leidige Jungfernschaft bald abgenommen ist.«

Margarets Nase und Wangen verfärbten sich apfelrot, und selbst dem achtlosen Henry Fleete war klar, daß er in seiner Rede zu weit gegangen war. Er rülpste und konzentrierte sich auf seine Pastete.

Erleichtert blickte er auf, als zwei junge Burschen, verdreckt wie Kaminfeger, in der Tür auftauchten. Margaret bildete sich ein, in den Haaren und Lumpen der Jungen das Gewimmel an Ungeziefer förmlich sehen zu können. Schützend raffte sie die Röcke enger an sich.

»Wen haben wir denn da?« rief Fleete gutmütig.

»Der Herr segne die edlen Herrschaften.« Der größere der beiden trat forsch in den Raum. Sein kleiner rothaariger Begleiter folgte dichtauf und hustete dabei in den Hemdsärmel, zum Erbarmen heftig. »Vergebt meinem Bruder«, sagte der größere in der kehligen Aussprache, die typisch war für den Dialekt im Westen. »Er ist krank.«

»Verdammt!« Giles wedelte mit dem Taschentuch, als wollte er die beiden verscheuchen. »Schert euch, ihr Rotznasen!«

»Gönnt uns einen Penny. Dafür bringen wir Euch ein hübsches Ständchen und tanzen wie dressierte Affen aus dem Urwald.« Anicah zeigte ein betörendes Lächeln und setzte ein paar flinke Schritte auf die Dielen.

»Du wirst gleich nach meiner Peitsche tanzen, unverschämter Bursche.«

»Mir scheint, Ihr seid Soldat«, entgegnete Anicah unverdrossen. »Euereins verflucht uns gern, läßt am Ende aber doch 'nen Sixpence springen, und das ist uns lieber als der Segen von Pißbrettern, die ansonsten nicht mal einen Farthing für uns übrig haben.«

Margaret warf ihrem Bruder einen irritierten Blick zu. Der kannte sich in der Gosse besser aus als sie.

»Er meint wohl die Presbyterianer«, grummelte er.

»Habt ihr Burschen mit den Protestanten nichts im Sinn?« Margaret musterte die beiden mit kühlem Blick.

»Die sind uns verhaßt, Mistreß«, antwortete Anicah. »Denn sie sind Lustverächter, jäten alles aus, wissen aber nichts Besseres anzupflanzen.«

Margaret hob die Brauen, verblüfft über die Worte des Jungen.

»Nehmt Euch in acht, Mistreß Margaret«, warnte Fleete. »Jetzt belästigt uns das Pack bei Tisch. Demnächst werden wir aufwachen und es mit ausgestreckten Händen an unseren Betten stehen sehen.«

»Ich bezweifle, daß wir ihm da begegnen, wo wir hinreisen«, erwiderte Margaret.

»Solche Gören sind wie Katzen, die über Giebel und Misthaufen schleichen.« Giles verzog die lange Nase. »Sie zanken und mausen und stinken.« Er musterte Anicah und Ziesken wie die anatomisierten Reste hingerichteter Verbrecher im

Leichenschauhaus. »Sie sind so schlimm wie die Zigeuner. Der da ...« Er zeigte mit der Messerspitze auf Anicah. »Der da sieht auch aus wie ein Zigeuner.«

»Es käm' ein Flötenspieler gelegen, der die Horde auf die Schiffe lockte, die nach Amerika segeln«, sagte Fleete. »Dort ist deren Arbeitskraft gefragt. Aber dieses Pack verhungert lieber in der Heimat, als daß es in der Neuen Welt versuchte, ein anständiges Auskommen zu finden.«

»Wir, mein Bruder und ich, sind von ehrlichen Webersleuten.« Anicah schaute Giles unerschrocken ins Gesicht.

Margaret fand Gefallen an der Szene. Der Bursche, den Giles mit einer Katze verglichen hatte, wußte offenbar instinktiv, wo er am ehesten Beute machen konnte.

»Die Eintreiber haben unseren Vater geholt und ihn zum Kampf in die Niederlande geschickt«, sagte Anicah. »Algerische Piraten haben sein Schiff aufgebracht, ihm zuerst den Schaft verschnitzt und dann, weil er seinen Herrgott nicht verraten wollte, ihm die Pratzen abgehackt.«

»Pratzen?« fragte Margaret nach, neugieriger geworden, als ihr recht war.

»Die Hände, Mistreß.« Anicah streckte die verdreckten Hände aus. Ziesken hustete immer noch vor sich hin, zurückhaltend, so, als wollte er den Herrschaften mit seiner Not nicht zur Last fallen.

»Piraten, Beschneidung und Amputation«, resümierte Giles. »Das übliche Schnorrergewäsch.«

»Dem Lumpengesindel stehen solche Ausdrücke besser zu Gesicht als dir«, schalt Margaret ihren Bruder. »Du könntest dich einer anständigeren Sprache befleißigen.«

»Ich spreche von rührseligen Lügengeschichten, mit denen Bettler aufwarten, um Geld zu erschleichen.« Giles kramte in der Hosentasche. »Hier ist ein Farthing für deinen kranken Bruder.«

»Verzeiht, Sir«, sagte Anicah und gab sich empört. »Ich werde meinen Bruder doch nicht für einen Farthing verkaufen, einerlei, ob er nun krank ist oder gesund.«

Die Männer lachten. Margaret aber war angerührt vom Auftreten der Kinder. Sie hatte verarmte Leute mit ihren Habseligkeiten über die Straßen ziehen sehen, Familien, die im Zuge der Einhegung einstmals freier Felder aus ihren Häusern vertrieben worden waren. Verkrüppelte Soldaten, verwaiste Kinder und arbeitslose Weber, die am Wegrand standen und um Almosen bettelten. Die halbe Bevölkerung schien auf Wanderschaft zu sein, genötigt durch verdorbene Ernten, durch die ständig steigenden Abgaben, die der König verlangte, oder durch eine Pestepidemie, wie sie alljährlich ausbrach, weder Arm noch Reich verschonte und Tod und Chaos mit sich brachte.

Margaret wußte, daß ihr, bevor sie die Küste Englands verließ, noch viele Bettler begegnen würden, doch sie fühlte sich gedrängt, zumindest den beiden Kindern hier ein wenig auszuhelfen. Dem notleidenden, zerrissenen Land, als dessen Stellvertreter ihr die beiden erschienen, wollte sie einen letzten Dienst erweisen. Giles oder Fleete zu bitten, wäre vergebens, denn sie trugen niemals Geld bei sich.

»Geht nach oben«, sagte sie. »Klopft an die zweite Tür und sagt meiner Schwester, daß ich euch geschickt habe. Sie soll euch einen Sixpence und Gottes Segen geben.«

»Er wird's Euch vergelten, Mistreß.« Anicah und Ziesken verbeugten sich und gingen.

»Ihr gewährt diesen Strolchen, Heuchlern und Diebsdaumen Zutritt zu Eurer Kammer?« Fleete konnte es kaum fassen.

»Taugenichtse, vielleicht«, entgegnete Margaret.

»Strolche.« Fleete schob seinen Teller beiseite. »Strolche und Diebe.«

3

Als Anicah das dunkle, enge Stiegenhaus erreichte, flüsterte sie Ziesken ins Ohr: »Während ich ihr das Geld abschwatze, greifst du dir, was nicht niet- und nagelfest ist.«

»Du hast deine Schwären gar nicht gezeigt.«

»Nein.« Um gesteigertes Mitleid zu erregen, legten sich manche Bettler häßliche Wunden zu, indem sie ein Gemisch aus ungelöschtem Kalk, Seife und Rost auf die Handflächen auftrugen und diese verbanden, bis sich die Haut entzündete. Anicah verzichtete auf diese Tortur, hatte aber aus denselben Zutaten künstliche Schwären geformt, die bei spärlicher Beleuchtung durchaus realistisch aussahen.

»Die alte Schnepfe wär' bestimmt nicht darauf reingefallen.«

Im Flur brannte nur ein einziges Licht, gespeist aus ranzig stinkendem Walöl. Als Anicah den oberen Stiegenabsatz erreichte, blieb sie einen Moment lang stehen, um den heftigen Pulsschlag zur Ruhe kommen zu lassen. Seit sie aus dem Gefängnis von Bridewell entlassen worden war, hatte sie kein festes Haus mehr betreten. Das massive Gebälk und die verschlossenen Türen flößten ihr Angst ein; sie wähnte sich wie in einem Spinnennetz gefangen.

Zaghaft klopfte sie an die zweite Tür.

»Bess?« tönte eine Stimme von drinnen.

»Nein, Mistreß. Ich komme auf Geheiß.«

Die Tür ging knarrend auf, und Anicah und Ziesken schlüpften herein. Mary Brent machte hinter ihnen wieder zu. Es rauschte wie Wind im Laub, als sie sich in ihrem seidenen Gewand auf die Bettkante setzte. Anicah sah erschrocken, daß sie einen Rosenkranz, dieses papistische Hexenzeug, in den Fingern kreisen ließ.

Eine weiße Berthe aus Leinen bedeckte keusch den Brustausschnitt ihres Kleides. Das schmale Gesicht umrahmten hellbraune Locken. Der Rest der Haare war zu einem Krönchen zusammengefaßt. Sie machte auf Anicah einen ältlichen Eindruck; das Mädchen schätzte sie auf mindestens dreißig Jahre. Sie war großgewachsen und kantig; über hohen Wangenknochen spannte sich transparentene Haut. Der Mund war klein und die großen Augen blau wie das in Coventry hergestellte Seidenstickergarn.

Diese Augen machten Anicah nicht minder befangen als der Blick der Schwester, der den Eindruck gemacht hatte, als könne sie Gedanken lesen. Aber in den sanften blauen Augen dieser Frau flackerte, wenn nicht der Anflug von Irrsinn, so doch etwas höchst Merkwürdiges auf.

Einige Kerzen ließen ihr Licht auf Taschen und Koffer fallen, die unter der Dachschräge neben der alten, brüchigen Bettstatt aufgestapelt waren. Ziesken rückte heimlich auf eine aufgeklappte Truhe zu, gefüllt mit Spitzen und feiner Leinenwäsche.

»Bist du ein Kind aus Ägypten?« Ihr Sitzplatz auf der Bettkante brachte Mary in Augenhöhe mit dem Mädchen. »Deine Haut ist so dunkel getönt, und du wirkst so fremd hier und verloren.«

»Nein, Mistreß. Mein Vater war ein Spanier. In irgendeine Seitenlinie seiner Familie hat sich womöglich auch mal ein Mohr verirrt. Jedenfalls ist er im wahren Glauben erzogen worden.« Anicahs Stimme zitterte. »Und nun hat ihn und unsere Mutter die Pest abgefangen.«

»Abgefangen?«

»Dahingerafft, Mistreß.« Anicah drückte sich eine Träne aus den Augen.

»Ihr seid also elternlos, arme Waisenkinder. Wollt ihr mit uns ziehen in das Land der Perisiter und Kanaaniter?«

»Verzeiht, Eure großmütige Schwester hat uns ...«

»»Zieh hinweg ...«, sagte Mary unvermittelt.

Anicah glaubte zu verstehen, daß sie sich davonscheren solle, und war bereit zu gehen.

»»... zieh hinweg aus deiner Heimat, deiner Verwandtschaft

und aus deinem Vaterhause in ein Land, das ich dir zeigen werde.‹« Die leidenschaftliche Stimme und der wilde Glanz in Marys Augen machten dem Mädchen angst und bange. »›Alles Land, darauf eure Fußsohle tritt, soll euer sein: von der Wüste bis ans Meer im Westen.‹« Anicah schaute sich hilfesuchend nach Ziesken um, doch er schien von den Worten der Frau unbeeindruckt zu sein. Er schlug wie ein Unschuldsengel die Augen auf und ließ ein langes, kostbares Spitzentuch unter seinem wollenen Janker verschwinden.

»Wenn ihr den wahren Glauben besitzt, dann kommt mit uns in dieses Land«, sagte Mary.

»Entschuldigt, aber ...«

Und wieder fiel die Frau dem Mädchen ins Wort. »›Ich will meinem Volk Israel eine Stätte geben und will es pflanzen, daß es dort wohne und sich nicht mehr ängstigen muß und die Kinder der Bosheit es nicht mehr bedrängen.‹«

»Auf ein Wort, Mistreß«, fuhr Anicah dazwischen, als Mary eine Pause einlegte, um Luft zu holen. »Wir kommen mit einem Auftrag Eurer Schwester.«

»Margaret?«

»Ja.« Anicah hatte es eilig, war doch zu befürchten, daß die Schnepfe heraufkommen und nach dem Rechten sehen würde. Ihr Blick fiel auf ein Kleidungsstück, das auf einem der Koffer lag. »Mistreß Margaret bat uns, den schwarzen Wollschal zu holen. Und ein seidenes Taschentuch. Außerdem soll ich sagen, daß uns für unsere Mühe ein halber Bulle zustünde.«

Ziesken schnappte hörbar nach Luft. Er fürchtete, daß Anicah den Bogen überspannt hatte.

Doch Mary legte ihr den Schal und das Taschentuch auf die ausgestreckten Arme. »Ein halber Bulle?«

»'ne halbe Krone.« Anicah kehrte die Handflächen nach oben. Dabei ging es ihr nicht bloß darum, die Spende in Empfang zu nehmen. Sie wollte auch die Schwären zur Schau stellen.

»Was ist das?«

»Ich weiß nicht, Mistreß. Es bricht von Zeit zu Zeit immer mal wieder auf. Vielleicht könnte mir ein zusätzlicher Sixpence Heilung verschaffen.«

»Heilige Mutter Gottes.« Mary bekreuzigte sich und fiel auf die Knie.

Sie nahm Anicahs Hände in die ihren. Die Berührung der knochigen Finger war dem Mädchen so unangenehm, daß es am liebsten die Flucht ergriffen hätte. Anicah glaubte ersticken zu müssen in der engen Zelle, in der es zur Vertreibung der Flöhe schrecklich nach Lavendel, Gartenraute und Wermut stank.

»Die heilige Jungfrau gibt uns ein Zeichen. Sie segnet unseren Ausgang aus Ägypten.« Tränen strömten über Marys Gesicht und tropften von den scharfen Kieferknochen ab, und Anicah befürchtete schon, daß sich ihre Stigmata unter den Tränen auflösen könnten. »Vergib mir, heilige Mutter, daß ich an deiner segensreichen Führung gezweifelt habe.«

Das Mädchen zog die Hände zurück und half Mary auf die Beine. »Wir müssen jetzt Eurer Schwester die Sachen bringen, Mistreß.« Sie hatte es so eilig, daß ihr die halbe Krone nicht mehr wichtig war. Sie trieb Ziesken zur Tür und hatte schon die Hand auf der Klinke, als Mary rief: »Halt! Ich kann doch meine Glücksboten nicht ohne ihren verdienten Lohn ziehen lassen.« Anicah wagte sich nur um Armeslänge an sie heran und nahm eine Münze aus ihrer Hand entgegen. Der gerührten Frau schien nicht aufzufallen, daß sich Zieskens Bauchumfang beträchtlich erweitert hatte. »Ihr seid arme Kinder dieser dunklen Stadt, aber ihr tragt ein Licht in euch, auch wenn ihr es selbst nicht seht. Gott beschütze euch«, sagte sie und bekreuzigte sich.

»Das gleiche wünschen wir Euch, Mistreß.« Anicah öffnete die Tür und drängte hinaus.

Eilig schlug sie ein Kreuz in umgekehrter Richtung, um rückgängig zu machen, was dieser papistische Spuk heraufbeschworen haben könnte, und rannte die enge Stiege hinunter, dicht gefolgt von Ziesken. Sie liefen durch Kochschwaden und Rauch, die aus der Küche quollen, begleitet von derben

Flüchen, und hinaus in den Hinterhof, am Stall vorbei, die Gasse zurück, aus der sie gekommen waren.

Sie eilten durch dunkle Winkel, auf und ab über steinerne Treppen an den Hängen der Stadt, bis sie schließlich die Straße erreichten, an der die Krämerläden, die Seemannstavernen und Hurenhäuser lagen. Es roch hier nach Pech, Gewürzen und vergammeltem Fisch. Naßkalter Nebel zog auf. Das Licht in den Wirtshausfenstern schimmerte wie durch einen Vorhang aus Gaze.

Unter einem düsteren Torbogen hockte eine pfeiferauchende Frau. »'ne Hundenummer schon für'n Dreier, Jungs«, rief sie aus. »Dafür dürft ihr mir die Fut beschnüffeln und dran lecken.«

»Du kannst mir umsonst den Buckel runterrutschen«, entgegnete Anicah vergnügt.

Sie folgten der alten Stadtmauer, an der die Häuser zu beiden Seiten klebten wie Miesmuscheln. Hinter einer Wegbiegung öffnete sich für sie die Welt. Jenseits der Kaimauer ragten Hunderte von Schiffsmasten auf, kreuz und quer geneigt. Das Wasser war aus dem River Frome abgeebbt, und die Schiffe lagen im Schlick zwischen all dem Unrat, der vom Regen herbeigeschwemmt oder von den Straßenfegern über die Mauer geschaufelt worden war. Der Vollmond leuchtete über Kriegsschiffe, Kaperschiffe, Ostindienfahrer, Handelskoggen und jene Küstenboote, die für gewöhnlich zum Schmuggeln eingesetzt wurden.

Als die Kirchenglocken neunmal schlugen, kehrte in Bristol Ruhe ein. Nur hier im Hafen dauerten Lärm und Trubel an. Die Schiffe kamen und gingen und tanzten im unermüdlichen Rhythmus von Wind und Wellen, je nach Maßgabe des auf- oder abnehmenden Mondes und unabhängig vom Stand der Sonne oder den Bedürfnissen der Menschen.

Anicah und Ziesken steuerten auf eine irische Barke zu, die noch im Rohbau war, und schlüpften durch die freiliegenden Spanten ins Innere. Ziesken war außer Atem; er beugte sich vornüber und stützte die Hände auf den Knien ab.

»Herrje, die Alte war ja völlig verrückt.«

»So wie alle Papisten.« Anicah erinnerte sich an Geschichten über Katholiken, die in abgöttischen Ritualen Protestantenkinder opferten und diese mit Wein servierten zu einem eucharistischen Eintopfmahl. »Die stecken voller Zaubertricks und Paternoster.«

»Was hat sie dir gegeben, Ani?«

»Einen Bullen.« Sie zeigte dem Jungen die Krone.

Ziesken quiekte vor Freude.

»Die hauen wir morgen gemeinsam auf den Kopf.« Sie steckte die Münze in den Geldsack, den sie von der Hure erbeutet hatte. »Das Geheimnis ist: Man muß sich an vornehme Herrschaften ranmachen und denen so sehr auf die Nerven gehen, daß sie dir was geben, damit du verschwindest.«

Der Junge kramte nun seine Beute unter dem Wams hervor und legte zu dem seidenen Taschentuch und dem Wollschal, die Anicah von Mary Brent bekommen hatte, gestohlene Leinen, Rüschen, ein Paar mit Schaffell gefütterte Lederhandschuhe, eine silberne Gürtelschnalle, eine Uhr und einen Federfächer, der allerdings zerfranst und verknickt war.

»Gute Prise«, sagte sie. »Du hast schwer was weg, Ziesken.«

Der Junge strahlte.

»Sobald es hell wird, gehen wir damit zum Schieber.«

»Ich darf mitkommen?« Ziesken breitete ein Leinentuch aus. Anicah legte den Raub in die Mitte und verknotete alles zu einem Sack.

»Das wär's.«

»Wir sind also Partner?«

»Na klar.« Anicah warf den Sack über die Schulter. »Wir treffen uns Schlag acht beim Schieber.«

»Wir kaufen uns schöne Kleider, ziehen uns ganz neu an.«

»Und fressen uns voll, bis wir platzen«, sagte sie und grinste.

Ziesken winkte der Freundin noch einmal zu und machte

sich auf den Weg in sein Nachtquartier unter dem Vordach eines Krämerladens. »Gott beschütze dich, Ani.«

»Dich auch.« Singend kehrte sie zum Pier zurück, über den sich inzwischen der Nebel zusammengezogen hatte. Ihr war schwindelig von all den Plänen, die ihr durch den Kopf gingen. Dennoch gab sie aufmerksam acht, wie immer. Sie kurvte um das Durcheinander aus Kisten und Fässern, gefüllt mit eingesalzten Heringen und Stockfisch.

So bedrohlich es im Hafen zwischen rauflustigen Matrosen und Leichterschiffern auch war, Anicah fühlte sich halbwegs sicher hier. Es boten sich zahlreiche Fluchtwege, und hinter all den Frachtgütern und Lastkarren war immer ein gutes Versteck zu finden. Die gefährlicheren Banden junger Trunkenbolde machten, mit Schwertern und Knüppeln bewaffnet, andere Stadtteile unsicher, nur so zum Vergnügen. Sie wagten sich nur selten hierher.

Anicah lief zur Werft, die um diese Zeit wie ausgestorben war. Dort kroch sie, nachdem sie sich vergewissert hatte, unbeobachtet zu sein, in ein großes, umgekipptes Faß, das hinter einem abgestellten, morschen Zugschlitten verborgen lag. Anicah hatte es sich zur Gewohnheit gemacht, niemals an einem Ort zu übernachten, der nicht mindestens zwei Auswege offenhielt. Dem Faß fehlte Deckel wie Boden. Sie nahm im Schneidersitz darin Platz und plazierte den Sack zwischen die Knie.

Sie leerte die Schnupftabaksdose, um die sie den Kaufmann im Theater erleichtert hatte, zog ein abgegriffenes, gefaltetes Stück Papier unter der Mütze hervor und legte es in die Dose. Auf dem Zettel stand der Letzte Wille ihres Vaters geschrieben, wie sie von der Mutter wußte. Er war das einzige Überbleibsel dieses Mannes, den sie nie zu Gesicht bekommen hatte. Sie konnte nicht lesen, kannte auch niemanden, der ihr den Text hätte vorlesen können. Sie steckte die Dose in den Beutel, der, an einer Schnur befestigt, unter der Hose an der Taille hing.

Daraufhin kramte sie den Wollschal hervor und rückte den

Sack als Kissen zurecht, legte den Kopf darauf und deckte sich mit dem Schal zu. Auch im August konnte es nachts recht kühl werden.

Während sie auf der Seite eingerollt dalag, hielt sie den Beutel der alten Hure, der an einer Schnur um den Hals gebunden war, fest in der Hand und tastete mit dem Daumen über den scharfen, runden Rand der Krone, die darin steckte, und in Gedanken an Schuhe und Strümpfe, die sie dafür würde kaufen können, schlief das Mädchen ein.

Anicah schreckte auf, als sich eine Hand um ihr Fußgelenk legte. Sie trat mit dem anderen Fuß panisch aus. Doch auch der wurde gepackt, und sie hörte einen Mann gehässig grunzen. Als er schließlich von ihr abließ, hastete sie, auf Händen und Knien krabbelnd, aus dem anderen Ende des Fasses nach draußen – geradewegs in ein aufgespanntes Fischernetz.

4

Anicah tobte, zerrte an den Händen herum, die das Netz immer enger um sie schnürten.

»Halt still!« tönte eine laute und doch entfernte Stimme; ihr war es, als spräche jemand durch ein langes Rohr zu ihr. Sie langte aus und schlug mit der Faust zu. Die Knöchel trafen auf das Knochenrund einer Augenhöhle.

»Verdammt, das wird ein Veilchen!« blökte jemand.

Ein wuchtiger Hieb auf die Schulter ließ sie zu Boden gehen. Der Schmerz schoß ihr bis in die Fingerspitzen. Der zweite Knüppelschlag traf sie in den Magen. Sie krümmte sich, rang nach Luft und versuchte, den Kopf zu schützen, doch das Netz ließ den Armen keinen Spielraum.

»Ruhig Blut, Kleiner, wir wollen dich doch wohlbehalten abliefern«, sagte der, den sie zuerst gehört hatte.

Ein Arm schlang sich um ihren Kopf. Anicah kümmerte

sich nicht um den gepechten Maschenstrang, der ihr im Mund steckte, und biß mit aller Kraft durch den Ärmel des Mannes in dessen Fleisch.

Der Mann schrie auf und schlug ihr mit der freien Hand aufs Ohr, daß ihr Hören und Sehen verging.

Sie spürte, wie ein Seil um das Netz gewunden und eng um die Brust geschnürt wurde. Eine Schlinge nach der anderen wurde um ihren Körper gelegt und dermaßen festgezurrt, daß ihr der Atem zu stocken drohte. Jemand hob eine Laterne in die Luft. Anicah quälte sich auf die Knie und musterte mit wildem Blick die drei Männer, die sie in Schach hielten.

Sie sahen nicht aus wie die Büttel des Sheriffs. Unter ihren Mänteln trugen sie Atlashosen mit modischem Rüschenbesatz an den Knien und seidene Strümpfe. Die feinen Kleider standen ihnen ganz und gar nicht zu Gesicht.

Sie hievten Anicah auf die Beine. So sehr sie sich auch wehrte, es half ihr nichts. Zwei der Männer hielten sie gepackt, der dritte löste das Seil und befreite sie aus dem Netz. Dann fesselte er ihr die Hände auf dem Rücken, wand erneut das Seil um ihre Brust, um sie daran ins Schlepptau zu nehmen.

»Was haben wir denn da?« Er langte nach der Schnur am Hals und riß die Börse ab, öffnete den Zugverschluß und kippte den Inhalt in den Handteller. »Der Langfinger hat ja richtig was beiseite geschafft«, sagte er und hielt die Krone in die Höhe.

»Das ist meine. Mit der hat mich eine gütige Mistreß entlohnt.«

»Und wo finden wir diese Mistreß?«

Anicah warf ihm einen verächtlichen Blick zu.

»Es hätt' schon ein Shilling gereicht, um dich an den Galgen zu bringen.«

Anicah spuckte ihn an.

»Freunde, wir haben einen richtig guten Fang gemacht. Ein tapferes Bürschchen.« Sein Lachen klang, als bellte er. »Will er sich nicht schuldig bekennen?« Er beugte sich herab, um ihr ins Gesicht zu sehen. Sie hielt die Luft an, so faul war sein

Atem. »Wenn du stur bleibst, wird dir das Eisenleibchen angepaßt.«

Er schien Gefallen an der Vorstellung grausamer Folter zu haben. »Ich hab mal das Vergnügen gehabt, einer Frau die Zwinge um die Brust zu legen. Man hat die Knochen knirschen hören. Sie hat den Druck von bis zu zweihundertfünfzig Pfund ausgehalten, ohne mit der Wimper zu zucken. Erst dann war sie bereit, vor Gericht ihre Schuld zu bekennen.«

Anicah giftete ihn an. »Leck mich doch.«

»Na, dann komm mal mit.« Der Anführer nahm das Seilende und zerrte daran. Anicah folgte ein paar Schritte, wehrte sich dann aber und stemmte die Fersen gegen den Boden. Es gelang ihr sogar, ihm das Seil zu entreißen und die Flucht zu ergreifen. Doch sie kam nicht weit.

»Gib's ihm!«

Der Knüppel sauste auf sie nieder, und ihr war, als zerspränge der Schädel zu Scherben, die sich glitzernd durch die Augen bohrten und auseinanderstoben.

»Der Abtritt ist da drüben in der Ecke. Wehe, du pinkelst oder kackst sonstwohin.« Der Mann nahm Anicah die Fessel von den Handgelenken, setzte ihr den Fuß ans Hinterteil und stieß sie in einen naßkalten Raum. Sie wähnte sich in einer der Lagerhöhlen, die wie Bienenwaben im Untergrund der Stadt angelegt worden waren.

Anicahs Rippen und der Rücken schmerzten in Nachwirkung der Knüppelhiebe. Orientierungslos rotierten die Gedanken. Der Magen rebellierte gegen den Geschmack von Erbrochenem. Sie massierte die Beule am Hinterkopf, um das Pochen zu lindern.

Die zuschlagende Tür hatte einen Windstoß hereingefegt, der dichten Tabakrauch aufwühlte und ihn in dünnen Schwaden um ein Kerzenlicht wogen ließ. Es war die einzige Kerze, heruntergebrannt zu einem kleinen Stummel. Nach kurzem Flackern richtete sich die Flamme wieder auf; sie schien in der Dunkelheit zu schwimmen.

Langsam gewöhnten sich ihre Augen an das Licht, und Anicah sah, daß die Kerze zwischen einigen Bierflaschen auf einem krummen Tisch stand. Drei Männer saßen dort, die ihr entgegenblickten, als sei sie für den Windstoß verantwortlich. Dann widmeten sie sich wieder ihrem Kartenspiel und zogen paffend an den Pfeifen.

Anicah entdeckte nun die Umrisse von Gestalten, die vor einer Wand hockten. Auch sie schienen zu rauchen, denn es schwebten rote Glutpunkte vor ihren Köpfen. Plötzlich war dem Mädchen, als wankte der Boden unter den Füßen. Es stemmte die wehen Schultern gegen die Wand und rutschte daran entlang, glitt auf den Boden und schloß die Augen, um das Gleichgewicht zurückzugewinnen.

»Na, hat's dich erwischt, dummer Tropf?« tönte eine Frauenstimme aus dem Dunkel des gegenüberliegenden Winkels. »Deine hurende Mutter wird froh sein, daß sie dich los ist.«

»Halt's dreckige Maul. Bist selber 'ne Hure!« Anicah war außer sich vor Schmerz und Kummer, sprang auf und stürmte auf die Spötterin zu. Dabei rammte sie den Tisch. Der kippte um mitsamt den Flaschen und ausgespielten Karten. Die Kerze rollte über den Boden und erlosch, worauf es stockdunkel wurde.

»Verfluchter Mist. Zum Teufel mit dir!« Die Kartenspieler sammelten hastig die Flaschen auf, bevor der verbliebene Inhalt verschwendet war.

Anicah tastete sich an der Wand entlang, bis sie einen Hals erfühlte. Sie packte mit beiden Händen zu und würgte. Röchelnd setzte sich das Opfer zur Wehr.

Die Kerze wurde wieder angezündet. Kräftige Pranken langten Anicah an Schopf und Hosenboden. Der Junge, den sie im Würgegriff hielt, hebelte ihr die Finger vom Hals und fing japsend zu husten an. Sie erhaschte einen Blick von dessen rot angelaufenem Gesicht, bevor sie mit Gewalt zurückgeschleudert wurde.

»Ist wohl wild geworden, dieses Hurensöhnchen.« Die

Frau, die den Streit vom Zaun gebrochen hatte, setzte sich zu den Männern an den Tisch.

»Ich stopf dir gleich das Schandmaul ...« Anicah versuchte aufzustehen, doch eine Hand hielt sie zurück.

Sie blickte auf in ein Gesicht, das so häßlich war wie eine Maske beim Mummenschanz. Pockennarben zerklüfteten die Wangen. Ein Auge leuchtete gelb wie das einer Katze, das andere hatte die Farbe von Dunkelbier. Darüber wucherten dichte Brauen, die sich über der Nasenwurzel begegneten.

Er blieb vor ihr stehen, bis sie sich beruhigt hatte. Dann kehrte er an den Tisch zurück und nahm seine Karten wieder auf. An den knochigen Knien war seine braune Wollhose durchlöchert. Auf dem Kopf saß eine speckige Lederkappe.

Anicah sah sich um. Ihr fiel nun auf, daß von den Anwesenden im Raum die meisten Männer oder Jungen waren. Doch ganz in der Nähe lag auf einer dünnen Matratze eine Frau, die leise vor sich hin schluchzte, so verzweifelt, daß auch dem Mädchen die Lippen zu zittern anfingen.

»Gib das Gejanke dran!« sagte sie.

Abrupt setzte das Schluchzen aus.

»Sie trägt ein schweres Kreuz«, sagte der Junge, über den Anicah hergefallen war. Er hockte neben der Frau und hatte die langen Beine an die Brust herangezogen. Auch im Sitzen überragte er Anicah um Haupteslänge. Er hatte eine gerade, kräftige Nase und einen großzügigen Mund. Das dichte schwarze Haar fiel in Locken bis über die Augen herab. Wangen und Kiefer waren jugendlich glatt, nur an den Schläfen zeigte sich dünner Flaum. Er trug ein einfaches Wams, eine grobe, rötlichbraune Wollstoffhose und klobige, lehmverschmierte Schuhe. Allem Anschein nach kam er vom Lande.

Er musterte Anicah aus dunkelblauen Augen, die verwirrt und unsicher dreinblickten. Der Mund war halb geöffnet.

»Gaff mich nicht so an!« wies Anicah ihn zurecht.

Doch der Junge, einfältig wie war, nahm keinen Anstoß daran. Er reichte ihr zu trinken aus einer braunen Flasche. »Ich heiße Martin Kirk«, sagte er.

Anicah nahm einen Schluck und behielt die Flasche für sich. Sie lehnte den Kopf an die Wand zurück und ließ genießend das Bier die Kehle hinunterlaufen. Durch ihr Schweigen hoffte sie, den Jungen davon abzuhalten, ihr ein Gespräch aufzuzwingen.

»Dich haben die Spirits erwischt, stimmt's?« Er war hartnäckig freundlich.

»Unsinn.« Allein der Gedanke daran jagte ihr Höllenangst ein.

Sie kannte ein paar junge Burschen, die spurlos verschwunden waren, nachdem sie tags zuvor noch mit ihren Knüppeln die Straßen unsicher gemacht hatten. Es gingen Gerüchte um, wonach sie an Schiffseigner verhökert und über den Ozean verschleppt worden waren, um dort Frondienst zu leisten, bis sie tot umfielen oder von Kannibalen oder wilden Tieren gefressen wurden.

Spirits. Dieses Wort wurde nur hinter vorgehaltener Hand ausgesprochen, gerade so, als wären jene Menschenräuber übernatürlich und unsichtbar. Sie tauchten auf wie der Sensenmann, doch im Unterschied zu diesem zogen sie gesunde und junge Menschen vor.

»Daß ich hier bin, ist ein Versehen«, sagte Martin und unterbrach ihre Gedanken. »Sie haben einen Fehler gemacht.«

»Gib endlich Ruhe, du blöder Trottel!« Anicah schlug ihm, so fest sie konnte, auf den Arm und prellte sich die Hand dabei.

»Schlecht gelaunt, der Kleine«, kommentierte die Frau am Tisch und teilte die Karten aus. »Du läßt dich wohl lieber aufknüpfen, als deine sieben Jahre in der Plantage abzudienen, oder? Keine Sorge, so'n Hänfling, wie du einer bist, beißt ins Gras, bevor die sieben Jahre rum sind.«

Anicah verzichtete auf eine Antwort. Sie hatte die Frau inzwischen erkannt. Es war Joan Parke, und sie wußte, wer sich mit Joan anzulegen versuchte, brauchte viel Kraft und Spielraum, und die fehlten dem Mädchen fürs erste. Joan Parke war ihr im Gefängnis von Bridewell begegnet, in das sie als Mündel ihrer Tante hatte folgen müssen, die wegen Verstoßes gegen die Aufruhrakte eingesperrt worden war.

Anicah rieb sich die Beule am Kopf und dachte nach über das herzlose Wesen namens Schicksal, das denen besonders freundlich zulächelte, die zu betrügen es sich anschickte.

5

Margaret und Mary Brent standen an der Kaimauer und warteten darauf, das Fährboot besteigen zu können. Ihre Mägde und Diener kletterten gerade in das zweite Beiboot, doch die Männer an den Rudern machten keinerlei Anstalten, ihnen dabei zu helfen.

Es war nicht das erste Mal, daß sich Margaret aus England herausschmuggeln ließ. Als Katholikinnen hatten sie und Mary im eigenen Land auf eine religiöse Erziehung verzichten müssen. Darum waren sie vor fünfundzwanzig Jahren aufs europäische Festland gesegelt, um in Liège von Jesuiten unterrichtet zu werden. Gerüche und Geräusche im Hafen von Bristol erinnerten Margaret nun an diese Zeit. Sie hatte sich damals sehr geängstigt, sich verloren und verlassen gefühlt. Genauso empfand sie heute.

Es war früh am Morgen und noch dunkel. Unter der weit vorragenden Kapuze ihres Umhangs stellte sich für Margaret die Welt dar wie zu einem finsteren Tunnel verengt. In der Ferne war das Ächzen und Knarren der Schiffe vor Anker zu hören. Der monotone Schlag einer Trommel wies den Leichtern den Weg ans Ufer. Der dichte Nebel verstärkte diese Geräusche und verlieh ihnen einen gespenstischen Unterton. Sie ahnte und empfand wenig Mitleid dabei, daß ihrem Bruder Giles jeder Trommelschlag schmerzhaft im verkaterten Kopf widerhallen würde. Während der vergangenen Woche hatte er sich verhalten, als würde er für den Rest seines Leben kein Fäßchen und kein Flittchen mehr zu Gesicht bekommen.

Marys Lippen bewegten sich stumm. Margaret wußte, daß sie unter ihrem Umhang heimlich, weil verboten, ihren Rosenkranz herunterbetete; das Kettchen war klein genug, um in der Hand versteckt zu werden. Außer diesem Rosenkranz führten die Schwestern noch weitere verbotene Gegenstände mit sich. Vor Margarets Füßen stand eine kleine Truhe, gefüllt mit Meßbüchern, einem Kruzifix, einem Abendmahlskelch, einem Hostienteller und Altardecken. Würden diese Dinge von Vertretern der Obrigkeit entdeckt, wäre für die Schwestern die Reise zu Ende, noch ehe sie begonnen hatte. Statt dessen müßten sie ins Gefängnis gehen oder zumindest eine hohe Geldstrafe bezahlen.

Mit den Brents reiste ein Jesuitenpriester, der auch Arzt war. Er stieg nun die steilen Stufen an der Kaimauer hinab und streckte die Hand nach Margaret aus, die vorsichtig auf den verschmierten, glatten Steinen festen Tritt suchte.

»Beeilung!« knurrte einer der Ruderer ungehalten.

Vor dem fahlen Lichtband am Horizont zeichnete sich die Silhouette der Masten ab. Bevor die Sonne aufging, mußte das Fährboot abgelegt haben. Sobald es unterwegs war inmitten all der Schmacken, die zwischen den ankernden Schiffen und dem Pier hin- und herpendelten, würden sich die Beamten des Königs nicht länger darum scheren.

Die Brents und der Jesuit Pater Poulton verließen die englische Küste, ohne, wie es verlangt war, einen Schwur wider die päpstliche Vormacht geleistet zu haben. Dadurch machten sie sich eines schwerwiegenden Vergehens schuldig. Die Seeleute kümmerte das wenig; für sie war das Geld von Papisten ebensogut wie das von anderen auch.

Fast lautlos glitt das Boot übers Wasser, entfernte sich vom Pier. Es schien zu schweben zwischen schwarzem Fluß und grauem Nebel. Die Ruderpinne quietschte rhythmisch, und der Bug stach durch die Schwaden, die von der Wasserfläche aufstiegen. Vor heller werdendem Hintergrund ragte schwarz und wie ein gigantischer Verhau das Takelwerk der zahlreichen Schiffe auf.

Klüverbäume schienen den Nebel aufzureißen für die Schiffsleiber, die dahinter in Erscheinung traten und mit ihren Geschützpforten an den Breitseiten drohten. Wie eine Nußschale wirkte davor das kleine Fährboot.

»Verdammt!« Giles schaute nach oben.

Margaret folgte seinem Blick und sah, daß sie unter der Abortöffnung im Bug eines Ostindienseglers entlangglitten. In zehn Meter Höhe umrahmte der quadratische Ausschnitt das nackte Gesäß eines Seemanns. Margaret rückte zur Seite, um den herabfallenden Exkrementen auszuweichen. Anscheinend hatten die Ruderer absichtlich diesen Kurs gewählt; offenbar wollten sie auf diese Weise ihre Meinung zur römisch-katholischen Religion zum Ausdruck bringen.

Ein warmer Wind, verstärkt durch die Biegung des Flusses und sein hohes Ufer, rührte das Wasser auf, füllte die Segel der kleineren Schiffe und trieb sie heftig voran.

»Eine günstige Brise«, lächelte Pater Poulton. »So Gott will und mit frischem Wind werden wir noch vor Michaelis am Ziel sein.«

Giles beugte sich vor und sagte mit gedämpfter Stimme: »Margaret, du weißt, daß wir uns bis zur Abfahrt verborgen halten müssen.«

»Ja, ich weiß.«

»Mary.« Mit ernster Miene wandte sich Giles nun der anderen Schwester zu.

»Ja, Giles?«

»Wir werden uns während der Reise unter Ketzern befinden. Darum sollten wir nur dort Andacht halten, wo man uns nicht sieht. Das ist ein Befehl von Lord Baltimore.«

»Natürlich, Giles«, antwortete Mary.

Natürlich. Giles hatte sichtlich Bedenken.

Für ihn stand außer Frage: Wäre sie nicht mit ihnen gezogen, hätte sie Gefangenschaft oder gar den Märtyrertod erleiden müssen. Oft genug war die Familie vom kirchlichen

Gericht ermahnt worden, doch Mary hatte sich stets höflich, aber entschieden geweigert, am anglikanischen Gottesdienst teilzunehmen. Ihre Hartnäckigkeit hatte die Brents bereits ein Vermögen an Strafgeldern gekostet.

Die Fähre prallte gegen den Rumpf eines uralten holländischen Plattbodenschiffs mit Rundgattheck. Knirschend pflügte der Bug eine Furche durch den dicken Plankenbesatz aus Entenmuscheln und Algen. Leichterboote, bis an den Rand mit Frachtgütern gefüllt, umlagerten das Schiff. In diesem Augenblick wurde ein blökender Hammel aus einem der Boote an Deck des Schiffes gehievt.

Der Schiffsrumpf wölbte sich weit über der Wasserlinie wie die Fettpolster eines gefräßigen Mannes über der Hose. Von den Galerieaufbauten vorn und achtern war der Anstrich längst abgeblättert. Das schmale Achternkastell ragte dreistöckig über dem Unterspiegel auf. Das Schiff sah aus wie ein schwimmender Flaschenkürbis und würde wie dieser bei der kleinsten Brise ins Schaukeln geraten.

»Wie kommen wir an Bord?« wollte Margaret wissen.

Giles nickte Richtung Hammel, der mit gespreizten Beinen im Tragnetz hing, das nun mit einem Enterhaken von einem Seemann über die Reling gezogen wurde.

Im Dunkeln hörte Anicah das Geklapper an Deck ringsum. Jemand packte sie beim Arm und stieß sie vorwärts durch einen Wust von Tauwerk. Sie prallte gegen ein Faß und schürfte sich an den Dauben die Haut auf; doch die Hand stieß sie weiter, hin zu einer eckigen Luke, die sich schwarz wie ein Brunnenloch vor ihr auftat. Martin Kirk, der große Junge vom Lande, folgte über eine Leiter nach unten und trat ihr auf die Finger.

»Paß auf, du Aas!« Anicah verlor den Halt und stürzte. Zum Glück nicht allzu tief; glitschig feuchte Planken fingen sie auf, prellten ihr das Steißbein. Die Luft war heiß und stickig.

Als sie sich aufzurichten versuchte, stieß sie mit dem Kopf

an die Decke. Jemand brachte eine Walölllaterne zum Brennen und hängte sie an einen Haken, doch sie stank mehr, als daß sie leuchtete. Das funzelige Licht fiel auf schimmelige Säcke aus Leinwand, halb gefüllt mit Stroh, das feucht aus manchen Löchern hervorquoll. Anicah packte sich einen dieser Säcke und nahm darauf Platz.

Hier war das Zwischendeck, der Teil zwischen Oberdeck und Laderaum. Anicah schaute sich um und sah den Boden bedeckt von ausgestreckten Leibern, je zwei oder drei auf einem Strohsack. Aus der Düsternis, in die das Laternenlicht nicht vordringen konnte, war Gehuste zu hören und ein klagendes Grummeln darüber, aufgeweckt worden zu sein.

Ein Seemann nahm Anicahs Hände und legte die eiserne Schelle, mit der sie auf dem Weg hierher an das Dollbord des Bootes gefesselt worden war, um das Handgelenk von Martin Kirk.

»Ihr macht einen Fehler«, protestierte der Junge. »Ich bin kein Verbrecher. Meine Eltern haben mit dem Schiffseigner einen Vertrag ausgemacht. Ich reise aus freien Stücken nach Maryland.«

»Es gibt manche, die ändern ihren Sinn und versuchen zu fliehen.« Der Seemann versetzte ihm mit dem Knüppel einen wuchtigen Schlag auf den Kopf.

Martin kippte rücklings zu Boden; Anicah zerrte mit beiden Händen an der Kette, so daß der Junge neben ihr auf dem Strohsack landete. Daß man sie an ihn gefesselt hatte, war Glück im Unglück. Mit ihm, groß und stark, wie er war, würde sie den Anspruch auf das Bett verteidigen können.

Anicah wußte inzwischen, daß der stämmige Kerl mit der speckigen Lederkappe Harry genannt wurde. Es überraschte sie nicht, als er, kaum daß er die Leiter herabgestiegen war, die erstbeste Strohmatte seinen Besitzern streitig zu machen versuchte. Einer der beiden hielt krampfhaft daran fest, während Harry auf ihn eindrosch, bis zwei Seeleute einschritten und die Streithähne trennten. Der Unterlegene packte seine Sachen und zog sich schmollend in eine dunkle Ecke zurück. Alle, die in Harrys Reichweite waren, rückten von ihm ab.

Als derjenige, der zuletzt zugestiegen war, nahm er den Platz direkt unter der Luke für sich in Beschlag. Ein Seemann kettete ihn an der Leiter fest.

Auf den Knien rutschend, zerrte Anicah ihren benommenen Gefährten hinter sich her und schob den Strohsack neben Harrys Lager. »Du hast den Dreh raus, Harry«, sagte sie. Es war kühn von ihr, einen Teil des Platzes zu belegen, für den er gekämpft hatte. Er gaffte sie an, lehnte dann den Kopf an die Leiter zurück und schloß die Augen.

Noch waren nicht alle Plätze im Zwischendeck verteilt. Hier und da wurde gestritten, an den Säcken gezerrt und lauthals geflucht. Dann tauchte Joan Parke auf.

»Hehe!« herrschte sie die Matrosen an. »Stoßt ihr immer von hinten zu? Habt ihr's so gern? Darüber läßt sich reden.«

»Nicht mit dir, du alte Hure. Wir wollen uns doch keinen Schanker holen.«

»Dreckschweine«, knurrte sie. »Wahrscheinlich bin ich nicht Manns genug für euch Spinatstecher.«

»Na, Joan, beißt keiner an?« Harry schlug die Augen auf.

»Und wie steht's mit dir, Harry?« Sie ließ ihre kleine Tasche vor seine Füße fallen.

»Das wird sich finden.«

»Mach hin, du altes Lotterweib. Rüber zu den anderen Frauenzimmern.« Der Seemann gab ihr einen Stoß mit dem Knüppel, nahm dann die Laterne vom Haken und hastete die Leiter hinauf. Kaum hatte er das Oberdeck erreicht, fiel ein schweres Holzgatter vor die Luke.

»Ich wünsch' dir die Pest auf den Leib!« brüllte Joan ihm hinterher.

Ihre Suche nach einem Platz im hinteren Teil des Zwischendecks war für Anicah aufgrund der Dunkelheit nicht zu sehen, aber um so deutlicher zu vernehmen. Joan wünschte jeden, der ihr in die Quere kam, zum Teufel und provozierte wütende Schreie von denen, über die sie hinwegstolperten.

Anicah hatte bemerkt, daß die Frauen nicht angekettet waren, und sie überlegte, ob es sinnvoll sei kundzutun, daß sie kein Junge war. Da, wo sie lag, kam immerhin ab und zu ein frischer Wind durch die Ausstiegsluke, was wohltuend war in der stickigheißen Luft unter Deck. Dort hinten im Rückraum bei den Frauen wäre der Gestank von Kot, Schweiß, Pech und Walöl noch um etliches ärger.

Martin, der Junge neben ihr, fing leise an zu schluchzen. Anicah lehnte sich an die Spantwand zurück und starrte unter die schweren Querbalken und Planken. Ihr war, als läge sie darunter begraben. Sie hörte das Wasser außen an den Rumpf klatschen, ganz nahe, allzu nahe.

Um sich Mut zu machen, stimmte sie ein Lied an, das in den Straßen Bristols wohlbekannt war.

> *Wer, Mann oder Frau*
> *aus Stadt oder Land,*
> *je Güte und Mitleid fand,*
> *eine helfende Hand,*
> *sagt Wo dem, der weint;*
> *zur Vergeltung allhie*
> *beten täglich die Armen*
> *in Demut auf gebeugtem Knie.*

6

Das Schiff glich einer Katze, die sich reckt, mit ausgestreckten Vorderläufen und hocherhobenem Hinterteil, und eben dort, hinten am höchsten Punkt über der Kapitänskajüte, befand sich das Achterkastell. Der Schiffszimmermann hatte es mit Holz und Leinwand in drei Teile unterteilt. An den Außenseiten waren die Kojen der Gentlemen untergebracht. Margaret und Mary bezogen den Teil in der Mitte.

Die an Klampen festgezurrten Gepäckstücke und Frachtgüter ließen kaum Platz zur Bewegung.

Apfelbaum- und Birnbaum-Setzlinge standen im hohen, schmalen Erkerfenster, das von den Trennwänden nicht verbaut worden war. Mary saß auf einer Weinkiste nahe dem Fenster. Sie hatte die weiten Röcke zusammengerafft, die Füße auf ein Fäßchen gelegt, das Öl zum Kochen enthielt, und las ihr Brevier.

Strahlen der Morgensonne fielen auf ihr zerzaustes Haar, das wie eine Aureole aufleuchtete. Den Lärm an Deck und das Schaukeln des Schiffs vor Anker schien sie nicht zur Kenntnis zu nehmen.

»Guten Morgen, liebste Schwestern«, grüßte Giles. »Wie ist das Befinden?«

»Danke.« Margaret schob ihn hinaus in den Zwischengang und verzog die Nase, denn die Herren verrichteten hier ihre Notdurft, anstatt den dafür vorgesehenen Stuhl in der Kabine zu benutzen.

Margaret wollte nicht, daß Mary hörte, was sie dem Bruder zu sagen hatte. Sie sprach in sein Ohr, gerade laut genug, um das Poltern, das Geschrei und die Flüche an Bord zu übertönen.

»Giles, das Schiff ist ein Seelenverkäufer. Es leckt wie ein Fischkorb.«

»Mach dir keine Sorgen. Es ist solide gebaut.«

»Das war es vielleicht einmal vor fünfzig Jahren.« Margaret verschränkte die Arme über dem Brusttuch. Weil die Dienstmägde im Zwischendeck untergebracht waren, mußten sie und Mary sich beim Ankleiden gegenseitig helfen. Margarets Korsett war nicht so eng geschnürt wie üblich, was ihr hier an Bord des schaukelnden Schiffes nur recht sein konnte. »Ich sah Planken, die sind so morsch, daß man sie mit den bloßen Fingern herausreißen könnte.«

»Meister Skinner versteht sein Handwerk.«

»Meister Skinner hat weniger das Schiff als den Grund seines Bechers in Augenschein genommen. Er kam betrunken an Bord.« Vom Halbdeck tönte Skinners Gebell herbei, mit dem er seine Kommandos austeilte. »Es müssen Reparaturen vorgenommen werden, bevor wir in See stechen.«

»Der Wind steht günstig. Wenn wir nicht sofort aufbrechen, verpassen wir noch die portugiesischen Passatwinde. Wir sind schon in Verzug, und mit jedem Tag verringern sich die Vorräte.«

In diesem Punkt mußte Margaret ihm recht geben. »Hast du die Verladung der Vorräte beaufsichtigt?«

»Es ist alles unter Dach und Fach.« Giles lächelte. Margaret konnte nicht widerstehen. Schon als Kind hatte sie sich stets vom Anblick seiner milden blauen Augen erweichen lassen.

Giles lüftete den federgeschmückten Hut und verbeugte sich wie ein Kavalier. »Ich will jetzt im Quartier der Dienstboten nach dem Rechten sehen.«

»Mir schwant, es ist entsetzlich dort.«

»Wohl kaum schlimmer, als zu erwarten war.« Giles eilte davon.

Margaret kehrte in ihre Kabine zurück, nahm auf der Koje Platz und fächerte sich Luft zu mit einem abgegriffenen Exemplar von *Relation of Maryland,* das die Herren Hawley und Lewger verfaßt hatten. Sie schloß die Augen und versuchte, das Lärmen an Deck außer acht zu lassen. Es war noch lauter geworden, was nur bedeuten konnte, daß die Abfahrt unmittelbar bevorstand. Doch noch war es nicht zu spät, noch blieb Margaret Zeit, ihren Sinn zu ändern.

Mary saß neben ihr und ergriff ihre Hand. »Was wir auch tun, es gehört zu Gottes Plan und Wirken.«

Margaret lächelte ihr zu. »Ich fürchte, daß ich dich in große Gefahr bringe.«

»Gott lenkt, teure Schwester. Vertrauen wir uns seiner Führung an.«

Beide zuckten zusammen, als sich laut kreischend die Ankerwinde in Bewegung setzte.

»Wir müssen uns von der Heimat verabschieden«, sagte Mary.

Die Schwestern legten ihre Umhänge an und setzten die

Reisemasken vors Gesicht. An der Reling des Achterdecks trafen sie mit Fulke und Giles zusammen. Von dort aus konnten sie das Ufer sehen und alle vier Schiffe, die sie auf der Reise übers Meer begleiten sollten. Auf dem Mitteldeck, wo vor kurzem noch ein heilloses Durcheinander geherrscht hatte, stand die Mannschaft in Reih und Glied unter der Großrah. Die Schweine und Schafe steckten in Pferchen auf dem Vordeck. Auch die Hühner waren eingefangen und in Käfigen untergebracht worden.

Als der Anker gekattet und an seinen Platz vor das Bugspriet gehievt war, leiteten die Offiziere Skinners Kommandos an die Mannschaft weiter.

»Zwei Mann zum Vormars!«
»An die Bulin!«
»Segel hissen!«
Die Männer sangen zur Arbeit an den Tauen.

> *Sagt es allen, allzumal,*
> *den Galgenvögeln sintemal,*
> *dick und schmal, dick und schmal,*
> *ein ums andere, allemal.*

Zum Gesang knallte die Leinwand im Wind. Das Schiff kränkte zur Seite und erzitterte, als sammele es alle Kraft für den Sprung nach vorn.

»Gütiger Himmel, sieh, wie ich leide!« röhrte Skinner. »Das Meer will mich verfluchen.«

Das Gebrüll nahm kein Ende. Die Männer setzten die Segel, eins nach dem anderen. Das Tuch knatterte und blähte sich in dem Wind, der auch Margarets Röcke aufplusterte. Ihr Herz drängte wie das Schiff. Sie empfand Erleichterung; ihr war, als sei aller Kummer, der seit Tagen und Wochen auf ihr lastete, über Bord gegangen. Ihre Brüder und die anderen Herren Abenteurer hatten vor, an einer fremden Küste ein neues England aufzubauen. Doch Margaret verfolgte eigene, nicht minder kühne Pläne.

Sie wollte sich und ihrer Schwester ein Zuhause und eine Zukunft einrichten. Gemeinsam mit Mary wollte sie ein eigenes Haus aufbauen und von den Rechten Gebrauch machen, die Lord Baltimore denen versprochen hatte, die das Wagnis auf sich nähmen, sein Land zu besiedeln. Sie würden keinem Menschen Dankbarkeit oder Rechenschaft schuldig sein. Und die Heimlichtuerei hätte ein Ende. Vorbei die Zeit, da sie ihren Gottesdienst nur in irgendwelchen Hinterzimmern feiern konnten.

Fulke warf sich an die Reling und spie aus ins tief unten kräuselnde Wasser. Mary legte die Reisemaske ab und wandte das Gesicht in den Wind.

»Heftiger Luftzug ist deiner Gesundheit nachteilig«, ermahnte Margaret. »Setz die Larve lieber wieder auf.«

»Kommt der Wind nicht von Nordost?«

Margaret blickte zur Fahne auf. »Ja.«

»Dann hat die Luft, die jetzt unsere Wangen berührt, über unsere Felder geweht und in den Kaminen unseres Hauses georgelt.«

Die Felder und das Haus unseres Bruders, dachte Margaret und sah in wehmütiger Vorstellung die Schafherden wie Wolken über die grünen Hügel am Oberlauf des Severn ziehen. Sie dachte an die friedlichen Dörfer, die strohbedeckten Hütten, die Weiden an den Wasserläufen, an die Nachtigall, die in der großen Esche vor dem Fenster saß und sang.

Auch sie nahm nun die Maske vom Gesicht und streckte die Hand vor in den Wind, um den sie und Mary die Heilige Jungfrau im Wechselgebet angefleht hatten. Sie waren erhört worden. Margaret sah die grünen Uferfelsen immer weiter zurückweichen. Tränen brannten ihr in den Augen.

In der dunklen Schwüle des Zwischendecks ließ die knarrende Ankerwinde Anicah am ganzen Leib erzittern. Sie hörte die lauten Rufe, das Knallen der Segel und das Ächzen im Holzwerk, als sich das Schiff zur Seite neigte und Fahrt aufnahm.

Eine Frau schrie auf, eine andere jammerte. Irgendwo im dunklen Rückraum fluchte verbittert ein Mann.

Anicah fing zu singen an. »Weinet Augen, Herze brich …«
Martin hockte mit eingewinkelten Knien neben ihr und starrte zu Boden. Doch dann stimmten er und andere mit ein, und schließlich sangen fast alle:

> *Weinet Augen, Herze brich!*
> *Muß von der Liebsten trennen mich.*
> *Bitt'res Los ist uns zuwider,*
> *ach, ich seh' dich nimmer wieder.*

Margaret und Mary hörten den Gesang durch die Planken aufsteigen. Die Seeleute gingen in ihrer Arbeit auf den Rhythmus ein. Musik vermischte sich mit dem Wind in den Segeln. Gemeinsam mit dem Wind und Meister Skinners Flüchen trieb sie das Schiff an.

Kaum war das Lied zu Ende, stimmte Anicah ein neues an. Es war von einem berühmten Mann erdichtet und längst in aller Munde.

> *Ich, Allerliebste, zieh' nicht fort*
> *aus Überdruß an dir*
> *noch daß ich fänd' an anderem Ort,*
> *was lieber wäre mir.*

Die Tränen in Margarets Augen ließen den Blick auf die Küste verschwimmen. Das Schiff glitt so ruhig übers Wasser, daß es den Anschein hatte, als bewegte sich das Land, als träte die Heimat von selbst zurück.

7

Im Zwischendeck waren alle Augen auf das Sonnenlicht gerichtet, das durch die vergatterte Luke fiel. Die Gefangenen lernten mit den Tagen, daß zur Mittagsstunde die Strahlen auf der steilen Leiter zu liegen schienen. Zu dieser Zeit gab es die erste Ration. Dann wartete aus jeder Meßgruppe einer am Ausstieg, um das Essen in Empfang zu nehmen.

Harry hatte sich Martin und Anicah als seine Tischgenossen ausgesucht; er war der Anführer dieser Gruppe, gehörte aber nicht zu denen, die geduldig wartend Schlange stehen. Das war nach seinem Willen die Aufgabe von Anicah. Bislang schien niemand ihr wahres Geschlecht erkannt zu haben, nicht einmal Martin, der mit ihr Rücken an Rücken schlief. Sie hatte ihm gesagt, daß sie Andrew heiße, und auch darum war sie für ihn ein Junge.

Die Mittagsglocke bimmelte; das Holzgatter wurde geöffnet. Vor der Luke tauchten die Beine eines Seemanns auf, von den nackten Füßen bis zum zerschlissenen Saum der Kniehose. An einem Seil senkte sich ein Holzeimer herab. Kaum hatte Anicah den Inhalt entnommen, wurde der Eimer wieder hochgezogen.

»Erbsenbrei?« fragte Martin.

»Aye aye.« Sie stellte die Flasche Bier neben Harrys Strohmatte auf den Boden, setzte die Holzschale aufs Bettuch und verteilte das Brot.

Wortlos langten sie mit den Fingern in das zähe Gemenge aus gekochten Erbsen und Hafer.

»Das ist wieder mal voller Maden und Würmer«, sagte Martin und pulte das Ungeziefer mit den dicken Kuppen seiner Finger aus dem Brot. Harry entkorkte die Flasche und schnupperte daran. »Da stinkt der Schmand von dem Geizkragen raus, der dem Käpt'n vergammelte Ware angedreht hat.« Er nahm einen Schluck und reichte die Flasche an Martin weiter.

Der verzog das Gesicht, als ihm die Säuernis entgegenschlug.

»Es wird alles noch schlimmer kommen.« Harry warf seine Würfel auf die Matte, die ihm als Küche, Wirtshaus, Schlafzimmer und Spielhölle diente, mitunter auch, wenn Joan Parke willens war, als Bordell. »Leute, vor uns liegt ein langer Nachmittag. Wer hat Lust auf ein Spielchen?«

Vornübergebeugt und die Hände unter die niedrige Decke gestemmt, schaute Anicah in die Tiefe des düsteren Raums. Die meisten Schlafmatten lagen aufgestapelt vor den Wänden, um Platz zu schaffen, und dennoch herrschte beklemmende Enge. Seit der Abreise aus Bristol vor drei Wochen hatte niemand die Kleider gewechselt, geschweige denn ein Bad nehmen können. Manche saßen auf mitgebrachten Koffern. Die anderen kauerten hockend über dem besudelten Boden.

Gleich hinter der Leiter befand sich der vergitterte Einstieg zum Kielraum, in den die Notdurft und aller Unrat geschwemmt wurden. Das Wasser versickerte im Sand, der als Ballast darin angehäuft war und von Tag zu Tag übler stank.

»Legt euch bloß mit mir an, ihr Priesterhuren, und ich schmeiß' euch zu den Fischen.« Joan machte sich wieder einmal über das Bett der drei Mägde her, die der katholischen Herrschaft dienten. Um dieses Bett zu kämpfen lohnte sich wahrhaftig. Die Matratze, trocken und halbwegs sauber, lag auf einem aufgebockten Gestell.

»Macht Platz, ihr dummen Ziegen!« Joan zerrte an der Matratze und versuchte, die drei herunterzuschleudern.

»Laß los, oder wir reißen dir die Ohren aus.« Bess Guest war zwar deutlich kleiner als Joan, dafür aber stämmiger und nicht klug genug, um sie zu fürchten.

Anicah nahm von alldem keine Notiz, obwohl sie ganz in der Nähe auf dem Rand einer Strohmatte hockte. Bridget Murphy lag darauf, mit einer groben Leinwand zugedeckt. Sie zitterte am ganzen Körper und hatte den Unterarm über die Augen geschlagen, als wäre das matte Licht zu grell für sie.

»Mir ist so kalt«, stöhnte sie. »Und es fehlt an Feuerholz im Haus.«

Von den Leuten unter Deck redeten die meisten im Zungenschlag der Westler, doch Bridget sprach den Dialekt des Dorfes, aus dem Anicahs Mutter stammte. Anicah war, als sie das Mädchen zum ersten Mal aufgesucht hatte, voller Hoffnung gewesen, etwas über ihre Mutter zu erfahren; aber Bridget war erst sechzehn Jahre alt, Anicahs Mutter aber schon über acht Jahre tot. Das Mädchen konnte sich nicht an sie erinnern.

»Sie fiebert, die Ärmste«, sagte Bess Guest. »Klagt über Schmerzen in den Gelenken, im Kopf und im Bauch.«

»Der Herr straft mich dafür, daß ich mein Kind getötet habe.« Bridget richtete sich auf mit wildem Blick und fiel wenig später auf den Rücken zurück. »Sie haben mich das Büßerhemd tragen und meine Sünden in der Kirche bekennen lassen. Sie haben mich vor der Gemeinde zurechtgewiesen.« Sie klapperte mit den Zähnen, krampfte und weinte vor Schmerzen.

»Fleckfieber.« Bess schützte Nase und Mund mit ihrer Schürze. »Da, der Hautausschlag im Nacken. Wir werden alle sterben.«

»Beruhige dich, Bridget«, sagte Anicah. »Es wird schon jemand helfen.«

Sie eilte zu ihrem Lager zurück, nahm den zerbrochenen Schauerhaken zur Hand, mit dem sie die Ratten zu verscheuchen pflegte, hastete die Leiter hinauf und schlug mit dem Eisen ans Gatter. Sie selbst hatte für Ärzte nichts übrig; das waren ihrer Meinung nach bezahlte Meuchler. Doch diesmal wollte sie eine Ausnahme machen.

»Wir brauchen einen Pißpropheten«, schrie sie. »Schickt uns einen Arzt!«

Pechschwarz war die Nacht im Zwischendeck. Das Wasser gurgelte laut um den Rumpf des Schiffes. Trotzdem konnte Anicah Harrys Matte knistern und rascheln hören, verhaltenes Kichern, Flüche und zotige Wörter, mit denen er Joan zu schmeicheln versuchte. Anicah verkroch sich unter der schimmeligen Decke, über die, kaum daß sie Ruhe gefunden hatte, eine Ratte hinweghuschte.

Mit gewöhnlichen Ratten war sie schon lange vertraut, doch die hier an Bord hatten Katzenformat. Sie stritten und fiepten die ganze Nacht über. Sie nagten an Schuhen, zerrissen Kleider und bissen auch zu, wo es schmerzte. Anicah war sich sicher, daß sie von Harrys stinkender speckiger Lederkappe angelockt wurden, die er auch dann nicht absetzte, wenn er es mit Joan trieb.

Das Schiff krängte und ließ die Schläfer unter Deck wegrutschen, aneinanderprallen. Joan kreischte vor Lachen, andere brüllten verärgert. Anicah hatte Mitleid mit der armen Bridget. Es ging ihr nicht besser, seit der ärztliche Begleiter der Herrschaften gekommen war und sie zur Ader gelassen hatte.

Das Schiff rollte zur anderen Seite.

»Oh, verflucht«, stöhnte Martin und erbrach sich auf den Boden. Dann: »Ich verwünsche meine Eltern.«

»Sie haben dich wie ein Stück Vieh verschachert, stimmt's?« fragte Anicah.

»Sie sagten, daß es das beste für mich sei und daß ich in den Westplantagen viel Geld verdienen würde, ohne viel dafür arbeiten zu müssen.«

Als sich Martin zurück auf die Matte legte, streifte er Anicahs Arm und rückte höflich von ihr ab. »Der Vater meines Vaters und dessen Vater haben Felder bestellt, die noch allen gehörten. Aber dann wurden diese Felder eingehegt für die Schafe, und wir wußten nicht wohin.« Er seufzte. »Bist du auch von deinen Eltern abgetreten worden?«

»Nein. Da war niemand, der sich auf einen solchen Handel eingelassen hätte. Ich bin zwar gedungen, aber nie verkauft worden.«

»Gedungen?«

»Ja. Als ich noch ein kleines Kind war. Für ein, zwei Pence hat mich meine Mutter an Bettler verliehen, die sich immer gern mit einer Schar von Gören umgaben, um Einfaltspinseln besser eine milde Gabe abschwatzen zu können. Man hat uns gekniffen, damit wir heulten und schrien.«

»Wo ist dein Vater?«

»Unterwegs. Er ist der verwegenste Pirat der Südsee. Vielleicht kapert er diesen Kahn hier und nimmt mich mit sich. Dann rauben wir die fetten Handelsschiffe aus, werden reich und gefürchtet sein.« Der Gedanke heiterte sie auf.

»Und deine Mutter? Ist sie tot?«

»Ja.«

Bald darauf war Martin eingeschlafen. Anicah versuchte, die Vorstellung vom Gesicht ihrer Mutter wachzurufen, doch sie konnte sich nur daran erinnern, wie die Tante sie beschrieben hatte. »Ein wildes, flatterhaftes Ding«, pflegte diese zu sagen. »Zu Gast bei allen Kirchweihfesten und Tanzveranstaltungen im Park.«

Anicah erinnerte sich, mit der Mutter über eine endlose und von tiefen Rinnen durchfurchte Straße gewandert zu sein auf der Suche nach dem Dorf, in dem die Schwester ihres Mannes wohnte. Anicah war damals sieben Jahre alt gewesen, die Mutter hochschwanger, und überall hatte man sie davongejagt. Die Ortsvorsteher wollten verhindern, daß sie in ihrem Bezirk niederkam, denn dann hätte man ihr Unterstützung anbieten müssen.

Anicah war erschöpft gewesen und an den Füßen wund, doch die Mutter hatte es eilig. »Nur noch eine halbe Meile«, hatte sie immerzu gesagt. »Dann sind wir am Ziel.«

Die Mutter war, ausgehungert und verbraucht, im Heimatdorf ihres Mannes unweit von Bristol auf den Eingangsstufen der Kirche zusammengebrochen. Sie hatte um ein Strohlager gebeten, um sich ausruhen zu können, und um Brot für ihre Tochter. Bevor die Schwägerin eintraf, war sie gestorben und mit ihr das ungeborene Kind.

Anicah erinnerte sich, am Rand eines ausgehobenen Grabens gestanden zu haben. Die Tante hatte ihr die Hand vor Nase und Mund gehalten. Doch so einfach war der Gestank nicht abzuschotten gewesen. Anicah sah zu, wie Männer die

Leiche ihrer Mutter von einer Trage ins Loch fallen ließen, ins Armengrab, zu vielen anderen Toten.

An der Hand der Tante war sie dann weggegangen und hatte sich nicht getraut zurückzublicken, aus Angst, die Toten könnten über den Rand der Grube kriechen und ihr folgen.

Martin atmete leicht und gleichmäßig, was tröstlich auf Anicah wirkte. Behutsam und äußerst bedacht darauf, ihn nicht aufzuwecken, suchte sie nach seiner Hand unter der Decke, um ihre darein zu legen. Sie dachte an das wilde, flatterhafte Mädchen, das im Park tanzte. Tränen rollten ihr übers Gesicht. Sie schmeckten salzig wie das Meer.

8

Margaret stand von der Tischrunde auf und verließ Kapitän Skinners Kajüte. Eine Wolke von Tabakrauch folgte ihr nach draußen. Am Gelächter der Männer hörte sie, welche Richtung deren Gespräch nun eingeschlagen hatte. Eigentlich wollte sie gleich in ihre Kabine zurückkehren, doch kurzentschlossen warf sie den Umhang über, setzte die Maske auf und stieg hinauf aufs Achterdeck. Sie hatte gut gegessen: Hammelfleisch, gebackene Ente, Pudding und Madeirawein. Die Füße ein wenig zu vertreten würde ihr guttun.

Die klare Nacht und der sternenübersäte Himmel erfüllten sie mit Begeisterung. Die Segel türmten sich zu einer Pyramide aus schimmernder Leinwand auf, die eine sanfte Brise blähte. Das Wasser tief unten kräuselte sich silbern im Mondschein und murmelte sacht.

Ferdinand Poulton, der Jesuit, stand an der Reling. Sie trat an seine Seite.

»Wäre ich als Mann zur Welt gekommen, ich glaube, es hätte mir gefallen, ein Seefahrer zu sein. Dabei wußte ich vor dieser Reise vom Meer so wenig wie eine Schnecke in ihrem Haus.«

Poulton betrachtete sie mit freundlicher Miene. Er war fast einen Kopf kleiner als sie, doch die Differenz machte der hohe kegelförmige Filzhut wett. Der Wind wühlte durch den Federschmuck an der breiten Krempe.

»Als Arzt würde ich Euch raten, die infektiöse Luft hier draußen zu meiden. Aber zugegeben, eine solch wunderschöne Nacht spottet der medizinischen Weisheit.« Der spanische Einschlag seiner Aussprache wirkte auf Margaret exotisch.

»Manche fürchten die dunkle Maske der Nacht, doch mir gewährt sie ein Stück Freiheit.« Sie zog ihre Reisemaske ein Stück herunter und lächelte über deren Rand hinweg. »Wir tragen alle irgendeine Maske, stimmt's nicht, Vater Poulton?«

»Wir reisen in ein Land, wo wir uns nicht länger zu verstellen brauchen.« Poulton hatte aus seiner Priesterschaft stets ein Geheimnis machen müssen und seine medizinischen Fähigkeiten genutzt, um sich als Arzt zu tarnen. »Ich sehne mich nach dieser wilden Küste und danach, den roten Kindern des Waldes die göttliche Heilsbotschaft bringen zu dürfen.«

»Ein frommes Werk.«

»Euer Bruder sagt mir, daß Ihr eine Anhängerin von Mary Ward seid, Mistreß Margaret.«

»Meine Schwester und ich gehören zu den Englischen Fräuleins von Mutter Ward. Wir sind von den Jesuiten in Liège erzogen worden.«

»Und ich, wie Ihr wohl wißt, in Spanien.«

»Der Erzbischof von Canterbury behauptet, Mutter Ward richte mehr Schaden an als sechs Jesuiten.« Margarets graue Augen funkelten im Mondschein. Mit Poulton verband sie das Los der Verfolgten; er als Jesuitenpriester, sie als Laienschwester, die von Jesuiten ausgebildet worden war.

Für Poulton war klar, was die Brentschen Schwestern von den anderen Frauen ihres Standes unterschied und trennte. Die Englischen Fräuleins, als die sie sich selbst bezeichneten, waren verwegen und kühn. Sie zogen sich nicht in irgendein Kloster zurück, sondern waren entschieden von dieser Welt und empörten dadurch sogar die katholische Hierarchie.

»Es ist ein gewagtes Unternehmen für eine Frau, über den Horizont zu segeln.«

»Ich bedauere die, die zurückgeblieben sind und sich begnügen mit einem Fingerhut voll Freiheit.« Margaret schaute hinaus aufs Meer.

»Mir scheint, die Heilige Jungfrau hat uns heute nacht zusammengeführt. Denn ich habe schon lange nach einer Gelegenheit gesucht, mit Euch unter vier Augen sprechen zu können.«

»Was ist?« fragte Margaret alarmiert.

»Der Käpten befördert auf seinem Schiff mehr Passagiere als erlaubt. Vermutlich sind etliche illegal an Bord. Aus dem Zwischendeck droht Gefahr.«

»Sprecht weiter.«

»Ein paar ungebärdige Gesellen setzen dem armen Volk schrecklich zu. 's ist ärger als in einem Hundezwinger.« Der Wind blies von achtern. Dennoch glaubte Poulton, den Gestank riechen zu können, der aus dem Zwischendeck stieg und sich in seiner Nase festgesetzt zu haben schien, seitdem er tags zuvor die junge Bridget betreut hatte. »Es ist nicht auszuhalten da unten. Mit jedem Schritt knacken Wanzen und Läuse unter den Sohlen.«

»Ihr wart unten?«

»Ich mußte nach einer Frau sehen, die von Fieberkrämpfen geschüttelt wird.«

»Gehört sie zu uns?«

»Nein. Ein verlassenes Wesen mit verwirrtem Geist. Sie war schwanger von ihrer Herrschaft und wurde vor die Tür gesetzt. Hinter einer Hecke kam sie nieder und erstickte das Kind. Der Magistrat ließ ihr die Wahl zwischen Galgen oder Verbannung.«

»Ist ihr Fieber ansteckend?«

»Das muß befürchtet werden. Unter den Umständen, die dort herrschen!«

»Dann sollten wir etwas dagegen unternehmen.«

»In dem neuen Land gibt's bestimmt auch Kobolde und dergleichen, nicht wahr?« Das Fieber machte Bridget rastlos. »Wie werden wir sie erkennen und uns vor ihnen hüten können?«

»Kobolde sind allenthalben gleich.« Anicah saß mit verschränkten Beinen auf dem Rand von Bridgets Matte.

»Ach.« Die Kranke richtete sich auf, gestützt auf den Ellbogen. »Es muß doch Unterschiede geben. Wie sprechen wir mit ihnen?«

»Die Wilden werden's wissen. Wir können sie fragen.«

»Womöglich sind die Wilden selber böse Gnome oder Schlimmeres noch. Herrje, sie schleichen herbei in der Nacht und rauben uns den Atem.« Bridget fing so heftig zu zittern an, daß die Zähne klapperten. Anicah zog ihr die dünne Decke bis ans Kinn.

»Der Doktor hat ihr nicht helfen können«, sagte Bess Guest. Sie hockte auf der Pritsche und ließ sich von einem der anderen Dienstmädchen die Läuse vom Kopf kämmen.

»Bess hat ein gutes Mittel«, verriet das Mädchen.

»Daranzukommen war nicht leicht.« Bess langte in den Ausschnitt, zog ein Ledersäckchen aus dem Busen und schüttete den Inhalt auf die Schürze. Anicah beugte sich vor. Aus einem Büschel getrockneter Kräuter kramte Bess ein verschrumpeltes, schwarzes Ding zum Vorschein. Den Zeh eines Menschen.

Anicah zeigte sich beeindruckt. »Von einem Gehängten?«

»Allerdings. Der arme Wicht baumelte an einer Straßenkreuzung. Zappelte herum wie eine ins Netz gegangene Lerche und flehte uns an, ihn aus seinem Elend zu erlösen. Es hat Stunden gedauert. Wir wurden ungeduldig. Manche haben ihm Glieder abgenommen, noch ehe er hinüber war. Aber so etwas würde ich niemals tun.«

»Hast du den Zeh eigenhändig abgetrennt?«

»Na klar. Als er tot war, brachte der Nachbar einen Wagen. Auf den sind wir dann gestiegen, um an die Leiche ranzukommen.« Und Bess sang:

Auch wenn's euch graust,
hackt sie ab, des Galgenmannes Faust.
Wer wagt's? Wer schwingt sich auf zum Schlingenknoten
und pflückt fünf Locken mir vom Haupt des Toten?

»Wie willst du ihr den Zeh verabreichen?«

»Als Tee, in Wasser getunkt und nach 'ner Weile wieder rausgezogen. So kann ich ihn ein weiteres Mal verwenden.«

Von weitem tönte eine aufgeregte Stimme. »Ich beschwöre Euch, bleibt hier.« Und es waren schwere Stiefelschritte auf den Planken zu hören. Im Zwischendeck starrte alles gebannt zur Einstiegsluke.

»Wer Hand an meine Schwestern legt, hat sein Leben verwirkt«, rief Giles von oben herab.

In der Luke erschienen schwarze Seidenschühchen, knochige Fußgelenke und der verschmutzte Saum eines braunen Kleides aus Batist. Bis auf das leise Stöhnen von Bridget war es totenstill im Laderaum, als Mary Brent die Leiter herabstieg. Unten angekommen, plierte sie ins Dunkel. Wie ein Diadem glänzte das von oben einfallende Sonnenlicht in ihrem Haar. Anicah verkroch sich in den Schatten einer Kiste. Sie hatte den Gast aus dem Cocklorel auf den ersten Blick wiedererkannt.

Halt suchend, stemmte Mary eine Hand unter die Decke und raffte mit der anderen ihr Kleid. Nun tauchte auch Margaret hinter ihr auf, gefolgt von Giles in seinen übergroßen schwarzen Stiefeln, seidenen Strümpfen und der weiten Pluderhose. Vor die Nase hielt er sich eine ausgehöhlte Orange, gefüllt mit einem essiggetränkten Lappen. Als letzter kam Pater Poulton die Leiter herunter.

»Das sind alles Herumtreiber und Schurken«, rief Kapitän Skinner von oben. »Der Abschaum des Landes. Haltet Euch fern davon, meine Damen.«

Auch Fulke versuchte, sie zurückzuhalten. »Giles. Margaret. Hört doch. Es schickt sich nicht, daß ihr euch unter diese Leute begebt.«

Mary ging langsam ihrem Gefolge voraus und passierte die Reihe der Deportierten, die mit gesenkten Häuptern am Boden kauerten. Die Männer nahmen ihre Kappen vom Kopf und bekneteten sie vor der Brust. Die Frauen breiteten in Andeutung eines Hofknickses die Schürzen aus. Nur Harry behielt die Ledermütze auf dem Kopf, streckte sich auf seiner Matte aus und musterte die Eindringlinge mit argwöhnischem Blick.

Mit Schrecken sah Anicah, daß die Brents geradewegs auf sie zusteuerten. Ihr schwante, daß sie nun würde büßen müssen dafür, daß sie die Herrschaften bestohlen hatte. Ihr drohte der Strang. Man würde ihre Leiche zu den Fischen ins Wasser werfen.

Die drei Dienstmägde der Brents schoben lose Haarsträhnen unter die enganliegenden, weißen Kopfhäubchen und staubten die Röcke ab. Anicah duckte sich tiefer hinter der Kiste und beugte den Kopf herunter, so daß die Stirn fast den Boden berührte. Sie wartete auf den Schuldspruch wie ein Verurteilter auf das Beil des Henkers.

»Gott zum Gruße«, sagte Bess.

»Er sei mit dir«, antwortete Mary und sah sich voller Mitleid um. »Hätten wir gewußt, wie dürftig ihr hier untergebracht seid ...« Ihre Stimme stockte.

»Sorgt Euch nicht, Mistreß. Uns geht es gut.«

Margaret schaute gelassen zu. Daß Mary beileibe nicht so schwächlich war, wie alle glaubten, wußte sie sehr wohl. Zur Zeit der Pest hatte Mary in Begleitung mit ihr, Margaret, und ein paar unerschrockenen Dienern die umliegenden Dörfer aufgesucht, die Schlösser der Hütten aufgesprengt, die unter Quarantäne standen, und den Kranken Trost und Nahrung gebracht.

»Wie geht es ihr, Doktor?« fragte Mary Pater Poulton, der die Finger an Bridgets Hals gelegt hatte, um ihren Puls zu messen.

»Ich fürchte, sie hat Fleckfieber.«

»Mary ...« Giles fuchtelte mit den Armen. Seine Schwestern waren ihm eine Last, die er nicht immer mit Würde zu tragen vermochte. »Komm! Wir können hier nicht helfen.«

Mary reichte Bess einen Korb voller Lebensmittel für die Frauen und anderen Dienstmägde der Familie. Dann schloß sie die Augen und betete für Bridget. Schließlich wandte sie sich allen zu und sagte: »Ihr, die ihr nichts besitzt als euren Mut und eurer Hände Kraft, seid getröstet in der Aussicht darauf, durch fleißige Arbeit eigenes Land erwerben und bestellen zu können. Ihr werdet aus der Wildnis einen Garten machen, der viel Früchte hervorbringt und frei ist von Sünde. Harrt darauf, und euer jetziges Leid wird sich in Glück kehren.«

Mary ging den Weg zurück, den sie gekommen war, und legte die Hand auf die Köpfe derer, die sie erreichen konnte. Manche rückten näher, um ihren Segen zu empfangen.

Vor der Leiter drehte sie sich noch einmal um und sagte: »Ihr habt viel Arges ertragen. Gott wird auch dem ein Ende machen.« Dann stieg sie zurück an Deck, dicht gefolgt von Margaret und Giles.

Pater Poulton konnte nicht so leicht entfliehen. Die halbe Belegschaft des Frachtraums umringte ihn, als er Bridget zur Ader ließ, um ihr die kranken Säfte abzuziehen. Füße und Hände streckten sich ihm entgegen, mit eitrigen Schwären bedeckt, mit Beulen und Wunden und schrundigem Ausschlag. Alles redete auf ihn ein, beschrieb in drastischen Details ein ums andere Gebrechen.

Anicah kehrte, noch immer zitternd vor Angst, auf ihre Schlafmatte zurück. Martin ritzte eine weitere Kerbe ins Holz. So zählte er die Tage.

»Für Papisten sind die da oben ja recht freundlich«, sagte er.

»Ach, die woll'n sich doch nur freikaufen von ihrem schlechten Gewissen«, raunzte Joan. Ihr Verständnis von theologischen Dingen war begrenzt auf das, was sie in den Straßen gehört hatte. Und was ihr über den katholischen Glauben an die Verwandlung von Brot in das Fleisch Christi zu Ohren gekommen war, irritierte sie sehr.

Es gelang dem Priester schließlich, sich aus dem Pulk der Kranken zu befreien und über die Leiter zu entfliehen. Anicah sah seine Hacken im Ausgang verschwinden und fragte sich, welche unheilvollen Folgen aus der Brentschen Wohltätigkeit wohl für sie erwachsen mochten. Sie wußte: Wenn das Gute geht, tritt selten Besseres an dessen Stelle.

Zur Mittagszeit stand sie mit den anderen unter der Luke an, um die Ration an Erbsenbrei und Dünnbier in Empfang zu nehmen. Das schräg einfallende Bündel aus Sonnenlicht kroch über den Holzwulst hinaus, der als Zeitmarkierung diente. Anicah wollte gerade die Hand heben und mit ihrem Eisenhaken ans Gatter schlagen, als die Luke geöffnet wurde. Aber statt des Eimers tauchte ein Gesicht im Ausschnitt auf.

»Packt euch! Kommt rauf an Deck, mitsamt eurem Zeug und den Matten!«

Strohsäcke, Decken, Koffer und Beutel wurden nach oben gereicht. Einer nach dem anderen kletterte aus dem Laderaum. Martin trug Bridget behutsam ins Freie und kehrte zurück, um seine Sachen zu holen. Als der letzte Passagier über die Leiter nach oben gestiegen war, rollte Martin die Decken zusammen, die er mit Anicah teilte. Anicah hockte auf der Matte und rührte sich nicht.

»Auf mit dir.«

»Ich bleibe.« Anicahs Stimme hallte durch den inzwischen leeren Raum. Sie fürchtete, den unheimlichen Schwestern an Deck unter die Augen zu geraten.

»Sei kein Esel.«

Anicah kehrte Martin den Rücken zu und nahm keine Notiz von ihm, bis er sie mitsamt dem Sack zur Leiter zerrte.

»Du blöder Hornochse!« rief sie und schwang die Faust nach ihm. »Zum Teufel mit dir und verschwinde! Ich geh' da nicht hoch.«

»Und ob.« Er packte sie am Kragen, als sie ihm zu entwischen versuchte, schlang dann von hinten beide Arme um ihren Körper und bugsierte sie in Richtung Leiter. Geschmeidig schlüpfte Anicah aus der Umklammerung, ließ sich zu

Boden fallen und robbte auf den Strohsack zurück. Martin langte abermals zu.

Sie spürte seine Hand im Schritt, schrie auf und versuchte, seitlich wegzurollen. Doch er warf sich ihr auf den Rücken, fixierte sie in ausweisloser Lage und verfehlte mit tastender Hand, was er zu packen erwartet hatte.

Anicah wußte nicht, wie ihr geschah. Martins ungestümer Zugriff benahm ihr für einen Moment die Sinne, und ehe sie sich's versah, war der Junge aufgesprungen und mit dem Kopf an die niedrig hängende Decke geprallt.

Anicah schleifte den Sack auf die Leiter zu. »Ist bloß 'ne Punze. Die beißt nicht, du Strohkopf.«

Martins Wangen glühten puterrot. Er hielt die Hand mit gespreizten Fingern in die Luft, als wüßte er nicht, was er mit ihr anfangen sollte, nun, da sie ergriffen hatte, was er selbst noch nicht zu begreifen schien.

»Bauerntrottel, du. Milchgesicht«, mokierte sich Anicah.

»Und wer bist du?«

»Andrew«, antwortete sie in kluger Voraussicht. Ein anderer Name hätte den Jungen bloß noch mehr verwirrt.

Sie packte ihn beim Ohr, zerrte seinen Kopf näher an sich heran und flüsterte: »Ich bitte dich, Martin, laß mich nicht auffliegen.« Ihr war klar, daß er sich durch Drohungen kaum einschüchtern lassen würde. Also vertraute sie auf sein Wohlwollen. »Wenn sie wissen, wer ich bin, werden sie mich nach hinten zu den Weibern schicken.« Sie setzte ihre Unschuldsmiene auf und schaute ihm geradewegs in die Augen. »Da ist es mir zu dunkel und zu stickig. Ich krepiere, wenn man mir das bißchen Sonnenlicht hier unten vorenthält.«

»Rauf mit euch! Beeilung!« brüllte einer der Seeleute von oben.

Martin setzte den Fuß auf die Leiter.

»Versprich mir, daß du mich nicht verrätst«, flehte Anicah mit leiser Stimme.

Er warf ihr einen Blick über die Schulter zu. »Ich versprech's.«

9

Kleiderstücke, Strohmatten und Decken hingen zum Lüften an der Reling und in den Wanten. Anicah hockte auf dem Boden; sie hatte, das Sonnenlicht genießend, den Kopf zurückgelehnt und die Augen geschlossen.

Martin ließ mit seinen Blicken nicht von ihr ab. Er betrachtete den Schwung ihrer Nase, den weinroten Mund, er sah, wie die Wimpern über die feine, dünne geäderte Haut unter den Augen strichen. Er konnte im nachhinein nicht fassen, daß er sie für einen Jungen gehalten hatte. Doch noch mehr beschäftigte ihn die Frage, wie er die folgenden Nächte an ihrer Seite verbringen sollte.

Die beiden saßen mit den übrigen Deportierten in der Mitte des Hauptdecks, umgeben von Kisten und Fässern. Kapitän Skinner beobachtete sie vom Halbdeck aus, als argwöhnte er, daß sie sich vergreifen könnten an dem, was nicht niet- und nagelfest war. Über ihm auf dem Achterdeck bellte der Mastiff, aufgebracht über das ungewohnte Gedränge an Bord.

Die Flüche und das Gezeter des Kochs, der Rauch und die Schwaden aus der Kombüsenluke im Vorderdeck flossen in einen Bottich voll grauer Brühe mit ein. Joan schöpfte daraus und füllte die Schale. Verschrumpelte Kürbisstücke und zerteilte Salzheringe schwammen in der Suppe wie die Trümmer eines Schiffswracks.

Harry nahm den Holzlöffel als erster zur Hand. Martin, Anicah und Joan mußten sich gedulden, während er die dicksten Brocken für sich herausfischte. Nur wenig blieb davon übrig, als er den Löffel weiterreichte, sich behaglich auf der Matte ausstreckte und die Pfeife mit billigem Knaster stopfte. Anicah wartete, bis er den ersten Zug getan hatte, und fragte dann:

»Woher stammt die Narbe, Gevatter?«

Harry fuhr mit dem Finger über eine hellrote Linie, die ihm rings um den Hals lief. »Was glaubst du wohl?«

»Vom Galgen?«

»Aye.« Er schien nicht weiter darauf eingehen zu wollen, doch Anicah und die beiden anderen drängten auf Antwort. »Der Henker hat mich aufgeknüpft und baumeln lassen«, sagte er schließlich. »Mir wurde schwarz vor Augen, und in den Zehen ging ein Kribbeln los, das sich über den ganzen Körper ausbreitete wie tausend Nadelstiche. Dann, als auch der Kopf davon betroffen war, funkte es vor meinen Augen wie aus einem Ofenrohr.«

Harry starrte auf den Mast, als sähe er den Galgen darin wieder. »Ich glaube«, sagte er nachdenklich, »dieses Funkensprühen war meine Seele, die mir aus dem Balg entfleuchte, geradeso wie das Rattenpack, das ein sinkendes Schiff verläßt.« Harry hielt das Ende eines Hanfseils an die Nase. »Der Gestank von diesem Nackengewächs treibt mir immer noch die Galle hoch.«

»Das war ein Fest, als man ihn aufgehängt hat«, sagte Joan und kicherte. »Lang bevor der Rest steif wurde, zeigte sich was anderes von ihm steif und reckte sich gen Himmel.« Sie fuhr mit dem Holzlöffel zwischen die Beine und ließ ihn hin und her wackeln. »Mich mit 'ner Leiche zu vergnügen hatte mir noch nie im Sinn gestanden. Doch dieser Anblick war die reinste Inspiration.«

»Ein echtes Schmuckstück, diese Narbe«, meinte Anicah, die darin gleichsam ein Symbol für ein Leben voller Gefahr, Verwegenheit und Mißgeschick erblickte. Es zeichnete den Träger aus als jemanden, der den Tod überlistet hatte.

Harry massierte sich den Hals. »Freund Hein hat sich beileibe nicht lumpen lassen«, fuhr er fort, hob das Hemd und ließ darunter eine lange wulstige Narbe zum Vorschein kommen, die sich vom Brustbein bis zum Nabel erstreckte. »Die Quacksalber von der Anatomie wollten mich von innen sehen. Kaum hatten sie mich aufgeschlitzt, schlug ich die Augen auf. Die waren ganz schön verdattert und nähten mich wacker wieder zu wie einen zerrissenen Lumpensack. Ich schlug vor, Haken und Ösen anzubringen, damit sie mir bei Bedarf das Gekröse offenlegen könnten. Doch davon wollten sie nichts wissen.«

Der Tabak hatte Harry zu einer friedlichen Laune verholfen. Darum wagte Martin zu fragen: »Warum hat man dich an den Galgen gebracht?«

»Wenn ich dir das sagte, wüßtest du soviel wie ich, stimmt's?«

»Wer Harry Angell ins Jenseits schicken will, muß mehr aufbieten als Strick oder Messer«, tönte Joan.

Harry Angell. Anicah hatte den Namen schon gehört. Er war berühmt-berüchtigt und stand für das ungekrönte Haupt der Einbrecherzunft. Der Beiname Angell war eine Art Titel, der dem Mann verliehen wurde, nachdem er die Strafe am Galgen überlebt hatte. Der Name bezog sich auf jene Goldmünze aus der Prägestätte von König Henry VIII., die auf einer Seite den geflügelten Erzengel Michael abbildete.

Sie beugte sich zu Martin und flüsterte ihm ins Ohr, was sie über Harry wußte. Befangen starrte er vor sich hin, als er ihren warmen Atem auf der Haut wahrnahm, und er spürte, daß die Wangen rot anliefen. Als schließlich ihre Lippen sein Ohrläppchen berührte, war ihm klar, daß sie ihn zu betören versuchte.

»Ich muß mal.« Anicah stand auf und schaute sich um. Sie wollte feststellen, ob die Brentschen Schwestern in Sicht waren. Dann machte sie sich auf den Weg nach vorn.

»Hiergeblieben«, herrschte sie der Maat an und hob mit der Hand eine Peitsche. »Zurück zu den anderen!«

»Nach der fürstlichen Mahlzeit drückt mir der Darm.«

Der Seemann rümpfte die Nase. Daß die Speisung der Deportierten Folgen hatte, schien ihm nicht zu gefallen. »Beeil dich, sonst setzt's Prügel, daß du nie mehr scheißen kannst.«

Anicah kletterte über die kurze Stiege aufs Vordeck und weiter an den Wanten entlang zum Bugspriet hin. Mit jeder herbeirollenden Woge spritzte ihr Gischt entgegen.

An einem Eisenring öffnete sie die Falltür und blickte hinab auf schäumendes Wasser. Aus purer Neugier hatte sie den Ort aufgesucht, an dem die Seeleute ihre Notdurft verrichteten. Lieber wäre ihr der Abtritt in irgendeiner Ecke auf Deck gewesen. Sie ließ die Hose herunter und klammerte sich an den Haltegriffen fest, um nicht vom schwankenden Schiff geschleudert zu werden, konnte aber nicht verhindern, daß sie die Füße bekleckerte. Doch die Gischt spülte fort, was danebengegangen war.

Als die Hose wieder hochgezogen und mit der Zugkordel gegürtet war, hangelte sie sich an einem der Stage noch weiter nach vorn. Das gespannte Seil vibrierte in den Händen, und das Schwirren setzte sich fort über die Arme bis in die Brust, die – so erschien es ihr – wie ein Resonanzkörper anklang auf das Windgeheul in der Takelage. Sie schloß die Augen und lehnte sich hinaus in die kalte, salzige Gischt.

Dort, im vordersten Teil des Schiffes, war die Kraft der Wellen am deutlichsten zu spüren. Im Auf und Ab knarrten und ächzten die Planken unter Anicahs Füßen. Sie wähnte sich auf dem Rücken eines mythischen Rosses, geharnischt mit Wanten, Eisenbeschlägen und Holz. Es trug sie schneller davon als gedacht.

Das Rauschen von Luft und Wasser verzauberte. Für einen Moment lang glaubte sie, daß der Wind nur für sie blies, das Meer mit ihr spräche. Ihr war, als seien die Segel allein für sie gesetzt worden, um sie einem neuen, wunderbaren Leben zuzuführen.

»Andrew!« Martin stand am Fockmast. Die schwarzen Locken flogen ihm ums Gesicht.

Anicah winkte ihn herbei. Er näherte sich vorsichtig und bewegte nur dann Hand oder Fuß, wenn die drei anderen Glieder fest verankert waren.

»Es ist herrlich hier draußen!« brüllte Anicah ihm entgegen. Sie schwenkte den Arm im weiten Bogen, der den Horizont der dunkelgrünen See beschrieb, auf der es silbern tanzte unter der aufgeblähten, kupferroten Abendsonne.

»Es heißt, wir müssen wieder nach unten«, rief Martin. Er war bis auf die Haut naß geworden und sah erbärmlich aus. Das Haar hing nun in Strähnen über Stirn und Ohren, und die Kleider klebten ihm am Leib. »Der Maat droht mit der Peitsche.«

Anicah fühlte sich von Martins Sorge geschmeichelt. Er war gekommen, um sie vor der Wut des Seemanns in Schutz zu nehmen. »Der Kerl kann mir den Buckel runterrutschen.« Sie blickte hinaus auf die Nahtstelle zwischen Himmel und Meer, die nun von der untergehenden Sonne mit einem glitzernden Goldband besetzt wurde. »Wie, glaubst du, wird es dort sein?«

»Wo?«

»In Amerika.«

»Was weiß ich?« Martin sah sich nervös um. »Komm endlich, bevor die Luke dichtgemacht wird.«

Sie kam herbei, und als sie ihn erreicht hatte, beugte er sich so dicht zu ihr hin, daß seine Nasenspitze fast die ihre berührte. Im Befehlston, über den sie sich sehr wundern mußte, fragte er: »Wie heißt du wirklich?«

»Lassen wir's bei Andrew.«

»Ich biete dir Freundschaft, aber du vertraust mir nicht.«

»Solange du meinen Namen nicht weißt, kannst du dich auch nicht verplappern.«

Abrupt wandte er sich von ihr ab und ging voraus.

Er war bereits verschwunden, als sie das Hauptdeck erreichte. Dort wogte ihr der beißende Gestank von Essig und kochendem Pech entgegen, womit das Zwischendeck gereinigt worden war, in das sie nun zurückkehren mußte. Doch das konnte ihr nichts ausmachen; sie stieg die Leiter hinab und sang vergnügt.

Mein Vater ist tot, ich bin jetzt frei,
auf mich gestellt in dieser Wüstenei.
Er hat, zum Teufel, alles versoffen,
ich aber darf mir Wohlstand erhoffen.

Wie zur Versöhnung reichte ihr Martin eine Flasche. »Süßwein«, sagte er, »ein Geschenk der Herrschaften von oben.«

»So kommen die Papisten billig an ein gutes Gewissen«, knurrte Harry.

Anicah stieg die Leiter hinauf und schaute durch das Gatter zum Himmel empor. Sie dachte an die Seeleute, die wie Zirkusakrobaten hoch oben in der Takelage turnten. Sie dachte an die kleinen Wolken, die wie Schafe über eine strahlend blaue Weide zogen.

Sie haben uns an Deck gelassen, sagte sie im stillen; und dafür wünsch' ich ihnen, auch wenn sie Papisten sind, Gottes Segen.

Das Licht der Morgensonne fiel durch den kleinen Fensterausschnitt in der Kabine von Kapitän Skinner. Margaret stand am Kartentisch und folgte mit dem Finger der Route, die das Schiff nahm: an der Westküste Spaniens entlang, vorbei an Madeira sowie den Kanarischen Inseln und dann in weitem Bogen um das afrikanische Festland herum, als wolle es den Gefahren ausweichen, die dort lauern.

»Wir können beginnen«, sagte Mary.

Margaret saß ihr an dem kleinen Tisch gegenüber. Giles und Henry Fleete nahmen die beiden anderen Seiten ein. »Auf geht's!« Sie sammelte die Karten ein und mischte sie mit flinker Hand. »Falls du, Giles, wieder einmal darauf bestehst zu verlieren, wird es mir und Mary wohl noch wie unseren armen Kusinen ergehen, die dem Onkel ins Alehaus und aufs Bowling-Feld nachstellten aus Angst, daß er ihre Aussteuer verspielt.«

»Solange ich an euch verliere, schadet's nicht.« Giles paffte an der Pfeife. »Allerdings habe ich den Verdacht, daß du betrügst, liebe Schwester.« Er wandte sich an Fleete. »Sieh ihr auf die Finger, Henry. Margaret mag zwar noch so fromm sein, gaunert aber beim Spiel wie der Teufel persönlich.«

»Habe ich eigentlich schon berichtet, daß China nur zwölf Tage von Marylands Westgrenze entfernt liegt?« fragte Fleete. »Ich bin selbst schon dagewesen.«

»Ja, das hat er bereits erwähnt«, antwortete Margaret. Sie verteilte an sich und die Mitspieler je zwölf Karten. »Erzähl Er doch mehr über seine Expeditionen zu den Wilden.«

»Sehr gefährlich, doch das Risiko lohnt. Die Indianer pudern sich mit Goldstaub ein. Sie tragen kostbare Edelsteine an Ohren und Nase, und Pelzstolen aus feinstem Hermelin.«

»Und was gibt's Neues von der aufständischen Ratsversammlung?« wollte Giles wissen.

»Aufständisch?« Margaret blickte von den Karten auf.

Fleete zuckte mit den Achseln. »Die Freisassen des ersten Rats widersetzen sich den Anordnungen von Lord Baltimore und formulieren ihre eigenen Gesetze.«

»Impertinent, empörend.« Margaret zeigte sich schockiert.

Giles sagte: »Die Freisassen sind ungezogene Kinder, die aus dem Ruder laufen, sobald die Eltern aus dem Haus sind. Wie du weißt, liebe Schwester, hat seine Lordschaft wichtige Geschäfte zu erledigen und nach wie vor noch keine Gelegenheit dazu gehabt, in der eigenen Kolonie nach dem Rechten zu sehen.«

»Wie dem auch sei«, meinte Margaret. »Wer das Recht, den Willen und die Fähigkeit besitzt, wird seine Herrschaft durchzusetzen verstehen. So oder so.«

»Wehe, wenn der Pöbel der Deportierten aufbegehrt.« Giles seufzte matt. »Ist dir, Margaret, im Zwischendeck dieser Kerl mit Lederkappe aufgefallen?«

»Allerdings.« Margaret warf Mary einen Blick zu, worauf die Schwester wissend die Augenbraue hob. »Diese Kappe hat's in sich.«

»Wie meinst du das?«

»Wenn man sie kochte, ließe sich genügend Talg für ein Dutzend Kerzen abseihen.«

Es klopfte an der Tür, und ein Seemann trat in die Kabine. »Die Störung bitt' ich zu entschuldigen. Habe den Auftrag, das Sehrohr aufs Halbdeck zu bringen. Der Käpten verlangt danach.«

»Was will er bloß damit?« fragte Giles.

»Vielleicht meldet eins der Begleitschiffe seinen Besuch an.« Margaret legte die Karten ab. »Wäre doch eine angenehme Abwechslung.«

Gils stand auf und reckte sich. »Mal sehen, was da draußen so vor sich geht.«

»Ich komme mit«, sagte Margaret.

Als sie das Halbdeck erreichte, erahnte sie sogleich, daß das seltsam geformte Segel achtern in der Ferne kein freundliches war. Skinner und der Maat blickten düster drein.

Sie überschaute den Horizont und sah nur dieses eine rechteckige Segel. »Wo sind die anderen Schiffe?«

»Wir sind ein wenig leewärts vom Kurs abgewichen«, antwortete der Maat. »Die anderen werden uns schon ein Stück voraus sein.«

»Was haltet Ihr davon?« Giles blinzelte der Morgensonne entgegen.

Skinner warf Margaret einen kurzen Blick zu und spähte dann wieder durchs Teleskop. »Das beste wäre, der Wind drehte sich und wehte uns möglichst schnell davon.«

10

Für Anicah hörte sich das hastige Getrampel blanker Füße an Deck wie das Flattern aufgescheuchter Wachteln an. Das Holzwerk vibrierte unter dem Gepolter von Lafetten. Holzfässer wurden übers Deck gerollt. Und Kapitän Skinners Gebrüll übertönte alles.

»Korsaren«, meinte Harry gelassen und stürzte den Würfelbecher auf die Matte. »Oder algerische Freibeuter.«

»Werden sie angreifen?« fragte Anicah.

»Ich schätze, bald wird Blut aus dem Speigatt fließen.«

Das Gatter vor der Luke flog auf. Ein Seemann, auf dem Bauch liegend, steckte den Kopf durch die Öffnung. »Alle

Männer und Burschen melden sich sofort an Deck«, rief er. »Wer Schuhe trägt, zieht sie vorher aus.«

Raunen und Murren wurde laut, und niemand schien der Aufforderung Folge leisten zu wollen.

»Glaubt ihr, ihr könnt euch wie die Kakerlaken verkriechen, wenn die Seeräuber entern?« brüllte er. »Übrigens, der Maat hat ein Faß angeschlagen und lädt alle ein, sich Mut anzutrinken.«

Die Aussicht auf Starkbier brachte Bewegung unter die Männer. Sie drängten zur Leiter.

»Bleib!« flüsterte Martin.

»Laß mich!«

»Es sind nur Männer gefragt.«

»Dann kannst du als meine Mutter ja nicht gemeint sein«, spottete Anicah. »Wie dem auch sei, da oben läßt es sich besser verstecken.«

»Da wird gekämpft und nicht Versteck gespielt.«

»Du bist ein Jammerlappen, Martin.« Anicah eilte die Leiter hinauf und stürzte sich ins Chaos.

Kapitän Skinner fluchte vom Halbdeck aus auf die Männer ein, die in heller Aufregung umherrannten und Kisten und Säcke zu einem Schutzwall an der Reling aufstapelten. Sie spannten Segel auf, die im Falle eines Kanonentreffers auf Holz die Splitter auffangen sollten, die ansonsten gefährlich werden konnten wie abgeschossene Armbrustbolzen. An die Masten wurden Ketten gehängt, um aufprallende Kugeln abzulenken.

»Zum Donnerwetter!« brüllte Skinner. »Macht hin, ihr faulen Säcke, wenn euch euer Leben lieb ist!«

Die Männer aus dem Zwischendeck irrten umher auf der Suche nach dem versprochenen Bier. Das Gatter war inzwischen wieder verschlossen worden, um die Frauen im Laderaum einzusperren. Joan langte mit dem Arm hindurch, schüttelte die Faust und beschimpfte alles, was sich an Deck bewegte, aufs Unflätigste.

Martin und Anicah gingen in Deckung, als zwei Seeleute

herbeistürmten, die einer quietschenden Sau nachstellten, das Tier schließlich bei den Haxen erwischten und über Bord hievten. Im Beiboot, das vom Schiff mitgeschleppt wurde, waren andere damit beschäftigt, die ins Wasser geworfenen Tiere wieder herauszufischen, was in manchen Fällen allerdings nicht gelang.

»Oje, Martin«, sagte Anicah, »dein Schatz ist dahin.«

Der Junge verstand die Anspielung wohl und wurde dunkelrot im Gesicht. »Ich habe nie ...«

»Oder sind dir etwa Schafe lieber?« Anicah fand immer mehr Gefallen daran, ihn in Verlegenheit zu bringen.

»Ihr da!« tönte es blechern von hinten. Sie drehten sich um und sahen den Maat durch ein verbeultes Sprechrohr brüllen. »Soll ich euch Beine machen? Ab mit euch zum Pulvermagazin!«

Kaum hatte ihr der Maat den Rücken zugekehrt, versuchte sich Anicah in entgegengesetzter Richtung aus dem Staub zu machen. Plötzlich sauste das Großsegel an schnurrenden Brassen nieder. Martin stieß Anicah zu Boden und warf sich schützend auf sie.

Sie lagen unter dem Segel begraben und fürchteten eine Schrecksekunde lang, daß die Rahe herunterstürzte und sie zerquetschen würde. Dann aber spürte Anicah Martins Atem im Nacken und seinen schweren, warmen Körper, der eine Lust in ihr entfachte, die durch Mark und Bein ging.

Verwirrt kroch sie unter der Leinwand hervor. »Hör auf, mich rumzuschubsen.«

Sie blickte auf. Ein paar Matrosen standen der Reihe nach schwankend in den Fußpferden der Rahe und rafften das Segel, um es dann festzuschnüren.

Anicah legte die Hände zu einem Trichter an den Mund und schrie: »Seid ihr verrückt geworden?«

Martin zerrte sie an der Hand hinter sich her, um zu verhindern, daß sie sich mit den Männern anlegte. »Sie streichen die Segel«, erklärte er.

»Wozu?« Und wieder wandte sie sich den Matrosen zu und

rief: »Die Haie sind hinter uns her. Wollt ihr, daß sie uns bespringen, oder warum nehmt ihr Fahrt weg?«

»Weniger Leinwand, weniger Brennstoff«, antwortete einer von oben herab.

Wolken verdeckten Mond und Sterne. Die gelöschten Schiffslaternen wippten in der Aufhängung. Kein Lichtstrahl verriet sie den Verfolgern, die bei Sonnenuntergang schon so nahe herangekommen waren, daß man die Ruder an den Seiten sehen konnte.

Von den Männern, die zur Verteidigung des Schiffes aufgerufen worden waren, hatten sich manche schlafen gelegt, doch die meisten hielten Wache oder taten immerhin so. In Wirklichkeit achteten sie vor allem auf das Faß, das mit einem Seil an der Reling befestigt war. Der Bierpegel darin hatte sich bereits beträchtlich gesenkt. Etliche fingen zu singen an; einer tanzte dazu. Die Stimmung wurde immer ausgelassener.

Martin hatte auch vom Bier getrunken. Doch es heiterte ihn nicht auf wie die anderen; im Gegenteil, er wurde noch schweigsamer als sonst. Anicah nahm neben ihm Platz.

»Ich fürchte, der Lärm lockt die Räuber herbei«, sagte er.

»Ach was«, antwortete Anicah. »Die ziehen vielmehr Leine, wenn sie hören, wie gut wir bei Laune sind und uns nicht einschüchtern lassen.«

Die Luft war klamm. Um sich an ihm zu wärmen, rückte Anicah näher an Martin heran, bis sich die beiden von der Schulter bis zur Hüfte berührten. Er zuckte merklich zusammen, bewegte sich aber nicht vom Fleck. Ein feines, unsichtbares Gespinst trennte sie von den anderen, doch Anicahs Sinn für feine, unsichtbare Dinge war kaum entwickelt, so daß sie davon keine Kenntnis nahm.

»Mein Vater ist von den Männern des Königs zum Kriegsdienst in den Niederlanden gepreßt worden«, sagte sie, um sich im Gespräch die Zeit zu vertreiben. »Einer seiner Freunde hat sich die Finger abgeschnitten, um nicht mitziehen zu müssen. Ein anderer hat sich mit Salz geblendet. Mein Vater aber ist voller Stolz losmarschiert.«

Obwohl Martin, vom Bier leicht berauscht, nicht mehr klar denken konnte, registrierte er, daß diese Geschichte nicht zu den anderen paßte, die Anicah zuvor erzählt hatte. Doch er war zu matt, um sie zur Rede zu stellen.

Anicah stieß ihm mit den Ellbogen in die Rippen. »Weißt du, warum die Scham der Frau auch ›Hut‹ genannt wird?«

»Du wirst es mir verraten«, antwortete er irritiert.

»Na, weil sie oft bekrempelt und aus Höflichkeit gelüftet wird.« Über die alte Zote herzhaft kichernd, warf sie sich an Martins Schulter.

»Aber es heißt doch ›die Hut‹«, meinte der Junge einfältig, worauf Anicah vor Vergnügen aufkreischte und sich, von Lachkrämpfen geschüttelt, über die Planken wälzte.

Martin hatte es eilig davonzukommen, stolperte aber im Dunkeln über die ausgestreckten Beine eines Matrosen. Leise fluchend raffte er sich auf und ging weiter.

Anicah stand auf. Sie wollte folgen, doch die Beine drohten unter ihr wegzuknicken, und sie mußte sich an der Reling festhalten. Das Bier war ihr zu Kopf gestiegen. Mit jeder Bewegung schwindelte ihr mehr. Die Luft schien dicker als Wasser zu sein, so behäbig taumelte sie umher.

Doch getrieben von dem Verlangen nach Martins Nähe, folgte sie ihm wankend über die Stufen aufs Achterdeck, das zu betreten für sie und ihresgleichen streng verboten war. Er stand, im Windschatten wasserlassend, mit gespreizten Beinen an der Heckgalerie zwischen geschnitzten Putten und Efeuranken; die entblößten Batzen schimmerten bleich im Dunkeln. Anicah schlich herbei, preßte ihre Wange zwischen seine Schulterblätter und umarmte ihn.

Erschrocken fuhr er herum, worauf sie das Gleichgewicht verlor, in die heruntergelassene Hose trat und den Fuß darin verhedderte. Gemeinsam kippten sie der Länge nach um, Arme und Beine ineinander verflochten. Brust an Brust wälzten sie umher, bis sie seitlich zu liegen kamen, unfähig, die

Arme zu bewegen, die festgeklemmt oder in Kleidern verwickelt waren.

Martins Verstörtheit wich einer zärtlichen Empfindung für das Mädchen, das sich so dicht an ihn preßte. Er suchte ihren Mund, die Quelle des heftigen Hauchs, der sein Gesicht streichelte, küßte aus Versehen ihr Ohr, ihren Wangenknochen und Nasenflügel, bis er endlich die Lippen fand. Doch die reagierten nicht mehr.

Anicah stieß ein paarmal auf und erschlaffte in seinen Armen. Bald ging ihr Atem gleichmäßig und flach, und von Zeit zu Zeit entfleuchten dem Mund schlabbernd schmatzende Laute. Die Luft der späten Septembernacht strich kühl über Martins bloßes Hinterteil. Vage ahnte er, wie peinlich es wäre, wenn man ihn so mit dem Mädchen fände, doch er fühlte sich nicht der Anstrengung gewachsen, die es kosten würde, Anicahs Fuß aus seiner Hose zu befreien und sich aufzuraffen. Auch fehlte es ihm an Entschlußkraft, den warmen, weichen Kontakt aufzugeben.

Er schmiegte sich an sie und lenkte ihren freien Arm, bis er auf seiner Hüfte zu liegen kam. So war es ihm wie eine Umarmung. Die Wange in Berührung mit ihrem zerzausten, salzig schmeckenden Haar und mit einem Lächeln im Gesicht schlief er ein.

Margaret saß am Fenster ihrer Kabine. In den Händen hielt sie eine ihrer beiden alten Steinschloß-Pistolen mit fischschwanzartigem Griff, schwer, geladen und schußbereit. Sie ließ sich die Furcht, die sie empfand, nicht anmerken, obwohl Giles sie ohnehin nicht wahrgenommen hätte. In der Dunkelheit waren von der Schwester nur Umrisse zu erkennen.

»Ich würde es lieber sehen, wenn ihr, du und Mary, nach unten ginget«, sagte er.

»Und du glaubst, da wären wir sicherer aufgehoben?«

Das ausgelassene Gejohle an Deck wurde zunehmend lauter. Auch Giles hatte getrunken. »Du bist hier in Gefahr. Falls wir ihnen nicht entwischen, werden wir womöglich beidrehen und den Spieß umkehren müssen ...« Er war drauf und dran, ein delikates Thema anzuschneiden, wozu er allenthalben neigte, besonders in Gegenwart von Mägden oder solchen Frauenzimmern, für die Delikatesse im Sinne von Zartgefühl ohnehin ein Fremdwort war. »Und wenn wir uns nicht verteidigen können ... Bedenke nur, wie willst du deine Ehre retten?«

Margaret schmunzelte. »Diese Männer da unten sind doch nicht einmal in der Lage, die eigenen Flöhe zu knacken. Wie könnten sie uns an Deck besser verteidigen als hier oben?«

»Wir sind alle in Gottes Hand, lieber Bruder«, sagte Mary leise. Sie lag zu Bett.

Giles seufzte. »Ein letztes Mal, ich bitte euch, geht ins Zwischendeck, wo die anderen Frauen sind ...«

»Und Ungeziefer und Gestank«, ergänzte Margaret. »Wir werden doch nicht, um dich zu beruhigen, unsere Würde preisgeben.«

»Dann helfe euch Gott.« Giles verbeugte sich spöttisch. »Ruht wohl.«

Margaret hörte die Tür hinter ihm zuschlagen. Sie fuhr mit der Hand über den Pistolenlauf und lauschte den unanständigen Liedern, die die Männer seit Stunden von sich gaben.

»Ich bin nicht wert, daß Gott mich schützt.« Dünn klang Marys Stimme aus dem dunklen Winkel der Kabine.

»Ich kenne niemanden, der seinen Schutz mehr verdiente.«

»Nein«, entgegnete Mary. »Ich sollte auf ihn vertrauen, und doch ist mir angst und bange.«

»So wie mir.«

»Den Eindruck machst du nicht.«

Margaret starrte aus dem Fenster in die schwarze Nacht auf der Suche nach dem fahlen Widerschein eines Segels. Plötzlich vernahm sie ein leises Klirren. Sie beugte sich zum Fenster hinaus und schaute nach oben. Von der Heckgalerie senkte sich an einem Seil ein schimmernder Gegenstand. Und während sie hinschaute, wurde von unsichtbarer Hand ein Tuch, das die Laterne bedeckte, weggezogen, so daß ein Licht aufstrahlte, das offenbar den Korsaren als Signal dienen sollte.

»Heilige Mutter Gottes!« Margaret warf ihren Umhang über die Schultern.

»Was ist, Maggie?«

»Da versucht uns jemand zu verraten. Er gibt dem Feind ein Lichtzeichen.«

Mary richtete sich auf und suchte mit bestrumpften Füßen unter der Bettkante nach den Schuhen.

»Es wäre klüger, du bliebest hier, Mary.«

»Nur sich selbst nützt ein Kluger«, erwiderte Mary fast heiter, und es schien, als habe sie bloß auf eine Gelegenheit gewartet, die Kabine verlassen zu können.

»Dann bleib dicht bei mir.«

Als Margaret die Stufen hinabstieg, hörte sie das hastige Trippeln einer Ratte auf den Planken. Das Herz pochte ihr ans enge Korsett, und mit beiden Händen hob sie die schwere Pistole.

Sie stieß die Tür zur erleuchteten Kabine des Kapitäns auf. Vor den Fenstern hingen schwere Decken, um das Licht nach draußen abzuschotten. Skinner hing träge in seinem großen Sessel, um den herum leere Flaschen verstreut am Boden lagen.

»Ich bin Engländer«, röhrte er und hob eine Flasche zum Salut. »Ein Fürst der Meere. Der stolzeste Mann in Gottes Königreich.«

Margaret warf die Tür von außen wieder zu und stieg aufs Halbdeck. Unten auf dem Hauptdeck verbrüderte sich bei feuchtfröhlichem Gelage die Mannschaft mit den Deportierten, mit dem »Schiffsballast«, wie sie diese sonst zu bezeichnen pflegte. Das Bild erweckte den Anschein, als hätten die Piraten bereits angegriffen und gesiegt.

»Ist das nicht Vater Poulton?« Mary deutete zum Halbdeck hin. Der Jesuit stand an der Reling, X-beinig und die Arme um die Brust geschlungen.

»Meine Damen«, rief er, als er sie erblickte. »Ihr solltet nach unten gehen.«

»Ein Verräter hat eine Laterne ins Heck gehängt, und Skinner liegt betrunken in seiner Kabine.«

Margaret steuerte auf das Achterdeck zu. Poulton und Mary folgten. Vor einem Knäuel aus Armen und Beinen, eng an die Reling gedrückt, blieb Margaret jäh stehen.

»Da scheint ein Puttenpaar aus dem Schnitzwerk gefallen zu sein«, sagte sie.

»Seh ich recht?« Giles war unvermittelt aufgetaucht und stieß mit der Stiefelspitze vor Martins nacktes Hinterteil. »Was haben wir denn da?«

11

Martin und Anicah wurden vor die Mannschaft und die Deportierten geführt, die sich auf Haupt- und Vordeck versammelt hatten. Zwischen ihnen stand die große Ankerwinde, um deren Fuß das lange Tau gewunden war. Davor befanden sich zwei Eimer, gefüllt mit Bleigeschossen. Martins Gesicht war schreckensbleich, und Anicah ahnte, daß er sich ausmalte, welche Folter nun drohte.

»Halt dich tapfer«, flüsterte sie ihm zu.

Sie selbst hatte oft genug Peitsche und Knüppel der Gefängnisschließer von Bridewell gespürt, doch eine öffentliche Bestrafung war ihr bislang erspart geblieben. Sie hatte sich immer für unverwundbar gehalten. Auch jetzt kam es ihr so vor, als spielte sie bloß eine kleine Rolle zur Unterhaltung an Bord. Ihre größte Sorge galt der drohenden Entdeckung durch die papistischen Schwestern und deren Bruder. Sie wünschte, die Korsaren hätten zugeschlagen, statt in der Nacht ihr Ziel zu verlieren, denn Margaret Brents Wut machte ihr mehr angst als ein Überfall der Piraten.

Giles, Margaret und die restlichen Herrschaften waren auf dem Achterdeck. Der Maat stand vor der Luke zum Laderaum. In seinem Gürtel steckte eine Peitsche mit langen Lederfransen.

»Die Anklage lautet auf Verrat, Meuterei und Sodomie«, verkündete er. »Das letztere Vergehen ist mit zwei Dutzend Streichen am Gattspill abgebüßt. Auf Meuterei und Verrat steht der Tod durch den Strang, am Hauptmast oder im Schlepp durchs Kielwasser. Bekennt ihr euch schuldig?«

»Niemals.« Anicah wußte nicht einmal, was unter Sodomie zu verstehen war; auch konnte sie sich nicht erklären, weshalb ihr Verrat und Meuterei vorgeworfen wurden. Wie dem auch sei, sie war klug genug, um jede Anschuldigung entschieden und wiederholt abzustreiten.

»Auch ich bin unschuldig, Euer Ehren«, sagte Martin.

»Dann werdet ihr jetzt ans Spill gebunden, bis ihr gesteht. Zieht eure Hemden aus!«

Zwei Seeleute banden Seile an die mit Blei gefüllten Eimer. Anicah ahnte, daß sie um ihren und Martins Hals gehängt werden sollten als Last, die zum Schuldgeständis drängte.

»Wenn ich bekenne«, sagte Anicah, »werdet ihr mich dann zum Frondienst in den westlichen Kolonien begnadigen?« Alles lachte.

Margaret beugte sich vor. Sie hatte die Gesichter der Angeklagten noch nicht bei Tageslicht sehen können. Die Stimme des kleineren Jungen kam ihr jedoch vertraut vor.

»Dummkopf.« Der Maat langte zur Peitsche.

»Dummheit verdient nicht die Todesstrafe«, antwortete Anicah. »Mein einziges Verbrechen ist, von niederstem Stand zu sein.«

»Sieh dich vor«, zischte Martin. Er streifte sein Hemd ab.

»So schnell geb' ich nicht klein bei«, sagte sie hochtrabend, mußte aber jetzt mit ansehen, wie man den Freund auf die Knie zwang und seine ausgestreckten Arme an das lange Konterholz in der Winde fesselte.

Sie bedauerte ihn, der bisher ein behütetes Leben geführt hatte und auf solche schweren Schicksalsschläge nicht vorbereitet war. Sogar jetzt, da das Schlimmste drohte, war sie stolz auf die Komplizenschaft mit einem so hübschen Mittäter, obgleich es ihr nach wie vor ein Rätsel war, welcher Tat man sie bezichtigte. »Martin«, flüsterte sie. »Ich heiße Anicah.« Dies und noch viel mehr von ihr zu wissen, hatte er verdient.

Die Deportierten tuschelten untereinander. Die Erfahreneren erklärten den anderen, was es mit der Anklage auf sich hatte.

»Unzucht!« Joan Parke lachte laut auf. »Und dafür werden sie gezüchtigt. Jetzt können wir was erleben.«

Anicah merkte auf. Gegen den Vorwurf der Unzucht wußte sie sich zu verteidigen. Noch hatte sich bei ihr der Monatsfluß nicht eingestellt, und die Brust war flach wie die eines Jungen. Also schnürte sie den Bund auf, ließ die Hose fallen und hob das Hemd.

»Sieht's so im Schritt von Kerlen aus?«

»Dem Jungchen fehlt der Piepmatz«, brüllte Joan.

»Die beiden wurden letzte Nacht in der Nähe der Laterne aufgegriffen.« Der Maat mußte brüllen, um das Gelächter zu übertönen. »Die Anklage auf Verrat und Meuterei bleibt bestehen. Weiß jemand einen Grund vorzutragen, warum wir sie nicht aufknüpfen sollten?«

»Oder wie dreckige Wäsche durchs Kielwasser ziehen?« krakeelte Joan.

Anicah zog die Hose wieder hoch und schnürte den Bund fest.

Margaret warf Giles einen Blick zu. »Sag was zu dem Fall. Du hast doch die Gesetze studiert.«

»Ach was«, entgegnete der Bruder. »Ich werde doch nicht für dieses Pack Partei ergreifen.«

»Aber diese beiden haben die Korsaren nicht gelockt.«

»Dafür haben sie bestimmt was anderes auf dem Kerbholz.«

Margaret hatte mit dieser Weigerung gerechnet. Sie schaute Pater Poulton an und sah, daß er im Begriff war vorzutreten. Um ihm zuvorzukommen, steuerte sie auf die Treppe zu.

»Was hast du vor, Margaret? Sei nicht dumm«, warnte Giles.

Die weichen Ledersohlen dämpften ihre Schritte, so daß Margaret unbemerkt näher kam und vor das Mädchen trat. Es erschrak sichtlich, hatte sich aber schnell wieder gefaßt, hob das Kinn und blickte furchtlos geradeaus. Margarets Ärger über die freche Diebin wich einer milderen Stimmung.

»Die Angeklagten sind nicht schuldig«, rief Margaret mit lauter Stimme. Im Hintergrund war Giles zu hören, der vor Verlegenheit stöhnte.

»Was soll das heißen, Mistreß Margaret?«

»Ich werde die beiden verteidigen.«

Der Maat suchte mit seinen Blicken Rat bei Kapitän Skinner, doch der zuckte bloß mit den Schultern.

»Der Doktor, mein Bruder und ich haben die beiden letzte Nacht auf dem Achterdeck vorgefunden«, fuhr Margaret fort. »Hätten sie die Laterne begossen und angezündet, wäre der Gestank von Walöl in den Kleidern haften geblieben. Der Doktor hat sie untersucht, da sie wie tot dalagen, doch was er riechend wahrnehmen konnte, waren allenfalls Ausdünstungen von gegorenem Gerstensaft.«

Sie wandte sich der versammelten Mannschaft zu. »Ich bin zwar keine Rechtsexpertin, glaube aber doch zu wissen, daß Betrunkenheit allein für gewöhnlich nicht mit dem Tode bestraft wird. Wenn dem so wäre, hätte es nicht genügend Seile noch Bäume, um alle Straffälligen aufhängen zu können.«

Die Menge johlte vor Lachen, und Margaret war überrascht, wie sehr sie diese Reaktion genoß.

Verärgert rief der Maat: »Die beiden Strolche hier haben sich widerrechtlich auf dem Achterdeck aufgehalten. Dafür müssen sie bestraft werden.« Er wollte sich den Spaß an einer drastischen Strafaktion nicht verderben lassen. Wenn die beiden ungeschoren davonkämen, würden Mannschaft und Passagiere wissen, daß der Verräter noch auf freiem Fuß war.

Margaret blickte zum Halbdeck auf und sah, daß Pater Poulton dem Kapitän etwas ins Ohr flüsterte. Skinner ließ sich das Gesagte lange durch den Kopf gehen, bevor er sich an die erwartungsvoll wartenden Zuschauer wandte.

»Im Frachtraum nehmen die Ratten überhand«, sagte er schließlich. »Die beiden Angeklagten werden für Abhilfe sorgen. Die Metze ist klein und wendig genug, um zu den Brutstätten vordringen zu können.«

Als man Martins Arme losband, drängte es Margaret, Einspruch zu erheben. Was fiel Poulton ein, dieses diebische Mädchen in die Nähe der Gepäckstücke und Frachtgüter zu lassen? Nun, er konnte ja nicht wissen, daß es sie bestohlen hatte, und Giles war im Cocklorel zu betrunken gewesen, um sich an das Gesicht erinnern zu können. Margaret fragte sich, warum sie nicht selbst den Vorfall von damals zur Sprache brachte und das Mädchen anzeigte.

Mannschaft und Passagiere liefen auseinander, merklich unzufrieden über den wenig spektakulären Ausgang der Verhandlung. Martin massierte sich die wundgeriebenen Handgelenke.

»Rattenfangen ist besser als aufgehangen.« Er grinste.

»Da bin ich anderer Meinung«, erwiderte sie mürrisch.

Das Licht aus der brennenden Schwefelpfanne konnte den Bauch des Schiffes bei weitem nicht aufhellen, verbreitete aber um so mehr Gestank.

»Potz noch eins!« fluchte Anicah. Sie steckte in einer Nische zwischen zwei Reihen von Fässern, gefüllt mit Pökelfleisch. Der Gestank verrottenden Fleisches war stärker noch als die beißenden Schwefelschwaden. »So eine gottverdammte Pest!«

Martin kauerte im sandigen, schwarzen Pfuhl der Bilge und spähte durch eine Spalte im Holzwerk. »Wenn du den Namen unseres Herrn mißbrauchst, wird er sich womöglich nicht mehr um unser Wohlergehen kümmern«, ermahnte er.

»Um mein Wohlergehen kümmert er sich schon lange nicht mehr.« Anicah kroch rücklings zwischen den Fässern hervor. »Sonst würde er mich nicht durch diese Jauchegrube kriechen lassen.«

»Zugegeben, Ratten auf dem Feld zu jagen ist einfacher.«

Erschöpft hockte Anicah in der knöcheltiefen Brühe, die mit dem schwankenden Schiff träge hin- und herschwappte. Die Kleider klebten an der Haut, die schwarzen Locken im Gesicht. In der Hand steckte eine Forke mit langem Griff, mit der sie vergiftetes Fleisch in die Rattennester legte.

Die Stimmen der beiden hallten durch den finsteren Hohlraum, der bepackt war mit Kisten und Fässern, von denen die meisten leer zu sein schienen. Darüber stapelten sich Möbel und die Ausrüstung der herrschaftlichen Abenteurer. Tische, Bettgestelle und Schränke knarrten mit jeder Schiffsbewegung in den Seilen, mit denen sie vertäut waren.

Mit Salzwasser verdünnt, sickerten die Ausscheidungen der Passagiere durch sämtliche Ritzen und liefen in jeder Höhlung zusammen. Käfer, Nager und Kriechtiere fanden in diesem übelriechenden Brei reichlich Nahrung und günstige Voraussetzung für reiche Vermehrung. Anicah spähte wütend umher. Das Weiß ihrer Augen und die Zähne schimmerten im Gesicht, das so schwarz war wie das der Ratten, denen sie nachstellte.

»Du scheinst Freunde unter den Papisten zu haben, Anicah. Bist du am Ende selbst eine von denen?«

»Nein, ganz und gar nicht.«

»Daß die feine Dame uns verteidigt hat, war sehr freundlich von ihr.«

Anicah knurrte. Das Verhalten der Brent war ihr völlig unverständlich. Womöglich führte die Frau noch eine Gemeinheit im Schilde, zusätzlich zur Strafe, obwohl diese schon schwer genug zu ertragen war.

Sie stand auf und ließ sich von Martin frisches Salzwasser aus einem Kübel über den Kopf gießen. Es spülte den Dreck aus den Haaren und wusch das Gesicht. Sie streifte das Wasser von Armen und Beinen und trocknete sich schließlich mit Sackleinen ab. Dabei sang sie das melancholische Lied der Rattenfänger von Bristol.

Habt ihr Ratten, Marder, Wiesel oder Mäuse?
Oder Schweine voller Würmer und Geläuse?
Ich töte Ungeziefer, alles, was verseucht,
samt und sonders, was durch Löcher kreucht.

Sie kletterten die Leiter hinauf ins Zwischendeck und bemerkten, daß es Nacht geworden war. Ein Matrose wartete auf sie am Einstieg, um hinter ihnen abzuschließen. Die beiden tappten auf ihr Lager zu. Flink pellte sich Anicah aus den nassen Kleidern und schlüpfte unter die steifen, klammen Decken. Die Haut war noch feucht, und sie zitterte vor Kälte. Martin nahm sie in seine Arme.

Sie strich mit den Lippen über seinen Mund und flüsterte: »Heute morgen dachte ich noch, daß ich dich nie mehr würde küssen können. Kein einziges Mal mehr.«

Sie lag so leicht, so schmächtig und bibbernd da, daß Martin besorgt war, ihr weh tun zu können. Er wiegte sie in einem Arm und massierte, um sie warm zu machen, mit der freien Hand die kalten Beine, Hüften, Rücken und Schultern. Sie schmiegte sich an ihn, und er fing an, sie zu streicheln, ertastete zögernd und behutsam ihren Leib im Dunkeln.

Anicah hatte schon so manchem Mann in den Ausschnitt der Beinkleider gelangt und war dabei schon oft mit dem in Berührung gekommen, was sie die weichen Güter nannte, jenen zwei Teilen, die Männer neben ihren Schnupftabaksdosen und Börsen, Uhren und Schneuztüchern in der Hose tragen. Ihre Finger waren geschickt, wendig und erfahren, und als sie sich sanft um Martins Güter legten, glaubte der Junge, die Sinne zu verlieren.

Gemeinsam wurde beiden offenbar, was sie zu wissen begehrten. Die Erfahrung war zwar begleitet von Schmerzen und kleinen Mißlichkeiten, aber zu keinem Augenblick verfehlt. In Martins Armen dämmerte Anicah in den Schlaf. Zum ersten Mal in ihrem Leben fühlte sie sich geliebt, glücklich und geborgen zugleich.

12

Margaret hörte laute Rufe und das Knallen von Feuerwerkskörpern auf dem Hauptdeck. Es war der 5. November 1638, der Jahrestag der Pulververschwörung. Vor dreiunddreißig Jahren hatten Guy Fawkes und seine Komplizen versucht, den König und das Parlament in die Luft zu sprengen in der Hoffnung, der Sache der englischen Katholiken förderlich zu sein. Auch nach so langer Zeit war an diesem Tag mit Racheanschlägen zu rechnen. Darum blieben die Schwestern Brent in ihrer Kabine.

Mary pulte dicke, schwarzköpfige Käfermaden aus einem Zwieback, der in Form und Konsistenz einem Pflasterstein glich. Als Kind, so erinnerte sich Margaret, hatte die Schwester Rosinen aus ihrem Pudding gepickt und sie der Reihe nach auf den Tellerrand gelegt, um sich diese bis zum Schluß der Mahlzeit aufzuheben.

Mary war allzu beschäftigt mit dem Brot und dessen Bewohnern; so fiel ihr nicht auf, daß Margaret ihr von der Feuchtigkeit aufgedunsenes Buch *Good News from Virginia* geschlossen hatte und sie mit starrem Blick betrachtete. Der Blick verriet, daß sie die Gegenwart der Schwester, mit der sie nun seit zweieinhalb Monaten auf engstem Raum zusammenlebte, kaum länger ertragen konnte.

Sie war geneigt, ihr die Hände um den dürren Hals zu legen, sie zu würgen und zu schütteln, daß sich die mausbraunen Haare aus dem kleinen Knoten lösten, bis daß das bleiche Gesicht blau anlaufen und die rätselhaften, wässrigblauen Augen aus ihren tiefen Höhlen hervorspringen würden. Margaret haßte den Geruch von Gartenraute und Lavendel, der ihren Kleidern anhaftete. Sie haßte die süßliche Stimme.

Margaret fürchtete, den Verstand zu verlieren, und um den breiten Mund zuckte ein trauriges Lächeln. Nun, dachte sie, wenn dem so ist, bin ich hier richtig aufgehoben, in diesem schwimmenden Irrenhaus zwischen Wahnsinnigen und Schurken.

Giles öffnete die Tür und warf einen Blick in die Kabine. »Bei euch, meine lieben Schwestern, scheint ja alles in Ordnung zu sein.«

»Du hast eine merkwürdige Vorstellung von Ordnung, Bruder.« Margaret machte ihn mit Blicken aufmerksam auf ihr fleckiges Kleid, auf das feuchte Bett, die maroden Möbel, die Koffer und Fässer für den wasserdichten Transport ihrer Habe. All das hatte während des letzten Unwetters erheblichen Schaden genommen. Doch Verzweiflung darüber führte zu nichts. »Tritt ein, Bruder.«

Obwohl ihm anzusehen war, daß er lieber wieder gehen würde, wünschte Margaret seine Gesellschaft. So hoffte sie, den Nachmittag überstehen und der Gefahr ausweichen zu können, Mary Dinge an den Kopf zu werfen, die ihr später leid tun würden.

Von den Vorräten an Verpflegung und Wein, die in der Kabine lagerten, war das meiste verzehrt oder vom Salzwasser ruiniert worden. Die Kisten und Fässer nahmen im Grunde nur noch Platz weg. Giles hockte sich auf den gepolsterten Deckel des Klosettstuhls und zog die langen Beine ein, bis die Knie fast das Kinn berührten.

»Skinner hat uns für heute abend zum Essen eingeladen«, sagte Giles, ein wenig zu laut in seinem Bemühen, gute Stimmung zu verbreiten.

Margaret stand auf und trat vor die Tür, um ihn nicht so bald entwischen zu lassen. Sie musterte ihn mit strengem, frostigem Blick.

»Hast du die Vorräte inspiziert?«

»Ja«, antwortete er und versuchte, mit dem Taschentuch einen Fleck von der Hose zu putzen.

»Und in welchem Zustand befinden sie sich?«

»In durchaus angemessenem, Maggie.«

Margaret zeigte ihm ein Stück Käse, grün verschimmelt. »Maden tummeln sich im Brot, der Käse reißt uns die Haut vom

Mund. Mir scheint, lieber Bruder, daß deine Vorstellung von Angemessenheit ebenso irrig ist wie die von Ordnung.«

»Dieser Zwieback hier ist wieder genießbar«, sagte Mary und präsentierte das Stück mit heiterer Miene. »Ich habe es in Wasser und Brandy quellen lassen.«

»Besten Dank, aber mir fehlt der Appetit.« Margarets Wut wurde durch Reue beschwichtigt. Wie hatte sie Groll gegen eine so freundliche Seele hegen können? »Vielleicht nimmt dir Vater Poulton die Beichte ab, teure Schwester. Er und Fulke sind in ihrer Kabine.«

Mary zeigte sich erleichtert über die Gelegenheit, dem drohenden Streit zwischen der Schwester und dem Bruder entfliehen zu können. Margaret warf ihr die Kapuze des Umhangs über den Kopf und reichte ihr die Maske, küßte sie zum Abschied auf die Wange und machte die Tür hinter ihr zu. Dann nahm sie Giles gegenüber auf der Bettkante Platz.

»Entschuldige bitte meinen barschen Ton.«

»Der ist mir doch vertraut.« Giles schmunzelte.

»Ich weiß, daß dich deine Gutmütigkeit davon abhält, mir die Wahrheit zu gestehen. Aber, bitte, laß mich nicht im unklaren darüber, wie es in Wirklichkeit um die Vorräte bestellt ist. Sonst muß ich, um mir ein Bild zu machen, noch selbst in den Laderaum hinabsteigen.«

Giles schüttelte den Kopf. Margaret hatte ihn noch nie so bedrückt gesehen. Seine freudlosen Augen erinnerten sie an den Blick des Jagdhundes, den sie daheim hatten zurücklassen müssen.

»Nein, Schwester«, sagte er, »davon rate ich dir dringend ab.«

»Ich bin auch schon im Zwischendeck gewesen.«

»Das Zwischendeck ist ein Paradies im Vergleich zum Frachtraum. Da wieseln Ratten umher, die so groß sind wie Ferkel. Das Bier aus fünfzehn Fässern ist sauer geworden. Nie zuvor war ich einem dermaßen üblen Gestank ausgesetzt gewesen. Und du hast dich ja schon selbst davon überzeugen können, in welchem Zustand Brot und Käse sind.«

Margaret holte tief Luft. »Und das Fleisch?«
»Das Rindfleisch ist blau und verschleimt.«
»Das Schweinefleisch?«
»Ich habe ein paar Fässer öffnen lassen. Darin befanden sich behaarte Füße mit Hufen. Backen. Ohren. Schlachtabfälle, die eigentlich auf den Misthaufen gehören. Schweineköpfe mit Ringen in der Nase.« Giles lachte verbittert. »Immerhin, für die Eisenringe gäb's auf dem Schiff womöglich noch Verwendung.«
»Man hat uns betrogen«, sagte Margaret.
»Uns und die Handelsgesellschaft. Ihr wurde schimmeliges Brot, stinkendes Bier und verdorbenes Fleisch verkauft, wahrscheinlich aus den Resten früherer Seereisen. Das einzige Frischfleisch, das sich im Frachtraum befindet, hat Schnurrbarthaare und läuft auf vier Beinen herum.«
»Giles!« erschrak Margaret, doch der Bruder zuckte nur mit den Achseln und grinste schief.
Margaret bekreuzigte sich. »Falls wir das Ziel erreichen«, murmelte sie, »hat Gott ein Wunder an uns geschehen lassen.«

Martin drückte den Faßdeckel nach unten. Der war nach Anicahs Angaben vom Schiffsschreiner umgearbeitet worden. Und zwar führte nun, diagonal durchs Holz, eine Stange, die in zwei Löchern am Faßrand lagerte, so daß der Deckel frei auf- und abwippen konnte. Damit er sich nur zur einen Seite hin absenken konnte, war auf der anderen ein Spund zur Auflage befestigt. Die eine Deckelhälfte kippte nun nach unten weg, sobald ein Gewicht darauf zu liegen kam. Darauf hatte Anicah ein mit ranzigem Schmalz beschmiertes Stück Brot genagelt.

Aus der Tiefe des Fasses war wildes Fiepen und Kratzen zu vernehmen.

Anicah löste den Deckel aus der Verankerung, trat auf eine Kiste und beugte sich über den Faßrand. Die Kante drückte auf den Magen und linderte den Hungerschmerz. »Da sind mindestens sechse drin!«

»Na bitte. Von den feinen Leuten ist uns pro Stück ein Sixpence versprochen worden.«

»Die könnten sich ruhig selbst mal herbequemen«, sagte sie und spuckte aus. »Stell dir nur vor, Martin: Die Herrschaften veranstalten hier unten 'ne muntere Treibjagd. Tan-ta-ra! Die Junker mit rotem Rock und einer Hundemeute bei Fuß.«

»Du scheinst dich auszukennen.«

»Meine Mutter hat in der Küche eines Hauses gearbeitet, das größer war als dieses Schiff. Wir haben fürstlich geschlemmt, was wir nur wollten und noch mehr. Pudding und Braten, Brot, Marmelade und Käsebatzen so dick wie dein Kopf.«

»Und was kam danach?« Martin war neugierig. Er hatte schon viele Versionen vom Schicksal ihres Vaters gehört, aber noch nichts von Anicahs Mutter. Er glaubte ihr zwar kein Wort, doch sie fand offenbar Vergnügen daran, Geschichten zu erzählen, und damit war auch er zufrieden.

»Meine Mutter trauerte immer noch meinem Vater nach, der drei Jahre zuvor von Wegelagerern ausgeraubt und umgebracht worden war. Daß sie Trübsal blies, nahm aber nichts von ihrer Schönheit. Und der junge Lord des Anwesens, auf dem wir wohnten, war ganz versessen auf sie.« Gedankenversunken rührte sie mit dem Stock in dem Gewimmel der gefangenen Ratten.

»Doch eines Tages – er preschte einem Hirsch nach – stürzte sein Pferd und begrub ihn unter sich. Er war platt wie ein Taschentuch. Wir wurden dann von seiner Familie davongejagt.« Mit einem kräftigen Hieb aus dem Handgelenk schlug sie eine Ratte tot.

»Hast du je zuvor Ratten gegessen?« fragte Martin.

»Und ob. Aber noch keine, die sich ausschließlich von Mist ernährt hat.« Woher sie wußte, was die von ihr verspeisten Ratten zu Lebzeiten gefressen hatten, verriet sie nicht.

Anicah und Martin zogen den Tieren das Fell ab und weideten sie aus. Sie hätten ohne weiteres alle sechs verschlingen können, behielten aber drei davon zurück, um sie anderen anzubieten. Anicah packte sie einzeln in Sackleinen ein.

»Eine werde ich Bridget geben«, sagte sie. »Wenn sie was ißt, läßt der Knochenmann vielleicht von ihr ab.«

Die Luke war geöffnet, und die Deportierten befanden sich an Deck. Anicah nahm die Gelegenheit wahr, um unbemerkt nach achtern zu schleichen und eines der Päckchen abzuliefern. Als sie aufs Hauptdeck zurückkehrte, mußte sie erkennen, daß für Bridget jede Hilfe zu spät kam. Bess Guest und die beiden anderen Dienstmägde waren schon dabei, den Leichnam in eine Decke einzunähen. Joan stritt sich mit Bess über den armseligen Nachlaß des Mädchens.

Die Herrschaft schaute vom Achterdeck zu; nur der Doktor war zur Stelle. Er hatte Bridgets Tod festgestellt. Anicah war froh, ihn hier anzutreffen.

»Mit Verlaub ...«, sagte sie und reichte ihm ein Päckchen. »Ihr wart so freundlich zu uns und zu Bridget. Und weil nicht mal ein Schröpfer von Knochen und Schrot satt werden kann, wird Euch das hier guttun und gesalzen und gebraten vielleicht sogar gut schmecken.«

Sie grinste, und die weißen Zähne leuchteten aus dem dunklen, verdreckten Gesicht. Es war so abgemagert, daß die braunen Augen um so größer wirkten. Sie hatten einen trügerischen Glanz, vom Hunger hervorgebracht. Die Kleider hingen in Fetzen vom knochigen Leib. Sie sah hinfällig aus, doch Poulton wußte, daß sie zäh wie ein Katze war.

Er nahm das Geschenk entgegen und entdeckte, das Mädchen musternd, die Blutergüsse auf Händen und Armen, die geschwollenen Ellbogen und Knie – Symptome von Skorbut, die sich nicht nur bei denen im Zwischendeck häuften, sondern auch bei der Mannschaft und den herrschaftlichen Passagieren. Er drückte mit der Zunge vor den Eckzahn, der schon seit Tagen im Gaumen wackelte.

»Anicah«, rief Bess. »Wirst du für Bridget ein Abschiedslied singen?«

Anicah empfahl sich Poulton mit einem linkischen Hofknicks, der um so kurioser wirkte, da sie eine Hose trug. Dann eilte sie zu den anderen.

Vier Männer trugen den Leichnam, der kaum schwerer war als ein Kind, auf den Schultern. Die Seeleute standen schweigend in den Brassen und auf dem Vordeck, als die Deportierten der Verstorbenen das letzte Geleit gaben. Die Träger legten den Leichnam vorsichtig auf die Reling. Es war Abend geworden; das stille Meer schimmerte violett und golden. Nur die Flossen einiger träge kreisender Haie zerschnitten die glatte Wasseroberfläche.

Niemand trat vor, um ein Gebet für Bridget zu sprechen, da sie katholischen Glaubens gewesen war und, schlimmer noch, ihr Kind getötet hatte.

Schließlich meldete sich Anicah zu Wort. »Wir haben für dich weder Rosmarin noch Blumen, Bridget«, sagte sie. »Drum soll der Abendhimmel mit seinen Farben dein Grabschmuck sein. Du hast keine Familie, die um dich weint; statt dessen trauern wir um dich. Gott möge dir gnädig sein.«

Dann sang sie mit klarer, durchdringender Stimme:

Trauernacht, Trauernacht;
jetzt und immerdar
sei ein helles Licht entfacht,
deine Seele in Gottes Gewahr.

Läßt uns hier zurück allein,
jetzt und immerdar,
kehrest du zum Himmel ein,
endlich vor Gottes Altar.

Margaret und Mary warteten, bis das Lied gesungen und die Trauergemeinde auseinandergegangen war. Dann senkten sie die Köpfe und murmelten ein Gebet für die Tote, ob Mörderin oder nicht. Schließlich machten sie sich auf den Weg zurück in ihre Kabine. Als sie die Niedergangstreppe erreichten, hörten sie Skinner wütend toben. Er marschierte in der großen Kapitänskajüte hin und her, so daß die Stimme mal leiser, mal lauter zu werden schien. Mitunter meldete sich eine andere Stimme, die aber so gedämpft war, daß sich weder die Worte noch der Sprecher ausmachen ließen.

»... die Schiffspapiere vorzulegen? Kommt gar nicht in Frage«, polterte er. »Wie soll ich diese Aufforderung verstehen? ... Aufstand, Meuterei ... daß ich mit den Händlern gemeinsame Sache gemacht habe? Frechheit ...«

»Es scheint endlich jemand den Mut zu haben, ihn zur Rede zu stellen«, sagte Margaret.

»Weswegen?«

»Betrügerei, was den Einkauf der Vorräte angeht. Wahrscheinlich hat er sich mit den Händlern auf unsere Kosten bereichert.«

»Aber er wird doch seine eigenen Männer nicht hungern lassen.«

»Geld und Schnaps lassen über solche Bedenken hinwegsehen. Wie dem auch sei, Skinner jedenfalls scheint nicht zu darben. Es sieht sogar danach aus, als sei er noch dicker geworden. Vermutlich hat er eigene Vorräte.«

Vor der Kabinentür blieb sie stehen. Auf dem Boden lag ein kleines Bündel aus blutdurchtränktem Sackleinen. Fliegen krabbelten darüber hinweg. Die Schwestern waren perplex und ein wenig ängstlich.

Während ihrer Hilfsmissionen in Dörfern, die von der Pest heimgesucht worden waren, hatten sie des öfteren seltsame Talismane zu Gesicht bekommen: Knochen, Schädel, Eingeweide, krude Bildnisse, amputierte Finger und Zehen von Gehängten. Überreste aus heidnischer Zeit. Für gewöhnlich wurden sie vor die Tür einer Person gelegt, die, wie man glaubte, Unheil heraufbeschworen hatte.

»Was denkst du?« fragte Mary. »Ein Fluch?«

»Möglich.« Margaret raffte die Unterröcke und gab dem Bündel einen Stoß mit dem Fuß.

Ein jähzorniger Säufer als Kapitän; ein Verräter in Kumpanei mit Piraten; betrügerische Händler – und nun dies. Margaret fühlte sich erneut in der Überzeugung bestätigt, daß sie und die Schwester hier an Bord des Schiffes nicht nur mit

Gaunern und Strolchen zu tun hatten, sondern ebenso mit Wahnsinnigen und Dämonen.

Sie wollte nach Giles oder Fulke suchen, besann sich aber eines anderen. Was da vor der Tür lag, war zwar gräßlich anzusehen, aber kein Grund, in Panik zu geraten, geschweige denn einem törichten Aberglauben aufzusitzen. Mit der Schuhspitze hob sie den Rand der Verpackung an, so daß der Inhalt teilweise zum Vorschein kam.

»Ein Ferkel!« rief Mary. »Ausgenommen und küchenfertig!«

Auch Margaret, die daheim oft genug beim Schlachten zugesehen hatte, glaubte, in dem Kadaver ein neugeborenes Schwein zu erkennen. Doch sie wußte es besser. Alles Lebendvieh, das die Reise mit ihnen angetreten hatte, war schon vor Wochen ans Ziel gelangt: in den Kochtopf nämlich. Was hatte Giles gesagt? »Das einzige Frischfleisch, das sich im Laderaum befindet, läuft auf vier Beinen herum.« Margaret verschränkte die Arme vor der Brust und starrte auf das Bündel, als erwartete sie, daß es seine Herkunft erkläre.

Sie war drauf und dran, den Kadaver wegzutreten, besann sich aber dann, mit einem Seitenblick auf die Schwester, eines Besseren. Mary war schon immer eine spindeldürre, zerbrechliche Person gewesen. Inzwischen schien sie nur noch aus Haut und Knochen zu bestehen. Die Arm- und Beingelenke waren spitz wie geknickte Halme. Kein Wunder bei der Kost aus verdorbenen Lebensmitteln, die der Koch in Essig marinierte und in der Pfanne halb verkohlen ließ, um über ihren Frischezustand hinwegzutäuschen. Mary hatte so sehr an Substanz verloren, daß das Licht durch sie hindurchzuschimmern schien.

»Gott hat ein Wunder bewirkt«, sagte Mary und schlug ein Kreuz vor der Brust.

»Ja.« Mit vor Ekel gerümpfter Nase hob Margaret das Geschenk vom Boden auf. »Ich werde den Koch bitten, daß er uns eine kräftige Brühe daraus zubereitet.«

Vielleicht roch Mary den Braten und überspielte ihren Abscheu. Oder nagte der Hunger bereits an ihrem Verstand?

Um Margarets fest aufeinandergepreßte Lippen zeigte sich ein flüchtiges Lächeln. Womöglich war sie gar selbst schon geistig verwirrt.

Margaret legte den Kadaver auf das schmale Bord. In der Vorstellung sah sie die Brühe schon vor sich und die Fettschicht darauf schillern. Das Wasser lief ihr im Mund zusammen. Ja, vielleicht war wirklich ein Wunder geschehen.

13

Giles Brent und Henry Fleete standen, die Ellbogen auf die Reling gestützt, an der Heckgalerie und sahen die Küste Virginias langsam vorübergleiten. Die Hunde lagen zu ihren Füßen. Fulke Brent hing über die Brüstung gebeugt; es sah aus, als müßte er sich wieder einmal übergeben.

»Ah, Jamaica.« Sehnsüchtig starrte Henry Fleete nach Süden und achteraus, in Richtung jener Insel, die das Schiff vor zehn Tagen passiert hatte. »Ich wünschte, wir hätten uns ein paar der dunkelhäutigen Metzen an Bord geholt«, sagte er und grinste Giles zu. »Hatte ich zuviel versprochen? Du mußt doch auch zugeben, daß es auf der ganzen Welt keine feineren Frauenzimmer gibt, stimmt's?«

»Ja ja.« Giles wirkte weniger begeistert. Nach dem Landgang hatte er sich eine Woche lang der ärztlichen Aufsicht von Pater Poulton stellen müssen, weil Verdacht auf eine Tripperinfektion bestand.

»Oh, diese Küsse, diese unbändige Lust!« Fleete kehrte den Rücken zum Wind und schnupfte eine Prise Tabak durch beide Nasenlöcher. »Schamlose Wonne!« brüllte er und mußte lautstark niesen.

»Guten Abend, meine Herren.« Margaret nahm zur Kenntnis, daß Fleete in Verlegenheit geriet und dadurch immerhin einen Rest von Sitte und Anstand zeigte.

»Mistreß Margaret«, grüßte er und verbeugte sich.

»Warum ist Er eigentlich nicht dageblieben, wo es ihm auf Jamaica doch so gut gefallen hat?«

»Die Frauen sind zwar angenehm, aber es wimmelt von Spitzbuben dort, Mistreß. Auf dieser verfluchten Insel ist ein Menschenleben nichts wert. Da wird gemeuchelt um einer Handvoll Wamsknöpfe willen.«

»Und außerdem ist's so heiß wie in der Höllenküche«, fügte Giles hinzu.

»Nun, in der Hinsicht unterscheidet es sich kaum von Maryland«, entgegnete Oberst Fleete.

Margaret zog die Stirn kraus. Diese Nachricht war ihr neu. »Aber es heißt doch, daß das Klima dort gemäßigt und bekömmlich sei.« So hatte es auch Fleete selbst noch am Tage vor der Abreise behauptet, wie sich Margaret erinnern konnte.

Er zuckte mit den Achseln. »Im Hochsommer kommt für gewöhnlich unerträgliche Hitze auf, weshalb auch von der ungesunden Jahreszeit die Rede ist. Ihr fallen wie Katzen und Hunde auch viele Menschen zum Opfer, aber ich bin sicher, daß Gott seine schützende Hand über Euch ausstreckt.« Er verbeugte sich ein zweites Mal. »Entschuldigt mich jetzt bitte. Ich bin mit einigen Herren verabredet, um mit ihnen in den Büchern des Teufels zu lesen.« Er zog einen Stoß Spielkarten aus der Tasche und grinste verschmitzt.

»Ich bin dabei«, sagte Fulke.

Margaret blickte den beiden nach. »Ich dachte, der Oberst hätte allen an Bord schon längst den letzten Schilling abgeknöpft«, murmelte sie. Dann wandte sie sich Giles zu, musterte ihn vom Scheitel bis zur Sohle und sagte: »Für dich bleibt ja nicht mehr viel zu verlieren, hast du doch all dein Geld zu den Maßschneidern von Port Royal getragen.«

Als während des Zwischenaufenthaltes in Jamaica Wasser und Lebensmittel an Bord des Schiffes geschafft worden waren, hatten Margaret und Mary ihre Kleider gewaschen und in Ordnung gebracht. Giles dagegen hatte sich neu einkleiden lassen. Die modische Schlumperhose, mit Schlitzen versehen, um das Futter sichtbar werden zu lassen, war an den Knien bauschig gerafft und mit breiten Schleifen aus rotem Satin versehen. Die grün bestrumpften Waden stakten in den Stulpen blankpolierter Stiefel, und die Hutkrempe überschattete mehr Raum, als die schmalen Schultern auszufüllen vermochten.

Um das Thema zu wechseln, nickte Giles in Richtung auf den flachen Küstenstreifen und sagte: »Der Wald ist so dicht wie versprochen.«

»Allerdings.« Ungeachtet der Novemberkühle nahm Margaret die Maske vom Gesicht und warf die Kapuze des Umhangs zurück.

Sie blickte auf das welke Herbstlaub. Die Bäume bildeten einen scheinbar unüberwindlichen Wall. Zwar war – so dachte Margaret – auch der stärkste Wall begrenzt, hatte eine Vorder- und Rückseite. Doch auf diese Rückseite zu gelangen war, wie sie wußte, noch keiner Menschenseele gelungen, auch wenn Henry Fleete behauptet hatte, auf diesem Weg China erreicht zu haben.

»Von einer menschlichen Behausung ist keine Spur zu sehen«, flüsterte sie.

»Du erinnerst dich doch, was auf dem Flugblatt zu lesen stand.«

»›Wer von England scheidet, wird weder Geschäfte noch Märkte vorfinden, um nach Bedarf und Wunsch zu kaufen‹«, rezitierte Margaret. »Noch Tavernen oder Schankhäuser.«

»›Noch Fleischereien, Gemüsehandlungen oder Apotheken.‹«

»Damit hatte ich auch nicht gerechnet, aber ...« Margaret stockte und verlor sich in Gedanken an dieses Land, dessen Grenzen, Reichtümer und Gefahren noch niemand auszuloten begonnen hatte.

»Felder und Obstgärten. Die hast du erwartet; gib's zu. Und Schafherden, die über satte Weiden ziehen. Gepflanzte Hecken und Steinhäuser mit rauchenden Kaminen.« Giles kicherte. »Auch ich hab's mir so vorstellt, Maggie.«

»Nur gut, daß wir und unsere Leute gesund sind.« Dafür dankte Margaret ihrem Gott täglich, denn mehr als alle Arbeit, die sie auf sich zu nehmen bereit war, hing nun die Zukunft davon ab, daß sie von Krankheit verschont blieben.

Lord Baltimore hatte ursprünglich allen eigenes Land im Tausch gegen Arbeitskräfte versprochen. Doch von dieser Zusage trat er mittlerweile, da es um seine Finanzen schlechter bestellt war, Stück für Stück zurück. Hatten die ersten zwanzig Abenteurer noch viele Morgen Grund und Boden erhalten, so fiel die Zuteilung inzwischen von Jahr zu Jahr bescheidener aus. Margaret und ihren Brüdern hatte Baltimore allerdings noch die einstmals gültige Regelung zugesichert: Für fünf Deportierte sollten sie zweitausend Morgen Land erhalten.

Außerdem hatte er ihnen Grundbesitz in der Stadt von St. Mary's verbindlich in Aussicht gestellt: je zehn Morgen für jedes der Geschwister und für die drei Dienstmägde. Margaret hatte die Zahlen immer wieder aufs neue durchgerechnet. Sobald es ihr gelänge, den Transport von drei weiteren Arbeitskräften in die Wege zu leiten, würden ihr und Mary insgesamt 2070 Morgen Land zufallen.

Sie überlegte noch, ob es sinnvoll wäre, die Bürgschaft für eine der verurteilten Frauen aus dem Zwischendeck zu übernehmen, als ihr am Ufer ein seltsames Bild zu Gesicht kam.

»Sieh nur, dort!« sagte sie und zeigte auf einen ausgehöhlten Stamm, der, halb versteckt hinter tief hängenden Zweigen, auf dem Wasser schwamm.

Da hockte ein Mann in einem Kanu. Er hatte zumindest die Gestalt eines Mannes, die, weil gänzlich unbekleidet, als solche deutlich zu erkennen war. Der Kopf war kahlrasiert bis auf einen Rest, der, zu einem Kamm aus Haaren steil aufgerichtet, von der Stirn bis zum Nacken verlief. Darin steckten etliche Federn. Das Gesicht war bemalt, halb blau, halb rot. Der Mann hockte so still und reglos da wie eine Skulptur, aus dunklem Holz geschnitzt und mit Augen aus poliertem Obsidian. Und diese Augen starrten ihr unverwandt entgegen, als das Schiff vorüberglitt.

Robert Vaughan stand auf dem Plateau, das hoch aufragte über dem rundem Hafenbecken von St. Mary's. Er war mittelgroß gewachsen, hatte eine stämmige Figur, einen langen Rumpf und kurze Beine. Blatternarben zerklüfteten das vierkantige Gesicht.

Von den grünen Augen wich das linke von der Sehachse ab, was seinem Blick einen verwegenen und leicht versponnenen Anstrich verlieh. Ein Gestrüpp aus rötlichbraunem Haar wucherte unter der schlaffen Krempe des Filzhutes hervor. Der hüftlange Umhang und das fadenscheinige Tuch seiner weiten Wollhose flatterten im Wind. Auf dem alten Lederrock hatte sich ein matt schimmernder Firnis aus Schmier und Dreck gelegt.

Statt von der Anlegestelle aus die Ankunft des Schiffes zu beobachten, war er zur Klippe hinaufgestiegen, obwohl ein scharfer Wind darüber hinwegfegte. Von hoher Warte und mit Hilfe seines verbeulten Teleskops hatte er direkten Einblick auf die Decks. Er war neugierig zu erfahren, was für Lords und Strafarbeiter da unten ausgeschifft wurden. Es sollten die letzten sein für das Jahr 1638, und er fragte sich, wie viele von den Neuankömmlingen wohl den nächsten strengen Monat überstehen und das Weihnachtsfest erleben würden. Aus Erfahrung wußte er, daß die Schiffe aus England weitaus mehr kranke als gesunde Menschen herbeibrachten und daß sich viele von ihrer Krankheit nicht erholen konnten.

Vaughan senkte das Fernrohr und schüttelte belustigt den Kopf über die vornehmen Leute, die an Bord zu sehen waren, herausgeputzt mit Federschmuck, Spitzen und Schleifen. Geradeso wie die Wilden, dachte er.

Mit ihren breitkrempigen Hüten, wogenden Unterröcken, weiten Umhängen, bauschigen Hosen, wattierten Wämsen, Stulpenstiefeln, Schwertern und Hunden nahm der Adel schon äußerlich doppelt soviel Platz in Anspruch wie das gemeine Volk.

In kleinen Booten und indianischen Kanus waren etliche Bauern aus entlegenen Ortschaften herbeigepaddelt, angelockt von den Böllerschüssen aus Kanonen, die Kapitän Skinner hatte abfeuern lassen, erstmals auf der Höhe von Point Lookout am Nordufer der Potomac-Mündung und dann in regelmäßigen Abständen während der Fahrt flußaufwärts.

Gouverneur Leonard Calvert und einige Würdenträger der Gemeinde von St. Mary's waren an Bord gegangen, um die Ankömmlinge willkommen zu heißen. Vaughan grinste breit angesichts der Begrüßungszeremonie, des extravaganten Gehabes um artige Verbeugungen und zierliches Geschlenker aus rüschenumbordeten Handgelenken.

Henry Fleete hatte vorzeitig das Schiff verlassen und erreichte in diesem Augenblick das Ufer. Seine Männer sprangen aus dem Boot und zogen es auf den Strand, um den Oberst trockenen Fußes an Land zu bringen. Er wickelte ein Stück Lunte um den Oberarm, schlang das Bandelier um die Brust und langte nach Zünddose und Pulverhorn. Mit seiner alten Muskete bewaffnet, machte er sich auf den Weg hinauf zur Klippe.

Vaughan und Fleete verzichteten auf jede Form von Begrüßung. Sie kannten sich seit vielen Jahren und hatten zahlreiche Expeditionen zusammen unternommen. Sie ersparten sich formelle Höflichkeiten, obwohl oder gerade weil sie wußten, wie ungewiß ein Wiedersehen war, zumal sie riskanten Handel mit Indianern betrieben. Vaughan war nicht einmal interessiert daran, Neuigkeiten aus England zu erfahren, denn zum einen kümmerte ihn die Heimat kaum, und zum anderen wußte er, daß Fleetes Geschichten, wenngleich unterhaltend und amüsant, zum großen Teil frei erfunden waren.

»Na, wenn die sich mal nicht zu früh freuen«, sagte Vaughan mit Blick auf das Schiff tief unten. »Wen hast du uns da gebracht?«

»'ne Ladung Papisten,« Fleete schnaufte, außer Atem gebracht durch den steilen Anstieg.

»Hat jemand von denen irgendwelche Fähigkeiten oder was Besonderes zu bieten?«

»Nicht daß ich wüßte. Schlappe Dandies und Priester aus

Westengland, und im Zwischendeck Vaganten und Strauchdiebe«, antwortete Fleete. »Ich wette, Skinner wird wieder mal die Papiere geschönt haben und behaupten, daß das Pack aus Tischlern, Zimmerleuten, Maurern und Hufschmieden besteht.«

»Und die Frauen?«

»Das Übliche. Häßliche Schnepfen, nach denen zu Hause kein Hahn kräht. Dazu ein paar Schlampen aus dem Gefängnis von Bridewell und 'ne kleine Zigeunerin, die sich an allem vergreift, was nicht niet- und nagelfest ist.«

Über Margaret und Mary verlor Fleete kein einziges Wort. Als ledige Frauen von Adel und katholischen Glaubens kamen sie für keinen der hiesigen Männer als mögliche Gattinnen in Frage.

»Wer von denen ist Giles Brent?«

»Der dünne Laffe im Troß dieses kläffenden Kötergespanns da unten.« Fleete deutete mit der Pfeifenspitze auf den Mastiff und den Windhund, die ihr Herrchen an der Leine übers Deck zerrten.

»Wären das meine, würde ich sie gegen einen anständigen Setter eintauschen.« Vaughan schüttelte den Kopf über die Schrullen des Adels. »Was kann einen Mann mit Verstand dazu bewegen, sich solche Viecher zuzulegen?«

»Wir hatten unterwegs daran gedacht, sie zu schlachten. Aber an den Mastiff traute sich niemand heran; und dieser Windhund hat weniger Fleisch auf den Knochen als 'ne Ratte.«

»Kannst du mir verraten, weshalb Baltimore so große Stücke auf diesen Brent hält?«

Fleete grinste und schüttelte den Kopf. »Keine Ahnung. Ich vermute, der bleibt uns nicht lang erhalten. Das ist so eine Grille, die mit dem ersten Frost ins Gras beißen wird. Und sein Bruder Fulke wird wohl noch eher draufgehen. Sehr viel mehr zuzutrauen ist der Schwester.«

»Übrigens«, sagte Vaughan. »Wintour ist tot, gestorben am Schlagfieber kurz nach Bartholomäus.«

Fleete, der gerade den Gürtel enger zog, hielt in der Bewegung inne wie zu einem kurzen Gedenken. »Er war zwar Papist und von hohem Stand, aber dennoch ein lustiger Bursche.«

»Aye.« Robert Vaughan trauerte nicht zuletzt Wintours kleiner, aber exquisiter Bibliothek nach, die mit dem gesamten Nachlaß an einen Händler aus Virginia verkauft worden war. Daß er sich nun, um auch weiterhin Bücher ausleihen zu können, mit dem jähzornigen Jesuiten Thomas Copley würde anfreunden müssen, war ihm kein angenehmer Gedanke.

Der Wind blies kälter und trieb die großen, zinnfarbenen Wolken schneller vor sich her. Die Herrschaften an Bord des Schiffes ließen sich Zeit mit der Landung. Sie knieten, wie jetzt zu sehen war, nieder zum Wechselgebet, das der Priester mit lateinischen Worten anstimmte. Vaughan wollte nicht länger warten und beschloß, sich am Kaminfeuer in Smythes bescheidener Schankstube aufzuwärmen.

Er schulterte die Armbrust und sagte: »Henry, der erste Becher bei Smythe geht auf meine Rechnung.«

»Das ist ein Wort.«

14

Die Deportierten hatten die ausgedienten Strohmatten vor den Wänden des Zwischendecks aufgestapelt. Anicah und Martin saßen noch auf ihrem Lager und hielten sich unter Anicahs neuem Kleid aus brauner, grob gesponnener Wolle bei den Händen. Daß man sie zu trennen drohte, ließ sie ganz eng zusammenrücken.

Sie hörten fröhliches Lachen an Deck und das Hallo der Begrüßung durch die Vertreter der Stadt. Die hochwohlgeborenen Passagiere hatten nicht nur Privilegien, Vermögen und allerhand Bequemlichkeiten; es wurde ihnen sogar hier am

Ende der Welt ein höflicher Empfang bereitet. Doch niemand hieß sie, Anicah, willkommen, und nun würde sie auch noch von der einzigen Person, die ihr zugetan war, getrennt werden.

»Ich werde meinen Meister dazu bringen, daß er dich in seine Dienste nimmt.« Martin legte den Arm um ihre Schulter.

Das Herz ging ihr über aus lauter Zuneigung für ihn, aber sie wußte, daß ein gemeinsames Leben für sie nicht in Frage kommen konnte. Er war der Sohn eines freien Bauers, und sie rangierte weit unter seinem Stand.

»Wer hat dich gekauft, Martin?« fragte sie.

»Ein Pflanzer auf einer Insel, drei Tage von hier entfernt. Der Ort wird Kent genannt.«

»Ich werde keinem Bauern dienen, es sei denn, ich könnte in deiner Nähe sein«, sagte sie. »Feldarbeit bekommt mir nicht.«

»Für dich und deine Sorte steht auch ganz andere Arbeit an«, meinte Harry. »Und die läßt sich für gewöhnlich auf dem Rücken liegend verrichten.«

Martin umklammerte Anicahs Hand so fest, daß sie fürchtete, er könnte ihre Finger zerquetschen. Seine sonst so ruhigen, dunkelblauen Augen funkelten wild. Anicah warf Harry einen verächtlichen Seitenblick zu und streichelte Martins Hand, um ihn zu beschwichtigen.

Harry musterte sie wie ein Viehhändler, der ein feilgebotenes Kalb begutachtet. »Für meinen Geschmack ist deine Haut zu dunkel, Spanierin. Und daß du so mager bist, macht auch nicht gerade Appetit. Aber weil die Weiber hierzulande Mangelware sind, wird sich am Ende irgendein Mistbauer wohl auch noch für dich interessieren.«

Martins Hand verkrampfte wieder.

»Achte nicht auf ihn«, sagte Anicah.

»Ich bin schon vergeben«, mischte sich Joan ins Gespräch. Sie hockte auf der Leiter und behielt die vergatterte Luke im Auge. »An einen reichen Sack.«

»Und was glaubst du, Harry, wer dein Meister sein wird?« fragte Anicah.

»Egal. Jedenfalls laß ich mich nicht als Handlanger für papistische Betbrüder einspannen.« Aber worauf er hoffte, verriet Harry nicht.

Anicah machte sich keinerlei Hoffnung darauf, ihre Strafe gemeinsam mit Martin abdienen zu können, und der Gedanke daran, was ihr in diesem wilden, neuen Land bevorstehen mochte, stimmte sie alles andere als zuversichtlich. Sie hatte schon Schlimmes erleiden müssen, aber selbst Hunger, Pest und die Willkür der Mächtigen waren, solange sie auf vertrautem Boden lebte, noch zu ertragen gewesen. Doch wie sollte sie sich in der fremden Ortschaft von St. Mary's zurechtfinden? Ob es dort überhaupt einen Marktplatz gab und Fleischerläden? Ein Theater? Eine Arena für die Bullenhatz oder Biergärten?

Zum dritten Mal fragte sie Harry: »Und du weißt bestimmt, daß es in Maryland kein Gefängnis gibt?«

»So ist es. Weder Gefängnis noch Pranger, Schandpfahl oder Richtholz.« Harry grinste. »Es gibt hier nicht mal Armesünderkarren, auf denen Ratten, wie du eine bist, durch die Straßen kutschiert und ausgepeitscht werden.«

Anicah konnte es kaum glauben. In Bristol gehörten die Galgen zum Stadtbild wie die Kirchtürme, und auf dem Land fand man sie an jedem Scheideweg. Sie hörte das Lachen an Deck, das Stampfen schwerer Stiefel und das Bimmeln kleiner Schellen. Die edlen Passagiere feierten ihre Ankunft mit Getöse.

»Der Doktor ist ein Papist«, rief Joan von ihrem Ausguck an der Leiter. »So eine Frechheit. Trägt dieser Kerl doch tatsächlich 'nen Priesterrock und scheint auch noch stolz darauf zu sein.«

Die Schellen an den Halsbändern der Hunde bimmelten lauter.

»Wir hätten die Köter schlachten sollen«, knurrte Harry.

Die Herrschaften gingen nun von Bord, gefolgt von denen,

die durch Vertrag an sie gebunden waren: ein paar junge Männer aus verarmtem Adel, die sich als Ordnungshüter oder Schreiber verdingt hatten, freie Bauern und ungelernte Arbeiter. Den Schluß bildeten die Mägde der Brents und eine der aus dem Gefängnis von Bridewell deportierten Frauen. Sie trug eine weiße Haube, einen neuen Rock, Mieder, Brusttuch und Lederschuhe. Margaret Brent hatte ihre Zwangspflicht erworben.

»Leb wohl, blödes Schaf«, johlte Joan.

»Komm mir nie mehr in die Quere, du dreckiges Lästermaul!« Die Frau versuchte, mit dem Absatz auf Joans Finger zu treten, die um die Gatterstäbe gelegt waren.

»In dein Loch paßt auch jeder Schlüssel, Mary Lawne.« Kichernd stieg Joan die Leiter herunter. »Sie haben den Kötern Schleifen um den Hals gebunden und der Hündin Lawne ein frisches Kleidchen angelegt.«

Die Beine des Maats tauchten in der Luke auf. »Martin Kirk.«

»Ja?«

»Du wirst verkauft wie die anderen.«

»Aber ich habe doch Papiere.«

»Dein Lehnsherr ist tot. Er, seine Frau, die Kinder und seine zwei Knechte.«

»Wie ist das möglich?«

»Von den Wilden wie Schweine abgestochen.«

Während die Mannschaft den Rest der Ladung auf die Boote bugsierte, öffnete der Maat die Luke und ließ die Deportierten der Reihe nach an Deck Aufstellung nehmen. Er trat zurück und musterte die erbärmlichen Gestalten in ihren verschimmelten Schuhen, von Motten zerfressenen Strümpfen, fleckigen Leinenhemden und Miedern, zerknitterten Wollhosen und Hemden. Die hatte er nun im Auftrag seines Kapitäns gewinnbringend zu versteigern.

»Gesindel, Abhub, Lotterpack. Ich würde für keinen von euch auch nur einen Pfifferling geben.« Kopfschüttelnd wandte er sich ab und bestieg das Achterdeck. Dort hob er das zerbeulte Sprechrohr an den Mund und rief den Männern zu, die wartend am Ufer standen: »Wir haben hier eine hübsche Auswahl an Dienern. Das höchste Gebot erhält den Zuschlag.«

Dann stellte er einzeln vor, was zum Verkauf stand, und lobte ein jedes Angebot über den grünen Klee. Martin bekam von alldem kaum etwas mit, so benommen war er und verwirrt über das, was ihm der Maat soeben mitgeteilt hatte. In was für ein Land war er nur geraten?

Anicah zupfte ihn am Ärmel und flüsterte: »Wenn sie dich nach deinem Alter fragen, sag ihnen, daß du sechzehn bist.«

»Aber ich bin doch erst dreizehn.«

»Mach dich um drei Jahre älter.«

»Das wäre gelogen, und zu lügen ist eine Sünde.«

»Sechzehnjährige und die, die älter sind, haben schon nach vier Jahren ausgedient. Wer aber erst fünfzehn ist oder jünger, muß sieben Jahre dienen.«

»Ich versuch's, obwohl ich ein schlechter Lügner bin.« Er zog Anicah an sich. Die Verzweiflung machte ihn gesprächig. »Wir haben zusammen Stürme, Piraten, Krankheit und Hunger überstanden«, murmelte er ihr ins Ohr. »Ich bete zu Gott, daß er uns nicht voneinander trennt. Ohne dich halte ich es nicht aus.«

»Was auch kommt, Martin, ich bin dir treu und werde dich nie hintergehen.« Anicahs Stimme klang ihm fremd; er hatte den Eindruck, als würde jemand anderes aus ihr sprechen.

»Und ich dich auch nicht.« Er betrachtete sie und zeichnete ihr Bild nach, um es fest in Erinnerung zu behalten: das schmale Gesicht im Rahmen der Locken, die Wangen so weich wie Glacéleder, die vollen, kirschroten Lippen, die goldbraunen, lebensprühenden Augen.

»Kirk.« Der Maat stieß ihn mit dem Peitschenknauf voran. »Stell dich darüber zu den anderen Strolchen.«

Als sich Martin in die Reihe der Männer begab, hörte er Anicah eine vertraute Melodie vor sich hin summen. Er kannte die Worte.

Hätte Herzen zuhauf ich gleich Haaren
und Lieben nach Zahl aller Liebesgefahren,
wie Jahresstunden so viele Leben,
alles würd' ich dir, nur dir hingeben.

Anicah folgte dem Jungen mit ihrem Blick quer übers Deck. Sie war verblüfft über seine Zuneigung, hielt sie sich doch für eine lümmelhafte Göre mit ewig verdrecktem Gesicht und laufender Nase. Im Spiegelbild der Schaufenster von Bristol oder der Straßenpfützen hatte sie nie einen besonderen Reiz an sich feststellen können. In Martins Augen als anziehend und liebenswert zu gelten machte ihr nun Mut, sich als heranwachsende Frau zu begreifen.

Nervös fuhr sie mit den Fingern durch die dicken Locken, die ihr inzwischen bis über die Ohren gewachsen waren. Sie rieb einen Fleck aus dem Kleid und polierte die neuen, klobigen Schuhe an den Strümpfen. Viele Jahre hatte sie ausschließlich Jungenhosen getragen; in dem Kleid fühlte sie sich wie entblößt, zumal die Luft kalt um die Schenkel wehte.

Ein Tabakbauer kletterte von außen über die Reling, um sich die feilgebotenen Arbeitskräfte genauer ansehen zu können. Obwohl ihre Zwangspflicht schon verkauft war, konnte Joan nicht widerstehen, sich nach alter Gewohnheit zur Schau zu stellen und die Unterröcke zu lüften.

»Wie wär's mit uns, Sir.« Sie langte sich zwischen die Beine und streckte die Hand dann aus, um an den Fingern riechen zu lassen, wem der Sinn danach stand. »Ein Acker, der nicht gepflügt wird, ist bald mit Unkraut zugewuchert.«

Die Männer lachten.

»Laßt sie außer acht«, rief der Maat. »Sie hat schon einen Käufer.«

»Ja, den Hardige«, spottete jemand. »Und der ist zu bedauern. Wird zum Hahnrei, ehe er die Metze in seinem Bett hat.«

Der Maat forderte nun auf, für Anicah zu bieten. Sie lächelte Martin zu, während die Männer ihre Arme befingerten, den Kleidersaum anhoben und die Beine begutachteten.

Einer verlangte von ihr, den Mund aufzumachen, um einen Blick auf die Zähne werfen zu können. Er hatte die Hände in die Hüften gestemmt und beugte sich vornüber. Der Hemdskragen war zerschlissen, und die Fingernägel starrten vor Dreck. Einem solchen Kerl wollte sie auf keinen Fall dienen.

»Weshalb bist du aus England weg?«

»Um festzustellen, daß Marys Land wahrhaftig der größte Misthaufen im ganzen Universum ist.«

»Frechdachs.«

»Und wenn schon, immerhin bin ich den Preis von dreihundert Unzen Tabak wert«, erwiderte Anicah. »Was zahlt man hier eigentlich für Knilche wie dich?«

»Soll dich der Teufel holen. Ich jedenfalls hab' keine Verwendung für dich.«

Die anderen Männer rückten lachend näher.

»Wie alt bist du, Metze?«

»So alt wie meine Zunge und älter als meine Zähne.«

Skinner schlug ihr mit dem Knüppel auf den Arm, so wuchtig, daß sich der Schmerz selbst betäubte. Sie roch seine saure Weinfahne, als sie sich auf die Zehenspitzen stellte und ihm ins Ohr zischte: »Macht nur weiter so, und ich werde dafür sorgen, daß man Euch auf die Schliche kommt und das Fell gerbt.«

Skinner straffte die Schultern und tätschelte sie. »Ein kräftiges, tüchtiges Mädchen, rundum gesund.« Er wandte sich ihr zu und lächelte wie ein lieber Onkel. »Sag den Herrschaften, wie alt du bist.«

»Sechzehn.«

»Im Leben nicht«, tönte ein gedrungener Mann, dessen Bauch die Schnüre am Wams auf eine harte Probe stellte. Sein Gesicht war tellerrund, und die kleinen blauen Augen blitzten verschmitzt. Sein Name lautete Samuel Smythe. Von Harry, der ihn von früher kannte, hatte Anicah schon manches über diesen Mann erfahren.

Smythe war Wirt der einzigen Schenke vor Ort. Bei ihm gab es zu essen und zu trinken. Feldarbeit würde von ihm nicht verlangt werden, und daß er verheiratet war, kam Anicah besonders zupaß. Denn ein Ehemann, der ihr zu nahe käme, ließe sich im Handumdrehen in seine Schranken verweisen.

»Ziemlich dürr, das Ding«, meinte Smythe und krauste unschlüssig die Stirn.

»Hochwürdiger Meister, daß ich nicht voll bei Kräften bin, sei der langen, entbehrungsreichen Reise übers Meer geklagt.« Anicah hob den Unterrock, zeigte kokett ihre Füße und bedachte Smythe mit strahlendem Lächeln. »Doch von Natur aus bin ich stark wie ein Ochse, lebendig wie Quecksilber und treu wie ein Leichnam.«

15

Margaret hatte unter ihre Lederschuhe dicke Sohlen aus Holz gebunden. Dennoch mußte sie die Röcke raffen, um zu verhindern, daß die Säume durch den Schlamm streiften. Die freie Hand lag auf dem Unterarm von Gouverneur Leonard Calvert, der sie über ein offenes Feld führte, das, wie er sagte, der Gemeinde gehörte. Margaret fühlte sich an eine Schweinesuhle erinnert, in der zuvor, wie die Stoppeln verrieten, Mais gewachsen war.

Den beiden folgten die anderen Neuankömmlinge, die den Bewohnern von St. Mary's aufgeregt von der Überfahrt berichteten. Sooft jemand mit den Stiefeln in einem Schlammloch versank, wurde fröhliches Lachen laut. Nach drei Monaten auf dem Meer war selbst aufgeweichter Boden mehr als willkommen.

Margaret stakte auf unsicheren Beinen voran; sie war das Schwanken des Schiffs unter ihren Füßen gewohnt, und mit jedem Schritt glaubte sie nun auf einen Widerstand zu treten. Calvert stützte sie, so gut er konnte.

»Meine Knochen sind weich wie die Quallen im Meer«, sagte sie.

Leonard Calvert lachte. Auf Margaret wirkte er überraschend jung und darum auf den ersten Eindruck fehlbesetzt in seiner Position. Oder auch nur fehl am Platz, sah er doch aus wie ein Kavalier par excellence. Wäre er nicht Katholik, würde er gewiß in einer der Rechtsschulen von London Juristerei studieren oder den Hofdamen von Windsor den Kopf verdrehen.

Die gezwirbelten Spitzen seines Knebelbartes reichten weit über die hohlen Wangen hinaus. Das braune Haar fiel in schimmernden Wellen auf die Schultern herab. Der schmale Kinnbart polsterte das ein wenig zu schmächtig geratene Kinn auf. Die blaßbraunen Augen blickten müde drein.

Sein damasziertes Doppellaufgewehr mit Steinschloß ließ er von seinem Diener tragen wie auch die fünf Fuß lange Hakenstange. Calvert selbst trug ein Schwert, ein ledernes Bandelier samt Pulverflasche und einen Beutel voller Holzgeschosse, die mit jedem Schritt durcheinanderklapperten. Margaret stellte fest, daß alle Bürger Feuerwaffen und das, was zum Schießen nötig war, mit sich führten.

Auf den Maisacker, den sie nun hinter sich gelassen hatten, folgte eine weite Brache, die bis an den dichten Wald reichte. Zwischen Hunderten faulender Baumstümpfe wogte ein braunes Meer aus den holzigen, geknickten Halmen einer Pflanze, die Margaret vorher noch nie mit eigenen Augen gesehen hatte.

»Gouverneur, sind das hier etwa die Reste jenes Schmauchkrauts, von dem so viel die Rede ist?« Sie wedelte ihr Taschentuch über die Halme, führte es zur Nase und nahm den würzigen Duft von Tabak wahr.

»Jawohl, Mistreß Brent.«

Unter grob gezimmerten Verschlägen standen Knechte vor der aufgehäuften Ernte. Sie streiften große, braune Blätter von den Stengeln und spießten sie, als Bündel, mit Stangen auf, die sie schließlich in ein Gestell hängten.

Die Arbeiter trugen die gleichen groben Lumpen wie das unfreie Landvolk in der Heimat. Sie blickten auf, als die vornehme Prozession an ihnen vorüberzog, doch kaum einer zog die Kappe zum Gruß.

»Nehmt keinen Anstoß am Gegaffe der Leute«, sagte Calvert. »Es kommen nur selten Fremde her, und Euer Anblick ist außergewöhnlich.«

»Und was ist das dort drüben?« Margaret deutete auf eine Reihe langer Schuppen inmitten der Pflanzung; die runden Dächer und Wände waren mit Baumrinde verkleidet und zum größten Teil eingefallen.

»Das waren die Wohnungen der Yoacomico, der Heiden, die hier gelebt haben. Sie gaben uns ihre Felder und Hütten und teilten mit uns, was sie an Mais geerntet hatten. Ohne ihre Hilfe wären die wenigsten von uns über den ersten Winter gekommen. Allzu viele mußten dennoch sterben ...«

»Wann werden wir den Ort erreichen?« Margaret hielt Ausschau nach einem Haus, einer Straße oder einem ordentlich geführten Gutshof.

Calvert räusperte sich. »Nun, die Siedlung ist weit verstreut«, sagte er und beschrieb einen weiten Bogen mit ausgestrecktem Arm. »Im Fort wohnen allerdings auch noch einige. Deren Dienerschaft bestellt hier draußen eigene Parzellen, wenn sie nicht gerade für ihre Herrschaft Feldarbeit zu leisten hat.«

Calvert zeigte nach links, und sein langes Gesicht hellte sich auf. »Da vorn werden wir unsere Verwaltung errichten. Am anderen Ende der Ortschaft soll unsere Kathedrale entstehen zum Ruhme Gottes und zur Inspiration der Menschen. Und dort drüben kommen Werkstätten hin, Geschäfte und Tabakfabriken.« Er ließ das rüschenbesetzte Handgelenk schlenkern, als teilte er die geplanten Häuser wie Spielkarten über die Brache aus.

Ein kalter Wind fegte durch verdorrtes Gestrüpp. Margaret traten Tränen in die Augen. Für diese trostlose Wildnis hatte sie die grünen Hügel und Bachauen ihrer Heimat von Gloucestershire verlassen, jene Gegend, die selbst von denen, die nicht dort geboren waren, als die schönste Landschaft Englands angesehen wurde.

Calvert blieb stehen und hielt Margaret zurück, als ihnen eine Sau, gefolgt von ihren Ferkeln, auf dem Weg entgegenlief. Sie war erbärmlich ausgemergelt und verriet durch ihren verzweifelten Blick, daß sie vor lauter Hunger bereit war, auch das zu fressen, was ihr nicht bekommen konnte.

»Ihr gestattet, Gouverneur?« Margaret nahm seinem Diener die Gewehrgabel ab.

»Was hast du vor, Margaret?« rief Giles von hinten.

»Einer muß sich doch den Wegelagerern zur Wehr setzen.« Sie senkte die Stange wie eine Pike, trat unerschrocken auf die Sau zu und stieß ihr das Hakenende vor die Schnauze. Das Tier quiekte, bewegte sich aber nicht vom Fleck.

Margaret nahm den Hut vom Kopf und wedelte die Krempe vor dem Schweinskopf hin und her. »Pack dich!«

Die Sau machte kehrt, stolperte über eins ihrer Ferkel und rannte davon. Die Jungen stieben auseinander, hasteten dann aber der Mutter hinterher.

Von den Männern kam Beifall. »Gouverneur, vielleicht solltet Ihr sie zum Inspektor der Miliz ernennen«, meinte einer.

Margaret wußte ein solches Kompliment einzuschätzen. Sie war daran gewöhnt, wie ein Kind gehätschelt zu werden, und verstand es, daraus ihren Vorteil zu ziehen. Sie wendete sich so, daß alle sie hören konnten, und sagte: »Schweine vergessen mitunter ihren Stand und tun vornehm so wie Krämerfrauen, die von einem Ausflug nach London zurückkehren.«

Alles lachte.

»So sind die Frauenzimmer: Die größten Stücke halten sie auf sich, und in ihrer Wertschätzung kommt London gleich an zweiter Stelle.« Der Sprecher war ein kleiner, drahtiger Mann voller Energie, die wohl, wie Margaret mutmaßte, nicht selten unnütz verpulvert wurde.

»Wie wahr, mein Herr.« Margaret grinste spöttisch. »Und

ganz weit unten auf dieser Liste würden sich gewisse Männer wiederfinden.«

Wieder lachten alle. Lord Baltimore hatte John Lewger für die Zeit seiner Abwesenheit zum Ammann der Gemeinde ernannt. Er war wenig gelitten unter den Bewohnern von St. Mary's.

»Wer wohnt in dieser Hütte dort drüben?« wollte Margaret wissen und nickte in Richtung auf eines der Yoacomico-Häuser.

Borke, Reisig, Sackleinen und Fetzen von alten Segeltüchern bedeckten das aus Weidenruten geflochtene Rahmenwerk. Vor dem Eingang hingen ein Fischernetz, Tierfelle und Kieferknochen.

»Der alte Brown. Er hat in Virginia seine Zwangspflicht abgeleistet und sich hier niedergelassen.« Leonard legte einen Schritt zu. Vergeblich.

»Guten Morgen, werte Herren, und Gottes Segen.« Der Alte hatte die Hirschhaut vor der Tür zurückgeschlagen und eilte auf die Gruppe zu. »Ich hab' den roten Vogel gefangen, den Seine Lordschaft wünschte.«

Calvert blieb stehen. Seine Augen leuchteten auf, als ihm Brown den Schatz darreichte.

»Aber Seine Lordschaft wollte den Vogel lebendig, Gevatter Brown.«

»Lebendig?« Brown ließ den leblosen Körper auf seiner Handfläche tanzen, als wollte er ihm wieder auf die Beine helfen. »Lebendig, sagt Ihr?«

»Ja.« Calvert drängte weiter, doch Margaret war neugierig geworden.

»Mistreß, wenn Ihr ihn haben wollt, bitte; wenn nicht, mach ich mir 'ne Suppe draus«, sagte der Alte. »Ich verlang' nicht mehr als einen Penny dafür, obwohl ich große Mühe hatte, ihn zu fangen.«

Margaret betrachtete den Vogel. Er war dunkelrot gefiedert, hatte schwarz maskierte Augen und einen kräftigen, roten Schnabel. »Ist das ein seltenes Tier, Gouverneur?«

»Im Gegenteil, sie schwirren hier so zahlreich herum wie Spatzen«, antwortete Calvert. »Doch bislang ist es niemandem gelungen, ein Exemplar einzufangen.«

»Welchen Namen hat das Tier?«

»Wir nennen ihn einfach den roten Vogel.«

Margaret zahlte dem Alten einen Penny, wickelte den Vogel in ein Taschentuch und steckte ihn in das Täschchen am Gürtel. »Ich will ihn meiner Schwester zeigen. Einen solchen Vogel haben wir nie zuvor gesehen. Er ist wunderschön, und ich kann verstehen, daß Seine Lordschaft Interesse daran hat.«

»Aye.« Leonard ging weiter und sagte leise, so daß nur Margaret ihn verstehen konnte: »Daß mein Bruder diese ausgefallenen Wünsche hat, wird mir lästig. In jedem Brief bittet er um ein weiteres Lebendexemplar, mal von diesem Vogel, mal von jenem Nagetier. Dabei haben wir hier Wichtigeres zu tun, als seine Menagerie zu komplettieren.«

»Nun, ich kann die Neigung Eures Bruders gut verstehen.«

Margaret faßte mit einem Male neue Hoffnung auf die Zukunft in diesem Land, das ein so schönes Wesen wie diesen Vogel beherbergte. Womöglich hielt es noch viel mehr solcher Überraschungen für sie bereit. Sie beschleunigte den Schritt. Mary hatte sich nicht wohl gefühlt und war in einer Sänfte vorangetragen worden. Margaret hatte es nun eilig, ihr den roten Vogel zu zeigen.

Sie näherten sich einem festgebauten Holzhaus mit zwei Stockwerken mitten in der Tabakplantage. Nahebei stand eine windschiefe, heruntergekommene Hütte. Das an einem Pfosten rankende Efeugewächs vor dem Eingang kennzeichnete die Hütte als Wirtshaus. Margaret wunderte sich nicht. Wirtshäuser wuchsen auch in der kärgsten Einöde.

Hinter dem Haus und der Schänke erhob sich eine Palisadenwand, doch die einzelnen Stämme waren offenbar noch voller Saft gewesen, als man sie gesetzt hatte. Gebogen und verworfen, wie sie waren, lehnten sie wie eine Reihe Betrunkener aneinander.

Margaret schnupperte in der Luft, die über dem Fort hing.

Jeder Ort hatte seinen eigenen, unverwechselbaren Geruch, und den Geruch hier würde sie von nun auf Dauer um sich haben: eine Mischung aus Exkrementen, Verwesung, Lebendvieh und Rauch, also das Übliche – bis auf zwei besondere Duftnoten. Im Unterschied zu England stammte der hiesige Rauch nicht aus schwefelhaltiger Kohle oder modrigem Torf, sondern hatte vielmehr das Aroma von Eichenholz, Ahorn und Esche. Margaret atmete tief durch. Der zweite Unterschied war der alles durchdringende und überlagernde Tabakgeruch.

»Und hier entsteht mein Haus; es ist, wie Ihr seht, noch nicht ganz fertig.« Calvert musterte das zweistöckige Gebäude. »Kapitän Skinner hat Glasscheiben mitgebracht. Es werden also richtige Fenster eingebaut werden.«

»Ein hübsches Haus.«

»Es ist alles überdacht, sogar die Küche. Da, linker Hand, wird der Gesellschaftsraum sein.« Leonard betrachtete seinen Bau mit kritischem Blick; er suchte Mängel und fand sie auch.

Die Pflanzer kannten Calverts Beschwerden und drängten darauf, ins Haus zu kommen, wo die Dienstboten mit Getränken und Speisen für die Neuankömmlinge aufwarteten.

»Es ist, wie ich hörte, auch ein Zimmermann mitgekommen«, sagte Calvert. »Wenn Ihr erlaubt, würde ich ihn gern für mich arbeiten lassen, bis mit dem Bau Eures Hauses begonnen wird.«

Margaret wollte gerade fragen, wann damit denn zu rechnen sei, doch Calvert schnitt ihr das Wort ab. »Es mangelt uns an tüchtigen Handwerkern«, sagte er und zeigte unter die Dachtraufe. »Seht nur, die Fenstereinschnitte sind aus der Flucht geraten. An allen Ecken und Enden wurde gepfuscht.«

»Ich bin sicher, wir werden uns einigen können.«

»Guten Tag, die Herrschaften.« Vaughan hatte die Schenke verlassen und war zum Haus des Gouverneurs herübergekommen, um die Neuankömmlinge zu begrüßen. Er verbeugte sich vor Margaret und prostete ihr mit einer Feldflasche zu. »Verzeiht meine ungehobelten Manieren, Mistreß.

Mein Name ist Robert Vaughan, unter meinen Freunden auch bekannt als Sir Kauderlatein.«

Margaret erschrak über seinen Anblick, vor allem über die grünen Augen, die unstet hin- und herirrten, war aber gleichzeitig fasziniert von seiner Häßlichkeit. Sie durchschaute ihn sofort als Vertreter jenes Typs von Männern, die einer Frau schon bei der ersten Begegnung den Eindruck zu verschaffen suchen, als stünden sie auf vertrautestem Fuß miteinander.

Sie nickte mit dem Kopf. »Mr. Vaughan.«

»Sergeant Vaughan«, präzisierte Calvert. »Er ist Sheriff hier und Anführer unserer Miliz. Als die Schufte von der Isle of Kent Lord Baltimore ihre Gefolgschaft verweigerten, half der Sergeant maßgeblich, den Kampf gegen sie zu gewinnen.«

Im Kampf mit seiner Flasche schien er auf verlorenem Posten zu sein. Er hatte schon beträchtlich Schlagseite und ließ sich von Giles abstützen, was Margaret mit Verdruß zur Kenntnis nahm. Giles ließ sich, wo immer er auch war, stets mit der übelsten Gesellschaft ein.

Vaughan schluckte die letzten Tropfen und hakte die Flasche an den Gürtel. »Unsere neuen Freunde werden erschöpft sein von der Reise. Ich schlage vor, wir überlassen uns der Gastlichkeit von Gevatter Smythe.« Vaughan machte torkelnd kehrt und versuchte, die Gruppe ins Wirtshaus zu lotsen.

»Erfrischungen gibt's in meinem Haus«, sagte Calvert. »Und anschließend geht's in die Kapelle, wo wir unserem Herrgott danken wollen.«

Vaughan zog den Hut. »Die Katholenlitanei wird wohl ein Weilchen dauern. Inzwischen werde ich mich ein wenig amüsieren.«

Er grinste breit, verbeugte sich und schlurfte durch die Pfützen hin zur Baracke von Smythe. Giles blickte ihm wehmütig nach.

16

Eines der ersten Häuser, die in St. Mary's gebaut worden waren, diente nun als Schenke. Der offene Kamin nahm fast die gesamte Rückwand ein. Die Schankstube maß nur sechzehn auf vierundzwanzig Fuß, und doch war vor lauter Tabakqualm und Ofenrauch der kleine Tresen auf der anderen Seite nicht zu sehen. Große Holzscheite prasselten im Feuer. Ringsum loderten Kienspäne, getränkt mit Fichtenharz. Ihr Licht schimmerte matt auf der dicken Rußschicht unter der Holzdecke. Schatten tanzten an den grob verputzten Wänden.

Die Seeleute vom Schiff hatten sich zu den Stammgästen gesellt. Es waren Holzklötze von draußen hereingebracht worden, die nun als zusätzliche Hocker dienten.

»Willkommen, edler Herr.« Smythe verbeugte sich vor Giles und führte ihn an den Tisch zu Robert Vaughan und Henry Fleete. Der Wirt dienerte abermals und eilte davon. Er gab sich geschäftig, stand dabei aber anderen nur im Weg.

»Ein lustiger Kerl«, bemerkte Giles.

»O ja, das ist er«, bestätigte Vaughan. »Doch wer sich hier in Ruhe betrinken will, muß ihm zuvor Rede und Antwort stehen über sein Leben und seine Geschäfte.« Mit seiner großen, schwieligen Hand winkte er das neue Mädchen herbei. »Schenk uns ein, Metze.«

»Geduld, Sir. Ihr könnt ja inzwischen mal brünzeln gehen.« Anicah stemmte ein paar Lederkrüge über den Kopf und bahnte sich einen Weg durchs Gedränge.

Sie hatte die Röcke bis über die Waden hochgerafft und Schuhe und Strümpfe ausgezogen, um sie zu schonen. Außerdem konnte sie barfüßig auf dem mit Sand ausgestreuten Boden besser laufen, mußte allerdings um so mehr darauf achtgeben, daß ihr niemand auf die Zehen trat.

Geschickt wich sie einer Hand aus, die unter ihre Unterröcke zu langen versuchte. »Finger weg, Schmecklecker.«

Schwungvoll setzte sie die Krüge auf den Tisch, doch kein einziger Tropfen schwappte über.

»Hol mir ein Bier!« brüllte der Ire, der neben Vaughan saß.

»Unser Gebräu ist dick wie Öl, süß wie Milch, klar wie Bernstein und stark wie Brandy«, sagte Anicah.

»Ja, und verteufelt teuer«, knurrte er. »Sei's drum, her damit! Und bring mir auch Pfeife und Knaster, aber den guten!«

»Wird gemacht.«

»Und für mich eine kühle Schorle.«

»Kommt sofort.«

»Weißt du denn, wie ich sie haben will?«

»Wie sollte ich, mein Herr.« Sie beugte sich näher, als wollte sie ihm ein Geheimnis anvertrauen. »Die Flut hat mich kürzlich erst an Land geschwemmt, und ich bin neu hier an Bord.«

»Drei Teile Wein und ein Teil Wasser mit Zitrone, Zucker und einer Prise Borretsch.«

»Wasser könnt Ihr haben, Sir, jede Menge, auch Wein. Der ist mit dem Schiff gekommen. Aber auf Zitrone, Zucker und Borretsch müßt Ihr leider verzichten.«

Patience, die Wirtsfrau, stand hinter der Schranke aus Holzstäben, die vom Tresen bis unter die niedrige Decke reichten. Sie paßte wie ein Schießhund auf den Getränkebestand auf. Um sie herum standen Fässer voll selbstgebrautem Bier und Apfelwein. Anicah fand, daß sie diesen Behältern der Gestalt nach durchaus ähnlich war.

»Zwei Bier und eine kühle Schorle für den Iren«, rief sie.

Gleich nach der Landung hatte sie ein Gespräch zwischen Smythe und Skinner belauscht, in dessen Verlauf ein Preis von 250 Pfund Tabak für ihre Dienste im Wirtshaus ausgehandelt worden war. Dann hatte der Kapitän die Urkunde über ihre Zwangspflicht in zwei Teile gerissen und jeweils eine Hälfte ihr und Samuel Smythe zugesteckt. Ihre Hälfte bewahrte sie nun zusammen mit dem Testament ihres Vaters in der gestohlenen Schnupftabaksdose auf, die sie, in einen Leinenbeutel gepackt und an einer Schnur um den Hals gelegt, unter ihrem Hemd trug. Kaum war die Ablöse vollzogen, hatte sie Martin einen letzten Kuß gegeben und war ihrem Leibeigener ins Wirtshaus gefolgt, wo ihr sogleich ein strenger Wind entgegenblies.

Patience Smythe hatte ihrem Mann den Auftrag gegeben, einen Knecht zu kaufen oder zumindest eine kräftige Magd vom Lande, die hart anpacken konnte. Als dieser aber mit einem dürren, dunkelhäutigen Kind ankam, geriet sie außer sich vor Wut, und diese Wut verteilte sie gleichmäßig auf ihren Mann und auf Anicah. Erst als sich geklärt hatte, daß das Mädchen weder eine Spanierin, noch Papistin oder Zigeunerin war, hatte sie murrend ihr Einverständnis gegeben.

Seitdem arbeitete Anicah unablässig, abgesehen von einer kurzen Unterbrechung, während der sie eine Mahlzeit aus Maisbrei und Dünnbier hastig zu sich genommen hatte. Erschöpft wie sie war, empfand sie doch Erleichterung und Freude. Oberst Fleete hatte ihr mitgeteilt, daß Martins Vertrag von Doktor Poulton gekauft worden war, was bedeutete, daß er nun doch nicht zur fernen Isle of Kent segeln mußte. Und außerdem hatte sie hier in der Schenke eine Umgebung gefunden, die ihr von zu Hause vertraut war und in der sie ihr ganzes Talent als Langfinger ausspielen konnte. Der Radau, der Rauch und das Durcheinander in der Schankstube waren für sie, was für Blumen das Sonnenlicht ist.

Problemlos erinnerte sie sich an jede Bestellung, die ihr zugerufen wurde. Sie schwirrte, von Pfeifenrauchern geordert, mit Tabak und glühenden Kienspänen umher und munterte alle Gäste mit ihren Tänzen rund um die Tische auf.

Sooft die Wirtsfrau wegschaute, leerte sie die Reste aus den Bechern. Doch daß ihr so beschwingt zumute war, hatte einen anderen Grund. St. Mary's war zwar ein armseliges Nest, aber dennoch wähnte sich Anicah im Glück. Was ihr hier geboten wurde, hatte sie in den kühnsten Träumen nicht zu erhoffen gewagt. Neue Kleider, ein Dach überm Kopf, ein prasselndes Feuer im Kamin und Speisen und Getränke, die zum Mausen einluden. Der Jähzorn der Wirtsfrau war als Preis, den sie dafür zu zahlen hatte, gewiß nicht allzu hoch.

Sie schaute sich unter den Zechern und Kartenspielern um. Hier würde sich so mancher Beutel schneiden lassen, und nirgends drohte Gefängnis oder Galgen. Diesen Vorzug wußte Anicah mehr als alles andere zu schätzen.

Behend sprang sie über die Hunde und die ausgestreckten Beine eines alten Mannes, der auf seinem Hocker eingeschlafen war. Ihre Bewegungen wirbelten den dichten Tabakqualm auf, der im Licht der Fackeln träge durch die Stube gewabert war.

Die Uhr hatte neun geschlagen. Um diese Zeit war es sonst üblich, daß Smythe seine Gäste nach draußen beförderte und die Tür zuriegelte. Doch heute abend saß er mitten unter ihnen und erzählte Geschichten, die sie womöglich schon oft gehört, aber, weil vom vielen Bier benebelt, längst wieder vergessen hatten. Ab und an warf er Anicah einen scheelen Blick zu, als wollte er sich seiner neuen Errungenschaft vergewissern. Daß er für ihre Überfahrt bezahlt hatte, verschaffte ihm den Anspruch auf zehn Morgen Land.

Smythe war endlich einmal zufrieden. Normalerweise lief sein Geschäft alles andere als gut. Die Bewohner von St. Mary's waren durchschnittlich zu arm, um sich hohe Zechen leisten zu können. Nur wenn Gericht gehalten wurde oder die gesetzgebende Versammlung zusammentraf, herrschte in der Schenke Hochbetrieb. Oder auch wenn ein Schiff im Hafen eingelaufen war wie heute. Dennoch war die Stimmung an diesem Abend anders als sonst. Die fröhliche Stimmung des Mädchens hatte sich auf die Gäste übertragen. Das Lachen war herzlicher, das Gebrüll gutmütiger.

»Wehe, ich erwisch' dich beim Trinken«, schimpfte die Wirtin. »Und wenn dir ein Gast einen Penny zusteckt, hast du den bei mir abzugeben. Verstanden?«

»Verstanden, Mistreß.« Anicah nahm die gefüllten Krüge vom Tresen, machte kehrt und murmelte: »Wenn die Schweine Sättel tragen, kriegst du, was mir zusteht.«

An der gekalkten Wand hinter dem Tresen markierte die Wirtin mit Holzkohle die Anzahl der ausgeschenkten Krüge für jeden einzelnen Gast. Was die beschwipsten Zecher nicht bemerkten, war Anicah längst aufgefallen: Die Dicke berechnete ein ums andere Mal doppelt.

Robert Vaughan schien zwar nur Augen für seine Karten zu haben, mit denen er gegen Oberst Fleete und Giles Brent, den Papisten, aufzutrumpfen versuchte, dennoch war Anicah auf der Hut vor ihm. Wie sie hatte feststellen müssen, war Vaughan ein unberechenbarer, ungestümer Kerl. Vorsichtig pirschte sie sich an den Tisch heran, setzte die bestellte Karaffe Wein darauf ab und beeilte sich, wieder davonzukommen. Doch schon hatte er ihren Unterrock gepackt und sie auf seinen Schoß gezerrt. Geschickt hielt sie die gestemmten Krüge in der Waage, um ein Überschwappen zu verhindern.

»Seht nur, diese schalkhaften Äuglein, die freche Nase, das hübsche Schnütchen und die klitzekleinen Beulchen hier.« Er stopfte ihr ein grünes Band in den Miederausschnitt und zwischen die Brüste, die noch kaum in Erscheinung traten. Laut schmatzend drückte er ihr einen Kuß auf den Hals. »Na, das gefällt dir, mein Küken, nicht wahr? Gib mir einen Kuß.«

Der heiße Atem und die unrasierten Wangen kitzelten ihr auf den blanken Schultern. Sie warf den Kopf zurück und lachte so laut und ausgelassen, daß die Gespräche verstummten und sich alle Augen auf sie richteten. Wütend blickte die Wirtin herüber, doch sie wagte es nicht, die Fässer unbeaufsichtigt zu lassen und herüberzueilen, um das Mädchen zu züchtigen.

Anicah wand sich hin und her, setzte die Krüge ab und packte Vaughan bei den großen Ohren. »Den Kuß sollt Ihr bekommen, wenn alle bösen Buben ehrlich und sittsam geworden sind.«

»Du weigerst dich, obwohl ich so nett zu dir bin?«

Mit der einen Hand hielt sie das Ohr gepackt, mit der anderen zog sie das Band aus dem Mieder. »»Die Liebe, Sir, gleicht einem Fischerhaken‹«, zitierte sie. »›Oft hängen goldene Köder dran, um dumme Mädchen einzufangen.‹«

Sie versetzte ihm einen Klaps auf die breite Stirn und sprang von seinem Schoß. Unter großem Gelächter versuchte sie, das Band in ihr kurzes Haar zu flechten. Und dabei sang sie:

> *Frischer Fisch ist schnell verdorben,*
> *guter Wein allzu teuer erworben;*
> *doch eh ein armer Mann gestorben,*
> *hat er an Bier die Fülle.*

»Die bringt sogar einen Sarazenen zum Schmunzeln«, rief Vaughan und rieb sich die Ohren.

»Auf der Überfahrt wurde gemunkelt, daß sie besonders flink mit den Fingern ist«, sagte Fleete. »Kleine Wertgegenstände bleiben daran kleben wie Eisen am Magneten. Wir hatten schon Sorge, daß sie unsere Kompaßnadel ablenkt.«

Vaughan lachte. »Wie dem auch sei, ein Dutzend solcher Dirnen würden mehr Gewinn einbringen als hundert Morgen Tabakanbau.«

»Wohl wahr.« Mißmutig betrachtete Giles seine Spielkarten aus dünnem, gesteiftem Leder. Er hatte nicht einen Trumpf auf der Hand. »Denn weder Dürre noch Heuschrecken können Dirnen was anhaben.«

Obwohl angeheitert, fühlte sich Giles nicht wohl unter all den Protestanten. Auch die meisten der ehemaligen Deportierten, die ihre vierjährige Zwangspflicht abgeleistet hatten, hielten treu an der Kirche von England fest.

»Gewonnen.« Vaughan warf die Karten auf den Tisch und schrieb mit Holzkohle seine Punkte auf die Tischplatte.

»Verflucht!« Giles sammelte die Karten ein und befühlte deren Ränder, hatte er doch Vaughan im Verdacht, die Trumpfkarten gezinkt zu haben.

»Ich wünschte, Lord Baltimore hätte Madam Hollandia dazu überreden können, mit ihrer gesamten Spitzenlegion zu uns zu kommen«, meinte Vaughan schwärmerisch. »Man stelle sich vor, ein Etablissement wie das der Holland-Bündlerinnen hier in St. Mary's.« Er hob den Becher, um auf seine Vorstellung anzustoßen. »Ein Haus voller Huren der Extraklasse.«

»Ich selbst war dort, als das Haus belagert wurde«, sagte Giles.

»Tatsächlich?« Vaughan musterte Giles mit neuem Interesse.

»Die Betreiber der Konkurrenzbetriebe waren eifersüchtig geworden und bliesen zum Sturm.« Giles spannte seine neugierigen Zuhörer auf die Folter, indem er seelenruhig seine Pfeife in Brand steckte. »Als die Hellebardiere des Sheriffs auf der Zugbrücke erschienen, machte Hollandia kurzen Prozeß mit ihnen und ließ sie über eine listig angelegte Falle in den Graben purzeln.«

»Der, wie ich annehme, nicht nur zur Verteidigung angelegt war, sondern auch das ganze Abwasser sammelte«, lachte Fleete.

»Stimmt genau.« Giles fuhr in seiner Geschichte fort. »Daraus stieg ein entsetzlicher Gestank hervor, zumal ein Pferdekadaver darin verweste, woran die Nachbarschaft verständlicherweise Anstoß nahm. Deren Ärger war dann auch der eigentliche Auslöser dafür, daß die Obrigkeit zur Tat schritt. Nun, nicht genug, daß die Mannen des Sheriffs in der ekligen Brühe zappelten, sie wurden außerdem von den kecken Huren, die oben in den Fenstern hingen, aufs deftigste beschimpft und mit Unrat beworfen.«

»Tja«, sagte Fleete, »ich kannte Madam Hollandia schon zu der Zeit, da sie von der Straße genug hatte und dieses hübsche Freudenhaus aufmachte. Es war damals noch die erste Adresse am Ort, und ich gehörte zur sagenhaften Runde der Münzschnipper.«

»Und ich war Türsteher an sämtlichen Spielhöllen im Königreich«, entgegnete Vaughan augenzwinkernd. Und, an Giles gewandt: »Oberst Fleete übertreibt gern.«

»Das ist die Wahrheit«, insistierte Fleete. »Eine der Huren war besonders wendig. Sie konnte – splitternackt, versteht sich – auf den Händen stehen. Sie spreizte dann die himmelwärts gereckten Beine, und wir schnippten halbe Kronen mit dem Ziel, ihr Nest zu treffen.« Er nahm einen Penny aus der

Tasche und warf ihn mit einem Schlenker aus dem Handgelenk quer über den Tisch. Die Münze fiel platschend in Vaughans Becher. »Kommt selten vor, daß ich mein Ziel verfehle.«

Vaughan leerte den Becher; den Penny ließ er für Anicah darin. Er rülpste laut und rief nach ihr. Sie eilte herbei, schnappte den Becher und verschwand, ehe er sich abermals an ihr vergreifen konnte.

Auf der anderen Seite der Schankstube saßen ein paar Virginier von der Isle of Kent. Sie wurden in ihrer Unterhaltung lauter und lauter, und schließlich übertönten sie alle anderen Stimmen im Raum.

»Diese Rosenkränzler werden langsam zur Plage. Jetzt sind schon wieder welche angekommen. Am Ende regieren sie noch über das ganze Land.«

Giles schwieg. Er hatte damit gerechnet, daß die Runde noch auf dieses Thema zu sprechen kommen würde.

»Von welchem Land sprichst du?« fragte Vaughan.

»Von allen Ländern, aber insbesonders von diesem hier.« Betrunken wie er war, hatte der Mann Mühe, das Wort »insbesonders« zu artikulieren.

»Du sprichst doch, wenn ich recht verstehe, von England, denn das Gebiet, auf dem wir leben, ist nur ein Teil davon«, entgegnete Giles in sachlichem Ton. »Zwar hat Lord Baltimore die Vollmacht hier, doch wir sind nach wie vor Untertanen Seiner Majestät, des Königs Charles.«

»Wohl eher die Untertanen des römischen Antichristen«, blökte der andere. »Seine teuflischen Pfaffen werden sich heimtückisch an die Macht schleichen und eine Schreckensherrschaft über uns errichten.«

»Bei Mattapany, wo die Priester ihr Gut bewirtschaften, ist vor knapp zwei Wochen ein junger Christenmensch abgeschlachtet worden«, sagte Vaughan. »Da kommt doch schnell der Verdacht auf, daß sich da ein paar Schweine von der Kent-Insel mit den Priestern und Wilden verschwört haben, um unsereins meuchlings aus dem Weg zu räumen.«

Die Männer von Kent waren zu betrunken, um den ironischen Tonfall Vaughans zur Kenntnis zu nehmen. »Drecksmäulige Mißgeburt!« Die Hocker polterten zu Boden, als die Männer wie auf Kommando aufsprangen und krachend ihre Humpen auf den Tisch niederkrachen ließen. »Du wagst es zu behaupten, wir würden uns mit den Papisten gemein machen?«

Auch Vaughan war aufgestanden und brüllte durch den Raum: »Ach, küßt mir doch die Sommersprossen meiner Hinterbacken, ihr Schweinediebe!«

Smythe stand händeringend und mit schlotternden Knien da. Anicah kicherte vor Vergnügen. Doch dann wurde auch ihr bange. In dem elenden Nest gab es nur diese eine Schenke. Wenn sich die Aufsicht veranlaßt sähe, den Laden zu schließen, würde sie auf dem Feld arbeiten müssen.

»Sergeant Vaughan«, rief sie laut. »Hat Euer Hintern tatsächlich Sommersprossen?«

»Wie?« Er glotzte umher, und offenbar trübte nicht nur der dicke Qualm seinen Blick, sondern vor allem auch der viele Alkohol.

»Euer Arsch. Ob er wirklich voller Sommersprossen ist.«
»Na, und ob.«
»Darf ich mal sehen?«

Vaughan grinste. Er stieg auf den Tisch, löste Haken und Schnallen und ließ die Hose samt den Strümpfen auf die Füße fallen. Dann knickte er in der Hüfte ein und präsentierte die behaarte Magnifizenz seines Hinterteils.

So stand er da, als hinter ihm die Tür aufsprang. Unterm Schritt hinwegplierend, nahm er die Umrisse einer schlanken Gestalt war. Es wurde schlagartig still in der Stube.

»Ammann Lewger. Guten Abend auch«, rief Vaughan und setzte mit leiser Stimme nach: »Alter Hippenbock.«

Dann stieg ihm mit dem Blut der Wein vollends zu Kopf; er verlor das Gleichgewicht, stürzte auf Giles, und gemeinsam gingen die beiden zu Boden. Lachend sprang Fleete herbei und half ihnen auf die Beine.

»Die Sperrstunde ist längst vorbei.« Lewger mußte die

Stimme heben, um den Lärm zu übertönen. »Ich gehe jetzt und komme gleich zurück. Wer dann noch hier ist, wird mit einer Geldstrafe belegt. Und seid gewarnt: All denen, die draußen Krach schlagen und die Ruhe stören, droht der Stock.«

Als sich die Tür hinter ihm schloß, beugte sich Vaughan an Giles' Ohr und raunte: »Manche behaupten, Ammann Lewger sei allzu rigoros in seinen Vorstellungen und allzu emsig, was das Betreiben seiner Privatgeschäfte angeht. Ich aber sage: Er ist ein dummer Tropf.«

Er hatte sichtlich Mühe, seine Kleider zu ordnen. Vor allem mit den Strümpfen, die in den Hosenbund einzuhaken waren, tat er sich schwer. Fleete ging ihm zur Hand, und zusammen mit Giles führte er Vaughan zur Tür. Dort wanderten die Hüte ein paarmal von einem Kopf zum nächsten, bis ein jeder den des anderen trug.

Anicah reichte Giles eine Laterne, bestehend aus einem an einer Stange geführten Drahtkorb, in dem ein Holzscheit brannte. Sie kicherte über Giles' Anblick, denn Vaughans großer Hut hing ihm lose auf den Ohren. Um sich für den Penny im Becher zu bedanken, gab sie Vaughan einen Kuß auf die Wange.

»Bleibt doch die Nacht in meiner bescheidenen Hütte, Brent«, sagte Vaughan. »Ich habe noch eine hübsche Flasche Madeirawein zu bieten. Und bei einem Spielchen könnt Ihr zurückgewinnen, was Ihr soeben verloren habt. Unterwegs sollten wir noch dem Gouverneur ein Ständchen bringen.« Sogleich ließ er seinen tiefen Baß erklingen.

Giles mußte laut werden, um sich Gehör zu verschaffen. »Wir sollten uns vorsehen. Ich möchte nicht wegen Ruhestörung und Trunkenheit bestraft werden.«

»Aber von solchen Maßnahmen seid Ihr ja wohl ausgeschlossen, Junker Brent. Eure Familie hat doch schließlich, wie man hört, bei Lord Baltimore einen Stein im Brett, nicht wahr?«

17

Margaret und Leonard Calvert saßen unter einem riesigen Rauchfang, vor sich einen Stoß mannsgroßer Holzscheite, in deren loderndem Feuer zwei ramponierte und rußverkrustete Kessel hingen. Sooft Margaret aufblickte, konnte sie im Kaminausschnitt die Sterne funkeln sehen. Sie lehnte sich tiefer zurück in die Polster eines übergroßen Sessels und schob die Füße näher ans Feuer. Mit geschlossenen Augen genoß sie das heimelige Prasseln und Fauchen der Flammen und die Wärme, die ihre Glieder durchströmte.

Aus dem tiefen Schatten der Kammer schimmerten bleiche Schemen. Das Mobiliar war mit weißen Decken verhüllt, um sie vor Sägemehl und Mörtelstaub zu schützen, denn am Haus wurde ja noch gebaut. Wie nächtliche Uferklippen erhoben sich gestapelte Eichenbretter zur Vertäfelung der Wände. Der Duft frischgesägten Holzes erfüllte den Raum.

Fulke lag nahe der Feuerstelle auf einer Strohmatte und schlief. Hinter dem grünen Vorhang von Calverts Bett war es still geworden; Mary hatte ihr Abendgebet beendet und sich zur Ruhe begeben. Durch die Fensterläden drangen mitunter Gelächter und Gesang aus der Ferne. Giles war seit Stunden verschwunden. Margaret ahnte, daß er sich mit dem gemeinen Volk in der Schenke amüsierte.

Erneut gingen ihr die vielen Gespräche durch den Kopf, die sie tagsüber geführt hatte, all die Fragen, Hinweise, Empfehlungen, Scherze, Mahnungen und Ansichten. Sie war mit Ratschlägen überhäuft worden, und sie hatte aufmerksam zugehört. Ihr war klar geworden, wie vieles sie noch lernen mußte.

Mit Erleichterung stellte sie fest, daß ihr der jüngere Bruder von Lord Baltimore durchaus sympathisch war, und sie schien auch ihm zu gefallen.

Sie warf einen Blick auf die Helme und Brustpanzer, die an

der Tür hingen. In einer Ecke standen drei schwere Steinschloßgewehre aneinandergelehnt.

»Dürfte ich mir einmal diese Waffe dort anschauen, Gouverneur?«

»Gewiß.« Calvert nahm seine alte Arkebuse vom Wandhaken.

»Ein ungewöhnliches Ding.« Sie fuhr mit der Hand über den Doppellauf und den mit kunstvollem Schnitzwerk verzierten Schaft. »Kaliber?«

»Fünfundsiebzig. Es stammt natürlich aus einer französischen Waffenschmiede«, sagte Calvert, angeregt durch Margarets Interesse. »Die beiden Feuerrohre lassen sich auf- und abschrauben.«

»Und welche Reichweite haben sie?«

»Zielgenau auf vierzig Schritt. Oder vielleicht sind's auch nur fünfunddreißig«, korrigierte er sich.

»Herrliche Arbeit.« Sie hielt die Waffe ans Licht und besah sich das gold und silbern damaszierte Schloß. In den polierten Birnholzschaft war das Calvertsche Familienwappen mit Intarsien aus Perlmutter und Hirschhorn eingearbeitet.

»Vater Poulton berichtete davon, daß ein Diener der Jesuiten von Indianern getötet worden sei«, sagte Margaret und schaute ihrem Gegenüber in die Augen.

Calvert seufzte. »Die Jesuiten bestanden darauf, sich zusätzlich noch zehn Meilen nördlich von hier an einem Ort namens Mattapany niederzulassen, um die dort lebenden Indianer zu bekehren. Doch ihre Missionsstation ist so entlegen, daß sie sich und ihre Dienerschaft einer großen Gefahr aussetzen.«

»Mir ist aufgefallen, daß jeder Mann ein Gewehr bei sich trägt. Wenn ich richtig verstehe, gilt es nicht nur dem Schutz vor wilden Tieren, sondern auch dem vor den wilden Rothäuten.«

»So ist es.« Calvert schwenkte Pfirsichschnaps in seinem Glas. »Aber keine Sorge. Sobald Gefahr droht, werde ich Euch und Eure Schwester ins sichere Fort holen.«

Margaret dachte an die windschiefen Palisaden und verkniff sich die Bemerkung, daß ein solches Bollwerk nicht einmal geeignet sei, eine Rotte Straßenkinder aus Bristol aufzuhalten. »Warum liegt dieses Fort eigentlich so weit außerhalb?« fragte sie statt dessen.

»Anfangs war mit Überfällen zu rechnen, weniger vom Meer her als aus dem Wald.« Calvert nahm einen Schluck aus seinem Glas. »Doch das Volk, das hier lebte, hat uns sehr freundlich empfangen. Wir wurden von den Frauen bekocht, und deren Kinder tollten mitten unter uns herum. Ohne sie hätten wir den ersten Winter kaum überstanden; uns wäre das gleiche Schicksal beschieden gewesen wie den ersten Siedlern von Virginia. Wir danken Gott, daß er die Barbaren uns gegenüber freundlich gestimmt hat. Allerdings könnten uns jetzt Angehörige entfernter Stämme gefährlich werden, die über weite Strecken durchs Land ziehen.«

Beide schwiegen lange vor sich hin. Calvert erinnerte sich an zurückliegende Ereignisse, während Margaret über Zukünftiges spekulierte.

Leonard Calvert war ein gutaussehender Mann, doch selbst der fahle Feuerschein konnte nicht verbergen, daß sich um seine Augen und um den Mund jene matte Gleichgültigkeit gelegt hatte, die Personen seines privilegierten Standes eigen war. Er machte auf Margaret einen schwächlichen Eindruck. Um so mehr verwunderte es sie, daß dieser Mann offenbar doch über genügend Energie verfügte, um den Grundbesitz seines Bruders trotz großer Entbehrungen und Widernisse zusammenzuhalten, und das seit nunmehr vier Jahren.

Margaret wechselte auf ein anderes Thema über. »Ich gehe davon aus, daß Giles Euch informiert hat über die Zustände an Bord des Schiffes von Kapitän Skinner.«

»Ja, das hat er.«

»Skinner sind schwere Vorwürfe zu machen. Er ist anmaßend, unverschämt und fahrlässig, hat uns verschimmeltes Brot und stinkendes Fleisch vorsetzen lassen. Er hat weit mehr Menschen mit an Bord genommen als zulässig; sie waren wie Vieh im Zwischendeck untergebracht.« Margaret stockte. »Mir scheint, Männer wie dieser Skinner sind in hohem Maße mitverantwortlich dafür, daß so viele von denen, die hier ankommen, nicht lange überleben. Ich wünsche, daß Anklage gegen ihn erhoben wird.«

Calvert hob sein Glas und betrachtete in sich gekehrt das Lichtspiel in der gelb glitzernden Flüssigkeit. »Darüber wäre zunächst zu sagen, daß unsere Gerichte befugt sind, über das Verhalten von Schiffsführern auf See Recht zu sprechen.«

»Dann muß er eben wegen seiner betrügerischen Geschäfte hier an Land belangt werden.«

»Was immer er und die anderen Kapitäne sich auch zuschulden kommen lassen, wir sollten nicht vergessen, daß unser Überleben von ihnen abhängt. Sie liefern unsere Biberfelle, unser Holz, das Getreide und den Tabak nach England. Sie bringen uns Textilien, Eisen, Werkzeuge, Wein und Briefe von zu Hause. Und nicht zuletzt neue Arbeitskräfte. Wir können ohne dies nicht existieren.«

»Aber das gibt ihm doch nicht das Recht, Menschen zu töten.«

Calvert schnippte mit dem Fingernagel unter sein Kelchglas und ließ einen kristallklaren Ton erklingen. »Ihr habt davon gesprochen, daß Ihr Euch die venezianischen Gläser nachschicken lassen wollt, die ihr nicht mitnehmen konntet. Wer, glaubt Ihr, wird sie für Euch holen?«

»Aber es wird doch wohl noch andere Kapitäne geben ...«

»Schiffe verschwinden spurlos. Skinner aber ist bislang immer ans Ziel gekommen. Wir können es uns nicht leisten, ihn auch noch zu verlieren«, sagte Calvert und schmunzelte. »Ich schätze, Ihr werdet ihm selbst noch den einen oder anderen Auftrag erteilen, bevor er wieder in See sticht.« Er streckte seine dünnen Beine aus und unterdrückte ein Gähnen. »Entschuldigt, es war unhöflich von mir, Euch so lange wach zu halten. Ihr müßt schrecklich müde sein.«

»Mir schwirrt zuviel im Kopf herum, als daß ich mich schlafen legen könnte.«

»Dann möchte ich Euch jetzt mit Euren Gedanken allein lassen. Gott befohlen.«

Calvert ging zur Tür und weckte den Diener, der draußen auf dem Flur, in eine Decke gehüllt, am Boden lag. Der stand auf, zündete eine Fackel an, schaufelte Asche übers Feuer im Kamin und ging voran, um seinem Herrn den Weg zu leuchten. Calvert verbeugte sich vor Margaret und folgte.

Margaret brachte es nicht über sich, nach Bess Guest zu rufen, sie solle ihr beim Auskleiden helfen. So schnürte sie selbst das Mieder auf, zwängte sich aus dem Korsett, legte das Brusttuch ab und stieg aus den Röcken. Sie löste das aufgesteckte Haar und ließ es auf den Rücken fallen. Dann kniete sie nieder, betete das Vaterunser und bekreuzigte sich.

Mit Wollsocken und langem Unterhemd bekleidet, schlüpfte sie fröstelnd neben Mary unter die Daunendecke. Die Matratze war so weich, daß sie wie in Wolken darin versank. Und bevor sie ihr Gebet an die Jungfrau Maria beendet hatte, war sie eingeschlafen.

Erst als der Morgen graute, erwachte sie wieder und richtete sich so plötzlich im Bett auf, daß ihr schwindelig wurde. Das Herz klopfte wie eine Trommel.

Hatte sie etwa bloß geträumt, oder schlug da tatsächlich jemand Alarm?

»Hast du das gehört, Schwester?« fragte sie und langte nach Marys Arm.

»Ja.« Sie zog ihre Pistole unter dem Kopfkissen hervor und richtete den Lauf auf den Schlitz im Bettvorhang. Dahinter war deutlich ein Rascheln zu vernehmen. »Giles?«

»Ich bin's.« Fulke tappte im Dunkeln auf die Feuerstelle zu und trat mit bloßem Fuß vor die Kommode. »Au Jessas!«

Von der Straße her tönte eine laute Stimme. »Indianer!« Sie warf den Vorhang zur Seite und tastete nach den Schuhen.

Calvert ging voran, und Fulke bildete die Nachhut, als Margaret, Mary und deren Mädchen dem Fort entgegeneilten. Unter einem regennassen Umhang trug Margaret nichts als das lange Wollhemd und ein Hüftmieder, in dem ihre Pistole steckte. Bess hielt für den Ernstfall Pulverflasche und Kugeltasche bereit.

Schmatzend versanken Margarets Holzgaloschen ein ums andere Mal in braunem Matsch, bis endlich das Fort erreicht war. Andere hatten bereits Zuflucht darin gefunden. Bauern lehnten auf ihren Gewehrstangen. Frauen und Kinder hockten verzagt und vor Kälte zitternd auf Karren und Kisten. Das nasse Haar klebte ihnen im Gesicht.

Vor einer kleinen Hütte gleich hinter dem Eingang zum Fort saß Joan Parke rittlings auf einem Holzbalken. Ihr Herr stand abseits und schielte argwöhnisch herüber; es schien, als traute er seinem rothaarigen Neuerwerb nicht über den Weg.

»Euer Ehren«, rief Joan mit Blick auf Calvert. »Was ist los? Greifen uns die Heiden an?«

»Es wurde Alarm gegeben«, antwortete der Gouverneur.

»Wißt Ihr, von wem?« wollte Margaret wissen.

»Nein.«

Da kamen auch Henry Fleete und Robert Vaughan. Giles trottete hinter ihnen her; daß er vergangene Nacht zuviel Wein getrunken und zu wenig geschlafen hatte, war ihm deutlich anzumerken. Die Arme hingen schlaff über der längs geschulterten Jagdflinte, und aus den weiten, dreckverschmierten Rüschen der Hemdsärmel baumelten die Hände herab.

Oberst Fleete hielt sein altes Steinschloßgewehr beim Lauf gepackt; der Kolben ruhte auf der Schulter. Im Hosenbund steckte ein langes Messer, das aus einer zerbrochenen Schwertklinge geschmiedet war und normalerweise als Hirschfänger diente. Doch er wirkte durchaus entschlossen, auch auf Zweibeiner Jagd damit zu machen. An den Füßen trug er Schuhe nach Art der Indianer, und den speckigen, hohen Filzhut überragten lange Truthahnfedern.

Vaughans Kopfbedeckung war gleichermaßen scheußlich anzusehen und seine Rüstung nicht minder martialisch. Am Gürtel hing ein Lederfutteral mit Fransen, in dem eine zwölf

Zoll lange Klinge steckte; der Messergriff war mit Stahlpatten beschlagen. Daneben war der Spannhebel für die schwere Armbrust eingehakt, die er beidhändig vor sich her trug. Die Pfeile dafür klapperten in einem Köcher aus der Haut eines Wolfes; daran baumelten noch zwei Pfoten.

So verwegen und fremd, wie die beiden aussahen, hatte sich Margaret immer die roten Kinder des Waldes vorgestellt. Lag es an der wilden Umgebung, daß aus einstmals zivilisierten Männern Rohlinge wurden, oder lockte diese vielmehr gerade solche Kerle an, die von Haus aus ungesittet waren?

»Guten Morgen, die Damen.« Vaughan grinste; es schien, als freute er sich auf den drohenden Überfall wie auf eine amüsante Abwechslung.

Margaret musterte ihn mit kühlem Blick. Daß er so vergnügt wirkte, verdarb ihr die Laune zusätzlich, um so mehr, als sie dem Gesichtsausdruck des Bruders entnehmen konnte, daß er beim Kartenspiel verloren hatte, und zwar wahrscheinlich an diesen rothaarigen Taugenichts.

Giles sah, daß die Schwester ihn taxierte. Er murmelte Unverständliches vor sich hin und eilte Calvert hinterher.

»Rechnet er mit einem Angriff, Oberst?« fragte Margaret. Fleete konnte nun beweisen, daß er in seinen Geschichten über die Indianer nicht nur Seemannsgarn gesponnen hatte.

»Nein, jedenfalls nicht hier, Mistreß Margaret. Der rote Mann ist listig und vorsichtig. Er traut sich nicht, einem bewaffneten Gegner die Stirn zu bieten. Statt dessen überrascht er lieber schutzlose Bauern aus dem Hinterhalt.«

»Ich war schon sehr besorgt angesichts unserer fragwürdigen Verteidigungsmittel«, sagte sie und machte mit Blicken deutlich, daß sie nicht nur das baufällige Fort meinte, sondern auch Vaughan und seine Armbrust.

»Traut Ihr denn gar nicht meiner Schützenkunst?« fragte Vaughan.

Margaret versuchte, Fassung zu bewahren, zeigte sich aber dennoch irritiert von dem schnippischen Tonfall und vom Schalk, der aus seinen flaschengrünen Augen blitzte. »Das

Bogenschießen wird in England schon lange nicht mehr gepflegt, Sergeant Vaughan. Man hat inzwischen auf lärmendere und effektivere Weise zu töten gelernt.«

»Ja, wenn's gegen Fasane, Hirsche und dergleichen geht, Ziele, die das Feuer nicht erwidern. Aber wir haben's hier mit einem besonders flüchtigen Wild zu tun, auf das man besser mit Pfeil und Bogen anlegt.«

»Die Indianer, wenn ich recht verstehe.«

»Als solche werden sie gemeinhin bezeichnet, obwohl es die verschiedensten Stämme gibt: die Nanticoke und Patuxent, die Potomacken, Yoacomicos, Susquehannocken, Piscataway, um nur einige zu nennen.« Es war, als ließe er sich diese Wörter auf der Zunge zergehen.

»Mit solchen Waffen zu kämpfen ist barbarisch.«

»*Silent enim leges inter arma*«, sagte Vaughan. »Im Krieg sind die Gesetze stumm.«

»Ich höre, Ihr seid vertraut mit Cicero, Sir Kauderlatein. Das überrascht mich.«

Vaughan stieß die Tür zum Blockhaus auf, verbeugte sich galant und ließ Margaret eintreten. Ihre steife Förmlichkeit amüsierte ihn, um so mehr, da sie seine ungenierte Art derart offen mißbilligte.

»Willst du ihr den Hof machen, Robert?« fragte Fleete.

»Wohl kaum.«

»Dann hast du's wahrscheinlich auf den Grundbesitz der Schwester abgesehen. Sie ist, wie mir scheint, ohnehin die hübschere von beiden.«

»Da wüßt' ich was Hübscheres«, entgegnete Vaughan und packte Anicah bei den Röcken, als sich das Mädchen an ihm vorbeizuschleichen versuchte. »He, mein Täubchen, hier hat nur die Herrschaft Zutritt.«

»Ich suche meinen Schatz.«

»Nimm doch vorlieb mit mir.« Er drängte sie an die Wand.

»Nehmt die Finger weg und schämt Euch, Sir!« sagte sie und stemmte sich mit beiden Armen von ihm ab. Sie war kräftiger, als es ihre Statur vermuten ließ, konnte Vaughan aber nicht von der Stelle bewegen. Er lachte nur.

»Ich hol' mir hier noch Splitter in den Hintern, wenn Ihr weiter auf mich eindrückt.«

»Statt dessen empfehl ich 'nen kräftigen Scheit.«

»Ach, Sir, gebt es auf, ich hab' einen Freund, und den suche ich.«

»Wie sieht er aus?«

»Groß und stark. Und sehr viel besser als gewisse andere«, sagte sie und warf ihm einen geringschätzenden Blick zu.

»Dich juckt's wohl in der Hose.«

»Nein, Sir. Ich möchte mit ihm für unser aller Heil beten.«

»Mit gebeugten Knien, himmelwärts gerichtet, ich verstehe.« Vaughan lachte laut. »Sag an, Metze, wie gefällt dir eigentlich unser Dorf. Ist es nicht aufregend hier, vor allem dann, wenn die roten Indianer anzugreifen drohen?«

»Ja, allenfalls dann. Ansonsten ... kein Biergarten, kein Theater, nicht einmal ein anständiger Wochenmarkt, auf dem es hoch hergehen könnte.« Anicah blickte umher. »Martin!«

Martin kam herbeigerannt, als er Anicah erblickte, auch noch belästigt von einem Mann. Sie schlüpfte unter Vaughans Arm hinweg, machte vor ihm einen artigen Knicks, raffte die Röcke und eilte Martin auf bloßen Füßen entgegen. Er nahm sie in den Arm, hob sie in die Luft und wirbelte mit ihr im Kreis herum. Sie schlang ihm die Arme um den Hals und küßte ihn.

»Ich habe dich überall gesucht.« Er setzte sie auf dem Boden ab, hielt sie aber weiterhin in den Armen. »Ich fürchtete schon, die Wilden hätten dich entführt.«

»Ach was.« Sie stellte sich auf Zehenspitzen und flüsterte ihm ins Ohr: »Ich war's, die Alarm geschlagen hat.«

»Anicah! Wenn das herauskommt, wird man dich auspeitschen.«

»Ich wollte dich umarmen und küssen, aber meine Herrin läßt mich nicht aus den Augen.« Und mit Blick auf die aufgescheuchte Menge am Eingang zum Fort sagte sie: »Die gehen gleich alle wieder nach Hause und sind froh, daß nichts passiert ist.«

»Wer ist deine Herrin?«

»Die Schankwirtin. Sie treibt in einem fort zur Arbeit an.« Sie nahm Martin bei der Hand in der Absicht, ihn zum Wirtshaus zu führen. »Während die Alte hier auf die Rothäute wartet, können wir's uns am Kamin gemütlich machen.«

»Ich darf meinen Meister nicht allein lassen.«

»Du bist also wirklich bei dem papistischen Doktor untergekommen?«

»Ja. Seine Plantage liegt bei Mattapany, eine halbtägige Wegstrecke nördlich von hier.«

Anicah zog ihn in Richtung auf ein freistehendes Gebäude, das von einem weiten Hof umgeben war.

»Was hast du vor?«

»Ich möchte bei dir liegen, du Trottel. Aber halt' mich nicht für eine Gurre.«

»Gurre?«

»Für eine Hure.«

»Ach Ani …«

18

Anicah drückte die Tür auf und spähte ins Innere. Martin blickte über ihren Kopf hinweg. Im fahlen Dämmerlicht war zu erkennen, daß die Wände aus Fachwerk bestanden, gefüllt mit vermörteltem Weidengeflecht. Den Lehmboden bedeckte eine Streu aus gehäckselten Binsen. Ein kleiner Tisch stand vor der Schranke, die das niedrige Chorpodest vom Langhaus trennte.

Jenseits der grobgezimmerten Bankreihen erhoben sich wie zwei Bollwerke die Ehrenplätze für den Gouverneur und dessen Familie, ein Gestühl, das vor vier Jahren mit den ersten

Siedlern in Einzelteilen herbeigeschafft worden war. Kinnhohe Täfelbretter umschlossen die beiden Sitzreihen, die, im Abstand voneinander aufgebaut, jene Geschlechtertrennung nachvollzogen, die auch für die Kirchenbänke galt. An den Kästen war jeweils eine kleine Tür angebracht, und die Sitzbänke ließen sich an die Rückwand hochklappen. Der prunkvolle Aufbau wirkte lächerlich in der ansonsten armseligen Ausstattung des Gotteshauses.

»Wir sind in der Kirche«, flüsterte Martin.

»So sieht's aus.« Anicah zog die Tür zu, und es wurde stockdunkel, weil auch die hölzernen Fensterläden geschlossen waren. Sie tappten an der rauhen Wand entlang; die Spreu raschelte unter den Füßen.

»Wir dürfen das Haus nicht entweihen«, meinte Martin zaghaft.

»Ach, das ist doch von den Rosenkränzlern gebaut worden und darum alles andere als heilig.«

»Trotzdem ...«

»Hallo, Euer Ehren. Einen guten Morgen wünsche ich.« Anicahs Stimme hallte hohl durch den Raum. Den Hals gereckt, lauschte sie auf eine Antwort des Herrn. »Er ist nicht zu Hause.«

»Wir werden in der Hölle schmoren.« Martin wollte fliehen, doch Anicah warf ihm die Arme um den Hals und drückte ihre weichen Lippen auf seinen Mund.

Martins Widerstand ließ nach; statt dessen begehrte sein Adam auf und wurde prall. Er preßte Anicah mit dem Rücken zur Wand, spürte ihr Herz im gleichen Rhythmus schlagen wie das seine.

Ohne den Kuß zu unterbrechen, langte sie mit der Hand hin, löste den Strick an seiner Hose und zerrte sie herunter. Nach etlichen Fehlgriffen gelang es ihm schließlich, den Saum des Unterrocks zu lüften. Der feste Schild ihres Schambeins drängte ihm entgegen, als plötzlich Stimmen zu hören waren.

Während er an der Hose fummelte, tauchte Anicah zu Boden und zerrte ihn zu sich herab. Knarrend ging die Tür auf; in ihrem Ausschnitt zeigten sich die Umrisse einer Gestalt in weitem Umhang.

Anicah kroch auf das nächste Gestühl zu, öffnete den Verschlag an der Seite. Sie zerrte den Jungen am Kragen hinter sich her und zog leise die Tür wieder zu.

»Wenn man uns hier findet ...« Martin kauerte auf Händen und Knien; verzweifelt ließ er den Kopf hängen. Bei aller Liebe zu Anicah glaubte er voraussehen zu können, daß er mit ihr nur Unglück haben würde.

Anicah preßte ihn energisch zu Boden, stemmte ihre Schultern gegen die vordere Trennwand und schob ihn mit den Füßen unter die Sitzreihe. Dann wälzte sie sich hinzu, bis ihr Rücken seine Brust berührte.

Durch die Schatten sprang das Licht von auflodernden Harzfackeln, die in Eisenringe an die Wand gesteckt wurden. Ein dumpfes Stimmengewirr war zu vernehmen, als weitere Leute die Kapelle betraten und durch den Strohbelag schlurften.

»Es ist doch nicht Sonntag.« Anicah war perplex. Diese Katholiken, dachte sie; ein unberechenbarer Haufen.

Das Gemurmel und die Raschelei nahmen an Lautstärke zu. Kein Zweifel, hier versammelte sich eine Gemeinde. Anicah hob den Kopf und sah, daß die Bank über ihnen hochgeklappt war. Vorsichtig streckte sie den Arm aus und zog das schmale Brett herunter.

In der Reihe hinter der Calvertschen Loge hatten einige Männer Platz genommen; ihre Stiefelspitzen ragten in den Sockelspalt und stießen an Martins Rücken. Der Verschlag sprang auf. Drei Paar dreckige Stiefel und acht Tatzen tappten unmittelbar vor den Gesichtern der beiden entlang. An den Rosetten aus roten Schleifen erkannte Anicah das Schuhwerk von Giles Brent. Die Bank knarrte unter dem Gewicht von Giles, Fulke und Leonard Calvert. Anicah hielt den Atem an und fürchtete, das Gestühl könne zerbrechen und über ihnen zusammenstürzen.

Die beiden Hunde von Giles legten sich zu Boden. Der Mastiff blickte an den Stiefeln des Herrchens vorbei und schien verblüfft, den Platz unter der Bank belegt zu finden. Den Bauch einziehend, versuchte das Mädchen, den Abstand zur Schnauze des Hundes um einen weiteren Zoll zu vergrößern. Der sperrte nun den Rachen auf und fletschte die Zähne. Die Lefzen schimmerten wie rohe Leber, und die entblößten gelben Zähne waren so lang wie Anicahs Daumen. Das Tier knurrte leise.

Giles versetzte ihm einen Tritt, was der Hund aber kaum registrierte. Er hob das Hinterteil und senkte den Kopf, als lauerte er vor einem Dachsbau. Die Beine der sitzenden Männer versperrten ihm den Zugriff. Also fing er zu bellen an.

»Verdammt, sei still!« Giles litt immer noch unter den Nachwirkungen der nächtlichen Feier. Er rammte dem Hund einen Absatz in die Rippen und trat zu. Winselnd legte sich der Mastiff zu Boden, ließ aber Martin und Anicah nicht aus den Augen. Die Lefzen zuckten, und immer wieder ließ er ein drohendes Knurren verlauten.

Hinter dem Lettner tauchten nun zwei Priester auf und hoben an zur Morgenlitanei in lateinischer Sprache. Zu seinem Entsetzen erkannte Martin eine der beiden Stimmen sofort als die von Pater Poulton. Während ein Großteil der katholischen Gemeinde dem Wechselgebet inbrünstig folgte, gab es für die protestantische Dienerschaft, die am Kirchenausgang versammelt war, allerhand zu tuscheln. Auch Giles und Calvert hatten profanere Themen im Sinn; sie unterhielten sich mit gedeckter Stimme über Tabaksorten und Biberfelle. Auf der Seite jenseits des Mittelgangs ließen Margaret und Mary die Perlen ihrer Rosenkränze klicken und sprachen ihr Ave-Maria und Vaterunser. Die Hunde schliefen ein.

Anicah hatte schon lange keinen Gottesdienst mehr miterlebt. Das letzte Mal war sie mit Mutter und Tante zur Kirche gegangen, um sich dort aufzuwärmen. Die Zeremonie einer katholische Messe war ihr vollkommen fremd und langweilte sie über die Maßen.

Anicahs Körper so dicht bei sich zu spüren ließ Martin bald alle Skrupel und Ängste vergessen. Vorsichtig und in qualvoller Zurückhaltung reizten sich die beiden mit heimlichen Berührungen zu immer stärkerer Lust auf, die kein Ende zu finden schien. Doch schließlich kam ihr Drängen ans Ziel und machte seliger Entspannung Platz. Martin legte den Kopf auf die Armbeuge und zupfte mit der freien Hand Strohspelzen aus Anicahs zerzaustem Haar, küßte ihren Nacken und döste ein.

Er schlief tief und fest, als der Priester das Schlußgebet sprach und Gott dafür dankte, daß die Gemeinde vor dem drohenden Angriff der Heiden verschont geblieben sei. Er erbat den Segen des Allerhöchsten auch für diejenigen, die jüngst nach St. Mary's gekommen waren. Die Sonne war längst aufgegangen, und auf jeden der Kirchenbesucher wartete ein schweres Tagwerk. Unruhe kam auf, denn der Priester zögerte das Amen immer weiter hinaus.

Anicah zog ihr Messer aus dem Gürtel und durchtrennte die Fäden, mit denen die Rosette an Giles' rechtem Stiefel festgenäht war. Es juckte sie, auch das Gegenstück vom anderen Stiefel zu schneiden, was sie sich aber dann doch versagte, um keinen Verdacht zu erregen. Wenn Brent entdeckte, daß eine Rosette fehlte, würde er wohl annehmen, sie verloren zu haben.

Sie stopfte das Schmuckstück ins Mieder und sagte im stillen: Hättest nicht nur beten, sondern auch besser aufpassen sollen, Junker Brent. Eingelullt durch den Singsang des Priesters, folgte sie Martin in den Schlaf.

Robert Vaughan zerrte am Zwickel, um es sich in der Hose bequemer zu machen, und ging weiter über die Straße von St. Mary's, zielstrebig, aber in Schlangenlinie um all die Pfützen und Schlammlöcher herum. John Cockshott war nun schon seit vierzehn Tagen unterwegs, und seine junge Frau brauchte dringend einen Arzt, der sich um ihre Malaise kümmerte, denn sie litt unter der Entbehrung der Liebe. Vaughan war in solchen Fällen stets zur Therapie bereit.

Als er die Smythe'sche Schenke passierte, hörte er lautes Geschrei.

»Hilfe, Hilfe!«

Vaughan pochte an die Tür und spitzte die Ohren. In der Schankstube polterte es mächtig; da schienen sämtliche Möbel verrückt zu werden, und dann ertönte weiteres Gezeter. John Lewger kam hastig herbeigeeilt und brachte gleich Verstärkung mit: zwei seiner Männer rannten ums Haus, um den Hintereingang zu stürmen. Der Ammann und Vaughan hinterdrein. Durch den Anbau, der als Küche diente, gelangten sie in die Stube.

Tische und Bänke lagen umgekippt am Boden. Die Luft sirrte, aufgerührt durch eine schwingende Weidenrute, mit der die Wirtin dem Mädchen nachsetzte, das fliehend in der verwüsteten Stube umherirrte. Das kurze Wams war heruntergerutscht, aufgerissen die Kordel, die den Halsausschnitt des leinenen Hemdes raffte, unter dem eine knochige Schulter zum Vorschein kam. Darauf blühte ein langer blauer Fleck, aufgetragen durch einen Hieb mit der Rute. Ein weiterer Hieb hatte Anicah offenbar im Gesicht erwischt.

»Gütige Herren! Sie bringt mich um!« Anicah warf sich Vaughan vor die Füße und schlang die Arme um seine Beine. Sie zitterte am ganzen Leib, stöhnte laut auf und streckte, in Ohnmacht fallend, alle viere von sich.

»Verfluchtes Aas.« Die dicke Wirtin holte aus, um das Mädchen zu treten, doch Lewger hielt sie am Schürzenbund zurück.

Vaughan bückte sich, um nach dem Mädchen zu sehen. »Gute Frau, womit hat die Metze diese Mißhandlung verdient?«

»Ich bin die Mißhandelte.« Die Frau keuchte vor Wut und Erschöpfung. »Kommt das faule Luder viel zu spät zur Arbeit, die Kleider durcheinander und voller Lustgestank.«

Anicah stöhnte wieder auf und ließ die Lider flattern. Flehentlich und mit Tränen in den großen, dunklen Augen blickte sie zu Vaughan auf. »Ich sterbe«, seufzte sie.

»Noch nicht.« Er half ihr auf die Beine und führte sie zur Bank. Mit jedem hinkenden Schritt schrie sie vor Schmerzen auf.

»Wir dulden solche Übergriffe nicht«, herrschte Lewger die Wirtin an. »Sieh dich vor, Weib!«

»Die Schlampe spielt doch bloß Theater«, keifte sie. »Sie hat den Stock kaum gespürt.«

Lewger nahm die Wirtin beiseite, um ihr nicht vor den Augen des Dienstmädchens die Leviten zu lesen. »Ich hab' dich oft genug gewarnt und aufgefordert, deinen Haushalt in Ordnung zu halten«, sagte er mit aller Strenge, die ihm zu Gebote stand. »Züchtige dein Mädchen, soweit es Strafe verdient, aber mäßige dich.«

Die Wirtin hatte sichtlich Mühe, die Widerworte zu schlucken, die ihr schon auf der Zunge zappelten. Ihr runder Leib schien vor Wut explodieren zu wollen, und mit verkrampften Händen wrang sie ihre Schürze, als suchte sie darin ein Ventil für das Verlangen, dem Mädchen, dem Ammann oder auch Vaughan die Kehle umzudrehen.

»Verstanden, Junker Lewger.«

»Ich verlasse mich also darauf, daß weder Sheriff Vaughan noch meine Person in Zukunft genötigt sein werden, gegen dich vorzugehen.«

Zähneknirschend nickte sie mit dem Kopf. Sie wußte, daß das Wirtshaus Lewger ein Dorn im Auge war, zumal er es für ein protestantisches Rebellennest hielt, und er suchte bloß nach einem Vorwand, ihr die Ausschanklizenz entziehen zu können. Sie verbeugte sich demütig und sagte: »Geleite die Herren zur Tür, Metze.«

Anicah schob zaghaft den Riegel beiseite, öffnete die Tür und hielt ängstlich daran fest. »Gott beschütze Euch, werte Herren«, murmelte sie.

»Wie ist dein Name?« wollte Lewger wissen.

»Anicah, Euer Ehren.«

»Laß dir eine gesagt sein, Jungfer Anicah; wir dulden hier kein liederliches oder gar lasterhaftes Betragen.«

»Niemals würde ich ...«

Lewger hob mahnend die Hand. »Ich will, daß du tüchtig arbeitest und den Befehlen deiner Herrin folgst. Wenn nicht, hat sie das Recht, dich durch Zucht zur Folgsamkeit zu bringen.«

»Aye, Sir.«

Die Männer gingen davon; Anicah lehnte sich an die Tür und drückte sie ins Schloß, sprungbereit, falls die Wirtin erneut über sie herfallen sollte.

Die Smythesche hatte den Kopf gesenkt und bedachte sie mit bitterbösen Blicken. »Egal, was dieser Hänfling von Ammann auch sagen mag …« Die Rute zuckte in ihrer Hand. »…wenn du mich das nächste Mal hintergehst, bestiehlst oder zum Narren hältst, werde ich dir das Blut aus Nase und Ohren peitschen.«

Die Tür flog auf und schlug Anicah in den Rücken. Vaughan steckte den Kopf herein. »Ich hab' ein Kratzen im Hals, Frau Wirtin.«

»Darum können wir uns erst ab Schlag zehn kümmern, Sergeant Vaughan«, entgegnete sie mit gehässiger Miene. »So wollen's der Gouverneur und Ammann Lewger.«

Vaughan zog den Kopf zurück und schloß die Tür von draußen.

Ohne ihre Herrin aus dem Auge zu lassen, schickte sich Anicah an, die umgekippten Tische und Hocker aufzustellen.

»Sobald du hier fertig bist, mach dich daran, das Guineakorn zu mahlen, was ich dir bereits gestern aufgetragen habe.«

»Guineakorn?«

»Den Mais, du dummes Luder.« Die Wirtin hob die Rute. »Zu nichts bist du nütze. Aber den Männern den Kopf verdrehen, das kannst du.« Murrend warf sie den Mantel über und verschwand.

Kaum hatte sie das Haus verlassen, fing Anicah munter zu singen an. An ihrer Stellung war ihr inzwischen ein weiterer Vorteil bewußt geworden. Das Wirtshaus lag nicht entlegen wie der Hof eines Pflanzer in einem einsamen Tal, wo eine Herrin ihre Magd zu Tode prügeln konnte, ohne daß nur irgend jemand Notiz davon nahm.

19

Margaret, Mary und Leonard Calvert standen am Steilufer, rund eine Meile südlich von St. Mary's. Sie erfreuten sich an dem schönen Wetter; es war ungewöhnlich mild für Dezember. Unter ihnen glitzerte der St. George's River wie Quecksilber. Die späte Nachmittagssonne entzündete weißglühende Zacken auf der Wasseroberfläche.

»Wie herabgestürzte Sternschnuppen«, sagte Margaret.

»Zu welch hübscher Gestalt sich die Engel verwandeln«, murmelte Mary.

»Engel, Mistreß Mary?« fragte Calvert.

»Hier wäre eine wunderschöne Lage für unser Gehöft.« Margaret hatte es sich zur Gewohnheit gemacht, von seltsamen Äußerungen ihrer Schwester abzulenken.

»Ich würde empfehlen, weiter landeinwärts zu bauen, Mistreß Margaret.«

»Aber weshalb?«

Calvert legte einen Finger an die Lippen und nickte mit dem Kopf in Richtung auf eine im Süden hervorspringende Landzunge. Margaret lauschte und hörte ein dumpfes Geräusch; es klang wie das Knarren einer Radachse von weither. Dann schienen Dutzende und Aberdutzende zu knarren. Zunächst zeigte sich eine Schar von Vögeln über den Bäumen in der Ferne, und wenig später war der Himmel schwarz von ihnen. Mit lautem Flügelgeflappe schwärmten sie umher und ließen sich schließlich auf dem Wasser nieder.

»Enten.« Calvert hob die Stimme, um sich Gehör zu verschaffen. »Und Gänse.«

Der Lärm machte eine Unterhaltung kaum möglich.

»Wir sollten unseren Rundgang morgen früh fortsetzen«, rief Margaret. Sie war müde. Um sich Calverts wackligem Kanu nicht anvertrauen zu müssen, hatte sie darauf bestanden, die Plantage der Jesuiten bei St. Indigoes auf dem Fußweg zu erreichen. Der Pfad führte über fünf Meilen durch dichten Wald und dornige Lichtungen. Zur Orientierung dienten lediglich ein paar Kerben, die in die Stämme einzelner Bäume geschlagen waren. Weil aber der St.-Indigoes-Fluß überquert werden mußte, blieb es ihnen am Ende doch nicht erspart, in ein Kanu zu steigen; und das war noch kleiner als jenes von Calvert. Marys monotones Rosenkranzgemurmel während der kurzen Überfahrt hatte nicht zu Margarets Entspannung beitragen können.

Die Schwestern folgten Calvert nun zu jenem kleinen Haus, das er ihnen als provisorische Bleibe angeboten hatte. Dort sollten sie wohnen, bis sie ein eigenes Haus errichtet hätten auf dem Grund und Boden, der ihnen versprochen worden war. Das Haus stand am Rand eines unvollständig gerodeten Areals, noch voller Wurzelstöcke, die neuerlich ausgeschlagen waren. Lautes Gezänk schallte ihnen entgegen. Bess Guest stritt sich mit Mary Lawne, jenem Mädchen, dessen Zwangspflicht Margaret abgekauft hatte.

Daß es Ärger mit ihr geben würde, hatte Margaret erwartet. Mary Lawne war Protestantin und obendrein ungezogen und frech. Sie hatte strohblondes Haar, schwere Brüste, die aus dem viel zu tief ausgeschnittenen Mieder hervordrängten, und eine breite Kinnlade, die ihre Streitsucht sinnfällig zum Ausdruck brachte.

Margaret stieß die Tür auf, und das Gezeter setzte schlagartig aus. In der Luft hing eine dichte Staubwolke, aufgewühlt von Matratzensäcken, mit denen die beiden Mägde aufeinander eingedroschen hatten.

»Gott zum Gruße.« Die vier Mädchen knicksten artig. Bess schneuzte in die Schürze.

Margaret kniff die Brauen zusammen. »Die Matratzen werden draußen ausgeschüttelt. Und daß ihr sie mir nicht über den feuchten Boden schleift.«

»Wie befohlen, Mistreß.« Jeweils zu zweit schnappten sie sich die Säcke und bugsierten sie zur Tür hinaus.

Calvert hatte von seinen Leuten das gröbste Gerümpel aus dem Haus schaffen lassen. Doch der modrige Gestank von

Mehltau und schlecht gegerbten Fellen war nicht zu entfernen gewesen. Margaret drehte sich langsam um und inspizierte den Raum, der für die nächsten Monate ihr Heim sein sollte.

Der Lehmboden war, auf Calverts Geheiß hin, mit frischer Streu ausgelegt, doch von den Deckenbalken hing schwarzes Spinnengewebe. Der Staub lag dick auf Margarets Möbeln.

Ihre alte Bettstatt nahm fast die Hälfte des Raums ein. Die andere Hälfte war zugestellt mit Koffern, Bänken, Stühlen, Tischen und einer schmuckvoll geschnitzten Kommode.

»Wo lebt der Bauer jetzt, der hier gewohnt hat, Gouverneur? Hat er Land erworben und sich darauf niedergelassen?«

»Nein.« Es dauerte eine Weile, bis Calvert die Erklärung nachschob. »Er hat das erste Jahr nicht überlebt und ist am Fieber gestorben.«

Die Mädchen hievten die Matratzen über eine Leiter unters Dach. Die Dielenbretter auf den Deckenbalken bogen sich unter ihrer Füßen, und aus breiten Ritzen rieselte Dreck.

Mary Lawne stieg als erste die Leiter wieder herab. »Mistreß, ich werde jetzt Kaminholz sammeln«, sagte sie und verschwand.

»Entschuldigt die Unordnung hier«, sagte Calvert. »Ich bitte um Verständnis. Es fehlt an Arbeitskräften, und jede Hand wird gebraucht für die Tabakernte ...« Er seufzte.

»Wir sind auf Unannehmlichkeiten eingestellt«, antwortete Margaret.«

Bess durchwühlte die Koffer auf der Suche nach Bettwäsche, während die beiden jüngeren Mädchen, mit Besen bewaffnet, das Spinngewebe entfernten. Daß sich Mary Lawne anerboten hatte, Holz zu sammeln, kam Margaret nun merkwürdig vor, denn es war nicht deren Art, eine Arbeit aus freien Stücken aufzugreifen.

Margaret warf den Umhang über die Schultern und ging hinaus. Es überraschte sie nicht zu hören, daß hinter dem Holzstoß getuschelt wurde. Mary Lawne stieß einen spitzen Schrei aus, als sie die Herrin erblickte; hastig klaubte sie ein paar Scheite vom Boden auf und lief zum Haus zurück.

»Wir werden uns noch unterhalten müssen«, rief ihr Margaret nach. Dann wandte sie sich dem jungen Mann zu, der sich gerade aus dem Staub zu machen versuchte. »Wer bist du, und was treibst du hier?«

»Ich bin James Courtney, Freisasse und Pflanzer.« Courtney machte zwar einen schäbigen, erbärmlichen Eindruck, hatte aber ein durchaus ansprechendes Gesicht. Er gehörte offenbar zu jener Sorte von Männern, die zwar das Zeug hatten, sich aber nicht die Mühe machten, zu Wohlstand zu gelangen. »Ich bin auf der Suche nach einem entlaufenen Schwein und wollte von Eurer Magd wissen, ob sie es womöglich gesehen hat.«

»Wenn du in Zukunft Fragen hast, wende dich an mich.«

»Wie Ihr wünscht, Mistreß.« Er zupfte an der Hutkrempe und eilte davon.

Es wurde bereits dunkel; dennoch zog es Margaret zurück ans Steilufer zu den lärmenden Enten und Gänsen. Der Anblick war überwältigend. Tausende von Vögeln füllten den Fluß von Ufer zu Ufer. Hinter dem schwarzen Geäst der Bäume jenseits des Flusses senkte sich glutrot die Abendsonne. Margaret genoß die friedliche Stimmung, bis sich das Licht am Horizont in ein schmutziges Gelb verfärbte.

Als sie sich auf den Rückweg machte, trat, keine zwanzig Fuß entfernt, eine geisterhafte Gestalt lautlos aus dem Schatten des Dickichts. Eine Rothaut. Margaret schnappte nach Luft, doch der Hilferuf blieb ihr wie ein Knochen im Halse stecken.

Er war schlank und größer gewachsen als ein Engländer. Die schwarzen Haare waren zu einem Knoten zusammengefaßt, der, mit Federn und Perlen geschmückt, über das rechte Ohr herabhing. Er trug einen ledernen Lendenschurz und einen Umhang aus Tierfellen. In der Hand hielt er ein altes holländisches Steinschloßgewehr, das wegen seines kurzen Laufs und des relativ kleinen Kalibers auch Bastard genannt wurde.

Wortlos streckte er die andere Hand aus und präsentierte

ihr zwei graubefellte Ohren, die noch durch ein Stück Schwarte miteinander verbunden waren. Hinter der dunklen, starren Miene war ein junges, fast freundliches Gesicht auszumachen. Margaret zuckte vor Schreck zusammen, als sich eine Stimme meldete, obwohl der Mund des Indianers geschlossen blieb.

»Ah, meine liebe Margaret. Darf ich Euch Anansine vorstellen?« Vom dunklen Gehölz kaum zu unterscheiden, kam der kleine Priester in schwarzer Robe zum Vorschein. Er hatte sich in den Dornen eines Brombeerbuschs verheddert und zupfte den Ärmel daraus frei.

»Vater White.« Margaret hatte den Jesuiten am Morgen bei St. Indigoes kennengelernt. Vor Erleichterung traten ihr Tränen in die Augen. »Ich wußte nicht, daß dieser Mann zu Euch gehört.«

»Er zählt noch nicht zu meinen Schafen, doch ist zu hoffen, daß er Erleuchtung findet. Falls Ihr es wünscht, wird er für Euch auf die Jagd gehen.«

Erst jetzt fiel Margaret auf, daß der Junge jene karierten Schottenstrümpfe trug, die, wie Oberst Fleete erwähnt hatte, unter Indianern so sehr beliebt waren. Perlenverzierte Bänder mit roten Quasten hielten die Strümpfe unterhalb der Knie fest.

»Worauf macht er denn Jagd?«

»Auf Hirsche und Bären für Euern Tisch. Hasen, Truthähne und ähnlich schmackhaftes Wild.«

»Und wie läßt er sich dafür entlohnen?«

»Mit dem üblichen Krimskrams. Für einen erlegten Wolf jedoch verlangt er zwei Ellen Mantelstoff aus Wolle.«

»Sind das die Ohren eines Wolfs?«

»Ja.« Vater White verbeugte sich lächelnd und sagte: »Ich würde Euch gern noch einen Besuch abstatten, aber wir müssen St. Mary's erreichen, bevor es ganz und gar dunkel geworden ist.« Er schlug ein Kreuz vor der Brust. »Gott sei mit Euch.« Dann raffte er den langen Rock und folgte Anansine in den Wald.

Die tief durchhängende Stelle in der Bettmitte ließ Margaret nicht zur Ruhe kommen. Sie wollte schon die schlafende Schwester wecken, um gemeinsam mit ihr das Seilgeflecht strammzuziehen, auf dem die Matratze lag. Doch dazu war der hölzerne Spanner nötig, und der lag irgendwo im Durcheinander der Gepäckstücke.

Geduld, dachte sie. Geduld war eine Tugend, an der es ihr am meisten mangelte.

Unablässig ging ihr durch den Kopf, was es an Arbeit zu verrichten galt. Die Überfahrt hatte den gewohnten Rhythmus der Jahreszeiten unterbrochen. In der Heimat würden die Männer nun Jauche und Viehmist auf den Feldern ausbringen. Sie und die Schwester würden Kräuter trocknen und Arzneien anrühren. Im Keller würde der frische Apfelmost blubbernd und schäumend in Gärung übergehen.

Doch hier gab es keinen Keller, weder Scheune noch Brauhaus, Waschhaus, Backhaus, Küche oder Stall. Kein Flur, wo die Hunde schliefen, die kleinen Kätzchen umhertollten und wo sie als Kind bei Regenwetter gespielt hatte.

All das preisgegeben zu haben, was sie von zu Hause gewohnt war, schmerzte sie so sehr, daß ihr Kraft und der Mut verlorenzugehen drohten, die sie in vollem Ausmaß nötig hatte, um die vor ihr liegenden Aufgaben meistern zu können. Sie starrte ins Dunkel, und die Tränen brannten in den Augen.

»Raphael wacht über uns«, flüsterte Mary.

»Der Erzengel?«

»Ja. Er sagt, daß die guten Geister, die hier wohnen, die schlechten an Zahl überwiegen.«

Von der Dachkammer her war zu hören, wie die Mädchen zu Bett gingen. Das Stroh und die trockenen Spelzen in den Matratzen knisterten. Es wurde geflüstert und leise gekichert.

Bess fing zu singen an.

Mägde, zur Ruh, löscht's Feuer aus,
laßt aus dem Loch das Mäuslein raus.
Das Heimchen in der Esse singt,
als wie die Botenschelle klingt.
Wer wüßt' im Schlaf um den Unterschied –
ist's die Schelle oder Heimchens Lied?

Später wurde Margaret vom Geheul der Wölfe geweckt. Starr vor Angst lag sie da und lauschte dem unheimlichen Wechselgesang aus Anruf und Antwort. In dieser Nacht fand sie keinen Schlaf mehr.

20

Draußen pfiff ein kalter Wind um die Ecken der Smytheschen Schenke. Drinnen saßen mehrere Gäste auf der Bank mit dem Rücken zur Wand. Die wollenen Hosen und Lederwämse dünsteten ranzig riechenden Dampf aus. Die meisten von ihnen waren Arbeiter, die vor kurzem ihre vierjährige Zwangspflicht abgeleistet hatten.

Auch jetzt im Monat Januar gab es viel zu tun; Felder mußten gerodet, umzäunt und der Bau an Häusern und Ställen fortgesetzt werden. Aber zumindest war die Tabakernte eingeholt, bearbeitet und in Fässer gepackt. Die mit bescheidenen Festen begangenen Feiertage lagen weit zurück. Die Männer tranken ihren Morgenschoppen, rauchten Pfeife und blickten grimmig drein. Ihnen standen Wochen schlechten Wetters bevor, deren Ablauf sich durch nichts beschleunigen ließ.

In der Küche bereitete Dina, die Köchin, eine Grütze aus Maismehl zu. Über dem Kaminfeuer im Schankraum rotierte seit zwei Stunden der Bratenwender, angetrieben durch einen kleinen Dachshund, der in einem vergitterten Laufrad steckte und vor sich hin trottete, müde und immer langsamer werdend, obwohl ihm die Wirtin mit glühenden Kohlestücken Feuer unterm Hintern zu machen versuchte. Das aus dem Braten tropfende Fett zischte in den Flammen.

Anicah stieß mit dem Fuß die Küchentür auf und atmete mit Genuß das Aroma gerösteten Fleischs ein, das nur selten hier zu kosten war. Sie hatte die Arme bis zum Kinn mit Feuerholz beladen. Im Haar glitzerten Schneeflocken. Das Mädchen hatte Robert Vaughan im Schlepp; er langte unter die Röcke und zwickte die festen Batzen.

»Pfui, Sir! Finger weg!« Lachend wackelte sie mit dem Hinterteil, um ihn abzuschütteln. »Ihr vergreift Euch.«

Er stemmte ihr die Pratzen in die Hüfte und knabberte an ihrem Ohrläppchen. »Ich würde mich vergreifen wollen, bis du wie 'ne Lärche trällerst, süßer Fratz.«

»Was hat dich so lange aufgehalten, faules Luder?« donnerte die Wirtin.

»Das Holz war gefroren.« Anicah ließ unter lautem Getöse die Scheite vor den Kamin fallen. »Wie dein schwarzes Herz«, murmelte sie.

Roberts Plänkelei hatte ihr das Blut zu Kopf steigen lassen. Sie sehnte sich nach Martin und glaubte sterben zu müssen, falls sie nicht bald wieder Arme und Beine um den Geliebten würde schlingen können.

Als sie die Schankstube betrat, erkannte sie den Mann sofort wieder, der im Schatten der Esse hockte. Ein Blick auf die speckige Lederkappe genügt. »Harry!« rief sie. »Leibeigene haben keinen Zutritt hier.«

»Ich trinke, wo ich will.« Er ließ den Mund zucken, was fast wie ein flüchtiges Grinsen aussah. »Ich bin ein freier Mann.«

»Und ich die Jungfrau Maria.«

»Sei's drum.«

»Dann hast du dich freigekauft.«

»Jawohl.«

»Wie denn?«

Er warf ihr aus dem Winkel seiner gelben Augen einen

abfälligen Blick zu, und ihr war klar, daß sich keine weiteren Erklärungen aus ihm herauslocken ließen.

Sie legte ein paar Scheite aufs Feuer. Der kleine Hund schleppte sich mühsam im Laufrad voran, jaulte zum Erbarmen und sah das Mädchen flehentlich an. Anicah porkelte mit den Fingernägeln ein Stück Kruste vom Braten und fütterte heimlich das geschundene Tierchen.

»Bevor die Papisten kommen, erlaube ich mir, allen hier, die wahren Glaubens sind, einen Humpen zu spendieren.« Ein Mann, der nahe am Feuer saß, erhob sich von seinem Platz.

Dem Aussehen nach war er noch keine dreißig. Die blonden Haare fielen bis auf die Schultern herab. Er war modisch gekleidet, breitschultrig, hatte schmale Hüften und ein hübsches Gesicht, abgesehen von den wäßrigblauen Augen, die ein wenig zu eng beieinander standen.

»Das ist Richard Ingle«, flüsterte die Wirtin Vaughan zu. »Kapitän der Pinasse, die im Hafen vor Anker liegt.«

Robert Vaughan setzte sich zu ihm an den Tisch. Die Wirtin machte die beiden miteinander bekannt.

»Es ist das erste Mal, daß ich Eure hübsche Provinz besuche«, sagte Ingle. »Sie könnte, wie ich sehe, ein wahres Eden sein, wären da nicht diese ketzerischen Schlangen im Amt der Obrigkeit.«

Die dicke Smythe grunzte zustimmend. Ginge es nach ihr, würde sich kein einziger Papist in ihrem Haus den Hintern wärmen dürfen. Doch die Geschäfte liefen so schlecht, daß sie das katholische Gelage nach der Messe zähneknirschend tolerieren mußte.

»Ich trinke nur mit Männern, die sich für die Restauration des Parlaments aussprechen«, sagte Ingle. »Wollt Ihr mit mir anstoßen, Sergeant Vaughan?«

»Ich stoße mit dem Teufel an, wenn er die Zeche bezahlt.«

»Auf das Wohl derer, die Tyrannei und falsche Religion bekämpfen.«

»Mit dem Teufel anstoßen oder auf sein Wohl trinken ist beileibe nicht dasselbe«, entgegnete Vaughan. »Ich habe die

Erfahrung gemacht, daß diejenigen, die am lautesten gegen Tyrannen wettern, die eigene Vorherrschaft im Schilde führen.«

»Die Herrschaft der Wahrheit.«

»Sie ist der größte Tyrann und obendrein eine Mumme mit vielen Masken.« Vaughan warf Anicah einen Handkuß zu, als sie ihm die Tabakspfeife brachte. »Ihr seid doch bestimmt in Neuengland gewesen, wo die Puritaner das Sagen haben, stimmt's, Meister Ingle?«

»Ja.«

»Ist es wahr, daß die Peitsche zu spüren bekommt, wer sein Mädchen auf der Straße küßt?«

»Allerdings. Und das kommt auch der Liebe zugute, denn hinter verschlossenen Türen schmecken Küsse doppelt süß.«

»Mit einer Kirche, die das Küssen verbietet, will ich nichts zu tun haben.«

»Wie könnt Ihr Euch als Protestant gemein machen mit papistischen Sündern und Ketzern?« fragte Ingle.

»Unsere liebe, dahingeschiedene Königin und Jungfrau Bess bemerkte treffend: ›Es gibt nur einen Jesus Christus. Alles weitere sind Streitereien über Nichtigkeiten.‹«

Anicah stand auf Zehenspitzen am Fenster und lugte durch den Spalt im Verschlag. »Die hohen Herren kommen«, rief sie, und ihre Füße fingen wie von selbst zu tanzen an. Nun konnte beginnen, was sie sich vorgenommen hatte: Geld aufzubringen, um sich und Martin freizukaufen. Mit Henry Fleete war verabredet, daß sie ihm beim Kartenspiel helfen würde, Giles Brent zu betrügen. Fleete hatte gesagt, daß Brent ein Narr und leicht zu hintergehen sei. Was für eine Gelegenheit, die feinen Leute zu schröpfen, dachte sie und fuhr versonnen mit der Hand durch die Haarzotteln.

Der Wirt knöpfte den Rock überm Bauch zusammen, räusperte sich und spuckte auf den Boden. Als sich die Tür öffnete, fuchtelte er mit dem Arm in der Luft herum, als schwenkte er grüßend einen federgeschmückten Hut.

»Willkommen, edle Damen und Herren. Das Fleisch röstet

am Spieß, und wir werden es mit vielen Geschichten zu würzen wissen.«

Lachend traten die Damen, gefolgt von den Mägden, in die Schankstube ein und wärmten alsbald die Hände am Feuer. Von Anicah bedient, tranken sie Glühwein und überschütteten Richard Ingle mit ihren Fragen über die Zustände in England. Nachdem sie ihre Portion vom Braten und der Maismehlgrütze gegessen hatten, rüsteten sie sich mit Mänteln, Hüten und Muffs zum Aufbruch.

Auf dem Weg zur Tür hielt Margaret Brent kurz inne und musterte Anicah mit strengem Blick, der das Mädchen so verunsicherte, daß es plötzlich nichts Eiligeres zu tun hatte, als die leeren Flaschen und Schüsseln vom Tisch zu nehmen und in die Küche zu bringen.

Als sie an Robert Vaughan vorbeihuschte, schlang er ihr den Arm um die Taille. »Wann haben wir endlich das Vergnügen miteinander zu mauseln, mein Schatz?«

»Am Sankt-Nimmerleins-Tag.« Sein unverhohlenes Buhlen gefiel ihr durchaus, und sie nahm dem Grobian nichts krumm, obwohl sie ihm mehr als einmal unmißverständlich klargemacht hatte, daß sie einem anderen versprochen war.

»Brent!« Fleete winkte mit den Karten. »Wie wär's mit einem Spielchen?«

»Einverstanden, vorausgesetzt, ich teile die erste Runde aus.«

Fleete schob ihm den Kartenstoß zu und verbeugte sich. Beim Mischen vergewisserte sich Giles, daß die Karten nicht gezinkt waren.

»Soll ich meine Sachen ausziehen und die versteckten Trümpfe offenlegen?« meinte Fleete und gab sich beleidigt vom Mißtrauen des anderen.

»Laß gut sein, Henry. Ich werde dich aber sehr genau im Auge behalten.«

»Worum sollen wir spielen? Um Biberpelze, Muscheln, Tabakkraut oder um das Porträt des Königs?« Fleete zeigte ihm eine halbe Krone; solche Münzen waren zwar hierzulande kaum als Währung zu gebrauchen, aber nichtsdestotrotz gefragt als Guthaben. An den vielen Kerben und Schrammen war zu sehen, daß diese Geldstücke ständig von einer Hand in die andere wechselten.

»Um Silber.« Giles teilte jeweils drei Karten aus und lehnte sich zurück, um Henrys allfällige Täuschungsversuche zu genießen.

»Donnerwetter!« rief dieser und sperrte die Augen weit auf. »Sapperlot. Was für'n Blatt.« Er beugte sich eifrig vor. »Wie hoch ist dein Einsatz?«

»Was würdest du riskieren?« Giles verzog keine Miene.

»Einen Schilling«, sagte Henry.

»Zwei.«

»Du hältst also mit?«

»Aye.«

Beide deckten die Karten auf, und es zeigte sich, daß Giles mehr zu bieten hatte. Murrend registrierte Henry den Verlust auf der Tischplatte.

»Womit wollt Ihr Euren Ärger runterspülen, meine Herren?« fragte Anicah schmunzelnd.

Giles wandte sich Richard Ingle zu. »Habt Ihr nicht eine Ladung Madeira abgeliefert?«

»So ist es.«

»Davon hätt' ich gern.«

Anicah beugte sich an Giles' Ohr und flüsterte laut genug, daß jeder mithören konnte: »Mir scheint, Ihr seid ein lustiger Grieche.« Sie wußte seit ihrer ersten Begegnung mit ihm in Bristol, daß er die Gaunersprache verstand und das Wort vom lustigen Griechen kannte als Umschreibung für Falschspieler.

»Hüte deine Zunge.«

»Oberst Fleete hat aber auch keinen Dreck an den Fingern. An Eurer Stelle würde ich die Karten sorgfältig bedeckt halten«, sagte sie und drückte ihm die Spielhand vor die Brust.

»Troll dich, Metze!«

Während der nächsten Stunde scharwenzelte Anicah um Giles herum und zeigte Fleete mit den Fingern an, welche

Karten im Spiel waren. Giles schöpfte keinen Verdacht und langte dem Mädchen bei jeder sich bietenden Gelegenheit unter die Röcke, ohne seinen Gegenspieler aus den Augen lassen, der immer wieder mit tölpelhaften Tricks willentlich auf sich aufmerksam machte. Giles verlor eine Runde nach der anderen.

Brown, der alte Kauz, hockte auf der Eckbank und ließ sich von Ingles aushalten. Er kippte die Schoppen so fix hinunter, daß Anicah kaum schnell genug für Nachschub sorgen konnte.

»Ich fang' demnächst 'nen roten Vogel für die Lordschaft«, verkündete er. »Der wird mir ordentlich was dafür geben, und wenn ich dann reich bin, furz' ich vornehm wie ein Gentleman.«

Seine Stimme schwoll an wie der Ziderpegel im Bauch und wurde schließlich so laut, daß sich Giles belästigt fühlte und ihn mit wütenden Blicken bedachte. Anicah flüsterte ihm ins Ohr: »Habt Nachsicht, Junker, der Alte ist nicht recht bei Trost.« Dabei ließ sie die Augen kullern und tippte mit dem Zeigefinger an die Schläfe. »Als in Virginia Hungersnot herrschte, hat er einen Wilden erschlagen und gekocht und mit Kräutern gewürzt. Das Fleisch soll ihm so gut geschmeckt haben, daß er auch seine Frau abgestochen und eingepökelt hat.«

Giles zog die Stirn kraus. »Es gibt Schlimmeres, als Indianerfleisch zu brühen oder den Gespons zu pökeln, und das ist der Versuch, einen Gentleman beim Kartenspiel zu stören.«

Robert Vaughan stand auf; er nahm Mantel und Hut und sagte: »Brent, wir gehen jetzt zum Gouverneur, um bei einem Gläschen Brandy Geschäftliches zu bereden. Kommt Ihr mit?«

Trotz seiner Niederlage wahrte Giles lächelnd Contenance. »Wenn sich meine Geschäfte dadurch verbessern ließen. Nötig wär's …«

Henry Fleete winkte mit der Hand. »Was schuldest du mir?«

»Sechs Schillinge«, sagte Giles und wiederholte die Summe vor Zeugen.

Giles, Vaughan, Fleete und Ingle verließen gerade die Schenke, als ein dunkelhäutiger Mann zur Tür hereinkam. Wams, Hose und Überrock waren samt und sonders tabakbraun.

»Womit kann ich dienen, Sir Zambo?« Anicah war fasziniert von Mathias DaSousas breiter, flacher Nase, den aufgeworfenen Lippen und vom seidenen Glanz der dunklen Haut.

»Bier.« Er hängte Überrock und Biberhut an den Haken und wärmte die Hände am Feuer. »Ich komme gerade von der Jesuitenplantage bei Mattapany, Jungfer Anicah.«

»Und hast du Martin gesehen?«

»Ja.«

»Wie geht es ihm?«

»Er rauft sich aus Verzweiflung die Haare.«

»O weh! Aus welchem Grund?«

»Vermutlich aus Liebe zu 'nem Mädchen.«

Für den Rest des Tages schwelgte Anicah in der Wunschvorstellung, zusammen mit Martin auf Ingles Schiff nach Bristol zurückzusegeln. Wie sie dort ihr Leben bestreiten würden, war ihr nicht klar, aber sie malte sich aus, traulich mit ihm vorm Feuer im eigenen Kamin zu sitzen.

Die Nacht setzte früh ein und brachte bittere Kälte. Von der Wirtin hinausgeschickt, sammelte Anicah Brennholz ein. Der Vollmond schimmerte wie ein alter Zinnteller. Anicah blickte nach Norden auf den dichten Wald, der sich meilenweit zwischen St. Mary's und Mattapany ausdehnte. Ein einziger, nur selten betretener Pfad führte hindurch. Die Kerben, die man zur Markierung in die Bäume geritzt hatte, waren längst von Bärenkrallen zerkratzt worden und unkenntlich. Mitunter brüllten Panther aus der Tiefe. So sehr sich Anicah auch nach Martin sehnte, durch diesen Wald zu gehen, wagte sie nicht.

Ein Wolf heulte. Anicah lief hastig in die Küche zurück und verriegelte die Tür. Im schwachen Licht der letzten Glut stapelte sie das Holz neben dem Kamin an die Wand. Hungrig kratzte sie mit den Fingern über den Grund des großen Kochtopfs auf der Suche nach Resten von Maismehlgrütze. Schließlich zog sie die Schuhe aus, warf den dünnen Wollumhang über die warme Asche und wickelte sich darin ein. Durch den Türspalt zog ein kalter Wind und fegte über den Boden. Zitternd und mit sehnsüchtigen Gedanken an Martin schlief Anicah ein.

Der Tag brach an, und es war, als streiften Engel ein schwarzes Tuch vom Himmelsgewölbe wie von einem Vogelbauer. Am Horizont glühte ein blaßrotes Band, und das Steilufer warf lange Schatten aufs Wasser. Zusammen mit ihrer Magd Mary Lawne hatten sich die Brentschen Schwestern auf den Weg zur Anlegestelle gemacht. Unter den Füßen knirschte dünnes Eis, das den schlammigen Boden über Nacht verkrustet hatte.

»Sergeant Vaughan!«

»Guten Morgen, Mistreß Margaret.« Vaughan hielt das Ende eines dreißig Fuß langen Einbaums gepackt. Darin hockte John Price, der Inspektor der Milizeinheit, die im Fort von St. Indigoes stationiert war. Von einem verschimmelten Segeltuch abgedeckt, lag Fracht in der Mitte des Kanus gestapelt.

Dem Sergeant standen wie immer die Haare wirr vom Kopf ab, und der leichte Silberblick gab ihm einen so verwegenen Ausdruck, daß Margaret sich diesen Mann gut am Ruder eines Piratenbootes vorstellen konnte.

»Wir möchten Euch nach St. Indigoes begleiten, Sergeant. Es soll nicht umsonst sein.«

»Wenn ich mich richtig erinnere, Mistreß, so habt Ihr das Kanu mit einem Schweinetrog verglichen.«

»Zu Recht, wie mir immer noch scheint«, sagte Margaret mit Blick auf die dicke, schwarze Schleimschicht, die den Boden bedeckte, so daß es bei dem trügerisch fahlen Licht den Anschein hatte, als sei das Kanu nach unten hin offen und eine Falle für den, der einzusteigen versuchte. »Ich will, daß sich der Waffenschmied meine Pistolen anschaut. Außerdem wünschen wir, meine Schwester und ich, Vater White zu sprechen.« Margaret hatte sich noch immer nicht daran gewöhnt, daß sie hier in der neuen Heimat ohne Umschweife zugeben konnte, die Beichte ablegen zu wollen. In England stand das erklärte Ansinnen nach wie vor unter Strafe.

Auf Geheiß ihrer Herrin reichte Mary Lawne Vaughan die Sitzkissen aus Wachstuch. Margaret dirigierte mit dem Pistolenknauf. »Zwei davon hinter Oberst Price und eins ganz nach hinten.«

»Eure Brüder werden nicht einverstanden sein.« Vaughan grinste breit.

»Ich bin auch nicht immer einverstanden mit dem, was die so treiben.«

Vaughan half den beiden Marys beim Einsteigen. Die Magd versuchte, sich zu widersetzen, doch Margaret warf ihr einen Blick zu, der die Furcht vorm Ertrinken vergessen ließ. Vorsichtig nahmen die Frauen auf den Sitzkissen Platz und rafften die Röcke, um sie, so gut es ging, vor dem Dreckwasser am Boden zu bewahren.

Margaret saß unmittelbar vor Vaughan. Sie hatte darauf gehofft, ein paar vertrauliche Worte mit ihm wechseln zu können. Schweigend trieben die beiden Männer mit ihren Paddeln das Kanu voran. Noch war die Sonne nicht aufgegangen, aber die Bäume verfärbten sich schon in ein silbriges Beige. Zahllose Schwimmvögel trieben in der Flußmündung. Margaret hielt sich mit beiden Händen am Bootsrand fest; sie hatte den Kopf gesenkt und die Augen geschlossen. Mary Lawne winselte vor Angst.

Das Kanu steuerte auf die Vögel zu. Sie nahmen Reißaus, klatschten mit den Füßen übers Wasser und flappten mit den Flügeln, so laut, als krachten Schüsse aus tausend Musketen. Die Luft wirbelte auf und fuhr böig unter Margarets Haube, als die Enten und Gänse über das Boot hinwegflatterten und sich in dessen Kielwasser wieder niederließen.

Unbeirrt paddelten die Männer weiter. Als sich der Aufruhr gelegt hatte, öffnete Margaret die Augen.

»Welche Fracht führt Ihr mit Euch?« fragte sie.

»Provision fürs Fort und für die Jesuitenplantage«, antwortete Vaughan. »Mais, Speckseiten, Schießpulver und Munition von Virginia. Und auch eine Reihe von Sachen für die Priester zum Tauschhandel mit den Rothäuten.«

»Auf welche Sachen legen die Wilden Wert?«

»Auf gewebte Tücher, vorzüglich in roter Farbe. Auf Äxte, Beile, Messer, Hacken oder Kleinkram wie Hornkämme, Glasperlen und kleine Schellen.« Nach einer Weile fügte er hinzu: »Ich fürchte, wenn allzu viele Engländer in den Handel miteinsteigen, wird das böse Folgen haben für uns alle.«

»Was soll das heißen?«

»Da gibt's welche, die tauschen mit Branntwein; daß die Wilden auf den Geschmack gekommen sind, nutzen diese Händler schamlos aus und betrügen.«

»Zugegeben, die Kolonien locken Herumtreiber und Glücksritter an«, sagte Margaret. »Es werden Strolche und aufsässige junge Leute geschickt, damit wir sie bändigen. Manche haben ihr Geld verloren, andere den Verstand.«

»Zu letzteren zähle ich.« Vaughan grinste traurig.

»Man hat mir gesagt, daß im März die Tauschsaison beginnt«, sagte Margaret. »Ich habe vor, mir eine Lizenz ausstellen zu lassen und eine entsprechende Sicherheit beim Gouverneur zu hinterlegen. Es würde mich freuen, wenn ich Euch als Unterhändler engagieren könnte.«

»Tut mir leid, die eigenen Geschäfte beanspruchen mich sehr.«

»Ich würde die Waren liefern und die Perlen, die als Tauschmittel gelten ... wie sagt man noch gleich?«

»Wampum. Die violetten werden Peak genannt, die weißen Roanoke.«

»Wir würden uns den Gewinn teilen nach Abzug der Prozente, die dem Gouverneur zustehen.«

»Mir wäre ein Festgehalt lieber.« Vaughan verschwieg, daß beim Tauschhandel mit den Indianern bislang kaum Gewinne heraussprangen, die sich zu teilen lohnten.

»Einverstanden.«

»Als Gehalt stelle ich mir Glasware vor.«

»Wie bitte?«

»Kapitän Skinner hat mich davon unterrichtet, daß Ihr mit der nächsten Schiffsladung venezianische Gläser erwartet.«

»Ihr scherzt«, entgegnete sie und taxierte ihn mit ihren grauen Augen, deren Ruhe vor einem Sturm zu warnen schien.

»Nein, Madam. Aber seid getrost, ich verlange nur das tiefe Glasgeschirr.«

Margaret stellte sich dessen Hütte vor, die er selbst »Vaughans Hohlheit« nannte. Bei jedem kräftigen Wind verlor das Dach Schindeln wie ein Huhn seine Federn in der Mauser. Giles hatte die heillose Unordnung beschrieben, die in dieser Hütte herrschte, und Giles war gewiß niemand, dem Unordnung ins Auge sprang. Es war also nicht anzunehmen, daß Vaughan bei sich Banketts auszurichten gedachte, für die er geschliffene Kristallgläser benötigte.

»Zwei Stück«, sagte sie.

»Zwei Dutzend.«

»Die Gläser sind Familienerbstücke und wurden meiner Großmutter von der Königin persönlich geschenkt.«

»Ich will sie nur bei Bedarf ausborgen.«

»Aber es geht doch nicht an, daß Ihr an meine Tür kommt und die Gläser verlangt, sooft es Euch gefällt.«

»Wie wär's, Ihr würdet Oberst Fleete als Unterhändler einstellen?«

»Dem traue ich nicht; er prahlt mir zu sehr mit seinen Geschichten.«

Vaughan antwortete nicht. Je länger sich das Schweigen hinzog, um so nervöser wurde Margaret. Schließlich sagte sie: »Zwölf Stück. Und Ihr müßt mir, bevor Ihr sie holen wollt, frühzeitig Bescheid geben.«

»Vierundzwanzig. Und ich werde sie mir nur ein einziges Mal von Euch ausleihen.«

Margaret überlegte noch eine Weile. »Abgemacht«, sagte sie dann.

Vaughan grinste und streckte ihr den Handteller entgegen. »Schlagt ein.«

Sie starrte auf seine Pranke, empört und amüsiert zugleich über diese für sie unbotmäßige Geste. Schließlich schlug sie zu, fester als nötig, um den Handel zu besiegeln.

»Als Lieferant für Handelsware empfehle ich Euch Junker Cornwaleys«, sagte Vaughan, und seiner Stimme war der Triumph, den er empfand, nicht anzumerken.

»Manche bezeichnen ihn als einen gewissenlosen Wucherer, der weit überzogene Preise verlangt.« Margaret schaute Vaughan ins Gesicht, und der breite, dünne Mund verzog sich zu einem spöttischen Lächeln. »Aber mir scheint, diesen Titel habt Ihr verdient.«

»Gestatten, Lord Lümmel, zu Euern Diensten.« Es gelang ihm eine galante Verbeugung, ohne beim gleichmäßigen Paddeln ins Stocken zu geraten.

21

Anfang Februar, während einer der längsten und schwärzesten Winternächte, feierten die Katholiken das Licht. Dutzende von Fackeln lohten an den rauhen Wänden der Kapelle. Manche Gemeindemitglieder kamen, wie bei Lichtmeß üblich, mit Kerzen, doch die meisten brachten harzgetränkte Kienspäne und Maiskolben, um diese weihen zu lassen. Sie lagen körbeweise oder in Bündel verschnürt vor dem Altartisch.

Trotz brennender Fackeln und glühender Kohlepfannen und obwohl sich die versammelten Kirchgänger eingemummt hatten in Wolldecken, Muffs und Fußwärmer, hockten sie vor Kälte zitternd in den Bänken. In der eisigen Luft dampfte ihr Atem.

Im Altarlicht brannte der letzte Rest des parfümierten Öls,

das die Brents aus England mitgebracht hatten. Vom Lettner aus rezitierte der Priester lateinische Verse; es wurde gehustet, murmelnd gebetet, gesungen. Alle Stimmen und Geräusche vermengten sich hinter Margarets abschweifenden Gedanken zu einem monotonen Dröhnen.

Auf dem Altar befanden sich der silberne Kelch und der Hostienteller. In dem kleinen hölzernen Tabernakel lag der Splitter des wahren Kreuzes, den der Jesuit Thomas Copley aus Spanien mitgebracht hatte. Die Chorbrüstung schmückte eine Puppe aus Gips. Sie zeigte ein ernstes Gesicht, und nur die abgebrochene Nase ließ erkennen, welche Widernisse sie überdauert hatte. Sämtliche Reliquien waren, von räuberischem Zugriff und Zerstörung bedroht, versteckt gehalten worden, zum Teil seit Generationen.

Seit hundert Jahren ließ die englische Regierung die Plünderung und Entweihung katholischer Kirchen zu; schlimmer noch, solche Verbrechen wurden als Akt der Frömmigkeit gepriesen. Mit gestohlenem Meßgeschirr erkauften sich Protestanten Grundbesitz, Titel und öffentliche Ämter. Klöster und Klausen wurden in Gutshöfe umgewandelt.

Margaret erinnerte sich an die verlassene Kirche nahe dem Anwesen ihrer Familie. Die Eltern hatten gesagt, daß dieser Bau einmal sehr prächtig gewesen sei mit seinen bunten Glasfenstern und dem edlen Schnitzwerk an Kanzel, Gestühl und Chorbrüstung. Margaret hatte dort nur noch eine Ruine aus Kalksteinblöcken vorgefunden, in der Unkraut und Gestrüpp wucherten. Die Südwand war von Kletterranken überzogen; auf dem angrenzenden Friedhof grasten Schafe, wühlten Schweine Knochen aus dem Boden, und vor dem ehemaligen Portal türmte sich ein Misthaufen.

Heuer war es das erste Mal, daß Margaret in aller Öffentlichkeit Lichtmeß und Mariä Reinigung feiern konnte seit ihrer Studienzeit in Liège vor fünfundzwanzig Jahren. Die Kapelle war ein erbärmliches Gebäude aus grob verputzten Wänden, krummen Balken und einfachen Bänken, und doch wirkte sie auf Margaret so feierlich groß wie eine Kathedrale.

Sie schloß die Augen, und durch die Lider schimmerte flackerndes Licht. Ihr war, als strahlte dieses Licht von innen heraus. Es erscholl vielstimmiger Psalmgesang in roher, laienhafter und doch mitreißender Harmonie. Das Lied der Anbetung durchdrang und erfüllte sie. Um dieses Privileg genießen zu können, war sie auch weiterhin bereit, schwerste Entbehrungen auf sich zu nehmen. Singend wiegte sie den Kopf hin und her, und Tränen rannen ihr übers Gesicht.

Dina, die Smythesche Köchin, stand an der Feuerstelle und verrührte Getreide, Wasser und Holzasche. Im schwarzen Viereck der Esse funkelte eine Handvoll Sterne. Trotz der Februarkälte glänzte Schweiß auf ihrem runden Gesicht, das so dunkel war wie Molasse. Sie war verheiratet mit einem Mann, der seine Zwangspflicht abgeleistet hatte und nun als einer der wenigen Freisassen so erfolgreich war, daß er die Raten für das Land, das ihm zustand, auch abbezahlen konnte. Über der aus Flicken zusammengenähten Leinenbluse trug Dina ein altes Wollwams, darunter ein lumpiges Aufeinander von Röcken. Die übergroßen Männerschuhe waren grau von Asche.

Sie summte eine melancholische Melodie vor sich hin, die keinem der Lieder ähnelte, die Anicah kannte. Einen Lappen um die rissige Hand gewickelt, schwenkte sie den rußgeschwärzten Kessel am Eisenhaken übers Feuer. Anicah war froh, Dina endlich wieder in der Küche wirtschaften zu sehen; es hatte für sie seit Wochen dort nichts mehr zu tun gegeben.

Der Winter hatte die Wirtsleute an den Rand des Ruins getrieben, die Dienerschaft darbte natürlich am meisten. Aber es gab Hoffnung auf Besserung: In Kürze stand die Versammlung der Provinzabgeordneten an. Manche von ihnen mußten von weither anreisen und waren darum gezwungen, bei Smythe in Kost und Logis zu gehen.

Der Wirt lag im Schankraum auf der Bank und schnarchte wie ein strangulierter Ochse. Daß die Bier- und Weinfässer allesamt leer waren, dafür hatte er tüchtig mitgesorgt.

Während Dina Töpfe und Pfannen mit Aschenlauge ausschrubbte, starrte Anicah, in Sackleinen gehüllt und vorm Kamin hockend, aufs Feuer und kraulte das abgemagerte Hündchen, das wie verrückt mit dem Schwanz wedelte. Eine große, braune Ratte huschte hinter den Wassertank. Heißhungrig sperrte Anicah die Augen auf.

Von einer einzigen Mahlzeit am Tag, bestehend aus Kohl und trockenem Maisbrot, war nicht satt zu werden, zumal Anicah schwer zu schuften hatte. Angetrieben von der Rute der Wirtin, mußte sie Holz schleppen, Wasser und Sand aus dem Fluß holen, um den Boden zu scheuern, obwohl das ihrer Meinung nach überhaupt keinen Sinn machte. Denn kaum war der Boden sauber, trugen die Männer neuen Dreck herein. Staub blies durch die Ritzen der Fensterläden, und dem Ruß, der sich überall hinsetzte, war ohnehin nicht beizukommen.

Anicah rückte näher ans Feuer und schloß die Augen, so daß auch die Lider warm bestrahlt wurden. »Hätt' nie für möglich gehalten, daß ich mal 'nen ganzen Winter über ein Dach überm Kopf habe und am Feuer hocke.«

»In Jamaica brauchten wir kein Feuer, um uns zu wärmen. Dort brennt die Sonne wie ein Backofen.«

»Ist das deine Heimat?«

»Ja.«

»Ich komme aus Bristol.«

»Wie ist es da?«

»Wunderschön.« Anicah schwelgte in wehmütiger Erinnerung; die schäbigen Gassen der Stadt verschönten sich in ihrer Vorstellung beträchtlich. »Jede Menge Spektakel und Unterhaltung«, seufzte sie. »Märkte und Wirtshäuser.«

»Haben dir dort auch so viele Männer den Hof gemacht wie hier?«

»Daß sie mir unter die Röcke greifen, ist wohl kaum als Werbung zu verstehen.«

Ein lautes Pochen an der Tür ließ den kleinen Dachshund jaulend aufspringen. Anicah griff nach dem Knüppel der Wirtin und trat in die dunkle Schankstube. Dina folgte, bewaffnet mit dem Fleischerbeil. Das Hündchen tippelte mit eingekniffenem Schwanz hinterdrein. Smythe schnarchte unbehelligt weiter.

Anicah spähte durch das Riegelloch, sah aber nur den kleinen Ausschnitt eines Lederwamses, das so speckig war, daß es das Licht einer Fackel reflektierte. »Wer da?«

»Das vortrefflichste aller Freundespaare, Phintias und Damon.«

Und eine zweite Stimme fügte kichernd hinzu: »Denen es mächtig in der Kehle brennt.«

»Sergeant Vaughan und Junker Brent sind wieder mal blau«, flüsterte Anicah der Köchin zu. Den beiden rief sie zu: »Wir kennen hier weder Damon noch Phintias.«

Vaughan fing lauthals zu singen an.

> *Laut furzend laß' ich Luft heraus*
> *und blas' damit die Kerzen aus,*
> *gar meisterlich, oho!*
> *Die Mädels, die ich küssen tu',*
> *schrei'n auf: Wer war das? Etwa du?*
> *Ich lach' nur: hohoho.*

Das »Hohoho« dröhnte wie Hundegebell.

»Ihr weckt das ganze Dorf. Wenn Ihr nicht leiser seid, wird uns Lewger heimsuchen.«

»Ammann Lewger ist ein Haufen Dreck«, rief Vaughan übermütig.

Anicah schob den Riegel beiseite, öffnete die Tür einen Spaltbreit und lugte hinaus. Daß Gäste kamen, war ihr ganz und gar nicht recht. Viel lieber wollte sie sich an der Feuerstelle schlafen legen, bevor die Kohlen ausglühten.

»Verdammt, hier draußen ist's kalt wie das Herz einer Hure.« Vaughan stieß die Tür auf, stampfte mit dreckigen Stiefeln in die Stube und brachte eine Wolke ausgedünsteten Alkohols mit. »Ah, wen seh ich da? Mein Goldstück und meine schwarze Perle.« Er zog den Hut und verbeugte sich galant. Dina hatte sich bereits zum Kamin begeben, um das Feuer zu schüren.

»Potztausend, bin ich betrunken«, röhrte Giles.

Anicah baute sich vor den beiden auf und stemmte die Hände in die Hüften.

»Was schaust du bloß so mürrisch drein?« fragte Vaughan.

»Wollt Ihr die Toten aufwecken?« knurrte sie.

Im Vorbeigehen schlang ihr Giles den Arm um die Taille und küßte sie auf den Mund. Sein Schnauzbart hinterließ den Duft von Rosenwasser, der Atem eine Brandyfahne.

Vaughan zerrte mit dem Fuß einen Hocker unterm Tisch hervor und ließ sich darauf fallen. Anicah versuchte, ihm zu entwischen, doch er packte sie bei den Röcken und hielt daran fest. »Bring uns zwei Humpen Apfelwein!«

»In den Fässern ist nur noch Bodensatz.«

»Schwindel mir nichts vor, mein Hühnchen. Die Wirtin hat vierzig Fässer angesetzt.«

»Mag sein. Aber es ist nichts übriggeblieben. Alles versoffen und verpißt.«

»Seltsam.« Vaughan stand auf und ging in die Küche, um nach dem verschwundenen Apfelwein zu fahnden, was Dina zu erheitern schien, denn sie kicherte in einem fort.

Anicah sah zu, daß Giles ihr nicht zu nahe kam. Doch der war trotz seiner enormen Stulpenstiefel überraschend wendig, setzte ihr nach, warf Hocker und Bänke um und trieb sie in die Enge.

»Du willst es so, Metze. Hab' ich nicht recht?«

»Erbarmen, Sir«, sagte sie. »Meine Herrschaft wird mich prügeln, daß mir Hören und Sehen vergeht.«

Giles warf einen Blick auf Smythe, der mit dem Gesicht zur Wand im Schlaf vor sich hin murmelte.

»Ach was.« Er fummelte am Hosenbund und sagte: »Mir ist heut' nacht danach, dich zu vernaschen.«

»Brent.« Robert stützte sich beidhändig im Türrahmen ab und plierte in den dunklen Raum. »Es stimmt, was die Metze sagt. Die Fässer sind trocken.« Er packte Giles beim Kragen und zerrte ihn zum Ausgang. »Werden mal bei Junker Cornwaleys vorbeischauen. Er hat immer irgendwo noch Apfelschnaps versteckt.«

»Ja«, kicherte Giles. »Der Kerl ist mächtig kultiviert; ich wette, er kann Brandy pissen.«

Hastig schob Anicah den Riegel vor. »Hohoho«, tönte es von draußen, und Giles kicherte, doch allmählich wurde es still. Bevor sie sich an der Feuerstelle zur Ruhe legte, warf Anicah eine Wolldecke über den schlafenden Wirt, denn es war wieder eiskalt geworden, und Smythe drohte, so wie er dalag, zu erfrieren.

22

Margaret wurde von lautem Geschnarre aus dem Schlaf gerissen. Erschrocken richtete sie sich im Bett auf. Es hatte für sie den Anschein, als stürzte das mit Schindeln gedeckte Dach in sich zusammen. Doch dann wußte sie den Lärm einzuordnen. Seit Anfang März nistete ein Truthahn auf dem Kamin, und der richtete sich nun mit kollernden Rufen an die Konkurrenz, die eine Antwort nicht schuldig blieb. Der Schornstein trichterte ohrenbetäubenden Lärm in die Stube.

Margaret warf einen Blick auf die andere Bettseite. Mary war bereits aufgestanden; sie hatte die Decken schon zurechtgelegt und hielt nun Andacht im Gebet an die Heilige Jungfrau. Margaret bekreuzigte sich hastig und sprach das Vaterunser.

Dann warf sie den Bettvorhang beiseite und trat in die alten Schuhe, die, fein säuberlich ausgerichtet, auf dem Lehmboden standen. In den Morgenmantel gehüllt und mit einer Pistole bewaffnet, eilte sie nach draußen und blickte hinauf zur gedrungenen Gestalt auf dem Schornstein, sie sich schwarz vor dem grauem Himmel abhob.

Aus der Messingflasche schüttete sie ein gutes Maß Pulver in den Pistolenlauf, schob die Kugel nach und stopfte die Ladung mit dem Putzstock. Dann krümelte sie eine Prise Pulver in die Zündpfanne, legte den Deckel darüber, blies den Staub davon ab und spannte den Hahn bis zum Anschlag. Jetzt galt es nur noch, den Flintstein zu justieren, so daß die Funken, vom herunterschnellenden Hahn abgeschlagen, in die Zündpfanne sprühten und die Ladung darunter zur Explosion brächten.

Für gewöhnlich waren zwei bis drei Versuche nötig, aber heute klappte es beim ersten Mal. Es krachte der Schuß, und der Truthahn kippte geradewegs in den Schornstein. Kreischend und unter einem Trommelfeuer von Flügelschlägen flatterten alle anderen Vögel auf.

Als Margaret ins Haus zurückging, ließ sich Mary beim Licht einer brennenden Binsenfackel von einer Dienstmagd das Haar richten, während ein anderes Mädchen die Feuerstelle ausfegte. Bess hatte den toten Hahn aus der Asche geborgen; sie hielt das schwere Tier mit beiden Händen gepackt und murrte darüber, daß es nun schon wieder Truthahn zu essen gebe.

»Wo ist Mary Lawne?« wollte Margaret wissen.

Bess zog die Stirn kraus und warf einen ärgerlichen Blick unter die Dielen der Dachkammer. Margaret pochte mit dem Besenstiel darunter, worauf eine Kaskade aus Dreck und Staub auf sie herabrieselte. Von Mary Lawne war nur ein verschlafenes Grummeln zu hören.

»Wenn ich hochkomme, wirst du's bereuen«, rief Margaret.

Bess flüsterte: »Sie hat gesagt, daß sie ihren Rosenkranz am liebsten dem jungen Rind um den Hals hängen und eine Glocke daran befestigen würde, damit das Ding endlich zu was nützlich wäre.«

Erneut stampfte Margaret mit dem Besen unter die Bretter, schützte sich aber diesmal vorsorglich mit einer Decke vor dem Staub. Vom Auspeitschen der Dienerschaft hielt sie nicht viel, doch Mary Lawne reizte sie, ihre Zurückhaltung im besonderen Fall aufzugeben. Auf der Leiter tauchten nun ein Paar alte Schuhe mit durchgelaufenen Sohlen auf.

»So ein faules Stück«, meinte Bess und fächerte wütend mit ihrer Schürze das Feuer an. »Liegt noch im Bett, während die Sonne schon aufgeht.«

»Versammeln wir uns zum Gebet«, sagte Mary Brent und lächelte freundlich. »Morgen ist Mariä Verkündung, der Tag, an dem der Erzengel Gabriel der Jungfrau erschien, um ihr weiszusagen, daß Gott sie auserwählt hat, seinen Sohn zur Welt zu bringen.«

Mary läutete die Angelusglocke zum Gebet. Drei der Mägde beugten die Knie, doch Mary Lawne stürzte zum Kamin und erbrach sich in die Asche.

»Ich habe mir den Magen verdorben«, jammerte sie.

Mit einem Ausdruck im Gesicht, als erwarte sie ihr frühes Ende, schleppte sich Mary Lawne zur Leiter zurück, doch Margaret trat ihr in den Weg. Murrend ging die Magd in die Knie, setzte sich dann aber trotzig auf die Hacken und nahm, als Margaret nicht hinschaute, Rache an Bess, indem sie ihr heftig in den Arm kniff. Inzwischen waren die Knechte hereingekommen; sie knieten hinter den Frauen am Boden, und Mary hob an, den Rosenkranz vorzubeten.

Margaret murmelte ihr Ave-Maria, war aber in Gedanken woanders. Mariä Verkündigung, jenes erste der fünf freudigen Geheimnisse des Rosenkranzes, sollte nun zum ersten Mal in der neuen Heimat gefeiert werden. Dieser Tag, der fünfundzwanzigste März, markierte auch den Beginn der Wachstumszeit. Die Weiden schoben ihr erstes Grün. Zwischen den kahlen Eichen-, Buchen- und Ahornästen schwebten Wolken winzig kleiner, rosenroter Blüten, hervorgebracht von schlanken Bäumen, die Margaret in England nie gesehen hatte.

Bevor die Felder bestellt werden konnten, war am Haus noch sehr viel Arbeit zu verrichten, doch die ging nur schleppend voran, nicht nur, weil es an Baumaterial mangelte. Dem Zimmermann unterlief ein Fehler nach dem anderen, und Margaret vermutete, daß er in der Darstellung seiner Fähigkeiten maßlos übertrieben hatte, hoffend, seine Zwangspflicht von fünf auf vier Jahre vermindern zu können.

Sie versuchte, sich auf die tröstenden Worte des Gebets zu konzentrieren. »Gegrüßet seist du, Maria ...« Doch kaum war sie bei der Sache, mischte sich ein profaner Gedanke dazwischen: Die heilige Mutter durfte sich in der Tat selig preisen, hatte sie doch einen tüchtigen Zimmermann zum Gatten.

Margaret und ihr neuer Verwalter Edward Packer standen vor der Eiche, die das halbfertige Haus überragte. Der knorrige Stamm war so mächtig, daß es der ausgestreckten Arme dreier Männer bedurfte, um ihn zu umfassen. Die gewaltige Laubkrone blendete das Sonnenlicht ab und warf einen düsteren Schatten aufs Haus. Die Äste drohten im Fall von Windbruch das Dach einzuschlagen. Im Herbst würden die welken Blätter den Garten zudecken und den Boden für die Aufzucht von Gemüse und Kräutern untauglich machen.

»Eure Knechte wissen nicht richtig mit der Axt umzugehen«, sagte Parker. »Am Ende werden sie noch das Haus unter dem gefällten Baum begraben.«

Margaret mußte ihm recht geben. Wie ungeschickt die beiden Diener zu Werke gingen, hatte sie schon des öfteren mit ansehen müssen. Es stand sogar zu befürchten, daß sie sich im Umgang mit der Axt selbst verstümmelten.

»Dann sollten wir die Eiche lieber stehenlassen, Mr. Packer.«

»Es ist besser so.« Packer war sichtlich erleichtert. »Im Sommer werdet Ihr froh sein, daß sie kühlenden Schatten spendet.«

Margaret deutete auf den dichten Wald, der einen Großteil ihres Landes bedeckte. »Aber all die Bäume. Sie nehmen uns zuviel Raum und bergen Gefahr für unsere Gesundheit.«

»Tja, Mistreß.« Packer folgte ihr durch einen Wust von Holzspänen, zerbrochenen Schindeln und Kübeln, in denen ungenutzter Mörtel austrocknete. Sie beklagte sich über den Verschnitt infolge liederlicher Sägearbeiten und darüber, daß die Männer, statt sich gegenseitig zur Hand zu gehen, planlos umeinanderirrten.

Sie überquerte die kleine Veranda und trat über die Schwelle. Um die Mägde zufriedenzustellen, mußte sie veranlassen, daß Tür und Rahmen aus Eschenholz gebaut würden. Bess bestand darauf und behauptete, daß Esche böse Geister und Dämonen fernhielt.

Leonard Calverts Knechte hatten hundert Zentner Löschkalk aus gebrannten Muschelschalen angeliefert. In der großen Eingangshalle rührten zwei Männer Tünche an, um die lehmverschmierten Wände zu weißen.

»Seht euch doch vor!« rief Margaret, empört über deren Nachlässigkeit.

Vom Zimmermann, der sich im Obergeschoß aufhielt, war nichts als lautes Gefluche zu hören. Margaret verschränkte die Arme vor der Brust und betrachtete niedergeschlagen das Chaos um sie herum. Das Haus sah nicht nach Aufbau aus, sondern vielmehr nach Abriß, dabei hatte sich Pater White für morgen nachmittag angesagt, um es einzusegnen.

»Ich fürchte, der Zimmermann ist seiner Aufgabe nicht gewachsen«, sagte sie.

»Er hat nur ungelernte Helfer«, antwortete Packer, eifrig bemüht um Margarets Gunst, zumal er selbst kaum über Erfahrungen als Verwalter verfügte. Er war klein und dünn, und sein Haarschopf glich dem Flaumkleid eines Kükens. »Es fehlt an Fachkräften, und von den wenigen tüchtigen Männern, die wir haben, sind etliche über Winter krank geworden.«

»Die Einwohnerschaft von Maryland scheint in zwei Gruppen aufgeteilt zu sein; die eine ist nicht in der Lage zu arbeiten, die andere nicht willens.«

Margaret trat über zwei bedrohlich knarrende Stufen auf den Sockel der offenen Feuerstelle und schaute auf zu den frisch verputzten Kaminwänden. Sie sorgte sich über alles, doch dieser und der zweite Kamin machten ihr das größte Kopfzerbrechen. Ein unzureichend verputzter Schornstein könnte Feuer fangen und das ganze Haus in Flammen setzen.

Die Männer verdrehten die Augen und blickten dankbar himmelwärts, als Margaret das Haus verließ, um die Tabakschuppen zu inspizieren. Auch Edward Packer zeigte sich erleichtert. Von Tabakpflanzen verstand er mehr als vom Hausbau.

Vor drei Monaten, im Dezember, hatten Margarets Knechte die Rinde an zahllosen Bäumen ringsum aufgeritzt, um sie absterben zu lassen. Jetzt waren sie dabei, die Stämme abzuflämmen. Es qualmte allenthalben, und Margaret marschierte hustend über neugewonnenes Land.

Auf dem alten Indianeracker waren lange Beete zur Tabakpflanzung angelegt und mit Baumstämmen eingefaßt worden. Drum herum lag bergeweise Reisig, um die Beete nächtens abzudecken und vor Frost zu schützen. Margaret bückte sich, hob eine Handvoll Erde auf und zerböselte sie zwischen Daumen und Zeigefinger. »Wie ist die Mischung?«

»Drei Teile Lehm, ein Teil Holzasche und ein Teil Dung«, antwortete Packer. »Wenn die Setzlinge erst einmal gepflanzt sind, verzichten wir auf weitere Düngung.«

»Warum?«

»Weil die Blätter den Geschmack annehmen würden. Außerdem ist der Mist nur schwer zu beschaffen, denn, wie Ihr wohl wißt, treibt sich das Vieh frei im Wald herum.«

»Weshalb wir jeden Acker einzäunen müssen.« Margaret dachte mit Grauen an die Vielzahl der Zäune, die noch zu ziehen waren. »Es ist töricht, wie hierzulande gewirtschaftet wird.«

Sie wischte sich die Hände ab und blickte rundum auf die gerodeten Felder mit den verrottenden Wurzelstöcken und hinüber zu den Bäumen, deren kahles Geäst lichterloh brannte. Überall rauchte es aus aufgehäuften Reisigbergen. Der Platz für zusätzliche Äcker war geschaffen, doch nach wie vor fehlten die Geräte, um sie zu bebauen. In ganz Maryland gab es weder Pflug noch Egge noch ausreichend Zugtiere. Befahrbare Wege waren auch noch keine angelegt; durch den Wald führten lediglich ein paar schwer begehbare Pfade.

»Ich möchte, daß das Feld dort drüben eingezäunt wird«, sagte Margaret. »Obwohl er ein Faulpelz ist und mit Material geizt, habe ich den Schankwirt für diese Arbeit angeheuert. Ich hoffe, es war kein Fehler.«

Die Sonne sank im Abendhimmel, als Margaret das Gatter zum Küchengarten aufstieß. Mary hackte den Boden auf und entfernte Wurzeln und Steine. Sie schob nun den Filzhut in den Nacken und lächelte der Schwester zu. Den dürren, verdreckten Zeigefinger an die Lippen gelegt, nickte sie in Richtung auf einen Schwarm von Vögeln, die in der aufgewühlten Erde nach Insekten und Würmern suchten. Darunter waren auch vier Exemplare jenes schönen roten Vogels, den Lord Baltimore so sehr begehrte.

»All die verschiedenen Arten«, murmelte Mary. »Marys Land ist doch wunderschön, findest du nicht auch, Maggie?«

Margaret zog einen kleinen Beutel aus der Tasche ihres alten Wollkleids, öffnete das Zugband und ließ winzige schwarze Körner auf die Handfläche fallen.

»Tabaksamen?«

»Ja.«

»Wie klein die sind.«

»Ja.« Und davon hängt unsere Zukunft ab, dachte sie im stillen, von einem Körnchen in der Größe einer Laus. Und von Rauch. Sie schüttete das Saatgut zurück in den Beutel, langte zum Spaten, der am Zaun lehnte, und machte sich daran, ein Beet aufzuhäufeln. Hier, nahe der Küchentür, sollten die Kräuter und Gemüsepflanzen wachsen, für die sie den größten Bedarf hatten. Diese Arbeit war ihr vertraut, beruhigte sie. Schon als Kinder hatten sie und Mary den Garten zu Hause gepflegt.

Sie klaubte ein Eichenblatt vom Boden auf und sagte: »Wir müssen die Erde kalken.«

»Junker Cornwaleys will uns mit Düngekalk aushelfen. Und Mistreß Lewger hat Lavendel und Gartenraute vorbeigebracht.« Mary zeigte auf einen Korb voller Tüten, die, akkurat beschriftet, verschiedene Samensorten zum Inhalt hatten.

»Ich vermute, Ammann Lewger gefällt es nicht, daß er uns Ländereien überschreiben soll.«

»Hat er eine solche Äußerung gemacht?«

»Er beklagt sich allgemein über Frauen mit – wie er sagt – übertriebenen Ambitionen«, antwortete Margaret schmunzelnd. »Wen, wenn nicht uns, mag er dabei im Sinn haben?«

»Der indianische Bursche von Vater White hat uns Wildbret gebracht.« Mary grinste. »Zwei Truthähne.«

»Mary Lawne soll einen Eintopf für die Arbeiter daraus machen.«

Schwester Mary blickte skeptisch drein. Die Männer, die ihnen zur Hand gingen, hatten den Winter über ausschließlich von Truthahn, Muscheln und Maismehlgrütze aus der Smytheschen Küche gelebt. Sie arbeiteten für die Brents in Erwartung einer besseren Kost als der üblichen.

»Sergeant Vaughan ist vorbeigekommen«, berichtete Mary. »Er sagt, daß er aus Maiskörnern Weingeist zu destillieren versucht.«

Margaret war ein wenig enttäuscht darüber, daß er nicht auf sie gewartet hatte, um ein paar Worte mit ihr zu wechseln. Er verstand es, sie zum Lachen zu bringen, obwohl oder gerade weil sie sich über seine Art oft wundern mußte. Mary stimmte mit ein, als sie leise zu singen anfing:

Ein Gläschen Likör schmeckt allzeit pikant,
egal ob aus Runkeln, aus Kürbis, aus Walnuß gebrannt.

Leonard Calvert war unterdessen am Zaun aufgekreuzt. »Gott lächelt angesichts Eurer Leistung«, sagte er und blickte auf zum strahlend blauen Himmel. »Das Wetter wird Euch wohl auch morgen hold sein, wenn der Schwesternhof eingesegnet wird.«

Giles tauchte neben ihm auf. »Es könnten allerdings ein paar dunkle Wolken aufziehen, denn im Dorf sind manche verärgert darüber, daß ihr, liebe Schwestern, alle tüchtigen Männer der Provinz für euch zur Arbeit einstellt.«

»Gott zum Gruße.« Susannah Gerard, die Frau des Arztes, öffnete das Gatter, um ihre beiden Knechte durchzulassen, die einen Karren voll Dung hinter sich herzogen, eine Mischung aus Schweinemist, Stroh und Farnkraut, über Winter kompostiert.

»Was für ein schönes Geschenk«, sagte Mary. Sie griff mit beiden Händen in den Mist, schnupperte und leckte mit der Zungenspitze daran. »Eine besonders gute Zusammensetzung, Mistreß Gerard. Wie ist Euch die gelungen?«

Mistreß Gerard hob an, das Rezept in aller Ausführlichkeit zu beschreiben, als Giles' Mastiff von hinten angerannt kam und sie fast über den Haufen warf. Der Hund sonderte einen abscheulichen Gestank ab, der an Schwefel und Verwesung erinnerte. Die Frauen hielten sich die Nase zu und suchten das Weite, während Margaret das Gatter zuschlug, um den Hund im Garten gefangenzuhalten.

»Was ist mit ihm geschehen?« fragte sie und blickte über den Zaun.

»Er hat Bekanntschaft mit jenem Tier gemacht, das von den Indianern ›Skunk‹ genannt wird«, antwortete Calvert. »Das Biest ist in etwa so groß wie eine Katze und hat ein schwarzes Fell mit weißen Fleck, der sich in zwei Streifen überm Rücken ausgabelt. Es wird munter in der Nacht und spritzt, wenn es gestört wird, einen Saft ab, über dessen Geruch Ihr Euch nun ein Urteil erlauben könnt.«

»Entsetzlich«, meinte Margaret.

»Allerdings.« Calvert grinste verschmitzt. »Ich würde meinem Bruder gern ein Pärchen für seine Menagerie zukommen lassen.«

23

Robert Vaughan stieg rittlings über die Sau und klemmte deren Hals zwischen die Beine. Das Vieh strampelte mit den Hinterhaxen und wühlte die fauligen Küchenabfälle auf, die Joan Parke in den Hof geworfen hatte. Giles und Anicah sprangen in Deckung, um von dem Unrat nicht besudelt zu werden.

»Für dreißig Pfund Tabak könnt Ihr sie haben, Junker«, sagte Joan.

»Einverstanden«, keuchte Vaughan.

»Und da hätt' ich noch was Nützliches für Euch, meine Herren.« Joan langte in ihren Korb und zog einen falben, durchscheinenden Schlauch daraus hervor, ein Stück Schweinedarm, das einseitig mit einem Faden zusammengeschnürt war. Joan steckte zwei Finger ins offene Ende, spreizte sie und dehnte das elastische Gewebe.

»Da könnt Ihr Eure Wurst reinstecken, Mylord«, sagte sie und fuchtelte mit dem schlabbrigen Fingerling vor Giles' Gesicht herum. »Damit's einem hinterher nicht leid tut. Schützt vor Schanker und verhindert, daß der Gespielin der Bauch schwillt.«

»Ein andermal vielleicht.«

»Bedenkt, der Wonnemonat Mai beginnt. Meine Ware ist schnell verkauft«, sagte sie und winkte lockend mit der Pelle.

Anicah grinste. »Du solltest das Zeug lieber verwahren und an den eigenen Mann bringen.«

»Halt dich da raus, du dumme Gans ...«

»Stört uns nicht, wir haben zu tun.« Vaughan packte die störrische Sau bei den Ohren.

»Ja, dann noch einen schönen Tag, meine Herren«, sagte Joan.

Als sie mit ihrem Korb davongezogen war, meinte Giles: »Die gute Frau und ihre Sau sind doch auffallend ähnlich, nicht nur äußerlich, sondern auch, was das Temperament betrifft.«

Vaughan kicherte. Das Schwein war ein großes, krätziges, stinkendes, stoppeliges und faßförmiges Biest. Es dünstete einen säuerlichen Geruch aus, hatte winzige, rot geränderte Augen, Borsten an der Schnauze, mit denen sich Leder durchstechen ließ, und Hufe so scharf wie Meißel.

»Haltet sie bei den Haxen!« rief Vaughan.

»Verflucht!« Giles langte zu und erwischte die Hinterläufe über den Füßen, doch um sie festzuhalten, mußte er in die Knie gehen. Worüber sich beim Wein in der Schenke vortrefflich lachen ließ, hatte hier für ihn gar nichts Komisches.

Während die Männer aufgeregt herumhampelten und fluchten, brachte Anicah eine bauchige, braune Flasche Bier ins Spiel. Sie zog den Korken und ließ die Sau am Flaschenhals schnuppern. Sofort stellte das Tier die Gegenwehr ein und fing hungrig zu grunzen an. Anicah gab dem Tier aus einer Holzschüssel zu trinken. Es steckte den dreckverschmierten Rüssel hinein und schlappte gierig alles in sich hinein. Anicah reichte nun auch den Männern eine Flasche.

Giles verzichtete; er hatte wohl erkannt, daß die krummen Palisaden des Forts kaum ausreichend Sichtschutz boten und daß es sich im Dorf schnell herumsprechen würde, wenn man ihn hier sähe, wie er in aller Öffentlichkeit mit einem Schwein und einer Wirtshausmetze zechte. »Es tut mir leid, die fröhliche Runde verlassen zu müssen.« Er verbeugte sich und schwenkte den federgeschmückten Hut, dessen Krempe wie die Flügel eines Schwans hochgestellt waren. Und augenzwinkernd an Anicah gewandt meinte er: »Vielleicht bietet sich uns beim Fest 'ne Gelegenheit für ein Schäferstündchen?«

»Die Wirtin wird mich den ganzen Tag über auf Trab halten.« Sie ersparte es sich, Giles daran zu erinnern, daß sie einem anderen versprochen war. Er hätte sich ohnehin nicht daran gestört.

Als sie dem Schwein die vierte Flasche ausgeschenkt hatte, war dieses nicht nur willfährig, sondern geradezu anschmeichelnd. Anicah verabschiedete sich von Vaughan und ging zurück zur Schenke. Unterwegs machte sie Halt, um beim Aufpflanzen des Maibaums zuzusehen.

Leonard Calverts Amtsgehilfe führte die Aufsicht und kommandierte mit lautem Gebrüll. Doch der vierzig Fuß lange Fichtenstamm, der an langen Seilen gehalten wurde, schwankte träge hin und her wie die betrunkenen Männer, die ihn in die Senkrechte zu hieven versuchten. Die schmuckvolle Krone am oberen Ende des Baums schleuderte in immer größer werdenden Kreisen umher und verlor dabei einen Teil ihres Zierats. Blumen und Bänder flatterten zu Boden. Anicah ließ ihren Korb stehen, drängte durch die lachende Menge und kam einem der Männer zu Hilfe. Als der Baum endlich stand, setzte sie ihren Weg zum Wirtshaus fort.

»Platz da für den Maikönig!« rief der alte Brown, das Original.

Von der Tür aus sah Anicah der Parade zu. Brown schlug auf eine große Trommel, und der Jäger von Leonard Calvert stieß ins Horn. Vaughan trug gemäß seines Amtes als Maifest-Beichtvater eine Robe aus Lederfransen. Er ritt auf der Sau daher, half aber gegrätschten Schrittes kräftig mit zu verhindern, daß das torkelnde Tier alle viere von sich streckte. Die Zügel führte er in der linken Hand, mit der rechten schwenkte er das Narrenzepter.

Plötzlich öffnete sich die Wirtshaustür, und Anicah wurde von der dicken Smythe in die Stube gezerrt. »Halt keine Maulaffen feil, und mach dich an die Arbeit!«

Während die Wirtin in der Küche Wein und Zider mit Wasser verpanschte, warf Anicah immer wieder einen Blick zum Fenster hinaus. Zu sehen war nicht viel, aber sie hörte die Musik zum Tanz aufspielen. Sie dachte an ihre Mutter, wie sie im Kreis wirbelte und die Haare fliegen ließ. »Ein wildes, flatterhaftes Ding«, hatte die Tante gesagt. »Zu Gast bei allen Kirchweihfesten und Tanzveranstaltungen. Sie war immer zur Stelle, wo's lustig zuging. An ihrem dunklen Kupferhaar und ihrem Lächeln fand jeder Gefallen.«

Dem Mädchen wurde schwer ums Herz; die Augen tränten, die Nase lief. Der Tod war ihr vertraut wie Läuse, und doch hatte sie nur wenig Gedanken daran verschwendet. Jetzt aber glaubte sie ihn zu verstehen.

Der Tod war ein Einbrecher sondergleichen, der größte aller Diebe. Er schlich sich herbei und raubte den Menschen Atem und Seele. Zurück blieben Trauer und der bittere Trost aus vager Erinnerung. Anicah sah im Geiste das wild zerzauste Haar der Mutter und hörte das gespenstische Echo ihrer singenden Stimme. Tot, dachte sie; tot und spurlos verloren.

Anicah hatte nur zum Teil recht. Zwar war die Mutter tot, hatte aber unverwechselbare Spuren im Gesicht der Tochter hinterlassen und schien in Anicahs Augen auf.

»Wird's bald, du träge Schlampe?« zeterte die Wirtin aus der Küche. »Der Priester hat seinen Jungen mit einem Auftrag geschickt.«

Widerwillig trat Anicah vom Fenster zurück. Was mochte dieser Thomas Copley wollen?

»Du sollst ihm 'ne Portion Eintopf und 'ne Flasche Bier bringen«, sagte die Wirtin.

»Kann er sich das nicht selbst holen, dieser katholische Hurenbock?« Anicah hatte am Biertisch munkeln hören, daß Thomas Copley seinem jungen Diener nicht nur den Katechismus nahebrachte.

Sie nahm den Korb, den die Wirtin bereitgestellt hatte, und verließ das Wirtshaus durch den Hinterausgang. Obwohl die breite Hutkrempe tief ins Gesicht gezogen war, erkannte sie den wartenden Jungen sofort an seiner breiten Schulter und den langen, kräftigen Beinen. Sie ließ den Korb fallen und warf sich ihm um den Hals. Aus Sorge, von der Wirtin überrascht zu werden, befreite er sich aus der Umarmung, ergriff den Korb und ging voraus.

Anicah eilte hinterher. »Ich hab' dich so vermißt, mein Liebster.«

Martins Wangen verfärbten sich rot. Er reichte ihr einen Kranz, aus winzigen violetten Blüten und silbrig grauen Blättern geflochten. Tief einatmend kostete sie den würzigen Duft.

»Woraus ist der Kranz gemacht?« fragte sie und setzte ihn aufs kastanienbraune Haar.

»Noch nie von Lavendel gehört?«

»Nein.«

Der Junge errötete noch mehr; um so mehr strahlten seine blauen Augen. »Es heißt, Lavendel ist das Kraut der Liebenden.«

»Laß uns den Korb schnell abliefern und uns heimlich davonmachen.« Anicah zitterte vor Erregung.

»Die Mahlzeit ist für uns. Vater Poulton hat sie mir zum Maifest spendiert.«

Anicah schloß die Augen, drückte ihre Wange an Martins Brust und dankte dem Priester im stillen. Sie nahm Martin bei der Hand und führte ihn auf den Pfad zum Steilufer hinab.

»Wirst du eine Weile hierbleiben?«

»Mein Herr plant, auf eine Mission zu den Indianern zu gehen, und will, daß ich ihn begleite.« Er registrierte den Schrecken in Anicahs Augen. »Ich muß ihm gehorchen.«

»Dina sagt, daß die Wilden Kannibalen sind und Christenmenschen fressen.«

»Ach was. Vater Poulton hält sie für ehrbare Leute. Wenn wir zurückkommen, werde ich dir bestimmt viele lustige Geschichten erzählen können.«

Zu ihrer Enttäuschung mußte Anicah feststellen, daß sie mit Martin nicht allein sein würde an der kleinen Bucht am Fluß. Mary Brent saß auf einer knorrigen Wurzel, die, beständig vom Wasser unterspült, freigeschwemmt worden war. Sie begrüßte die beiden mit ihrem gespenstischen Lächeln, legte einen Finger an die Lippen und winkte sie herbei.

In der Nähe wuchs ein Strauch mit duftenden, hellroten Blüten. Mary hatte einen Zweig davon abgebrochen und ins helle Haar gewunden. Um ihren Kopf schimmerte eine bunte Aureole aus winzigen Feenwesen, wie es schien, aus Elfen oder womöglich Kobolden auf surrenden Schwingen. Als

Anicah näher kam, sah sie, daß es sich um zierliche kleine Vögel handelte, die nicht länger als ihr kleiner Finger waren.

»Von allen Gestalten, die Gottes Engel anzunehmen vermögen, ist diese wohl die schönste«, flüsterte Mary, worauf die Vögel davonschwirrten und sich scheinbar so schnell in Nichts auflösten, daß Anicah glaubte, einem Trugbild aufgesessen zu sein.

Mary stand auf, nahm den blühenden Zweig aus dem Haar und steckte ihn zu Anicahs Kränzchen, das Martin geflochten hatte. Am Duft der Blüten erkannte Anicah, daß es sich wiederum um Lavendel handelte, und dieser Duft löste nun im Beisein von Mary Erinnerungen aus an jene Dachkammer im Cocklorel, die sie in diebischer Absicht aufgesucht hatte. Es drängte sie, sich nachträglich bei Mary zu entschuldigen, doch die Stimme versagte ihr.

»Gott möge euch segnen, auf daß ihr immer Freude aneinander habt.« Mary beschrieb das Zeichen des Kreuzes vor den beiden und machte sich auf den Weg zurück.

»Sie ist so dünn wie eine Lackschicht«, tuschelte Anicah. »Aber trotzdem schön. Ich frage mich, warum sie keinen Liebsten hat, der ihr bei Nacht die traurigen Gedanken verscheucht.«

Plötzlich tauchte wieder einer der winzigen Vögel auf, und es war, als wölbte sich vor ihren Augen ein kleiner Regenbogen. Sie hörte die Flügel surren, sah die rubinrot schillernde Kehle, das smaragdgrüne Federkleid an den Seiten. Dann war er wieder verschwunden.

»Hast du das gesehen, Martin?«

»Ja. Vater Poulton nennt den Vogel Kolibri. Ein hübsches Tier, aber nicht halb so hübsch wie du.« Martin langte nach ihrer Hand und zog sie an sich. Auf Anicahs Umhang, der als Unterlage diente, feierten die beiden den Maitag.

Margaret tippte mit dem Fuß auf, doch nicht etwa im Takt zur Musik. Sie war ungeduldig, wollte, daß das Tanzen endlich aufhörte und ihre Leute nach Hause zurückgingen. Denn sie mußten morgen beizeiten aufstehen. Schließlich galt es, die Felder zu bestellen für das Pflanzen von Tabak und die Aussaat von Korn. In den Monaten April und Mai stand die meiste Arbeit an; es durfte keine Zeit mit Albernheiten verschwendet werden.

Sie hatte ursprünglich versucht, ihrer Dienerschaft die Teilnahme am Fest zu verbieten, doch als sogar Bess den Aufstand wagte, hatte sie zurückstecken müssen und einen Kompromiß vorgeschlagen. Die Mägde und Knechte waren an diesem Tag früher als sonst zur Arbeit auf die Felder gegangen und dort bis zum Mittag fleißig gewesen. Nun tanzten sie, und keiner klagte über Müdigkeit wie sonst, wenn Margaret sie aus den Betten trieb.

Mary brachte Anansine, dem indianischen Burschen von Pater Andrew White, ein paar Tanzschritte bei. Er trug seinen Lendenschurz und Mokassins; der Kopf war auf einer Seite kahlrasiert. Er starrte beim Tanzen auf die Füße, und die angespannte Konzentration, die sich im Gesicht zeigte, schien von Jähzorn bedroht zu sein.

Margaret sah sich unter den lustig feiernden Leuten um. Zum wiederholten Mal zählte sie ihre Mägde durch. Wie immer zum ersten Mai hing Wollust gleichermaßen wie Blütenduft in der warmen Luft. Weder Vernunft noch Frömmigkeit gaben hier den Ton an, sondern uralte, namenlose Fruchtbarkeitsriten. »Hei-dra-deien, der Maien«, tönte das Gesinde. »Ab heute vögeln wir im Freien.«

»Ein Riesenvergnügen, findet Ihr nicht auch, Mistreß Margaret?« Courtney zupfte grüßend an der breiten Hutkrempe. Mary Lawne blieb auf Abstand; sie hatte die fleischigen Arme unter der Brust verschränkt und hielt die Ellbogen in den Händen.

»Ich weiß schon, was Er will, aber das kommt nicht in Frage, es sei denn, Er kauft mir das Mädchen ab«, sagte Margaret. Ihr war nicht nach Höflichkeiten zumute.

»Ich könnte Euch einen Teil von meiner nächsten Tabakernte versprechen.«

»Ein solches Versprechen hat keinen Wert«, antwortete Margaret. »Ich brauche bare Münze oder Ware, um Ersatz für Mary beschaffen zu können.«

»Es steckt schon ein Brot im Ofen«, platzte es aus ihm heraus, und dann verfärbten sich die Kiefer rot.

»Das hat vermutlich Er reingeschoben.« Margaret mußte an sich halten, um ihm nicht die großen, roten Ohren zu watschen. Jetzt war ihr klar, warum sich die Magd in letzter Zeit so häufig hatte übergeben müssen, und es ärgerte sie, so viel Zeit für sinnlose Magenkuren aufgewendet zu haben. Sie winkte Mary Lawne zu sich. »Wann ist es soweit?«

»Auf Michaeli, Mistreß.« Verschämt blickte die Magd auf die Schuhspitzen, doch an der Art, wie sie dastand, war für Margaret deutlich zu erkennen, daß das Mädchen trotzig triumphierte.

»Wir können es uns nicht leisten, einen Säugling zu unterhalten«, sagte sie.

»Bauer Courtney und ich werden es aber behalten.«

»Und wer soll deine Arbeit übernehmen?«

»Weiß ich nicht.«

Courtney und Mary starrten unverwandt zu Boden. Das Schweigen zog sich in die Länge und wurde zunehmend unerträglicher für die beiden.

»Dann bestellt das Aufgebot«, sagte Margaret schließlich. »Und von ihm, Bauer, bekomme ich, sobald geschnitten worden ist, fünfhundert Pfund Tabak erster Wahl, die Hälfte davon aufbereitet und in Fässer gepackt.«

Courtney verbeugte sich und trat zurück. Mary machte einen Knicks, wirbelte herum und eilte davon.

Giles kreuzte neben der Schwester auf. »Sie ist in ander Wetter, stimmt's?«

»Ja, die Natur will raus«, antwortete Margaret nüchtern.

»Schwester, kannst du mir für vierzehn Tage deinen Zimmermann ausleihen? Die Arbeit an meinem Haus geht nur schleppend voran, es fehlen tüchtige Männer.«

»Sein Preis beträgt fünfzig Pfund pro Tag.«

»Das ist teuer.«

»Er behauptet, ein gelernter Handwerker zu sein, und es haben mich schon viele um ihn ersucht.«

»Dann schreib's mir an.«

»Deine Schulden sind mittlerweile beträchtlich. Wäre ich Schankwirt, würde ich keinen Kredit mehr gewähren.«

»Aber du bist kein Schankwirt, sondern meine geliebte Schwester.« Giles gab ihr einen Kuß auf die Wange. »Ich begleiche meine Schulden bei dir, sobald die Ernte eingefahren ist.« Er trollte sich, um einen Schluck von Thomas Cornwaleys Brandy zu schnorren. Dann würde er eine Tanzpartnerin suchen, und Margaret ahnte, wonach ihm der Sinn sonst noch stand. Zum Glück hatte er es bislang verstanden, einen Skandal zu vermeiden.

Margarets Groll wurde besänftigt durch den Anblick von Martin und Anicah, die anmutig durch die Menge tanzten und nur widerstrebend voneinander abließen, wenn die Musik aussetzte. Aber sobald neu aufgespielt wurde, lagen sie sich wieder in den Armen, küßten sich und wirbelten lachend im Kreis herum, daß die Haare flogen.

Margaret konnte sich nicht vorstellen, jemals einen Mann so innig zu lieben wie das Mädchen den Jungen. Im Alter von elf oder zwölf Jahren, bevor sie den Entschluß gefaßt hatte, ihr Leben dem Allmächtigen zu weihen, war sie gefangengenommen vom Witz und der Eleganz eines älteren Jungen. Sie hatte damals geglaubt, vor Gram sterben zu müssen, weil er sie nicht beachtete. Heute konnte sie sich nicht einmal mehr an seinen Namen erinnern.

Beständigkeit war für sie nur denkbar im liebenden und vertrauenden Verhältnis zu Gott und der Heiligen Jungfrau, und so bezweifelte sie, daß die Verliebtheit zwischen Anicah und Marin von Dauer sein könnte. Über kurz oder lang würde wohl der Junge einer anderen schöne Augen machen, oder es käme ein vermögender Mann daher, der die Metze betörte mit dem Versprechen auf ein angenehmeres Leben.

Robert Vaughan lenkte Margaret von ihren trübsinnigen

Gedanken ab. »Ich schätze, der muntere Haufen wird noch bis zum frühen Morgen durchtanzen«, sagte er und grinste beschwipst. Im Gestrüpp seiner zimtfarbenen Haare steckten Blätter und Zweige. Die verwelkte Blumengirlande war ihm in die Stirn gerutscht und fiel über das linke Auge.

Margaret lachte. »Ihr seid mir ein rechter Bacchus.«

»Bacchus wäre zu einem solch müden Fest bestimmt nicht erschienen. Ich fürchte, die Tradition der Maifeier wird sich bei uns nicht halten.«

Das Fest schien in der Tat nicht recht in Schwung zu kommen. Es waren längst nicht alle Anwohner erschienen; etliche hatten vor lauter Arbeit keine Zeit gefunden, um an der Maifeier teilzunehmen. Und unter denen, die da waren, gab es Streit über die Ausrichtung des Festes. Sie kamen aus verschiedenen Gegenden Englands und wollten ausschließlich ihre jeweiligen Sitten und Gebräuche gelten lassen. Einigkeit gab es nur im Hinblick auf den Maibaum, den Tanz und das Geplänkel.

»Es ist wirklich nicht so wie früher«, sagte Margaret.

»Bedauert Ihr das?« fragte Vaughan.

»Aber nein. Der Tanz in den Mai war für meinen Geschmack immer schon viel zu schamlos und ausschweifend.«

»Ihr sprecht wie eine Puritanerin, Mistreß Margaret.«

»Behüte!« Sie zeigte sich entsetzt von dieser Bemerkung. »Als junges Mädchen fand ich großen Gefallen am Tanz und Mummenschanz und dergleichen mehr. Ich war, was ernstere Menschen einen Wildfang nennen.«

»Ich habe auch nicht behauptet, daß die puritanischen Sitten dem lustigen Treiben ein Ende machen. Vielmehr wird es das teuflische Kraut sein, dem wir uns alle hier verschreiben.«

»Der Tabak?«

»Jawohl. Das Kraut ist nicht so sanftmütig wie Weizen oder Gerste. Ich habe einen Pflanzer kennengelernt, der seinem sterbenden Knecht befahl, sich sein eigenes Grab zu schaufeln, weil er jede freie Hand auf dem Feld nötig brauchte.«

»Ich wußte gar nicht, daß auch Ihr Tabak anpflanzt.«

»Mir fehlen die Mittel, Arbeitskräfte herbeizuschaffen, um so Anspruch auf mehr Landbesitz zu gewinnen. Magere hundert Morgen werfen gerade mal genug ab, um einen Mann zu ernähren.« Vaughan hatte offenbar vergessen, daß Margaret mit nur achtzig Morgen auskommen mußte.

Sie riß von dem Farngewächs zu ihren Füßen einen Wedel ab und tippte Vaughan damit auf die Schulter. »Was gedenkt eigentlich die Verwaltung zu tun, um die Mißstände zu beseitigen?«

»Ammann Lewger will in der Ratsversammlung ein Gesetz verabschieden lassen, wonach eine Frau, die nicht binnen sieben Jahre in den Ehestand tritt, ihren Hof an den nächsten Erben abtreten muß.«

Margaret war nicht gefaßt auf die plötzliche Wendung des Gesprächs. »Heiratet eine Frau, so verliert sie alles«, sagte sie. »Würdet Ihr etwa Eure Geschäfte, Euer Vermögen, Eure Freiheiten und Vollmachten für immer einem anderen Mann abtreten?«

Vaughan wich ihrem Blick aus. »Nein, aber ich bin ja auch keine Frau.«

»Lewgers Vorschlag ist dumm und töricht.« Margaret winkte mit dem Farnwedel ab. »Seine Lordschaft wird sich damit nicht einverstanden erklären.«

Robert holte tief Luft, als bereitete er sich auf einen Sprung in kaltes Wasser vor. »Mistreß Margaret, wärt Ihr bereit, meine Frau zu werden?« Margaret starrte ihn an und öffnete den Mund, doch er ließ sich nicht beirren und setzte hastig nach: »Ich versichere Euch meine tiefempfundene Hochachtung; ich würde nie verlangen, was Euch widerstrebt. Eine Ehe käme in erster Linie Euerm Schutz zugute und dann auch unseren gegenseitigen wirtschaftlichen Interessen.«

Margaret fühlte sich durch den Antrag nicht einmal irritiert. Sie rechnete Robert hoch an, daß er nicht einen ihrer Brüder mit seinem Anliegen aufgesucht hatte, sondern direkt zu ihr gekommen war. Vielleicht war der schiefsitzende Kranz auf dem krautigen Schopf Grund dafür, daß sie plötzlich zu prusten anfing. Sie mußte so sehr lachen, daß ihr das Brustmieder zu platzen drohte. An einen Baum gelehnt, schüttelte sie sich vor Lachen, und Tränen kullerten ihr übers Gesicht.

Vaughan grinste dämlich, aber dann brach auch er in röhrendes Gelächter aus, und gemeinsam lachten sie, bis ihnen die Luft wegblieb und der Bauch weh tat.

»Ihr seid doch wohl nicht im Ernst darauf aus, Euch einen Hausdrachen zuzulegen, oder?« Sie zog ein Taschentuch aus dem Ärmel und wischte die Tränen vom Gesicht. »Kein Wunder, daß Ihr eine Miene macht, als stünde Euch der Galgen bevor.«

»Die Ehe und der Galgen sind schicksalhafte Institutionen.«

»Dann wünsche ich Euch, daß Ihr noch eine Weile auf freiem, flinkem Fuße bleibt, Sir Kauderlatein.«

24

Eine dichte Wolke von Stechmücken schwebte über dem Quellgrund. Zum Schutz hatte sich Margaret ein Tuch vors Gesicht gehängt. Sie wartete darauf, daß sich der Ledereimer mit Wasser füllte, und wedelte mit der Schürze, um der Plage Herr zu werden. Allein das monotone Sirren trieb sie an den Rand der Verzweiflung.

König James hatte die Tabakpflanze eine teuflische Abscheulichkeit genannt und ein Kraut der Hölle. Margaret dachte: Falls dieses Urteil zutraf, so war hier der richtige Ort, um Tabak anzupflanzen. Zur Sommerzeit war Maryland die Hölle auf Erden.

Es prickelte ihr die Kopfhaut. Das ums Haar geschlungene und im Nacken verknotete Leinentuch war schweißdurchtränkt, so auch das Stirnband des flachkrempigen Filzhutes; nicht minder durchgeschwitzt waren das Hemd und die

Schnürbrust. Unter Wollkleid und Unterrock sammelte sich der Schweiß in den Kniekehlen und rollte kitzelnd über die nackten Beine herab.

Der einzige Lufthauch rührte von dem vergeblichen Versuch her, die Mücken mit gefächelter Schürze zu vertreiben. Wie ein Ackergaul schwitzend, hockte sie da im Morast. So hatte sie sich ihr Leben als adelige Grundbesitzerin in Maryland beileibe nicht vorgestellt, und sie gelobte, dafür zu sorgen, daß im nächsten Jahr genügend Männer angestellt würden, die ihr solche Arbeit abnehmen könnten. Gesunde Männer.

Sie hängte den zweiten Eimer an die hölzerne Trage, hievte sie auf die Schulter und machte sich auf den Rückweg. Durch die dünnen Sohlen ihrer indianischen Schuhe war jeder Stein schmerzlich zu spüren. Die Stechmücken setzten sich auf Hände und Fußgelenke, die mehr und mehr anschwollen. Mit jedem Schritt wurden die Eimer schwerer. Nach einer Weile machte sie verschnaufend Halt und schaute zurück auf den Fluß, der fernab im Sonnenlicht glitzerte. Soviel Wasser allenthalben, doch es war zu salzig und taugte darum weder zum Trinken noch zur Bewässerung der Felder.

Sie kam an dem ausgetrockneten Brunnen vorbei. Zwei ihrer Männer versuchten, in tiefere, wasserführende Schichten vorzudringen. Aus dem Schacht drang hohl das Fluchen desjenigen, der mit Hacke und Schaufel zu Werke ging. Der andere hievte die mit Lehm gefüllten Eimer nach oben. Beide waren geschwächt von der roten Ruhr und litten unter jenem bleifarbenen Hautausschlag, der während der Sommermonate niemanden verschonte. Auch Margarets Hände und Arme waren davon befallen; der Juckreiz brachte sie fast um den Verstand.

Das neue Haus ragte hoch auf über einem Gerümpel aus Schindeln, Faßdauben und Brennholz. Der Milchschuppen stand im Rohbau, und die übrigen Nebengebäude waren über das Stadium der Planung noch nicht hinaus. Wie gelähmt von der Hitze, kauerten der Hahn und die drei Hennen reglos am

Boden. Der Gestank vom Abfallhaufen neben der Küchentür machte sich breit und drang bis weit über die noch lückenhaften Palisaden hinaus.

Der Schwesternhof entsprach ganz und gar nicht jenem schmucken, ertragbringenden Landsitz, von dem Margaret geträumt hatte, und trotzdem war er ihr mittlerweile ans Herz gewachsen – wie ein geliebtes, wenngleich bockiges und verschlampertes Kind, das sich aber mit den Jahren und unter angemessener Führung gewiß zum Vorteil entwickeln würde.

Beim Anblick der Felder war Margaret jedoch zum Weinen zumute. Die Tabakpflanzen verkümmerten unter der erbarmungslosen Sonnenglut. Das Korn stand auf kleingewachsenen, brüchigen Halmen. Die Mägde hatten eine Vogelscheuche aus Stroh zusammengebündelt und mit Tabakblättern bekleidet, die nun gelb geworden und ausgedörrt waren. Die Puppe hing am Stock, und ihr Kopf baumelte trostlos herab, als trauerte sie um den Zerfall ringsum.

Margaret hatte von der Hungersnot gehört, die einige Jahre zuvor in Virginia ausgebrochen war. Es hieß, daß die Leute Ungeziefer verzehrt, an Ledersohlen und Baumrinde gekaut hätten und am Ende sogar übereinander hergefallen wären. Auch heuer mußten die Virginier unter der Dürre leiden; von ihnen war also keine Hilfe zu erwarten. Die wenigen Schiffe, die turnusmäßig von Maryland aus in See stachen, waren bis an den Rand mit Tabakfässern beladen. Die nächste Fracht aus England würde noch bis zum Herbst auf sich warten lassen. Margaret betrachtete ihre verstaubten, spröde gewordenen Mokassins und fragte sich, wie die wohl schmecken mochten.

Sie durchquerte das Maisfeld auf dem Weg zu Mary, die mit den Mädchen im Tabak arbeitete. Die Rispen der Maispflanze wären ihr unter normalen Bedingungen zu dieser Zeit im Juli bereits über den Kopf hinausgewachsen, doch sie reichten kaum bis zur Brust. Von den wenigen Fruchtansätzen waren viele schon verkümmert. Margaret schöpfte dennoch Trost aus dem für sie sinnbildlichen Anblick der Halme, die, obgleich dünn und zerbrechlich, Leben trugen.

Mit schleppendem Schritt erreichte sie den Baum, der als einziger auf den Feldern stehengeblieben war. An einem tiefhängenden Ast hing im Schatten der Blätter ein Kuhmagen, der als Trinkwasserbehälter diente. Mary hielt ihn auf, während Margaret das frische Quellwasser mit einer Kelle einfüllte.

Mary hatte die Ärmel hochgekrempelt und die Wollröcke gerafft. Fußgelenke und Waden waren von Mücken zerstochen und zerkratzt. Sie und die Mädchen hatten die Haare unter einem Kopftuch zusammengefaßt; die Filzhüte, Schuhe und Kleider waren grau von Staub.

Mary beugte sich zu einer Tabakpflanze herab auf der Suche nach jenen fetten, grünen Raupen, die so groß wurden wie ihr kleiner Finger und am Hinterteil ein kleines, geschwungenes Horn ausbildeten. Sie pickte eine vom Blatt und zertrat sie unter dem Absatz. Bess Guest richtete sich an ihrer Hacke auf und reckte sich, geriet ins Schwanken und kippte der Länge nach vornüber ins Tabakkraut.

»Gütiger Himmel«, murmelte Margaret.

Gemeinsam mit Mary trug sie die Magd in den Schatten des Baumes und setzte sie mit dem Rücken zum Stamm aufrecht hin. Das runde Gesicht von Bess glich einer geschälten Beete. Mary nahm ihr den Hut vom Kopf, fächerte ihr Luft zu und blickte zur Schwester auf. »Ruh dich aus«, sagte sie. »Ich fürchte, daß auch du gleich zusammenklappst.«

Mary führte der Magd eine Kelle Wasser zum Mund und ließ sie trinken. Dann reichte sie unter stummen Lippenbewegungen die Kelle weiter an ihren unsichtbaren Begleiter. Durstig eilten die anderen Mädchen herbei. Marys seltsames Benehmen wunderte sie längst nicht mehr; im Gegenteil, sie fanden es durchaus tröstlich und glaubten inzwischen selbst daran, daß Mary von einem Engel begleitet wurde. Margaret unterstützte diesen Glauben, zumal die Mädchen unter der vermeintlichen Aufsicht des Himmelsboten anstelliger waren.

Margaret wischte mit der Schürze über Gesicht und Arme, um den Juckreiz zu lindern, ohne den Schrund und die Schwären erneut aufzureißen und zum Bluten zu bringen. Am liebsten hätte sie schreiend die Haut mit den Fingernägeln durchpflügt.

Mit wedelndem Hut hielt sie die Mücken fern und blinzelte zum Himmel empor, an dem keine einzige Wolke zu sehen war. Er spannte sich wie indigogefärbte Seide aus, in die die Sonne ein Loch brannte.

»Sagt Raphael, daß es bald regnen wird?« fragte sie.

Mary reckte den Hals und lauschte. »Nein«, antwortete sie betrübt. »Davon sagt er nichts.«

Margaret nahm Marys schlanke Hände, geschwollen und rissig von der Arbeit mit der Hacke. Sie suchte in ihrem Beutel nach Blättern der Schafgarbe, um die Hände damit zu verbinden, als Bess plötzlich laut aufschrie.

Ein Indianer war aus den hüfthohen Tabakpflanzen aufgetaucht. Eins der Mädchen warf sich die Schürze über den Kopf und rannte hinter den Baum in Deckung. Geblendet von der Sonne, konnte Margaret das Gesicht des Mannes nicht erkennen.

Mary hielt ihm die Kelle entgegen. »Hast du Durst, Anansine?«

Der junge Piscataway trug wie gewöhnlich seinen Lendenschurz, Mokassins und Federschmuck, zeigte sich aber heute ohne seine karierten Wollsocken und nur mit den gefransten Strumpfhaltern. Hinter ihm traten nun Mathias DaSousa und Martin zum Vorschein; die beiden schleppten an einer Trage, auf der Pater Andrew White lag. Pater Poulton hinkte, auf einen Stock gestützt, hinterdrein. Im Winter, den er mit den Patuxent-Indianern verbracht hatte, waren ihm die Zehen abgefroren.

Mathias und Martin setzten die Trage ab.

»Ich fürchte, Vater White hat das Fieber«, sagte Poulton, dessen Hände zitterten, als wäre er von Schüttellähmung betroffen.

Margaret legte ihre Hand auf Vater Whites Stirn. Sie war glühend heiß. Das vor kurzem noch graue Haar hatte sich schneeweiß verfärbt.

Poulton berichtete: »Heute morgen kam der indianische Bursche mit Andrew bei uns in St. Indigoes an. Er hat ihn über hundertzwanzig Meilen von Piscataway herübergepaddelt.«

»Edward.« Pater Whites Stimme war kaum zu hören.

»Was ist, Andrew?«

»Der Bursche ... er ist auf den Namen Edward getauft. Ich habe ihm ein Hemd versprochen.« White schloß die Augen. Er schien wieder eingeschlafen zu sein.

Auf seinen Stock und Martins Arm gestützt, sank Pater Poulton zu Boden und lehnte sich an den Baum.

»Wir brauchen Eure Arznei, werte Schwestern. Ihr habt doch Heilkräuter im Garten. Wir haben selbst nicht dafür sorgen können, weil uns die Missionsarbeit zu sehr in Anspruch genommen hat.« Poulton lächelte und zuckte mit den ausgemergelten Schultern.

»Ihr scheint selber eine Kur dringend nötig zu haben«, sagte Margaret. Und in Anbetracht der erbärmlichen Zustände in ihrem Küchengarten: »Nur, was wir anbieten können, ist leider allzu dürftig.«

»Edward will, solange er hier ist, für Euch auf die Jagd gehen.«

»Dafür wären wir dankbar.«

Edward streifte durch das Kraut am Feldrand. Margaret beneidete ihn. Er und seine Leute hatten wohl kaum Probleme, ausreichend Nahrung zu finden. Der Wald war ihre Vorratskammer, Marktplatz, Schlachterei und Apotheke zugleich.

Er kehrte mit einer Handvoll Blätter zurück, hielt ein dünnes, dunkelgrünes Kraut in die Höhe und sprach in sanftem, melodischem Tonfall, der so gar nicht harmonierte mit seiner wilden Erscheinung.

»Was hat er gesagt, Martin?« fragte Poulton.

»Die Pflanze, die er uns zeigt, nennt er Schwitzkraut.« Und weiter übersetzte er: »In Wasser kochen, dann trinken. Vertreibt Fieber.«

Edward langte nach Margarets Handgelenk. Sie wich

zurück, empört über diese ungebührliche Berührung, und nicht zuletzt verängstigt.

»Ihr braucht Euch nicht zu fürchten, Mistreß Margaret«, sagte Poulton.

Der Junge rupfte und zerrieb verschiedene Blätter und Stengel und strich die Flüssigkeit über die Schwären auf Margarets Hand. Der Juckreiz ließ nach. Verblüfft schaute sie den Jungen an. Was mochte noch alles an nützlichem Wissen hinter den rätselhaften, schwarzen Augen verborgen liegen?

Mary kollabierte, als sie gerade nach den Blättern greifen wollte. Margaret ging neben der Schwester in die Hocke und legte ihr die Hand auf die Stirn, deren Haut sich anfühlte wie Papier.

»Sie hat Fieber.« Margarets Hand fing panisch zu zittern an. »Ich hätte nicht zulassen sollen, daß sie Feldarbeit verrichtet.« Sie unterdrückte das Schluchzen, das sich durch die Kehle zwängte. Was auch geschehen mochte, die Dienerschaft durfte sie nicht weinen sehen.

Bei verschlossenen Türen und Fensterläden war die angestaute Luft im Haus so schlecht und verbraucht, daß man daran zu ersticken drohte. Die Hitze unterm Dach war nicht zu ertragen, darum hatten die Mädchen ihre Strohmatten in die Küche geschafft. Martin, Edward und die zwei Knechte schliefen in der Vorratskammer.

Pater White lag stöhnend im großen Bett, und von der Matratze in der Ecke war dann und wann ein schwächliches Winseln von Mary zu vernehmen. Die durchschwitzten Nachthemden klebten den Patienten am Leib. Immerhin hatte der Tee aus Edwards Blättern, wie es schien, tatsächlich für Linderung gesorgt. Das Fieber ging zurück.

Trotz der Hitze hatte Margaret ein Feuer aus frischen Fichtenzweigen gemacht; der beißende Rauch hielt die Mücken ab. Poulton hatte auf der Suche nach heidnischen Seelen einen Ausflug gemacht und war von den Ufern des Patuxent Flusses zurückgekehrt. Er erzählte nun von seinen Erlebnissen, elegant und mit sonorer Stimme, die immer noch einen leichten spanischen Akzent verriet.

»Seltsam und barbarisch ist deren Vorstellung vom Himmel, Mistreß Margaret«, sagte er. »Vom Paradies erhoffen sie sich ein ewiges Bacchanal aller Sinnesfreuden. Dennoch zeigen sich erste Erfolge in unseren Bemühungen, sie der Wahrheit näherzuführen.«

»Paßt bloß auf, daß kein Unheil geschieht. Ihr setzt Euch allzu großen Gefahren aus«, sagte Margaret.

»Für dieses heilige Werk gäbe ich auch mein Leben hin.« Seine dunklen Augen glänzten auf alarmierende Weise. Dieser Glanz zeugte, wie Margaret wußte, von lebensbedrohlichem Hunger. »Von Lord Baltimores offizieller Erlaubnis, Mission zu treiben, haben wir guten Gebrauch gemacht; Vater White steht mit dem König der Piscataway bereits auf vertrautem Fuß.« Er stockte und fragte dann unvermittelt: »Wißt Ihr, wie's der Jungfer aus Bristol geht, die im Wirtshaus arbeitet?«

»Vermutlich gut, zumindest ist sie dort unter ihresgleichen.«

»Mich dünkt, sie hat ein gutes Herz. Sie gab mir zu essen, als ich Hunger litt.«

»Wie das?«

»Sie schenkte mir eine frisch geschlachtete Ratte, ausgenommen und fertig für den Topf.« Er lächelte in Erinnerung daran. »Das war, als uns auf dem Schiff das Brot ausging.«

Erst jetzt fand Margaret die Erklärung für den mysteriösen Tierkadaver, der vor ihrer Kabinentür gelegen hatte. Es war ihr nie in den Sinn gekommen, daß ihn die kleine Diebin dorthin gelegt haben könnte.

»Gott wird ihre schlechten Taten gegen die guten aufwiegen.« Margaret wechselte das Thema. »Sprecht Ihr inzwischen die indianische Sprache, Vater?«

»Bei weitem nicht so gut wie der junge Martin Kirk. Ich tu' mich darin sehr viel schwerer.« Poulton lachte. »Da weiß ich eine hübsche Geschichte zu erzählen; hört zu …«

Margaret fühlte sich wohl im Beisein des gelehrten, sanften

Priesters. Sie stellte sich vor, wie es sein würde, einen solchen Mann zum Lebensgefährten zu haben. Bis zum Hahnenschrei hockten die zwei beieinander, erzählten und lachten.

»Potz Blitz!« Anicah schlug nach der Stechmücke, die sich auf ihre Wange gesetzt hatte, und fuchtelte mit den Armen in der Luft herum, um die Quälgeister zu vertreiben. »Zum Teufel mit den Biestern!«

Mit einer schweren, hölzernen Hacke drosch sie auf das Unkraut ein, das die Tabakpflanzen zu ersticken drohte. Ein feiner Staub aus Sand und Asche wirbelte auf. Sie schneuzte sich und wischte die Nase am blutverschmierten Taschentuch, mit dem sie die Hand umwickelt hatte. Es war so heiß, daß sie glaubte, das Mark in den Knochen sieden zu spüren. »Ich hab' mittlerweile so viel Dreck geschluckt, daß man in meinem Bauch Tabak anbauen könnte.«

Der alte Brown bearbeitete die Furche neben der ihren und kicherte: »Na, dann freu dich, daß du immerhin etwas im Bauch hast. Es gibt heuer nicht viel, das hineinzustopfen wäre.« Er brach die Spitzen der Pflanzen ab, um zu verhindern, daß sie Blüten trieben. Das Mädchen legte schirmend die Hand über die Augen und blickte zur Sonne auf. Sie hing immer noch überm Horizont im Westen und schien ihren Lauf unterbrochen zu haben, um Anicahs Leid in die Länge zu schieben. Schier endlos dehnten sich ringsum die zehn Morgen Ackerland aus, die den Wirtsleuten gehörten, eine Rodung voll verkohlter Baumstümpfe und Wurzelstöcke.

»He, du hast hier nichts verloren, mach dich davon, du Miststampfer!« Es war unverkennbar Joan Parkers Stimme, die da vom nahen Fort herübertönte.

»Halt's Maul, du Aas, ich geh, wohin ich will.«

Anicah verdrehte die Augen mit Blick auf den alten Brown. Mary Lawne Courtney und Joan gerieten wieder einmal aneinander.

»Gib den Unterrock zurück, den du mir gestohlen hast«, brüllte Joan.

»Deine dreckigen Lumpen würde ich nicht mit der Kneifzange anpacken.«

»Her damit, oder ich zieh' dir die Hammelbeine lang.«

»Zum letzten Mal, ich hab' ihn nicht.«

Frau Courtney schrie gellend auf. Wahrscheinlich hatte ihr Joan eine Ladung Mist mit der Forke entgegengeschleudert. Nun kam Mary wie ein aufgescheuchtes Huhn zum Tor herausgewatschelt und putzte sich die Kleider. Sie war hochschwanger und hatte sichtlich Mühe mit der Fortbewegung.

Anicah zwinkerte dem Alten zu. Der setzte eine Unschuldsmiene auf, doch sie wußte genau, daß er Joans Unterrock vom Zaun genommen hatte, wo er zum Trocken hingehängt worden war. Den halben Winter über hatte er auf der Bank in der Schankstube gesessen, das Gewebe aufgerifelt und die Fäden zu einem Netz verknotet, das lang und immer länger wurde, bis es zu seinen Füßen Falten warf. Das Netz hatte er später nahe seiner Hütte im Gebüsch ausgelegt, doch offenbar war ihm noch kein einziger roter Vogel in die Falle gegangen.

Anicah wickelte die Tücher von den Händen und betrachtete die geschundenen Handteller. Die Haut war an etlichen Stellen abgeschürft, und die leiseste Berührung löste heftige Schmerzen aus. Wütend stampfte sie mit dem Fuß auf. Daß sie hier im Dreck wühlen mußte, kam sie sehr viel ärger an als die Arbeit in der Schenke.

»Hier, nimm du die Hacke, ich will dafür die Spitzen knicken.«

Der alte Brown schüttelte den Kopf. »Dir fehlt das Werkzeug dazu«, sagte er und zeigte ihr seinen überlangen Daumennagel. Das Nagelbett war blutig verkrustet.

»Dann zupfe ich eben die Wassertriebe ab.«

»O nein«, antwortete er und drohte spöttisch mit dem Finger. »Die lassen wir schön dran für die zweite Ernte.«

»Aber der Gouverneur sagt, daß Wassertriebe minderwertig sind und nicht geerntet werden dürfen.« Um Vorschriften kümmerte sich Anicah sonst wenig, aber jetzt war ihr jede

Ausflucht recht, um sich vor der Arbeit mit der Hacke drücken zu können.

»Seine Lordschaft hat auch gesagt, daß jeder Haushalt auf mindestens drei Morgen Getreide für den eigenen Unterhalt pflanzen solle.« Brown schwenkte den dürren Arm übers Feld mit seinen zahllosen Tabakreihen. »Siehst du hier irgendwo Getreide?«

Anicah antwortete nicht und scharrte mit bloßem Fuß das Unkraut aus. Versehentlich trat sie auf einen trockenen Tabakhalm; er zerbrach spröde knisternd. Weil ihr das Geräusch so gut gefiel, knickte sie eine Reihe weiterer Halme um. Für den Schaden würde sie, wenn's drauf ankäme, Joans Schweine verantwortlich machen.

Das Zerstörungswerk besserte ihre Laune. Sie schwang die Hacke und jätete Unkraut, bis die Sonne untergegangen war und in der Hecke am Feldrand das erste Lichtchen glühte. Mit geschulterter Hacke machte sie sich auf den Weg zurück zum Wirtshaus.

»Die Dicke hat gesagt, daß wir arbeiten sollen, bis es dunkel ist«, rief ihr der alte Brown hinterher.

»Ich will die Tür hinter mir zugezogen haben, wenn die Kobolde draußen herumschwirren.«

»Aber das sind doch nur Glühwürmchen, du dumme Gans.«

»Wer weiß? Jedenfalls will ich nichts mit ihnen zu tun haben.«

Es blinkte allenthalben, als sie im Laufschritt die Schenke erreichte. Sie warf die Tür hinter sich zu, die einzige Frischluftquelle der verräucherten Küche.

Geduldig und stumm ließ Anicah eine Smythesche Standpauke über die Sünde der Faulheit über sich ergehen. Dann scheuerte sie den verkrusteten Kessel mit Asche aus und entkornte Maiskolben für das Morgenbrot.

Die Wirtsleute legten sich beizeiten in der Schankstube schlafen. Obwohl ihr die Nähe zu draußen nicht geheuer war, breitete sie ihren Umhang vor der Küchentür aus, um von dem kühlenden Luftzug, der über die Schwelle wehte, profitieren zu können. Sie zog sich bis aufs Hemd aus, legte sich auf den Rücken und streckte alle viere von sich. Schweißüberströmt starrte sie unter die Decke ins Dunkel.

Plötzlich pochte es sacht an der Tür. Anicah sprang auf und verkroch sich samt Umhang in einer Ecke. Sie war auf das Schlimmste gefaßt.

»Ani«, flüsterte Martin durchs Riegelloch.

»Martin!« Sie eilte herbei, öffnete hastig die Tür und warf sich ihm in die Arme. »Ich hatte solche Angst, daß die Wilden Hackfleisch aus dir machen.«

»Ach was. Sie waren sehr höflich zu mir. Aber ich habe mich so danach gesehnt, dich wiederzusehen.« Er hielt ihr Gesicht mit beiden Händen und küßte sie zärtlich.

»Wie lange kannst du bleiben?«

»Wir werden schon morgen nach Mattapany zurückkehren. Mein Meister denkt, daß ich bei den Dienern in Mistreß Margarets Haus schlafe. Aber Edward hat mich hierher geführt; er findet den Weg auch im Dunkeln.« Martin wendete sich nach hinten, um dem Mädchen seinen neuen Freund vorzustellen, doch der junge Piscataway hatte sich taktvoll verzogen.

»Wer ist da?« rief Frau Smythe aus dem Schankraum.

»Niemand.«

»Ich hab' doch Stimmen gehört.«

Martin machte kehrt, doch Anicah hielt an ihm fest. »Ich habe bloß meine Gebete gesprochen.« Sie stellte sich auf Zehenspitzen, um ihn wieder zu küssen.

»Du lügst.« Das Bettgestell knarrte, als sich die Frau darin aufrichtete.

Martin zerrte sein Hemd aus Anicahs klammerndem Zugriff, öffnete ihre Hände und fuhr mit dem Finger über die verschwitzten, blutfleckigen Bandagen. Dann legte er ihr eine Perlenkette um den Hals, wölbte seine Hände um ihre kleinen Fäuste, daß sie nicht weiter an ihm festhalten konnten, beugte sich herab und gab ihr einen Abschiedskuß.

Als die Wirtin mit brennendem Kienspan in die Küche geschlurft kam, schob Anicah gerade den Riegel vor.

»Du liederliches Luder. Gib zu, da war ein Bursche vor der Tür.« Daß ihr eine Tracht Prügel erspart blieb, verdankte Anicah der Hitze, die die Frau träge machte. Statt dessen schimpfte sie bloß, drehte sich schließlich um und kehrte unter lautem Geschnaufe in die Stube zurück.

Anicah nahm die Kette vom Hals und steckte sie in ihren Beutel zu dem Testament des Vaters, dem Zwangsbefehl und dem Lavendelzweig. Sie wußte, die Wirtin würde ihr, falls sie die Kette entdeckte, unterstellen, sie gestohlen zu haben, und das Schmuckstück in Besitz nehmen.

25

Der Oktober ging seinem Ende entgegen. Margaret blies ein scharfer Wind entgegen, als sie, mit Wut im Bauch, an Cornwaleys Mühle vorbeimarschierte, den Mühlenbach entlang, dessen Ränder voller Abfall und Kehricht waren. Bess hatte Mühe, Anschluß zu halten, so sehr eilte ihre Herrin voran. Die war im Hause Lewgers gewesen, wo sie sich wieder einmal vom Ammann hatte sagen lassen müssen, daß die praktischen Aufgaben einer Lady ihres Standes beschränkt bleiben sollten auf den Anbau von Würz- und Heilkräutern. Diese Vorhaltung war ihr nicht neu und konnte sie darum auch kaum mehr verärgern.

Ihren Zorn hatte vielmehr seine Frau erregt. Deren Sohn war erkrankt, und so hatte die Mutter einen Boten geschickt, um Margaret zu bitten, den Patienten mit ihrer Latwerge aus Huflattich und Honig zu behandeln. Es hätte auch der Arzt konsultiert werden können, doch wahrscheinlich, so mutmaßte Margaret, wollten sich die Lewgers dessen Rechnung ersparen.

Margaret wäre lieber daheim geblieben, um den Bau der

Scheune und Trockenkammer zu beaufsichtigen. Dennoch hatte sie keinen Augenblick gezögert und die anderthalb Meilen Fußweg auf sich genommen, um dem verzogenen Bengel der Lewgers auf die Beine zu helfen. Was Margarets Wut ausgelöst hatte, waren die Wunden und Blutergüsse an den Armen, an Rücken und am Hinterteil der Dienstmagd. Die waren ihr aufgefallen, weil Mistreß Lewger sie am Ende und beiläufig darum gebeten hatte, sich auch mal das Mädchen anzuschauen. Es war erst zwölf Jahre alt, aber von der Schufterei, die ihm abverlangt wurde, so sehr mitgenommen, daß es sehr viel älter aussah.

»Die faule Metze markiert auf krank, um sich vor der Arbeit zu drücken«, hatte Mistreß Lewger gesagt.

»Mir scheint, ihr ist übel mitgespielt worden.«

Anne Lewger winkte mit der Hand ab. »Das Luder wollte nicht hören und mußte also den Stock fühlen.«

»Ich empfehle, daß man ihr Medizin aus der Küche verabreicht.« Margaret musterte Anne mit kühlem Blick, doch die schien nicht zu begreifen, worauf sie anspielte. »Eine kräftige Hammel- oder Rindsbrühe mit Zwiebeln, dazu Käse und Brot, damit das Mädchen wieder Fleisch ansetzt.« Mistreß Lewger aber ließ durch ihre Miene deutlich erkennen, daß sie nicht gewogen war, diesen Rat zu befolgen.

Margaret blieb nur so lange, wie es die Höflichkeit verlangte. Sie trank ein Glas Wein mit Mistreß Lewger, von der es im Dorf seit einiger Zeit hieß, sie spräche allzu häufig dem Wein zu. Die beiden unterhielten sich eine Weile über die Krankheit des Sohnes und darüber, wie sie günstigerweise zu behandeln sei. Margaret überreichte ihr schließlich noch eine Salbe aus gestoßenem Meerrettich und Fett, mit der sich die Magd ihre Blutergüsse einreiben sollte. Dann verabschiedete sie sich in einem Tonfall, der so kühl war wie der Wind, der ums Haus pfiff.

Als Margaret zum Palisadentor hinausging, hörte sie Bess hinter sich glucksen und wußte, daß die Magd darauf aus war, eine ihrer Geschichten zu erzählen.

»Was ist los?«

Bess preßte die Lippen aufeinander, als wollte sie ihre Informationen am Heraussprudeln hindern. Margaret zog die Stirn kraus.

»Prudence sagt, daß sie von der Herrin mit dem Schürhaken traktiert und in den Keller zu den Ratten gesperrt wird.«

»Ist Prudence das Dienstmädchen?«

»Ja«, antwortete Bess. »Sie sagt, daß sie sich im dunklen Keller fürchtet.«

Für Margaret stand außer Frage, daß das Gesinde oft nur mit harter Hand geführt werden konnte, vor allem hier in Maryland, wo es unter den Knechten und Mägden etliche gab, die an disziplinierte Arbeit nicht gewöhnt waren. Doch Prudence schien ihr keines von den schwierigen Mädchen zu sein.

Sie war so in Gedanken an das ausgehungerte, verängstigte Kind vertieft, daß sie fast den Weg verpaßte, den es einzuschlagen galt.

»Mistreß, werden wir ein Stück von Mary Lawnes Käse mitnehmen?«

»Ja.«

»Marys Käse ist mit Abstand der beste. Sie hat den Dreh raus.«

Am Ende des Pfads, der durch eine weite Rodung führte, lag der kleine Hof von James Courtney. Rings um das Haus hingen gebündelte Tabakblätter an Holzgestellen zum Trocknen. Zwei Hunde schlugen an, als sich Margaret und Bess dem Haus näherten. Die Tür ging in dem Moment auf, als Margaret die Hand hob, um anzuklopfen.

»Gott zum Gruß, Mary.«

Mary Courtney machte einen Knicks. Sie sah abgespannt und müde aus. Der Besuch ihrer ehemaligen Herrin schien ihr ungelegen zu kommen, und doch konnte sie den Eintritt nicht verwehren. Aus der Stube drang das klägliche Wimmern eines Kleinkindes.

»Wir halten dich nicht lange auf«, sagte Margaret, um Mary aus der Verlegenheit zu helfen. »Wir sind auf dem Weg nach

Hause und wollten bei der Gelegenheit nachfragen, ob du uns ein paar Stücke von deinem Käse verkaufen kannst.«

»Oh, ich bedaure, es ist schon Herbst, und die Weiden sind kahl. Wir haben nur noch Heukäse anzubieten. Auch im Sommer war die Milch nicht so, wie wir sie von zu Hause aus gewöhnt sind. Hierzulande wachsen leider keine Ranunkeln auf den Wiesen.« Mary war sichtlich erleichtert, über ihre Käserei reden zu können. »Mein Mann hat eine gute Presse gebaut. Kommt, ich zeig' sie Euch.«

Mary warf sich einen Umhang über, eilig darauf bedacht, die beiden zum Schuppen zu führen, denn der war mit seinen gepflegten Gerätschaften und ordentlich gelagerten Käselaibern vorzeigbarer als das Haus.

»Nur keine Umstände, Mary. Du kannst uns den Käse später vorbeibringen.«

Das Kleinkind hatte zu schreien aufgehört; die Stille war alarmierender als sein Geschrei.

»Ich habe hier ein paar Kräuter im Korb«, sagte sie. »Minze und Portulak, gut für den Magen.«

Mary fing zu weinen an; Tränen rollten ihr übers Gesicht. »Ich weiß mir nicht mehr zu helfen, Mistreß. Der Kleine jammert nur und weigert sich zu trinken.«

Margaret trat in die Stube, nahm den Säugling aus seinem Lumpennest und legte ihn auf die Strohmatratze der Eltern. Das kleine Wesen sah so erbärmlich aus, daß Margaret den Tränen nahe war. Es hatte allem Anschein nach nur wenig Aussicht darauf, das Weihnachtsfest zu überleben.

Sie murmelte ein Gebet, legte das Kind in die Arme der Mutter und sagte: »Möge Gott, daß er wieder gesund wird.« Dann erklärte sie ihr, wie die Kräuter aufzubereiten und zu verabreichen waren, und verabschiedete sich mit besten Genesungswünschen.

»Vielen Dank, Mistreß.« Als Margaret und Bess ihren Nachhauseweg fortsetzten, wiegte Mary das Kind in den Armen und sang leise:

Schlaf ein, mein Söhnlein klein,
Schlaf ein, mein liebes Herzelein.

Margaret folgte dem Pfad zurück bis zur Straße nach Mattapany, bog rechts ab und passierte den Nordwall des Forts. Vor dem Haus des Gouverneurs kam ihr Giles entgegen und winkte.

»Bruder, da bist du ja endlich wieder«, rief sie ihm zu.

»Schau, was ich dir von der Isle of Kent mitgebracht habe.« Er führte einen Apfelschimmel mit zotteliger Mähne am Zügel hinter sich her.

»Giles!« Margaret raffte die Röcke und eilte herbei, um sich die Stute von nahem anzusehen. Sie inspizierte deren Augen, die Zähne und strich mit der Hand über das dichte Winterfell. »Wie bist du daran gekommen?«

»Sie gehörte dem aufständischen Billy Claiborne, dessen gesamtes Vieh beschlagnahmt wurde. Ich habe sie und eine Kuh auf der Jolle herübergeschafft.«

»Auf welcher Jolle?«

»Der von Claiborne, die jetzt mir gehört.« Giles deutete mit der Hand in Richtung Hafen. »Die Kuh hat schon einen Namen, doch dir will ich's überlassen, die Stute zu taufen.«

Margaret konnte es kaum glauben. Die Isle of Kent lag in der Mündung des Potomac, eine Dreitagereise nördlich von St. Mary's. Der Virginier William Claiborne hatte sich darauf niedergelassen, drei Jahre, bevor Leonard Calvert sie per Erlaß dem Territorium von Maryland einverleibte. Weil er sich gegen diesen Erlaß vehement zur Wehr gesetzt hatte, war Claiborne vor anderthalb Jahren mit Gewalt von seinem Grund und Boden vertrieben worden.

»Hat dir Baltimore Kent Fort Manor übereignet?«

»Jawohl.« Giles senkte die Stimme. Angelockt vom Anblick des ersten Pferdes in St. Mary's, liefen immer mehr Leute zusammen. »Wie du weißt, hält sich der Gouverneur zur Zeit in Virginia auf. Sein Schiff liegt dort vor Anker, und da ist auch das Schreiben des Bruders angekommen, das Leonard sofort an mich nach Kent weitergeleitet hat.«

»Zweitausend Morgen?«

»Ja. Dazu noch Claibornes Hof samt Mühle, alle seine Schweine, Rinder und Schafe, die Tabakschuppen, eine Schmiede und eine Scheune und Wälder.« Grinsend entblößte er sämtliche Zähne, die vom Tabakrauch gelb geworden waren. »Ich bin jetzt der Herr über das Anwesen. Leonard sagt, daß seit der Zeit der ersten Siedler keinem Mann mehr so viele Privilegien und Vollmachten übertragen worden seien.«

Der Stachel des Neids, den Margaret empfand, drang tief. Giles hatte einen intakten Hof übernehmen dürfen, die Frucht der Arbeit eines anderen, und wie solche Arbeit einzuschätzen war, wußte Margaret nur zu gut.

Um zu verhindern, daß einer der Umherstehenden ihre Worte hören konnte, flüsterte sie dem Bruder ins Ohr: »Dann kannst du ja jetzt deine Schulden bei mir begleichen.«

»Du liebe Güte ...« Das Lächeln war schlagartig von seinem Gesicht verschwunden. »Das Anwesen ist in denkbar schlechtem Zustand. Die Pächter sind ein störrischer Haufen und bieten mir trotzig die Stirn. Sie verehren den Schurken Claiborne wie einen Heiligen. Daß er noch lebt und sich in Virginia auf freiem Fuß befindet, macht die Sache um so schlimmer. Sie verweigern mir nicht nur die Pacht, sondern machen sich auch noch über mein Vieh her. Um wieder Ordnung herstellen zu können, muß ich einen kleinen Kredit aufnehmen.« Giles zögerte einen Augenblick lang. »Ich hatte gehofft, daß du mir im Austausch gegen die Stute meine Schulden erläßt.«

Baltasar Codd, der krummbeinige Ire, zeigte sich besonders interessiert an dem Pferd. Er legte die lange Holzstange ab, mit der er gebündelte Tabakblätter transportierte, und musterte das Tier wie ein erfahrener Roßhändler; er hob ihm den Schweif, befühlte Hinterläufe, Sprunggelenke und Fesseln.

Giles setzte jene ausdruckslose Miene auf, die ihm beim Kartenspiel schon oft genug Erfolg garantiert hatte. »Sie ist mindestens acht Zentner Tabak wert. Meinst du nicht auch, Margaret?«

»Der Meinung bin ich nicht«, sagte sie und warf einen argwöhnischen Blick auf Codd, der sich langsam und methodisch zum Kopf des Pferdes vortastete. Dem Iren war zuzutrauen, daß er bei der erstbesten Gelegenheit, die sich ihm böte, das Tier stehlen würde. »Ein Zentner, mehr läßt sich dafür nicht verlangen.«

»Liebste Schwester! Für einen Zentner bekommst du allenfalls ein Paar Schuhe.«

»Mit Verlaub, Junker«, mischte sich Codd ein. »Wenn dem so ist, würde ich vorschlagen, daß Ihr den Klepper zu Schuhen verarbeitet.« Codd trat ein paar Schritte zurück, um sich einen Gesamteindruck vom Pferd verschaffen zu können.

Bess Guest verfolgte jede seiner Bewegungen mit schwärmerischem Blick. Codd war Mitte zwanzig; er sprach mit breitem irischen Akzent, hatte dichtes rotblondes Haar, hellblaue Augen und ein sonnenverbranntes, kastenförmiges Gesicht.

Margaret hatte den Verdacht, daß er sich bei ihr einzuschmeicheln versuchte. Anscheinend war er wieder darauf aus, sie um ein Darlehn zu bitten. Das letzte Mal hatte er sie mit seinem irischen Charme und einem Appell an katholische Glaubensbrüderschaft erfolgreich eingewickelt. Egal, was er auch im Sinn haben mochte; Margaret war durchaus interessiert an seiner Expertenmeinung.

Sie hob die Oberlippe des Pferdes, um nach Brandspuren zu fahnden, die verraten würden, ob man das Gebiß auf jugendliches Aussehen getrimmt hatte. »Sie ist doch wohl hoffentlich nicht auf jung gemacht?«

»Margaret, wie kannst du mir so etwas unterstellen?« empörte sich Giles.

»Oder sonst irgendwie auf Trab gebracht?« Codd hatte bereits nachgesehen, ob dem Tier womöglich Ingwer in den After gestopft worden war, um es spritziger und agiler erscheinen zu lassen. »Wer weiß, vielleicht taugt sie nicht als Reittier, Mistreß Margaret. Vielleicht ist sie auch kokett und falsch.«

»Sapperlot, jetzt reicht's mir, Mann!« brüllte Giles und rückte Codd auf den Pelz.

»Nichts für ungut, Euer Gnaden; ich wollte nur meinen bescheidenen Rat beisteuern.«

»Darum habe ich nicht gebeten, Codd.«

Margaret schaltete sich ein. »Wir sollten später noch einmal über den Preis verhandeln«, sagte sie und winkte Bess herbei. Ihr war nicht entgangen, daß die Magd vom Anblick des jungen Iren glänzende Augen bekommen hatte. Es wurde Zeit, ihr wieder einmal eine Lektion über die Schliche der Männer zu erteilen. Margaret führte die Stute am Halfter und schritt durch die Menge der Leute, die angesichts des Pferdes Maulaffen feilhielten, als wären sie einem Einhorn begegnet. Bess folgte widerwillig und schaute sich nach Codd um, der seine Tabakfuhre wieder geschultert hatte und auf krummen Beinen davonschleppte.

Als die beiden am Wirtshaus vorbeikamen, staunte Margaret nicht schlecht, Schwester Mary gemeinsam mit der diebischen Metze ein schlüpfriges Liedchen singen zu hören. Offenbar hatten sie schon etliche Strophen hinter sich.

Einst kam ein Musikus ins Haus, darauf erpicht,
daß er auf meinem Instrument mir gebe Unterricht.
Ich lehnte dankend ab und wies ihn vor das Tor,
dem Spiel auf meiner Geige sei mein Wille vor.

Und Anicah stimmte munter ein in den Refrain.

Mein Fiedelchen ist mein und bleibt fein still.
Mag jedes andere Mädchen tun und lassen, was es will.

Margaret war entsetzt, verzichtete aber darauf, in die Schankstube zu stürmen und und unnötig Staub aufzuwirbeln.

Sie streichelte dem Pferd die Nüstern und sagte: »Bess, geh hinein und teile Mistreß Mary mit, daß hier draußen eine Überraschung auf sie wartet.«

26

»Hipp, hipp, hurra!« Eine verwegene Truppe stampfte im Gleichschritt durch den knietiefen Morast auf dem Feld des Gouverneurs. »Gott schütze den König!«

Ungefähr die Hälfte der Männer war mit achtzehn Fuß langen, vorn zugespitzten Stangen bewaffnet. Die anderen präsentierten sich mit Hacken und Mistforken. Über losen Kniehosen trugen sie gesteppte Janker, Lederwesten, Brustharnische aus rostigem Eisen oder mottenzerfressene Wollwämser. Auf den Köpfen saßen Helme, breitkrempige Filzhüte oder gestrickte Kappen. Manche hatten lehmverschmierte Stiefel oder verschnürte Lappen an den Füßen. Andere marschierten auf blanken Sohlen daher.

»Halt!« rief der Sergeant. »Rechts um!«

Die Reihe geriet mächtig durcheinander, da etliche im Schlamm den Tritt verloren und mit dem Vordermann zusammenprallten. Sie wirbelten mal links, mal rechts herum, rissen sich gegenseitig Hüte und Helme vom Kopf, krachten mit den Harnischen aneinander, und es hätte nicht viel gefehlt, daß dem einen oder anderen ein Auge ausgestochen worden wäre. Der Monat Oktober war fast um, und es war zwar schon recht kühl, aber dennoch zeigten sich auf Giles' Gesicht hellrote Flecken der Erregung. Es dauerte eine Weile, bis die Männer wieder Aufstellung genommen hatten. Giles schritt die Reihe ab, vorsichtig darauf bedacht, nicht etwa über seine Hunde oder die weiten Stulpen der Stiefel zu stolpern.

Er trug einen langen Lederrock und ein Wehrgehänge mit den üblichen Utensilien für den Kampfeinsatz. Unter dem rechten Arm klemmte ein zerfleddertes Exemplar der *English Military Discipline*.

»Zur Begrüßung eurer Vorgesetzten müßt ihr die Hüte ziehen«, rief er mit quäkender Stimme, die vom Wind davongetragen wurde.

Die Truppe bestand zum größten Teil aus Knechten; sie beeilten sich, ihre Kappen vom Kopf zu nehmen, traten einen Schritt zurück und verneigten sich auf gebeugtem Knie.

»Verdammt! Ihr sollt keinen Diener machen«, schrie Giles. »Bleibt aufrecht stehen. Der gelüftete Hut kommt vor die Brust.« Er machte es ihnen vor. Die breite Krempe flatterte im Wind, und die Feder flog ihm ins Gesicht.

Für einige Pikaniere war es offenbar eine zu hohe Anforderung, die Lanze zu präsentieren und gleichzeitig den Hut zu lüften, ohne dem Reflex nachzugeben, sich zu verbeugen. Manche ließen die Waffe fallen, andere den Hut, worauf erneut ein heilloses Durcheinander ausbrach. Giles setzte seinen Hut wieder auf und stemmte die Fäuste in die Hüften. Das kniffligste Problem, das sich ihm im Zuge dieser Musterung stellte, war noch ungelöst, die Frage nämlich, welches Quantum an Apfelwein vonnöten war, um die Männer zu begeistern, ohne daß sie sich noch ungeschickter anstellen würden als sonst.

Robert Vaughan und John Price standen neben dem Weinfaß am Brunnen und sahen der Aufführung zu. Die anderen Musketiere, allesamt Freisassen, hockten auf den Fersen oder standen abgestützt an ihren Gewehrgabeln. Vaughans Armbrust und Muskete lehnten an einem Baum.

»Ich würde ihm ja gern klarmachen, wie man mit solchen Trotteln umzugehen hat, aber er will mir nicht zuhören.« Price, der Truppeninspektor von St. Indigoes, war entsetzt von dem, was er da mit ansehen mußte. Er hob den Kopf und stieß einen tiefen Seufzer aus. »›Ach, mein guter Freund ...‹«, mokierte er sich in gelungener Parodie auf Giles' affektierte Art zu sprechen. »›Ich kenn' mich da schon aus. Die Sache ist so simpel wie das Furzen. Verdammt noch mal.‹«

»Schade drum, daß seine Schwester nicht das Kommando führt.« Vaughan zog den Pfropfen aus seiner Lederflasche und trank den letzten Schluck Pfirsichschnaps.

Vaughan hatte erlebt, wie Margaret Brent mit ihrem Gesinde umging, und zweifelte keinen Augenblick daran, daß sie auch durchaus im Stande wäre, einen Trupp Soldaten zu führen. Seit er ihr seinen Antrag gemacht hatte, begegnete sie ihm merklich freundlicher und lächelte ihm manchmal schelmisch zu, so als teilte sie ein komisches Geheimnis mit ihm. Es lohnte sich sehr, das ansonsten schroffe Gesicht von Margaret Brent auf diese Weise schmunzeln zu sehen.

Und was Giles betraf, war Vaughan im Gegensatz zu Price ziemlich beeindruckt von ihm, wahrscheinlich, weil er ihm ursprünglich noch viel weniger zugetraut hatte. Vaughan gehörte im übrigen auch zu den wenigen, die es nicht wunder nahm, daß Lord Baltimore dem Junker Brent den Hof von Kent Fort übereignet hatte. Giles war ein einflußreicher Mann und frommer Katholik. Seine Loyalität war dem Lord nun gewiß und für zweitausend Morgen recht billig erworben. Und noch eines sprach aus Sicht des Lords für Giles Brent: Er war – im Unterschied zu Thomas Cornwaleys etwa – nicht gewitzt genug, um der Autorität seines Bruders Leonard Calvert gefährlich werden zu können.

Vaughan hatte sich längst dazu entschlossen, mit den Brents gemeinsame Sache zu machen. Er war schon seit nunmehr fünf Jahren derjenige, der für den Landadel einsprang, wenn es galt, riskante Unternehmen zu wagen oder den Pöbel in Schach zu halten. Als Anglikaner war er für sie gut genug, Sheriff-Dienste zu übernehmen oder den Posten eines Sergeanten in der Miliz. Wichtige Ämter gingen nur an Katholiken und waren ihm und seinesgleichen verschlossen. Obwohl er ebensogut wie jeder andere Gentleman in der Provinz lesen und schreiben konnte, hatte ihn die Herrschaft bislang nicht einmal für würdig erachtet, ihm die Stelle eines Gutsverwalters zu übertragen. Dazu fand sich Giles nun bereit; er wollte, daß Vaughan seinen neuen Besitz auf der Isle of Kent verwal-

»Daß Mistreß Brent den Faßbinder im vorigen Winter fast ausschließlich für sich hat arbeiten lassen, fuchst die anderen Bauern immer noch, denn deren Aufträge sind zum Teil immer noch nicht erledigt«, sagte Price.

»Mehr noch«, entgegnete Vaughan. »Sie hat einen ihrer Knechte in den Dienst des Faßbinders gestellt, und zwar gratis. Darum verfügt sie jetzt über einen Mann, der sich halbwegs auf das Küferhandwerk versteht.« Robert wußte, daß viele Gutsbesitzer den Brentschen Schwestern die Möglichkeit neideten, sich voll und ganz auf ihre Wirtschaft konzentrieren zu können, während alle anderen Pflanzer einen Teil ihrer Zeit für den Militärdienst und die Ratsversammlung opfern mußten.

»Copley rekrutiert inzwischen sogar Vogelscheuchen für seine Papistenarmee.« Price nickte in Richtung auf die mit Knüppeln und Rechen bewaffneten Männer, die die Übung mittlerweile abgebrochen hatten und nun das zweite Ziderfaß belagerten, um sich zu erfrischen.

Da tauchte Pater Copley in seiner schwarzen Robe auf und steuerte geradewegs auf einen bärbeißig dreinschauenden Kerl zu, mit dem, wie jeder wußte, nicht gut Kirschen essen war. Er trat dem Priester nun entgegen, was sich für Vaughan so darstellte, als rollten zwei vollbeladene Mistkarren aufeinander zu. Der ruppige Kerl grollte gegen Gott und die Welt. Am meisten aber ärgerte es ihn, daß man ihm den Rang des Sergeanten vorenthalten hatte. Er wähnte sich als Opfer eines papistischen Komplotts. Laut fluchend und auf schwankenden Beinen blieb er vor dem Priester stehen.

Pater Copley fixierte ihn mit finsterer Miene. »Wer wider die heilige Dreifaltigkeit lästert, wird der Strafe nicht entgehen und auf ewig in der Hölle schmoren.«

»Daß ich nicht lache«, grölte der Mann. »Geh zum Teufel, du mickriger Nonnensproß, oder laß dich begraben!«

Giles wurde sichtlich nervös. Er hatte Ärger genug; zu allem Überfluß drohte jetzt auch noch eine religiöse Kontroverse, aufgerührt durch Vater Copley. Vaughan langte nach seinen Waffen, ging auf die Streithähne zu und faßte den Priester beim Ellbogen.

»Thomas, kommt mit rüber ins Wirtshaus. Da wollen wir einen Humpen heben.«

»Ach, da wird doch auch nur gelästert, getrunken und dem Herrgott die Zeit gestohlen«, keifte Copley.

»Das hoffe ich sehr.« Vaughan zwinkerte Giles zu und führte den Priester sanft, aber bestimmt dem Wirtshaus entgegen. Im Rücken hörte er die Männer tuscheln; sie zerrissen sich das Maul über die Schwarzröcke, die sich bislang scheu wie die Kakerlaken verkrochen gehalten hätten, nun aber dreist und keck ins Offne schwärmten.

»Wie dem auch sei«, sagte Vaughan. »Wir können dort den Staub vom Intellekt spülen und unsere Diskussion über Bacons Theorien fortsetzen.«

»Nunc scripsi totum pro Cristo da mihi potum«, meinte der Geistliche trocken.

Robert Vaughan kicherte. Copley zitierte jenen Satz, den Mönche zum Abschluß der Arbeit an einem Manuskript auszusprechen pflegten: »»Da ich nun soviel für Christus geschrieben habe, gebe man mir zu trinken.«« Weil Thomas Copley seinen Humor ausschließlich in lateinischer Sprache zum Ausdruck brachte, gingen die meisten davon aus, daß er völlig humorlos sei.

Price hatte sich den beiden an die Fersen geheftet. Er interessierte sich zwar weder für lateinische Scherze noch für Bacons Ansichten über die vier Ursachen menschlichen Irrens, und obwohl er sicher sein konnte, daß Copley wieder einmal seine lange Liste der Beschwerden über Lord Baltimore herunterleiern würde, drängte es ihn mitzukommen. Vaughan würde nämlich gewiß, um für religiöse Harmonie zu sorgen, zumindest eine Runde spendieren. Für Vaughan war die nächste halbe Stunde nicht weniger vorhersehbar; er wußte, Price würde es sich nicht nehmen lassen, zum x-tenmal die Geschichte zu erzählen, wie er vor vier Jahren Junker Cornwaleys davor bewahrt hatte, von aufgebrachten Susquehannocks skalpiert zu werden.

Es schien, als drohte die Schenke über dem Lärm und Gedränge der Gäste zusammenzubrechen. Die Luft war zum Zerschneiden verräuchert. Anicah tänzelte anmutig zwischen den ausgestreckten Beinen der Zecher umher und stemmte dabei ein halbes Dutzend Krüge über den Kopf. Beim Anblick von Vaughan kullerte sie mit den Augen.

Die lautstarken Gespräche und das Klappern hölzerner Löffel in den Schalen verstummten schlagartig, als Thomas Copley über die Schwelle trat und ein parfümiertes Taschentuch vor die Nase preßte.

Vaughan ging an seinen Tisch neben der Feuerstelle und nickte den vier Matrosen höflich zu, die dort saßen. Die nahmen ihre Krüge und verzogen sich mit säuerlicher Miene auf die Bank, wo alles noch enger zusammenrücken mußte, um den vieren Platz zu machen.

In der Mitte der Stube hatte der Wirt seinen kleinen Dachshund auf einen Tisch gesetzt und sang ein zotiges Liedchen, zu dem das arme Tier auf angesengten Hinterpfoten tanzen mußte, in aufrechte Haltung gelockt von ein paar Knorpelstücken. Harry Angell und John Dandy, der Büchsenmacher, hockten davor und steckten die Köpfe zusammen.

»Lieber hätt' ich Satan, den Fürsten der Hölle, getroffen als dieses Ganovengespann«, murmelte Price.

Dandy jedoch schien erfreut darüber, Copley zu sehen. Er stieß den Hocker zurück und rückte dem Priester auf die Pelle, der die Nase rümpfte und zur Seite auswich.

»Kommen wir also ins Geschäft?« fragte Dandy. »Zehn Zentner für den Burschen?«

»In Fässern aufbereitet, inspiziert und mit dem Siegel des Gouverneurs versehen«, präzisierte Copley. »Und kein Verschnitt, keine feuchten Blätter oder Steine, die die Ladung schwerer machen.«

»Gewiß doch, Padre, wenngleich mir dieser Preis für einen dummen Jungen reichlich hoch erscheint.«

Copley zuckte zusammen unter Dandys Pranke, die ihm jovial die Schulter ausklopfte, und war sichtlich erleichtert, als der Schmied zu seinem Zechbruder zurückkehrte.

»Wessen Papiere verkauft Ihr, Thomas?«
»Die von Kirk, Martin Kirk.«

»Was ist mit Martin Kirk?« fragte Anicah, die neben Vaughan aufgetaucht war.

»Das geht dich nichts an«, sagte Copley.

Sie stemmte beide Hände auf den Tisch und starrte dem Priester in die Augen. »Ich bin mit Martin Kirk verlobt, Euer Hochwürden, und habe ein Recht darauf zu erfahren, wo er ist und wie's ihm geht.«

»Dein Liebster wird bald näher bei dir sein, Anicah«, sagte Vaughan. »Er tritt in den Dienst des Büchsenmachers von St. Indigoes.«

Anicah strahlte übers ganze Gesicht. Dann sprang sie unversehens herbei und drückte Copley einen Kuß auf die hohe Stirn, worauf sich dessen Wangen dunkelrot verfärbten. Überschwenglich küßte Anicah auch Vaughan und Price. »Ich würde Euch gern ein Lied vortragen; es hat ein geistliches Thema. Wenn Ihr erlaubt, werte Herren.« Sie knickste artig und sang.

> *Um eine Maid zu retten, Sankt Georg den Drachen schlug.*
> *'ne hübsche Mär, falls wahr sie ist und ohne Lug und Trug;*
> *viele aber glauben nicht an Drachen,*
> *und mancher meint gescheit,*
> *da sei gar kein Georg gewesen.*
> *Gib Gott, da war 'ne Maid.*

Sie zwinkerte verschmitzt und war überrascht zu sehen, daß Copleys dünne Lippen schmunzelnd zuckten.

Vaughan gab dem Mädchen einen Klaps aufs Hinterteil und sagte: »Besorg mir doch ein Stück von Dinas Aalpastete, wenn denn noch was da ist.«

»Ich werde nachfragen.«

»Ani.« Harry Angell winkte das Mädchen herbei und schaute nervös zur Tür. Die war aufgesprungen, und in der Öffnung zeigte sich die Gestalt von Thomas Gerard, dem

Arzt. Als sich seine Augen an das düstere Licht gewöhnt hatten, blickte er suchend umher. Kaum hatte er Harry Angell ausgemacht, stürmte er auf ihn zu und schob beiseite, wer ihm im Weg stand.

Harry drückte Anicah ein blutdurchtränktes Bündel in die Hand. Flink versteckte sie es unterm Hemd und eilte in die Küche. Von dort vernahm sie Gerards donnernde Stimme.

»Verflucht, Angell, du Schuft. Du hast einen meiner Eber abgestochen, an Ort und Stelle geschlachtet und dich mit den Ohren davongemacht. Kehr deine Taschen um!«

»Aber nein, Junker, das können nur die Wilden gewesen sein. Die vergreifen sich an unserem Vieh«, entgegnete Harry. »Heute erst hab ich einen von ihnen durch den Wald schleichen sehen.«

»Zeig her, was du unter dem Janker verbirgst, du diebischer Hund!«

Anicah scherte sich nicht um das Gezänk. Gerard würde die Schweineohren, nach denen er suchte, nicht finden. Was Harry eventuell verraten könnte, war das Brandzeichen, doch das war im Handumdrehen zu fälschen, so daß es aussähe, als stammten die Ohren von einem der Schweine Joans. Anicah ergriff Dinas Hände, ohne Rücksicht darauf, daß eine davon das Schlachtbeil hielt, und tanzte mit ihr durch die Küche.

»Martin wird seine Zeit beim Büchsenmacher auf dem Priesterhügel abdienen.«

»Bei John Dandy?«

»Ja.«

Dina blickte skeptisch drein. Sie hatte, wie auch Anicah, schon des öfteren seine Wutausbrüche miterleben müssen; immer dann, wenn er zu tief ins Glas schaute, neigte er zu Tobsuchtsanfällen.

»Ich weiß«, sagte Anicah. »Dandy fängt Feuer wie ein kleiner Kamin. Aber Martin wird ihm keinen Anlaß zur Wut geben. Und das Schöne ist, wir sind dann nur noch knapp eine Meile voneinander entfernt.«

Die Küche war zu klein, um Anicahs Freude zu fassen. Sie

wollte nach draußen laufen und den Bäumen ihr Glück verkünden. Als sie die Hintertür aufriß, prallte sie schwungvoll mit einem Potomac-Indianer zusammen. Bis auf ein paar Perlen, Federn und auf den Lendenschurz aus Fuchshaut war er nackt und so groß, daß sie mit der Nase vor sein Brustbein stieß. Verschreckt schrie sie auf und sprang zurück.

»Er tut dir nichts«, sagte Dina, die in der Ecke mit Kisten und Flaschen herumhantierte.

»Ich weiß.« Verlegen wischte sich Anicah das Bärenfett vom Gesicht, mit dem die Brust des Indianers dick eingerieben war.

»Nimm ihm den Korb ab.«

Darin raschelte und zischte es verdächtig. Anicah schüttelte sich vor Entsetzen. »Er läßt immer ein paar am Leben.«

»Damit will er uns einen Streich spielen.«

»Eine komische Art von Humor.«

Dina nahm den Korb entgegen und reichte dem Indianer im Austausch einen anderen, gefüllt mit einer Flasche Bier und einem Klumpen Hirsezucker, der so braun war wie seine Haut. Lautlos zog er davon. Der ranzige Fettgestank, den er zurückließ, mischte sich mit Küchengerüchen aus faulenden Abfällen und vergammeltem Fleisch.

Anicah füllte den Kessel mit Wasser und schwenkte ihn übers Feuer. Dina öffnete den Korb und zog eine schwarze Schlange daraus hervor, armlang und zu einem Knäuel zusammengekringelt. Sie hielt das Tier hinter den Kieferknochen gepackt, legte es auf die Hackbank und trennte ihm mit zielsicher geführtem Beil den Kopf ab.

Geschickt löste sie die Wirbelsäule heraus, die sie später zusammen mit dem Kopf auskochen würde. Die Haut würde gegerbt und als Hutband oder Gürtel verkauft werden. Dina hatte die einfältigeren Gäste der Schenke davon überzeugen können, daß Streifen von Schlangenhaut, ums Gemächt gewickelt, der Potenz förderlich seien.

An der Küchentür verkehrten nicht nur Indianer, Händler und Hausfrauen, die Früchte, Käse oder Eier zu verkaufen hatten. Es schauten auch andere vorbei, die von Dina gegen ein Entgelt kleine Päckchen voll Schlangenknochenmehl entgegennahmen oder grotesken Schmuck aus Hühnerfedern oder präparierte Wirbelknochen oder Zähne, die wie Perlen an einer Kette aufgereiht waren. Manche blieben für eine Weile, um zu schwatzen, doch die meisten machten sich schleunigst wieder davon.

Anicah hatte die Köchin einmal gefragt, ob sie über magische Kräfte verfüge. Dina hatte gelacht und geantwortet: »Nur die Kraft, die mir Narren verleihen.«

»Wo steckt das Luder?« brüllte die Wirtin durch den Schankraum.

Anicah eilte zurück und steckte Harry heimlich die eingewickelten Schweineohren zu, als sie an ihm vorbeikam. Sie legte einen Arm um Robert Vaughans Schulter und lehnte sich an ihn.

»Ihr werdet gleich Eure Aalpastete bekommen«, flüsterte sie ihm ins Ohr. »Mit Butter und Petersilie lecker zubereitet.«

»Prima.« Er strahlte sie an, fuhr mit der Hand unter den Rock und betätschelte ihren Schenkel. »Ich habe Hunger wie ein Wolf.«

27

Am westlichen Himmel hing tief der volle Märzmond. Noch sollte die Sonne eine Stunde auf sich warten lassen. Harry Angell tappte durchs Dunkel. Zusammen mit Smythe bugsierte er ein mit Apfelwein gefülltes Faß. Doch während der Wirt seine Kräfte schonte, hatte sich Harry bald so verausgabt, daß ihm das Seil, an dem er zerrte, durch die Hände rutschte, und nun gab es für das große Faß kein Halten mehr. Es rollte und polterte den abschüssigen Pfad hinab, der hinter der Schenke am Steilufer entlangführte.

Harry war in einen Dornenbusch gestürzt und fluchte wütend vor sich hin. »Zum Teufel auch!«

»Mir scheint, das Faß hat er sich schon geholt«, sagte Anicah leise.

»Paßt doch auf, ihr Tölpel!« Die Wirtin hob eine abgeschattete Laterne in die Höhe und plierte in die Dunkelheit. Dann reichte sie Anicah die Laterne und sagte: »Sobald die Waren verladen sind, meldest du dich zurück, oder ich peitsch' dich aus, daß dir Hören und Sehen vergehen.«

Vorsichtig stieg Anicah den felsigen Abhang hinab. Es gefiel ihr, an dem Ganovenstück mitwirken zu können, wenn auch nur als Laternenträgerin. Schmuggelei stand hoch im Kurs, und wer daran beteiligt war, wurde vom einfachen Volk wie Robin Hood verehrt. Durch den Schleichhandel kamen Waren auf den Markt, die sonst kaum zu haben oder überteuert waren, weil mit hohen Zolltarifen belegt.

»Halt die Laterne höher! Ich sehe nichts«, zischte Harry.

Sein Anblick amüsierte das Mädchen. Er hatte seine Lederkappe verloren, und das fettige Haar stand wie Kraut und Rüben durcheinander. Aus Leibeskräften versuchte er, das Faß auf den Pfad zurückzuwuchten. Der Wirt lehnte keuchend an einem Baumstamm. Seine Wangen glühten vor Erschöpfung.

Anicah sah Harrys Kappe am Boden liegen und hob sie auf. Dabei entdeckte sie einen in Papier gewickelten Gegenstand im Innenband. Neugierig klaubte sie ihn daraus hervor, zupfte das Papier auseinander und fand darin einen Klumpen Wachs in der Größe einer Muskatnuß. Im Schein der Laterne fuhr sie mit dem Finger darüber. Das Wachsstück war an einer Seite abgeflacht und zeigte die Prägung des Calvertschen Familienwappens. Anicah schmunzelte. Kein Zweifel, Harry führte ein krummes Ding im Schilde.

Sie steckte den Fund in die Kappe zurück und reichte sie dem Besitzer. Dann leuchtete sie den Männern den Weg, die das Faß durch Büsche und Sträucher aufs Ufer zu rollten, wo ein primitives Floß bereitlag.

Das Wasser schwappte über den Sandstrand. Smythe warf sich bäuchlings auf das Faß und keuchte. Anicah und Harry nahmen auf einem umgekippten Baumstamm Platz und schauten auf den dunklen Fluß hinaus.

»Habt ihr wirklich vor, auf diesem wackligen Floß zu den Wilden zu fahren, um ihnen das Gebräu zu verkaufen?«

»Nein. Den Vertrieb übernehmen die Priester, die auf Mission gehen.«

»Warum helfen euch die Schwarzröcke dabei, die Indianer übers Ohr zu hauen?«

»Davon wissen die Esel gar nichts.« Harry grinste. »Wir bringen das Faß in den Hafen und verstecken es in der Schaluppe der Priester. Lewis schifft das Zeug nach St. Indigoes.«

»Ist Lewis mit von der Partie?«

»Nein, er hat keine Ahnung, aber ich werde mit ihm segeln. In St. Indigoes hilft mir dann John Dandy beim Umladen. Es wird keiner was davon merken, wenn wir das Fäßchen an Bord der Schaluppe bringen.« Harry mimte fromme Zerknirschung und sagte mit weinerlicher Stimme: »Meine Seele hat Schaden genommen. Ich bitte euch, unterweist mich im rechten Glauben, und als treuer Katholik will ich euch dienen und als Jäger für euren Unterhalt sorgen. Und nebenbei auch ein bißchen Alkohol schmuggeln.«

»Vermutlich wird Lewis auf dem Boot Wache halten«, gab Anicah zu bedenken.

»Meinst du?«

»Gewiß. Ich habe ihn im Wirtshaus sagen hören, daß er höllisch aufpassen wolle, um zu verhindern, daß der Fracht an Bord über Nacht Beine wachsen.«

Harry dachte nach.

»Ich werde ihn bestimmt ablenken können«, sagte Anicah. »Aber als Gegenleistung fordere ich zweierlei.«

»Und das wäre?«

»Erstens, verrate mir doch mal, wie du an deinen Freibrief gekommen bist.«

Harry schleuderte einen Kieselstein ins Dunkel und wartete, bis das Platschen im Wasser zu hören war. »Bevor ich aus Bristol aufgebrochen bin, hab' ich einen gestohlenen Wechsel in die Kappe eingenäht, der auf einen Bankier namens Samuel Moody ausgestellt war. Im Loch von Newgate lernte ich dann einen Zahlenkünstler kennen; der schrieb mir den Wechsel um und machte aus zwanzig Schilling zweihundert.«

»Aber wer könnte damit hier was anfangen?«

»Es gibt genügend Strolche oder Dummköpfe. Ich hab' den Wisch dem Maat auf Ingles Schiff für den halben Nennbetrag abgetreten. Schade, daß ich nicht miterleben konnte, wie er mit Mr. Moody klargekommen ist. Hätte zu gern sein dämliches Gesicht gesehen.«

»Harry, du bist ein Teufelskerl.«

»Übrigens war ich es, der die Laterne aufgehängt hat.«

»Welche Laterne?«

»Die auf dem Schiff.«

»Du hast die Piraten anzulocken versucht? Dafür wäre ich beinahe aufgeknüpft worden.«

»Ja. Ich wollte die Seiten wechseln. Bestimmt hätten sie auch dich mit an Bord genommen; du warst ja als Junge verkleidet. Und ich schätze, es hätte dir bestimmt gefallen, als Pirat übers Meer zu segeln.«

In Gedanken sah sich Anicah an der Seite von Martin in den Wanten eines Korsarenschiffes hängen, das freie Leben genießen und nach Bedarf plündern. Doch obwohl seit ihrer Reise mehr als ein Jahr vergangen war, erinnerte sie sich lebhaft an die Stürme, an die Übelkeit, das faule Bier und den von Maden zerfressenen Zwieback. »Eine Fahrt nach St. Indigoes würde mir schon reichen.«

»Ist das die zweite Gegenleistung, die du verlangst?«

»Ja.« Anicah schlang die Arme um die angezogenen Beine und legte das Kinn auf die Knie.

Über Gevatter DaSousa hatte sie in Abständen immer wieder Nachricht von Martin erhalten. Aber Mathias war nach Virginia gesegelt, und sie hatte nun schon seit über zwei Monaten von ihrem Liebsten nichts gehört.

Auch Eifersucht machte ihr zunehmend zu schaffen. Dina hatte gesagt, daß Dandy eine hübsche Magd habe, und Anicah fürchtete nun, Martin könnte womöglich ein Auge auf sie geworfen haben. Doch heute wollte sie sich Klarheit verschaffen, egal, was die Wirtin von ihrem Ausflug halten würde. Mochte die Dicke doch zum Teufel gehen.

»Ist da jemand?« Im Osten graute der Himmel. Noch war die Sonne nicht aufgegangen, als Anicah an der Landungsbrücke stand und auf die vollbeladene Schaluppe hinabblickte. »Hallo!«
Da regte sich ein langgestrecktes Leinwandbündel.
»Guten Morgen, Euer Ehren.«
Das Bündel rollte zur Seite, und eine Hand schlug die Leinwand auf. William Lewis, der Verwalter von St. Indigoes, blinzelte Anicah entgegen. In sein bleiches Gesicht brachten nur die wäßrigblauen Augen und die rote Spitze seiner langen Nase etwas Farbe.
»Ich glaube, ich hab' den verlorengegangenen Splitter des heiligen Kreuzes wiedergefunden.« Anicah präsentierte auf ausgestreckter Hand einen Holzspan und wartete darauf, daß Lewis zu Sinnen kam, schlaftrunken, wie er war.
»Vom heiligen Kreuz der Splitter?«
»Ja.«
»Der war doch nicht verloren.«
»Letzte Nacht hat sich der alte Brown im Wirtshaus damit gebrüstet, ihn stibitzt zu haben. Mich dünkt, er wollte seinen schlaffen Pietz damit schienen. Wie dem auch sei, er war sternhagelvoll und hat den Splitter wohl auf den Boden fallen lassen. Jedenfalls fand ich ihn dort beim Ausfegen.«
»Warum bringst du mir das Ding?«
»Ich fürchte, Copley würde mich für den Dieb halten und mir die Hölle heißmachen.«
»Vielleicht warst du's wirklich.« Lewis schälte sich aus der Hülle; die steife Leinwand fiel nur langsam in sich zusammen.
»Nein, Sir. Nie und nimmer würde ich mein Seelenheil aufs

Spiel setzen. Ich bitte Euch, führt mich zum Haus des Priesters. 's wär ein schreckliches Unglück, wenn der Splitter verlorenginge.«

»Und wer paßt hier auf, daß die Fracht nicht gestohlen wird? Nein, nein ...«

»Aber Ihr wollt doch sicher auch, daß das Hölzchen ins Allerheiligste zurückkommt. Wenn's den Ketzern in die Finger käme, würde bestimmt eine Katastrophe über uns hereinbrechen.«

»Die Protestanten sind des Teufels Helfershelfer.« Lewis stülpte seine gestrickte Kappe über den kleinen Kopf und reckte die steifen Glieder. »Gib mir das Ding, und ich bring' es zu Copley.«

»Um ihm zu sagen, daß ich es gestohlen hätte? O nein. Da such' ich mir lieber einen anderen, der sich mit mir den Finderlohn teilt«, entgegnete Anicah und machte kehrt. Lewis kletterte aus dem Boot und eilte ihr nach.

Harry stand wartend am Pier, als die beiden zurückkehrten.

»Das Miststück hat mich reingelegt«, schimpfte Lewis. Vater Copley hatte an dem Span geschnüffelt, ihn mit dem Fingernagel angeritzt und gesagt, daß im Heiligen Land keine Tulpenbäume wachsen würden und daß ein dummer Narr sei, wer diesen Splitter für einen Teil des echten Kreuzes halte. »Sie behauptet, das Christusholz sei gestohlen worden, dabei liegt es da, wo es hingehört.«

»Was kann ich dafür, daß der alte Brown Lügengeschichten auftischt?« verteidigte sich Anicah und zwinkerte Harry zu.

Harry Angell stand zu seinem Wort. Anicah durfte im Bug des Bootes Platz nehmen. Sie lehnte mit dem Rücken an dem verhüllten Schmuggelfaß und ließ sich den Wind um die Nase wehen. Eine Stunde später kam das Port von St. Indigoes in Sicht; es thronte auf einer Anhöhe am südlichen Rand der Bucht, wo sich der St.-Indigoes-Fluß in den Potomac ergießt. John Dandy hatte vom Eingang seiner Schmiede aus einen weiten Ausblick aufs Wasser. Er wartete unten am Steg, und

Anicah bemerkte, daß Harry die Kappe abnahm und Dandy das kleine Päckchen zusteckte.

Dann erblickte sie Martin. Er stand ein wenig abseits und hatte die Hutkrempe tief ins Gesicht gezogen. Er schaute in Anicahs Richtung, schien sie aber nicht zu erkennen. Oder wollte er sie womöglich nicht sehen? Der Gruß blieb Anicah in der Kehle stecken. War sie nun doch von Dandys Magd aus dem Felde geschlagen worden?

Kaum daß Lewis außer Reichweite war, machten sich Harry und Dandy daran, das Faß aus dem Boot und auf Martins breite Schulter zu hieven. Unter der schweren Last wankend, stapfte er zur Schmiede empor und schenkte dem Mädchen keinen einzigen Blick. Dandy folgte.

»Zeigt dir dein Schatz die kalte Schulter?« sagte Harry.

»Sieht so aus.«

»Hüte dich. Eifersucht setzt sich ins Hirn wie ein Floh in den Pelz.«

»Nein.« Anicah glaubte, vor Kummer, Schmerz und Sehnsucht sterben zu müssen. »So harmlos ist sie nicht. Vielmehr beißt sie sich ins Herz wie eine ausgehungerte Ratte.«

Sie sah keinen Grund, länger zu bleiben, und hatte nicht vor, um Martins Gunst zu buhlen. Mit Blick auf den dichten Wald jenseits der Rodung fragte sie: »Wie finde ich auf den Pfad, der zum Dorf zurückführt?«

»Ein zages Herz kommt nicht weit.«

»Du kennst mich schlecht.«

»Na schön, dann komm mit.« Harry setzte sich in Bewegung und steuerte auf den Wald zu.

Anicah folgte, blieb aber nach wenigen Schritten stehen und blickte zur Schmiede hinüber. Als sie wieder nach vorn schaute, hatte Harry bereits einen großen Vorsprung. Wenn sie nicht Anschluß hielte, würde sie allein durch den Wald gehen müssen.

»›Zages Herz‹«, murmelte sie. »Von wegen. Lauf nur zu, Harry. Ich hab' kein zages Herz.«

Sie schlich sich von hinten an die Schmiede heran, wo etliche Holzstöße aufgestapelt waren. Holzkohle war Mangelware, und so blieb dem Büchsenmacher nichts anderes übrig, als Brennholz zu verfeuern, und davon brauchte er jede Menge. Martin würde bald hinauskommen, um ein paar Scheite zu holen. Der Kummer trieb dem Mädchen Tränen in die Augen, aber die Hände zitterten vor Wut. Sie blickte umher und suchte nach einem kräftigen Knüppel, um Martin damit eins über den Schädel zu ziehen. So sehr war sie in Gedanken, daß sie den Jungen nicht kommen hörte.

»Anicah.«

Sie sprang auf, wirbelte herum. »Du herzloses Miststück, du ...« Dann sah sie sein Gesicht.

Um die Augen hatte sich eine grün- und veilchenblaue Maske gelegt. Die Oberlippe war aufgeplatzt und dick geschwollen. Über den eingefallenen Wangen traten schroff die Backenknochen hervor. Das Hemd und das speckige Lederwams hingen ihm in Fetzen vom Körper.

»Was ist bloß mit dir geschehen?«

»Es wäre besser gewesen, meine Eltern hätten mich umgebracht, statt hierhin zu schicken.« Er sah so verzweifelt aus, daß Anicah aus Erbarmen die Arme um ihn warf. Doch er winselte vor Schmerzen und schob sie von sich.

»Hat dich der Schmied geschlagen?«

»Ja.« Müde setzte er sich auf einen Baumstumpf. »Hast du ein Stück Brot dabei?«

Anicah langte nach dem Beutel, den sie unter ihrem Rock trug. Um nicht noch einmal so wie früher in England Hunger schieben zu müssen, versorgte sie sich stets mit einer Extraration. Und so konnte sie ihm Brot und Käse geben, gestohlen aus der Wirtshausküche. Als er die Hände aufhielt, sah Anicah, daß sie wund waren und voll aufgeplatzter Blasen. Martin stopfte die Bissen in sich hinein.

»Deine Hände sehen scheußlich aus.«

Kauend nickte Martin in Richtung auf das gespaltene Holz ringsum.

»Hast du all das Holz gehackt?«

Er nickte. Dann, als er den Mund leer hatte, fragte er: »Wie bist du eigentlich hergekommen? Man wird doch bestimmt Alarm schlagen und nach dir suchen.«

»Ach, die Herrschaft hat keine Zeit, auf eine verirrte Dienstmagd Jagd zu machen. Sicher, die Wirtin wird wütend sein, aber sie braucht mich zu sehr, um allzu feste auf mich einzuprügeln.«

»Ich hätte mich so gern davongestohlen, um dich wiederzusehen, Anicah. Aber der Schmied legt mir jeden Abend eine Pferdekoppel um die Füße, damit ich nachts nicht davonlaufen kann.«

»Dann bist du doppelt gefangen.« Ihre Stimme war weich geworden und hatte den harschen Straßenton von früher verloren. »Hier und in meinem Herzen.«

Martin stützte den Ellbogen aufs Knie, verbarg das Gesicht in der Hand und schluchzte.

Anicah legte ihm tröstend den Arm um die Schultern. »Ich werde mich bei den reichen Knöpfen bedienen und sie schröpfen, bis ich genug Geld beisammen habe, um dich freikaufen zu können.«

Martin blickte traurig auf. »Ich fürchte, dafür wird es bald zu spät sein.«

»Was soll das heißen?«

»Wenn er mir nicht zuvorkommt, werde ich meinen Herrn umbringen.«

28

Gouverneur Calvert hatte die Gerichtssaison 1640 eröffnet. Über den gesamten März hinweg würden Strafsachen und Anzeigen verhandelt werden. Aus allen Teilen der Provinz waren Kläger oder Beschuldigte nach St. Mary's gekommen; die meisten hatten in der Smytheschen Schenke

Quartier bezogen und warteten auf ihren Gerichtstermin. Viele von ihnen hatten seit Monaten keinen Zider mehr gekostet und weder über Politik noch Religion diskutieren können. Um so größer war ihr Nachholbedarf.

Die Wirtin raufte sich die spröden Haare, bis sie Rattenschwänzen gleich vom Kopf abstanden. Sie war so nervös und aufgekratzt, daß der kleine Dachshund mit eingezogenem Schwanz vor ihr Reißaus nahm, auf die Bierbank sprang und im Schoß des Wirtes Schutz suchte.

»Hab' ich eigentlich schon die drollige Geschichte erzählt, die sich vor vielen Jahren in London zutrug, als dort die Pest grassierte?« Smythe sprach mit seiner Frage die versammelte Gästerunde an.

»Allerdings«, antwortete der alte Brown.

»Und ob«, murmelte Anicah, doch der Wirt ließ sich davon nicht beirren und erzählte:

»Mehrere Diener eines gewissen Gentlemans waren krank geworden. Um zu verhindern, daß sein Haus unter Quarantäne gestellt würde, traf dieser Herr ein Abkommen mit den Männern, die die Pestkarren durch die Straßen zogen: Sie sollten des Nachts heimlich abholen, wer im Hause des Gentlemans verstorben war.«

Anicah kannte die Geschichte von dem Betrunkenen auf dem Pestkarren schon lange und nicht erst durch Smythe; sie hatte bereits vor vielen Jahren in Bristol die Runde gemacht. Anicah sah ihre Geduld auf die Probe gestellt, zumal die Gäste sie mit ihren Bestellungen herumscheuchten und nicht zur Ruhe kommen ließen. Sie war fast fünfzehn Jahre alt, und unter dem tief ausgeschnittenen Mieder wölbte es sich merklich. An Anträgen mangelte es nicht.

Anicah mußte immerzu an Martins geschwollenes Gesicht denken. Und noch etwas ging ihr nicht aus dem Sinn; das waren merkwürdigerweise die Hände von Mary Brent. Im vergangenen November hatte ihr Mistreß Mary geholfen, Äpfel für das Ansetzen von Apfelwein vorzubereiten, und seitdem spukte dem Mädchen das Bild jener spinnenhaften

Hände durch den Kopf, aus denen sich Spiralen rostigroter Apfelschalen abspulten. Diesen Händen traute Anicah zu, daß sie Krankheiten heilten und Wunder bewirkten, und es hatte sie verblüfft, daß sie ebenso schwielig waren wie die ihren.

Mistreß Mary hatte versprochen, sich zusammen mit ihrer Schwester für Martin einzusetzen und zu versuchen, ihn von John Dandy abzukaufen. Natürlich wußte sie, daß Anicah sie damals in Bristol bestohlen hatte, doch daran schien sie überhaupt keinen Anstoß zu nehmen – im Unterschied zu ihrer Schwester. Anicah zuckte unter deren strafenden Blicken jedesmal zusammen. Und darum war Anicah unschlüssig, wie sie sich den Schwestern gegenüber verhalten sollte. Während sie Teller und Krüge schleppte und den grapschenden Händen ihrer Bewunderer auszuweichen versuchte, führte sie ein stummes Streitgespräch mit sich.

Frag Mistreß Mary. Ich traue mich nicht. Frag sie doch. Ich kann nicht.

Sie war so in Gedanken, daß sie sich nicht in acht nahm vor jenem Mann von der Kentinsel, um den sie für gewöhnlich einen großen Bogen machte. Er mußte sich vor Gericht verantworten wegen des Vorwurfs der üblen Nachrede gegen Gouverneur Calvert und Giles Brent, den Statthalter Calverts auf der Insel. Er blickte so griesgrämig in seinen Becher, als habe er eine Kakerlake darin entdeckt. »Diese Saubande von Papisten«, murmelte er vor sich hin. »Oh, wie ich diesen Hund hasse, diesen Leonard Einfaltspinsel.«

Anicah glaubte, unbemerkt an ihm vorbeischleichen zu können, doch schon hatte er sie mit seiner dreckigen Pranke beim Rockzipfel gepackt. »Wann heiratest du mich, Ani?«

»Wenn Schweinen Flügel wachsen, Ned.«

»Ich kauf' dich frei«, sagte er und zerrte sie näher an sich heran.

»Soviel Geld hast du nicht, und außerdem stinkst du nach Jauche«, antwortete sie mit betont heiterer Stimme, um ihn nicht allzu sehr vor den Kopf zu stoßen, und mit wackelnder Hüfte befreite sie sich von seinem Zugriff.

Henry Fleete saß allein am Tisch. Sie trat auf ihn zu und flüsterte ihm ins Ohr: »Hauptmann, ich würde jetzt gern meinen Anteil haben.«

»Anteil?« fragte er und blickte mit stumpfem Ausdruck zu ihr auf. »Wovon?«

»Versucht nicht, mich zu täuschen.«

Er winkte mit der Hand ab und sagte: »Wenn du glaubst, daß ich dir was schulde, dann trag doch dein Anliegen dem Richter vor.«

Anicah war nicht überrascht. Sie hatte sogar damit gerechnet, daß Fleete ihr den versprochenen Anteil am Gewinn vorenthalten würde, den er beim Kartenspiel eingesäckelt hatte. Doch daß er ihr gerade jetzt, da sie das Geld so bitter nötig hatte, die Hoffnung darauf nahm, machte sie wütend.

»Lauf zu, Metze.« Die Wirtin war aus der Küche gekommen. »Bring das hier zu Junker Cornwaleys ins Haus von Hawley.« Sie drückte dem Mädchen einen großen, zugedeckten Korb in die Hand. »Und daß du mir ja nicht trödelst.«

Der Wirtin klappte die Kinnlade auf, als sich Anicah mit formvollendetem Hofknicks von ihr verabschiedete. Die Aussicht, Cornwaleys aufsuchen zu dürfen, beflügelte sie. Der Junker galt als Krösus. Vielleicht konnte er Martin von Dandy abkaufen.

Anicah warf den dünnen Überrock um die Schultern und trat mit einem harzgetränkten Kienspan als Fackel ins Dunkel hinaus. Sie hatte schwer zu schleppen an dem großen Korb und marschierte auf den Wald zu, hinter dem der Hof des verstorbenen Junkers Hawley lag.

So dick und fest wie Schiffswanten hingen Ranken von den Bäumen herab. Noch mehr als Kobolde fürchtete Anicah die Wölfe, die aus der Tiefe des Dickichts heulten, die lautlosen Schatten der Wilden und vielen Schlangen, die durchs Unterholz krochen. Nicht zuletzt waren auch die frei herumstreunenden Schweine eine Gefahr.

Schließlich erreichte sie das Fachwerkhaus und klopfte an die Tür.

»Herein!« rief Cornwaleys.

Anicah stieß die Tür auf, trat, den Korb mit beiden Händen vor den Hüften haltend, ein und drückte die Tür mit dem Hinterteil zu.

»Ah, das Hühnchen aus der Bierschwemme«, sagte Cornwaleys.

»Potz Blitz.« Anicah blickte staunend in die Runde. So viel Reichtümer hatte sie noch nie unter einem Dach versammelt gesehen.

In der einen Hälfte des Raum, der rund zwanzig auf zwanzig Fuß maß, standen zwei Sessel, mehrere Stühle, ein Geschirrschrank, eine Vitrine und ein schwerer Tisch, auf dem ein türkischer Teppich lag. Die andere Hälfte nahmen die Feuerstelle und ein riesiges Bett mit Wollmatratze und Federkissen ein. Davor standen zwei große Truhen. Deren Deckel waren aufgeklappt, und Kleiderstücke quollen über den Rand hinaus.

»Stell den Wein auf den Tisch, und mach die Würste dort drüben in der Pfanne warm.« Junker Cornwaley stand an einem Schreibpult und hatte ein aufgeschlagenes Register vor sich.

Er trug einen schwarzen Samtrock mit gepluderten Schultern und enganliegender Taille. Das braune Haar, an den Schläfen mit grauen Strähnen durchzogen, fiel in Wellen auf die Schultern herab. Das Gesicht war fein geschnitten, ein wenig zu fein für Anicahs Geschmack.

Sie packte den Korb auf dem Tisch aus. An der Wand neben der Feuerstelle hingen Spieße, Zangen, Käsetiegel, Schöpfkellen und Brotröster, und Anicah rätselte nun, welches Gerät sie zum Aufwärmen der Würste benutzen sollte. Kochutensilien erinnerten sie immer auf unangenehme Weise an Folterinstrumente.

Cornwaleys hatte den schwermütigen Blick eines Mannes, dem die Sorgen über den Kopf wachsen und dem der Vorrat an Brandy ausgegangen ist. Anicah stellte ihm die mitgebrachte Flasche und einen kleinen Holzkrug aufs Pult. Sie wollte, daß er bei guter Laune sein würde, wenn sie mit ihrem Anliegen herausrückte. Cornwaleys zog angesichts des Holzkruges die Stirn kraus, schüttete dann aber doch den Brandy hinein.

»Ihr zählt wohl Euer Geld.«

»Nein, nicht meines, sondern das eines Toten«, antwortete er und rieb sich die Augen. »So viele von uns sind schon gestorben.« Er sagte diese Worte mehr zu sich selbst als an das Mädchen gerichtet. »Ich bin der Buchhalter des Sensenmannes und rechne den Nachlaß von Toten zusammen.«

»Aber immerhin seid Ihr lebendig und habt zum Zählen noch alle Finger und Zehen beisammen.«

Der Junker schmunzelte und schien über diesen Anflug von Heiterkeit selbst überrascht zu sein. »Mein Freund hat ein heilloses Durcheinander hinterlassen und jede Menge Schulden. Doch seine Gläubiger sind auch schon tot. Ich schätze, im Himmel muß vierteljährlich Gericht gehalten werden.«

»Nein, Sir, das glaube ich nicht.« Anicah trieb mit einem langen Löffel die Würstchen durch die Pfanne. »Verdammter Mist!« Eines war aufgeplatzt und siedendheißes Fett auf ihre Hand gespritzt.

»Wie bitte?« Cornwaleys warf ihr einen verwunderten Blick zu.

Sie spießte eins der Würstchen mit dem Messer auf und servierte es dem Junker auf einem Schneidebrett.

»Es ist doch bekannt, daß Ferkelstecher nicht in den Himmel kommen«, sagte sie. »Und darum wird im Himmel gewiß nicht Gericht gehalten.«

»Ferkelstecher?« fragte der Junker nach.

»So werden bei uns die Advokaten genannt.«

Lachend räumte Cornwaleys Bücher von einem Sessel, um sich darauf niederzulassen. Er lachte, bis ihm die Augen feucht wurden. Anicah fand ganz und gar nicht, daß ihr ein guter Witz gelungen sei, doch offenbar mangelte es dem Mann an lustiger Unterhaltung.

Aus dem Schrank holte Anicah Eßbesteck und eine Schale,

die sie mit kaltem Maisbrei füllte und zu den anderen Speisen auf den Tisch stellte. »Ist das Eure Lady?« fragte sie mit Blick auf ein Porträt, das an der Wand lehnte. Es zeigte eine grauäugige Schönheit.

»Nein. Ich habe allerdings auch eine Frau, doch die ist in England geblieben. Es geht ihr gesundheitlich so schlecht, daß sie die Reise nicht wagen kann.«

»Wenn ich meinen Liebsten heiraten könnte, würde ich nie von seiner Seite weichen.« Sie rückte sich einen Stuhl an den Tisch und nahm Platz, entschlossen, dem Junker, während er aß, ihr Anliegen vorzutragen.

Aus den Gesprächen im Wirtshaus hatte sie einiges über Cornwaleys erfahren. Es hieß, daß er der reichste Mann in Maryland sei und für einen Papisten durchaus freundlich den Protestanten gegenüber gesinnt sei. Nach Gouverneur Calvert und Lord Baltimore war er der größte Landbesitzer. Zur Zeit ließ er jenseits des St.-Indigoes-Flusses ein Gutshaus bauen, das noch prächtiger werden sollte als das des Gouverneurs.

»Junker, könnt Ihr nicht zwei kräftige Hände gebrauchen?«

»Deine etwa?«

»Nein, die von Martin Kirk. Er steht im Dienst des Waffenschmieds.«

»Ich weiß mich kaum über Wasser zu halten, so hoch sind meine Schulden, und die Geschäfte laufen miserabel.«

Obwohl er offenkundig die Unwahrheit sagte, wagte es Anicah nicht, ihm zu widersprechen. Wer so vornehm gekleidet war wie er und seinen mit Seide betuchten Hintern auf einen Plüschsessel mit geklöppeltem Schoner setzte, konnte weiß Gott nicht arm sein. Aber ausnahmsweise behielt Anicah ihre Gedanken diesmal für sich.

»Er wird vom Büchsenmacher aufs Ärgste mißhandelt, Sir.«

»Ich kenne deinen Martin. Er ist ein strammer Bursche.«

»Stark wie ein Pferd und eine ehrliche Haut.« Anicah schöpfte Hoffnung.

»Es hat sich schon der Arzt für den Jungen interessiert«, sagte Cornwaleys.

»Tatsächlich?«

»Dandy droht damit, jedem, der ihm den Burschen nähme, den Schädel einzuhauen.«

Anicah zuckte mit den Achseln. »Er spuckt immer dann große Töne, wenn er gesoffen hat, ist aber im Grunde ein erbärmlicher Feigling.« Sie ahnte, daß Cornwaleys auf ihren Wunsch nicht eingehen würde.

Sergeant Vaughan hatte ihr erklärt, worum es ging. Wegen eines jungen Burschen, und mochte er noch so kräftig sein, würde es niemand wagen, sich den Büchsenmacher zum Feind zu machen. Ohne Dandy wäre die Sicherheit aller in Frage gestellt, und darum ließ man ihm auch seinen Jähzorn durchgehen.

»Ich kann ihm den Jungen nicht abkaufen«, sagte Cornwaleys.

»Bitte, bitte ...« Anicah kniete vor ihm nieder und griff nach seiner weichen Hand. »Er wird sonst noch umgebracht.«

»Anicah, bei uns herrschen Recht und Ordnung. Deinem Liebsten geschieht schon nichts Böses.«

Anicah dachte an Henry Fleetes gehässigen Vorschlag, sie möge ihn doch wegen seiner Schulden vor Gericht verklagen; um so törichter kam ihr der Hinweis auf Recht und Ordnung vor. Davon würden sie und ihresgleichen nie profitieren können. Im Gegenteil, sie würde stets nur Nachteile daraus ziehen.

Enttäuscht ließ sie seine Hand fallen und stand auf. Wie dumm von ihr, gedacht zu haben, daß ein Mann seines Standes bereit wäre, ihr zu helfen.

»Ich muß mich beeilen, um zeitig im Wirtshaus zurück zu sein. Habt Ihr noch einen Wunsch?«

»Nein.«

Anicah legte das Tuch und die leere Flasche in den Korb und warf den Mantel über. Der Junker würde morgen den Topf und die zweite Flasche durch einen seiner Diener zurückbringen lassen.

»Dann wünsch' ich eine gute Nacht.« Anicah knickste höflich und ging mit dem Korb zur Tür.

»Anicah.«

»Ja, Euer Gnaden?« Ihre Hand lag schon auf dem Riegel.

»Weißt du, was desertieren bedeutet?«

»Weglaufen.«

»Und zwar unerlaubtermaßen.«

Ja, ja; schon verstanden, dachte Anicah. Die Warnung war deutlich genug.

»Weißt du, welche Strafe darauf steht?«

»Der Strang.«

»Es sei denn, der Übeltäter kann lesen. Dann kommt er mit dem Leben davon; aber es wird ihm eine Hand abgehackt oder ein Brandmal auf die Stirn gedrückt.«

Die Belehrung war überflüssig. Anicah wußte sehr genau, welches Vergehen welche Strafe nach sich zog. Sie nickte mit dem Kopf, öffnete die Tür und trat hinaus ins Mondlicht.

29

Martin krümmte sich vor Schmerzen. Der Körper war geschunden wie nach einem Sturz von den Klippen. John Dandy hatte ihn an den Händen aufgehängt und mit einem schweren Lederriemen ausgepeitscht. Er versuchte, über die Lippen zu lecken, doch die geschwollene Zunge klebte daran fest.

Kraftlos saß er da und pinkelte in die Hose, ein paar Tropfen bloß, denn er war halb ausgetrocknet. Er lechzte nach Wasser, kam aber nicht an den Becher heran; die Kette, die ihn an die Wand des Holzschuppens fesselte, war zu kurz.

Zutiefst bedauerte er, daß kein Geistlicher da war, um bei Gott für seine Seele einzutreten. Er versuchte, sich an ein Gebet zu erinnern, aber Hunger, Durst, Schmerz und Scham verwirrten ihn zu sehr. Er konnte nur an eines denken, daran, daß sich Anicah, wenn sie seine verdreckte, stinkende Leiche sähe, ekelnd von ihm abwenden würde.

Plötzlich fielen ihm dann doch die Worte ein, die Geistliche zur Totenbestattung auszusprechen pflegten. »Ich bin die Auferstehung und das Leben.« Tränen brannten helle Spuren in sein Gesicht. Es dröhnte ihm so sehr der Schädel, daß er das Klicken im Schloß der Tür nicht hörte.

»Mah-tien?«

»Edward?« Martin starrte ins Dunkel.

Der indianische Junge trug das Leinenhemd, das ihm anläßlich seiner Taufe von Pater White geschenkt worden war. Unter dem Saum stakten seine nackten Beine hervor. Von den Gurten, die, um die Schultern gelegt, seine Brust kreuzten, baumelten etliche Beutel.

Er hockte sich vor Martin hin und flößte ihm aus einem Lederschlauch Wasser ein, von dem er zwar das meiste verschüttete, doch der Rest schmeckte Martin besser als alles, was er zuvor getrunken hatte. Edward suchte an Dandys Schlüsselring nach dem Schlüssel für die Handschellen. Nach dem zweiten oder dritten Versuch fiel das Eisen scheppernd zu Boden.

Martin rieb sich die aufgeschürften Gelenke. Es schwindelte ihn in der Dunkelheit des Schuppens. Edward zerrte an seinem Ärmel.

»Nein«, sagte Martin und versuchte, den Freund wegzustoßen. »Du darfst mir nicht helfen. Es drohen sieben Jahre Zwangsarbeit.«

Edward hievte Martin auf die Beine, was bei der Größe des Jungen kein Leichtes war, obwohl er an Gewicht verloren hatte.

»Du stinkst«, stellte Edward fest.

»Ha ho«, bestätigte Martin nach Art der Piscataway.

Edward half ihm nach draußen und führte ihn durch das Gerümpel auf dem Hof vor die Schmiede und in Richtung Strand. Als sie an Dandys Hütte vorbeikamen, fiel dem Jungen auf, daß die Tür offenstand. Wie er nun im Mondlicht sah, war Edwards Hemd schwarz von Ruß.

»Du bist durch den Schornstein gestiegen, stimmt's?« In seiner Vorstellung sah ihn Martin lautlos durchs Zimmer schleichen, das Schlüsselbund vom Haken nehmen, der über Dandys Bett in der Wand steckte, und dann den Riegel beiseite schieben, um durch die Vordertür hinauszuhuschen.

»*Ha ho*. So ist es.« Edward grinste, und seine Zähne schimmerten tabakgelb, als er den größten Beutel am Brustgehänge öffnete. Der war vollgestopft mit Dingen, die er aus der Hütte des Büchsenmachers hatte mitgehen lassen: ein Messer, einen Zinnlöffel und Halbwollzeug. Womöglich steckten noch andere Gegenstände darunter.

»Du darfst nicht stehlen, Edward. Das ist eine Sünde.«

»Ausgleich für Schmerzen.« Der Indianer fuhr vorsichtig mit den Fingern über Martins malträtierte Rippen. »Und Geschenke.«

»Geschenke?«

»Für *Tayac* und Onkel und Hauptfrau.« Edward warf den Schlüsselbund über die Klippe; Sekunden später klatschte es ins Wasser. »*Canoa*. Da lang.« Edward ging auf die schwarze Wand des Waldes im Süden zu.

Martin schaute zurück auf die mondbeschienene Lichtung, auf die Baumstümpfe der weiten Rodung, die aufgeschütteten Erdwälle des Forts, auf die Tabakscheune und die Schmiede. Ihm war ohne jeden Zweifel klar: Wenn er hierbliebe, würde er weiterhin wie ein Hund geprügelt werden, der Hunger würde ihn zum Wahnsinn treiben. Und obendrein würde er beschuldigt werden, in Dandys Haus eingestiegen zu sein und gestohlen zu haben.

Er trottete hinter Edward her, blieb aber am Rand des Maisfeldes stehen. Vor ihm ragten Baumriesen auf, deren Stämme mit ausgestreckten Armen nicht zu umfassen waren, und dahinter lag tiefer Wald, unheimlich und voller Gefahren. Im Dunkeln wagte sich kein Engländer freiwillig weiter. Vater Poulton hatte gesagt, daß sich hier selbst die Indianer fürchteten, und zwar vor Hobbamoco, dem bösen Geist, der in diesem Wald zu Hause sei. Es war überaus mutig von Edward, diesen Weg eingeschlagen zu haben, um Martin zu helfen.

Edward war schon halb im Dickicht verschwunden; wie ein Faun lauerte er da im silbrigen Schimmer und winkte den Freund herbei. Martin holte tief Luft und folgte mit pochendem Herzen. Der Wald schloß sich hinter ihm, und es war, als habe er nie existiert.

Die dicke Smythe stand da wie gewöhnlich, die fleischigen Arme vor der Brust verschränkt und die übergroßen Lederschuhe um einen halben Schritt voneinander auf den Boden gepflanzt. In der bauchigen Schürze und den schweren, graubraunen Röcken darunter glich sie einem riesenhaften Pilz, hervorgeschossen aus dem Dreck am Küchenboden. Sie langte Anicah an den Ausschnitt des Mieders und zerrte daran, um einen Blick dahinter zu werfen.

Doch bis auf den kleinen Beutel, in dem Anicah ihre Papiere aufbewahrte, verbarg sich nichts vor ihrem Busen. Die Wirtin trat zurück und keilte die Fäuste in die Falten zwischen Taillenpolster und Hüfte. In der linken Hand wippte die Weidenrute.

»Hoch mit den Rockschößen!«

Anicah hob die Röcke am Saum bis zum Kopf, verdrehte die Augen und streckte die Zunge raus. Dina kicherte.

Die Wirtin schritt um das Mädchen herum auf der Suche nach verstecktem Diebesgut.

»Wollt Ihr mir nicht auch ins Venusgröttchen schauen?« Anicah wackelte neckisch mit dem Hinterteil, auf das aber plötzlich die Rute niedersauste und einen roten Striemen auf den blanken Batzen zurückließ.

»Von dir laß ich mich nicht zum Narren machen.« Die kleinen Augen der Wirtin funkelten bedrohlich. »Ich weiß, daß du tagtäglich Brot und Käse stiehlst.«

»Oder sind's nicht doch die Ratten?« Anicah ließ die Röcke fallen, um einem zweiten Hieb zuvorzukommen.

Patience Smythe schien sich mit dem einen gutplazierten Streich zufriedenzugeben. Es strengte sie auch zu sehr an, die Metze zu züchtigen. Die war so wendig und schnell auf den Beinen, daß die wenigen Schläge, die ihr Ziel erreichten, unverhältnismäßig viel Kraft abverlangten. Und außerdem war es ihrer unwürdig, dem Mädchen hinterherzujagen.

Zwischen der Wirtin und Anicah gab es eine unausgesprochene Übereinkunft. Anicah durfte sich manche Freiheit und Ungeschicklichkeit erlauben. Sie ließ den Brei überkochen, warf den Abfall hinter die Wassertonne, statt ihn hinaus auf den Misthaufen zu bringen, und gab von selbst nie acht darauf, wann das Feuer mit frischem Brennholz zu versorgen war. Auch ihre Arbeit auf dem Feld ließ manches zu wünschen übrig. Aber immerhin verzichtete sie inzwischen darauf, ihre Herrin in deren Beisein zu verspotten. Und darum beschränkte sich Frau Smythe auf maßvolle Bestrafung, auf Ohrwatschen und wenige Rutenstreiche.

»Bring die Aalpastete zu Sergeant Vaughan.« Die Dicke winkte mit der Gerte. »Wenn du davon naschst, wird mir das zu Ohren kommen.«

Anicah ordnete ihre Röcke und nahm den Korb. Sie wußte, daß die vermeintliche Aalpastete aus Schlangenfleisch zubereitet war. Mit munterem Schritt machte sie sich auf den Weg. Die Vögel begrüßten den Frühling; ihr Gesang war hübsch, aber längst nicht so unterhaltsam wie die Lieder der Bänkelsänger in den Straßen von Bristol.

Kaum hatte sie das Wirtshaus außer Sichtweite gelassen, bog Anicah in einen Feldweg ein, der auf eine halb zerfallene Kate zuführte, die sich an einen Felsen schmiegte. Aus einem Loch im reetgedeckten Dach stieg Rauch auf. Als Eingangstür diente ein Fetzen Segeltuch.

»Gott zum Gruße«, rief Anicah. »Und einen schönen Morgen, Gevatter.«

»Was führt dich so früh hierher, Ani?« Mathias DaSousa schlug die Leinwand zur Seite, blinzelte ins Sonnenlicht und kratzte sich durchs dichte Haargestrüpp.

»Ich möchte Euch um einen Gefallen bitten«, antwortete Anicah und langte unter die Röcke.

Dina hatte ihr zwei lange, schmale Säckchen genäht, die an einer um die Taille gewickelten Schnur hingen. In dem einen Säckchen befand sich die Schnupftabakdose mit dem Letzten Willen ihres Vaters, in dem anderen steckten Lebensmittel. Als sie von der Wirtin inspiziert worden war, hatte sie die Beutel mitsamt den Röcken hochgehoben. Ein alter Trick, auf den die Smythsche bislang immer reingefallen war.

Das Säckchen enthielt ein paar Brotkanten, ein faustgroßes Stück Käse und eine Scheibe gekochtes Schweinefleisch, das Anicah am Vorabend aus der Vorratskammer gestohlen hatte. Sie wickelte die Speisen in ein Tuch und reichte DaSousa das Bündel mit der Bitte: »Könnt Ihr das zu Martin tragen? Es soll nicht umsonst sein. Ich will Euch im voraus zwei Pence geben und später dreißig Pfund Tabak, sobald Oberst Fleete seine Schulden bei mir beglichen hat.«

Mathias blickte trübsinnig drein. Er dachte an seine wachsende Schuldenlast, über die Ammann Lewger Buch führte. Die Aussicht auf eigenen Grund und Boden, die ihn vor sechs Jahren dazu bewogen hatte, als Diener von Pater White in die Kolonie zu kommen, rückte immer weiter weg.

Anicah las seine Miene falsch und glaubte, erneut auf Ablehnung zu stoßen, wie bei all den anderen, die sie wegen Martin um Hilfe gebeten hatte. Immer wieder war sie abgewimmelt worden, mal mehr, mal weniger höflich. Die meisten hatten sich schulterzuckend und verständnislos von ihr abgewendet. Schlimmer noch waren diejenigen gewesen, die auf ihr Anliegen mit hämischem Gelächter reagiert hatten. Anicah hätte ihnen am liebsten die Ohren langgezogen.

Sie wollte schon kehrtmachen, als Mathias nach dem Bündel langte und sich kopfnickend bereiterklärte, Martin aufzu suchen.

»Vergelt's Euch Gott.« Sie knickste und schenkte ihm ein strahlendes Lächeln. »Gebt's keinem anderen, sondern nur ihm persönlich.«

»Ich will's versuchen.«
»Der Versuch allein reicht nicht. Es muß Euch gelingen.«
»Natürlich«, antwortete er lächelnd. Anicah stellte sich auf die Zehenspitzen und gab ihm einen Kuß.

»Backgammon ist wie das Liebesspiel einer koketten Frau«, sagte Robert Vaughan und rückte die Steine zurecht. »Zuerst ist alles offen, dann wird man von ihr in die Ecke gedrängt und aller Chancen beraubt.«
»Ich muß gehen.« Pater Copley fuhr mit der Hand über den schwarzen Spitzbart. »Mistreß Mary Brent möchte, daß ich ihr die Beichte abnehme.«
»Es gibt wohl in ganz Amerika niemanden, der mehr Sünden gesteht und weniger begeht als Mistreß Mary.« Vaughan trank einen Schluck Portwein.

Er saß auf einem Hocker vor der Tür seines Hauses und grätschte die Schenkel vor dem Fäßchen, das als Spieltisch diente. Das Hemd hing lose über dem Hosenbund. In den struppigen, rostroten Kopf- und Barthaaren steckten Spelzen und Flusen von der Matratze. Er paffte an seiner Morgenpfeife.

Pater Copley schien sich kaum losreißen zu können. Das schwarze Haar glich Stoppelfedern und die Hakennase einem kräftigen Schnabel, so daß sich der Eindruck aufdrängte, als schwebte er über dem Brett wie ein Falke. Seine wollene Soutane war wie immer sauber, gestärkt und geplättet, aber vom vielen Waschen statt schwarz nunmehr gräulichbraun. Wie abgetragen seine Amtstracht war, zeigte sich vor allem am Kragen und an den Manschetten der Ärmel.

Copley mochte zwar der äußeren Erscheinung nach für einen verarmten Priester gehalten werden, wozu auch der schlichte Name Philip Fisher paßte, den er mitunter führte, um die englischen Behörden zu täuschen; Vaughan wußte jedoch, daß er dem Hochadel entstammte.

»Ich beneide Euch und die gesamte Priesterschaft«, sagte Vaughan.

Copley merkte auf. »Wenn Ihr den wahren Glauben mit uns zu teilen wünscht, bin ich gern bereit, Euch im Katechismus zu unterweisen«, sagte er, und seine Miene, die für gewöhnlich ironische Herablassung durchblicken ließ, blieb erstaunlich ernst.

»Aber Ihr kennt mich doch wohl besser, Vater. Meine Sündenbürde paßt in keinen Beichtstuhl.« Vaughan setzte den zerbeulten Hut auf, um das Licht der Morgensonne abzuschirmen.

»Dann verbirgt sich hinter Eurer Bemerkung wohl wieder irgendeine Spitzfindigkeit oder listige Anspielung.«

»Ach, ich wollte nur folgendes damit sagen ...« Vaughan hatte Spaß daran, den Jesuiten zu foppen. »Ihr seid doch, wenn der Vergleich erlaubt ist, Gottes Sekretär und haltet sozusagen das himmlische Vorzimmer besetzt. Ihr treibt seinen Zehnten ein, fertigt die Bittsteller ab, tut seinen Willen kund und sorgt dafür, daß den armen Sündern vergeben wird. Das ist doch ein durchaus beneidenswertes Amt. Und mehr noch: Mir scheint, die Priesterschaft ist eine Zunft von gesegneten Zauberern. Mit einer Handbewegung und lateinischen Sprüchen gelingt es Euch, profanen Krimskram in heilige Güter zu verwandeln, die zur ewigen Glückseligkeit verhelfen können. Oder zumindest lassen sich damit Warzen entfernen und hinfällige Glieder wieder aufrichten. Was mich aber am meisten beeindruckt, ist jener Trick, mit dem Ihr es schafft, Gottes Sohn in ein Stück Brot umzuwandeln. Ich muß schon sagen, ein solches Backwerk verlangt Respekt.«

»Was sind wir denn nun Eurer Meinung nach? Sekretäre, Zauberer oder Bäckergesellen?« Copley schmunzelte selbstgefällig. Mit Vaughan zu plaudern amüsierte ihn stets. Er war zwar voller Vorbehalte gegen Katholiken, aber dabei nie feindselig, und das schätzte Copley an ihm.

Vaughan beugte sich vor und sagte in ernstem Tonfall: »Ich bin treuer Anglikaner und Gefolgsmann von König Harry, aber beileibe nicht einverstanden damit, daß die Kirche von England alle Magie aus unserer Religion vertrieben hat, allen

Pomp und Abrakadabra. Denn was ist zurückgeblieben? Ein nüchtern Ding, fad und farblos.« Vaughan seufzte. »Mit Pamphleten und Schießpulver machen die Reformer Front gegen Lustbarkeit und Frohsinn.«

»Ich glaube, da kommt Eure Aalpastete.« Damit war das Gespräch beendet, was Copley nicht zu bedauern schien.

»Hast du dich verlaufen, Ani?«

»Nein, Sir.« Beim Anblick Copleys verdüsterte sich Anicahs Miene. Daß er Martin an Dandy verkauft hatte, war für sie unverzeihlich. Außerdem hatte sie gehofft, Vaughan allein anzutreffen, um ihm Honig um den Bart zu schmieren in der Hoffnung, seine Hilfe zu gewinnen. »Wie könnte ich den Weg zu diesem Schweinestall verfehlen, wo ich nur der Nase zu folgen brauche?«

»Du hast ja richtig Feingefühl entwickelt.« Vaughan wandte sich Copley zu. »Sie glaubt, es käme ihrer Stellung zugute, wenn sie Gentlemen düpiert oder gar übers Ohr haut.«

Vaughan nahm ihr nicht krumm, daß sie Henry Fleete geholfen hatte, Giles Brent beim Kartenspiel zu betuppen. Schummelei gehörte dazu, und wer sich gut darauf verstand, verdiente Bewunderung. Und so hatte er, statt Giles zu warnen, Anicahs Treiben mit Vergnügen zugesehen. Außerdem konnte Giles auf sich selbst aufpassen.

»Euch habe ich noch nie übers Ohr gehauen, also seid Ihr kein Gentleman.« Sie zwinkerte ihm zu und ging ins Haus, wo das reinste Tohuwabohu herrschte.

Kurz darauf kehrte sie mit einem zweiten Stuhl zurück und servierte darauf die Pastete. »Was bedeuten eigentlich die Wörter ›Riktus‹ und ›alias dictus‹?«

»Das erste heißt ›Rachen‹, das zweite ›gleichfalls genannt‹.« Vaughan zeigte sich verwundert. »Hast du vor, Latein zu lernen?«

»Ich war nur neugierig.«

»Mir scheint, du bist unverschämt.« Copley strafte sie mit Blicken.

»Euer langer Kiefer wird ja rot wie Rhabarber, Vater. Wie kommt's?«

»Ach, da hat letzte Nacht irgendein lästerliches Schandmaul eine Schmähschrift ans Kapellentor geheftet«, knurrte Copley.

»Erzählt mehr.«

Copley winkte mit der Hand ab. Daher trug Anicah vor, was auf dem Zettel gestanden hatte.

> *Finst're Visage, gräßlicher Riktus,*
> *Fisher und Copley, alias dictus.*
> *Spanischer Janus, zweifaltige Pette,*
> *hängt am Papst als katholische Klette.*
> *Mit ketz'rischem Eifer und frömmelnder Schau*
> *fällt er auf die Knie – und rammt seine Sau.*

Vaughan warf den Kopf in den Nacken zurück und lachte, daß ihm der Hut zu Boden fiel. Copley nahm ihm den Löffel aus der Hand und bediente sich von der Pastete. »Ein Dummejungenstreich«, murmelte er.

Vaughan kicherte immer noch. »Ani, du weißt doch sicher, wer dahintersteckt.«

»Ich petze nicht«, antwortete sie empört. »Aber so viel sei verraten: Seine Muse plaziert ihren Hintern zwischen den anderen Zechern auf der Bierbank. Es ging vor allem um den Reim.« Anicah verschwieg, daß sie Henry Fleete mit den letzten beiden Zeilen geholfen hatte.

Aus dem Dorf schallte ein Alarmruf herüber, gefolgt von schrillen Stößen aus Leonard Calverts Jagdhorn.

»*Hutesio et clamore*, Zetermordio!« sagte Vater Copley. »Da scheint ein Dieb aufgescheucht worden zu sein und die Flucht ergriffen zu haben.«

Anicah tanzte von einem Fuß auf den anderen. »Braucht Ihr mich noch, oder kann ich gehen?«

Da war offenbar etwas im Schwange, etwas Aufregendes. Endlich einmal eine Abwechslung vom tristen Einerlei, dachte Anicah. Vaughan entließ sie mit einer Handbewegung. »Vermutlich viel Lärm um nichts.« Er stopfte das Hemd in die Hose. »Ich sollte mich wohl auch blicken lassen.«

Im Laufen streifte er das alte Wams über. Pater Copley raffte die Soutane und eilte hinterher.

An der Straßenkreuzung vor der Baustelle der neuen Kapelle waren etliche Dorfbewohner zusammengelaufen. Alles rief durcheinander, und Calvert prustete immer noch ins Horn. Die beiden Hunde von Giles Brent bellten unablässig, rannten im Kreis umher und wickelten dabei dem Herrchen die Leine um die Beine. Die Freisassen trugen Musketen; andere waren mit Piken, Schaufeln und Knüppeln bewaffnet.

Anicah hob zwei Steine vom Boden auf. »Munition des kleinen Mannes«, sagte sie und grinste Vaughan zu.

In dem Tumult war keine verläßliche Information zu gewinnen. Also drängte Vaughan durch die Gruppe derer, die den alten Maulbeerbaum umringten und, obwohl nicht einer von ihnen lesen konnte, die amtliche Bekanntmachung studierten.

»Was steht da geschrieben?« fragte Anicah.

»Es geht um einen davongelaufenen Knecht. Für seine Ergreifung sind zweihundert Pfund Tabak ausgesetzt.«

»Zweihundert Pfund! Die will ich mir verdienen. Zum Teufel mit der Wirtin.«

»Anicah.« Robert ergriff ihren Arm und führte sie weg von der Menge. »Der Flüchtige ist Martin.«

30

Die Saat war aufgegangen und legte einen hellgrünen Teppich über das lederfarbene Erdreich. Margaret raffte die Röcke und ging neben einem Beet in die Hocke, ungeachtet des warmen Aprilregens, der ihr auf die breite Hutkrempe, die

Schultern und den Rücken fiel. Vorsichtig strich sie mit der knochigen Hand über die Keimblätter der Tabakpflanzen, die so groß waren wie eine Halbe-Kronen-Münze.

»Sieht doch prächtig aus«, meinte sie und blickte zu ihrem Verwalter Edward Packer auf.

»Ja, Mistreß. Sobald der Regen aufhört, können wir die Pflänzchen umbetten.«

»Mit James Courtney haben wir jetzt insgesamt vier Männer, die diese Arbeit übernehmen können, nicht wahr?«

»Ja, Mistreß.«

Packer streckte den Arm aus und half Margaret beim Aufstehen. Auf ihren hohen Holzblotschen war sie um einen Kopf größer als der Verwalter. Langsam schritt sie die Reihe der Beete ab. Von ferne war das Zetergeschrei und Hundegebell zu hören.

Als Margaret ins Haus zurückkehrte, schimpfte Bess in der Küche auf die jüngste Magd ein. Auf dem Tisch lag der Kadaver eines seltsamen Tieres, das Edward, der schweigsame Jäger, am Morgen abgeliefert hatte; und nun stritten die Frauen über die Frage der geeigneten Zubereitung.

In Gestalt und Größe glich das Tier einer Katze; es hatte einen buschigen grauen Schwanz mit dunklen Ringen und eine schwarze Maske über den Augen. Wie kleine Banditen fielen seine Artgenossen des Nachts über die Küchenabfälle draußen vor der Tür her. Bess und die anderen Mädchen fürchteten die kleinen Biester so sehr, daß sie sich bei Dunkelheit nicht mehr auf den Hof trauten.

Bess war in letzter Zeit übellaunig und reizbar; Margaret machte den Iren Baltasar Codd dafür verantwortlich. Als am Morgen zur Treibjagd auf den flüchtigen Burschen geblasen worden war, hatten auch die Männer auf dem Schwesternhof die Arbeit niedergelegt, um sich, gelockt von Dandys Belohnung, an der Suche zu beteiligen. Codd aber war auf ein Schäferstündchen mit Bess aus gewesen und wie ein rolliger Kater ums Haus geschlichen. Margaret hatte mit der Flinte auf ihn angelegt, ihm die Kappe vom Kopf geschossen und ihre helle

Freude daran gehabt, wie er in heillosem Schrecken davongerannt war.

Jetzt ging Margaret die Post durch, die am Morgen eingetroffen war. Der kleine Stapel enthielt Einladungen, Schuldscheine und Bittschreiben um Darlehen. Mit dem Schiff, das im Hafen vor Anker lag, war auch ein Brief der jüngsten Schwester aus England eingetroffen. Margaret las ihn noch einmal durch. Er war heiter und erwähnte mit keinem Wort die politischen und religiösen Umstände, die sich in der Heimat zuspitzten, wie Margaret sehr wohl wußte.

Packer tauchte im Türrahmen auf und räusperte sich. »Bauer Angell würde gern ein paar Worte mit Euch reden, Mistreß.«

»Sag ihm, daß ich gleich zu ihm hinauskomme.« Der Schwesternhof war zwar bekannt für seine Gastlichkeit, doch Harry Angell mochte getrost noch ein Weilchen warten. Im Hof und im strömenden Regen.

Margaret schrieb einen Wechsel aus, der, mit dem Schiff nach England gebracht, von ihrem Londoner Konto abgebucht werden sollte. Ihre Geschäfte wickelte sie allerdings inzwischen fast samt und sonders über den örtlichen Kredit- und Tauschmarkt ab. Der war zwar recht vertrackt, doch Margaret fand sich immer besser darin zurecht und wußte genau Bescheid über die Kurse und Währungen zwischen harter Münze und luftigen Versprechungen. Es wurde mit englischem Sterling gehandelt, mit spanischen Dublonen, indianischen Perlenketten, mit Biberpelzen, Arbeitskräften, Tabak und Getreide, das zum Teil noch nicht einmal ausgesät oder gepflanzt war.

Als Margaret endlich hinaus auf die kleine, überdachte Veranda trat, zeigte sich Harry ihr in der stolzen Aufmachung eines ehrgeizigen Freisassen: mit Strumpfbandschleifen, gesticktem Wams und Federhut. Den wollenen Janker und die zerschlissenen Kniehosen hatte er ein für allemal abgelegt wie auch die alte speckige Lederkappe. An einer Kette trug er ein schweres Kreuz aus Zinn, und ein Tuch verbarg die lange

Narbe am Hals. Was sich nicht verändert hatte, waren seine kohlschwarzen Augen.

»Guten Morgen, Harry.«

»Mistreß Brent.« Harry lüftete den neuen Hut und verbeugte sich tief. Mit der Hand zeigte er auf den Schweinestall und die drei Kühe, die in der Nähe weideten. »Ich sehe am Zuwachs Eures Viehbestandes, daß es der Allmächtige gut mit Euch meint und Eure Arbeit segnet«, sagte er und bekreuzigte sich.

»Was führt Ihn her?«

»Ich möchte Euch einen geschäftlichen Vorschlag unterbreiten, Mistreß.«

Margaret verschränkte die Arme vor der abgetragenen Schnürbrust, hob das Kinn und betrachtete Harry über die lange Nase hinweg. Doch ihre hochtrabende Haltung schien ihn weder einschüchtern noch brüskieren zu können.

»Ich will Euch für Eure zweite Wahl einen ordentlichen Preis bieten.«

»Für Tabak, den ich nicht verschiffen kann?«

»Ja. Meine Handelspartner und ich ...«

»Ware, die nicht das Siegel von Lord Baltimore trägt, darf nicht exportiert werden.«

»So ist es, Mistreß. Aber wir können die Blätter vor Ort verkaufen, und zwar an diejenigen, die sich mit geringerwertiger Ware zufriedengeben. Zum Beispiel an Seeleute, die jeden Knaster rauchen.«

»Das bezweifle ich.«

»Wenn Ihr's Euch noch anders überlegt, könnt Ihr über den Büchsenmacher mit mir Kontakt aufnehmen.«

»Guten Tag.«

Harry verbeugte sich und machte kehrt. Im selben Augenblick trat Mathias DaSouza mit forschem Schritt durchs Gattertor.

»Mistreß Margaret.« Er verneigte sich.

»Gott zum Gruße, Bauer.«

»Ich soll von Gouverneur Calvert ausrichten, daß ein Wilder festgenommen wurde«, sagte DaSousa. »Er steht unter dem Verdacht, bei Snow Hill einen Knecht ermordet zu haben. Der Gouverneur rät Euch, Vorsichtsmaßnahmen zu treffen.«

»Kennst du den einen oder anderen Indianer näher, Mathias? Was hältst du von ihnen?«

»Ich denke, es wäre klug, wenn Ihr Euch bewaffnen und nur in Begleitschutz ausgehen würdet.«

»Warum sollten uns die Wilden Böses wollen?«

»Sie brauchen dazu keinen Grund, Mistreß Margaret.« DaSousa tippte mit dem Finger an den Hut und eilte weiter, um die Nachbarn südlich des Schwesternhofes zu warnen.

Margaret erinnerte sich daran, eines Abends an der Küchentür gestanden und mit Entsetzen den Worten von Robert Vaughan zugehört zu haben, der davon berichtete, daß in Virginia vor etlichen Jahren 350 Männer, Frauen und Kinder von Indianern massakriert worden seien. Dieser Überfall sei der bis dato schlimmste gewesen, wohl aber nicht der letzte.

Die Freundlichkeit der Wilden – so hatte Vaughan gesagt – habe die Siedler arglos gemacht. Die Wilden seien in deren Häuser ein und aus gegangen und hätten mit ihnen zu Tisch gesessen, bis sie eines Morgens mit Beilen, Messern und Knüppeln aufgekreuzt seien, um zu töten und zu verstümmeln, was ihnen in die Quere kam.

Margaret dachte an Edward, der schattengleich und stumm in der Küche auftauchte, den Haushalt mit erlegtem Wild versorgte und häufig Gast zu Tische war. Plötzlich packte sie die Angst, nicht etwa vor einem Mordanschlag des jungen Indianers, wohl aber davor, daß womöglich er es war, den der aufgewiegelte Pöbel ergriffen hatte und zu lynchen drohte.

»Edward, sag Jack, daß er mir die Stute satteln soll.« Margaret ging zum Gartenzaun. »Mary!«

Die Schwester blickte von der Arbeit an den Setzlingen auf.

»Komm mit ins Dorf«, rief Margaret. »Man hat dort einen Indianer festgenommen. Ihm wird vorgeworfen, einen Knecht ermordet zu haben.«

»Ich begleite Euch«, erbot sich Packer an.

»Nein, du bleibst.«

»Aber Junker Brent hat mich beauftragt, für Euren Schutz zu sorgen, solange er auf der Isle of Kent weilt.«

»Du mußt auf den Hof aufpassen. Die Wilden haben eine Vorliebe für anderer Leute Schweine, und diese Vorliebe teilen sie mit gewissen Engländern.« Sie dachte an die Männer, die den Wald nach Martin Kirk durchkämmten.

»Aber Junker Brent ...«

»Du unterstehst meinem Befehl, Edward, und nicht dem meines Bruders.«

Um die Mädchen nicht in Unruhe zu versetzen, gab sich Margaret gelassen. Aber ihr Herz raste eingedenk der schrecklichen Vorstellung, daß die betrunkene Rotte aus Lust und Laune über Edward herfallen könnte. Nichts würde diese Leute besser unterhalten als das Schauspiel grausamer Lynchjustiz, zumal sie sich ständig über die Monotonie in ihrem Alltag beklagten.

Heimlich verstaute sie ihre Pistolen in der Satteltasche und hakte den Schlüsselbund ans Mieder, damit in ihrer Abwesenheit niemand den Weinkeller oder die Vorratskammer plündern konnte.

Dann trat sie auf den bereitgestellten Holzblock, setzte den Fuß in den Steigbügel und sprang seitlich auf den Sattel. Sie ordnete die Röcke, nahm den Zügel in die Hand und half Mary, hinter ihr auf dem Pferderücken Platz zu nehmen.

Edward Packer versuchte ein letztes Mal, die Herrin zurückzuhalten. »Mistreß, ich bitte Euch, bleibt hier und schickt statt dessen einen Mann ins Dorf, um Erkundungen für Euch einzuholen.«

»Gott wird uns beschützen.« Margaret trieb die Stute mit der Gerte an.

»Edward«, rief sie über die Schulter zurück. »Sorg dafür, daß der Ausschuß der letzten Tabakernte verbrannt wird. Ich will nicht, daß auch nur ein einziges Blatt davon übrigbleibt.«

Als Margaret und Mary die Gouverneurswiese erreichten,

war dort schon ein Richtpfahl aufgestellt worden. Daran stand, gefesselt und von etlichen Gaffern umringt, ein großgewachsener, dunkelhäutiger Mann, nackt bis auf den Lendenschurz; um den Hals hing ein Perlen-Wampum, und im Haar steckte eine schwarzweiß gestreifte Truthahnfeder.

»Gott sei Dank, es ist nicht Edward.« Margaret lenkte die Stute geradewegs auf die Menge zu und scheuchte zur Seite, wer im Weg stand. Der Indianer schien dem, was um ihn herum passierte, keinerlei Beachtung zu schenken. Er verzog auch keine Miene, als Joan ihm eine Handvoll Dreck ins Gesicht warf.

Wutentbrannt drohte Margaret mit der Gerte und fixierte die Frau mit starrer Miene. Joan wich zurück, legte die Finger über Kreuz und murmelte fluchend vor sich hin.

Margaret stieg vom Pferd, überließ es der Obhut eines Dieners und marschierte auf das Haus des Gouverneurs zu. Mary folgte ihr nur bis zum Garten und schaute sich darin um.

Calvert stand vor seinem Schreibpult, als Margaret die große Diele betrat. Er steckte die Feder in den silbernen Federhalter und rieb sich die Augen.

»Ich setze gerade einen Brief an meinen Bruder auf, um ihn über den neuerlichen Vorfall zu informieren«, sagte er.

Margaret ersparte sich die Bemerkung, daß, bis dieser antwortete, Monate vergehen würden. Keiner wußte das besser als Leonard Calvert.

»Glaubt Ihr wirklich, daß uns ein Überfall der Wilden droht?«

»Nein.« Calvert schüttelte den Kopf. »John Dandy beschuldigt den Mann, getrunken und im Rausch einen von Lewgers Knechten getötet zu haben. Und jetzt will sich die Meute rächen. Ich fürchte, weder White noch Poulton wird ihn retten können, zumal er dem Stamm von Kittamaquund angehört, dessen Häuptling als Brudermörder bekannt ist.«

»Traut Ihr der Aussage Dandys?«

»Der Wilde kann sich selbst an nichts erinnern und meint, daß Dandy wohl recht habe, wenn er denn schwört, daß es so gewesen sei wie geschildert.«

»Habt Ihr mit dem Angeklagten gesprochen?«

»Ich verstehe seine Sprache nicht und weiß ihn nicht einmal nach seinem Namen zu fragen. Vaughan oder auch Fleete könnten ihn verhören, aber leider sind beide unterwegs.« Erneut rieb sich Calvert die Augen. »Wie dem auch sei, ich will alles daransetzen, daß dem Mann ein fairer Prozeß gemacht wird.«

Margaret war von Leonards Gewissenhaftigkeit überzeugt, zweifelte aber daran, daß die Geschworenen einem angeklagten Indianer gegenüber tatsächlich unvoreingenommen sein würden. Plötzlich fiel ihr der leere Käfig auf, der auf einem Bord an der Wand stand. »Leonard, wo ist Euer roter Vogel?«

»Das Mädchen hat ihn aus Unachtsamkeit heute morgen fliegen lassen.« Calvert blätterte einen Stapel Papier durch, bis er schließlich einen Brief mit dem Wachssiegel von Lord Baltimore fand. »Mein Bruder läßt nicht locker. Ich hatte gehofft, ihm zumindest in dem Punkt endlich Erfolg melden zu können.«

Calvert verzog die Miene angesichts all der Schriftstücke auf seinem Pult. »Gingen doch ebenso viele Handelswaren von hier nach draußen wie Briefe. Das ganze Papier würde besser taugen als Einlage in unseren ausgetretenen Schuhen.«

»Was hat Seine Lordschaft Neues zu berichten?«

»Immer dasselbe. Er beklagt sich über Mißstände der Gerichtsbarkeit und fürchtet, daß sich die Jesuiten gegen ihn verschwören.« Calvert hielt einen Brief in die Höhe, auf dem Margaret Baltimores verschnörkelte Handschrift erkannte. »Mit jedem Schiff, das hier einläuft, kommen neue Verwaltungsvorschriften, die ich der Ratsversammlung erklären muß. Gesetzesänderungen, Maßregeln, Anfragen ...«

»Erlasse, Eingaben«, beteiligte sich Margaret an der Aufzählung, was ihr sichtlich Spaß machte. »Anordnungen, Richtlinien, Dekrete ...«

»Verfügungen, Befehle, Weisungen«, fügte Leonard lachend hinzu.

»Und Verweise.«

»Meint Ihr, die hätte ich verdient?«

»Nein, nicht Ihr.« Margaret senkte die Stimme. »Aber der Ammann Seiner Lordschaft.«

Leonard grinste übers ganze Gesicht, womit sie gerechnet hatte. Sie wußte, daß ihm Lewger ein Dorn im Auge war.

Margaret stimmte ein Liedchen an, leise, damit die Dienerschaft nichts hörte, denn der waren die Zeilen inzwischen wohl auch schon bekannt. Mit der Reitgerte klopfte sie den Takt dazu.

> *Uns das Leben zu vergrätzen*
> *läßt er nichts aus und wühlt im Mist,*
> *beißt von hinten, will verletzen,*
> *gemeiner Iltis, der er ist.*
>
> *Stänkert rum von früh bis spat,*
> *bohrt und stichelt gar perfid.*
> *Wie soll der dienen unserm Staat?*
> *Er ist doch bloß ein Ratz-mit-Glied.*

Calvert lachte. Dem Witzbold, der diese Verse ersonnen hatte, galt seine volle Sympathie. Doch das durfte er nicht offen zugeben. Schließlich war der Verspottete ein Beauftragter seines Bruders Lord Baltimore. Nur im Beisein von Margaret konnte er unbekümmert lachen.

Ein kühler Nebel lag auf den Feldern, als Anicah in der Abenddämmerung die Schenke verließ. Das triste Bild, das St. Mary's bot, entsprach ihrer Verzweiflung. Für sie stand fest: Martin war nicht davongelaufen; er war tot. Der Kopf schmerzte, und die Augen brannten vom vielen Weinen.

Sie näherte sich dem Aalverkäufer, vorsichtig, obwohl er an den Pfahl gefesselt war und sich kaum rühren konnte.

»Dina schickt dir zu essen und zu trinken«, sagte sie und hielt den Korb in die Höhe.

»Gebranntes Wasser?« fragte er hoffnungsvoll. Von der

Sprache der Siedler kannte er nur wenige Ausdrücke; ein anderer war »verdammt«.

»Ja.« Sie stellte einen Krug Bier in seine Reichweite und trat zurück.

Es gelang ihm, sich auf den Boden zu setzen, die Arme seitlich vorzurecken und nach dem Krug zu greifen. Als er getrunken hatte, gab sie ihm ein Stück Brot und Käse. Plötzlich ging ihr die Frage durch den Kopf, ob er womöglich eine Liebste hatte und ob sie weinen würde, weil er nicht zu ihr zurückgekehrt war.

Sie sah die Schwestern aus dem Hause des Gouverneurs kommen. »Mistreß Brent.« Anicah lief herbei und sah zu dem Pferd auf, das die beiden Frauen trug. »Auf ein Wort, bitte.«

»Was ist denn?« Margaret blickte auf das Mädchen herab.

»Guten Abend, Mistreß.« Anicah machte einen Knicks.

»Guten Abend.«

»Wird er am Strick zappeln müssen?«

Margaret warf einen Blick auf die dunkle Gestalt am Pranger. »Wahrscheinlich.«

»Dina und ich, wir sind uns sicher, daß er dem Burschen nichts getan hat.«

»Und wer soll ihn dann getötet haben?«

»Der Büchsenmacher selbst.«

»John Dandy?«

»Ja.« Anicah drohte die Stimme zu versagen, als sie fortfuhr: »Und Martin hat er auch umgebracht, behauptet aber jetzt, daß er entwischt sei. Ich weiß es. Gott ist mein Zeuge.«

»Den Namen Gottes zu führen, obwohl du nicht an seine wahre Kirche glaubst, gefährdet deine unsterbliche Seele«, entgegnete Margaret. »Hast du Beweise?«

»Nein.« Margarets strenger Blick machte sie wie immer beklommen.

»Hast du deinen Liebsten verloren?« fragte Mary.

»Ja, Mistreß Mary.« Anicah schaute zu ihm auf; der Kummer war in ihren großen, dunklen Augen offenkundig. Im Wust ihrer goldbraunen Haare hingen kleine Tautropfen, die wie Diamanten glitzerten. Mary streckte den Arm aus und fuhr streichelnd mit der Hand über ihren Kopf. Anicah lief es kalt den Rücken herunter; sie wähnte sich wie von Spinnenbeinen liebkost.

»Er ist nicht tot, mein Kind«, sagte Mary.

»Es wird dunkel.« Margaret versetzte der Stute einen Schlag mit der Gerte.

Als das Pferd davontrottete, warf Mary einen Blick über die Schulter zurück. »Sein Engel wird ihn behüten«, rief sie. »Vertraue auf Gott, die heilige Mutter und die himmlischen Boten. ›Denn er hat seinen Engeln befohlen, daß sie dich behüten auf allen deinen Wegen.‹«

»Und möge er sie von den Wegen der Dieberei abbringen«, fügte Margaret mit lauter Stimme hinzu.

»Sie gleicht einem Engel, findest du nicht, Schwester? Falls ein Engel denn je so traurig dreinschauen würde.«

Margaret seufzte nur. Sie empfand plötzlich Mitleid für das Mädchen.

31

Es war, als würden die dumpfen Hammerschläge von den dunklen Wolken widerhallen, die tief über St. Mary's hinwegzogen. Vom Hof der Schenke aus sahen Anicah und Dina zu, wie der Galgen inmitten der Gouverneurswiese zusammengezimmert wurde. Das dürre Gerüst rief in dem Mädchen alte Ängste wach, davor nämlich, die kalte Hand des Henkers auf der eigenen Schulter zu spüren; gleichzeitig aber meldete sich eine heimliche Vorfreude auf das Spektakel einer Hinrichtung.

Der Hinrichtungstag war immer auch ein Tag der Taschendiebe. Doch die bevorstehende Schau schien dürftig auszufallen und würde den Vergleich mit den Festen, die Anicah in

Bristol miterlebt hatte, nicht standhalten können. Dort hatten sich lärmende Menschenmassen versammelt und die Straße vom Newgate-Gefängnis bis zum Richtplatz gesäumt. An guten Tagen hockten sechs oder noch mehr Verurteilte auf ihren Särgen im Schinderkarren und rissen Witze mit den Zuschauern. Die Meute jubelte ihnen zu, und wenn alles ausgestanden war, diskutierte man über den Mut und die Haltung der Hingerichteten.

Jetzt, da Mistreß Mary ihr versichert hatte, daß Martin am Leben sei, war auch Anicah wieder in Stimmung für das Galgenfest. Es dauerte sie allenfalls, daß nicht John Dandy, sondern statt seiner der Indianer baumeln mußte. Doch obwohl sie ihn häufig in der Küchentür des Wirtshauses gesehen hatte, war ihr der Bursche fremd geblieben. Andere debattierten darüber, ob er denn auch eine Seele habe oder nur eines der Tiere aus dem Wald sei.

Das Bild des Galgens füllte die Lücke aus, die Anicah seit ihrer Ankunft empfunden hatte. Ihrem Verständnis nach gehörten zu einer ordentlichen Stadt nicht nur Theater, Märkte und wohlbeleibte Händler, sondern eben auch Galgenbäume. Anicah hatte während ihrer Reise in die Neue Welt erwartet, in einen Hafen einzulaufen, an dessen Pier sich Lagerhäuser, Tavernen, Bordelle und Geschäfte reihten. Doch hier gingen die Schiffe nur kurz vor Anker, um dann, sobald die Erlaubnis vom Gouverneur eingeholt war, weiter den St.-George's-River hinaufzusegeln zu all den kleinen Anlegestellen, wo Frachtgüter ausgeladen und Tabakfässer an Bord genommen wurden.

Abgesehen vom Neubau der Kapelle hatte sich St. Mary's seit Anicahs Ankunft vor nunmehr anderthalb Jahren kaum verändert. Auf der Gouverneurswiese gab es nicht einmal einen fest installierten Pranger oder Schambock, der hin und wieder für Abwechslung und Vergnügen hätte sorgen können. Über dem Fluß hing auch kein Tauchstuhl zur Strafspülung von Schandmäulern und Verleumdern. Daß der Galgen schon aufgepflanzt worden war, bevor die Ehrenbürger und der Verurteilte den Schauplatz erreichten, kam Anicah so vor, als würde man ein Pferd von hinten aufzäumen. Aber immerhin ...

»Daß wir jetzt einen Galgen haben, läßt darauf hoffen, daß demnächst auch ein Biergarten eröffnet wird«, meinte Anicah und schmunzelte Dina zu.

»Was ich sehr bezweifle.«

Dina kehrte in die düstere Küche zurück. Anicah eilte zur Gouverneurswiese, wo es zwischen einigen Raufbolden zum Streit gekommen war. Anicah feuerte sie an, als sie plötzlich eine leichte Hand auf der Schulter spürte. Sie drehte sich um und sah in Pater Poultons traurige, blaue Augen.

»Guten Morgen, Sir«, grüßte sie und knickste flüchtig.

»Der Himmel sei mit dir, Jungfer Anicah.« Er stockte. »Ich möchte dir sagen, wie leid es mir tut um deinen Martin.«

»Das ist lieb von Euch, Hochwürden.« Wieder machte sie einen Knicks. *Dein Martin.* Im stillen wiederholte sie die Worte. *Dein Martin.*

»Wäre es an mir gewesen, ich hätte ihn nicht verkauft. Aber Vater Copley bestand darauf.«

»Ich danke Euch.«

Er segnete sie mit dem Kreuz und ging weiter.

Margaret nahm ihre Schwester Mary bei der Hand, als sich die Prozession näherte. Sie war sprachlos vor überschwenglicher Freude. Daß sie einmal auf englischem Boden Zeugin eines solchen Anblicks werden würde, hatte sie in ihren kühnsten Träumen nicht zu hoffen gewagt. Und nun zelebrierte Pater Copley eine Feier, wie es sie in England nicht mehr gegeben hatte, seit vor hundert Jahren von König Henry die Ausübung der römisch-katholischen Religion verboten worden war.

Copleys junger Diener trug die Standarte der Gesellschaft Jesu, Lewgers Sohn ein großes Kruzifix aus Holz. Ihnen folgte Mathias DaSousa mit dem Heiligenschrein, der den Kreuzessplitter zum Inhalt hatte. Ein Meßdiener hielt ein verschlossenes Gefäß mit Weihwasser in den Händen.

Über seiner knöchellangen weißen Albe trug Vater Copley eine mit Goldspitzen betreßte Stola. Darüber hing ein schweres purpurrotes Meßgewand mit aufgesticktem Kreuz, das golden vom Halsausschnitt bis zum Saum reichte. Er hatte die langen Arme nach vorn ausgestreckt und stimmte, langsam weiterschreitend, das Agnus Dei an. Leonard Calvert, Pater Poulton und sechs Mitglieder der Ratsversammlung bildeten den Schluß des Umzugs. Die Herrschaften hatten dem feierlichen Anlaß gemäß ihre beste Garderobe angelegt, doch das fiel niemandem auf, denn alle Augen waren auf die sechs Piscataway gerichtet, die in der Mitte der Parade vorbeizogen. In ihrer geschmeidigen Anmut ließen sie die Kavaliere aussehen wie tumbe Buben, die in den Kleidern ihrer Väter Eindruck zu schinden versuchten.

Pater Andrew White schlurfte in seiner zerlumpten Soutane und auf ausgelatschten Sandalen zwischen den Indianern umher. Der Kranz seiner dünnen weißen Haare wippte rhythmisch auf und ab. An seiner Seite ging ein gedrungener Indianer; er trug ein frisches Leinenhemd und einen übergroßen Mantel aus blauem Düffel. Darunter traten seine kräftigen, krummen Beine hervor.

»Der da scheint Kittamaquund zu sein«, flüsterte Margaret ihrer Schwester zu. »Sie nennen ihn Tayac, was soviel wie Herrscher bedeutet.«

Kittamaquund sollte, wie verabredet, auf dem Schwesternhof zu Mittag essen, und Margaret fragte sich, was für eine Art Gast er wohl sein würde.

Sie schätzte ihn auf Mitte dreißig. Die rechte Kopfhälfte war kahlrasiert, doch von der linken fiel eine dichte schwarze Mähne bis zur Taille. Um den Hals hing, in konzentrischen Schleifen auf dem Hemd liegend, eine mehrteilige Kette aus Wampum Perlen, Bärenklauen und einem Falkenschnabel.

Der zum Tode Verurteilte hatte darum gebeten, von Vater White getauft zu werden, doch der eigentliche Anlaß für all den Pomp war die Anwesenheit von Kittamaquund. Die Jesuiten hofften, durch ihn und seine Bekehrung das ganze

Volk der Piscataway für ihre Kirche gewinnen zu können.

Der Federschmuck im Haar der Krieger ragte weit über die hohen Hüte der Herrschaften hinaus. Die Bemalung auf den Gesichtern und Brüsten wirkte gespenstisch. Sie trugen lange Bögen und aus Weidenruten geflochtene Köcher voller Pfeile, die mit getrimmten Truthahnfedern versehen waren. In den Ledergürteln, die sie um die Hüften geschlungen hatten, steckten Beile und Messer, und zwischen den Beinen baumelte eine Schürze aus Leinwand oder Fuchshaut bis zu den Knien herab. Einer Schleppe gleich zogen sie Wolfs-, Panther- oder Bärenfelle durch den Staub hinter sich her. Die Männer starrten unverwandt geradeaus, als ignorierten sie die aufgeregten Reaktionen, die sie unter den Zuschauern auslösten.

Hinter ihnen schritt der Gefangene mit gebundenen Händen. Er trug nur einen Lendenschurz und, an einem Riemen um den Hals hängend, ein Kruzifix aus gegossenem Zinn. Er überragte alle anderen um Haupteslänge.

Als Pater Copley den Galgen erreichte, blickte er zum Himmel auf und breitete die Arme aus. In diesem Moment stach die Sonne hinter dunklen Wolken hervor und tauchte die Szene in goldenes Licht. Die Menge glaubte, eines Wunders teilhaftig zu werden. Ehrfurchtsvoll sanken alle, auch die Nicht-Katholiken, auf die Knie. Von der frivolen Ausgelassenheit in Erwartung des mörderischen Spektakels war nichts mehr zu spüren.

Nach halbstündiger Liturgie tauchte Pater Copley seine Finger ins Weihwasser und beschrieb ein Kreuz auf der Stirn des Aalverkäufers. Der stieg daraufhin auf das niedrige Podest und stand schweigend da, während der Sheriff ihm die Schlinge um den Hals legte. Aus Copleys Hand nahm der Todgeweihte Oblate und Meßwein entgegen. Schließlich erhielt er die Letzte Ölung. Der Priester empfahl die Seele des Konvertiten Gott, dem Allmächtigen, seinem Sohn Jesus Christus, der Jungfrau Maria und allen Heiligen im Himmel. Dann trat er zurück, und Ammann Lewger gab dem Sheriff das Zeichen.

Der hatte sichtlich Mühe, den großen Mann am Strick hochzuhieven. Vaughan sprang herbei und packte mit an. Die Augen des Indianers quollen hervor; die Zunge hing ihm aus dem Hals. Das Gesicht verfärbte sich violett. Er trat mit den Beinen aus, ließ Wasser unter sich. Der letzte Spasmus schüttelte ihn wie eine Marionette am Draht. Dann erschlaffte er.

Margaret und Mary beteten für seine Seele. In der Menge fingen einige zu johlen an.

»Ein Schweinedieb weniger!« rief Joan. »Die Papisten können die Wilden bis zu den Ohren in ihr Hexenwasser tunken, und es ändert sich nichts daran, daß sie mit Menschen allenfalls die äußere Gestalt gemeinsam haben.«

Hinter dem alten Brown, der auf großer Trommel den Trauertakt vorgab, formierte sich der Leichenzug, und gemeinsam ging es zum Gottesacker hinter der Kapelle. Diener und Bauern schlossen sich an. Es wurde munter diskutiert: über die Hinrichtung, das Wetter, das Getreide, das Vieh und über die Mißbildung eines Ferkels, das jüngst zur Welt gekommen war. Alles erfreute sich an dem schönen Frühlingstag und den arbeitsfreien Stunden.

Während Copley die Grabrede hielt, versuchte Margaret nicht daran denken zu müssen, daß noch über tausend Tabaksetzlinge zu pflanzen waren. Warum, so fragte sie sich, hatte sie eigentlich zugestimmt, als Leonard Calvert mit der Bitte an sie herangetreten war, dem Häuptling der Piscataway ein Gastmahl auszurichten? Leonard hatte es so dargestellt, als würde ihr eine große Ehre zuteil werden, doch Margaret wußte sehr wohl, daß er sich selbst nur vor dieser Verpflichtung drücken wollte.

Sie bedauerte nun, den Mägden befohlen zu haben, in die Ecken und oberen Kammern des Hauses zusätzlich Spreu aufzuschütten. Denn dadurch würden sich, wie ihr schwante, womöglich manche Zecher am Abend ermuntert fühlen, dem Harndrang an Ort und Stelle nachzugeben, statt vor die Tür zu gehen. Aber damit war ohnehin zu rechnen. Sei's drum; am

Morgen würden alle Böden mit Scheuersand geschrubbt werden müssen. Daran, wie sich die Indianer aufführen mochten, wollte Margaret gar nicht erst denken.

Sie machte sich auch Sorgen darum, ob es in ihrer Küche womöglich zur Keilerei kommen könnte. Margaret hatte nämlich Mary Courtney angeheuert, um Bess bei der Zubereitung der Mahlzeit zu helfen – nicht zuletzt auch, um einen Teil der Schulden ihres Mannes abzuarbeiten. Deren kleiner Sohn war gestorben, aber Mary erwartete inzwischen ihr zweites Kind.

Das Sanctusglöckchen rief Margaret aus ihrer Grübelei zurück. Pater Poulton besprengte den Leichnam mit Weihwasser, und dann wurde der Sargdeckel aufgenagelt. Als der Choral zum Abschluß der Bestattungsfeier gesungen war, machten sich Margaret und Mary auf den Rückweg, der durch den Wald über Giles' Tabakfelder führte. Einen seltsamen Anblick bot ihr Gefolge: schwarzgekleidete Priester, federgeschmückte Indianer, stolze Kavaliere mit herausgeputzten Damen und eine buntgemischte Dienerschar. Giles' Hunde sprangen durch die Büsche voraus.

Als sie den Schwesternhof erreichten, trat Kittamaquund ans Steilufer, blickte hinaus auf den breiten Fluß und richtete ein paar Worte an Pater White. Robert Vaughan übersetzte.

»Er sagt, sein Volk habe hier einst glückliche Zeiten verlebt, in diesen Gewässern gefischt und in diesen Wäldern gejagt.« Und augenzwinkernd fügte Robert hinzu: »Von hier aus, sagt er, seien sie losgezogen, um benachbarten Stämmen Frauen und Getreide zu stehlen.«

Margaret ließ die Albernheit unkommentiert und wollte wissen: »Was hat sie veranlaßt, das Land zu verlassen?«

»Andere Marodeure aus dem Norden. Die Susquehannocks zum Beispiel. Jahr für Jahr fielen sie über seine Dörfer her und töteten Mitglieder seines Stammes. Darum haben sie auch ohne Zögern die englischen Siedler willkommen geheißen. Angetan waren sie vor allem von deren Schießbüchsen. Wir sind für sie bloß eine willkommene Schutzwehr gegen ihre Feinde.«

»Sergeant Vaughan, ich würde es vorziehen zu glauben, daß sie Gottes Liebe zu schätzen gelernt haben.«

»Sie schätzen viel mehr die Reichweite der englischen Musketen, Mistreß Margaret.«

Edward, der Verwalter, wartete an der Haustür. Kittamaquund ging geradewegs auf ihn zu, schüttelte seine Hand und schlug ihm, die englische Art imitierend, auf die Schulter, allerdings mit solcher Wucht, daß dem Ärmsten fast die Puste wegblieb. Vater White nahm Margarets Arm und eilte mit ihr herbei, um unbedachten Reaktionen auf diese Ungeschicklichkeit entgegenzutreten.

»Mistreß Margaret ist die ...« Er suchte nach Worten, die sein Freund verstehen würde. »Sie ist die Tayac von diesem Dorf.« Und in der Tat, mit all seinen neu entstandenen Nebengebäuden und Palisaden glich der Schwesternhof zunehmend einem kleinen Dorf.

Kittamaquund langte nach ihrer Hand, und während er sie heftig schüttelte, sprach er mit weicher, kehliger Stimme – offenbar ein paar höfliche Floskeln. Margaret verneigte sich und ließ ihn ins Haus eintreten. Bratenduft und das köstlichen Aroma von Mary Courtneys Kräutern durchströmten den Raum.

Aus der Nähe betrachtet waren die verwitterten Klippen und Schluchten seiner Physiognomie noch furchterregender. Margaret konnte sich sehr gut vorstellen, daß dieser Mann fähig war, den eigenen Bruder zu töten, um auf den Thron zu steigen, und sie zweifelte keinen Augenblick daran, daß er auch Engländer umbrächte, wenn sie ihm im Weg stünden. Er war kräftig und machtvoll. Scharfsinnig und gerissen wirkte sein Blick aus den dunklen Augen, die sich allzu eng an den starken Nasenrücken drängten. Margaret schätzte ihn ein als einen großzügigen Mann, der seine Großzügigkeit jedoch vor allem sich selbst zugute kommen ließ.

Die geräumige Diele maß fünfzehn auf zwanzig Fuß. Den größten Teil der Fläche nahmen aber schon die Tische, aus Böcken und Brettern aufgebaut, in Anspruch, und es waren mehr Gäste gekommen als angemeldet. Margaret hatte als

Gastgeberin sonst immer alles im Griff, nun aber fühlte sie sich überfordert. Wie sollte sie all diese Leute an den Tischen unterbringen – und wo plazieren? Was die Sitzordnung so heikel machte, war der Umstand, daß sieben ihrer Gäste halbnackt waren und mit Bärenfett eingeschmiert; einer hatte gar ein blankes Hinterteil.

Die Piscataway halfen ihr aus der Verlegenheit. Ungezwungen schlenderten sie durch den Raum, fegten mit den langen Fellschleppen die Spreu vom Boden und sahen sich alles sehr genau an. Sie kletterten über die Stiege nach oben und inspizierten die Kammern unterm Dach, traten in die Feuerstelle, um die Esse zu begutachten, und warfen einen Blick in die Küche, aus der sie sich aber schleunigst zurückzogen, denn Mary Courtney fing zu schreien an und schleuderte ihnen eine Bratpfanne entgegen. Margaret versuchte, sich zu entschuldigen, doch die Männer fanden es offenbar selbstverständlich, daß eine Frau am Herd schnell die Nerven verliert.

Nachdem sie ihre Neugier gestillt hatten, marschierten sie einer nach dem anderen und in würdevoller Haltung nach draußen. Zurück blieb nur Kittamaquund. Pater White bestand darauf, daß der Häuptling als Ehrengast zu behandeln sei, und darum stand ihm der beste Sessel zu, auf dem er seine blanken Batzen würde setzen dürfen. Die übrigen Gäste schwärmten munter umher; von Margarets Dilemma schienen sie keine Notiz zu nehmen.

»Ich habe ihm einzureden versucht, doch eine Hose zu tragen«, flüsterte ihr Vater White zu, als der Tayac eine der Pistolen von der Wand nahm und in den Lauf plierte. »Aber er meint, daß Wolle seinen empfindlichen Teilen schade.«

Daß es an diesem wilden Mann überhaupt eine empfindliche Stelle geben sollte, konnte Margaret kaum glauben. Seine dunkelbraune Haut sah aus wie gekochtes Leder. Kurzerhand beschloß Margaret, über den Sessel ein Tuch legen zu lassen, zum Schutz des Polsters und zu Ehren des Gastes.

In der Küche wurde ein Poltern laut, und dann war großes Gejammer zu hören.

»Dummkopf!« brüllte Mary Courtney. »Tölpel!«

»Der Himmel versorgt uns mit Speisen«, sagte Margaret seufzend, »aber die Hölle schickt Köche.«

Sie ging in die Küche, um nach dem rechten zu sehen. Schlagartig wurde es still darin. Als sie zurückkam, grinste ihr Vater White entgegen, während ihm Kittamaquund ein paar Worte ins Ohr flüsterte.

»Er sagt, daß er sich wünsche, seine Frauen ebensogut im Zaum halten zu können.«

»Seine Frauen?«

»Zur Zeit hat er drei, aber ich bin dabei, ihm klarzumachen, daß diese Art zu leben falsch ist.«

Kittamaquund sagte nun etwas, daß der Vater zu überhören schien. Statt seiner übersetzte Robert Vaughan.

»Er will wissen, warum Ihr keinen Ehemann habt, Mistreß.«

»Antwortet ihm, daß ich mich dazu entschlossen habe, mein Leben Gott zu widmen.«

Vaughan vermittelte Kittamaquunds Entgegnung darauf.

»Er hält Euch für sehr weise. Gesponse seien eine große Ablenkung, wie er meint.«

Der Häuptling war auf die Kappe von Baltasar Codd aufmerksam geworden und steckte einen Finger durch die beiden Einschußlöcher.

Vater White sagte: »Er will wissen, ob Ihr die Löcher mit dem kleinen Donnerrohr gemacht habt.«

»Ja, aber die Kugel hat dem Strolch nur die Schwarte aufgeritzt.«

Kittamaquund trat vor die Haustür und legte mit der Pistole auf die Kappe an, die er mit ausgestrecktem Arm hochhielt. Was er nun sagte, brachte seine Männer zum Lachen.

»Falls Ihr jemals von den Engländern genug haben solltet, würde er Euch gern in den Reihen seiner Krieger sehen«, sagte Vater White.

»Es ist angerichtet, Mistreß.« Mary Courtney knickste artig in der Tür; ihr Gesicht war rot und glänzte verschwitzt.

Die Gäste nahmen an den Tischen Platz. Zuerst wurde auf König Charles angestoßen, gleich anschließend auf diesen oder jenen, und schließlich machten sie sich über den Rostbraten her, das Wildbret, die Pasteten, die gebratenen Tauben und die in Wein gegarten Süßkartoffeln. Robert Vaughan seufzte glückselig und öffnete den Hosengurt, als die große Schüssel mit Mary Courtneys Ragout aufgetafelt wurde.

Als auch der Maisbrei verzehrt war, gab sich selbst Vaughan geschlagen, und die Gäste zogen sich in den Nebenraum zurück, um Süßwein und Pfirsichschnaps zu trinken. Vaughan unterhielt sie mit einer Geschichte über einen Waliser und dessen Entsetzen, als er zum ersten Mal einen tabakrauchenden Menschen zu Gesicht bekam.

»›O Jhesu, Jhesu, Mann!‹« Mit der Wiedergabe des walisischen Dialekts hielt es Vaughan nicht so genau, dafür aber war sein Vortrag um so komischer. »›Feurio! Dir brennt die Schnute lichterloh!‹ Und dann kippte er dem anderen sein Bier ins Gesicht.«

Vaughan schwenkte, die Szene nachspielend, seinen leergetrunkenen Krug durch die Luft, und die Frauen duckten sich kreischend.

Margaret lachte. »Wie gern würde ich so manchem Raucher begegnen.«

Anne Lewger trat von hinten an sie heran und flüsterte ihr ins Ohr. »Schaut einmal, an Sergeant Vaughans Beinen zeigt sich, wes Geistes Kind er ist. Ein Querkopf mit zwei Paar Strümpfen.«

Auch Margaret war aufgefallen, daß Vaughans Strümpfe nicht zueinander paßten. Doch was sie viel mehr störte, war, daß Mistreß Lewger einen ihrer Gäste zu beleidigen wagte.

Margaret hatte selbst Bedenken gehabt, Vaughan einzuladen. Seine Aufmachung war alles andere als schicklich, und wenn ihm der Alkohol zu Kopf stieg, konnte er sehr ausfallend werden. Außerdem war er Protestant und von niederer Herkunft. Aber als rechte Hand ihres Bruders konnte sie ihn nicht ausschließen. Außerdem hatte er eine wundervolle Singstimme. Wenn seine Lieder mitunter auch reichlich zotig waren, so brachte er sie doch immer wieder zum Lachen.

Den ganzen Nachmittag über amüsierte sich die Gesellschaft bei Musik, Tanz und Spiel. Als die Dämmerung einsetzte, stand Kittamaquund von seinem Sessel auf und verschaffte sich Gehör. Vater White übersetzte, und sein altes Gesicht strahlte vor Freude.

»Kittamaquund erklärt, daß er das heilige Sakrament der Taufe empfangen und Gottes Kind werden möchte. Er bereut seine Sünden und will hinfort nur noch mit einer Gemahlin zusammenleben, um genügend Muße zum Gebet zu haben.«

Alles applaudierte. Dann machte sich Aufbruchstimmung breit. Die Lewgers hatten es eilig, vor der Dunkelheit nach Hause zu kommen, und verabschiedeten sich. Nach und nach gingen auch die anderen. Kittamaquund und die Jesuiten ließen sich in der Diele nieder, um mit dem Katechismusunterricht zu beginnen.

Die Nacht war angebrochen, als Vaughan seinen Hut nahm. Margaret stand in der Tür und schaute ihm und ihrem Bruder nach, die Arm in Arm davontorkelten. Als sie das Palisadentor erreichten, drehte sich Vaughan noch einmal um, winkte und rief: »Es war wunderbar, Mistreß Margaret. Euer Zider entschuldigt alle Kopfschmerzen.«

»Geht mit Gott.« Bevor Margaret die Tür schloß und den Riegel vorschob, warf sie einen Blick auf die Gruppe der Piscataway, die pfeiferauchend unter der Eiche im Hof lagerte. Sie hockten, in ihre Fellmäntel gehüllt, um ein Feuer herum, dessen Schein bis zum Laubdach emporflackerte. Es war ein friedliches Bild, fast unwirklich. Margaret fragte sich, was die Brüder und Schwester daheim in England wohl davon halten würden.

32

Unter lautem Hundegebell führte Kittamaquund die Gäste durch sein Dorf, vorbei an kuppelförmigen Bauten, aufgehäuften Muschelschalen und Spaliergerüsten zum Trocknen von Fischen. Die Bewohner umringten die Fremden. Es waren auch Stammesmitglieder aus entlegenen Dörfern angereist, um an dem großen Fest teilzunehmen; nicht nur wurde wie jedes Jahr das Keimen der neuen Saat gefeiert, sondern auch die Initiation ihres Anführers in die Gemeinschaft der schwarzen Roben. Es hatte sie natürlich vor allem auch Neugier auf die haarigen Bleichgesichter angelockt, die sich, wie man hörte, so seltsam plump und drollig zu kleiden pflegten.

Die Engländer enttäuschten ihre Erwartungen nicht. Leonard Calvert und die Abgeordneten der Ratsversammlung waren ausstaffiert, als wollten sie in der Westminster Abbey einer Königskrönung beiwohnen. Sie stampften in schweren Stiefeln einher, deren Stulpen tief heruntergekrempelt waren, um den Blick auf bunte Seidenstrümpfe freizugeben. Die breiten Krempen der hohen Hüte wippten wie flügellahme Geier auf und ab.

Martin stand abseits vor einer Holzwand und hielt die blauen Augen gesenkt. Er lebte nun schon seit vier Monaten unter den Indianern und hatte sich daran gewöhnt, Mokassins und Lendentuch zu tragen, fühlte sich aber nun nackt und von den Gästen beargwöhnt wegen seiner bleichen Haut, obgleich sie inzwischen, von der Sonne getönt, dunkel wie brauner Zucker war. Das Haar war nicht mehr geschnitten worden, seit er Reißaus genommen hatte. Es fiel ihm bis auf die Schultern herab.

Martin fürchtete, daß einer von den Engländern mit dem Finger auf ihn zeigen und rufen würde: »Ergreift den Strolch und hängt ihn auf!« Doch niemand nahm von ihm Notiz. Die Gäste betraten nun Kittamaquunds neues Haus, ein mit

Baumrinde gedecktes Tonnengewölbe, achtzehn Fuß lang, fünfzehn breit und im Scheitelpunkt zwölf Fuß hoch. Dort blieben sie den ganzen Vormittag. Boten eilten rein und raus, brachten Speisen, Getränke, Tabak und Fächer aus Truthahnfedern. Gerade an diesen Fächern schien Kittamaquund großen Bedarf zu haben. Die Engländer waren für das schwüle Juliwetter viel zu dick angezogen und schwitzten vor sich hin.

Die Dorfbewohner, die das Haus belagerten, um noch einen Blick von den Fremden zu erhaschen, zogen sich nacheinander in ihre Hütten zurück, um Vorbereitungen auf die Zeremonie zu treffen. Als Martin über den Tanzplatz ging, auf dem Kittamaquunds Taufe vollzogen werden sollte, kamen ein paar Kinder angelaufen und schwirrten um ihn herum.

»Mah-tien«, riefen sie. »Wir wollen fliegen.«

Ohne stehenzubleiben, hob er eins nach dem anderen vom Boden auf und wirbelte es durch die Luft. Doch sie gaben sich nicht zufrieden und zerrten ihn an Armen und Beinen.

Ihr Lachen machte ihm bewußt, wie trostlos das Leben in St. Mary's war. Der Dienerschaft war es nicht gestattet, Kinder in die Welt zu setzen, und die Bauern verzichteten oft selbst darauf, weil ihnen zur Pflege und Aufzucht die Zeit fehlte. Und von den Kindern, die dennoch geboren wurden, starben die meisten, noch ehe sie einen Namen hatten, an den man sich erinnern konnte. Wer aber überlebte, mußte schon in jungen Jahren den Erwachsenen bei der Arbeit zur Hand gehen; zum Spielen gab's kaum Gelegenheit.

Mit den Kindern im Gefolge ging Martin zu dem Haus, das der Frau von Edwards Onkel mütterlicherseits gehörte. Dort hatte der Junge Unterkunft gefunden.

Edwards Onkel hockte mit drei Freunden vor dem Eingang und fragte: »Na, mein Neffe, hast du von meinem Bruder Tabak bekommen?«

»Ja, Onkel.« Martin reichte ihm den gefüllten Beutel und betrat das Haus. Die lichte Höhe betrug zehn Fuß, und die Grundfläche maß vierzig auf fünfzehn Fuß. Durch drei Löcher im Dach fielen gebündelte Sonnenstrahlen. Der Rauch von der Feuerstelle zog in dünnen Schlieren träge umher, als lotete er die Grenzen des Freiraums aus.

Das Sonnenlicht beschien die Decken der Schlafbänke an den Längswänden, troff wie Honig über bauchige Tongefäße und Körbe und vergoldete die Pflugscharen, die aus den Schulterblättern eines Bisons hergestellt worden waren.

Es war stickig heiß, aber Martin wagte es nicht, zum Onkel nach draußen zu gehen, aus Angst, von seinen Landsmännern erkannt zu werden. Er setzte sich auf eine der Matten, die den Lehmboden bedeckten, und schnitzte an einem Eschenknüppel weiter. Von den Männern vor der Tür war immer wieder *Ha ho!* zu hören – »So ist es!« Sooft Martin, um die Sprache zu lernen, neue Worte aufschnappte, kam er sich vor wie ein Hündchen, das nach Schmetterlingen springt. Doch nun fing er an, von Anicah zu träumen. Er versuchte, sich an den Klang ihres Lachens zu erinnern, an das Licht in ihren Augen, an den Schwung der Nase.

Onkels Stimme holte ihn in die Wirklichkeit zurück. Der Alte war ein komischer Vogel mit Knollennase und Glupschaugen. Er brachte seine Freunde ständig zum Lachen, verzog aber in der Regel selbst keine Miene.

»Neffe, was meinst du? Ob's im Himmel der Schwarzröcke für uns ein eigenes luftiges Fleckchen gibt, oder müssen wir dort in enger Gemeinschaft mit stinkenden Engländern leben?«

»Ich weiß nicht, Onkel«, sagte Martin.

Wolf war ein knochiger Alter mit Triefaugen. Er fragte: »Werden die Schwarzröcke auch über die Seneca und die Susquehannocks ihr Wasser spritzen und sie heilig machen, daß sie gleichfalls in den Himmel kommen?«

»Wahrscheinlich.«

»Dann werden sie uns wohl auch aus dem Himmel vertreiben, so wie hier von unseren angestammten Jagdgründen.«

»Im Himmel gibt's keinen Krieg.« Martin spürte, daß seine Worte auf Unverständnis stießen.

»Wie dem auch sei«, sagte der Onkel. »Ich will nicht in

ihren Himmel. Es heißt, daß es uns da oben verboten ist, unsere Frauen zu kitzeln.«

Als hätten sie auf dieses Stichwort gewartet, tauchten nun lachend seine Nebenfrau und deren Kusinen auf. Sie kamen vom Fluß, in dem sie gebadet hatten, und die langen schwarzen Haare klebten feucht und glänzend auf dem Rücken. Bis auf den kurzen Schurz aus weichem Leder waren sie nackt. Um den Hals trug jede eine Kette aus aneinandergereihten Bärenklauen, die auf den Brüsten lagen.

Von seinem Platz am Boden aus bot sich Martin ein erregender Ausblick auf die Schenkel. Er konzentrierte sich auf sein Schnitzwerk, doch ihr Kichern war nicht auszublenden. Er spürte, daß sie ihn mit koketten Blicken musterten. Aus Gründen, die er nicht verstehen konnte, fanden sie ihn nach wie vor amüsant.

Am Rand des Gesichtsfelds sah er, wie sie die geflochtenen Binsenmatten beiseite schoben, die, von der gewölbten Decke hängend, einzelne Schlaflager voneinander abteilten. Martin kannte jeden Winkel des Hauses, bis auf den kleinen Raum jenseits des letzten Vorhangs; der war ihm bislang verschlossen und fremd wie China. Dort wohnte die Nebenfrau, die Schwester der ersten. Martin wäre eher in eine Bärenhöhle gekrochen, als daß er sich auf jene Seite hin vorgewagt hätte.

»Itah«, sagte Edward. »Gutes sei mit dir, Onkel.«

Bevor er das Haus betrat, warf er dem Kind, das ihm gefolgt war, eine Handvoll Walnüsse zu. Aber das kleine Mädchen ließ sich nicht so billig abspeisen. Es war die Tochter von Kittamaquund, und sie hatte einen Narren an ihm gefressen, zumal Edward seit seiner Taufe ein Günstling ihres Vaters war. Diese Sonderstellung brachte ihm manche Vorzüge, aber eben auch den Nachteil, daß ihn das ungestüme Kind nicht mehr aus den Augen ließ.

»Neffe«, fragte der Onkel. »Hast du beobachten können, ob die Schwarzröcke im Haus des Tayac wieder einmal Zaubereien veranstalten? Haben sie es womöglich schon geschafft, seine dritte Frau zum Schweigen zu bringen?«

»Nein, Onkel«, antwortete Edward geduldig. Die ständigen Fragen des Onkels über die Jesuiten und deren Wunderkräfte waren nicht ganz unberechtigt. Wenn wahr wäre, was sie behaupteten, konnten sie ihren Anhängern in allen Belangen spirituelle Hilfe geben, nicht zuletzt in Familienangelegenheiten.

Wolf sagte: »Der Schwarzrock mit den weißen Haaren spricht davon, daß sein Gott die neugierige Frau eines Mannes in Salz verwandelt hat. Ein solcher Zauber könnte auch uns mitunter nützlich sein.«

Hinter den geflochtenen Matten brach schallendes Gelächter aus. Der Onkel kam gar nicht mehr zu Wort, so laut kicherten die Frauen. Und nun kam auch die erste Frau herbei; ihre großen, festen Brüste marschierten vor ihr her wie eine Ehrengarde.

Sie war offenbar nicht gut gelaunt. Den ganzen Vormittag über hatte sie in ihrem Garten Wache gehalten, um zu verhindern, daß bei all dem Rummel an diesem Tag die Pflanzen zertreten wurden. Mit lässiger Handbewegung winkte sie drei Jungen zu sich, die vor dem Haus herumlungerten. Die beiden kleineren stiegen auf den Rücken des dritten, lösten die unter der Decke befestigten Matten und ließen sie vorsichtig zu Boden gleiten. Auf diese Weise arbeiteten sie sich bis zur Stirnwand vor. Es war, als würde eine Zwiebelschale nach der anderen entfernt, und so enthüllte sich Stück für Stück des Innenraums. Die jungen Frauen in der hinteren Nische merkten davon nichts; sie redeten und kicherten munter weiter.

Erst als die letzten Matten fielen, blickten sie erschrocken auf und blinzelten ins Licht. Sie versuchten, eine beschämte, reumütige Miene aufzusetzen, was ihnen aber nicht ganz gelang. Nacheinander fingen sie wieder zu kichern an.

Die Nebenfrau und Edwards Kusine hatten zwei von englischen Händlern erworbene Männerhemden stibitzt und angezogen, die Kragen eingeschlagen, auf Höhe der Ellbogen Lederriemen um den Arm geschnürt und die Ärmel aufgeplustert. Über die Hemden hatten sie Decken, Schals und Stoffe drapiert und mit allen Bändern, Litzen und Perlenschnüren verziert, die aufzutreiben gewesen waren. Zurechtgeschnitzte große Borkenstücke dienten als Brustmieder.

Die Hauptfrau warf den Kopf zurück und lachte so herzhaft, daß die Brüste bebten. Auch die Männer konnten nicht an sich halten. Martin, der auf modische Besonderheiten sonst kaum achtgab, erkannte auf Anhieb, daß hier die englische Frauentracht auf erstaunlich genaue Weise kopiert worden war.

Die Hauptfrau befahl, die Matten wieder aufzuhängen. Dann ließ sie, um das Haus zu lüften, einen Teil des Dachs abdecken, und rügte die jüngeren Frauen, daß sie dafür nicht selbst schon gesorgt hatten.

Sie hockte sich auf die Fersen und flüsterte etwas in Onkels Ohr, ohne dabei Martin aus den Augen zu lassen, was den Jungen sichtlich irritierte. Zusätzlich nervös machte ihn der Anblick der auf ihren Hüften verrutschten Schürze. Die Frau war äußerst breit gebaut und, von den Brüsten abgesehen, vorn und hinten flach wie ein Brett.

»Komm«, sagte sie und deutete hinaus in den hellen Sonnenschein. Ihre Order gab sie ohne den leisesten Zweifel daran, daß diese auch prompt ausgeführt wurde. Männer bauten die Häuser, doch das Regiment darinnen führten die Frauen, da sie als Eigentümer galten. Martin dachte, daß sie, Onkels Hauptfrau, und Mistreß Margaret Brent in Fragen der Haushaltsführung und des Ackerbaus sehr gut miteinander auskommen würden, denn ihre jeweiligen Ansprüche waren ähnlich.

Martin nahm auf der ihm zugewiesenen Stelle am Boden Platz; der Onkel und seine Freunde setzten sich um ihn herum.

»Sie wird dir jetzt das Haar schneiden«, sagte Edward.

»Aber ich bin doch kein Krieger. Ich habe mich noch an keinem Kampf beteiligt.«

»Tante und Onkel meinen, daß du mit einem neuen Haarschnitt weniger auffallen würdest.« Edward verschwieg, daß der Vorschlag tatsächlich von Kittamaquund kam. Jeder wußte, daß er großen Wert auf Martins Schutz legte. Wahrscheinlich, so spekulierte Edward, war der Tayac besonders davon angetan, den Engländern und vor allem John Dandy ein Schnippchen schlagen zu können, indem er ihnen Martin vorenthielt. Dandy betrog im Handel mit den Piscataway und verkaufte ihnen verdorbenen Schnaps. Und die anderen Engländer versuchten, die kräftigsten jungen Männer des Stammes für die Arbeit auf ihren Feldern zu verdingen.

Die Hauptfrau kramte in einem Korb voll Muschelschalen und prüfte deren Schneide mit dem Daumen. Das trockene Rasseln im Korb ließ Martin die Härchen auf den Armen zu Berge stehen. Er stellte sich den blutbefleckten Balg eines Kaninchens vor, dem das Fell mit Hilfe solcher Muscheln von der Haut gelöst und über die Ohren gezogen wurde.

»Wie soll sie's schneiden?« fragte er.

»So wie bei mir. Weder du noch ich haben je einen Feind erschlagen.« Edward drehte den Kopf, um Martin einen Blick von allen Seiten zu gestatten. Die rechte Seite war kahlrasiert; links war das Haar über dem Ohr zu einem Knoten zusammengefaßt.

Der Onkel beugte sich vor und lüftete mit dem langen Pfeifenstiel Martins dunkle Locken über dem rechten Ohr. Kopfschüttelnd ließ er es dann wieder fallen. Auch die anderen Männer zeigten sich unzufrieden.

»Was ist?« fragte Martin.

»Nichts.« Edward warf dem Onkel einen vielsagenden Blick zu.

»Was ist?«

Onkel gab nun Antwort: »Der Frau von Blauer Flügel ist mal die Klinge ausgerutscht und ins Ohr gesaust; es hing nur noch an einem Hautfetzen. Sie hat es dann mit der Knochennadel und einem Stück Hirschsehne wieder angenäht.« Der Hinweis implizierte, daß die Frau von Blauer Flügel nichts im Sinn hatte mit jenen feinen Metallnadeln und dünnen Garnen, die die Fremden zum Tausch anboten. »Das Ohr wurde erdbeerrot, dann grün, violett und schwarz und so weich wie Schildkrötenkot.«

»Ist er gestorben?«

»Natürlich.«

Die Hauptfrau schlang ein Büschel von Martins Locken um ihre Hand und zerrte den Kopf zur Seite, als versuchte sie, ihm das Haar mit der Wurzel auszureißen. Vor Schmerzen tränten dem Jungen die Augen, und er hätte am liebsten laut losgeheult, als er den Muschelgrat über die Schwarte kratzen hörte und spürte.

»Sie will mir wohl den Skalp nehmen, um den Seneca den langen Weg hierher zu ersparen«, sagte er.

Die Männer lachten. Martin zwinkerte die Tränen aus den Augen und starrte unmittelbar auf die schweren Brüste, die wie zwei halbgare Preßsäcke aus Nierenfett hin und her wabbelten. Seine Nase geriet in Gefahr, dazwischen platt gedrückt zu werden. Er roch ihren rauchigen Duft, schloß die Augen und versuchte, die schabenden Geräusche am Kopf zu ignorieren.

Die Nebenfrau und die Kusinen waren herbeigeeilt, um der Rasur zuzusehen; sie tuschelten und kicherten hinter vorgehaltener Hand. Je weiter sich die Röte auf Martins Wangen ausbreitete, desto lauter lachten sie. Als die Prozedur beendet war, fuhren alle mit der Hand über den Kopf des Jungen, bestaunten die seidene Haut und verwunderten sich darüber, wie weich und elastisch sie war.

Martin wußte nicht, wie ihm geschah, aus nächster Nähe all dieser schimmernden Frauenkörper ansichtig zu werden. Brüste, honig- bis melassefarben, klein und fest, groß und weich, wippten vor ihm her. Als ihm eine Brust über die Schulter streifte, zuckte er zusammen, als hätte er sich an ihr verbrannt.

Die Hauptfrau verrührte nun ein braunes Pulver zu einer Salbe und schmierte die Kopfhaut damit ein. Sie linderte den Wundreiz und tönte die fahle Haut auf die Sonnenbräune an Nacken und Schultern ab. Schließlich wurde ihm das verbliebene Haar auf der linken Seite zu einem Knoten hochgesteckt und mit einer langen Truthahnfeder geschmückt.

Onkel tunkte beide Daumen in eine Paste aus rotem Lehm und Bärenfett, legte sie unter Martins Augen an den Nasensteg und zog zwei symmetrische Striche zum Unterkiefer hin. Unter den äußeren Augenwinkeln ansetzend, malte er zwei Parallelen und zog schließlich noch einen waagerechten Strich längs der Kinnlade. Zurückgelehnt musterte er das Ergebnis und gab sich zufrieden.

Edwards Kusine hielt dem Jungen einen Spiegel vor. Martin erkannte sich nicht wieder. Ihm war, als blicke ihm ein wilder Fremdling entgegen.

In einem Korb brachte die Kusine längliche Brote aus Maismehl, *Pone* genannt. Sie waren noch warm, und in der knusprigen Kruste waren die Fingerabdrücke der Nebenfrau zu sehen, die die Brote gebacken hatte. Das Mädchen hockte sich auf die Fersen und starrte erwartungsvoll den Jungen an. Noch immer staunten hier alle über die Mengen, die Martin vertilgen konnte.

Er war Anfang März zu den Piscataway gestoßen; zu dieser Zeit hatte es nur wenig Wild gegeben, und die Getreidevorräte gingen zur Neige. Er hatte wie alle anderen Hunger leiden müssen. Es gab zwar inzwischen wieder ausreichend zu essen, aber sein Nachholbedarf schien gewaltig zu sein, und er aß, bis ihm der Magen zu platzen drohte. Es war ihm eine Lust zu essen und ein Luxus sondergleichen, daß er seine eigene Schale hatte, die er in den großen Topf tauchen konnte, sooft es ihn danach verlangte. Daß dieser Zustand nicht auf Dauer sein würde, war ihm bewußt. Irgendwann würde er wieder wie die meiste Zeit seines Lebens mit leerem Magen zu Bett gehen müssen.

Unter seinen Landsleuten hatte er die letzte volle Mahlzeit am Maitag des vergangenen Jahres genossen; zu diesem Essen waren er und Anicah von Pater Poulton eingeladen gewesen. Die Erinnerung daran machte ihm das Herz schwer.

Onkels Freunde brachen auf, um sich auf die Feier der

Schwarzröcke vorzubereiten. Der Rest der Familie ging alltäglichen Verrichtungen nach. Martin hockte versonnen da; er befingerte den Haarknoten über dem Ohr, kaute Maisbrot und wunderte sich, was aus ihm werden würde.

33

Die Piscataway waren nicht minder redselig als die Engländer. Das Dorf brütete unter dem nachmittäglichen Sonnenglast, als Kittamaquund und seine Stellvertreter mit blumigen Worten von Frieden und Freundschaft mit den Siedlern sprachen. Ein niedriges Podest hob die Würdenträger über den Staub am Boden. Eine Laube, mit Baumrinde bedeckt, spendete Schatten und diente als Kapelle. Hunderte von Zuschauern hockten in der Sonne. Truthahn- und Reiherschwingen, gefächert von unermüdlichen Dienern, sorgten für ein wenig Luftbewegung.

Martin saß mit den älteren Jungen am äußeren Rand der Männerversammlung und versuchte, zwischen den dunklen Köpfen mit den kunstvollen Haargebilden und wippenden Federn einen Blick nach vorn zu werfen, wo Edward stand und den Zuhörern übersetzte, wovon die Rede war.

Hinter den Männern hatten die Frauen und Kinder Platz genommen; manchmal plärrte ein Säugling, aber sonst war es still. Trotz der Hitze und des langwierigen Verfahrens der Übersetzung jedes gesprochenen Satzes verhielten sich alle bemerkenswert ruhig und geduldig. Martin konnte sich lebhaft vorstellen, wie es bei einer entsprechenden Veranstaltung unter seinen gewöhnlichen Landsleuten zugehen würde. Die hätten sich inzwischen aufs Würfelspielen verlegt, ungezwungen gefurzt, Witze gerissen oder Streit mit dem Nebenmann angefangen.

Die Engländer waren Martin so fremd geworden, wie es die

Indianer einst gewesen waren, als er sie an Pater Poultons Seite zum ersten Mal gesehen hatte. Damals hatte er die Piscataway mit ihren bemalten Gesichtern, dem Federschmuck und den Tierhäuten am Körper nicht für Menschen gehalten, sondern für den Inbegriff der Barbarei. Inzwischen war ihm unerklärlich, daß er sie damals alle gleichaussehend gefunden hatte.

Onkel fragte Martin oft und gern über seine Landsleute aus. Auf die meist direkten, tiefbohrenden Fragen wußte er häufig keine Antwort. Seit er nicht mehr unter ihnen lebte, kamen ihm viele Reaktionen und Handlungsweisen der Engländer von Tag zu Tag fremdartiger vor.

Das bleichgesichtige Volk schenkte den Träumen kaum Beachtung. Darüber war Onkel über alle Maßen verwundert. Wie konnte nur jemand seine Träume so geringschätzen? Ohne die Weisheit der Geister, derer man im Traum teilhaftig wurde, war man doch blind wie ein Grottenolm und in ewiger Umnachtung.

Martin konnte die Abneigung der Engländer gegen das Baden nicht mehr verstehen. Mit Edward und den anderen Männern ging er fast täglich zum Fluß; er fand Gefallen daran, und seiner Gesundheit schien es auch nicht zu schaden. Im Gegenteil, die Piscataway waren kerngesund.

Der Blick in den Spiegel zeigte eine tiefgreifende Wandlung, die sich unter anderem darin äußerte, daß er nun aufrechter ging, die Schultern entspannte und das Kinn ein wenig höher trug. Er bewegte sich anmutiger, und anstatt nervös und ungeschickt mit Dingen zu hantieren, hielt er nun inne und überlegte, bevor er zu Werke ging. Dieser Wandel war anderen schon aufgefallen, ihm aber noch unbewußt.

Leonard Calverts schrille Stimme fiel nun mit ein in das Gesirre der Insekten. Martin blickte stur geradeaus. Er hatte die Lider halb zugeschlagen und um den Mund jenen geheimnisvollen Ausdruck angenommen, wie er typisch war für die Männer ringsum. Das Bild vor seinen Augen verschwamm; die Köpfe vor ihm lösten sich in Nebel auf. Wie nie zuvor verstand sich Martin inzwischen darauf, klare, bildliche Vorstellungen heraufzubeschwören. Er wanderte unter den Schatten seiner Erinnerungen, dachte an seine Eltern. Wenn sie ihn jetzt sehen könnten, wären sie bestimmt entsetzt, doch das kümmerte ihn nicht. Sie hatten ihn in die Sklaverei geschickt und verkauft wie ein Kalb oder einen Sack Gerste.

Dann sah er Anicahs strahlendes Gesicht, hörte sie lachen. Trauer über ihren Verlust schnürte ihm die Brust zusammen. Die Hände zuckten voll Sehnsucht danach, ihre Hände berühren zu können.

Schmerzliche Gefühle brandeten in ihm hoch, doch nach außen hin hielt er stand wie ein Baum im Gewittersturm. Er fühlte sich beraubt, verlassen, verirrt und verängstigt. Und obwohl Edwards Volk so zuvorkommend und liebenswürdig war, wußte er, daß er hier nicht hingehörte.

Tag für Tag wurde ihm vor Augen geführt, daß seine Herkunft eine ganz andere war. Nach wie vor verstand er nicht, in welchem Familienverhältnis all diejenigen zueinander standen, die im Haus von Onkels Hauptfrau ein und aus gingen. Edwards Erklärungsversuche hatten ihn nur noch mehr verwirrt. Die Piscataway übertrafen in dieser Hinsicht sogar die Schotten mit ihren Clans und Titeln, mit ihren Fehden und Allianzen, die kaum nachzuvollziehen, aber überaus dauerhaft waren.

Martin fühlte sich so einsam wie damals in Bristol, als man ihn in einen Keller gesperrt und der grausamen Gewißheit ausgesetzt hatte, daß er die Stimme seiner Mutter nie mehr hören, nie mehr mit den Freunden auf der Wiese tanzen, nie mehr mit eingezogenem Kopf über die Schwelle des väterlichen Hauses treten würde.

»Das Licht scheint in der Finsternis, und die Finsternis hat's nicht ergriffen.« Pater Andrew White zitierte die Johannesworte in der Sprache der Piscataway, dem Algonkian. Martin verstand sie wohl, wenn auch nicht mit dem Kopf, so doch in den Knochen. Er merkte auf.

Die Reden waren gehalten, jetzt sollte mit der Taufe begonnen werden. Kittamaquund trat vor. Er trug Kniehosen, feste, geschnürte Schuhe, ein weißes Leinenhemd und ein Wams aus Samt. Er wirkte in dieser Aufmachung kleiner, weniger imposant als mit seinem Lendenschurz und dem Gehänge aus Wolfszähnen und Bärenklauen. Die fremde Tracht paßte einfach nicht zu ihm.

Um dem Allmächtigen und seinem lieben Freund Pater White zu gefallen, hatte er zwei seiner drei Gemahlinnen aufgegeben und viel Schimpf und Ärger deswegen über sich ergehen lassen müssen. Kittamaquund, seine Frau und seine Berater gingen nun vor den drei Jesuiten auf die Knie. Pater White hob unter dem schweren Meßgewand die Arme, hielt die heilige Reliquie, den Holzsplitter, in die Höhe und ließ sie dann mit viel Aufhebens im Weihwasser schwimmen, das durch einen Meßdiener von Pater Copley in einer Schale bereitgehalten wurde. White schlug das Zeichen des Kreuzes, fischte den Span wieder aus dem Wasser heraus, trocknete ihn mit einem Leinentuch ab und legte ihn, in rotem Samt eingewickelt, zurück in den Schrein aus bemaltem Rosenholz.

Die Menge hielt gespannt den Atem an. Auch die aus entlegenen Dörfern angereisten Rothäute hatten schon von den magischen Kräften jenes Holzstückes gehört, das im Besitz der Schwarzröcke war. Mit dem Wasser, das durch dieses Holz veredelt wurde, war die Tochter des Tayac von einer Magenkrankheit geheilt worden, die, was jeder bestätigte, sehr kritisch gewesen war. Nach der Behandlung hatte das Mädchen endlich zu jammern aufgehört.

Plötzlich stand Wolf, der Freund des Onkels, auf und drängte durch die Zuschauerschaft nach vorn. Von Ehrfurcht ergriffen, sank er vor der Borkenkapelle auf die Knie. Aus der Menge nahmen sich nun viele andere ein Beispiel daran und traten vor. Martin wußte nicht mehr ein noch aus zwischen Verzweiflung und Zuversicht, die der Priester neu in ihm geweckt hatte.

»Jesus Christus ist in euch allen«, rief Pater White mit brüchiger Stimme. »Er umfängt euch mit seiner Liebe. Das Licht des Schöpfers und Heilandes scheint über jedes seiner Kinder, ob rot oder weiß. Ihr, die ihr euch in der Wildnis verirrt habt, seid willkommen in seinem Hause. Laßt euch von seinem Licht herausführen aus Finsternis und Trübsal.«

Ihr, die ihr euch in der Wildnis verirrt habt. Martin fühlte sich tatsächlich von einer Liebe umfangen, die so groß war, daß sie das ganze Universum füllte. Tränen brannten ihm in den Augen. Der Schädel glühte wie unter einem Brennglas. Er rang nach Luft, und sein Herz fing zu stottern an.

Er blickte auf und sah durch einen Schleier aus Tränen in ein strahlendes Kreuz, das zwischen zerrissenen Wolken schwebte. Er sah die Silhouette einer Gestalt mit ausgebreiteten Armen, mit gebeugtem Knie und gesenktem Kopf.

Martin war erschüttert. Unwillkürlich stand er auf; die Füße trugen ihn nach vorn. Männer rückten zur Seite, um ihm den Weg freizumachen. Nur am Rande war ihm bewußt, daß er geradewegs auf die Engländer zuging, auf Gefangenschaft, Prügelstrafe und womöglich auf den Tod am Galgen. Ohne zu wissen, wie er dorthin gekommen war, stand er mit einem Mal vor Kittamaquunds Kapelle. Da kniete er sich in die Reihe der anderen Männer und Frauen und beugte das Haupt. Pater Copley rezitierte mit sonorer Stimme lateinische Verse. Als er damit aufhörte, setzte tiefes Schweigen ein. Martin wartete.

Dann fing Pater White zu singen an. Seine Stimme, obgleich brüchig, wurde lauter und lauter wie ein Wind, der sich durch Bäume nähert. Martin kannte die Worte, die der Priester vor jedem Täufling wiederholte.

»Ego te baptiso en nomine patris, filii et espiritu sanctu.« Ich taufe dich im Namen des Vaters, des Sohnes und des Heiligen Geistes.

Martin sah den verstaubten Saum von Whites schwerem, weißem Chorhemd. Mit geschlossenen Augen hob er den Kopf, um den Segen zu empfangen. Der sanfte Daumendruck des Priesters, der ihm das Kreuz auf die Stirn malte, war wie eine Liebkosung, das kühle Weihwasser eine Erfrischung. White blieb vor ihm stehen, und Martin wußte, daß er ihn erkannt hatte.

Er spürte, wie die Hand des Geistlichen auf seiner frisch

rasierten Schädeldecke zitterte und Hitze ausstrahlte. Ungewöhnlich starke Hitze. Der Priester hatte offenbar Fieber. Die Hand schien eine Ewigkeit auf Martins Kopf zu ruhen, doch schließlich wechselte er zum nächsten Täufling über.

»*Ego te baptiso en nomine patris, filii et espiritu sanctu.*«

34

Obwohl es laut zuging in der Schenke, hörte Anicah das Rumpeln der Fässer, die zur Anlegestelle gerollt wurden. Der November näherte sich seinem Ende. Der größte Teil der Tabakernte war in großen Fässern verstaut. Den Männern, die die Blätter verpackt hatten, hing immer noch süßlicher Tabakgeruch an, der durch die am Feuer trocknenden Wollhosen und Janker verstärkt wurde.

In der Ecke saß ein Bursche mit gutmütigem Gesicht und flinken Augen. Er winkte mit dem Holzbrett, das als Teller diente, und rief: »Metze! Wo bleibt mein Nachschlag?«

Er trug eine gestrickte Matrosenmütze, die bis auf die zusammengewachsenen Augenbrauen heruntergezogen war. Die Nase glich einem stark geäderten Karbunkel. Anicah krauste die Stirn. Sie konnte William Howkins nicht leiden, und daß er ein Freund John Dandys war, machte ihr den Kerl doppelt verachtenswert. Die beiden steckten schon den ganzen Morgen über die Köpfe zusammen.

Anicah hatte die Ohren gespitzt in der Hoffnung, ein paar Worte über Martin aufzuschnappen. Aber Dandy brüstete sich nur damit, die Jesuiten bestohlen zu haben. Howkins wollte als Hehler die Beute an seinen Käpten Richard Ingle verscherbeln, der dann das Diebesgut unter den entfernt siedelnden Pflanzern gewinnbringend absetzen würde.

Anicah schnappte Howkins das dreckige Schneidebrett aus der Hand und stolzierte in die Küche.

»Nachschlag für Howkins.« Dina löffelte den Eintopf aus Wildbret aufs Brett. »Ich hab' vergangene Nacht gesehen, wie's die Wirtin und Howkins miteinander trieben«, verriet Anicah. »Sie hatte die Röcke gehoben, und er stand hinter ihr am Gartenzaun. Das Gatter hat mächtig gerappelt. Ob Smythe wohl weiß, daß sie ihn zum Hahnrei gemacht hat?«

Dina zuckte mit den Achseln. »Er könnte von Glück reden, wenn seine Alte mit dem Köter durchbrennt.«

Wie um Dina recht zu geben, tönte die schrille Stimme der Wirtin aus dem Schankraum. »Dir werd' ich's zeigen, du nichtsnützer Grützkopf!« Dann folgten ein lautes Klatschen und Smythes Hilferuf. »Ein für allemal, Strolche und Schmarotzer kriegen hier keinen Kredit. Verstanden?«

Anicah zwinkerte Dina zu. »Wenn ihr Mann Strolchen und Schmarotzern keinen Kredit gewährte, hätte das Haus überhaupt keine Gäste mehr.«

Sie eilte hinaus und warf das Schneidebrett vor Howkins auf den Tisch, der sich, die Füße hochgelegt, an der Szene zwischen den Eheleuten ergötzte. Smythe hatte sich in die Ecke drängen lassen und massierte das malträtierte Ohr. Der Hund lief ihm winselnd um die Beine.

Die Wirtin drückte Anicah ein Stück Holzkohle in die Hand. »Ich muß kurz an Bord von Ingles Schiff, um nach den Weinfässern zu sehen. Schreib auf, was verzehrt wird, und wehe, du unterschlägst, wehe. Ich schlage dich windelweich.«

Anicah war sich darüber im klaren, daß es der Dicken sauer aufstoßen mußte, ihr, der widerspenstigen Dienstmagd, eher vertrauen zu können als dem Ehemann, denn sie wußte mit Kerlen umzugehen, die die Zeche zu prellen versuchten.

Die Wirtin studierte die Gästekonten, die Reihen schwarzer Stiche an der grob verputzten Wand, die ursprünglich einmal weiß gewesen war. Die von Smythe gezogenen Striche waren krumm und schief und zeugten von Großzügigkeit, ihre dagegen von Geiz.

»Dumm wie Bohnenstroh«, murmelte sie vor sich hin und nahm den Überrock vom Haken an der Tür. Von draußen kamen gerade Robert Vaughan, Richard Ingle und ein paar andere Herren herein, die der Gerichtsverhandlung beiwohnten und nun die Mittagspause in der Schenke verbringen wollten. Die Dicke nickte ihnen flüchtig zu und marschierte vornübergebeugt in den Herbstwind hinaus.

Während die Neuankömmlinge an einem freien Tisch Platz nahmen, bediente Anicah den alten Kauz Brown mit einem Krug heißen Apfelweins, dem sie einen guten Spritzer Brandy untergemischt hatte. Der Alte hockte zitternd und hinfällig in der Kaminecke und schenkte ihr ein betrunkenes Lächeln, als sie seine Zeche auf John Dandys Konto markierte.

Brown hatte kurz nach Sonnenaufgang draußen in der Kälte gestanden und die Trommel gerührt, als die Richter, Zeugen, Ankläger, Angeklagten und deren Anwälte die große Halle in Calverts Haus betraten. Für sein Amt als Gerichtsdiener erhielt er dreißig Pfund Tabak pro Tag oder zumindest einen Gutschein darauf. Das Honorar vertrank er aber schleunigst, um zu verhindern, daß Feuer, Flut, Pest, Dürre oder Indianerüberfälle es ihm wieder raubten. Hier in der Schenke versuchte er, sich auch gegen die Kälte zu wappnen, der er nach der Mittagspause wieder ausgesetzt sein würde, wenn er die Gerichtsbesucher zur Verhandlung zurücktrommeln mußte.

Anicah nahm Bestellungen entgegen und trällerte mit Blick auf Howkins:

*Es setzt so manche Frau mit viel Geschnauf
dem Angetrauten Hörner auf.*

»Platz da, mein Dicker!« Anicah schubste Vaughan mit einem Hüftschwung zur Seite. Er drückte ihr einen Kuß auf die Backe und langte nach unten, um das rückwärtige Pendant zu tätscheln. Lachend schüttelte sie ihn ab.

»Ist das die kleine Kanalratte, die Skinner hier vor zwei Jahren an Land gesetzt hat?« fragte Ingle und musterte das Mädchen vom Scheitel bis zur Sohle.

In Anicahs hochgesteckten Haaren steckten zwei Perlmutterkämme, die Robert Vaughan ihr geschenkt hatte, nicht weil er sich damit eine Gefälligkeit von ihr erschleichen wollte, sondern um als Gönner zu ihrer Schönheit beizutragen. Einzelne Locken hatten sich daraus gelöst und umspielten ihr Gesicht.

Wenn auch die Haare nachgewachsen waren, so hatte sich doch vieles an ihr nicht verändert. Die großen, dunklen Augen blitzten verschlagen wie ehedem. Die vollen Lippen waren immer noch kirschrot, die Haut dunkel und seiden, in auffälligem Kontrast zum groben Leinenhemd. Nach wie vor markant zeigten sich Kiefer- und Jochbeine, obwohl das Gesicht nicht mehr gezeichnet war von Hunger. Und unter dem enggeschnürten Mieder schwellten prall die Brüste.

»Schaut sie Euch an. Ist sie nicht sanft geworden? Und die Honigäpfelchen reifen.« Vaughan legte ihr seinen Arm um die schlanke Taille und drückte mit der freien Hand erst die eine, dann die andere Brust. Sie grub die Finger in sein dickes Haar und zerrte daran, daß ihm die Haut über die Schläfen rutschte und die Augenwinkel nach oben zeigten. »Nun ja, sie könnte ruhig noch ein bißchen sanfter werden«, fügte er mit schmerzverzerrtem Gesicht hinzu.

Lächelnd schaute er dem Mädchen nach, das mit wippenden Röcken von einem Tisch zum anderen tanzte, die Gäste bediente und neckte.

»Es ist zu hören, daß das Parlament den königlichen Bischof unter Anklage zu stellen gedenkt«, sagte Vaughan.

»Das ist bereits geschehen«, antwortete Ingle schmunzelnd.

»Es wär' zu schön, wenn's dem König selbst bald an den Kragen ginge«, murmelte Dandy.

»Gott schütze Seine Majestät den König«, platzte es aus Anicah heraus. Obwohl sie beileibe noch keine Wohltat von ihm empfangen hatte, hielt sie König Charles hoch in Ehren.

Anicah wußte: Zum Singen oder Scherzen würde jetzt niemand in Stimmung sein, da mit Ingles Schiff Nachrichten aus

England eingetroffen waren, genauer gesagt, aus dem England vor zwei Monaten. In der Schenke wurde heftig diskutiert über Handelspläne, Tabakpreise, Zölle und Politik. Dabei ging es zunehmend hitzig zu. Fäuste pochten auf die Tische, daß Krüge und Teller klapperten, als die Rede auf den Erzbischof kam, auf dessen ausschweifenden Lebenswandel und puritanerfeindliche Gesinnung. Nicht zuletzt wurde auch über den König hergezogen, der das Parlament zusammenrief und es selbstherrlich wieder auflöste, wenn es seinen maßlos überzogenen Steuerforderungen die Zustimmung verweigerte.

Die Katholiken unter den Wirtshausgästen verurteilten alle, die nicht ihren Glauben teilten, als Häretiker. Diejenigen aber, die den Puritanern zugeneigt waren, hielten sich für die Auserwählten und alle anderen für Verdammte. Die Anglikaner machten gegen beide Fraktionen Front. Wie ein Hund an einem toten Hasen, so hielten sie fest an Arminius' Lehren, am Dogma der Prädestination und an der Wirksamkeit des spontanen Gebets.

Schwächte der Glaubensstreit ab, kamen die Männer wieder auf den König und die Steuern zu sprechen. Zornentbrannt sprangen sie von den Hockern auf, standen sich Stirn an Stirn gegenüber und brüllen aufeinander los, bis sie heiser wurden. Viel Bier schwappte über, und mancher Kruginhalt platschte ins Gesicht eines Andersdenkenden. Es wurde fleißig Schnupftabak geschnupft und herzhaft geniest, wohl selten ins Nastüchlein. Auch daran ließ sich Anstoß nehmen.

Anicah hatte ihr Vergnügen am Lärm und Gezänk und war betrübt, als die Gesellschaft nach der Mittagspause zum Gericht zurückkehrte. Nur Ingle, Vaughan, John Dandy und ein paar andere Männer blieben auf ihren Stühlen sitzen. Kaum war die katholische Herrschaft abgezogen, schlug die Stimmung um.

»Calverts Großvater war ein Schweinehirt«, sagte Ingle. »Er selbst ist ein alberner Laffe. Wie kann so einer Gouverneur einer Provinz werden? Was bildet der sich eigentlich ein?«

»Ich kann über die Calverts nicht klagen. Sie haben mich immer gut behandelt.« Vaughan hatte das Thema leid.

»Die Calverts halten's mit dem Papst, und die Papisterei ist die übelste und tückischste Tyrannei.« Ingle lehnte sich wütend über den Tisch. »Aber das Parlament wird diesem Spuk ein Ende machen.« Er senkte die Stimme. »Und dann ist's auch vorbei mit dem König.«

»Ich hoffe, er wird allen Spaltpilzen die Myzelien ausreißen«, konterte Vaughan auf Ingles Versuche, ihn für die Sache der Rebellen zu gewinnen. Darum ging es dem Kapitän selbst am wenigsten, wie Vaughan wußte; Ingle hatte nur sich selbst im Sinn.

Vaughan starrte auf die verschmierte Tischplatte und sehnte sich plötzlich danach, die vertraute Liturgie der kleinen anglikanischen Kirche zu hören, der er Zeit seines Lebens angehört hatte. Er sehnte sich nach dem Duft der feuchten Steinwände neben dem Gestühl seiner Familie, nach dem Unisono der singenden Gemeinde. *Almighty God, unto whom all hearts are open, all desires known and from whom no secrets are hid ...*

»Ich würde allzugern den Trottel Brent hängen sehen«, meinte Dandy, der zu den beiden an den Tisch gekommen war. »Er und die feige Bande um ihn herum haben keinen Mumm in den Knochen, um ihren ergaunerten Grund und Boden aus eigener Kraft zu verteidigen; also stricken sie an den Gesetzen rum.« Er hatte offenbar vergessen, daß Robert Vaughan als Verwalter für Giles Brent arbeitete.

Vaughan fühlte sich in dieser Gesellschaft nicht mehr wohl. Er stand auf, gab Anicah einen Kuß auf den Mund und ging in die Küche, um seine Zeche zu begleichen. Lieber drückte er dem Wirt das Geld in die Hand als dessen Frau.

Ingle packte Anicah beim Rock und rief: »Sing uns ein Lied, Metze.«

»Was würd' Euch denn so gefallen?«

»Ein Liebeslied, zu dem ich meinen Taktstock schwinge.«

»Pfui, Sir. Ich bin versprochen.«

»Einem Toten«, höhnte Dandy. »Falls er denn noch nicht

von den Wilden massakriert oder von den Bestien im Wald gefressen wurde, so ist es spätestens dann um diesen Strolch geschehen, wenn ich ihn zu fassen kriege. Und dann bist du reif für mich, mein Täubchen.«

Er griff nach Anicahs Arm und packte so fest zu, daß sie vor Schmerzen aufjaulte. Mit der anderen Hand langte er ihr unter den Rock und tastete sich an den Schenkeln entlang, zog aber plötzlich und schreckhaft den Arm zurück, als hätte er sich die Finger verbrannt. Anicah suchte das Weite, als er sich die Hand an der Hose abwischte.

»Sie hat mich bepieselt!« Dandy sprang auf und ließ den Hocker zu Boden poltern. »Die Hure hat mich besudelt!«

»Du hättest es verdient, vollgeschissen zu werden, du Miststück«, brüllte Anicah.

Die Gäste blickten auf. Streitereien mit Anicah waren stets unterhaltsam.

Anicah streckte aus ihrer Faust den zweiten und fünften Finger heraus und hielt ihm das Zeichen des Hahnreis vor. »'s wäre besser, du kümmertest dich mal um die eigene Frau, die sich bei allen anderen Männern schadlos halten muß, du Schlappschwanz.« Sie rannte, von ihm verfolgt, um die Tische herum.

»Botz Dreck, das lass' ich mir nicht bieten. Dich schlag' ich kurz und klein.« Dandy sprang auf sie zu, riß Stühle und Bänke beiseite.

»Was ist hier los?« Der Wirt stürmte herbei. »Hat die Metze wieder ... Ruhig Blut, Sir, regt Euch wegen der doch nicht so auf.« Hilfesuchend blickte er sich nach Vaughan um, der an der Tür stand und schmunzelte.

Ein jeder zog seinen Kopf ein, als Anicah einen pfundschweren Holzkrug hob und gegen Dandy schleuderte. Zwar verfehlte er den Kopf um Fingersbreite, doch sein Inhalt traf klatschend ins Ziel. Von diesem Erfolg angestachelt, warf sie Howkins Schneidebrett hinterher. Es krachte gegen die Wand und ließ einen Rest Eintopf daran zurück.

»Deine Hurenmutter hat dich auf 'nem Heuwagen empfangen, weil's sie so juckte«, keifte sie ihm zu. Vor Wut tobend, langte sie nach dem Schüreisen und ließ es so schwungvoll überm Kopf kreisen, daß die Luft surrte.

Robert Vaughan sprang im richtigen Moment herbei und hielt ihre Hand gepackt, so sehr sie sich auch wehrte und ihm mit dem Fuß vors Schienbein trat.

»Dich soll der Teufel holen, Dirne!« schrie Dandy und sah seine Chance gekommen, da Anicah wehrlos war. Doch Vaughan wies ihm mit der freien Hand die Tür. Dandy zögerte; dann machte er auf dem Absatz kehrt und stampfte fluchend hinaus.

»Was fällt dir ein, ihn mit einem Krug zu bewerfen?« Robert hebelte ihr den Haken aus den Fingern. »War das anständig?«

»Nein, Sir«, antwortete sie und grinste. »Es war schlecht gezielt.« Sie rannte zur Tür. »Klotzkopf!« brüllte sie ihm nach. »Mistvieh! Mach dich vom Acker und ab in die Jauchegrube mit dir!«

Zufrieden summend kehrte sie in den Schankraum zurück und lächelte fröhlich den Männern zu, die sie mit ungläubiger Miene begafften.

»Meine Herrn und Spießgesellen, was wünscht Ihr zu trinken?«

35

Margaret stieg vom Pferd, überließ einem Knecht die Zügel und stakte vorsichtig, die Röcke gerafft, über den vom Frühjahrsregen aufgeweichten Boden ins Haus. Aus der Küche duftete es nach frischgebackenem Brot. Mit Hilfe eines langen Holzschiebers lupfte Bess gerade einen flachen, gelbbraunen Maisbrotfladen aus dem Ofen. Sie knickste und bekreuzigte sich.

»Gott zum Gruße, Mistreß. Wie geht es Mistreß Greene?«
»Besser, Gott sei Dank. Ich gab ihr ein Mittel zum Erbrechen und einen Balsam aus Honigblatt und Borretsch.«
»Gegen Melancholie?«
»Und gegen Hirngespinste. Gebe Gott, daß sie wieder gesund wird.« Noch ganz in Gedanken an die Nachbarin, die der Fieberwahn gepackt hatte, ging Margaret in den Hof hinaus und starrte über den Gartenzaun.

Im Mai 1641 zog zum dritten Mal der Frühling in den Garten. Trotz des strengen Winters schlugen die Stauden üppig aus, und das frische Grün wucherte, als wollte es sich gegen jeden kultivierenden Eingriff zur Wehr setzen und die durch das Staket gesetzten Grenzen überwinden.

Mary war nicht da; ohne sie wirkte der Garten unvollständig. Margaret verspürte eine quälende, unbestimmte Angst, ausgelöst durch die kranke Mistreß Greene, die mit schreckensgeweiteten Augen eine entsetzliche Gefahr wahrzunehmen schien, die sonst niemand erkennen konnte. Nervös schaute sich Margaret immer wieder um, als fürchtete sie, von Feinden belauert zu werden.

Für ihre Angst gab es auch einen konkreten Grund. In St. Mary's war die Nachricht eingetroffen, daß Indianer aus dem Norden, wahrscheinlich Irokesen, eine entlegene Farm auf der Isle of Kent überfallen, die Bewohner massakriert, das Vieh geschlachtet und alle Gebäude in Brand gesetzt hatten. Margaret sorgte sich um Giles und Fulke, die dort oben das Kent Fort Manor bewirtschafteten.

Die Bedrohung durch die wilden Irokesen, die Seneca, Oneida und Susquehannocks erinnerte Margaret an Geschichten, die sie als Kind gehört hatte und die von Wikingern erzählten, die vor vielen Jahrhunderten mordend und plündernd von Land zu Land gezogen waren. Später hatte Margaret diese Geschichten als Lügenmärchen abgetan, vorgetragen in der Absicht, sie und die Geschwister einzuschüchtern und gefügig zu machen.

Sie dachte an die Krankheiten und Entbehrungen der vergangenen drei Jahre. An Härten war sie gewöhnt, auch an Verfolgung. Sie hatte die Pest überlebt und nächtliche Überfälle von Männerbanden, die Jagd auf Katholiken und Priester machten. Aber von Kriegern bedroht zu werden, die nur für den Krieg und für Eroberungen lebten, jagte ihr mehr als alles andere Angst und Schrecken ein.

Sie legte die Hand auf eine der beiden Pistolen, die sie ständig bei sich trug, auch wenn sie in den Milchschuppen oder in den Garten ging. Früher, in England, hätte sie es sich nicht träumen lassen, auf eine solche Bewaffnung angewiesen zu sein und Pulverflasche und Munition in Bereitschaft haben zu müssen.

Der starre Blick auf den Garten verschleierte sich; das Gesumme der Fliegen auf dem Misthaufen dröhnte ihr durch den Kopf. Zweifel und düstere Ahnungen, die sich sonst nur nachts meldeten, überfielen sie nun auch am hellichten Tag und machten sie schwindeln vor Furcht.

Waren Giles und Fulke womöglich schon umgebracht worden? Hatte sich Mary in ihren hübschen Irrungen, wie Robert Vaughan sie nannte, am Ende doch zu krankhaftem Wahn verstiegen? Hatte sie sich im Fluß ertränkt oder im Wald verlaufen? Versuchte sie, einem Bären oder einem Panther die frohe Botschaft mitzuteilen? Lag sie reglos und ohnmächtig auf dem Grund einer Schlucht?

Margaret drängte es, über die Felder und Weiden zu laufen und Marys Namen zu rufen. Doch das würde nur die Dienerschaft alarmieren. Schlimmer noch, sie würde vor ihr an Respekt verlieren.

Sie traf Mim im Milchschuppen an. »Hast du Mistreß Mary gesehen?«

»Nein, aber ich glaube, sie ist ins Dorf gegangen.«

Mary war auch nicht bei den Männern, die den Tabakacker pflügten. Kurz entschlossen machte sich Margaret auf den steilen Weg zum Fluß hinunter.

Ein versumpfter Bachlauf markierte im Süden die Grenze zwischen dem Schwesternhof und dem Anwesen von Thomas

Greene. Das hohe Riedgras, das dort wuchs, schürte ihre Angst. Sergeant Vaughan hatte gesagt, daß die Indianer, getarnt hinter Büschen und Sträuchern, auf der Lauer lägen und überraschend anzugreifen pflegten.

Von weitem hörte sie dann Mary lachen, und schließlich fand Margaret sie zusammen mit Edward am Fluß sitzen. Edward trug sein weißes Taufhemd, seinen Lendenschurz aus Hirschleder, Mokassins und eine violette Wampum-Kette.

»Schwester!« rief Mary lächelnd. »Edward amüsiert mich mit drolligen Geschichten.«

Margaret versuchte, ihre Fassung nicht zu verlieren. »Ich habe überall nach dir gesucht.«

»Und mich nun gefunden.« Mary klappte die Bibel zu. »Edward wollte einen Scherz mit mir treiben. Er bat mich, ihm das Lesen beizubringen, dabei kann er's längst.« Sie schmunzelte ihm zu. »Er hat sich nur dumm gestellt, um mich hinters Licht zu führen. Nun will er mir die Sprache beibringen, die im Himmel gesprochen wird.«

Margaret ging nicht weiter darauf ein. Es irritierte sie zunehmend, daß die Schwester den Indianerjungen immer häufiger mit dem Himmel in Verbindung brachte.

»Du weißt doch, Schwester, wir leben in einer gefährlichen Zeit. Ich möchte nicht, daß du allein umherziehst.«

»Aber ich bin doch in Begleitung.«

Und eben diesen Umstand fand Margaret noch bedenklicher. Bevor Calvert zu einem Besuch nach Virginia aufgebrochen war, hatte er ein Dekret erlassen. Weil davon ausgegangen werden mußte, daß die einfachen Siedler nicht unterscheiden konnten zwischen freundlichen und feindseligen Indianern, hatte der Gouverneur jeden Kontakt untersagt. Gleichzeitig hatte er die Bewohner der Ostküste bevollmächtigt, Indianer zu töten, wo immer sie auftauchten. Edwards Anwesenheit war nicht nur für ihn selbst, sondern auch für die Schwestern gefährlich.

Edwards Gesicht verriet keinerlei Gemütsregung, und Margaret konnte sich kaum vorstellen, daß er drollige Geschichten zu erzählen vermochte. Für sie waren seine Augen schwarze Quellen, die kein Licht aus der Seele durchscheinen ließen. Sie erkannte, daß sie so gut wie nichts über ihn wußte.

Gern hätte sie von ihm erfahren, wo seine Eltern lebten, ob er verheiratet war oder einem Mädchen aus seinem Dorf den Hof machte, was er von den Engländern hielt und was ihm so durch den Kopf ging, wenn er auf dem Schwesterhof in der Küche saß und sich von Bess bewirten ließ.

Eine Frage brannte ihr besonders unter den Nägeln. Margaret zögerte, fand sie diese Frage doch selbst ungebührlich, aber dann platzte es aus ihr heraus: »Hast du schon einmal einen Menschen umgebracht?«

Mary übersetzte. Margaret traute ihren Ohren kaum, als diese melodischen, fremden Laute wie selbstverständlich über die Lippen der Schwester kamen. Wann und wie hatte sie die Sprache der Indianer gelernt?

Edwards Miene blieb reglos. Nur ein kaum merkliches Zucken um die Augen verriet einen Anflug von Verlegenheit.

»Die Frage beschämt ihn«, übersetzte Mary. »Er sagt, daß er zwar schon mit in den Kampf gezogen sei, aber noch nicht stolz darauf sein könne, einen Feind erschlagen zu haben.«

Martin stand, bis zur nackten, sonnengebräunten Brust eingetaucht, mitten im Fluß, eingereiht in eine Kette von Männern, die sich vom einen bis zum anderen Ufer erstreckte. Er schaufelte mit den Händen durch die Fluten, um gegen die Strömung anzukämpfen und um die Fische in die Falle zu scheuchen, die aus geflochtenen Zweigen im flachen Wasser am Ufer ausgelegt worden war, da, wo unter den ausladenden Ästen hoher Bäume ein Bach in den Fluß mündete.

Martin zitterte wie das junge Laub in den Bäumen, das das wärmende Licht der Sonne abschattete. Das Mark gefror in den Knochen, so kalt war das Wasser Anfang Mai. Zum Fischen war es eigentlich noch zu früh im Jahr, aber der Hunger trieb die Männer in den Fluß.

Stück für Stück rückten sie vor. Silbrige Fischleiber zuckten durchs Wasser, drängten fliehend auf die enge Reusenöffnung zu und durch sie hindurch in die Falle.

Dort wurden sie von Kindern aus dem Wasser geschnappt und in die am Ufer bereitgestellten Körbe geworfen, nicht selten auch daneben, so daß es am Boden ringsum mächtig zappelte. Zwischen zwei Kindern brach Streit um einen besonders großen Fisch aus. Balgend tobten sie im Schlamm herum.

»Kleine Schwester!« rief Edward. Das kleine, sechsjährige Mädchen war Kittamaquunds Tochter. Sie blickte nur kurz auf, schnitt eine Grimasse und prügelte weiter auf den Jungen ein.

»Hör auf damit, du Frettchen!« Edward drohte ihr mit der Faust, doch die Kleine ließ sich nicht einschüchtern und schleuderte ihm eine Handvoll Dreck entgegen, nahm aber dann Reißaus, als sich Edward anschickte, ihr nachzusteigen.

»Wie eine Prinzessin verhält sie sich weiß Gott nicht«, meinte Martin.

»Du hast also schon die eine oder andere kennengelernt?« rief Edward, der inzwischen das Ufer erreicht hatte.

»Nicht gut genug, um mir Geld von ihnen zu borgen.« Wie so oft wußte Martin auch diesmal nicht zu entscheiden, ob Edward ihn verulkte oder nicht.

Edward hatte das Kind gefangen und schleuderte es nun in hohem Bogen über das Wasser. Kreischend klatschte es auf, kraulte wie ein Hündchen hurtig an Land zurück und rannte, von Edward mit Walnüssen beworfen, plärrend davon, um sich bei den Frauen zu beklagen. Martin watete ans Ufer und sammelte seine Kleider zusammen, die verstreut im Sand lagen. Daß sich eine Gruppe junger Frauen näherte, schien seine nackten Gefährten nicht zu kümmern. Sie waren inzwischen ebenfalls aus dem Wasser gestiegen und halfen den Jungen beim Sortieren der Fische.

Martin stand vor der Wahl, als einziger angezogen zu sein oder sich den herbeikommenden Frauen in seiner Blöße zu stellen. Mit seinen sechzehn Jahren war er groß gewachsen, und die Arbeit in John Dandys Schmiede hatte kräftige Muskeln hervorgebracht. Er galt auch als bester Ringkämpfer im Dorf, was ihm viel Ruhm einbrachte. Obwohl er nun schon ein Jahr unter ihnen wohnte, beäugten ihn die Mädchen immer noch mit unverhohlener Neugier. Wahrscheinlich fragten sich manche von ihnen schon des längeren, ob das, was sein Lendenschurz verborgen hielt, ein proportionierliches Verhältnis zum gesamten Körper einging.

Martin konnte sich kaum vorstellen, eine andere zu lieben als Anicah. Und doch war die Versuchung groß, zumal ihn zwei oder drei Mädchen des Stammes mit ihrer kecken Art an sie erinnerten. Ein Augenwink, ein Lachen oder eine aufreizende Hüftbewegung schürten sein Verlangen.

Erst gestern morgen noch war er nach einem betörenden Traum, der ihn mit Anicah zusammengeführt hatte, aufgeweckt worden vom Gekicher der Kusinen, die sich vor seiner Schlafpritsche versammelt hatten, und es war ihm unendlich peinlich gewesen, feststellen zu müssen, daß sein Gemächt unter dem dünnen Laken stramm stand wie ein Zinnsoldat.

In Erinnerung daran wurde ihm heiß und kalt. Mit klammen Fingern verknotete er den Strick, der ihm als Gürtel diente. Er hatte den Schurz angelegt, doch das Wildleder klebte an der nassen Haut und bildete jede Kontur nach, was den Jungen schrecklich befangen machte.

Die Frauen lachten miteinander, während sie die Fische putzten und ausnahmen. Das Auge konnte kaum folgen, so flink setzten sie die Muschelschalen und Messerklingen an. Sie warfen die Filets in die Körbe, um sie später zum Trocknen aufzuhängen. Die Hunde rauften sich um die Abfälle.

Die Männer um Edward zogen sich an und sammelten die Waffen ein, stets auf der Hut vor den Feinden, die lautlos wie die Schatten von Raubvögeln durch die Wälder zu huschen vermochten. Martin gürtete den Köcher quer über die Brust; er hatte ihn aus dem Balg eines Wolfs hergestellt, der ihm in die Falle geraten war. Hinten über dem Steiß steckte er eine kleine Steinaxt in den Gürtel und nahm Bogen und Keule zur Hand.

Der Bogen und die Axt waren ihm als Preis für einen gewonnenen Ringkampf zugesprochen worden. Auch sein neues Paar Mokassins aus Wildleder verdankte er dem Sieg über einen Gegner, der dieselbe Schuhgröße hatte wie er und darum von ihm herausgefordert worden war. Kittamaquund freute sich schon darauf, ihn während des nächsten Treffens mit den Delawares gegen deren Spitzenringer antreten zu lassen.

Während die Frauen arbeiteten, wanderten die Männer zur Anhöhe hinauf, die einen weiten Ausblick bot über die Gewässer und baumbewachsenen Klippen bis hin zum breiten Strom des Potomac. Unermeßlich und erhaben breitete sich die Landschaft vor ihnen aus.

Die Männer ließen sich auf den knorrigen Wurzeln einer Eiche nieder, die vom Frost aus dem Boden gehoben worden waren, hart und blankpoliert wie grauer Flintstein. Unter den grünenden Zweigen des Baums stopften sie ihre Pfeifen, gelassen und besinnlich angesichts dessen, was die Engländer als unheimliche Wildnis bezeichneten, für sie aber so anheimelnd war wie ein umhegter Tiergarten oder der Landsitz eines Edelmannes.

Martin empfand es jedoch nach wie vor als unmöglich, in aller Seelenruhe zu entspannen. Faulheit zählte zu den sieben Erzsünden, und Muße war für ihn zweifelsohne nichts anderes als Faulheit. Die Piscataway aber sahen keinen Sinn darin, die Stunden zu zählen wie die Perlen einer Wampum-Kette und den Tag von früh bis spät mit schwerer Arbeit zu verbringen. Wenn in der Nacht zuvor gefeiert und getanzt worden war, schliefen die Mitglieder von Edwards Familie bis spät in den Morgen hinein. Martin, der mit aller Strenge zu Fleiß erzogen worden war, hatte dafür kein Verständnis.

»Schildere noch einmal, wie sie ausgesehen hat«, sagte Martin und rückte näher an Edward heran.

»Bist du so liebestoll, daß du dich nicht daran erinnern kannst, was ich dir nun schon zehnmal berichtet habe?« Edward grinste hämisch. Doch Martin ließ sich davon nicht beirren.

»Ist sie wohlauf und gesund?«

»Die englischen Frauen legen so viele Kleider an, daß es kaum möglich ist einzuschätzen, wie's ihnen wirklich geht.«

»Sag mir noch einmal, wo du sie gesehen hast.«

Geduldig wiederholte Edward, was Martin so brennend interessierte. »Ich sah vom Waldrand aus zu, wie sie auf dem Acker Erde aufhäufelte für den Tabakanbau.«

»Hast du sie reden hören?«

»Da war niemand, mit dem sie hätte reden können.« Edward stopfte eine Prise Tabak in seine kleine Tonpfeife. »Sie sah einsam und verlassen aus, Bruder. Wieso arbeiten die Engländer allein oder in kleinen Gruppen und nicht in Gemeinschaft?«

Martin überlegte noch, wie er dem Freund am besten erklären konnte, was es mit dem englischen Lehnswesen und der Aufteilung von Grund und Boden auf sich hatte, als eine Schaluppe in der Flußbiegung aufkreuzte. Auch aus der Ferne war deutlich das rhythmische Auf und Ab der Ruder zu sehen.

»Ich wünschte, ich hätte ein Gewehr«, murmelte Martin.

»Bringst du einen davon um, kommen Dutzend neue nach. An Engländern scheint's nie zu mangeln.«

»Deine Leute mußten derentwegen fast verhungern.«

»Sie hätten nicht ihr Getreide für Bier eintauschen sollen oder für jene Decken, die auseinanderfallen, kaum daß die Händler wieder weggezogen sind.«

Richtig, dachte Martin. Auch hätten sie nicht die knappen Nahrungsvorräte mit den Fremden teilen sollen. Aber sie hatten es getan, und der Winter war streng gewesen. Mit Bitterkeit dachte Martin an den Säugling von Onkels Nebenfrau, der Hungers sterben mußte.

Auch die anderen Männer wurden jetzt auf das Schiff aufmerksam. Sie stiegen über den schmalen Pfad zum Sandstrand hinunter, Martin aber blieb in sicherer Entfernung zurück und verschanzte sich hinter einem Lorbeerbusch.

Die Frauen schlenderten mit Körben voller Fisch herbei, neugierig darauf zu erfahren, was die Engländer an Handelsware mit sich führten. Wie gewöhnlich trugen sie lediglich kurze Schürzen aus Fuchshaut. Die schwarzen Haare fielen über den Rücken bis auf die Waden hinab.

Martin hatte sich an ihren Anblick gewöhnt. Er wußte, daß sie, obwohl halbnackt, anständiger und gesitteter waren als die meisten englischen Mädchen. Die Indianerinnen in Mieder zu zwängen käme dem Versuch gleich, einen Baum anzustreichen oder der Marienstatue der Jesuiten ein Ballkleid anzulegen.

Seine Landsleute waren da anderer Meinung. Martin kannte zwar keinen der Ankömmlinge, wußte aber, daß sie voller Geilheit und abfälliger Gedanken waren. Am liebsten hätte er den Frauen zugerufen, daß sie sich vor dem Anblick der Fremden verhüllen sollten, doch sie versammelten sich hinter den Männern, tuschelten und lachten miteinander.

Es war darauf Verlaß, daß Edward jedes Angebot der Händler dem Tayac unterbreiten würde. Aber dadurch ließen sich die Engländer nicht davon abbringen, hier und da ein kleines Nebengeschäft abzuwickeln. Gewiß hatten sie auch saures Bier dabei, das sie einem einfältigen Tropf würden andrehen können. Aus seinem Versteck mußte Martin mit ansehen, wie um die hübschesten und kräftigsten Frauen gefeilscht wurde.

36

Mit düsterem Blick betrachtete Anicah ihre Hände. Trotz der dicken Hornhaut, die sich darauf gebildet hatte, waren sie wund und aufgerissen von der tagelangen Arbeit im Tabak. Die Schmerzen waren kaum zu ertragen, als sie nun auch die Tische im Schankraum mit feuchtem Sand scheuern mußte.

»Arbeit schändet nicht«, grummelte Anicah.

»Aber sie schindet und läßt Pferde krepieren«, sagte Dina.

Anicah schleppte einen Sack Maismehl von Cornwaleys Mühle herbei und holte von einer Bäuerin ein paar kümmerliche Kohlköpfe und Rüben ab. Im Frühjahr hatte ein später Frosteinbruch in vielen Gärten die jungen Setzlinge erfrieren lassen, so daß auch jetzt noch im Juli großer Mangel herrschte.

In Kürze galt es, Erbsenbrei zu kochen für die Wirtsleute und für die wenigen Gäste, die heute einkehren würden. Die dicke Smythe hatte darauf verzichtet, Schweinefleisch zu kaufen; der Dachshund durfte also ausruhen. Er lag schlafend an der Feuerstelle, zuckte und japste, und seine Krallen klickten auf den Steinen, als er im Traum einem Kaninchen nachstellte.

»Gott zum Gruße.«

Ein Schatten fiel auf den sandbestreuten Boden. Pater Poultons schlanke Silhouette tauchte vor dem Licht der frühen Morgensonne im Türrahmen auf. Er schlug das Zeichen des Kreuzes und schlurfte, auf seinen Stock gestützt, zur Schankstube herein.

»Guten Morgen, Sir«, grüßte Anicah und knickste befangen. Welche Anrede sich für ihn schickte, war ihr immer noch nicht klar. Sie mochte Vater Poulton, obwohl er ihr wie alle Jesuiten ein Rätsel war. Daß ein Mann aus freien Stücken auf die Wonnen geschlechtlicher Liebe verzichtete oder allenfalls, wie man hörte, an jungen Burschen Entzücken fand, überstieg ihre Vorstellungskraft.

»Ich bin gekommen, um mich nach deinem Befinden zu erkundigen.« Poulton sah sich in dem Gerümpel aus wackligen Hockern, zerkratzten Tischen, rauchgeschwärzten Balken und vergilbten Wänden um, zwischen denen es nach Tabakqualm, Bier, Erbrochenem und Abfall roch.

Anicah rückte ihm einen Stuhl vor den Tisch, den sie gerade gescheuert hatte, wischte den Sitz mit der Schürze ab und holte vom Regal Zinnlöffel und Becher. Sie führte sich auf wie eine Bauersfrau, die den Hirten der Gemeinde in ihrem Cottage zum Sonntagsschmaus willkommen heißt.

»Dina und ich haben etwas Käse, Maisbrot und Reste vom

Truthahneintopf beiseite gelegt.« Sie zwinkerte ihm zu und eilte in die Küche.

Mit einer Holzschüssel in den Händen kehrte sie zurück. Poulton wirkte klein und verloren im Halbdunkel der leeren Schankstube. Er starrte zum Fenster hinaus und zuckte erschrocken zusammen, als Anicah die Schüssel klappernd vor ihm auf dem Tisch absetzte.

»Das wäre doch nicht nötig gewesen«, sagte er, langte aber zu, als steckte ihm ein ausgehungerter Wolf in der Kehle.

»Ist nicht der Rede wert.«

Er deutete mit flüchtigem Fingerzeig auf die Kohlezeichen an der Wand und sagte: »Ich habe kein Konto hier und kann auch nicht zahlen.«

»Ihr besteht ja nur noch aus Haut und Knochen, Hochwürden.« Anicah verschränkte die Arme vor der Brust und musterte den Geistlichen. »Dünn wie ein Hohlhering.«

»Viele meiner roten Kinder haben im Winter ihr Korn gegen Branntwein getauscht, und von unseren Vorräten ist ein großer Teil gestohlen worden.« Er seufzte aus tiefer Seele. »Darum müssen viele von uns darben, und einige lechzen nicht nur nach dem täglichen Brot, sondern auch nach Branntwein, dem sie verfallen sind.«

Anicah bekam Gewissensbisse, hatte sie doch auch am Whiskyschmuggel mitgewirkt. »Es wird bei Euch also auch 'ne Menge wegpraktiziert.«

Poulton stutzte. »Ob gestohlen wird? Leider ja.« Er betrachtete die Kost in der Schüssel, als hoffte er, das Wunder vom Berg wiederholen und Brot in Fische verwandeln zu können. »Die Indianer sind genügsam und haben kleinere Mägen als alle anderen Menschenkinder, aber auch sie leiden Hunger.«

Er langte nach dem Beutel, den er am Gürtel bei sich trug. »Fast hätte ich den eigentlichen Grund für mein Kommen vergessen.« Er reichte ihr einen blühenden Lavendelzweig. »Mathias DaSousa ist mit Gouverneur Calvert nach Virginia gesegelt. Bevor er ging, bat er mich, dir dies hier zu geben. Er sagte, du wüßtest, welche Bewandtnis es damit hat.«

Anicah hielt den Zweig an die Nase. Ja, sie wußte Bescheid. Martin hatte ihr dieses Zeichen seiner Liebe zukommen lassen. Tränen rollten ihr über die Wangen. Der süße Blütenduft weckte Erinnerungen an den Maientag vor zwei Jahren, als sie mit Martin Arm in Arm zwischen Lavendelsträuchern am Flußufer gelegen hatte. Es war der bisher glücklichste Tag ihres Leben gewesen.

»Ja, Sir.« Sie wischte sich die Tränen vom Gesicht. »Ich weiß, was es bedeutet.«

Es drängte sie, ihn über Martin auszufragen, doch sie traute sich nicht. Sobald Gevatter DaSousa von der Reise zurückkehrte, würde sie ihn aufsuchen und herauszufinden versuchen, wo sich Martin versteckt hielt. Und dann würde sie davonlaufen, um bei ihm sein zu können.

»Vater Copley wartet auf mich bei der Kapelle.« Mühsam stand der Pater auf; Anicah half, indem sie ihn beim Ellbogen abstützte. Sein Arm fühlte sich an wie ein Hühnerknochen.

»Danke, Hochwürden. Ich danke Euch aus ganzem Herzen.«

Er schenkte ihr ein müdes, aber liebevolles Lächeln. »Du hast einen Namen, der in Spanien weit verbreitet ist, mein Kind. Er ist hebräisch und bedeutet anmutig.«

Schulterzuckend entgegnete Anicah: »Nichts für ungut, Hochwürden, aber ich bin weder Spanierin noch Hebräerin und schon gar keine Papistin.«

»Eines Tages wird dich Gott blenden mit seinem Licht, auf daß du sehen mögest.« Mit wegwerfender Handbewegung schlug er das Zeichen des Kreuzes. »Gott schütze und behüte dich, mein Kind.« Mit eingezogenen Schultern und gesenktem Kopf wackelte er zur Tür; es schien, als stemmte er sich gegen stürmischen Wind.

Als sie ihn so gehen sah, dachte Anicah, daß er wohl den nächsten Winter kaum überstehen würde. Gewiß müßte er sterben, wenn John Dandy ihn und seine Brüder weiter beraubte.

Anicah hatte noch nie jemanden angeschwärzt. Auch jetzt

war ihr allein der Gedanke daran zuwider. Aber wenn es einer verdient hatte, als Strolch entlarvt zu werden, dann John Dandy. Sie zögerte eine Weile, und erst als Poulton die erste Biege des Mattapany-Pfads erreicht hatte, lief sie ihm hinterher. Sie war die einzige, die den Pater darüber aufklären konnte, wer ihn bestahl.

»Ein Priester weniger, der uns auf die Nerven gehen kann«, sagte die Wirtin, die am Gartenzaun aufgetaucht war, um sich davon zu überzeugen, ob Anicah auch fleißig genug zu Werke ging. Für die Nachricht von der Mordtat hatte die Dicke nur Spott übrig. »Den wären wir los. Vielleicht finden wenigstens die Würmer Geschmack an ihm.«

Anicah blickte von der Arbeit auf, wischte sich den Schweiß von der Stirn und verdrehte die Augen. »Von welchem Priester sprecht Ihr?«

»Dem dürren Tattergreis.«

Poulton. Das hatte sie befürchtet. Ihr schnürte sich der Magen zu; Galle stieg auf und schwemmte bitter in den Mund.

»Heute morgen hat ihn jemand vom Ufer aus abgeschossen, als er mit dem Boot vorbeisegelte, und ihn wie ein Fisch aus dem Wasser gezogen. Hätte er doch alle Pfaffen gleich mit umgelegt.«

Anicah hob den mit Zwiebeln gefüllten Korb vom Boden auf und folgte der Wirtin in die Küche. Die dicke Smythe hielt eine braune Flasche nach der anderen ins Licht, um den Bierpegel zu überprüfen, argwöhnend, daß jemand in ihrer Abwesenheit daraus getrunken hatte.

Dann steckte sie ihre Nase in jeden Küchenwinkel und grummelte dabei vor sich hin, daß dem Priester, sobald er von seinen Papistenbrüdern auf ketzerische Weise bestattet worden sei, in der Hölle ein warmer Empfang bereitet werde. Anicah hörte sie kaum. Ihr gingen andere Gedanken durch den Kopf. Der Priester hatte wohl John Dandy zur Rede gestellt und ihn des Diebstahls bezichtigt. Hätte Anicah ihm nichts davon gesagt, wäre er jetzt noch am Leben.

Ich habe ihn auf dem Gewissen, dachte sie; durch mich ist er umgekommen.

Einen schrecklichen Moment lang machte sie sich den Vorwurf, für den Tod oder das Verschwinden all jener verantwortlich zu sein, die freundlich und gut zu ihr gewesen waren: die Mutter, die Tante, Martin, der Priester und auch ihr Vater, obwohl sie sich an ihn kaum erinnern konnte. Doch dann zerbrach sie sich den Kopf über ein handfesteres Problem.

Ob Dandy wußte, daß er durch sie beim Priester angezeigt worden war? Würde sie nun als nächste zum Schweigen gebracht werden?

Den ganzen Tag trieb diese Sorge sie um, und die halbe Nacht über schmiedete und verwarf sie einen Plan nach dem anderen. Welche Möglichkeiten hatte sie? Sie konnte im Schutz des Wirtshauses abwarten, was passieren würde. Sie konnte sich aus dem Staub machen, Dandys Mordtat ruchbar machen oder einen anderen um Hilfe bitten. Aber wen? Sergeant Vaughan und Mathias DaSousa waren auf Reisen, und der einzige einflußreiche Freund, den sie hatte, war noch am selben Abend auf dem immer größer werdenden Friedhof unter die Erde gebracht worden, um zu verhindern, daß sein Leichnam bei der Hitze zu stinken anfing.

Am Morgen machten ihr dieselben Sorgen zu schaffen, mit denen sie zu Bett gegangen war. Als sie ihre Arbeit aufnahm, hörte sie das Klappern von Pferdehufen. Sie ging nach draußen und sah Margaret Brent auf ihrer Stute vorbeireiten und in den Weg zur Kapelle einbiegen.

Anicah eilte in die Küche zurück. »Mistreß«, sagte sie und machte einen Knicks vor der Wirtin. »Junker Brent bat mich, ihm diese Flaschen zu bringen. Er wartet schon seit gestern darauf.«

»Dann geh, aber spute dich. Du hast noch auf dem Feld zu tun.« Und dann fügte sie hinzu: »Und laß dich auf keine Sünde mit ihm ein. Ich weiß, daß er dir schöne Augen macht.«

Anicah lief in Richtung Schwesternhof. Als sie am Rand des Feldes anlangte, das bis ans Wohnhaus heranreichte, verlangsamte sie ihren Schritt. Über dem Boden flirrte heiße Luft. Zikaden schrillten, und ein paar Hühner hockten schmachtend im Schatten eines Karrens.

Anicah kannte jede Wohnung im Umkreis von St. Mary's, doch nie zuvor war sie im Haus der Brentschen Schwestern gewesen, und sie versuchte sich vorzustellen, wie es darin aussehen mochte. Nach allem, was sie von Mistreß Margaret wußte, rechnete sie mit einem freudlosen Ort, streng wie ein Kloster, kalt wie ein Gefängnis.

Sie eilte über den Hof zum Garten hin und warf einen Blick über den Staketenzaun. Mary saß auf einem Stuhl in der äußersten Ecke und schnürte Hopfenranken an ein Spalier aus Holz. Sie hatte das Kleid hochgesteckt, und unter den Unterröcken lugten die bloßen Füße hervor. Das Haar steckte unter einem weißen Tuch, das im Nacken verknotet war. Darüber trug sie einen breitkrempigen Strohhut.

Den Kopf geduckt, öffnete Anicah das Gatter und schlich zwischen langen Beeten näher. »Guten Tag, Mistreß.«

»Jungfer Anicah.« Mary blickte auf, lächelte und setzte ihre Arbeit fort. »Die heilige Mutter Gottes möge dich beschützen und alle, die du liebst.«

»Ich fürchte, Mistreß, daß einer von denen, die ich liebe ...« Es verschlug ihr die Sprache, als sie, das Wort »Liebe« formulierend, erkannte, daß sie für Poulton wie für einen Vater empfunden hatte. Sie fing zu weinen an. Mary stand auf, nahm sie in die Arme. Anicah legte den Kopf auf ihre magere Schulter und schluchzte ungehemmt.

»Gräme dich nicht, mein Kind«, sagte Mary. »Er ist im Himmel und sitzt vor dem Thron seines Vaters.«

»Er ist getötet worden.« Anicah wischte sich die Nase am Ärmel ab und sah erst jetzt, daß Mary ein besticktes Taschentuch aus Batist für sie bereithielt. Das Mädchen schneuzte kräftig hinein und gab ihr das Tuch eingenäßt zurück. Es heimlich einzustecken fiel Anicah nicht ein, verwirrt, wie sie war.

»Ein tragischer Fall, die Kugel eines Jägers hat sich verirrt.«

»Nein, Mistreß, es war Mord.« Anicah pochte der Schädel vor Trauer und Schuldgefühlen, und die Tränen strömten, als wäre ein Damm gebrochen. »Ich weiß auch, wer ihn getötet hat.«

Anicah mußte all ihre Überredungskünste aufbringen, und schließlich erklärte sich Mary bereit, dem Gouverneur Meldung zu erstatten. Gemeinsam machten sie sich auf den Weg. Anicah fürchtete, daß Mistreß Margaret ihnen entgegengeritten käme und sie aufhalten würde, doch sie erreichten Calverts Haus, ohne einem einzigen Menschen begegnet zu sein. Das Mädchen weigerte sich, mit hineinzugehen.

»Ich flehe Euch an, Mistreß«, bettelte Anicah. »Es darf niemand erfahren, wer den Kerl verpfiffen hat. Sonst geht er mir auch noch an den Kragen.«

Als Mary an die Tür klopfte und eintrat, versteckte sich Anicah neben dem Eingang hinter einer Regentonne. Auf den Fersen hockend, wartete sie wie eine Dienstmagd auf ihre Herrin. Durch das geöffnete Fenster über ihrem Kopf konnte sie das Gespräch zwischen Mary und Calvert belauschen. Calvert äußerte sich bestürzt darüber, daß Mary ohne Begleitung ihrer Schwester oder eines Knechts den weiten Weg gekommen war. Aber dann machte er Komplimente und plauderte freundlich drauflos. Anicah kaute nervös an den Schwielen ihrer Hand.

Es schien eine Ewigkeit zu dauern, bis Mary endlich mit der Sprache rausrückte. »Leonard, Vater Poulton ist ermordet worden, und zwar von John Dandy, dem Büchsenmacher.«

»Der Sheriff wird den Fall untersuchen, aber es deutet alles darauf hin, daß er Opfer unglücklicher Umstände geworden ist.«

»Ich weiß aus glaubwürdiger Quelle, daß ein Mord begangen wurde.«

»Und könnt Ihr diese Quelle auch benennen, Mistreß Mary?«

Mary ließ sich mit der Antwort Zeit. »Mein Engel hat zu mir gesprochen.«

»Euer Engel?«

»Gewiß, Leonard.«

»Und was hat Euer Engel gesagt?«

»Daß sich John Dandy des Mordes an Vater Poulton schuldig gemacht hat.«

»Warum sollte er so etwas getan haben?«

»Weil Vater Poulton wußte, daß der Büchsenmacher Teile der Vorräte gestohlen hat, die für das segensreiche Werk der Mission bestimmt waren.«

»Auch das hat Euch Euer Engel erzählt?«

»Ja.«

»Wann?« wollte Leonard wissen. Er hatte schon davon gehört, daß Mary Zwiesprache mit ihrem Engel hielt.

»Heute morgen. Sie erschien mir im Garten, als ich die Hopfenranken festband.«

»Sie? Ich dachte, Euer himmlischer Begleiter sei männlichen Geschlechts.«

»Leonard ...« Mary lachte munter. »Engel können sich doch in ihrer Gestalt nach Belieben wandeln. Heute morgen erschien mir eine hübsche Jungfer mit strahlendem Haarkranz und funkelnden Augen. Sie weinte vor Kummer über die Seele des Mörders, die der Sünde verfallen ist.«

Anicah hörte mit Schrecken, daß Mistreß Mary auf sie Bezug nahm und deutliche Hinweise gab, die um so schwerer wogen, da Gouverneur Calvert dem Gerede von den Engeln keinen Glauben schenken würde.

»Wir werden uns darum kümmern, Mistreß Mary. Ich danke Euch, daß Ihr zu mir gekommen seid.«

»Leonard, habt Ihr schon einmal die himmlischen Heerscharen gesehen, wenn sie mit ihrem Strahlenglanz die Luft erfüllen und wie Schneeflocken zur Erde herniederschweben?«

»Bei Gott, das kann ich nicht von mir behaupten.«

»Es ist ein wunderbarer Anblick. Vielleicht werdet auch Ihr eines Tages Zeuge davon sein.«

»Ich werde Euch nach Hause begleiten lassen. Es ist zu

gefährlich für Euch allein.« Aus Calverts leiser werdenden Stimme schloß Anicah, daß er sie in diesem Augenblick zur Tür brachte.

»Nicht nötig, Leonard. Margaret ist ganz in der Nähe.«

Anicah fing Mary auf der Straße ab. »Hat er Euch geglaubt, Mistreß?«

»Das weiß nur Gott, Ani.«

Anicah war gerührt, von einer Dame dieses Standes beim Kosenamen angeredet zu werden. Schweigend gingen sie bis zur Schenke nebeneinander her. Anicah machte vor der Schwelle Halt.

»Soll ich Euch Gesellschaft leisten und nach Hause bringen?«

»Nicht nötig, mein Kind. Ich will noch in die Kapelle und für Vater Poultons Seele beten.«

»Danke, daß Ihr nicht verraten habt, wer Euch den Hinweis auf diesen Schurken gegeben hat.«

»Es könnte doch sein, daß du wirklich ein Engel bist, verkleidet als Wirtshausmetze.« Marys ausgemergeltes Gesicht heiterte sich mit einem Lächeln auf. »Viele glauben nicht daran, daß auch sterbliche Augen Gottes Boten erblicken können. Wer dies aber vermag und davon berichtet, wird zumeist für einen Narren, Träumer oder Verrückten gehalten, und sei er oder sie ansonsten noch so glaubwürdig.«

»Ich hab' noch keinen Engel gesehen, Mistreß, halte Euch aber beileibe nicht für verrückt.«

»Gott schütze dich, mein Kind, und ich hoffe, daß er deinen Martin zu dir zurückführt.« Mary lächelte, drehte sich um und ging in Richtung Kapelle davon.

37

Mitte Oktober hingen die Darren des Trockenschuppens voller Tabakblätter. Es sah aus, als schliefen dort Tausende von Fledermäusen. Edward Packer, der Verwalter des Schwesternhofes, rechnete den Ertrag aus. Soundsoviel Pfund pro Darre. Soundso viel Darren füllten ein Faß. Insgesamt würden also soundso viele Fässer vollgepackt werden können.

Margaret schätzte, daß die Ernte in London genügend Profit einbringen werde, um fünf weitere Knechte herbeischiffen zu lassen. Nach den jüngsten Bestimmungen von Lord Baltimore hätte sie dann Anspruch auf zusätzliche tausend Morgen Grund und Boden.

Sie hatte sich schon einen Landstrich am St.-Indigoes-Fluß ausgesucht, gut bewässert und mit dunklem, fruchtbarem Humus, der geeignet war, Tabakpflanzen erster Güte hervorzubringen.

Umgeben von bernsteinfarbenem Licht und aromatischem Duft träumte Margaret davon, als Herrin eines großen Anwesens das Regiment zu führen über Dutzende von Dienern. Die Felder würden weiter reichen als das Auge, und auf grünen Weiden würden Hunderte von Rindern und Schafen grasen. Es würde richtiges Getreide angebaut – Gerste und Weizen – und in großen Scheunen untergebracht werden.

Sie dachte an den würzigen Duft frisch geschnittener Wiesen, an die Heueinfuhr mit hohen Leiterwagen und an Gesang und Lachen fröhlicher Mägde und Knechte. Sie erinnerte sich an die riesigen Kaltblüter, die zu Hause in England vor die Wagen gespannt worden waren, und wie sie als kleines Mädchen auf deren Rücken gehockt hatte.

Die diesjährige Tabakernte konnte den Traum Wirklichkeit werden lassen – wenn nicht ein Zuviel oder Zuwenig an Regen die Blätter verdürbe, ehe sie verpackt sein würden; wenn nicht die Fässer im Frachtraum des Schiffes, vom Salzwasser zersetzt, zerbersten würden oder gar das Schiff sänke oder Seeräubern zum Opfer fiele; wenn nicht die Spannungen in England zwischen König und Parlament, zwischen Puritanern und Anglikanern zum Krieg führten.

Margaret wickelte ein Tabakblatt wie ein Taschentuch stramm um den Finger. Es dehnte sich und lag geschmeidig auf wie feinstes Kitzleder.

»Ich schätze, wir können das Kraut nun weiterverarbeiten, Mistreß«, sagte Edward Packer. »Der gestrige Regen hat die Luftfeuchtigkeit auf das richtige Maß gebracht.«

»Sodann.« Margaret schob die flache Hand zwischen die aufgehängten Blätter, um den Abstand zu prüfen. »Sorg dafür, daß die Bündel nicht zu dicht aneinanderliegen, sonst bildet sich noch Schimmel und verdirbt das Kraut.«

»Maggie.« Mary stand im Eingang. »Komm und sieh dir den Sonnenuntergang an.«

»Ich habe noch viel zu tun, bevor es dunkel wird.«

Aber Mary nahm die Schwester bei der Hand und führte sie mit sanftem Nachdruck mit sich nach draußen. Sie gingen ans steile Flußufer und schauten auf ein Wolkenband, das sich, rosenrot und gülden gestreift, über die herbstlich bunten Bäume am gegenüberliegenden Ufer hinwegzog. Laut schnatternd trieben Gänse wie ein riesiges Floß auf dem Wasser.

Margaret blickte nach Süden auf die Landzunge, die tief in den Fluß hineinragte. Drei Monate waren vergangen, seit die Schwestern das letzte Mal gemeinsam an dieser Stelle gestanden und Vater Poulton zugewinkt hatten, der auf seiner Schaluppe nach St. Indigoes unterwegs war. Als das Boot die Landzunge erreichte, fiel der tödliche Schuß des Jägers. Ein kleines Stück Blei brachte das tapfere Herz des Priesters zum Stillstand. Margaret würde seine sanfte Stimme nie mehr hören können, noch die Liebe Gottes in seinem Blick leuchten sehen. Ein brennender Schmerz trieb ihr Tränen in die Augen.

Mary nahm ihre Hand. »Der Herr hat's gegeben, der Herr hat's genommen«, zitierte sie.

»›Der Name des Herrn sei gelobt‹«, beendete Margaret den Hiob-Vers. Als ein Boot hinter der Landzunge aufkreuzte, glaubte sie im ersten Moment irrigerweise, daß Vater Poulton zurückkehrte, so plötzlich und unerklärlich, wie er gegangen war. Dann aber erkannte sie, daß es sich um ein Kanu handelte, voll von Indianern, die auf den Landungssteg des Schwesternhofes zusteuerten. Der Anblick des Federputzes, der Fellumhänge und dunklen Gesichter versetzte die beiden unwillkürlich in Alarmbereitschaft. Margaret langte zur Pistole, Mary an den Rosenkranz, der an ihrem Gürtel hing.

»Das ist Vater White.« Mary winkte, und der Priester winkte zurück. Gemeinsam eilten die Schwestern über die steile Böschung zum Strand hinunter.

Edward trug White an Land, während Margaret und Mary die Köpfe senkten, um seinen Segen zu empfangen. Der indianische Bursche watete durchs kalte Wasser zurück und hob ein kleines Mädchen aus dem Boot.

Es schien an die acht Jahre alt zu sein. Das schulterlange schwarze Haar lag wie eine Klammer um das zarte, ovale Gesicht, und der Mundausschnitt war geformt wie Cupidos Bogen. Es trug Mokassins, ein weißes Wollhemd, das bis zu den Knöcheln reichte, und einen braunen Wollumhang.

Das Kind knickste und murmelte: »Gott sütze dis, Mistiß.« Es hatte offenbar keinen Begriff von den Worten, die ihm zu sagen aufgetragen worden waren, und starrte die Schwestern aus unergründlichen Augen an, die wie Kürbiskerne geformt und pechschwarz wie Kohle waren.

Von den anderen Piscataway verließ keiner das Boot. Als Edward diverse Ledertaschen und die kleine Truhe von Vater White ausgeladen hatte, schob er das Boot zurück ins tiefere Wasser und sprang hinein. Wortlos und ohne sich umzublicken, paddelten die Männer davon. Das kleine Mädchen schien ihnen nachlaufen zu wollen, blieb dann aber stehen.

Pater White legte ihm die Hand auf den Kopf. »Das ist Kittamaquunds Tochter. Er möchte, daß sie unter Engländern großgezogen wird. Wenn sie alle christlichen Mysterien versteht, soll sie die heilige Taufe empfangen. Kittamaquund bat darum, daß Ihr, Margaret, und Gouverneur Calvert auf sie achtgebt. Wärt Ihr damit einverstanden?«

»Wir werden unser möglichstes tun, um eine fromme, treue Christin aus ihr zu machen.« Und an das Mädchen gewandt: »Wie ist dein Name, Kind?«

Mary kniete sich neben das Kind und sprach mit ihm in der Sprache der Piscataway.

»Ihren Namen auszusprechen ist für englische Zungen kaum möglich«, sagte Mary und schmunzelte. »Vielleicht sollten wir sie Kitt nennen, bis sie auf einen christlichen Namen getauft wird.«

»Na, dann komm mit, Kitt.« Margaret streckte die Hand aus, doch das Kind rührte sich nicht. Der starren Miene war nicht anzusehen, ob es verwirrt war, eingeschüchtert, neugierig oder gar gleichgültig. »Soll sie bleiben, solange sie will.«

»Was sie will, zählt jetzt nicht.« Pater White legte ihr die Hand in den Rücken und stieß sie sacht vor sich her. Doch das Mädchen widersetzte sich und ergriff Marys Hand.

Mit der Rückseite der Axt schlug Anicah festgefrorene Scheite vom Holzstoß und stampfte mit den Füßen auf, um warm zu werden. Mit steifen Fingern lud sie sich das Brennholz auf den Arm und watete durch kniehohe Verwehungen zum Haus zurück. Der Schneefall hatte in diesem Jahr viel zu früh eingesetzt; der Oktober war gerade erst vorbei.

An der Küchentür drehte sie sich noch einmal um und schaute über das weiße Feld und den bleigrauen Fluß auf die kahlen Bäume am anderen Ufer. Wo mochte Martin in dieser endlosen Wildnis stecken? Wo hatte er letzte Nacht geschlafen, als die hübschen, grausamen Flocken niedertanzten? Wie lebte er seit nun anderthalb Jahren?

Sie wußte fast auf den Tag genau, wie lange er weg war. Seit seiner Flucht hatte sie jedesmal bei Neumond eine Kerbe in die große Buche geritzt, so wie sie auch Buch führte über ihre Dienstzeit bei der Wirtin oder über ihren Anteil an Henry

Fleetes Gewinnen beim Kartenspiel, denn sie zweifelte an deren Redlichkeit ihr gegenüber.

Sie rechnete kaum damit, daß Fleete seine Schulden jemals bei ihr begleichen würde, doch es munterte sie auf zu sehen, daß die Zahl der Kerben langsam zunahm. Weniger erfreulich war für sie die Zunahme der beiden anderen Kerbengruppen. Je länger Martin weg war, desto geringer wurde die Hoffnung auf ein Wiedersehen. Und was nützte ihr dann noch die Freiheit, in die sie nach der Dienstzeit bei den Smythes entlassen würde?

Als sie die Küche betrat, sah sie Robert Vaughan an der Esse stehen. Er hatte ihr den Rücken zugekehrt und die Hose heruntergelassen.

»Wenn Euch die Wirtin dabei erwischte, wie Ihr ins Feuer brunzt, wird sie Euch die behaarten Batzen verbimsen«, sagte Anicah und ließ die Holzscheite zu Boden fallen. »Die Glut anzufeuchten, ist nur ihr gestattet.«

»Die Wirtin ist nicht da, mein Täubchen.« Er zog die Hose hoch und verknüpfte den Bund mit dem alten Lederwams. »Außerdem bin ich ein Mann von Stand. Ich pisse aus fünf Schritt Entfernung zielgenau in jeden Topf, den du mir hinstellst.«

Vaughan pferchte sie in seine langen, starken Arme und drückte ihr einen Kuß auf den Mund. Er strömte einen strengen Duft aus, ein Gemisch aus Wein, Tabak, Schweiß und Leder, einen männlichen Geruch, der ihr Verlangen weckte, und das ließ sie sich anmerken.

Er küßte sie wieder, fester diesmal, schnappte mit den Zähnen nach ihrer Lippe. Ihr schwindelte, schwül vor Erregung.

»Mir scheint, die Jungfer fiebert.« Vaughan fuhr mit der Zunge über ihr Ohr, und es überrieselte sie wonnig bis zu den kalten Fußsohlen.

»Ich bin krank vor Liebe«, hauchte sie. »Nach Martin Kirk.«

Vaughan raufte ihr die Haare und schaute ihr ins Gesicht. Sein Blick verriet Enttäuschung und Lust, so überquer miteinander wie seine Augen. Aber auch tiefempfundenes Mitleid.

»Ani, dein stattlicher Bauernbursche wird nicht zurückkommen.«

»Doch, das wird er.« Tränen schossen ihr in die Augen; sie löste sich aus seiner Umarmung. »Er lebt. Mistreß Mary Brent weiß es auch. Es wacht ein Engel über ihn.«

»Mistreß Mary …« Vaughan stockte. »Mistreß Mary könnte sich ja irren. Und selbst wenn Martin lebte, so wird er nicht zurückkehren können. Denn er weiß, daß ihm der Galgen droht.« Er streckte die Hand aus. »Ani, ich bin bereit, deine Zwangspflicht auszulösen und dich zur Frau zu nehmen.«

»Ich muß Euer großzügiges Angebot ausschlagen, denn ich bin versprochen.« Sie faßte seine Hand, die sich um ihre Taille zu schlingen versuchte, und führte sie ihm in seinen Schritt. »Ihr müßt Euch den Schellenbaum schon selbst putzen, Sir, denn ich kann es nicht.«

»Kackt Ihr schon wieder in die Asche, Sergeant Vaughan?« Als Dina die Tür hinter sich zudrückte, pfiff der Wind wie ein heulender Hund durch den Spalt. »Wenn Euch der Weg bis in den Hinterhof zu weit ist, dann erleichtert Euch doch wie jedermann überm Feuer der Schankstube.«

»Ich habe nicht in die Asche gekackt, gute Frau.« Vaughan raffte Hose und Würde und verließ die Küche.

»Hat er dir einen Antrag gemacht?« fragte Dina.

»Ja.«

»Wie viele Freier hast du denn jetzt? Vermutlich sämtliche Junggesellen und Hagestolze der Provinz; womöglich auch manchen verheirateten Mann.«

»Ich mach' mir aus keinem was und auch nicht aus der Liebe«, entgegnete Anicah.

»Aber die ganze Welt ist auf Liebe aus.«

»Ich nicht. Sie ist ein Feuer, das, anstatt zu wärmen, die törichte Seele in Schutt und Asche legt.« Sie schaute Dina in die Augen. »Du kannst doch in die Zukunft blicken. Wann wird Martin wiederkommen?«

»Ich weiß nicht. Oder willst du eine solche Weissagung, wie ich sie den Narren gegen Geld aufschwätze?«

Anicah seufzte und kehrte in die Schankstube zurück. Dort herrschte Hochbetrieb. Die Ratsperiode hatte, wie jedes Jahr im Herbst, begonnen, und sämtliche Abgeordnete waren nun im Wirtshaus versammelt; streitsüchtige Kerle, ein jeder von sich selbst eingenommen als gewählter Repräsentant der Siedlerschaft aus seinem Bezirk.

Gevatter Smythe war noch betrunkener als sonst. Wahrscheinlich feierte er die Abwesenheit seiner Frau und das dank der Ratsperiode blühende Geschäft. Er wanderte von Tisch zu Tisch, lachte über seine eigenen, uralten Witze und mischte sich in jede Unterhaltung ein.

»Gott zum Gruße«, rief Joan Parke und schlug die Eingangstür hinter sich zu.

Anicah sah, wie Smythes rotes Gesicht schlagartig weiß wurde. Joan sorgte stets für Ärger, und dagegen war er für gewöhnlich machtlos. Ammann Lewger würde ihm gewiß wieder Verstöße gegen die öffentliche Ordnung vorhalten. Und von seiner Frau drohten ihm bei deren Rückkehr wüste Schimpferei und Ohrwatschen, bis ihm der Schädel rasselte.

»Platz da, ihr Deppen. Ich habe Neuigkeiten zu berichten.« Joan raffte ihre Röcke und stieg über einen Stuhl auf den Tisch.

Smythe verzog sich vorsichtshalber in die Küche; der Dachshund trippelte hinter ihm her.

»Die Papistenhure hat mit einem Wilden im Korn gelegen, die Hühnerbeine um den Heidenwanst geschlungen, und der grub fleißig sein Kriegsbeil ein aus ein aus …«, blökte Joan und wackelte mit den breiten Hüften hin und her.

»Von wem sprichst du?« fragte Anicah.

»Von dem durchgedrehten Schripphuhn, dieser Mary Brent.«

»Und du willst sie mit eigenen Augen im Korn gesehen haben?« Anicah verschränkte die Arme vor der Brust. Die Stammgäste wußten diese Pose einzuschätzen. Alles rückte näher zusammen.

»Allerdings.«

»Ist doch reichlich kalt da um diese Jahreszeit, oder nicht?«
»Das war ja auch am Michaelistag, vor einem Monat.«
»Merkwürdig, daß du erst jetzt damit rausrückst.«
»Glaubst du, ich lüge, du kleine Ratte?«
»Jawohl, Miss Parke. Was du da von dir gibst, ist nichts als dummes Gewäsch.« Anicah blickte zu ihr auf, mit großen Augen und ohne mit der Wimper zu zucken. »Und wenn dir noch kein Indianer untergekommen ist, hat er mehr Glück gehabt als so mancher räudiger Köter aus dem Dorf. Denn du läßt doch nichts und niemanden aus.«

»Tod und Pest, und daß sich niemand deiner erbarmt!« Joan starrte bitterböse aus großer Höhe auf sie herab. »Sieh dich vor, oder ich werf' dich ins Feuer.«

Die Männer, die sich um den Tisch versammelt hatten, um einen Blick unter Joans Unterröcke werfen zu können, wichen allesamt zurück.

»Dann brauchst du sicher einen Schürhaken zum Anheizen.« Anicah langte nach der Eisenstange, die an der Kaminwand hing, packte mit beiden Händen zu und säbelte damit über die Tischplatte in Höhe der Fußgelenke von Joan. Die hüpfte hoch, um dem Hieb zu entweichen, doch nicht hoch genug. Die Füße flogen unter ihr weg, die mächtigen Batzen landeten krachend auf der Tischkante, und sie plumpste, die Beine in der Luft, rücklings zu Boden.

»Verrecke, du Dreckstück!« schrie Joan.

Anicah holte erneut mit dem Schürhaken aus und wich zur Tür zurück, um sich einen Fluchtweg offenzuhalten. Ihr war klar, daß sich Joan von der Eisenstange nicht würde aufhalten lassen und daß sie nicht ungeschoren davonkäme. Aber immerhin hatte sie von den Lügen über Mistreß Mary ablenken können.

Mit gesenktem Kopf und zur Abwehr erhobenen Armen preschte Joan vor und rammte Anicah mit voller Wucht. Die ließ den Haken fallen, packte ihr mit beiden Fäusten in den drahtigen, feuerroten Schopf und zerrte daran mit aller Macht. Doch Joan walzte sie nieder, als stünde ihr gar kein Hindernis im Weg.

In diesem Augenblick ging die Tür auf, so daß beide Frauen durch sie hindurch nach draußen kugelten, direkt vor die Beine von Giles Brent, der der Länge nach in den knöcheltiefen Matsch aus Schmelzwasser, Lehm und Schweinemist kegelte und schließlich unter die beiden Megären zu liegen kam. Alles, was in der Schankstube versammelt war, drängte durch die Tür in den Hof, um dabeizusein und Wetten abzuschließen.

»Verdammt!« Giles mühte sich zappelnd freizukommen, doch Joan und Anicah schlugen aufeinander ein, bissen und kratzten. »Verdammt, sage ich; so hilf mir doch einer.«

Robert Vaughan schritt ein, um die beiden zu trennen. Harry Angell hiefte Giles aus dem Matsch, versuchte, ihm mit dem Hut den Dreck vom Rock zu putzen, verschmierte aber alles um so mehr.

»Eine Schande ist das, Junker. So ein schöner roter Samtrock. Kaum getragen, schon ist er hin.« Der ironische Unterton in Harrys Stimme war nicht zu hören bei dem Gezeter, das Joan veranstaltete. »Das sind mir zwei händelsüchtige Weibsbilder«, fügte Harry hinzu, als hätte es dieser Feststellung bedurft, um Giles zu beruhigen.

»Potz Schwerenot.« Giles sah sich nach einem handfesten Gegenstand um, mit dem er die Frauen vertrimmen könnte. Er hatte gerade das Schwert gezogen, um mit der flachen Klinge zuzuschlagen, als Dina herbeistürmte.

»Der Wirt ist tot!« Doch im allgemeinen Tumult hörte keiner hin, und so schrie sie noch einmal. »Der Wirt ist tot!«

38

Am Vormittag hatte ein kalter Sprühregen eingesetzt. Smythe lag ausgestreckt unter dem Tisch; die Füße lugten darunter hervor. Die pummeligen Hände waren über dem kugelrunden Bauch zusammengefaltet worden, und auf die

Brust hatte man einen Teller Salz plaziert. Der Dachshund lag daneben und beäugte traurig das Treiben ringsum.

Wäre Smythe noch in der Lage gewesen zu sehen, so hätte er aus seiner Perspektive auf einen fast geschlossenen Kreis lehmverschmierter Schuhe, behaarter oder in Socken gehüllter Waden und verbeulter, mottenzerfressener Hosen geblickt. Die Menge war laut und überschwenglich, doch Anicah fand, daß es an Heiterkeit mangelte. Derjenige, der dazu maßgeblich hätte beitragen können, lag reglos am Boden.

Die Wirtin hatte ein paar Flaschen vom schalsten Bier und bittersten Zider abzapfen und auf den Tisch stellen lassen. Anicah versuchte, in dem allgemeinen Durcheinander für ein wenig Ordnung zu sorgen, während die Wirtin, am Kamin hockend, Beileidsbekundungen, Trinksprüche und Getränke entgegennahm, von jedem in etwa gleich viel. William Howkins verteilte billige Tonpfeifen und verschnittenen Tabak und setzte dabei eine selbstgefällig salbungsvolle Miene auf, wie sie Opferstockdieben eigen ist.

Dina wiederholte die Geschichte vom Sterben des Wirts.

»Er wollte ans Ziderfaß, als ihm der Köter vor die Füße kam und ihn zu Fall brachte. Er kippte vornüber wie ein gefällter Baum, prallte mit dem Kopf gegen den Kaminsims und stürzte mit dem Gesicht voran in die glühenden Kohlen. Ich hab' ihn an den Füßen herausgezogen, aber Haare und Kleider standen schon in Flammen.«

»Wie ein abgeflämmter Schweinerücken sah er aus«, bestätigte Anicah. »Der Gestank nach verbranntem Horn hat noch Stunden später die Küche verpestet.«

»Ich hab' sofort eine Decke drübergeworfen, um die Flammen zu ersticken, aber da war's schon um ihn geschehen. Dahingerafft hat ihn der Stoß vor den Kopf.«

Dina und Anicah hatten der Witwe geholfen, den Leichnam in eine Bahn aus Segeltuch zu wickeln. Es war ihnen wichtig gewesen, das vom Feuer zerstörte Gesicht zu verhüllen. Anicah wußte jedoch, daß die Dicke ihn, um das Tuch zu retten, am Grabesrand wieder auspacken würde; und noch in derselben Nacht würde sich eine lebende Seele mit dem Tuch zudecken müssen. Anicah hoffte, daß der Verstorbene, wenn man ihn zur letzten Ruhe ins Loch fallen ließe, mit dem Gesicht nach oben zu liegen käme, der Welt zugewandt, die er verlassen hatte.

Es wurden nun die üblichen Nachreden geschwungen, in denen Smythe als Perle des Landes, als ein Prinz unter den Männern geehrt wurde. Leute, die ihn kaum kannten, schätzten seine Fehler gering und sprachen ihm Tugenden zu, wovon er zu Lebzeiten nicht einmal einen Schimmer gehabt hatte.

Daß sich viele Trauergäste um den Toten versammelten, war abzusehen gewesen. Was Anicah aber überraschte, waren die vielen Gaben, die die Leute mit sich brachten – Tabak bündelweise und Körbe voller Korn –, als Lohn für den Fährmann, der ihn ins Elysium übersetzen sollte. Smythe hatte mehr Freunde, als Anicah vermutete, eingedenk all der üblen Witze, die über ihn gerissen worden waren. Auch jetzt lachte man über ihn, und ein jeder war darauf bedacht, daß der Heiterkeit nur ja kein Abbruch geschähe, nur weil der Wirt gestorben sei. Ihn wolle man nun, wie es hieß, mit der Schaufel zu Bett bringen.

Gevatter Brown nahm Anicah beiseite und drückte ihr einen Penny in die Hand. »Wir müssen ihn auswickeln.« Er war bestürzt und verwirrt, und zwar in einem Maße, das Trauer und Alkohol allein kaum verursachen konnten.

»Nein, mein greiser Freund.« Mit der langen Holzkelle schlug Anicah über vorwitzige Finger, die nach einer Flasche zu greifen versuchten. Der Mann schrie auf, saugte an den Knöcheln und zog sich in den Pulk der Gäste zurück.

»Der heilige Petrus besteht darauf«, sagte Brown. »Er will Kupfer, und das muß unter der Zunge des Toten liegen, sonst findet er es nicht. Mit Tabak oder Getreide gibt er sich nicht zufrieden.«

»Von einem Marylander wird Petrus auch ein Tabakblatt annehmen müssen.«

»Ani...« Brown packte sie beim Ärmel. »Versprich mir eins. Leg mir, wenn ich tot bin, einen Penny unter die Zunge.«

Das also war es, was den Alten so verdroß. Anicah schüttelte sich von ihm los. »Wenn's soweit ist, werden deine Schätzchen dafür sorgen.« Natürlich wußte sie, daß er keinen Schatz hatte. Aber er prahlte so oft mit seinen vermeintlichen Liebschaften, daß sie es sich nicht verkneifen konnte, ihn damit nun aufzuziehen.

»Nein«, entgegnete er betrübt und schüttelte den Kopf. »Die sind doch alle viel zu zimperlich.«

»Macht Platz!« Dina zwängte sich seitwärts durch die Menge; über den Kopf gestemmt hielt sie einen Laib Brot und eine Schale aus Ahornholz. »Macht Platz für die Mazerschale.«

»Ein Brot für den Sündentilger«, tönte es aus der Menge und alle stimmten mit ein.

Anicah schüttete Bier in die Schale. Der alte Brown merkte auf. Er erhielt von der Wirtin das runde, flache Maisbrot, das er in einzelne Brocken zerrupfte, mit den wenigen Zähnen, die ihm verblieben waren, tüchtig zerkaute und mit Bier herunterspülte.

Die Smythesche hatte ihn als Sündentilger angeheuert. Indem er das Brot aß und das Bier trank, nahm er alle läßlichen Vergehen und Fehltritte des Wirts auf sich. Hatte man das Gewissens des Dahingeschiedenen solchermaßen entlastet, war die Gefahr gebannt, daß dessen Seele im Wirtshaus herumspukte und der Gattin soviel Ärger bereitete wie zu Lebzeiten.

Es wurde ein wenig stiller in der Stube, als Brown seine feierliche Pflicht erfüllte. Da war aus der Ferne plötzlich ein Gerumpel zu vernehmen. Die Katholiken klappten ihre Sitzbänke in der Kapelle zurück; die Messe war zu Ende.

Als die Herrschaften vor der Schenke aufkreuzten, trat ihnen Robert Vaughan in der Tür entgegen. Er hatte dem Verblichenen zum Gefallen am Trauerfest teilgenommen und war reichlich beschwipst. Nun hielt er sperrangelweit die Tür auf, allen Beschwerden der Gäste über die Kälte zum Trotz, die seinetwegen in die Stube gelangte.

Warmer Wein und ein Feuer im Kamin waren zu verlockend, um vorbeizugehen. Die Brents und mehrere andere betraten die Schenke. Um Platz für sie zu schaffen, räumte Howkins ein Ziderfaß nach draußen und trieb das gemeine Volk in den Hof. Immerhin hatte es einstweilen zu regnen aufgehört.

Die Lewgers gingen an der Schenke vorbei; John murmelte ein paar Worte des Bedauerns über das Ableben des Wirts, ohne ein Testament hinterlassen zu haben. Seine Frau warf Vaughan nur einen flüchtigen Blick zu und ging weiter.

»Recht habt Ihr, diesen Ort zu meiden«, rief ihnen Vaughan hinterher. »'s ist ein protestantisches Schlangennest.«

Mistreß Lewger hatte es eilig davonzukommen und stampfte mit ihren hohen Holztretern durch den aufgeweichten Boden, daß der Matsch nur so spritzte.

»Sobald die Puritaner am Ruder sind, lassen sie Euch Katholiken auf kleinem Feuer rösten, einfach so zum Spaß«, brüllte Vaughan. »Und dann wird das Brennholz so teuer sein wie in den Tagen, als Maria, die Blutrünstige, herrschte.« Kichernd kehrte er in den Schankraum zurück.

»Sergeant Vaughan …« Margaret drohte mit dem Zeigefinger und gab sich redlich Mühe, nicht zu schmunzeln. Denn wer die Lewgers aus der Fassung brachte, hatte ihre volle Sympathie. »Ihr seid ein unverbesserlicher Strolch.«

»Giles, mein Freund«, rief Vaughan. »Wo habt Ihr Euren neuen Samtrock gelassen?«

»Zum Kuckuck.« Giles wurde so rot wie einst der Rock, bevor er mit ihm im Schlamm baden gegangen war. »Das Ding wird nicht mehr sauber.«

Widerwillig rückte die Smythe mit dem Süßwein aus Serrai raus, nach dem die Herrschaft verlangte. Die Dienerschaft stand mit dem Rücken zur Wand, schlürfte Most und genoß die arbeitsfreie Zeit. Anicah blickte vom Ziderfaß auf und sah, daß das Brentsche Indianermädchen sie mit starrem Blick fixierte, ausdruckslos wie der Hund eines Bestatters.

Anicah winkte ihm zu, und das Mädchen kam näher. Während Vaughan die Gesellschaft mit einem seiner zotigen Liedchen unterhielt, langte Anicah mit flinker Hand in die Tasche von Giles' braunem Wolljanker und fischte eine Schnupftabaksdose daraus hervor. Sie wölbte die Finger darum, so daß nur Kitt Einblick nehmen konnte. Augenzwinkernd steckte Anicah die Dose in die Tasche zurück, gerade noch rechtzeitig, denn Giles steuerte nun auf Fleete zu, um ihn zu einem Kartenspielchen zu überreden.

Kitt lächelte. Es war das erste Mal, daß sie lächelte, seit Pater White sie vor zwei Wochen in Margarets Obhut übergeben hatte.

»He, he, was treibt sie da?« Witwe Smythe wedelte mit der Schürze in Richtung auf Mary Brent, die neben dem verhüllten Leichnam in die Knie gegangen war. »Ich dulde hier kein papistisches Gefasel.«

Howkins trat händeringend dazwischen. »Verzeiht, Mylords und Ladys. Die Wirtin ist außer sich vor Kummer und Gram.«

»Und Schnaps«, murmelte Anicah.

Margaret reckte sich und zog die Schnürbrust stramm. »Witib Smythe«, sagte sie und blickte streng auf die Wirtin herab. »Meine Schwester spricht lediglich ein Gebet, da ihr das Seelenheil des Verstorbenen am Herzen liegt.«

»Wir wollen Eure Gebete nicht.«

Anicah öffnete den Mund. Fast hätte sie gesagt: »An Euch, Gevatterin, ist jedes Gebet verschwendet, ob's papistisch ist oder nicht.« Doch sie hielt sich im letzten Moment zurück und schloß die Lippen. Margaret schien ihre Gedanken gelesen zu haben und zuckte mit den Mundwinkeln, was einem dankbaren Lächeln gleichkam.

Anstatt das Kind zu sich herzuwinken, trat Margaret herbei, um Kitt bei der Hand zu nehmen, beugte sich an Anicahs Ohr und flüsterte: »Ich danke dir, daß du dich gestern so mutig für meine Schwester ins Zeug gelegt hast.«

Bevor Anicah etwas darauf erwidern konnte, hatte sich

Margaret wieder abgewandt. Sie legte der Schwester die Hand unter den Ellbogen und half ihr beim Aufstehen. »Komm, wir sind hier nicht erwünscht.«

Anicah schaute ihnen nach und dachte beklommen, daß sich unter den Sauertöpfen der protestantischen Gemeinde wohl niemand fände, der für einen Papisten beten oder ein gutes Wort einlegen würde.

Lautes Gelächter weckte Anicah auf. Sie warf einen Blick auf die Feuerstelle und sah, daß zu vorgerückter Stunde in der Asche nur noch vereinzelt Glut glimmte. Es war zu kalt, um aufzustehen und nachzuschauen, und so wickelte sie sich fester ein in die dünnen Laken. Doch als das Gemurmel und Gekicher im Nebenraum kein Ende nahm, gab sie der Neugier nach, stand auf, schlich auf Zehenspitzen zur angelehnten Tür und lugte durch den Spalt.

Die Schankstube war nur spärlich beleuchtet vom Schein der Binsenfackel, die in einer mit Sand gefüllten Schüssel steckte. Am Tisch, unter dem der Leichnam lag, hockten über Eck Patience Smythe und William Howkins. Zwischen ihnen stand eine große Flasche Wein.

»Darüber soll das Los entscheiden.« Die Dicke kramte ein Paket Spielkarten aus der Schürze. Howkins fuhr ihr mit der Pranke in den Ausschnitt. Doch die Witwe stieß ihn von sich und sagte: »Ich schlage vor, wir setzen alles auf eine Karte, unser Vermögen und unsere Leiber.«

»Für's erste reicht mir dein Leib«, antwortete Howkins, versuchte sie in den Arm zu nehmen und ging so ungestüm zur Sache, daß die Flasche umkippte. Kichernd richteten sie die Flasche wieder auf, zogen den Korken und genehmigten sich jeweils einen kräftigen Schluck.

Voller Wehmut kroch Anicah in ihr Bett zurück. Der Dachshund winselte und schmiegte sich an ihre Brust. Sie legte ihren Arm um ihn und beschloß, am Morgen einen violetten Faden aufzutreiben und in den Fluß zu werfen, auf daß mit ihm auch alle restlichen Sünden des Verstorbenen weggespült würden, die Gevatter Brown in seiner Rolle als Sündentilger unberücksichtigt gelassen hatte. Vielleicht konnte Smythes Seele erkennen, daß zumindest eine der Zurückgebliebenen wirklich um ihn trauerte.

39

Anicah schleppte zwei schwere Säcke Maismehl von Thomas Cornwaleys' Mühle durchs Dorf. Auf der Straße war kein Mensch zu sehen, was nichts Auffälliges war; die meisten Bewohner arbeiteten als Diener oder Pächter außerhalb auf den weitverstreuten Gutshöfen. Sie stellte die Säcke ab, öffnete den einen, stellte sich, über beide Schultern blickend, mit dem Rücken gegen den scharfen Dezemberwind und schöpfte eine Handvoll Mehl heraus. Gierig leckte sie das mit Mühlsteinsplittern durchsetzte Maispulver von der Handfläche. Doch der quälende Hunger ließ sich so nicht stillen.

Als sie die verrottenden Palisaden des Forts erreichte, sah sie Harry Angell hinter Joan Parkes Haus eine Grube ausheben. Daß er mit der Schaufel arbeitete, war ungewöhnlich. Neugierig schlüpfte sie durch eine Lücke in der Umpfählung.

»Ist es nicht ein bißchen spät zum Pflanzen, Harry?«

Angell wirbelte herum und hob drohend die Schaufel. Das Mädchen grinste nur.

»Joan will, daß ich ihren Abfall einbuddle. Das hat der Gouverneur so verlangt.«

»Joan würde sich doch nicht mal an Gottes Gebote halten«, antwortete Anicah und warf einen Blick in die Grube.

»Verschwinde, ehe ich die Geduld verliere.«

»Mir scheint, du willst deinen Ausschuß an Tabak veredeln, stimmt's?« Sie ging in die Hocke und schnüffelte. Aus den mit Tabakabfällen gefüllten Säcken, die Harry ausgrub, strömte ihr ein strenger Uringestank entgegen. »Aha, hierher gelangt also am Ende das Bier, daß du in der Schenke säufst.« Grinsend blickte sie zu ihm auf. »Die Wirtin veredelt ihren Ausschuß mit ausgelassenem Schweinetalg und Weintrester. Aber, zugegeben, Pisse tut's auch. Sorgt für ein prima Aroma.«

Anicah erinnerte sich an den Wachsabdruck des Gouverneurssiegels, den Angell dem Büchsenmacher heimlich zugesteckt hatte, als vor fast zwei Jahren der Whiskey nach St. Indigoes geschmuggelt worden war. Dandy hatte aus dieser Form bestimmt ein zweites Siegel gegossen, das Harry nun benutzte, um Fässer mit schlechtem Tabak zu kennzeichnen. Die Inspektoren würden darauf hereinfallen.

Harry rammte die Schaufel in den Boden und öffnete den Hosenbund, stellte sich an den Grubenrand und pinkelte über die Säcke.

»Spare in der Zeit, so hast du in der Not«, sagte er und schüttelte die letzten Tropfen ab.

»Und Meister Ingle wird das Kraut an Bord nehmen, vermute ich.«

»So ist es.« Er grinste übers ganze Gesicht.

Als die Säcke geborgen waren, füllte Harry das Loch mit Erde auf. Anschließend stemmte er die Schultern gegen einen Bretterverschlag, um ihn über die frisch aufgeworfene Stelle zu schieben. Anicah half. Die Anstrengung machte sie schwindelig; sie wankte und hielt sich mit der Hand fest.

»Du bist ja käsebleich.« Harry machte sich daran, die Säcke in dem Verschlag unterzubringen. »Gibt dir der neue Wirt nicht genug zu essen?«

»Er läßt mich verhungern.« Sie stemmte die Fäuste in die Hüften und blickte keck zu ihm auf. »Harry, sorg dafür, daß Oberst Fleete seine Schulden bei mir begleicht, damit ich meine Zwangspflicht früher auslösen kann.«

»Es wäre leichter, Wein aus einem Felsen herauszuwringen.«

»Fleete erzählt doch überall herum, wie reich er ist.«

»Er ist ein Prahlhans. Behauptet auch, einen mordsmäßigen Schwengel zu haben. Die Wahrheit sieht mickrig aus.« Harry schulterte die Schaufel und ging grußlos davon.

Anicah hievte die Maismehlsäcke auf die Schultern und taumelte unter der Last. Als sie ein paar Schritte gegangen war, hörte sie von hinten ein Pferd heranpreschen und räumte den Weg. Sie wußte, daß sich Mistreß Margaret mitunter, wenn niemand in der Nähe war, den Spaß erlaubte, ihrer Stute die Sporen zu geben und im gestreckten Galopp über die Felder zu jagen.

»Gott zum Gruß.« Die Stimme war nicht die von Mistreß Maragaret. Auf dem Pferd saß niemand anders als Kitt. Trotz der Kälte hatte sie die Röcke hochgesteckt. Sie griff nach den Säcken.

»Ach, es ist doch nicht mehr weit bis zur Schenke.« Aber Anicah war so müde, daß sie die Hilfe dankbar annahm.

Die beiden Säcke wurden zusammengeschnürt und über die Kruppe des Pferdes geworfen. Kitt forderte Anicah nun auf, hinter ihr Platz zu nehmen.

»Nein.« Anicah wich zurück. Für sie waren Pferde so unberechenbar und alarmierend wie Wirbelstürme oder Springfluten.

Doch Kitt ließ nicht nach und versperrte mit quergestelltem Pferd den Weg. Zu erschöpft, um sich zu wehren, gab Anicah klein bei und stieg, einen Baumstumpf als Stufe benutzend, auf den Rücken der Stute, unterstützt von Kitt, die sie am Mieder hochzerrte.

Es dauerte nicht lange, und Anicah fand Gefallen daran, die Welt aus hoher Warte zu betrachten. »Ich bin die Königin von Engeland«, trällerte sie vor Glück. Doch kaum kam die Schenke in Sicht, verdüsterte sich ihre Stimmung wieder.

Witwen blieben in Maryland nicht lange ledig, doch eine kürzere Trauerfrist als im Fall der Wirtin hatte es noch nie gegeben. Howkins füllte die Matratzenkuhle seines Vorgängers seit der Nacht nach dessen Beerdigung. Die Verbindung war noch nicht durch einen Geistlichen abgesegnet, aber schon hatte Howkins bei Leonard Calvert die Schanklizenz beantragt und erhalten. Und für Anicah gab es nun nichts mehr zu lachen.

Um Howkins waberte stets eine Wolke aus Tabakrauch und saurem Weindunst. Den Freunden, deren Kreis plötzlich immer größer wurde, spendierte er Freibier. Den Gästen gegenüber war er leutselig, aber wenn er über den Durst oder gar nichts getrunken hatte, wurde er schnell handgreiflich. Anicah konnte ein Lied davon singen.

Vor der Küchentür stiegen Kitt und Anicah vom Pferd. Gemeinsam luden sie die Mehlsäcke ab.

»Was dein Name?« fragte Kitt in gebrochenem Englisch.

»Anicah Sparrow.«

Anicah wußte längst, wie das Mädchen hieß. Das wußte jeder im Dorf. Alle zerrissen sich das Maul darüber, daß bei den Brentschen Schwestern eine Indianerin lebte. Manche behaupteten, Giles sei der Vater. Dabei konnte schon eine simple Rechnung diesen Verdacht entkräften.

»Was bedeuten Anicah?«

Anicah zuckte mit den Schultern, erinnerte sich aber plötzlich an das, was ihr Pater Poulton gesagt hatte. »Es bedeutet ›anmutig‹.«

Kitt erzählte gerade, wie sie die Kühe nennen würde, die ihre Tante zu kaufen beabsichtigte, als die Besagte plötzlich auftauchte. Margarets Blick wirkte bedrohlicher als die grauen Sturmwolken am Himmel. Kitts Lächeln war schlagartig verschwunden. Sie machte einen Knicks, schwieg und verzog keine Miene.

»Jungfer Kitt«, schimpfte Margaret. »Wie oft muß ich dir noch sagen, daß du nicht wie eine Zigeunerin in der Gegend herumreiten sollst?«

Das Mädchen stellte sich auf so eindrucksvolle Weise dumm, daß Anicah schmunzeln mußte.

»Ab nach Hause mit dir!« sagte Margaret. »Du gehst heute ohne Abendessen zu Bett und sprichst zur Buße fünfzig Ave-Maria.«

Kitt raffte ihre Röcke und rannte auf den Weg zum Schwesternhof.

»Lauf nicht wie ein gemeines Straßengör daher!« Margaret

bedachte Anicah mit tadelnden Blicken, als wäre sie für das Verhalten des Kindes verantwortlich. Dann wandte sie sich ab und führte das Pferd am Zügel davon.

Ein eisiger Wind heulte im Kamin. Der Dachshund rückte so nahe wie möglich ans Küchenfeuer. In einer Ecke waren Maiskolben hüfthoch aufgehäuft. Anicah hockte davor und schabte die Körner am Rand des langen Tiegelhandgriffs ab.

Henry Fleete schlüpfte durch die Hintertür herein. »Gott zum Gruß.«

»Wie geht's?« fragte Dina.

Fleete schneuzte die Nase über dem Lehmboden aus. »Nicht schlecht. Wenn Gott will und ein günstiger Wind geht, segeln wir morgen nach Virginia.«

Er blickte verstört und gehetzt drein, drückte Anicah eine Münze in die Hand und schloß ihre Finger darüber. Sie tastete mit dem Daumen über das in Fleetes Tasche aufgewärmte Geldstück. Es fühlte sich an wie ein Schilling. Sie langte in den Rockschlitz und steckte es in den Beutel darunter.

»Das schulde ich dir.«

Sie musterte ihn mit skeptischem Blick.

»Was siehst du mich so an, Metze? Was ich verspreche, halte ich auch.« Dann machte er auf dem Absatz kehrt und verließ die Küche auf demselben Weg, den er gekommen war.

»Vielen Dank, Harry Angell«, murmelte Anicah, konnte sie doch sicher sein, daß er seinem Freund Henry gut zugeredet hatte.

»Seid ihr nun quitt?« Auch Dina zeigte sich skeptisch. Sie mochte nicht glauben, daß Fleete freiwillig Geld rausrückte.

»Ja.« Anicah befingerte noch das Geldstück im Beutel, als William Howkins hereinpolterte und den Holzlöffel aus dem Brei zog, der in einem Topf über dem Feuer schmurgelte. »Ich hab' dich mit diesem verlausten Heidenbalg rumalbern sehen«, sagte er und drohte ihr mit dem Löffel. »Das Luder kommt mir hier nicht rein, egal, welcher Gentleman es auch gezeugt haben mag.«

»Sie hat mir doch bloß geholfen, das Mehl von der Mühle zu tragen.«

»Solange du hier Dienst tust – und das sind noch drei Jahre –, schleppst du das Zeug gefälligst selbst.«

»Aber meine Zwangspflicht endet am Sankt-Andreas-Tag, in weniger als einem Jahr.« Anicah umklammerte über dem Rock den kleinen Beutel, der Fleetes Schilling enthielt, Martins Lavendelzweig, die Perlenkette sowie die Schnupftabaksdose mit dem väterlichen Testament und dem Pflichtvertrag.

»Faules Miststück, du wirst noch drei Jahre dienen und keinen Tag weniger.«

Howkins schob die Stiefelspitze unter die Flanke des Hundes, schleuderte ihn quer durch den Raum und warf den Löffel hinterdrein. Jaulend landete das Tier auf den Maiskolben in der Ecke, purzelte mit einer Lawine von Körnern zu Boden und verkroch sich mit eingezogenem Schwanz hinter der Wassertonne.

»Nutzloses Viech!« brüllte Howkins. »Dem sollte man das Fell über die Ohren ziehen und ihn auf den Bratspieß pflanzen.«

Dina wies dem Wüterich mit der Bratpfanne die Tür.

»Ich bin jetzt der Herr im Haus.« Obwohl er noch nie Erfolg damit gehabt hatte, versuchte Howkins immer noch, die Köchin einzuschüchtern.

»Ich hab' meine Zwangspflicht abgeleistet«, erinnerte ihn Dina. »Ich arbeite hier für Lohn, so knausrig er auch sei. Trollt Euch, oder es gibt nichts zu essen.« Sie verzog das glatte, braune Gesicht zu einem gehässigen Grinsen und fügte geheimnisvoll hinzu: »Oder ich braue Euch am Ende was Besonderes zusammen.«

Dina hatte noch nie ausdrücklich damit gedroht, seine Kost zu vergiften. Aber er kannte ihre Geschichten von der Heimatinsel Jamaika, wo man sich aufs Giftmischen verstand und Feinden mit Mitteln zusetzte, die, ohne Argwohn zu erregen, ein langsames Siechtum einleiteten. Eine einfache Wurzel, so Dina, genüge zu diesem Zweck.

Howkins verließ die Küche, marschierte geradewegs durch den Schankraum hinaus auf die Straße und schlug krachend die Tür hinter sich zu. »Dem hast du's gegeben«, sagte Anicah.

»Ach, der sucht doch bloß wieder nach dem Schlüssel.« Dina war selbst schlechter Laune. Ihr Mann hatte in diesem Jahr eine nur magere Ernte eingefahren, und so war sie darauf angewiesen, im Wirtshaus zu arbeiten, zumal sie hier so manches an Lebensmitteln abzweigen konnte.

Sooft die Wirtin das Haus verließ, machte sich Howkins auf die Suche nach dem Schlüssel zu dem Vorhängeschloß, das dick wie eine Faust den Schuppen verriegelte, in dem die Whiskyfässer lagerten. Ein zweites Schloß sicherte die Falltür über dem Mostkeller ab.

»Für Smythe hatte sie, als er noch lebte, kein gutes Wort übrig«, sagte Anicah. »Ich glaube, inzwischen wär' sie bereit, ihn mit den Fingernägeln aus der Erde zu kratzen.« Ihr einziger Trost war, daß Howkins der Dicken das Leben nunmehr zur Hölle machte.

Der Hund kroch hinter der Tonne hervor, nahm vor Anicahs Füßen Platz und ließ sich von ihr streicheln.

Dina meinte: »Der Köter ist sicher bald verschwunden.«

»Ach was, die Wirtin wird ihn nie und nimmer verkaufen wollen. Es hat schon so mancher Junker einen guten Preis dafür geboten, doch sie war stets dagegen.«

»Aber der Gouverneur will ihn haben. Er sagt, daß ein Tier, das den Tod eines Menschen verursacht hat, Gott geopfert oder zumindest dem König überantwortet werden muß.«

»Ist das wahr?«

»Das hat jedenfalls Gevatter DaSousa Mistreß Lewger sagen hören. Der Erlös für den Hund soll als Almosen den Armen gegeben werden. Allerdings ist schon mal was Ähnliches passiert, und da haben die Armen, soviel ich weiß, keinen einzigen Penny erhalten.«

»Wann war das?«

»Vor sechs Jahren. Da ist ein Baum auf einen Mann

gestürzt, hat ihm den Schädel zerschlagen wie eine Eierschale. Das Holz ging an seine Lordschaft.«

»Hätte nicht gedacht, daß Holz überhaupt was einbringt. Hierzulande wachsen die Bäume doch dichter als die Haare in meinem Schoß.«

Am späten Abend hängte Anicah den Beutel mit ihren Habseligkeiten an der Schnur um den Hals, stopfte ihn ins Hemd und kroch neben der Feuerstelle unter die dünnen Decken. Darüber breitete sie Rock und Unterrock aus, rollte sich ein und nahm das Hündchen in den Arm.

Die letzte Glut war längst erloschen, als sie ein Geräusch an der Tür bemerkte. Es überraschte sie nicht, hatte sie doch damit gerechnet, daß Howkins ihr nachzustellen versuchte. Sie stellte sich schlafend in der Hoffnung, daß er nur hereinwollte, um in die Asche zu pinkeln oder einen Schluck aus der Wassertonne zu nehmen. Der Hund fing leise zu knurren an, und Anicah spürte, daß Howkins vor ihr stand und auf sie hinabblickte.

Dann schlug er ihre Decken zurück und legte sich mit seinem ganzen Gewicht auf sie drauf. Aus seinem Mund stank es wie aus der Latrinengrube.

»Pfui, Sir!« zischte sie mit verhaltener Stimme. Die Dicke würde nicht glauben, daß sie, Anicah, unschuldig war an dem Geplänkel. »Was soll das?«

»Ich werd dir's gut besorgen, Metze«, flüsterte er.

Er hielt sie mit seinem schweren Ranzen in Schach, langte mit der einen Hand unter den Saum ihres Hemdes und begrabschte mit der anderen die Brüste. Zappelnd und sich windend versuchte sie, ihm zu entwischen, doch es half nichts. Sie spürte, wie sich sein Gemächt an ihr Bein preßte. Schließlich gelang es ihr, eine Hand freizubekommen. Sie zog ihre alte Beutelschneiderklinge unter der Decke hervor und schlug sie ihm übers Ohr.

»Verflucht, du Satansbraten!« Er richtete sich auf, stemmte ihr eine Hand auf die Brust und preßte die andere ans Ohr.

»William?« tönte es aus dem Nebenzimmer.

»Ich muß mal pinkeln.« Er packte ihr ins Haar und zerrte daran, daß ihr vor Schmerzen das Wasser in die Augen schoß. »Dafür wirst du büßen, Luder, du ...« Schwerfällig stand er auf, richtete das lange Wollhemd und ging.

»Schwielenarsch, verdammter!« grummelte sie.

Aus Furcht vor seiner Rache machte sie kein Auge zu. Als im Türspalt Licht aufschimmerte, schlüpfte sie hastig in die Schuhe, warf den Umhang über und lief hinaus in ein Gestöber aus Graupeln und nassem Schnee.

Sie ging zur Buche, erstarrte und traute ihren Augen nicht, als sie den fahlen Fleck entdeckte, da, wo sie ihre Markierungen eingeritzt hatte. Auf breiter Fläche war die Rinde abgeschält worden. Sie griff mit der Hand unter den Umhang und faßte sich an die Brust. Der Beutel war weg, die Papiere, der Schilling, das Testament, Martins Geschenke – alles verschwunden.

40

Graupel und Böen, die sich im Kamin verfingen, brachten die unter dem Trichter der Esse hoch auflodernden Flammen zum Tanzen und Zischen. Aus der Küche tönte das Gekicher der Dienstmägde. Für gewöhnlich hielten sich Margaret und Mary ebenfalls dort auf, um nur diesen einen Raum heizen zu müssen. Margaret aber war zur Zeit damit beschäftigt, Giles' Bücher über seine Ländereien in St. Mary's und auf der Isle of Kent zu überprüfen, eine Aufgabe, die viel Konzentration erforderte.

Mary saß auf einem Sessel bei der Feuerstelle. Kitt hockte ihr zu Füßen. Während Mary mit vor Kälte steifen Fingern Kleider flickte, katechisierte sie das Mädchen, stellte Fragen und korrigierte Antworten, die es sich Wort für Wort gemerkt hatte.

Obwohl ihr von der Schwester ein dicker Wollschal über die mageren Schultern gelegt worden war, zitterte Mary wie Espenlaub. Margaret wußte, daß sie bis Ostern nicht aufhören würde zu zittern und daß sie, Margaret, die eiskalten Füße der Schwester noch lange Zeit im Bett würde ertragen müssen.

Sie nahm die Brille von der Nase und wärmte die Hände über den Flammen. Sie hatte das große Pult nahe an den Kamin gerückt, denn an der Wand, wo es normalerweise stand, gefror ständig die Tinte in ihrem Fäßchen. Trotz der Nähe zum Feuer war der frostige Hauch, der durch die Ritzen der geschlossenen Fensterläden und unter der Tür hereinwehte, deutlich zu spüren, und mit jedem Windstoß lief ihr ein kalter Schauer über den Rücken.

Giles' Bilanz war zum Haareraufen. Giles hatte offenbar noch nicht begriffen, daß es darauf ankam, die Ausgaben geringer zu halten als die Einnahmen.

»Giles, Giles«, murmelte sie kopfschüttelnd.

»Gibt's Probleme, Maggie?« Mary blickte von ihrer Flickarbeit auf.

»Ich weiß noch nicht«, antwortete Margaret und setzte die Brille wieder auf. »Seine Zahlen sind so durcheinander wie ein Heer, das sich in Auflösung befindet. Soll und Haben verlassen die Linien, ziehen sich auf die nächste Seite zurück oder verschwinden gänzlich als Opfer eines Kampfes, in dem der Verstand unseres Bruders unterlegen ist.«

»Er hat ja auch nie mit einem solchen Besitz rechnen und sich durch eine nützliche Ausbildung darauf vorbereiten können.«

»Das haben wir auch nicht, und doch kommen wir sehr viel besser zurecht als er.«

»Giles ist von Natur aus großzügig.«

»Sagen wir lieber, daß er sich weniger aufs Sparen denn aufs Ausgeben versteht.«

»Da kommen jemand«, sagte Kitt und blickte zur Tür.

»›Kommt‹, Mistreß Kitt«, korrigierte Mary. »Da kommt jemand.«

Statt eine Magd aus der Küche zu rufen und den Gast empfangen zu lassen, eilte Margaret selbst zur Tür, öffnete sie einen Spaltbreit und lugte hinaus. Eiskalter Wind und wirbelnde Schneeflocken schlugen ihr entgegen.

»Tritt ein, schnell, schnell.« Sie sperrte die Tür weit genug auf, um die dick verhüllte Gestalt hereinschlüpfen zu lassen.

Der Wind hatte Anicah die Kapuze vom Kopf geblasen, und in ihrem dunklen Haar glitzerten Eiskristalle. Sie stand mit dem Rücken zur verschlossenen Tür, hielt das zitternde Hündchen unter einem Arm und unter dem anderen einen Leinensack. Darin steckten ihre Habseligkeiten.

Sie klapperte mit den Zähnen. Ohren und Nase waren rot, die Hände und Lippen bläulichgrau wie bei einer Wasserleiche. Von den Brauen hingen winzige Eiszapfen, die sich aus ihrem feuchten Atem gebildet hatten. Das Gelächter aus der Küche klang wie ein höhnischer Kommentar auf ihre Erscheinung.

»Komm, wärm dich am Feuer auf, Jungfer Anicah.« Margaret führte sie zum Kamin und musterte sie mit argwöhnischem Blick, als fürchtete sie, das Mädchen würde sich in einem unbeobachteten Moment an fremdem Besitz zu vergreifen versuchen.

Beim Anblick Anicahs leuchtete Kitts ernstes Gesicht merklich auf. Bess tauchte vor der Küchentür auf; die anderen Mägde reckten hinter ihr die Hälse, um zu sehen, wer da gekommen war. Anicah glaubte zu träumen, als sie die Stube durchquerte. Auf dem Boden lag frische Streu, durchsetzt mit Lavendel und Gartenraute, die ein süßes Aroma ausströmten. Der Lavendelduft ließ sie so sehnsüchtig an Martin denken, daß ihr Tränen in die Augen kamen.

Vor der Feuerstelle drehte sie sich um und setzte eine gefaßte Miene auf, die eine Spur von Trotz verriet. Sie hielt fest an dem Hund und dem Sack, als versuchte jemand, ihr diese beiden Mitbringsel streitig zu machen. Die Eiskristalle schmolzen, und das Haar klebte naß auf der Stirn.

Am ganzen Leib zitternd, schaute sie sich in der Stube um.

Da standen große Truhen, mit reichem Schnitzwerk verziert, ein kleiner Tisch mit stämmigen Beinen, darauf eine Vase, in der getrocknete Ringelblumen steckten. An der Wand zur Wetterseite hin hingen türkische Teppiche, die vor kalter Zugluft schützten, und die Bettstatt war mit einem Vorhang aus schwerem, rotem Fries abgetrennt. Die frisch gekalkten Wände schimmerten im Feuerschein. Unter den Deckenbalken hingen, an Schnüren aufgereiht, Kräuterbündel, getrocknete Kürbisse und Äpfel. Die breitkrempigen Strohhüte am Kleiderhaken an der Tür erinnerten Anicah an warme Sommertage und an üppig wachsendes Grün.

Der große aufgebockte Eßtisch war schon fürs Frühstück gedeckt. Anicah stellte fest, daß hier Herrschaft und Gesinde offenbar gemeinsam aßen. Auf einem Wandregal standen mehrere Körbe, gefüllt mit Zwiebeln, Nüssen, Äpfeln und getrockneten Erbsen. Anicah nahm jedes Detail zur Kenntnis, auch die durchlöcherte Kappe, die auf dem Kaminsims lag, und das Klavichord neben den Blumen auf dem Tisch. Sie hatte in ihrem Leben niemals Ordnung und Behaglichkeit erlebt, aber bei deren Anblick erkannte sie beides.

»Hast du uns eine Mitteilung zu machen?« fragte Margaret. »Ist jemand krank?«

Anicah war so überwältigt von all den Eindrücken, daß sie fast vergessen hatte, weshalb sie gekommen war. Ihre Botengänge hatten sie schon in die gute Stube von Cornwaleys, von Leonard Calvert oder den Lewgers geführt, doch keine konnte einem Vergleich standhalten, keine war so wohnlich wie diese.

»Nein, Mistreß, nichts dergleichen«, antwortete Anicah.

»Können wir dir irgendwie helfen?« fragte nun Mary.

»Ja, Mistreß.« Mit Tränen in den Augen wandte sich ihr Anicah zu. »Wenn es Euch beliebt.«

Und es sprudelte aus ihr heraus; sie berichtete von den Mißhandlungen und davon, daß William Howkins behauptete, noch drei Jahre über sie verfügen zu dürfen. »Er hat sich meine Papiere unter den Nagel gerissen und das Geld, das ich in den vergangenen Jahren verdient und gespart habe für die

Zeit nach meiner Entlassung. Ich wollte dann nicht auf Kosten anderer leben müssen.

Und dem kleinen Hundchen hier wollte er ans Fell. Um es der Lordschaft vorzuenthalten, würde er es eher an die Ratten verfüttern, wie er sagte.« Letzteres entsprach nicht ganz der Wahrheit, aber Anicah glaubte Howkins gut genug zu kennen, um ihm ein solches Vorhaben unterstellen zu dürfen.

»Hast du Beweise dafür, daß er dich bestohlen hat?«

»Nein, aber ich weiß es.« Anicah zog eine Schau von Kummer und Angst ab, die überzeugender war als alles, was sie im Theater von Bristol je miterlebt hatte. Die Tränen waren jedoch echt, denn sie wußte, in was für einer bedrohlichen Lage sie sich nun befand. »Ich flehe Euch an«, schluchzte sie. »Weist mich nicht ab. Es wäre mein Tod. Ich weiß, daß ich viel gesündigt habe und Strafe verdiene, aber, bitte, habt Erbarmen! Auch mit diesem armen, unschuldigen Tierchen«, fügte sie hinzu und reichte ihnen den Hund dar, der wie eine ungeölte Haspel quietschte und nach nasser Wolle stank.

»Mim«, rief Margaret. »Schaff den Hund in die Küche. Trockne ihn ab, aber nicht mit einem Tuch, sondern mit Stroh. Und gib ihm ein paar Reste zu fressen.«

Die Magd packte das Tier beim Nacken und hielt es weit von sich, konnte aber trotzdem nicht verhindern, daß ihr der freudig wippende Schwanz gegen den Arm trommelte. Bess hängte den durchnäßten Umhang an den Haken. Haare und Kleider dampften, als Anicah so nah wie möglich ans Feuer rückte, die zitternden Hände über die Flammen hielt und auf den Beschluß der Schwestern wartete, der über ihr Schicksal entscheiden würde.

Für Anicah war klar, daß sie Kopf und Kragen riskierte, und deshalb hatte sie auch den Hund mitgenommen, den, wie sie wußte, nicht zuletzt auch die Brentschen Schwestern allzugern ihr eigen nennen würden. Anicah hoffte, mit Hilfe des Hundes eine bessere Verhandlungsposition einnehmen und ihrer Bitte um eine Ablöse von den Wirtsleuten Nachdruck verschaffen zu können.

Natürlich wußte sie auch, daß die Nachfrage nach Dienstboten allenthalben groß war. Ein gesundes Mädchen, das sich einer Straftat schuldig gemacht hatte, durfte, wenn denn die Höchststrafe drohte, mit Milde rechnen. Und von Mistreß Brent würde sie gewiß nicht schlechter behandelt werden als von Howkins. Allerdings galt es, sich vor deren Bruder in acht zu nehmen, der ihr bestimmt nachstellen würde. Doch das war sie gewohnt.

»Geh in die Küche«, sagte Margaret. »Bess wird dir etwas zu essen geben. Derweil will ich mich mit meiner Schwester besprechen.«

»Ja, Mistreß.« Anicah schenkte den Schwestern ein meisterlich gelungenes Lächeln, das sich so oder ähnlich allenfalls noch auf den Bildnissen von heiligen Märtyrern wiederfinden mochte – flüchtig und mitleiderregend, stolz und resigniert, mild und bezaubernd.

In der Küche setzte sich Anicah neben der Feuerstelle auf einen Hocker. Bereitwillig antwortete sie auf alle Fragen der Mägde, und trotz der kritischen Lage, in der sie sich wußte, waren all ihre Sinne eingenommen von der warmen, behaglichen Atmosphäre.

Nach einer Weile kam Kitt und winkte. Anicah kehrte in die Stube zurück und ihr war, als beträte sie einen Gerichtssaal. Margaret saß in einem tiefen Sessel und betrachtete sie mit irritierender Eindringlichkeit. Das knisternde Holz im Feuer intensivierte die Stille. Anicah vermochte Margarets bohrenden Blicken kaum standzuhalten. Wie zwei Pistolenmündungen waren diese grauen Augen auf sie gerichtet, und sie machte sich auf das Schlimmste gefaßt.

Schließlich sagte Margaret: »Wir gewähren Dieben keinen Unterschlupf.«

»Ich bereue meine Sünden von früher zutiefst, Mistreß, und bitte Gott wie auch Euch, mir zu verzeihen. Nie mehr würde ich Euch bestehlen.«

»Aber du hast mich und meine Schwester bestohlen, das steht fest.«

»Weil mich der Hunger so zwickte. Nur deshalb.«
»Wo sind die Sachen, die du uns in Bristol entwendet hast?«
»Man hat sie mir abgenommen als Preis für die Überfahrt, die ich nicht wollte. Böse Taten werden böse vergolten. Ich bereue um so mehr, da Ihr immer so gütig zu mir wart.«

Margaret zog die Stirn kraus. »Wir können es uns nicht leisten, eine Magd zu ernähren, die nicht arbeiten will.«

»Wenn Ihr mich auslöst, Mistreß, werde ich fleißiger sein als alle anderen.«

Mary meinte: »Vielleicht hat Gott sie zu uns geschickt, damit wir uns um sie kümmern.«

»Nun ja.« Margaret fuhr nachdenklich mit der Hand übers Kinn. »Sie hat die Flegeljahre ja nun wohl hinter sich.«

»Und ich bin gesund wie ein Ochse, Mistreß.«

Leider auch allzu begehrt, dachte Margaret. Die Aussicht darauf, Männer davonscheuchen zu müssen, die ihretwegen ums Haus schlichen, behagte ihr nicht. Aber Margaret stand dem Mädchen alles andere als ablehnend gegenüber, auch wenn sie davon nichts durchblicken ließ. Hier bot sich die Gelegenheit zu einem guten Geschäft und außerdem die Möglichkeit, der Gevatterin Howkins eins auszuwischen.

Margaret mochte die Wirtin nicht leiden. Sie hatte aus der Schenke, die fröhlicher Geselligkeit dienen sollte, einen Treffpunkt für Strolche und Verschwörer gemacht, die Lord Baltimores Autorität zu untergraben versuchten.

Und dann war da noch jener Händel mit Joan Parke, den Anicah allen Berichten nach mit Bravour für sich entschieden hatte. Margaret wäre liebend gern dabeigewesen. Sie bezweifelte, daß sie selbst soviel Mut aufgebracht hätte wie das Mädchen, das, wenn auch durchaus kräftig, doch recht klein gewachsen war. Anicah hatte die Ehre der Familie Brent verteidigt, und allein dafür gebührte ihr nun Schutz.

»Ich werde versuchen, der Wirtin deine Zwangspflicht abzukaufen ...«

»Dank Euch, Mistreß.«

»... unter der Bedingung, daß du zu den noch verbleibenden Monaten zwei Jahre länger Dienst tust.«

Anicah erstarrte und kam aus dem Knicks, den sie vollführte, nicht mehr hoch. »Aber das wären ja dann noch insgesamt fast drei Jahre, Mistreß.«

»So lange wird's allein dauern, dir Benehmen beizubringen. Eine kürzere Dienstzeit wäre unserer Mühe nicht wert. Wenn du nicht einverstanden bist, geh zur Wirtin zurück.«

Sie hatte die Wahl, entweder noch drei Jahre bei Howkins oder ebensolange hier zu dienen, und die Entscheidung fiel ihr nicht schwer. Außerdem hatte sie in ihrem wechselvollen Leben schon des öfteren erfahren, daß von heute auf morgen alles anders kommen konnte. Vielleicht würde sie auch diesmal wieder Glück haben und durch günstige Umstände vorzeitig aus der Zwangspflicht entlassen werden.

»Ich bin einverstanden, Mistreß.«

»Du kannst die Nacht bei den Mägden unterm Dach schlafen.« Margaret ließ sich von den Tränen in Anicahs großen, braunen Augen nicht erweichen. Damit hatten schon zu viele Dienstmädchen sie einzuwickeln versucht. »Ich werde der Wirtin noch heute abend Bescheid geben lassen, um zu verhindern, daß sie Alarm schlägt. Vielleicht gelangen wir dann später zu einer Einigung, was dich betrifft, und womöglich wirst du noch einmal der Strafe entgehen, obwohl du sie verdienst.«

41

Anicah fühlte sich wohl in Gesellschaft der Brentschen Mägde. Es waren mehr als drei Jahre vergangen, seit sie mit ihnen die Überfahrt im Zwischendeck des Schiffes gemacht und die jeweiligen Lebensgeschichten erfahren hatte.

Sie saß, an die Kaminwand gelehnt, in der Küche, den steinernen Mörser zwischen den Beinen, stampfte mit dem schweren Stößel Maiskörner zu Mehl und unterhielt die Mädchen.

»Die Jungfer ritt also ohne Sattel auf der Mähre zum Markt, und als sie zurückkehrt, sagt sie: ›Oh, Mutter, ich bin erledigt. Mein Schritt ist voller Haare.‹ ›Dumme Gans‹, antwortet die Mutter und lüftet, das Kind zu belehren, die eigenen Röcke. ›Oh, Mutter‹, ruft darauf die Maid entsetzt, ›bei Euch ist's ja zehnmal schlimmer. Ihr müßt wohl auf der Mähne des Pferdes gesessen haben.‹«

Mim und Lizzie lachten. Bess aber hatte keine Muße; sie eilte umher, hackte Kräuter, begoß den Braten, rührte im Topf und trieb die anderen zur Arbeit an. Wenn Mary Lawne Courtney kochte, war es, als führte sie ein lustiges Tänzchen auf. Bei Bess hatte man den Eindruck eines wüsten Gefechts mit Messern und Löffeln.

Mim schöpfte das gestampfte Korn aus dem Mörser und siebte es über einer Holzschüssel aus, während Anicah über einer neuen Ladung Körner den Stößel rührte.

Am nächsten Morgen befand Mistreß Margaret, daß es nun an der Zeit sei, Seife zu sieden. Anicah mußte bis zum Mittag Kübel voll Wasser schleppen, mit dem die über den Winter angesammelte Holzasche ausgelaugt wurde. Die Finger waren geschwollen, und die Schultern schmerzten unter dem Holzgeschirr. Sie konnte nicht begreifen, wozu die Brents all die Seife nötig hatten. Die dicke Wirtin kam wahrlich mit weniger aus.

Zu Anfang ließ sich Anicah vom scheinbar planlosen Gewusel in der Küche täuschen. Schon nach zwei Tagen aber war ihr bewußt, daß in Margaret Brents Haushalt nichts ohne Plan ablief. Die Utensilien hingen genau da, wo sie gebraucht wurden. Die Wassertonne stand zwischen Hoftür und Spülstein. Die Körbe mit den Erbsen, Körnern und Zwiebeln hatten ihren geschützten Platz unter dem Arbeitstisch.

Vor der mit Eichenbrettern vertäfelten Wand hingen lange Regale, in denen Gläser, Holz- und Zinnteller aufgereiht waren. Das Geschirr mit den bunten Blumen und geometrischen Ornamenten war, wie Anicah meinte, viel zu hübsch anzusehen, als daß man ungezwungen davon essen könnte. Alle Teller waren sauber gespült, alle Zinnteile blank poliert.

Das mit Schmelzfarben bemalte Tongeschirr gehörte zu jenen Beständen, die Margaret aus England mitgebracht hatte, um sie hier an Pflanzer weiterverkaufen und so ihr Einkommen aufbessern zu können. Die weinrote Glasierung funkelte im Feuerschein, als glühte es von innen heraus. Becher, Punschgläser, Kannen und grüne Flaschen mit langem Hals – alles war penibel genau angeordnet. Krüge und Becher hingen mit der Öffnung nach unten, um zu verhindern, daß Staub und Asche hineinflogen. Das Geschirr lag in verschlossenen Holzkisten.

Anicah hätte kaum für möglich gehalten, daß sie jemals mit solchen Kostbarkeiten hantieren würde, ohne sich die Finger daran zu verbrennen. Bei aller Zurückhaltung blieb sie unruhig. Für ihren Geschmack herrschte hier allzuviel Ordnung. Sie fühlte sich so gemaßregelt wie die der Reihe nach aufgestellten Teller im Regal. Es fehlten ihr schon bald die Aufregung und das Chaos, das sie in der Schenke erlebt hatte. Seit ihrer Ankunft auf dem Schwesternhof war es zu keiner einzigen Keilerei oder wüsten Beschimpfung gekommen, und auf absehbare Zeit würde wohl auch nichts dergleichen hier passieren.

»Ich schätze, bei den Soldaten ist's kaum anders als hier«, sagte sie und lehnte den Kopf zurück an die Wand.

»Was soll das heißen?« Das runde, rosige Gesicht von Bess war schweißnaß und mit Ruß verschmiert. Der Rauch hatte ihre Augen gerötet. Die Hände waren voller Brandflecken.

»Ansprachen vor Sonnenaufgang, dann nichts als Schinderei, und wenn du schlappmachst, kommt der Sergeant und gibt dir Zunder. Allerdings haben Soldaten wohl nicht so wehe Knie wie ich.« Damit spielte Anicah auf die vielen Gebete an, die morgens und abends kniend zu verrichten waren.

»Du bist ein freches, undankbares Ding.«

»Denk nicht so von mir«, sagte Anicah reumütig. »Ich weiß, was ich den Mistreßes verdanke. Ohne deren Fürsprache wär's jetzt aus mit mir.« Sie legte ein Handtuch zu einer Schlinge um den Hals und tat so, als hinge sie am Galgen, verdrehte die Augen und streckte die Zunge heraus. Mim lachte.

Bess schürte das Feuer und blickte auf. »Statt den Narren zu spielen, solltest du lieber die Küche ausfegen«, sagte sie und deutete mit dem Haken auf die Zwiebel- und Eierschalen, die Entenfedern und Fischschuppen am Boden. Der Dachshund hatte sich über Störgräten hergemacht und würgte daran herum.

»Mistreß Margaret hat zwei Sumpfhühner geschossen und will, daß wir die Brüstchen in Wein dünsten«, sagte Mim.

»Aber der Fisch muß auch gemacht werden.« Bess rührte Wasser unter Maismehl und gab getrocknete Kürbisstücke dazu.

»Wart's ab, zu Ostern wirst du ein Festmahl erleben«, sagte Mim.

»Ein besseres noch als gestern?« Was in diesem Haus tagtäglich aufgetafelt wurde, überraschte Anicah immer wieder aufs neue. Vom Mangel, der allenthalben herrschte, war hier nichts zu spüren.

»Zu Ostern gibt's Ingwerbrot und Marmelade und einen Pudding, der so groß ist wie dein Kopf.«

Während Anicah den Boden fegte, überlegte sie, daß es wohl sinnvoll wäre, noch bis Ostern zu bleiben und erst dann Reißaus zu nehmen, vorausgesetzt, Mistreß Margaret würde ihre Zwangspflicht von den Howkins abkaufen können.

»Im vergangenen Winter hatten wir nichts als Maisbrot und Truthahn, und Gott sei Dank war immerhin davon genügend da«, sagte Mim.

»Es ist schon ein komischer Zufall, daß gleich zwei von deiner Sorte im Dienst solcher Edelleute wie die Brents stehen«, meinte Bess kopfschüttelnd. Zuerst war dieses wilde Indianermädchen eingezogen und nun diese diebische Wirtshausmetze. Das kann ja heiter werden, dachte Bess.

»Ja, ein komischer Zufall«, sagte Anicah. »Da geb' ich dir recht. Aber ob adelig oder nicht, wir brunzen alle aus derselben Stelle.«

»Genug von dem albernen Geschwätz.« Bess hatte die Herrin kommen sehen.

»Guten Morgen, Mistreß.« Die Mägde knicksten artig.

Margaret deutete mit der Weidengerte auf Abfälle hinter dem Kornfaß. »Wir dulden hier keine Schlampereien, Anicah.«

»Verzeiht, Mistreß.« Anicah schlug einen weiten Bogen um die bedrohlich wippende Gerte und beeilte sich, die Ecke auszufegen.

»Ich will die Umzäunung am Westfeld inspizieren«, verkündete Margaret. »Dann erwarte ich Junker Cornwaleys; er wird prüfen, ob sich die Krume dort eignet für den Anbau von Flachs. Schließlich kommen auch noch meine Brüder, Robert Vaughan und drei Diener von Kent Fort Manor. Es werden also insgesamt siebzehn Personen hier zu Abend essen.«

»Jawohl, Mistreß.« Betsy machte einen Knicks und blickte nervös zur Feuerstelle, wo der Fischtopf überzukochen drohte.

»Sorg dafür, Bess, daß die Mahlzeit beizeiten aufgetragen werden kann. Mim und Lizzie sollen das einfache Leinentuch auf den Tisch legen. Die Brokatdecke bleibt im Schrank.« Margaret wandte sich an Anicah: »Was lungerst du hier herum? Die Schweine müssen gefüttert werden, und sperr die Hühner ein.«

»Entschuldigt, Mistreß. Werde ich bleiben können?«

»Ich habe heute nachmittag mit der Wirtin gesprochen. Sie hat getobt und gezetert und damit gedroht, dir den Hals umzudrehen, noch bevor der Henker seine Pflicht tun kann.« Margaret stockte. »Sie sagt, du seist diebisch, verlogen und bösartig, eine Schande und Gefahr für alle, die dich beherbergen.«

»Dann will sie mich also nicht zurückhaben?« Anicah grinste, und auch Margaret konnte sich ein Schmunzeln nicht verkneifen. Wieder einmal fühlte sie eine vage Seelenverwandtschaft mit dem Mädchen. Hätte sie, statt Privilegien zu genießen, ebenfalls nur Armut und Elend miterlebt, wäre sie womöglich vom gleichen Schlag wie Anicah Sparrow.

»Kurzum, nach großem Hin und Her hat sie schließlich darauf verzichtet, Anklage gegen dich zu erheben – oder gegen mich, weil ich dir Unterschlupf geboten habe. Als Gegenleistung will sie, daß ich sie für den Ausfall deiner noch dreijährigen Dienstzeit entschädige.«

»Aber ich schulde ihr doch viel weniger ...«

»Das habe ich ihr auch gesagt, aber sie hält an ihrer Behauptung fest, zumal es keine Beweise gibt, die deine Aussage stützen. Wir haben gestritten und miteinander gefeilscht und sind schließlich übereingekommen, daß ich für zwei Jahre zahle, dich aber drei Jahre an mich binde. Gouverneur Calvert wird den Hund, wie schon entschieden wurde, als Gottespfand einziehen, an mich verkaufen und den Erlös unter den Notleidenden aufteilen. Wenn dir diese Vereinbarungen nicht gefallen, so pack deine Sachen und geh ins Wirtshaus zurück.«

Anicah wartete mit der Antwort, um sich selbst weiszumachen, daß ihr eine Wahl bliebe. »Ich bleibe, und Ihr werdet's nicht bereuen, Mistreß.«

»Dann wird der Verwalter die Papiere fertigmachen.« Margaret ging zur Tür, drehte sich aber noch einmal um und sagte: »Es besteht keine Veranlassung, von der Tafel zu stibitzen, Anicah. Nach jeder Mahlzeit bleibt genügend übrig, und das teile dir mit den anderen Mägden.«

Anicah wurde rot. Die Brotstücke, der Käse und die Pastetenreste in ihren Taschen schienen plötzlich überschwer zu werden und für alle ersichtlich den Rock auszubeulen. »Jawohl, Mistreß.«

Margaret verließ die Küche. Anicah wollte in den Hof hinausgehen, um die Schweine zu versorgen, als Kitt kurz in der Tür zum Hof auftauchte, die Hand durch die Luft schnellen ließ und gleich darauf wieder verschwand.

Bess kreischte auf und hielt sich den Kopf. »Oh, diese Teufelsbrut!« Sie rieb sich das Ohr unter der Haube, bückte sich und hob ein längliches Stück Walbein vom Boden auf, das aus einem Korsettgestänge stammte. Kitt hatte sich daraus ein Wurfgeschoß gebastelt und wußte geschickt damit umzugehen. »Die hat der Leibhaftige in die Welt gesetzt, um uns zu quälen.«

Anicah ging in den Schweinestall. Mit dem Knüppel mußte sie sich gegen die drei Zentner schweren Säue zur Wehr setzen, die sie grunzend anrempelten und beschnüffelten, während sie versuchte auszumisten. Warum, so fragte sie sich, ließen die Brents ihre Schweine nicht frei rumlaufen, so wie es jeder vernünftige Bauer zu tun pflegte?

Anicahs zweites Abendessen im Haus der Schwestern war noch üppiger als das erste. Als das Vieh versorgt war und die Knechte von der Feldarbeit zurückkehrten, zündete Mim die Kienspäne in den Metallhaltern an, und alles versammelte sich in der Wohnstube. Sie nahmen nach Rangfolge an der Tafel Platz. Neben Mary blieb ein Stuhl frei.

Anicah wußte schon warum. Die Mägde hatten ihr gesagt, daß Marys Engel zwar nicht wie ein Mensch esse, aber gern in Gesellschaft sei. Plötzlich – die Mädchen trugen gerade die Speisen auf – kam Edward hereinspaziert und setzte sich auf den freien Platz. Als er Anicah im Haus der Brents erblickte, huschte ein Ausdruck der Verwunderung über sein Gesicht, flüchtig und kaum merklich, außer für Margaret vielleicht.

»Edward scheint von Ferne riechen zu können, wann es bei uns zu essen gibt«, sagte Margaret.

Er gestattete sich ein kleines Schmunzeln. Kitt dagegen strahlte übers ganze Gesicht, während Giles' Diener den Indianer mit scheelen Blicken beäugten und untereinander tuschelten.

»Meine Leute fürchten offenbar, daß sie von euerm Heidenfreund im Schlaf skalpiert werden«, meinte Giles in heiterem Tonfall. »Und das ist ihnen nicht zu verdenken. Auf der Insel bedrohen uns die Susquehannocks bei Tag und bei Nacht.«

»Ich würde gern einmal dein Gehöft dort besuchen, Bruder.«

»Davon rate ich dir ab. Die Lage ist äußerst brisant.«

Nachdem die Mädchen die Herrschaft bedient hatten, füllten sie gebackene Bohnen, Kürbisbrot und Fischsuppe in die Schalen und Schüsseln, aus denen je zwei oder drei Diener aßen. Giles' Hunde und der Dachshund lauerten unterm Tisch und schnappten nach allem, was zu Boden fiel. Für eine Weile waren nur das Klappern von Zinn und Holzlöffeln und Suppengeschlürf zu hören.

»Jungfer Anicah ...« Robert Vaughan sah sie an und beugte sich über den Tisch in ihre Richtung. »Was hast du zu den Schereien in England zu sagen?«

»Was ich dazu zu sagen habe?«

»Ja, was gibt's Neues im Streit zwischen König und Parlament? Ich habe die letzten Wochen auf der Insel verbracht, und es ist da, als säße man auf dem Grund eines Brunnens.«

Vaughan ging davon aus, daß Margaret, obwohl eine beschlagene Frau, noch immer nicht wußte, wie die Nachrichten aus der Heimat ins Land sickerten. Sie erreichten immer zuerst eine Schenke.

Alle Augen waren auf Anicah gerichtet.

»Zuletzt ist mir zu Ohren gekommen, daß die Puritaner nicht mehr zulassen, was Freude und Vergnügen macht«, sagte sie. »Verboten sind Ringkämpfe, das Kegeln, Tanz- und Maskenbälle, Spiele aller Art, und selbst die Glocken dürfen nicht mehr läuten.« Von allen politischen Umwälzungen schien ihr dieser verordnete Wandel der bemerkenswerteste zu sein. Kaum auszudenken, wie trist und öde das Leben in Bristol nun sein würde. »Am Fußball stören sich diese Frömmler ganz besonders, wie man hört.«

»Das war vorauszusehen«, sagte Giles. »Gut, daß wir damit nichts mehr zu schaffen haben.«

»Woher weißt du all das?« wollte Margaret von Anicah wissen.

»Vor kurzem ist ein Freund von Howkins aus Virginia eingetroffen, und der hat's von einem Seemann, der von Barbados kam.« Anicah brach ein Stück vom Maisbrot ab und legte den Rest artig auf die Schale zurück, anstatt ihn in der Tasche verschwinden zu lassen. »Es heißt, daß die Puritaner den Brustbeinklopfern ...«, sie korrigierte sich, »... den Papisten und Anglikanern gehörig an die Hammelbeine wollen.« Sie langte nach der Butter.

»Na, schmier die Butter nicht mit dem Daumen aufs Brot«, mahnte Margaret. »Und du, Mistreß Kitt, schneuz dir die Nase. Oder willst du deine Suppe versalzen?«

Gehorsam putzte Kitt die Nase am Saum des Tischtuchs. Giles brummte vor sich hin; er konnte nicht verstehen, daß sich die Schwestern soviel Umstände machten mit einem fremden Balg. Ihm waren ohnehin Hunde lieber als Kinder.

Zur Feier des neuen Jahres gab es im Anschluß an das Abendessen sauren Most fürs Gesinde und Wein für die Herrschaft. Während die Mägde das Geschirr abräumten, spülten und den Frühstückstisch deckten, spielte Margaret auf dem Klavichord. Mary sang mit ihrer hellen Stimme ein Lied dazu. Und später staunte Anicah nicht schlecht, als sie die Schwestern eine Gigue tanzen sah zu den Rhythmen, die Giles auf dem Tamburin schlug.

Die Herren und ein paar Diener sangen im Chor, und manche der Lieder waren recht deftig. Als sie die Arbeit in der Küche verrichtet hatten, fingen die Mädchen zu tanzen an. Edward gab dem hartnäckigen Drängen von Kitt schließlich nach und tanzte mit ihr. Der Kopf des Mädchens reichte ihm gerade bis zur Brust.

Es war nicht so wie im Wirtshaus, wo die Vergnügen unversehens in Streit und Tumult ausarten konnten. Der Feierabend in der Stube wirkte, obgleich spontan und liebevoll gestaltet, wie ein rituelles Spiel, das tagtäglich auf die gleiche Weise vollzogen wird.

Als sie zu tanzen aufhörten, machten sich die Mägde daran, Kleider zu flicken oder Wolle zu kardieren. Die Knechte schälten Maiskolben, reparierten Werkzeuge oder drehten

Seile, unterhielten sich über das, was sie am Tag gehört hatten, und scherzten dabei. Aber am meisten interessierten sich alle für Anicahs Geschichten. Was sie zu erzählen hatte, war neu und aufregend.

So hatte sich Anicah immer das Leben in einer Familie vorgestellt. Daran durfte sie nun als ein Mitglied teilnehmen. Der Gedanke rührte sie so sehr, daß ihr Tränen in die Augen traten, und noch ehe sie mit dem Ärmel darüberwischen konnte, kullerten ihr ein paar übers Gesicht.

»Bist du krank, Ani?« flüsterte Kitt.

»Nein.« Sie lächelte, und die Augen glänzten im Feuerschein. »Im Gegenteil, ich fühle mich sauwohl.«

Als gegen acht Uhr das Holz im Kamin heruntergebrannt war, gab Margaret Anweisungen für den nächsten Tag, der noch vor Sonnenaufgang beginnen würde. Zu den üblichen Aufgaben, die zu verrichten waren, sollten die Mägde Brot backen aus dem Weizenmehl, das Thomas Cornwaleys den Schwestern zum Geschenk gemacht hatte. Außerdem galt es, die Wolle zu waschen, die Giles von der Insel mitgebracht hatte. Dann waren noch die Aschenlauge und das Fett aus der Herbstschlachtung zu Seife zu verarbeiten. Die Männer würden die Arbeit am Zaun rund um das Südfeld abschließen, ein Waldstück roden und Holz sägen. Anicah fragte sich, wie das alles von den wenigen Leuten geschafft werden sollte.

»Der wilde Ire, Baltasar Codd!« Anicah schüttelte den Kopf. »Ich weiß aus zuverlässiger Quelle, daß er der Magd von Junker Cornwaleys sein Licht hat leuchten lassen.«

Bess walkte Brotteig und blickte kurz auf. »Du lügst, Anicah Sparrow.«

»Ich schwör' auf alle zehn Knöchel«, sagte Anicah, spuckte auf die Hände und legte sie überkreuz aufs Herz.

Bess hatte Wasser und eine Handvoll Mehl unter die Hefe gemischt, die beim Bierbrauen angefallen war, und den Rest der Zutaten daruntergemengt, als der Brei in Gärung überging. Den Teig für Weizenbrot anzusetzen, war für Bess, die kaum Übung darin hatte, eine heikle Angelegenheit, und um die Sorge zu bekämpfen, daß ihr ein Mißgeschick unterlaufen könnte, nahm sie hin und wieder einen Schluck aus der Mostflasche. Auch Anicah kam nicht zu kurz, und inzwischen waren beide ziemlich beschwipst. Aus der Stube drangen gedämpfte Stimmen; die Herrschaften unterhielten sich über Tabak und die üblen Machenschaften des von Puritanern kontrollierten Parlaments.

»Ich werde schon dafür sorgen, daß Baltasar Codd nur mich liebt.« Bess legte den Zeigefinger auf die Lippen und kicherte. Dann stieg sie schwerfällig auf den Tisch und sang leise, so daß nur Anicah sie hören konnte:

> *Streichle mir die Wangen rot,*
> *und ich geb' dir Muschelbrot.*

Sie hob die Röcke, hockte sich auf den Teigkloß und schaukelte mit den breiten Hüften hin und her.

> *Milady liegt zu Bett marod,*
> *ich geh' und knete Muschelbrot.*
> *Die Hacken aufrecht hoch im Lot,*
> *so knete ich mein Muschelbrot.*

»Was soll der Blödsinn?« Anicah war mit solchen Küchenspäßen nicht vertraut.

»Ich backe das Brot auf diese Weise und werde ihm ein Stück davon zu essen geben. Dann wird er mich lieben.«

»Und wann hast du Gelegenheit, ihn davon kosten zu lassen?« Anicah half ihr vom Tisch.

»Morgen früh, wenn ich das Getreide zur Wassermühle bringe.« Bess bekreuzigte sich, senkte den Kopf über den Teig und murmelte den alten Zauberspruch der Küchenhexen. »Gütiger Gott und heiliger Stephanus, laß den Schub gelingen.«

42

Eine Schneeschicht bedeckte den Boden und dämpfte das Wispern und Seufzen im Wald. Ab und an brach ein Ast unter der Last, krachend laut wie Musketenfeuer. Das Lorbeerdickicht war niedergedrückt, und es schien, als schlichen stille Massen, gebeugt unter weißen Kapuzenumhängen, zu einem gespenstischen Maskenball.

Zwei Nächte und einen Tag lang hatte der Wind Schnee gegen die Kuppelzelte im Jagdlager von Edwards Onkel geschleudert und Wächten aufgetürmt, so hoch wie die Wellen inmitten des Ozeans. Jetzt stand die Sonne am fahlen Himmel, dicht über dem westlichen Horizont, matt schimmernd wie ein angelaufenes Kupfermedaillon und ohne wärmende Kraft.

In der weiß glitzernden Wüste regte sich ein einziger dunkler Fleck. Unter seinem Wolfspelzumhang hockte Martin in einer engen Rinne, die von Tieren und den Mokassins der Piscataway ausgetreten worden war. Er zog den neuen Mantel aus blauem Wolltuch enger um sich; das Kleidungsstück war Kittamaquund von den Engländern geschenkt worden zum Dank für die Auslieferung eines entflohenen Knechts, eines Kerls mit verschlagenem Blick, der im Austausch gegen Biberpelze saures Bier loszuschlagen versucht hatte, das wie erbrochene Galle stank. In ironischer Geste hatte Kittamaquund Martin den Mantel überlassen.

Weder Mantel noch Umhang konnten die Kälte abhalten. Martin glaubte, die Knochen würden zu Eis gefrieren. Er blies in die tauben Hände und tunkte sie in einen Beutel, der mit dem Duftstoff von Kaninchen gefüllt war. Dann versuchte er von neuem, mit zitternden Fingern und die Zähne zu Hilfe nehmend, eine Laufschlinge ins Seil zu knoten. Er arretierte den hölzernen Bolzen, der als Auslöser diente, in der Kerbe eines in den Boden getriebenen Pflocks und legte das andere Seilende um einen schneebeladenen Zweig, der herabgebeugt über dem Wildwechsel hing. Wenn ein Fuchs oder Kaninchen in die Schlinge tappte und den Bolzen freisetzte, würde der Zweig in die Höhe schnellen und das Tier, in der Schlinge gefangen, mit sich reißen.

Mit Pfeil und Bogen wußte Marin noch nicht so recht umzugehen, aber er verstand sich darauf, Fallen aller Art zu bauen und an geeignetem Ort aufzustellen. Die Piscataway glaubten inzwischen, daß er über besondere magische Kräfte verfüge, da er mit seinen Fallen stets erfolgreicher war als die anderen. Martin konnte auf solche Mutmaßungen nur mit den Schultern zucken oder darauf verweisen, daß er einfach mehr Glück habe. Die Indianer jedenfalls hielten ihn für einen begnadeten Jäger, der im Unterschied zu seinen Landsleuten mit ungewöhnlichen Kräften ausgestattet war.

Martin hatte schon mit fünf Jahren damit angefangen, in der Heide seiner Heimat von Dorset nach Wild zu jagen. Noch ehe er richtig zu sprechen gelernt hatte, waren ihm von seinem Vater viele Finten beigebracht und am Beispiel vorgeführt worden. Dann hatten vermögende Getreidemakler und Landjunker die weiten Heideflächen eingehegt und zu Kornfeldern und Schafweiden gemacht. Mit der Jagd war's anschließend vorbei und nicht zuletzt mit Martins Vater, der sich unter den neuen Verhältnissen nie mehr hatte zurechtfinden können.

In Anbetracht der großen Räubereien durch die Vertreter hoher Stände hatte Martin die Wilderei nie als Sünde aufgefaßt, geschweige denn als Verbrechen. Doch die Ordnungshüter der Gemeinde dachten in dieser Hinsicht anders, und so hatte er lernen müssen, heimlich zu jagen und seine Spuren zu verwischen. Er war immer der Ansicht gewesen, daß ihm das auch gut gelungen sei, bis er im Zusammenleben mit den Piscataway erfahren mußte, wie wenig er über den Wald und das Wild Bescheid gewußt hatte.

Die letzte Falle war gestellt. Vorsichtig entfernte er sich. Morgen würde er mit dem ersten Licht zurückkehren und nachsehen, ob er Beute gemacht hatte. Er bekreuzigte sich und murmelte ein Bittgebet. In diesem Herbst waren häufiger denn je die Gewehre englischer Jäger zu hören gewesen; sie hatten viel Wild erlegt und vertrieben. Außerdem stand zu befürchten, daß die Kornvorräte nicht bis zur Sommerernte ausreichten, zumal englische Händler darauf spekulierten.

Martin klemmte die Hände unter die Achseln und schlurfte auf seinen Schneeschuhen davon. Immer wieder stürzte er der Länge nach in tiefe Schneeverwehungen. Er konnte die Füße vor Kälte kaum noch spüren, obwohl er die Mokassins mit Heu ausgestopft hatte. Beim Einatmen kratzte die frostige Luft in Nasenwegen und Lungen, und der ausgestoßene Atem gefror zu Eiskristallen, kaum daß er den Mund verlassen hatte.

Die Sonne hing in den Zweigen, als er die Lichtung erreichte, auf der die Borkenhütten kauerten wie schneebedeckte Riesenschildkröten. Martin dachte an den Maisbreitopf, der überm Feuer köcheln würde, an die Bärenfelle auf den Schlafbänken in der Hütte der Hauptfrau. Danach sehnte er sich, als ihm plötzlich ein dunkler, eckiger Gegenstand auffiel, der sich verdächtig machte in der weißen Wüste ringsum.

Argwöhnisch zog er den Knüppel aus dem Gürtel und näherte sich dem Rand jenes Hügels, über den bis vor wenigen Tagen die Abwässer im Dorf ausgekippt worden waren. Auf den ersten Blick schien es, als steckte dort ein gegabelter Ast im Schnee. Martin wischte das Eis von den Augenlidern, schaute angestrengt hin und erkannte ein Paar Mokassins sowie den unteren Teil lederner Leggins. Es waren die des Onkels.

Martin versuchte, den Körper freizugraben, doch die Wächte war hart gefroren und glatt wie Glas. Er hackte mit dem Beil darauf ein, gab aber bald auf, mußte er doch einsehen, daß er allein nichts bewirken konnte. Das Lager war nicht weit entfernt, aber er wagte es nicht, Hilfe herbeizurufen. Lautes Gebrüll vergrämte das Wild und lockte die zweibeinigen Räuber.

Er eilte los, hastete auf bleischweren Füßen voran, im Nacken das Schreckensbild der zu Eis erstarrten Leiche des Onkels. Er hatte noch nie das große Haus am Dorfrand von innen gesehen, in dem die Toten bestattet wurden, wohl aber den Gestank gerochen, der nach außen drang.

Die Medizinmänner zogen den gestorbenen Anführern der Piscataway die Haut vom Körper und entfernten die inneren Organe, schälten das Fleisch von den Knochen und legten es zum Trocknen. Dann plazierten sie die Skelette auf ein Holzgerüst, zogen die gegerbte Haut darüber und wickelten das getrocknete Fleisch in eine Matte ein, die den Toten vor die Füße gelegt wurde. Priester hielten ein Jahr lang Wache; erst dann wurden die Überreste feierlich bestattet.

In England hatte Martin Leichenkarren durch die Straßen rollen sehen, bis an den Rand mit Pestopfern beladen. Er hatte Massenbegräbnisse miterlebt und den Gestank ertragen, der von den offenen Gräbern aufstieg. Doch daß hier die Toten wie erlegtes Wild gehäutet und ausgeweidet wurden, war ihm widerlicher als alles andere.

Er erreichte die Hütte der Hauptfrau und rief leise um Hilfe. Edward warf von innen den Fellvorhang beiseite.

»Onkel steckt in einer Schneewächte.« Martin fuchtelte aufgeregt mit den Armen herum. »Wir brauchen Äxte, um ihn auszugraben.«

Edward gab die Nachricht weiter an die, die in der Hütte waren, und eilte Martin hinterher, der die Nachbarn zusammentrommelte.

»Vielleicht lebt er ja noch, Bruder«, sagte Martin und hastete weiter. Er versuchte, Edward zu trösten. »Ich hab' davon gehört, daß Erfrorene auf wundersame Weise wieder auflebten. Im Dorf, wo ich geboren wurde, sollen einmal zwei Kinder, die in einem vereisten Tümpel ertrunken waren, bei der Beerdigung wieder aufgewacht sein.«

»Ich bete zu Gott, daß deine Geschichten wahr sind«, sagte Edward.

Bei der Schneewächte angekommen, ging Martin wie ein Besessener zu Werke. Er hackte und kratzte im Eis, bis ihm das Blut aus den Knöcheln troff. Der Atem brannte in der Brust, und die Arme schmerzten, doch er ließ nicht locker.

Er war schon tief ins Eis vorgedrungen, als plötzlich jemand lachte. Wütend und bestürzt, drehte er sich um. Erst jetzt bemerkte er, daß ihm niemand half, nicht einmal Edward.

Er starrte in die Runde. Jungen und Männer standen in ihren zotteligen Fellen da wie eine Gruppe von Bisons. Alle schmunzelten, bis auf den einen zahnlosen Alten, der niemals lächelte, aber der Komischste von allen war. Martin wandte sich der Wächte zu und musterte Mokassins und Leggins. Das Gelächter breitete sich aus, infizierend wie ein Hustenanfall während der heiligen Handlung in der Kirche. Martin spürte, wie ihm die kalten Wangen schlagartig heiß wurden.

»*Asotu.*« Verschüchtert sprach er von sich selbst in der dritten Person. »Er ist ein Narr.«

Alles lachte ausgelassen, und Martin schüttelte den Kopf. Er hätte es ahnen müssen. Ständig wurden solche Streiche gespielt, und nicht nur mit ihm. Doch das war ein magerer Trost.

Er erinnerte sich, wie er eines Morgens, in seine Mokassins schlüpfend, mit bloßen Füßen in die Gedärme eines Kaninchens getappt war. Mehr als einmal hatte er nach seinem Schurz und den Leggins suchen müssen und sie schließlich auf dem Dach oder von einem Baumwipfel flattern sehen. Und er dachte daran, wie ihm die Tochter des Tayacs einen zappelnden Fisch von hinten in den Schurz gesteckt hatte, als er gerade mit ihrem Vater ein wichtiges Gespräch führte.

Seitdem das Mädchen bei den Brentschen Schwestern lebte, waren die Streiche und Neckereien zurückgegangen. Martin brauchte nicht mehr das alte Hemd um die Hüfte zu wickeln, um im Dorf nach seinen Sachen zu suchen, und er hatte schon gehofft, daß auch die anderen die Lust daran verlören, ihn mit ihren Possen aufzuziehen. Doch darin hatte er sich offenbar getäuscht.

Er sah nun zu, wie Edward über Wolfs gebeugtes Knie auf dessen Schulter stieg und von dort aus auf den Ast kletterte, der über die Schneewächte hinausragte. An einem Seil hangelte er sich auf den vereisten Grat hinab und zog die Mokassins von den Holzstangen, die in den steifgefrorenen Beingamaschen steckten. Auch die zerrte er nun aus den aufgehackten Löchern und rutschte damit über die Eisflanke wieder nach unten. Immer noch lachend, kehrten die Männer bei einbrechender Dunkelheit ins Lager zurück.

Martin betrat die rauchverhangene Hütte und sah den Onkel, in ein Bisonfell gehüllt, beim Feuer sitzen. Er nahm die weiße Tonpfeife aus dem Mund und sagte ernstlich: »*Tahkees,* ziemlich kühl.«

»*Ha ho, Nosusses.*« So ist es, Onkel. Mit einer Muschelschale kratzte Martin die festgebackenen Breireste vom Boden des Topfes.

Onkel mochte Mah-tien gut leiden. Der Junge verlor nur selten die Beherrschung, und im Unterschied zu vielen seiner Landsleute waren von ihm niemals Drohungen, Klagen oder Lügen zu hören. Auf Gefahr, Mißgeschick oder Erfolg reagierte er stets mit derselben ruhigen Gelassenheit.

»Ist es ebenso kalt in dem Land, aus dem du kommst, Toweu?« Onkel nannte ihn so, wie er von den Kindern gerufen wurde: Der uns fliegen läßt.

Was der Alte an Martin nicht minder schätzte, war die Geduld, mit der er seine Fragen beantwortete. »In dem Jahr, als ich zur Welt kam, ließ der Frost die Spiegel an den Wänden zerspringen, und die Milch vereiste den Kühen im Euter. Es schneite eine Woche lang, bis schließlich der Schnee Häuser, Mauern und Kirchen unter sich vergrub. Die Flügel der Windmühlen, die so lang sind wie Fichten, konnten sich nicht mehr drehen. Um ins Haus zu gelangen, mußte man vom Dach den Schnee vor der Tür wegschaufeln. Zu den Ställen wurden Tunnelgänge gegraben, damit das Vieh gefüttert werden konnte.«

Onkel blickte skeptisch drein. »Das hast du aber nicht mit eigenen Augen gesehen.«

»Ich war ja noch ein Säugling. Die Älteren haben mir später davon erzählt.«

»Dann wird's wohl nicht wahr sein.« Der Onkel hielt einen brennenden Span an die Pfeife. »Die Engländer lügen nicht nur, sie machen auch Lügner aus allen anderen, die mit ihnen verkehren, so wie ein Holzschnitzer, der aus einem einfachen Stück Holz eine groteske Maske schnitzt.« Tatsächlich gab es in der Sprache der Piscataway kein Wort für Lügner; Onkel behalf sich mit den Worten *panne nowau:* »Er spricht falsch«.

»Als ich jung war«, fuhr er fort, »kam ein Powatan in unser Dorf. Er sagte, daß er auf einem der großen englischen Kanus zwei Monate lang über das große Wasser gefahren und in das Land gekommen sei, wo die Sonne aufgeht. Die ihn kannten, sagten, daß er vor Antritt dieser Reise ein ehrlicher und vernünftiger Mann gewesen sei. Aber nun war er mit Geschichten zurückgekehrt, die keiner glauben konnte.«

»Ich bin auch viel unter den Engländern gewesen, Onkel«, sagte Edward. »Hältst du mich für einen Lügner? Oder Mahtien?«

Onkel winkte mit der Hand ab. »Zwei weiße Hirsche machen den Rest nicht weniger braun.«

Martin konnte mittlerweile fast alles verstehen, was in der Sprache der Piscataway gesagt wurde. Vielleicht war er deshalb nun so kühn, oder womöglich lag es daran, daß ihm nach der sinnlosen Rettungstat alle Glieder weh taten und er darum nicht mehr so langmütig sein konnte, wie man es sonst von ihm gewohnt war. Jedenfalls verlor er die Geduld und ereiferte sich. »Immerhin verzichten die Engländer darauf, ihre Kriegsgefangenen zu martern. Und sie würden sich nie erlauben, ihre Feinde bei lebendigem Leib zu rösten, um sie danach aufzuessen.«

»*Ha ho,* das ist wahr.« Onkel legte eine Pause ein und ließ Martin glauben, daß er ihm recht gab. Doch dann sagte er: »Sie martern statt dessen ihre eigenen Kinder und Diener, so wie dein Herr dich gequält hat.« Er wandte sich den anderen zu, einschließlich den Frauen, die, in Decken und Felle eingemummt, auf den Schlafbänken hockten. »Könnt ihr euch vorstellen, die eigenen Kinder zu schlagen?«

Die Frauen schnauften empört. Daran mochte niemand auch nur zu denken wagen.

»Ich kam mit Kittamaquund in euer Dorf und sah, wie man dem Potomac eine Schlinge um den Hals legte, weil er einen Mann getötet hatte«, fuhr Onkel fort. »Man hat ihn wie einen Hund erdrosselt. Wäre es nicht richtiger gewesen, Frau und Kinder des Ermordeten zu entschädigen? Welchen Nutzen hat ein toter Körper? Davon wird die Familie des Opfers nicht satt. Die Engländer haben eine seltsame Vorstellung von Gerechtigkeit.«

Onkel war noch nicht fertig.

»Und mein Neffe erzählt mir, daß deine Landsleute Männer, Frauen, ja selbst Kinder in Käfige einsperren und hungern lassen, nur weil sie kein ...« Onkel versuchte, sich an das Wort zu erinnern, das die Bleichgesichter so oft im Mund führten. »... nur weil sie kein *mone'ash* haben.« Geld.

Wieder wurde unter den Zuhörern Unmut laut.

Aus Mitleid mit Martin stand Edward auf, gähnte laut und gab zu verstehen, daß – zumindest für ihn – die Unterhaltung zu Ende sei. Er hüllte sich in sein Bärenfell ein und ging vor dem Kreuz in die Knie, das er über seinem Schlafplatz an die Borkenwand gehängt hatte. Martin trat zu ihm. Während die beiden die Worte des Herrn vor sich hin murmelten, setzten die anderen das Gespräch fort. Die Worte wechselten von einer Schlafbank zur anderen, bis schließlich ein jeder eingenickt war.

Martin hörte Edward leise kichern in Erinnerung an den Streich, den er seinem Freund gespielt hatte. Auch Martin konnte jetzt, da er satt und warm unter der Decke lag, darüber schmunzeln.

»Bruder«, flüsterte Martin. »Du hast dir also vorgenommen, meinen Quälgeist, Kittamaquunds Tochter, zu vertreten.«

»Seit sie nicht mehr bei uns wohnt, ist das Leben langweiliger geworden.« Ein überraschendes Bekenntnis, bedachte man, daß Edward über die Kleine sonst nur lästerte.

Martin lag noch lange wach, als alle anderen längst schon eingeschlafen waren. Er dachte über Onkels Kritik an den

Engländern nach und fand, daß viele seiner Beurteilungen durchaus berechtigt waren. Doch in einem Punkt war der Alte auf dem Holzweg. Er hatte gesagt, daß es unmöglich sei, Grund und Boden als Eigentum zu besitzen, und daß ein Narr sein mußte, der damit zu handeln versuchte.

Martin stellte sich vor, seine eigene Parzelle Land zu pflügen und Korn darauf zu säen. Träumend sah er die Maispflanzen üppig wachsen und ihr saftig grünes Laub im Wind wogen. Er würde ein Haus bauen und gemeinsam mit Anicah am Herd sitzen. Sie hätten ein eigenes Stück Wald, und auf der Weide würde eine Kuh mit ihren Kälbern grasen. Und Kinder würde er mit Anicah haben wollen.

Tränen kamen ihm in die Augen, als ihm bildlich vorschwebte, wie Anicah einen Säugling an der Brust stillte, ein Bild so schön wie die schönste Darstellung von Maria mit dem Jesuskind. Das Verlangen nach ihr war hartnäckiger als die Kälte.

Er sehnte sich danach, sie in den Armen zu halten, Brust und Lenden an ihren Rücken und den runden Po geschmiegt, die kleine Brust in seiner großen Hand, Vergnügen daran findend, wie gut sie dort hineinpaßte.

Edward hatte die Nachricht gebracht, daß sie nun auf dem Schwesternhof diente. Martin wußte, daß sie dort immer genügend zu essen hatte, und dafür war er dankbar. Allerdings würde es nun noch aussichtsloser sein, mit ihr in Kontakt zu treten, und er durfte nicht wagen, ihr seinen Aufenthaltsort zu verraten. Besonnenheit gehörte nicht zu Anicahs Tugenden, und die Obrigkeit hielt gewiß ein waches Auge auf sie gerichtet. Bestünde auch nur der Verdacht, daß Anicah sein Versteck kannte, so würde sie wohl wegen Strafvereitelung angeklagt werden.

In Gedanken an sie schlief er schließlich ein, doch schon bald weckte ihn ein eisiger Luftzug. Als er das Fell enger um sich schloß, bemerkte er, daß Edward verschwunden war. Wahrscheinlich, so mutmaßte Martin, buhlte er um die Gunst seines jüngsten Schwarms, einer drallen Schönheit mit blitzenden Augen und einem Lachen, das sich wie Fuchsgebell anhörte.

Martin warf einen Blick auf die Feuerstelle inmitten der dunklen Hütte. Es glimmte nur noch schwach unter der Asche. Bis zur Dämmerung würde es nicht mehr allzu lange hin sein. Martin döste wieder ein, als Edward plötzlich das Fell vorm Eingang beiseite warf und einen eisigen Windstoß hereinließ.

»Feinde.« Er raffte Bogen und Köcher zusammen, bewaffnete sich mit der Axt und seinem zwei Fuß langen Tomahawk. »Wolf, Sowacha und Kesuk sind bereits alarmiert.«

Von einem Moment auf den anderen war alles auf den Beinen. Onkel und Martin schlüpften in ihre Mokassins und langten zu den Waffen, die an den Bettgestellen hingen. Edward eilte wieder hinaus. Seine Muskete ließ er in der Hütte zurück; die Zeit würde nicht reichen, um sie zu laden und Feuer an die Lunte zu legen.

Eine der Kusinen rannte los, um überall Bescheid zu sagen. Es krachten Schüsse. Die Hunde im Dorf fingen zu kläffen an, und dann tönte vom Waldrand schrilles Kriegsgeheul.

»Susquehannocks!« Onkel war gerade von der Tür weg, als eine Kugel durch die Wand schlug, das Bisonfell durchbohrte, mit dem er sich zugedeckt hatte, und in der Bank steckenblieb.

Die eisige Kälte verschlug ihm fast den Atem, als Martin nach draußen eilte. Hinter sich hörte er die Kommandos der Hauptfrau, die die Mädchen auf Trab brachte. Im Westen schwebte der Vollmond dicht über dem Wald; er beschien die Lichtung, über die die Schatten der Männer ausschwärmten.

Nach der ersten Salve waren die meisten Angreifer damit beschäftigt, die Gewehre neu zu laden, doch Martin sah ein letztes Mündungsfeuer aufzucken. Mit zitternden Händen spannte er den Bogen und schickte einen Pfeil dorthin. Es blieb ihm keine Zeit zu fragen, ob sein Geschoß das Ziel erreicht hatte. Es blieb auch keine Zeit, daran zu denken, was für Grausamkeiten die Susquehannocks an ihren Gefangenen verübten.

Die Angreifer stürmten aus der Dunkelheit des Waldes auf die mondbeschienene Lichtung. Zwei von ihnen rannten Martin entgegen, der hinter einer Hütte Deckung suchte und einen günstigen Moment abwartete. Dann trat er ihnen in den Weg und schwang den Knüppel.

43

Das erste Schiff der Herbstsaison des Jahres 1642 traf Mitte September ein – ungewöhnlich früh. Es schien sogar vor der Zeit dazusein, weil die Sonne so heiß brannte wie im Juli. Margaret saß auf dem Rücken ihrer Stute und blickte vom Rand des Steilufers hinunter aufs Schiff. Sie wischte das Taschentuch übers schweißnasse Gesicht und fragte sich, wie heiß es wohl im Zwischendeck sein würde, wo ihre neuen Dienstboten mit den übrigen Deportierten ausharren mußten, bis der Arzt ihnen die Erlaubnis gab, an Land zu gehen.

Margaret war voller Erregung und Sorge zugleich. Mit den fünf Männern, deren Passage sie bezahlt hatte, sollte sie Anspruch auf zweitausend Morgen Land erhalten. Die Aussicht darauf machte sie schwindeln. Allerdings war auch zu befürchten, daß die Neuankömmlinge Krankheit und Seuche befallen hatten. Was für Schrecken würden sie ihr ins Haus bringen? Fieber, blutigen Stuhl, gallige Auswürfe?

Sie schüttelte sich, um die Sorgen zu vertreiben, und betete im stillen, daß alle gesund und bei Kräften waren. Dann lenkte sie die Stute über das von Schweinen durchwühlte und von Unkraut überwucherte Gemeindefeld auf das Haus des Gouverneurs zu, wo beide Kammern der Versammlung Rat hielten. Nicht nur, daß die Frauen kein Stimmrecht hatten, es war ihnen sogar untersagt, die Debatten zu verfolgen. Ammann Lewger meinte, daß sich der Diskurs unter Männern für Frauenohren nicht zieme, dabei hatte Margaret sämtliche politischen Streitigkeiten in ihrer Stube mitbekommen, bevor diese in der offiziellen Sitzung ausgetragen wurden.

Bald würde die Sonne untergehen. Die Aussprache hätte eigentlich schon beendet sein sollen, aber immer noch waren schon von weitem aus dem großen Versammlungssaal wütende Stimmen zu hören, allen voran die von Robert Vaughan.

»Wenn es Eure Lordschaft nicht erlaubt, daß wir uns selbst beraten, und wenn Ihr uns nicht das Recht zubilligt, ein Veto gegen Eure Gesetzesvorhaben einzulegen, werden wir am Feldzug gegen die Susquehannocks nicht teilnehmen«, brüllte er.

»Hört, hört!« pflichteten ihm etliche Ortsdeputierte bei.

Margaret schüttelte den Kopf über Vaughans dickköpfiges Aufbegehren. Die Pflanzer der Isle of Kent hatten ihn zu ihrem Abgeordneten gewählt, und nun versuchte er, das Unterhaus zu stärken und Gouverneur Calvert und seinem sechsköpfigen Rat Teilvollmachten abzuringen. Margaret hatte Verständnis für seinen Ärger, stimmte aber dem Gouverneur zu. Zwar war Vaughan durchaus gebildet und, wenn nüchtern, recht vernünftig, aber ansonsten bestand das Unterhaus nur aus dummen, rohen Kerlen. Sie an der Gesetzgebung zu beteiligen war nicht nur ein lächerliches, sondern vor allem auch gefährliches Ansinnen.

»Ruhe!« Calverts Stimme überschlug sich. »Eine Sonderstellung wird es für die Deputierten nicht geben, ganz gleich, ob ein Feldzug gegen die Susquehannocks stattfindet oder nicht. Sollte es aber dazu kommen, ist es Eure Pflicht, daran teilzunehmen.«

»Dann erkläre ich hiermit die Deputiertensitzung für beendet«, bellte Vaughan. Offenbar hatte er den Hammer des Vorsitzenden ergriffen, denn der krachte nun mit einer Wucht nieder, die Calvert nicht zuzutrauen war.

»Das steht Euch nicht zu!« schrie Calvert.

Bevor Margaret vom Pferd stieg, warf sie einen Blick durchs Fenster in Erwartung eines Ringkampfes um den

Hammer. Doch Ammann Lewger kam ihr zuvor und zog ihr den schweren Vorhang vor der Nase zu. Margaret errötete, fühlte sie sich doch abgefertigt wie eine neugierige Metze.

Sie überließ das Pferd der Obhut eines Knechts, legte den Umhang ab und betrat die Wohnstube, wo sie sich in Leonards Ohrensessel niederließ und von der Küchenmagd ein Glas kanarischen Wein entgegennahm. Bald darauf ging die Saaltür auf und quietschte laut in den Angeln. Es war, als hätte man einen Bienenkorb angestochen, denn nun tönte wütendes Gesumme nach draußen, durchmischt mit – bienenunüblichen – Flüchen.

Die Männer strömten, immer noch fleißig streitend, in den Hof hinaus und eilten auseinander. Die Wortwechsel nahmen an Lautstärke ab, nicht aber an Heftigkeit. Schließlich trat Leonard in die Stube, die Schultern unter dem gesteppten Samtwams gekrümmt. Seine Haare, sonst makellos gekämmt, glichen dem zerfransten Ende einer Hanftrosse. Über ihren Besuch zeigte er sich wenig erfreut.

»Ich hoffe, in Eurem Haushalt ist alles zum besten bestellt, Margaret.«

»Ein paar Mägde leiden an den üblichen Malaisen, aber sonst kann ich nicht klagen, Gott sei Dank. Und wie geht's hier?«

»Gott gewährt allen meinen Leuten gute Gesundheit.« Seufzend trat er vors Stehpult und blätterte durch einen Wust von Papieren. Margaret reckte den Hals, um zu sehen, ob sich darunter womöglich auch schon die von Lord Baltimore unterzeichnete Besitzurkunde ihrer neuen Ländereien befand.

»Ich trage mich mit dem Gedanken, ob es sinnvoll wäre, Sklaven aus Afrika importieren zu lassen«, sagte Calvert. »Die sind kräftig, gesund und an der Küste von Guinea für wenig Geld zu haben. An Hitze und Fieber sind sie gewöhnt. Ich glaube, Margaret, daß wir mit ihnen unseren Mangel an Arbeitskräften endgültig beheben könnten.«

»Ich bin gespannt zu erfahren, was Ihr in dieser Sache unternehmen werdet.«

»Gott zum Gruß, Mistreß Margaret.« John Lewger hastete herein. Er hatte eine Schreibfeder hinters Ohr gesteckt und hielt einige unbeschriebene Dokumentenblätter in der Hand.

»John«, sagte Calvert. »Mistreß Margaret und ich haben Geschäftliches zu besprechen. Seid so gut und füllt das Patent für Brent in der Halle aus.«

»Ein Patent für meinen Bruder?« fragte sie.

»Ja. Der Rat und die Deputierten sind übereingekommen, Giles zu beauftragen, Männer von der Isle of Kent zu rekrutieren und gegen die Susquehannocks ins Feld zu führen.«

Lewger räusperte sich. »Darf ich Euch ganz offen meine Meinung sagen, Mistreß Brent?«

»Nur zu, rückt raus mit der Sprache.«

»Ich glaube kaum, daß Euer Bruder auf der Kentschen Insel so viel Einfluß besitzt, daß er unter den Bewohnern dort eine Streitkraft auszuheben in der Lage ist. Er kann ja nicht einmal verhindern, daß man seine Schafe und Rinder stiehlt.«

»Ihr solltet ihm Eure Bedenken selbst vortragen, sobald er aus Kent zurück ist, Mr. Lewger. Ich bin nur eine Frau mit bescheidenen Geistesgaben und verstehe nichts von solch komplexen Angelegenheiten.« Margaret rieb ihm seine eigenen Worte unter die Nase, sooft sich Gelegenheit dazu bot.

»Nehmt es bitte nicht persönlich, Mistreß, aber die Erfahrung hat doch gelehrt, daß Frauen an Staatsgeschäften nicht sinnvoll teilnehmen können.«

»Wie das Beispiel Eurer jungfräulichen Königin wohl zeigt.« Es lag ihr fern, Königin Elisabeth zu verteidigen, aber Lewgers dummes Geschwätz provozierte sie dazu.

»Allerdings. Ihre häretische Politik zwang schließlich den Papst, sie zu exkommunizieren. Frauenherrschaft führt den Staat ins Verderben.« Er verbeugte sich. »Ich werde die Urkunde bringen, sobald sie ausgefüllt ist, Leonard.«

»Danke, John.«

Nach langem Suchen hatte Calvert im Durcheinander seines Pults endlich das gefaltete Pergament gefunden, das mit dem Schiff aus England eingetroffen war. Es trug Lord Baltimores Siegel, eingedrückt in rotes Wachs. Margarets Herz hüpfte voller Erwartung.

Calvert reichte ihr das Schreiben. »Margaret, mein Bruder hat die Bestimmungen geändert.«

Sie hielt den Brief in zitternder Hand und las. Um Anspruch auf nur tausend Morgen Land zu erwerben, wurde nun die Beförderung von zwanzig Personen innerhalb eines Jahres gefordert. Des weiteren listete Lord Baltimore eine Reihe von Waffen samt Munition auf, für die Margaret würde aufkommen müssen.

Um die bedrückende Stille zu brechen, die sich aufgetan hatte, fügte Calvert hinzu: »Er hat den Erbzins auf vierzig Schillinge angehoben und nimmt dafür übliche Handelswaren in Zahlung.«

Margaret hörte ihm kaum zu. Enttäuschung und Wut machten sich bei ihr breit und rangen miteinander. Vier Jahre hatte sie hart gearbeitet, um ihren Hof in Schwung zu bringen und den Brüdern auf die Beine zu helfen. Unter großen Entbehrungen war es ihr gelungen, den Preis für die geforderten fünf Knechte und zwei, drei zusätzliche Arbeitskräfte aufzubringen. Aber alle Einkünfte würden bei weitem nicht reichen, um bis zum Jahresende für insgesamt zwanzig Männer zahlen zu können. Zwar war Lord Baltimore nicht zu unterstellen, daß er mit dieser neuen Verordnung Margaret persönlich zu treffen versuchte, dennoch konnte sie nicht umhin, einen Affront darin zu sehen. Margaret wußte vor Zorn nicht ein noch aus.

»Für jeden der fünf Männer, die Ihr habt kommen lassen, werden Euch fünfzig Morgen Land zugebilligt. Der Erbzins beträgt zwölf Pence pro Morgen.«

»Zweihundertfünfzig Morgen.« Margaret bedachte Leonard mit verächtlichen Blicken, obwohl ihn, wie sie wußte, keine Schuld traf.

»Zugegeben, mein Bruder kann sich nicht vorstellen, mit welchen Schwierigkeiten wir hier zu kämpfen haben, Margaret, aber ebensowenig können wir ermessen, welchen Zwängen er unterliegt. Seine Lage ist äußerst heikel. König Charles und die Heilige Kirche tolerieren seine Unternehmungen zwar endlich, aber nun versucht das Parlament, ihn zu entmachten.«

»Wie dem auch sei, Baltimore versetzt mir und meiner Familie einen schweren Schlag. Wir, meine Schwester und ich, haben unser Vermögen, unser Leben und unsere Zukunft aufs Spiel gesetzt, um seine Sache zu befördern. Sollten wir uns dafür mit einem so erbärmlich kleinen Flecken Land abfinden lassen? Zweihundertfünfzig Morgen werfen nicht einmal genügend ab, um den Zins zu tilgen.«

»Es tut mir aufrichtig leid, Margaret. Ihr habt bald Gelegenheit, Euch persönlich bei meinem Bruder zu beschweren. Er will noch diesen Monat in See stechen und zu uns kommen.« Leonard schien nicht gerade erbaut zu sein vom angekündigten Besuch des Bruders, da zu erwarten war, daß ihm dieser gehörig in die Amtsgeschäfte pfuschen würde.

»Jawohl, beschweren werde ich mich, verlaßt Euch darauf.«

Margaret wartete nicht erst, bis ihr die Magd den Umhang brachte. Sie nahm ihn in der Eingangshalle vom Haken und stürmte mit fliegenden Röcken hinaus.

Auf dem Pferderücken trabte sie über den brachliegenden Gemeindeacker, der sich zwischen den wenigen Häuser von St. Mary's ausbreitete. Aus dem Fort tönte ihr das Gekreisch von Schweinen entgegen. Die Palisaden waren von Ranken wild überwuchert; die ganze Befestigungsanlage schien ausschließlich aus Pflanzenwerk zu bestehen.

Als sie sich näherte, sah sie Joan Parke Hardige im Streit mit drei Männern. Sie drohte mit dem Messer, das sie für gewöhnlich zur Kastration der Eber gebrauchte.

»Schert euch zum Teufel! Wenn ihr nicht sofort verschwindet, stech' ich euch ab und werfe euch den Säuen vor.«

Zwei der Männer kämpften mit einem zappelnden Schwein und versuchten, es in einen Sack zu stecken. Sie wischten sich den Schweiß von der Stirn und schauten sich hilfesuchend nach John Price um. Der wies sie kopfnickend an, den Auftrag auszuführen.

»Gevatter Brown hat doch die Beschlagnahme früh genug bekanntgemacht«, sagte Price.

Margaret wunderte sich, daß er mit der Frau überhaupt diskutierte.

»Was für 'ne Beschlagnahme?« fragte Joan.

»Zur Verpflegung der Truppen, die gegen die Susquehannocks ins Feld ziehen, um deren Überfall auf Virginia und die Isle of Kent zu vergelten.«

»Virginia! Was juckt mich Virginia? Oder Kent? Darauf geb' ich nicht mal einen Furz.«

Price zog den Beschaffungserlaß aus dem Wams, faltete das Blatt auf und las laut daraus vor.

»›Um Proviant bereitzustellen für die Expedition, die zum Ruhme unserer Nation und zur Abschreckung vor weiteren Übergriffen gegen die Indianer geführt wird, hat Seine Lordschaft, der Gouverneur, verordnet, daß jeder freie Siedler einen Beitrag leistet in Form von Tabak, Getreide, Schweine-, Rind- oder Hammelfleisch, je nach Kapazität.‹«

»Der Gouverneur kann mich an meiner Kapazität lecken.« Joan bückte sich, hob die zerschlissenen Röcke und offenbarte ihr Sitzfleisch, fahl und grindig wie Käseballen.

Margaret war angewidert, und erneut flammte in ihr die Wut auf. Sie war wütend auf Joan; nicht nur, daß dieses Weibsbild ihre Schwester Mary beleidigt hatte, nun erdreistete sie sich auch noch, die Expedition ihres Bruders zu sabotieren. Sie war wütend auf Lord Baltimore, der ihre Hoffnungen zunichte machte, und sie war wütend auf St. Mary, dieses armselige Kaff.

Sie beugte sich über den Pferdehals, holte mit der Reitgerte aus und drosch auf Joans blanke Batzen ein. Die schrie gellend auf, ließ die Röcke fallen und wich zurück.

»Rück das Schwein raus, du nichtswürdige Schlampe!« Margaret drohte mit der Gerte. »Und wenn du noch einmal in meiner Gegenwart dein häßliches Fleisch entblößt, wirst du Reue üben müssen, bis dich der Teufel holt.«

Sergeant Price legte grüßend die Hand an die Krempe des hohen Filzhutes. Seine Männer steckten das Schwein in den Sack, und gemeinsam eilten sie davon, bevor Joan zu Stimme und Zorn zurückfinden konnte.

Margaret fixierte Joan mit jenem Blick, den die Mitglieder ihres Haushalts fürchteten als einen an Hexerei grenzenden Bannstrahl. Dann gab sie dem Pferd die Sporen und ritt auf den Pfad zu, der zum Schwesternhof führte. Bei dem großen Ahornbaum, der auf halber Strecke stand, hielt sie an, stieg aus dem Sattel, lehnte den Kopf an den Stamm und schluchzte wie ein Kind, bis schließlich die Stute zu wiehern anfing und sie mit den Nüstern anstubste.

44

Der Feuerschein brennender Kienspäne tanzte in der Scheuer vor den Wänden aus ungehobelten Brettern mit den Schatten der Männer und Frauen, die Maiskörner von den Kolben schabten. Unterstützt von einem Dutzend Dienern aus benachbarten Höfen, hatten die Brentschen Mägde den großen Ernteberg bis zu einem brusthohen Hügelchen abgearbeitet. Beträchtlich weniger geworden war auch der Inhalt des Mostfasses, das ihnen Margaret spendiert hatte. Das fröhliche Geschnatter und Lachen des Gesindes war bis zum Wohnhaus zu hören.

Daß es beim Maisschälen hoch herging, hatte Tradition, und außerdem war Margaret nicht zu Hause. Sie hatte vor Gericht etliche Rechtstitel erstritten und trieb nun bei ihren Schuldnern Geld ein. Die Nacht wollte sie in Leonard Calverts Haus verbringen.

Mary Brent hatte fast den ganzen Tag über am Sterbebett eines der neuen Knechte gesessen, bis der schließlich seinem Fleckfieber erlag. Über der Katechese an der zehnjährigen

Kitt war sie dann in ihrem Sessel eingeschlafen, worauf das Mädchen, mit Edward im Schlepp, zu der lustigen Runde in die Scheuer geschlichen war, wo sie ihn mit Maiskolben bewarf und ihm Körner in die Hose zu stopfen versuchte. Er ignorierte sie, wenn möglich; wenn nicht, stieß er sie von sich.

Anicah beobachtete das kindliche Werben und fühlte sich dabei alt und gesetzt, obwohl ihre äußere Erscheinung das Gegenteil bewies. Der verstaubte und mit Spelzen bespickte Haarschopf lag wie ein Strahlenkranz um ihr Gesicht. Nach einer Rauferei mit Greenes schlaksigem Kuhhirten waren ihr Wams und die Röcke noch voller Stroh und Späne. Sie hatte ihm einen Nasenstüber gegeben, an den er sich noch lange erinnern würde.

Die Spelzen, die er ihr ins Hemd gepackt hatte, kitzelten so sehr, daß sie das Wams aufschnüren und, sich vorn übergebeugt, ausschütteln mußte – unter dem johlenden Beifall der Männer. Kräftig niesend kratzte sie mit den Fingern über Arme und Brust und wand sich in den Kleidern. Aber wie die meisten jungen Leute in der Scheune peinigte sie auch noch ein anderer Juckreiz.

Von den anwesenden Burschen interessierte sie keiner. Bis auf Edward waren sie allesamt einfältig, plump und verpickelt. Nicht einer reichte an Martin heran. Aber die Luft war noch mild Anfang Oktober, und der Anblick so vieler blanker Oberkörper machte sie unruhig. Das tapsig-eifrige Trachten der Jungen, sie zu liebkosen, schürte das Feuer in ihrer Brust. Sie hätte liebend gern zehn Jahre ihres Lebens hergegeben, um Martin in den Armen halten zu können.

Anicah und Kitt hatten die Röcke hochgesteckt und standen bis zu den Knien tief im Korn. Sie streiften die Blätter von den Früchten, brachen die Stengel ab und warfen die Kolben auf einen Haufen. Dabei sangen sie ein Liedchen, das Anicah dem Indianermädchen beigebracht hatte. Anicah fing an, und Kitt stimmte in hübscher Begleitstimme mit ein.

Milady und ihr Zöfelein, das waren mir zwei nette,
aus schierem Jux und Dollerei sie furzten um die Wette.
Die Zofe stellt drei Kerzen auf und hält ein Lichtlein dran;
der erste Furz bläst alle aus, der zweite zünd't sie an.
Nun kommt Milady an die Reih'; sie hat den Bogen raus
und bläst die Kerzen aus und an, aus und an und wieder aus.

Alles schmetterte im Chor: »... aus und an und wieder aus.«
»Ein roter Kolben!« Der Kuhhirt hielt jene Frucht in die Höhe, die im Laufe des Abends schon so manchem untergekommen und eilig wieder mit Deckblättern verhüllt worden war.

Kichernd und mit den Lippen schmatzend fielen die Frauen über ihn her. Ein Knäuel aus strampelnden Beinen und Unterröcken wälzte sich über den Boden, und während der Junge fleißig mit Küssen bedacht wurde, plazierte Kitt den roten Kolben heimlich vor Edwards Füße.

»Edward hat auch einen roten Kolben«, rief sie.

Doch niemand wollte einen Kuß von ihm, und mit einem Male wurde es ganz still. Die Frauen zierten sich. Nicht, daß Edward unansehnlich gewesen wäre. Im Gegenteil.

Obwohl erst siebzehn Jahre, waren seine Gesichtszüge markant und männlich ausgeprägt. Die Wangenknochen bildeten eine perfekte Fassung für die Augen, die so dunkel waren wie die eines Rehs und stets eine gelassene Heiterkeit ausstrahlten, auch jetzt, da er im Mittelpunkt der allgemeinen Ablehnung und Verlegenheit stand. Er war groß gewachsen, schlank, und die Haut schimmerte in der Farbe frisch gehobelten Zedernholzes. Er hatte eine fein geschwungene Nase und kühn ausgestellte Nasenflügel. Das einseitig kahlgeschorene Haar war nachgewachsen und fiel in schwarzen Wellen auf die Schultern herab. Aber nach wie vor steckte eine Falkenfeder darin. Selbst in flachsleinenem Hemd und wollenen Kniehosen käme niemand auf die Idee, ihn mit einem Engländer zu verwechseln.

»Nicht so schüchtern, Edward«, sagte Anicah und drückte

ihm einen Kuß auf die Wange. »Kultiviert, wie die Leutchen hier sind, fürchten sie wohl, daß deine wilde Art auf sie abfärbt.«

Sie zwinkerte ihm zu, und er grinste. Darauf packte Kitt sein Hemd, stellte sich auf die Zehenspitzen und pflanzte ihm einen saftigen Kuß auf den Mund. Wie von einer Hummel gestochen, schreckte er zurück.

»Was ist hier los?« Margaret war im Eingang aufgetaucht. Ihre Stimme versetzte das Gesinde in helle Aufregung. Spelzen flogen auf, als wäre mit Margaret ein Wirbelwind in die Scheuer geraten.

»Wir vergnügen uns nur ein bißchen, Mistreß«, sagte Anicah. »Damit uns die Arbeit leichter von der Hand geht.«

Margaret stand noch eine Weile schweigend da; dann machte sie kehrt und verschwand. Sie hatte mit dem ausgelassenen Treiben der Dienerschaft gerechnet, konnte aber nicht zulassen, daß sie ihre Pflichten darüber vergaßen.

Draußen im Hof wurde sie von Robert Vaughan abgefangen. Er legte den Finger an die Lippen, stützte den Ellbogen mit der anderen Hand und führte sie zum Haus.

Sie sprach leise, obwohl es aus der Scheune wieder lärmte, kaum daß sie dem Gesinde den Rücken zugedreht hatte. »Warum habt Ihr Euren Mann mit einem solchen Geheimnis zu mir geschickt, Robert? Und wieso seid Ihr nicht auf der Insel?«

»Ich bin gekommen, um Euch zu sagen, daß Euer Bruder aus der Expedition ausgeschieden ist.«

»Giles?«

»Ja, Mistreß.«

Margaret warf einen Blick in die Stube und sah Mary schlafend im Sessel sitzen; sie schnarchte sacht vor sich hin. Vaughan trug zwei Stühle in einen Winkel der Eingangshalle und winkte Margaret zu sich. Die beiden nahmen Platz und saßen so dicht einander gegenüber, daß sich ihre Knie fast berührten. Obwohl das Haus von Dienstboten leer war, unterhielten sie sich im Flüsterton.

»Die Pflanzer von Kent haben sich geweigert, am Feldzug gegen die Indianer teilzunehmen, und Giles davon überzeugt, daß sie ihre Farmen nicht unbewacht zurücklassen können.«

Margaret starrte Vaughan fassungslos an. »Dann hat er also nicht, wie vom Gouverneur befohlen, eine Streitkraft zusammengestellt?«

»Nein. Dazu ist es nicht gekommen. Die Männer sind auseinandergelaufen, noch ehe sich eine Truppe bilden konnte. Und Giles trinkt seitdem über den Durst, er würfelt und stellt den Weibsbildern nach. Er hat mich geschickt, um von Euch Geld zu erbitten. Damit hofft er, die Männer zum Waffengang locken zu können. Aber ich fürchte, er wird es aufs Spiel setzen und verlieren.«

Margaret legte das Gesicht in die Hände und seufzte. »Ammann Lewger wird sicherlich Anklage gegen ihn erheben und ihm günstigenfalls Pflichtversäumnis vorwerfen, schlimmstenfalls gar Verrat.«

»Ja«, antwortete Vaughan nüchtern. »Er wird sich mächtig aufblasen und Wind aufrühren, hat er doch nun endlich einen Vorwand, Giles das Anwesen auf der Insel streitig zu machen. Er wird sich schleunigst daranmachen, Baltimore schriftlich in Kenntnis zu setzen.«

Vaughan sah, wie es in Margarets Kopf arbeitete, und war zuversichtlich, daß sie einen Weg finden würde, um ihrem Bruder als der Bredouille zu helfen.

»Ich habe eine Idee«, sagte sie schließlich und grinste dabei. »Paddelt auf Eurem Schweinetrog so schnell wie möglich zurück nach Kent ...«

Gleich nachdem seine Schaluppe an der Anlegestelle von St. Mary festgemacht hatte, machte sich Giles auf den Weg zu Gouverneur Calvert. Doch kurz vor dessen Haus schlug er eine andere Richtung ein und machte Station in Howkins Schenke, um sich mit einem Trunk aufzufrischen.

John Price war gleich zur Stelle. »Junker Brent, in meiner Funktion als Sheriff von St. Mary's habe ich Euch dieses

Schreiben auszuhändigen«, sagte er und reichte ihm ein gefaltetes und von Calvert versiegeltes Papier.

»Ach was, laßt mich in Ruhe!«

»Es wird darin von Euch verlangt, daß Ihr Euch zu dem Vorwurf der Pflichtverletzung äußert und für die nächste Gerichtssitzung zur Verfügung haltet.«

»Verdammt!« Brüskiert machte Giles auf dem Absatz kehrt und stiefelte zum Haus des Gouverneurs. Dort fand er Calvert in Gesellschaft von Lewger vor. Ohne sich lange mit Höflichkeiten aufzuhalten, sagte er: »Ich bin empört darüber, daß mir als Gentleman ein Wisch mit Anordnungen zugesteckt wird.«

»Ich verstehe Euren Unmut. Als Gentleman werdet Ihr bestimmt selbst darauf drängen, über Eure Handlungen Rechenschaft abzulegen«, meinte Lewger und fügte süffisant hinzu: »Nicht zuletzt auch darüber, was Eure Versäumnisse anbelangt.«

Calvert räusperte sich. »Daß Ihr Euren Auftrag nicht erfüllen konntet und gescheitert seid bei der Aushebung von Truppen, läßt vermuten, daß sich die Bewohner der Insel unserem Einfluß zu entziehen trachten und den Aufstand proben.«

»Ihr hättet auf meinen Rat hören sollen, statt Euch auf diesen geschwätzigen Mauskopf zu verlassen«, entgegnete Giles und deutete ungeniert auf Lewger.

»Das tut jetzt nichts zur Sache. Das Gericht wird über Euren Fall entscheiden. Um sicherzustellen, daß Ihr zur Sitzung erscheint, muß ich eine Bürgschaft von Euch fordern.«

»Die bekommt Ihr nicht.«

»In diesem Fall muß ich Euch auffordern, bis zum nächsten Gerichtstermin im Dezember das Land nicht zu verlassen. Solltet Ihr gegen diese Auflage verstoßen, gehen Euch sämtliche Rechte und Privilegien verlustig.«

»Ich hatte sowieso vor, das Weihnachtsfest hier zu verbringen.« Giles ging zur Tür, machte dann aber noch einmal kehrt, als sei ihm im letzten Augenblick noch etwas eingefallen. Er zog einen Brief aus der Innentasche seines weiten Stiefelstulpens und sagte: »Der Ammann möge das hier zu den Akten legen. Das Schreiben ist durch die Unterschrift eines Zeugen beglaubigt und somit rechtskräftig.« Grußlos verließ er das Zimmer.

Die Urkunde war in Giles' Handschrift aufgesetzt und verstieß, wie alles, was er schrieb, gegen jede Interpunktionsregel.

Hiermit und unwiderruflich überschreibe ich Giles Brent das mir eigene Gut auf der Isle of Kent meiner Schwester Mrs. Margaret Brent von St. Maries in Maryland einschließlich aller Ländereien Mobilien Viehbestände und Dienstleute sowie sämtlicher Ansprüche gegenüber Schuldnern aus ebendieser Provinz. Der Verkaufspreis beträgt Summa 73 Pfund englischer Währung und wird verrechnet mit meinen Schulden bei der Käuferin.

Calvert las den Text laut vor und sagte schließlich: »Thomas Cornwaleys hat seine Unterschrift und sein Siegel als Zeuge daruntergesetzt.«

»Cornwaleys macht sich mit den Brents gemein.« Lewgers Gesicht lief hellrot an. »Welches Datum trägt die Urkunde?«

»Zehnter Oktober. Sie ist also vor drei Tagen aufgesetzt worden.« Calvert sah, wie Lewger seine Tonpfeife entzweibrach, und grinste in sich hinein.

Dux femina facti, dachte Calvert. »In dieser Sache war eine Frau federführend.« Margaret Brent hatte sichergestellt, daß Kent Fort Manor im Besitz der Familie blieb, unabhängig davon, welche rechtlichen Schritte gegen ihren Bruder eingeleitet werden würden. Und durch diesen Handel waren ihr nun Ländereien zugefallen, die insgesamt den doppelten Umfang dessen hatten, was ihr von Lord Baltimore versprochen, aber dann vorenthalten worden war.

Ammann Lewger würde niemals verwinden können, ausgerechnet von einer Frau übervorteilt worden zu sein, und genau das war hier geschehen; daran zweifelte Calvert keinen Augenblick. Er kannte Mistreß Margaret Brent nun schon seit vier Jahren und wußte, wann sie ihre Hand im Spiel hatte. Und weil er sich außerdem ihrer Loyalität sicher sein konnte, hätte er sie allzugern als Mitglied seines Rats gesehen, viel lieber als so manchen Mann, dessen Namen zu nennen er durchaus bereit gewesen wäre.

Giles packte Kitt beim Schlafittchen und versuchte, ihr den Bogen aus der Hand zu zerren. Doch sie hielt verbissen daran fest. Auch der Bogen war stabiler, als Giles erwartet hatte. Das Ding sah zwar aus wie ein Spielzeug, war aber aus kräftigem Eschenholz geschnitzt und alles andere als harmlos. Kitt hatte soeben ein Schwein von Junker Greene mit einem treffsicher abgeschossenen Pfeil zur Strecke gebracht. Es lag am Boden, die Hufe eingewickelt und wie im vollen Lauf erstarrt; ein schlankes, langbeiniges Borstenvieh, weißgefleckt auf brauner Haut und mit einem lehmverkrusteten Rüssel, der so groß, fest und zylindrisch war wie ein Becher aus verpechtem Leder.

Kitt biß ihm in die Daumenwurzel und gab ebensowenig nach wie sein Mastiff, wenn der sich in einen Bären verbissen hatte.

»Verdammt, du unverschämte Heidenrange!« Als er sich endlich befreit hatte, sickerte Blut aus der Bißwunde am Daumen.

Er hielt sie beim Kragen gepackt und prügelte mit dem Bogen auf sie ein. Sie krümmte sich unter den Schlägen, gab aber keinen Mucks von sich. Als er endlich von ihr abließ, fixierte sie ihn mit verächtlichem Blick, überschattet von den schwarzen Fransen, die ihr ins Gesicht fielen trotz all der Klammern und Nadeln, mit denen Mary ihr Haar zu bändigen versuchte.

»Warum hast du die Sau von Junker Greene getötet?«

Sie starrte ihn unverwandt an, und es schien, als könnte sie nicht verstehen, was er sagte. Seit Giles seinen Kinderschuhen entwachsen war, hielt er alle Kinder für Mitglieder einer fremden Rasse. Doch keines war ihm so fremd und unergründlich wie Kitt.

Er hielt sie beim Kragen und trieb sie mit ausgestrecktem Arm vor sich her, zurück nach Hause. Margaret stand im Hof und sah einem Knecht zu, der mit einer Faßdaube von den Flanken der Stute Dreck abkratzte.

Giles hielt Bogen und Pfeile in die Höhe. »Schau her, Margaret, damit hat dieses kleine Biest die gescheckte Sau von Greene erlegt. Ich habe ihr eine ordentliche Tracht Prügel verabreicht, aber sie zeigt überhaupt keine Reue und läßt sich kein Wort des Bedauerns entlocken. Ich vermute, sie ist nicht recht bei Trost.«

Margaret nahm dem Bruder die Pfeile aus der Hand. Kitt hatte sie, wie auch den Bogen, von Edward geschenkt bekommen. »Das einjährige Schwein?«

»Ja.«

»Und sie hat es damit erlegt?« Sie fuhr mit der Daumenkuppe über den scharfen Grat der Flintspitze.

»Der Pfeil ging mitten durchs Auge.«

Margaret wußte, daß es angemessen wäre, sich über diese Tat zu empören, was sie aber nicht fertigbrachte. »Nicht schlecht, oder?«

»Was soll das heißen?« schnaubte Giles.

»Nun, kein schlechter Schuß. Gut gezielt und kraftvoll ausgeführt.« Margaret wandte sich Kitt zu und krauste die Stirn. Sie würde dem Mädchen beibringen müssen, wie es mit einer Pistole umzugehen hatte. »Ich werde Mr. Packer bitten, daß er die Sache bereinigt, bevor Junker Greene Alarm schlägt und behauptet, von Indianern überfallen worden zu sein. Vielleicht lädt er uns ja noch zum Schweinebraten ein.«

»Ich finde den Vorfall alles andere als spaßig, Schwester.«

»Um die Sau tut's mir nicht leid. Sie hat den ganzen Sommer über im Maisfeld rumgewühlt, den Garten verheert und in der Milchküche von der Molke genascht.«

Giles blickte auf das Mädchen herab, das ihn mit frecher Grimasse bedachte. »Ich wünschte, es gäbe eine bessere Methode zur Erhaltung der Menschheit, als Kinder in die Welt zu setzen«, sagte er und stiefelte wütend davon.

Margaret seufzte. Giles' Laune konnte schlechter kaum sein, seit ihm bewußt geworden war, daß sie es ernst meinte mit dem Erwerb seines Anwesens. Sie wollte es nicht nur dem Namen nach, sondern auch praktisch in Besitz nehmen.

Als er außer Hörweite war, sagte Kitt: »Die Schweine fressen unser Korn, und wir sind oft halb tot vor Hunger.«

»Die Schweine der Pflanzer am Piscataway-Fluß?«

»Überall. Alle englischen Schweine fressen unser Korn. Wenn wir sie töten, sagen die Engländer, daß wir böse sind. Dafür wollen sie uns aufhängen so wie die Schweinehälften in der Kammer voll Rauch.«

»Der König gewährt deinem Volk denselben Rechtsschutz wie uns.«

Daß es daran zweifelte, war dem Mädchen deutlich anzusehen.

»Du mußt dich stets würdig zeigen, denn eines Tages wirst du Königin deines Volkes sein und es zum wahren Glauben hinführen.«

»Wie Königin Henrietta Maria?«

»Ja, so wie Ihre Majestät.«

»Muß Königin Henrietta Maria auch Reisig sammeln, Wasser tragen und Getreide zu Mehl stampfen?«

Margaret suchte noch nach einer passenden Antwort, als ein Dienstbote von Gouverneur Calvert auftauchte, sich verneigte und ihr einen Brief überreichte. »Ihr braucht nicht sofort darauf zu antworten, aber ich soll Euch ausrichten, daß er in seinem Haus auf Euch wartet, falls Ihr ihn zu sprechen wünscht.«

Mit dem Kopf nickend, entließ sie den Boten.

»Vielleicht sind's Nachrichten vom Schiff, das gestern abend gekommen ist, Tante Margaret«, sagte Kitt.

»Vielleicht.« Margaret spürte, wie das Herz aus dem Takt geriet. Ob ein Familienmitglied gestorben war? Hatten die Gerichtsbüttel und deren Helfershelfer im Brentschen Gutshof ein Kruzifix aufgestöbert? Schmachteten ihre Anverwandten im Gefängnis? Hatten die Puritaner beschlossen, ihren ketzerischen Glaubenssätzen mit *ferro et flammis,* also mit Eisen und Feuer, Nachdruck zu verschaffen?

Margaret ging ins Haus. Der Schwester den Brief im Fall einer schlechten Nachricht vorzuenthalten wäre ihr lieber gewesen, aber schlichtweg unmöglich. Sie und Mary hatten stets alles miteinander geteilt, und das sollte sich auch in Zukunft nicht ändern.

Mary rupfte ein Huhn und murmelte das Angelus Domini vor sich hin. Ihr Haar war voller Federn. »Gibt's was Neues, Maggie?«

»Ja. Leonard hat uns diesen Brief zukommen lassen. Mir scheint, er enthält eine Nachricht aus England.« Sie brach das Siegel, faltete den Brief auseinander und ließ auch Mary Einblick nehmen. Die Botschaft, von Calvert eilig zu Papier gebracht, bestand aus einem einzigen Wort: Krieg.

Margaret konnte kaum glauben, was da zu lesen stand. »Wir müssen sofort nach St. Mary's, um Näheres zu erfahren.«

Der letzte Bruderkrieg in England, angezettelt von den Häusern Lancaster und York, lag Generationen zurück, doch die Wunden, die er geschlagen hatte, waren immer noch nicht verheilt. Die Erinnerung an das schreckliche Gemetzel, das dreißig Jahre angedauert und keinen Winkel Englands verschont hatte, war allenthalben lebendig geblieben.

Einerseits mochte Margaret kaum abwarten, bis das Pferd gesattelt war; am liebsten hätte sie sich über alle Konventionen hinweggesetzt und sich im Laufschritt auf den Weg zu Leonard Calvert gemacht. Andererseits schreckte sie vor dem noch Ungewissen so sehr zurück, daß sie geneigt war, in ihrer alltäglichen Arbeit fortzufahren und zu tun, als wäre nichts geschehen.

»Wir können nichts tun, Schwester«, sagte Mary.

Margaret nickte. Falls denn zutraf, daß König und Parlament mit Waffengewalt gegeneinander zu Feld zogen, so lag der Kriegsbeginn mindestens schon sechs Wochen zurück, denn so lange hatte das Schiff gebraucht, um die Nachricht zu überbringen. Damals war Margaret auch ihren gewohnten Pflichten nachgegangen. Warum sollte sich jetzt etwas daran ändern?

Gemeinsam mit Mary sprach sie ein Bittgebet; die altvertrauten Worte beruhigten Margaret. Sie fühlte sich in Schutz genommen vor dem Wahnsinn, der anderenorts ausgebrochen war. Nicht bloß der Ozean, sondern ein ganzes Menschenleben trennten sie und Mary von England. Mochte dort geschehen, was nicht aufzuhalten war. Mit Gottes Hilfe hatten sie hier Zuflucht gefunden.

Und Mary rezitierte Worte der heiligen Teresa de Jesús:

Laß dich durch nichts verunsichern, durch nichts ängstigen;
des Lebens Prüfungen gehen vorüber;
Gott bleibt unwandelbar.
Geduld erträgt alles;
Wer von Gott ergriffen ist, kennt keinen Mangel.
Gott allein genügt.

45

Ein bitterkalter Wind zog durch die Ritzen in der Nordwand des Stalls. Martin schlang den Mantel enger um sich. Mit dem nächsten Windstoß drang ein Lachen und Singen an sein Ohr. Die Brentschen Schwestern, das Gesinde und die Gäste hatten offenbar das Haus verlassen. Die Stimmen wurden lauter, und schließlich hörte Martin die altvertraute Weise »I Saw Three Ships Come Sailing in«, jenes Lied, das er als Kind mit seinen Freunden, von Tür zu Tür ziehend, zu Weihnachten gesungen hatte.

Die Schweine grunzten, und die Stute schnaubte, als erwarteten sie weiteren Besuch zum Heiligen Abend. Martin versteckte sich hinter einem Faß. Zitternd hockte er da. Die Leggins und der Schurz wärmten kaum, und den halben Schädel kahlrasiert zu haben war im Winter beileibe keine geeignete Haartracht.

Martin fürchtete, daß der Sheriff ihm womöglich auf die Spur gekommen war, und daß die Meute ihn nun mit fröhlichem Trara zur Strecke bringen würde. Er stellte sich vor, wie die Bewohner von St. Mary's in ausgelassener Festtagsstimmung zum Galgen eilten, einander zuprosteten und sangen, während er am Strick baumelte.

Das Lied war zu Ende. Da wurde der Riegel beiseite geschoben, und die Tür ging knarrend auf. Martin verkroch sich tiefer ins Dunkel, während die Schweine, in Erwartung, gefüttert zu werden, ungestüm zu quieken anfingen. Die Nachtschwärmer drängten in den Stall; Stroh knirschte unter ihren Füßen. Es wurde geflüstert, mitunter leise gekichert. Ab und zu hustete oder schneuzte sich jemand, doch ansonsten war es still, als Pater White einen lateinischen Segensspruch aufsagte. Kaum war er damit fertig, brach ein großes Jubeln aus. Man sang, wie im englischen Gloucestershire so Brauch, das weihnachtliche Trinklied und prostete jedem einzelnen Tier zu, man wünschte sich ein glückliches neues Jahr und eine gute Ernte und lobte das kräftige Würzbier, das die Herrschaft spendiert hatte.

»Der Mistelzweig!« rief jemand. »Der Mistelzweig!«

Die Mägde bestanden darauf, küssen zu dürfen, wer immer unter den Zweigen zu stehen kam. Martin fragte sich, ob auch Anicah an diesem Spiel teilnahm. Er kauerte unter einem Berg von Stroh, zog Arme und Beine ein und hoffte, nicht niesen zu müssen. Die Männer legten frische Streu für das Vieh aus. Mit ihren spitzen Gabeln kamen sie Martin bedrohlich nahe, doch er blieb unentdeckt.

»Jungfer Anicah, sing uns ein Lied«, sagte Margaret Brent.

Als er ihren Namen hörte, fing Martins Herz so laut zu pochen an, daß er fürchtete, sich dadurch zu verraten. Doch das war ihm nun fast einerlei; er mußte sie sehen, selbst auf die Gefahr hin, gestellt und aufgeknüpft zu werden. Er lugte am Rand des Fasses vorbei und sah sie aus der Gruppe vortreten.

Sie warf die Kapuze in den Nacken zurück, und das Haar schimmerte im Fackelschein wie gesponnenes Kupfer. Ihr Blick war auf die Tiere gerichtet, so daß Martin sie von der Seite sah. Die Sehnsucht nach ihr schnürte ihm die Brust zu.

Anicahs Stimme war hell und klar, kräftig und sicher, doch Martin hörte auch einen traurigen Ton mitschwingen.

Joseph war ein alter Mann, ja alt, das ist bekannt,
als er Marie zum Weibe nahm, im galilä'schen Land,
die hübsche Jungfer freite, im galilä'schen Land ...

Sogar die Tiere wurden still, und die melodischen Laute schwebten wie schillernde Seifenblasen in der kalten Luft. Es war ein langer Choral, langsam vorgetragen, und als Anicah geendet hatte, blieb es für eine Weile mucksmäuschenstill. Dann ließ plötzlich Fillpail, Kitts Kälbchen, ein klägliches Muhen verlauten, und alles brach in schallendes Gelächter aus. Anicah kam herbei und kraulte dem Tier die Ohren. Martin hätte sie fast berühren können, so dicht war sie an ihn herangetreten.

Der Weihnachtspunsch aus warmem Bier, Zucker, Gewürzen und Bratäpfeln machte die Runde. Schließlich zog die Gruppe wieder nach draußen, und Martin blieb allein zurück in Dunkelheit, Stille und Verzweiflung. Er saß da, vergrub das Gesicht in den Armen und weinte.

Das Hausinnere wirkte wie eine Schlucht im Wald, so grün war alles von Lorbeer, Stechpalmen, glänzenden Magnolienblättern und Mistelzweigen. Brennende Kienspäne ließen die Räume in goldenem Licht erstrahlen. In allen Kaminen war Feuer gemacht. Ein solches Weihnachtsfest hatte Anicah noch nie miterlebt. Es duftete nach Rinderbraten, Zimt, Ingwer, Muskatblüte, Holzrauch, Starkbier und Plumpudding.

Es waren so viele Gäste auf den Schwesternhof gekommen, daß zusätzliche Tische hatten aufgestellt werden müssen. Mit weißen Tüchern gedeckt, füllten sie nun beide vorderen Räume, und Margaret hatte angeordnet, daß die Türen offenblieben, damit sich alle Gäste ungehindert miteinander austauschen konnten. Die Herrschaft saß in der Wohnstube, das Gesinde in der großen Diele. Die Mägde schwirrten mit Tellern, Schüsseln und Krügen durch das Labyrinth aus Tischen und zurück in die Küche.

Von Zuhause her kannten die Schwestern zwar noch prunkvollere Feste zur Weihnachtszeit – dort war bis zum Dreikönigstag durchgefeiert worden –, doch hatten sie alle Mittel aufgebracht, um zumindest einen Tag lang im großen Stil zu feiern, nicht zuletzt auch aus Trotz gegen die puritanischen Versuche anderenorts, solche Lustbarkeiten einzuschränken.

Der günstige Ausgang der Verfahren gegen Bruder Giles bot einen zusätzlichen Grund zum Feiern. Wenn er auch als Kommandant einer Truppe nicht taugte, so wußte er sich doch um so besser mit Worten zur Wehr zu setzen. Vor Gericht hatte er dargelegt, daß es auf der Insel von Kent zu Mord und Brandschatzung durch die Indianer gekommen wäre, wenn seine Männer ihre Höfe im Stich gelassen hätten, um sich der Truppe anzuschließen. Die Schöffen hatten sich dieser Auffassung angeschlossen. Nach dieser Zivilrechtssache hatte John Lewger noch ein Strafverfahren gegen ihn anzustrengen versucht, war aber ohne Erfolg geblieben.

Leonard Calvert hatte Giles nicht nur verziehen, sondern ihm auch ausdrücklich sein Vertrauen ausgesprochen und die Befehlsgewalt über den neu gegründeten Bezirk von Kent zuerkannt. Robert Vaughan sollte ihm im Zukunft als Kommissar zur Seite stehen. Jetzt lachte und tafelte Calvert zwischen seinen Tischgenossen Giles und Fulke. Edward hatte den Platz des Engels zwischen Margaret und Mary eingenommen.

Der Umtrunk im Stall und der Glühwein bei Tisch hatten

Robert Vaughans Nase rot gefärbt. Ein Geflecht aus Lorbeerblättern umkränzte seinen struppigen Haarschopf, und die wilden grünen Augen schienen sich nicht mehr auf eine Blickrichtung einigen zu können.

Margaret beugte sich zu ihm und sagte: »Ihr seht aus wie ein Uhu im Efeubusch, Hauptmann Vaughan.«

Mit ernster Miene imitierte er den schaurigen Ruf einer Waldeule. Margaret lachte.

Sie ernannte Vaughan zum Lord of Misrule, dem Festordner zur Weihnachtszeit, und überließ ihm ihren Platz am Kopfende des Tisches. Sogleich bat er um Aufmerksamkeit und schlug so heftig mit dem Zinnlöffel an das Kristallglas aus Murano, daß Margaret unweigerlich zusammenzuckte. Dann hob er seine Weidengerte, mimte den strengen Blick der Gastgeberin und gab wie diese Instruktionen für den nächsten Tag aus.

»Als Festordner will ich nun kund und zu wissen tun, welche Pflichten morgen zu erfüllen sind. Du, Bess, wirst genügend Brot backen, um alle Kinder Israels damit zu speisen. Du, Jack, wirst die Wasser des Flusses teilen, auf daß ich trockenen Fußes das andere Ufer erreiche.«

Die Aufgaben, die er den einzelnen Knechten und Mägden zuteilte, wurden immer absurder. Am Ende verlangte er von Anicah, den Mond auf die Erde herabzusingen und zur Sonne hinaufzutanzen. So gelungen parodierte er die Hausherrin, daß das Gesinde, von Lachanfällen geschüttelt, außer Rand und Band geriet. Vaughan bat sich Ruhe aus.

»Außerdem ordne ich hiermit ein Verbot von Streitgesprächen über religiöse oder politische Themen an.«

»*Disputandi pruritus ecclesiarum scabies*«, sagte Pater Copley.

Giles ließ die Gelegenheit nicht aus, unter Beweis zu stellen, daß er der lateinischen Sprache mächtig war. »Die Debattierlust der Theologen ist eine unheilbare Krankheit.«

Copley korrigierte ihn. »Genaugenommen heißt's: ›Der Disputationsjuckreiz ist die Räude der Kirche.‹ Und ich für meinen Teil will mich zumindest heute abend nicht kratzen müssen.« Er hob das Glas, das er sich mit Vater White teilte, und sprach: »Auf die Mutter Kirche und auf die Heiligkeit der Freundschaft.«

Anicah trat von hinten an Vaughan heran und flüsterte ihm ins Ohr.

»Ruhe!« rief Vaughan. »Unser langfingriges Galgenvögelchen möchte etwas sagen.«

»Verzeiht, Ihr gütigen Lords und Ladys; ich will nicht despektierlich sein, wenn ich in so vornehmer Runde einen bescheidenen Wunsch vortrage.« Sie knickste artig. »Ich habe in England weder Verwandtschaft noch ein Zuhause, ja, nicht einmal einen Schuppen, das einem Schaf Obdach böte. Aber ich bete zu Gott, daß er die Angehörigen Eurer Familien in diesen schweren Zeiten beschützt. Denn Ihr seid freundlich zu mir, und es betrübt mich, was Euch betrübt.« Unter starkem Beifall hob sie Vaughans Glas. »Ich trinke auf alle, die Gott gesegnet hat und die die Geringsten unter uns an diesem Segen teilhaben lassen.« Das Licht aus dem Kamin glitzerte bunt in dem Kristallglas, mit dem sie nun den Schwestern zuprostete. »Und auf die Gesundheit von Mistreß Margaret und Mistreß Mary. Ihnen gilt mein ewiger Dank, so gering und wertlos er auch aus meinem Munde klingen mag.«

»*Bis vivit qui bene vivit.*« Margaret hob auch ihr Glas. »›Wer zweimal lebt, lebt gut.‹ Ich trinke auf Weihnachten und auf unsere Lieben daheim in England. Auf daß sie von der Heiligen Jungfrau und ihren Engeln durch alle Stürme sicher geleitet werden.« Und nach kurzer Pause fügte sie hinzu: »Auch über uns hier möge Gott seine schützende Hand halten.«

Nach diesen ersten Trinksprüchen machten sich alle über die Speisen her. Löffel und Messer klapperten um die Wette. Als sich jeder satt gegessen hatte und die Tafeln leer geräumt worden waren, trugen zwei Diener den Weihnachtspunsch in einer riesigen, mit langen Schleifen geschmückten Schüssel auf. Sie mußte schon bald in der Küche neu aufgefüllt werden.

Gevatter Brown, der mit dem Gesinde am Tisch saß, ließ seine Flöte erklingen. Einer von Calverts Männern schlug sein Tamburin.

Dann wurden die Tischplatten hochkant vor die Wand gestellt. In einer langen Doppelreihe tanzten Diener und Herrschaft zugleich von einem Zimmer zum anderen. Nur Bess blieb außen vor und tappte lediglich mit dem Fuß zur Musik. Unter ihrer Schürze zeigte sich inzwischen eine deutliche Wölbung. Baltasar Codd hatte sich vor drei Monaten aus dem Staub gemacht und mehr als nur Schulden zurückgelassen.

Robert Vaughan streckte den Arm aus. »Mistreß Margaret, darf ich bitten?« Über dem breiten Rüschenkragen seines Hemds strahlte sein ungeschlachtes Gesicht leutseliger denn je. Er hatte sein altes Wams umschneidern und modisch aufputzen lassen. Sogar die Strümpfe paßten zusammen.

»Ihr seid heute mein Gebieter, Sir.« Margaret nahm seinen Arm, obwohl sie ahnte, daß er sie unter den Mistelzweig zu manövrieren gedachte. Immerhin war er ein guter Tänzer, und darum konnte sie ihm manches verzeihen.

Als es auf Mitternacht zuging, warf Vaughan beide Arme in die Höhe und verschaffte sich lauthals Gehör.

»Und jetzt wollen wir das Freudenfeuer entfachen. In seinen Flammen sollen alle Hühnchen zu Asche verbrennen, die der eine mit dem anderen zu rupfen vorhatte.«

In Mäntel gepackt und im Licht rauchender Fackeln strömte alles zum Hof hinauf, wo ein Haufen aus Brennholz fünfzehn Fuß hoch aufgetürmt war.

Anicah zockelte hinterdrein. Das viele Bier hatte sie melancholisch gestimmt. Ringsum herrschte ausgelassene Fröhlichkeit, doch sie fühlte sich einsam. Ohne Martin war ihr das Fest vergällt. Sich zu amüsieren wäre ihr vorgekommen wie Verrat an ihm.

Sie erschrak, als Edward sie beim Ellbogen faßte. »Komm«, sagte er und führte sie zum Stall.

Er schob den Riegel beiseite, stieß die Tür auf und reichte

ihr den brennenden Kienspan. Anicah trat in den Stall, und als sie sich noch einmal umschaute, war Edward spurlos verschwunden.

»Anicah.«

»Martin?« Sie hob die Fackel und starrte mit weit geöffneten Augen ins Dunkel.

Martin löste sich aus den Schatten. Von seinem wilden Äußeren nahm Anicah kaum Notiz. Sie steckte den Span in die Halterung am Pfosten, lief mit ausgestreckten Armen herbei und drückte sich an ihn. Der Wollmantel war rauh und kalt unter ihrer Wange. Seine Arme hielten sie so fest umklammert, daß ihr fast die Luft wegblieb. Doch das störte sie nicht.

»Martin.« Mehr Worte fielen ihr nicht ein.

Sie stellte sich auf die Zehenspitzen, um ihn zu küssen. Sie wärmte seine kalten Lippen. Er hielt ihr Gesicht zwischen eiskalten Händen, küßte die Brauen, die Augen, Wangen, Hals, Kinn und endlich wieder den Mund. Er zitterte am ganzen Körper, nun aber nicht mehr ausschließlich vor Kälte.

»Martin, mein Liebster, mein Herz, laß mich nicht wieder allein.«

»Wie sehr wünschte ich mir, bleiben zu können.« Er legte seine Wange an ihre Stirn und schloß die Augen. »Wenn man mich aufgreift, droht mir der Galgen«, murmelte er. »Günstigstenfalls schickt man mich zum Büchsenmacher zurück.«

»Mistreß Margaret wird dir helfen. Da bin ich sicher.«

»Nein, Ani. Sicher ist nur eins. John Dandy würde mich erschlagen; es sei denn, ich komme ihm zuvor.«

»Dann werde ich mit dir gehen.«

»Das kannst du nicht.«

»Mir ist egal, wohin.« Anicah hielt sich mit beiden Händen an seinem Mantel fest und sah mit flehenden Blicken zu ihm auf. »Wenn's sein muß, wohne ich mit dir im Wald und lebe von Wurzeln.« Tränen liefen ihr übers Gesicht. »Aber bitte, laß mich nicht allein zurück.«

»Ich bin zufrieden, wenn ich weiß, daß es dir gutgeht.« Er wiegte sie in seinen Armen hin und her, als versuchte er, ein

Kind zu trösten; dabei traten ihm selbst Tränen in die Augen. »Ich werde wiederkommen, sooft es geht. Ansonsten hält Edward die Verbindung zwischen uns.«

»Du lebst also unter den Wilden?«

»Ja.«

»Anicah«, tönte Robert Vaughans Stimme von weit her. Auch andere fingen an, nach ihr zu rufen.

»Sie fürchten wohl, daß ich von Wilden verschleppt worden bin.«

»Ich wünschte, es wär' so.« Ihr kitzelndes Haar auf seinen Lippen löste einen Schauer aus Kummer und Wonne in ihm aus. »Aber du mußt zurück zu den anderen.«

Er blickte über ihren Kopf hinweg auf den Kienspan, der fast heruntergebrannt war, aber immer noch Licht von sich gab. Wer es von draußen unter dem Türspalt hindurchscheinen sähe, würde sicherlich kommen, um nachzuschauen.

Widerwillig löste sich Anicah aus der Umarmung. Auch aus nächster Nähe konnte sie im Halbdunkel keine Einzelheiten auf seinem Gesicht ausmachen. »Ich denke jeden Tag an dich. Vergiß mich nicht«, sagte sie und drückte ihm einen Kuß auf die Lippen.

»Anicah.« Die Rufe wurden ungeduldiger.

Anicah blies die Fackel aus. Gemeinsam huschten sie durch die Tür nach draußen. Als Anicah den Riegel vorgeschoben hatte und sich umdrehte, um ihm einen letzten Kuß zu geben, war Martin verschwunden.

46

Margaret und Mary standen auf dem Halbdeck von Richard Ingles Schiff und blickten voraus auf das flache, bräunliche Ufer der Isle of Kent. Zu Margarets großer Erleichterung hielt sich Ingle in seiner Kajüte auf. Er unterstützte das Parlament gegen König Charles, und das konnte sie ihm nicht verzeihen, gleichgültig, wie freundlich, ja, galant er ihr gegenüber auch auftrat.

Für Margaret war es das erste Mal, daß sie Kent Fort Manor besuchte, seit sie es vor über einem Jahr von Giles gekauft hatte. Während der dreitägigen Reise durch die Chesapeake-Bucht hatte es zum Glück keinen jener Stürme gegeben, wie sie im Spätherbst sonst sehr häufig aufkamen. Das Wasser war nur ein wenig aufgerauht. Über das Schiff zogen Gänse in Keilformation hinweg; ihr Geschrei klang wie ein schräges Oboenkonzert.

»Es sieht alles so friedlich aus«, meinte Mary. »Streitereien haben hier doch keinen Platz.«

»Und ob, liebe Schwester. Die sind hier offenbar zu Hause«, antwortete Margaret im Flüsterton.

Der Mann am Ruder war ein Pflanzer und nach wie vor dem ursprünglichen Siedler von Kent, dem eigensinnigen William Claiborne, treu ergeben. Margaret zweifelte keinen Augenblick daran, daß auch der Steuermann und manch anderer hier an Bord auf Claibornes Seite stehen würden, wenn der seine Drohung ernst machte und aus Virginia zurückkehrte, um die Insel wieder in Besitz zu nehmen.

Diejenigen, die aus freien Stücken nach Maryland kamen, zählten durchweg zum Schlag der widerspenstigen und unbeugsamen Naturen. Die Bewohner der Kentschen Insel waren besonders widerspenstig, und Peter Knight, der Steuermann, nahm wohl, was diese Eigenart betraf, die Spitze seiner Landsleute ein.

Die große Bordkanone wurde gezündet, um den Pflanzern und Händlern von Kent die Ankunft des Schiffes zu melden. Der Donnerschlag rollte über das offene Wasser und hallte von den windgebeugten Fichten am Ufer wider. Tausende von Wasservögeln schwirrten auf. Federn rieselten wie Schneeflocken vom Himmel. Im Hafenbecken pflügte das Schiff durch einen Teppich aus Federn und näherte sich der Reihe von Kanus, Booten und Schaluppen, die sich mit ihren wippenden Lateinersegeln wie graubraune Motten an der Uferböschung ausmachten.

Robert Vaughan stand mit zwei Cockerspaniels am Landungssteg. Hinter ihm wölbten sich flache Erdwälle, die einzigen Erhebungen weit und breit. William Claiborne hatte sie als Wehranlage aufwerfen lassen, als die Insel vor sechs Jahren von Leonard Calverts Männern angegriffen worden war. Im Hintergrund ragten die Palisaden des Forts auf. Aus den Ecktürmen stachen wie einzelne Borsten Kanonen hervor.

Unter bleifarbenem Himmel wirkte der Ort verlassen und wüst, wie verwünscht durch Billy Claiborne, der von hier vertrieben worden war. Aber das Bild zeugte auch von unbeschränkter, wilder Freiheit, was Margaret sehr wohl gefiel.

»Mistreß Margaret, Mistreß Mary.« Vaughan grinste breit. Offenbar freute er sich schon auf eine Abwechslung im Speiseplan, zumal Bess mitgekommen war. »Willkommen auf Kent Fort Manor.«

»Guten Morgen, Sergeant Vaughan.« Margaret beugte sich vor, um seinen brüderlichen Kuß entgegenzunehmen. »Wie geht es Euch?«

»Gut, wie allen hier, Gott sei's gedankt.« Und an Ingle gewandt: »Ich hoffe, Ihr hattet eine gute Reise.«

»Durchaus, ich kann nicht klagen.« Und an Margaret richtete er die Worte: »Ich stehe zu Eurer Verfügung, sobald an Bord alles geregelt ist. Gleich morgen früh können wir den Tabak laden.« Galant schwenkte er den Hut. »Sergeant Vaughan, ich habe, was Euch interessieren wird: zwei Flaschen Faialwein, eigens für Euch aufgehoben, und zwei Bücher, die jüngst gedruckt worden sind.«

Vaughan verbeugte sich lächelnd.

»Käpten.« Harry Angell eilte über den Erdwall herbei und trat mit seinen neuen Stiefeln Sand auf. »Auf ein Wort. Ich hätte da eine Ladung Tabak anzubieten.« Er verbeugte sich vor den Schwestern. »Die Damen Brent, welch ein Vergnügen.«

Margaret nickte freundlich. Die Narbe, die der Galgenstrick an Harrys Hals zurückgelassen hatte, war auf den ersten Blick nicht mehr zu erkennen. Er trug ordentliche Kleider, aber sein verschlagener Blick verhieß nach wie vor nichts Gutes.

In Harrys Begleitung ließ sich Ingle zurück zum Schiff rudern. Margaret schaute ihnen nach und fragte: »Was treibt dieser Angell hier?«

»Geschäfte aller Art. Er strengt sich mächtig an, um Ansehen und Einfluß zu gewinnen. Wahrscheinlich wird er sich bald ein eigenes Wappen zulegen und in den Adelsstand erhoben.«

»In den Stand der Emporkömmlinge und Aufschneider. Seinesgleichen häuft sich in England an wie Krötenkot.«

»Vergangenen März hat er sieben Männer ins Land geholt«, sagte Vaughan. »Dafür sind ihm hier auf Kent dreihundertfünfzig Morgen Land zuerkannt worden. Er hat den Anspruch öffentlich angemeldet, und niemand hat widersprochen.«

»Ich hätte widersprochen.«

»Ihr wart in Virginia, Margaret, um Eurem Freund, dem Gouverneur, mehr Diener abzuschwatzen.«

»Angell ist ein übler Strolch und Ganove. Wie ist er an das Geld gekommen, um die Überfahrt der Deportierten bezahlen zu können?«

»Wer weiß? Vielleicht hat er einen vermögenden Gönner gefunden«, lachte Vaughan. »Jemanden, mit dem er ein Geheimnis teilt, das nicht ans Licht der Öffentlichkeit gelangen darf.«

Margaret wechselte zu einem anderen Thema über. »Giles wird bis auf weiteres in St. Mary's bleiben. Gouverneur Calvert ist nach England abgereist und hat ihn zu seinem Stellvertreter gemacht.«

Vaughan krauste die Stirn. Er wußte, daß Junker Cornwaleys durch diese Ernennung irritiert, Ammann Lewger darüber empört sein würde. Und die anderen Herrschaften wären zumindest neidisch.

Margaret raffte mit einer Hand die Röcke und nahm mit der anderen die Schwester beim Arm. »Führt uns den Weg, Sergeant Vaughan.«

»Vielleicht wär's angebracht, daß Eure Mägde saubermachen, bevor Ihr das Haus betretet. Ich könnte Euch unterdessen die Tabaksscheunen, den Obstgarten und die Mühle zeigen.«

Margaret kniff die Brauen zusammen. »Ich bin aufs Schlimmste gefaßt, weiß ich doch, wie mein Bruder Haushalt führt.«

Mit Mary folgte sie Vaughan über einen ausgetretenen Pfad, der exakt so breit war wie ein Tabaksfaß hoch.

»Was gibt's für Neuigkeiten?« fragte Vaughan.

»Die königlichen Streitkräfte halten unter der Führung von Prinz Rupert den Angriffen von Cromwell und dessen Mörderbanden stand. Gott sei Dank.«

»Und wie haben die Geschworenen im Prozeß gegen den Mörder am Häuptling der Yoacomicos entschieden?«

»Freispruch.« Margaret war immer noch verbittert über das Urteil. »Howkins war einer der Geschworenen und ihr Wortführer. Er hat mächtig Stimmung gemacht mit der Behauptung, daß, wäre ein Engländer von einem Indianer getötet worden, kein Hahn danach gekräht hätte.«

Vaughan schüttelte den Kopf. »Hätten die Siedler im ersten Winter ihrer Ankunft nicht mildtätige Hilfe erfahren durch den Yoacomico-Häuptling und seine Leute, so wären sie jämmerlich verendet.« Er führte die Schwestern durch das Palisadentor. »Und jetzt kommt dieser Schuft ungeschoren davon, der den Häuptling eines Mantels wegen umgebracht hat.«

Giles' neues Haus war fast fertiggestellt. Im Vergleich dazu sah Claibornes alte Holzhütte, die gleich daneben stand, klein und häßlich aus. Auf den ersten Blick fielen Margaret die Schießscharten in der Giebelwand auf, was deutlich zum Ausdruck brachte, wie bedroht dieser Ort war.

»Was für ein hübsches Haus«, sagte Mary und wandte sich lächelnd zur Seite. »Findest du nicht auch, Raphael?«

Margaret und Vaughan tauschten Blicke. Sie überquerten den Hof, der mit zerbrochenen Fässern und aufgestapelten Dauben zugestellt war. Vaughan öffnete die Eingangstür und ließ Margaret in die Halle eintreten. Darin standen ein einziger Sessel, ein paar Stühle, eine Bank und ein aufgebockter Tisch.

Die Unordnung war schlimmer als erwartet. Die verrottete Spreu am Boden war voll von Dung und abgenagten Knochenresten. An den Wänden hingen schlechtgegerbte Felle, eingespannt in liederlich zusammengezimmerte Holzrahmen. In dem Sessel hatte eine Katze ihr Nest gebaut und Junge zur Welt gebracht. Der Gestank machte Margaret sofort auf sie aufmerksam. Die Ecken des Zimmers und die Feuerstelle waren als Abtritt mißbraucht worden.

»Giles war schon immer der Meinung, daß ein Haus nicht allzu sauber sein dürfe, da er sich sonst seiner schmutzigen Stiefel würde schämen müssen«, sagte Margaret. »In diese Verlegenheit kommt er hier gewiß nicht.«

In der Küche schrie Bess wie am Spieß. Margaret eilte hinzu und sah ihre Magd auf dem Tisch stehen; die Platte bog sich unter ihrem Gewicht. Sie hatte auch nach der Entbindung ihres Kindes an Leibesfülle nichts verloren. Ursache ihres Entsetzens war eine große Schildkröte, die, von Kitt in die Höhe gestemmt, mit den Beinen fuchtig in der Luft herumstrampelte. Das Mädchen hatte offenbar wieder einmal vergessen, daß es die zukünftige Königin der Piscataway und Mündel englischer Edelfrauen war. Anicah sprang umher, um drei andere Schildkröten einzufangen, die aus ihrem Korb entflohen waren und über den Lehmboden in Deckung zu krabbeln versuchten.

Vaughan stand in der Tür und strahlte übers ganze Gesicht. »Die Leute von Kent haben sich die Schildkrötensuppe zwar inzwischen leid gegessen, aber ich bin sicher, Ihr werdet Geschmack daran finden, Margaret.«

Der Mastiff fing zu knurren an, und Anicah horchte auf. Es rumpelte und polterte. Jemand rollte ein Faß über den Weg.

Anicah versteckte sich hinter einem Erlenbusch, legte dem Hund zur Beruhigung eine Hand auf den Rücken und sah, wie zwei Männer ein Faß aus dem Trockenschuppen herausbugsierten. Zwei weitere Männer rollten eins hinein. Harry Angell stand als fünfter dabei und schien diese Aktion zu leiten. Anicah ahnte sofort, daß hier Verbotenes im Schwange war.

Sie wartete, bis die Männer abgezogen waren, und schaute sich dann im Schuppen um. Hier schien alles in Ordnung zu sein. Sämtliche Fässer trugen das Siegel des Gouverneurs. Anicah fuhr mit den Fingerspitzen über das eingeprägte Rautenmuster und die erhabenen Schmuckkreuze im Siegel.

Dieser gewiefte Kerl, dachte Anicah schmunzelnd, zog aber dann die Stirn kraus, als ihr klar wurde, daß Harry hier niemand anders als die Brents zu betrügen vorhatte.

»Guten Morgen, mein hübsches Luder.«

Anicah wirbelte herum und sah Harry im Eingang stehen. In der Linken trug er eine Flinte und hielt mit rechts einen Knüppel gepackt. Im Gürtel steckte ein Dolch. Sein Grinsen jagte Anicah Angst ein. Ihm traute sie durchaus zu, skrupellos zu töten.

»Tag, Harry«, sagte sie und lächelte beherzt. »Eins der Lämmer hat Reißaus genommen.«

»Und wie jeder weiß, steigen Schafe besonders gern in Trockenschuppen ein.«

»Tja, ich muß jetzt gehen, bevor man mich vermißt.« Anicah wich zurück. »Von hier gibt's nichts zu melden.«

Als Harry näher rückte, ließ der Mastiff ein Knurren aus tiefster Kehle verlauten und fletschte die gelben Zähne, die so spitz wie Nägel waren.

»Zu dumm, daß es nichts zu melden gibt.« Er fixierte das Mädchen mit hartem Blick.

»Rein gar nichts.«

»Na, dann wünsch' ich dir noch einen schönen Tag.«

»Gott beschütze dich.« Anicah eilte mit schnellen Schritten nach draußen; der Hund lief hinterher.

Sie war fest entschlossen, kein Sterbenswörtchen zu sagen, obwohl sie wußte: In dem ausgetauschten Faß steckte schlechter Tabakverschnitt. Der würde, als solcher unerkannt, im Laderaum von Ingles Schiff verstaut und auf Nimmerwiedersehen davongeschafft werden.

47

Mit Schwung setzte das Kanu am Sandstrand auf. Robert Vaughan half Margaret beim Aussteigen. Ihr Diener blieb im Heck sitzen, das Paddel über die Knie gelegt. Margaret war gekommen, um Faßdauben einzukaufen. Als sie sich dem Ausgang eines Hohlweges zwischen zwanzig Fuß hohen Büschen und Ranken näherte, wehte ihr der Duft von gerösteten Fleisch entgegen.

»Mir scheint, da wird gegrillt, Robert. Vermutlich finden wir eins unserer Ferkel am Spieß wieder.«

Vaughan nahm die Armbrust von der Schulter, legte einen Bolzen ein und spannte die Sehne mit Hilfe eines Hebels, der seiner Form wegen Ziegenfuß genannt wurde.

»Rechnet Ihr mit Schererein, Robert?«

»Dem starken Rauch nach zu urteilen brennt dahinten ein sehr großes Feuer, Margaret.«

Margaret bekreuzigte sich und lud ihre Vogelflinte. Dann nahm sie das glimmende Luntenstück aus der perforierten Blechbüchse und klemmte es unter den Serpentinstein. Mit schützend darübergelegter Hand schlich sie hinter Vaughan her.

Als sie die Lichtung erreichten, sahen sie die Dächer der Tabakscheune und des angrenzenden Schuppens niedergebrannt. Der Rest schwelte, und im Türsturz steckte ein Pfeil.

Vaughan zog den Pfeil heraus. »Susquehannocks.«

Mit dem Flintenlauf stieß Margaret die Tür auf und warf einen Blick nach innen. Auf dem Lehmboden lagen zwei entstellte, verkohlte Leichen. Die Kleider waren abgeflämmt, und ringsum hatte sich ein dunkler Fettfleck ausgebreitet.

Margaret schreckte zurück, schlug die Hand vor den Mund und würgte. Vaughan packte sie beim Arm und trieb sie zur Eile an. Als der Diener die beiden heranstürmen sah, ergriff ihn die Panik, und er stieß das Kanu von der Sandbank ab. Fluchend hob Vaughan Margaret vom Boden auf und stampfte, durchs Wasser spritzend, hinterdrein, wuchtete sie ins Boot, stieg hinzu und paddelte drauflos.

Margaret starrte auf die schwarzen Weiden am Ufer, die quälend langsam vorüberzogen. Sie klammerte sich am Dollbord fest, um das Zittern der Hände zu unterbinden. »Wir sollten sie wenigstens auf anständige Weise bestatten.«

»Später«, antwortete Vaughan. »Es sei denn, die Wölfe lassen nichts mehr übrig.«

Trotz kühler Dezemberwitterung waren die beiden Männer naß geschwitzt, als sie das offene Wasser erreichten und die großen Leinwandsegel der Fortmühle in Sicht kamen. Kanus und kleine Segelboote säumten den Landungssteg. Dutzende von Gestalten schwirrten um die Palisaden herum. Manche waren dabei, die wenigen verbliebenen Bäume zu fällen.

»Gütiger Himmel.« Margaret sprang aus dem Kanu, noch ehe es vom Diener an Land gezogen worden war.

Im Fort hatten die Flüchtlinge bereits einfache Zelte und Unterstände errichtet. Es brannten Lagerfeuer. Schweine, Hühner und Kinder schwärmten umher.

»Robert«, sagte Margaret. »Sorgt dafür, daß das Fort geräumt wird. Raus mit ihnen!«

»Aber es ist der einzige Schutz, den sie haben.«

»Ich kann nicht zulassen, daß die Füchse ins Hühnerhaus vordringen. Sie werden mich ausplündern.« Doch schließlich gab sie unter seinen vorwurfsvollen Blicken nach und sagte: »Na gut, aber sie sollen vor den Palisaden ihre Zelte aufbauen; falls die Wilden angreifen, können sie ja reinkommen.«

Dann sah sie Mary in der Menge; sie trug einen Korb und verteilte daraus Kräuter und Heilmittel. Bess folgte ihr mit Brot und einem Topf voll Suppe.

»Lieber Gott, schenk mir Geduld«, murmelte Margaret.

Schlimm genug, daß sie all den Protestanten Schutz gewähren mußte, also ausgerechnet solchen Leuten, die ihrer Familie das Leben schwermachten, die ihre Religion verhöhnten und ihnen das Vieh von den Weiden stahlen. Zu allem Überfluß ließ Mary sie nun auch noch teilhaben an den Vorräten. Sie würde sogar den letzten Zwieback an den Feind verschenken. Für sie selbst mochte das so richtig sein; Margaret aber wußte aus Erfahrung, daß das Zusammenleben mit einer Heiligen eine schwere Prüfung sein konnte.

»Tante Margaret.« Kitt tauchte aus der Menge auf und lief herbei. Sie hatte sich mit Margarets Pistole bewaffnet, die so schwer war, daß ihr der Gürtel, in dem sie steckte, über die schmalen Hüften nach unten rutschte. Das breite Lederbandelier, behängt mit Munitionsbehälter, Pulverflasche und Zünddose, verdeckte ihre schmale Brust. Mit einem kurzen Knüppel trieb sie Schweine, Hunde und Kinder aus dem Weg.

»Peter Knight hat ein Loch in die Rückwand der Scheune gebrochen und das schwarze Schaf gestohlen«, sagte sie. »Ich hab' auf ihn angelegt, aber leider danebengeschossen.« Sie zeigte sich enttäuscht. Offenbar hatte sie darauf gehofft, eine zweite Kappe für den Kaminsims durchlöchern zu können. Die Trophäe von Baltasar Codd war längst, von Motten zerfressen, auf dem Müll gelandet. »Ich habe Jack aufgetragen, daß er die aufgebrochene Stelle verbrettert und Wache steht.«

»James ...« Margaret winkte den Knecht herbei. »Komm, laß das Kanu zu Wasser. Wir wollen diesem Knight einen Besuch abstatten.«

»Überlaßt das mir, Margaret«, sagte Vaughan mit ernster Miene. Es war sein Amt, auf der Insel für Recht und Ordnung zu sorgen. »Ich werde den Kerl zur Rechenschaft ziehen und Hammelfleisch für den Kochtopf mitbringen.«

Der Whippet lag, die Schnauze auf die Pfoten gelegt, schlafend auf der frischen und mit duftenden Kräutern durchmischten Spreu am Boden der Eingangshalle. Die anderen Hunde hatten sich vor Vaughans Füßen zu einem Knäuel zusammengeschmiegt. Die beiden Cockerspaniels jagten träumend Enten nach, und der Mastiff umarmte mit schwerer Tatze den kleinen Dachshund, der, alle viere von sich gestreckt, seinen prallen Bauch präsentierte.

Vor dem Kaminfeuer hingen am Wäscheständer die durchnäßten Windeln von Bess' Säugling. Ihr Gestank durchzog das ganze Haus. Anstatt sie gründlich auszuwaschen, ließ es Bess beim Trocknen bewenden. Mit den eingedreckten Windeln hatte sie genug zu tun.

Vaughan hörte Margaret in der Küche ihre Anweisungen für den nächsten Tag vortragen. Mary Brent und Kitt hockten im Wandschrank, der als Hauskapelle diente, und hielten Andacht. Die Sonne ging unter, aber draußen vor den Palisaden ging das Lärmen der Flüchtlinge unvermindert fort.

Vaughan stierte trübsinnig ins Feuer. Was er an der Insel so sehr schätzte – die Stille und Zurückgezogenheit –, war nun nicht mehr gegeben, da sich alle Bewohner der Insel aus Furcht vor den Susquehannocks hier im Fort zusammenrotteten. Auch die Begegnung mit Peter Knight war ihm aufs Gemüt geschlagen. Er hatte die blutigen Reste des Schafs in der von Ratten verseuchten Dachkammer seines Hauses gefunden und unter Androhung von Waffengewalt als Beweismittel beschlagnahmen müssen, wie auch den Braten fürs Abendessen. Knight hätte ihn wahrscheinlich rücklings erschossen, wären Blei und Pulver nicht so knapp gewesen, und er brauchte jede Kugel, um sich gegen die Indianer zur Wehr zu setzen.

Zum Teufel mit der ganzen Saubande, dachte er.

Vaughan tröstete sich mit den Worten aus dem Matthäus-Evangelium:

Darum sorget nicht für den anderen Morgen, denn der morgende Tag wird für das Seine sorgen. Es ist genug, daß ein jeglicher Tag seine eigene Plage habe.

Falls er jemals in der Adelsmatrikel registriert werden sollte, so wollte er diesen Vers als Motto unter seinem Namen aufführen lassen.

Das Gebrüll von Giles, der draußen die Leute zurechtwies, riß Vaughan aus seiner Grübelei heraus. Margaret kam in die Wohnstube und zeigte sich verblüfft über den Besuch des Bruders. Gute Nachrichten waren von ihm nicht zu erwarten. Daß er St. Mary's und seine Pflichten als stellvertretender Gouverneur im Stich gelassen hatte, mußte andere Gründe haben. Seine Stimme ließ erkennen, daß er während der Reise tüchtig gebechert hatte. Mit Wucht warf er die Tür auf. Es fehlte ihm offenbar der Blick dafür, daß sich das Haus seit seinem Weggang aufs Vorteilhafteste verändert hatte.

»Verdammt, Vaughan, was bist du doch für ein miserabler Schuft!« Er stampfte ins Zimmer und zog eine Spur aus Matsch und Kot hinter sich her. »Du hast mich hintergangen, bestohlen und das Vertrauen mißbraucht, das ich in dich als meinen Bevollmächtigten gesetzt habe.«

»Gott zum Gruße, Giles.« Vaughans Mundwinkel zuckten, und seine widerstrebenden grünen Augen zeigten sich belustigt. »Setz dich und gönn dir ein Pfeifchen.«

»Jetzt hast du wohl dem Alkohol deinen letzten Rest an Verstand geopfert.« Margaret stemmte die Hände in die Hüften und bedachte den Bruder mit strafenden Blicken. Das Geklapper in der Küche nahm ab; die Mägde spitzten die Ohren.

»Was wirfst du mir vor?« wollte Vaughan wissen.

»Calverts Inspektor sagt, daß die acht Fässer Tabak, die von meinem Landungssteg auf Ingles Schiff geschafft worden sind, Ausschuß und unverkäufliche Ware enthalten.«

»Von *meinem* Landungssteg«, korrigierte Margaret.

»Die Blätter waren erste Wahl«, sagte Vaughan.

»Von wegen. Sie waren verschimmelt, verrottet, wurmzerfressen und beschwert mit Feldsteinen so groß wie Brotlaiber.« Giles steckte sich eine Prise Schnupftabak in die Nase und prustete niesend den gesamten Inhalt der silbernen Dose durchs Zimmer, was seine Wut noch steigerte.

Vaughan krauste die Stirn. Über eine Lieferung, die vom Landungssteg am Broad Creek ausgegangen war, hatte es ähnliche Klagen gegeben.

»Ich habe die Verladung selbst überwacht«, sagte Margaret. »Alle Fässer trugen Baltimores Siegel und waren unversehrt.«

Anicah trat ins Zimmer und servierte Hammelragout, Wildbret und eine Kanne Weinbrand. Geschickt und anmutig verteilte sie Teller und Besteck auf dem Tisch. Margarets strenge Erziehung zeigte Wirkung. Unwillkürlich langte Giles mit der Hand aus, um dem Mädchen in die Batzen zu kneifen; doch aus Rücksicht auf die Schwester zog er den Arm zurück.

»Wo ist die kleine Göre?« fragte er. »Ich habe eine Nachricht für sie.«

Kitt tauchte an seiner Seite auf, neugierig darauf zu erfahren, was er ihr zu berichten hatte. Er ließ sich Zeit und schnupfte seelenruhig Tabak. Schließlich sagte er: »Mistreß Kitt, dein Vater ist tot.«

»Giles!« Margaret war entsetzt über die Art der Mitteilung.

»Verdammt, so ist es nun mal. Irgendein Fieber hat ihn dahingerafft. Typhus vielleicht, womöglich durch einen Händler übertragen.« Und mit schlenkernder Handbewegung fügte er hinzu: »Die Kleine hat doch ein Recht darauf, das zu erfahren. Übrigens, ihre Mutter ist auch gestorben, soviel ich weiß.«

Margaret ging in die Hocke und schaute dem Mädchen in die Augen. »Nichte, dein Vater ist jetzt bei Gott.«

Sie hatte die Worte kaum ausgesprochen, als sich in Kitt eine Wandlung vollzog, die nach außen hin sichtbar wurde. Sie richtete sich auf, straffte die Schultern, wischte das Haar aus der Stirn und hob das Kinn.

»Tante, Ihr seid sehr gütig«, sagte sie und machte einen

Knicks. »Ich werde jetzt Königin sein. Darum bitte ich, getauft zu werden. Als neuen Namen nehme ich den der heiligen Mutter Maria an.«

»Darüber unterhalten wir uns morgen.« Margaret zupfte eine Locke hinter ihrem Ohr hervor. »Sprich deine Gebete und geh zu Bett.«

Giles wartete, bis das Mädchen auf der Stiege nach oben verschwunden war, und sagte: »Ich habe beschlossen, mir eine Frau zu nehmen.« Margaret klappte der Kiefer nach unten, worüber sich der Bruder herzhaft amüsierte.

»Und wer soll die Auserwählte sein?«

»Dein Mündel.« Er schwenkte den Weinbrand im Glas und vergnügte sich an der allgemeinen Verblüffung, für die er gesorgt hatte.

»Aber sie ist doch erst elf Jahre alt.«

»Pocahontas war auch auch erst zwölf, als sie Oberst John Smith ihre Gunst erwies.«

Vaughan schnaufte. »Smith ist ein Aufschneider und hat diese Geschichte frei erfunden, wie alles, was er zum Besten gibt.«

»Was meint Pater Copley zu deinem Plan?« fragte Margaret.

»Er hat sich einverstanden erklärt, uns zu trauen, sobald ich ihn darum bitte.«

»Und das soll wohl sein, bevor Leonard Calvert aus England zurückkehrt. Stimmt's?« Vaughan hatte Giles längst durchschaut.

»Und Vater White?«

»Er ist in Portobacco, um die dortige Königin zu taufen. Dadurch ist mir der Einfall erst gekommen.« Giles schien überrascht, daß Margaret seine Begeisterung nicht teilen wollte. »Wie ihr wohl wißt, werden bei den Piscataway Vermögen und Vollmachten auf die weiblichen Nachfahren übertragen. Kittamaquund hatte keine Schwester, und darum ist Kitt seine rechtmäßige Erbin. Kitts Vater hinterläßt Ländereien, die größer sind als die größte englische Grafschaft.«

»Und das alles fällt Eurem Bruder zu, wenn er das Mädchen nach englischem Recht heiratet«, fügte Vaughan hinzu. Er war sichtlich beeindruckt. Kein Wunder, daß Copley einverstanden war. Ein loyaler Katholik und Jesuitenfreund würde großen Einfluß gewinnen. Ein brillanter Plan, wenn er denn aufginge. Wenn nicht, würde sich Giles allerdings der Lächerlichkeit preisgeben und ruinieren.

»Leonard wird damit ganz und gar nicht einverstanden sein«, sagte Margaret.

»Er ist nicht da. Und was wäre gegen ein solches Geschenk einzuwenden? In Baltimores Statuten ist dieser Fall nicht berücksichtigt.« Giles hatte sich diesen Schachzug offenbar gründlich überlegt. »Baltimore mag noch so mächtig sein; er kann seinen Untertanen aber nicht vorschreiben, mit wem sie vor den Altar und ins Bett zu steigen haben.«

»Giles!«

»Keine Bange, liebe Schwester. Ich werde das Gör erst dann begatten, wenn seine Regel eingesetzt hat.«

Oder wenn es im heiratsfähigen Alter ist und das zwölfte Lebensjahr vollendet hat, dachte Vaughan. Um das Gespräch nicht allzu pikant werden zu lassen, fand er es an der Zeit, das Thema zu wechseln. Er zog ein Kartenspiel aus dem Wams und sagte: »Wie wär's mit einer kleinen Partie, Margaret?«

Giles sprach weiter dem Weinbrand zu und nickte schließlich, vorm Kamin hockend, ein. Er japste und zuckte im Traum wie die beiden Cockerspaniels.

Im flackernden Licht brennender Kienspäne, die an den Rückenlehnen ihrer Sessel steckten, spielten Vaughan und Margaret Karten. Natürlich wurde fleißig geschummelt, und Vaughan staunte nicht schlecht, wieviel Weinbrand Margaret vertragen konnte, ohne die geringste Wirkung erkennen zu lassen.

Giles' Ankündigung hatte sie offenbar stark mitgenommen. Sie war für sie wie aus heiterem Himmel gekommen, dabei hatte sie immer geglaubt, ihren Bruder durchschauen zu können. Für Vaughan war dessen Eröffnung weniger überraschend, und er verstand sofort, was ihn zu dieser Entscheidung bewog.

Zwar stand Giles ganz oben in der Gunst von Lord Baltimore, doch für dessen Bruder Leonard Calvert war die eigentliche Respektsperson Margaret; nicht ihn, sondern sie zog er zu Rate. Giles mochte noch so viel Privilegien genießen – für Margaret war er nach wie vor der jüngere Bruder: leicht beschränkt und töricht. Und obwohl jedermann ihn für den Besitzer von Kent Fort Manor hielt, wußte er selbst am besten, daß er diesen Besitz an Margaret verloren hatte.

So war es für ihn eine große Genugtuung, seine Schwester und alle anderen mit seinem neuerlichen Winkelzug überlistet zu haben. Ihm war wahrscheinlich, wie Vaughan ahnte, nicht einmal voll bewußt, wie sehr er seine Schwester damit kränkte und in Verlegenheit brachte.

Vaughan ordnete die Karten auf der Hand und sang vor sich hin:

Allein zu sein ist eine Qual;
es lockt das Eheglück.
Doch Furcht vor schlechter Wahl
hält mich davon zurück.

»Man sagt, daß eine Frau, die sich weigert, einem einzigen Manne untertan zu sein, zum Besitz der Allgemeinheit wird«, sagte Margaret und blickte auf. »Mit anderen Worten: zur Hure.«

»Ausgenommen sind wohl doch solche Frauen, die ihr Leben Gott gewidmet haben.«

»Ich würde auch dann unverheiratet bleiben, wenn ich kein Keuschheitsgelübde abgelegt hätte«, antwortete Margaret.

Vaughan machte mit krauser Stirn deutlich, was er von dieser Äußerung hielt.

Margaret fuhr fort: »Durch Heirat würden alle meine Rechte auf den Gatten übergehen. Ich hätte keinen Anspruch auf eigenen Besitz.«

»Hmmm.« Vaughan fürchtete, daß er nun mehr von Margarets geheimen Gedanken erfahren könnte, als ihm lieb war. Anscheinend zeigte sie doch Reaktion auf den Weinbrand; er schien ihre Zunge zu lösen.

»Ich habe in meiner Jugend mehr als einen Antrag abgelehnt«, sagte sie.

»Daran zweifle ich nicht, habe doch auch ich Euch die Ehe angetragen. Aber vielleicht habt Ihr diesen unbedeutenden Vorfall längst vergessen.«

Lächelnd gab sie ihm zu verstehen, daß dem nicht so war.
»Ich war kaum dreizehn Jahre alt und ein spindeldürres Mädchen, als ein ältlicher Junker ...« Sie unterbrach sich und schüttelte den Kopf. »Nun, er war erst vierzig, so alt wie Giles heute. Und er behauptete sogar, mich durchaus gern zu haben, verlangte aber dennoch von meinem Vater eine Mitgift von tausend Pfund Sterling. Der alte Sack hätte von sich aus tausend bieten können, und ich wäre trotzdem nicht bereit gewesen, ihn zu ehelichen.«

Vaughan schmunzelte über Margarets Wortwahl.

»Stellt Euch vor, Robert, was es für eine Frau bedeutet, wie ein Faß Tabak verschachert zu werden.«

»Das kann ich mir nicht vorstellen. Doch diese Tradition scheint sich immer wieder neu zu bewähren.«

»Es wird behauptet, daß sich im Laufe der Ehe Zuneigung entwickelt, auch dann, wenn sie zu Anfang nicht vorhanden war. Allein, mir fehlt der Glaube daran. Es müßte bei der Hochzeit ja mit Zauberei zugehen, wenn aus Gleichgültigkeit oder gar aus Mißachtung Liebe entstehen könnte.«

»Platon berichtet von dem Mythos, wonach jedes Wesen zu Anfang nur der halbierte Teil eines Ganzes sei«, sagte Vaughan. »Und zeitlebens sucht es nach seiner anderen Hälfte.«

Margaret teilte die Karten zu einer neuen Runde aus. Nach längerem Schweigen sagte sie unvermittelt: »Ich möchte keine Kröten schlucken müssen im Haus des älteren Bruders.«

Vaughan wußte, was sie damit meinte. Unverheiratete Edeldamen lebten für gewöhnlich im Haushalt des Erben, wo sie, sooft es Streit und Hader gab, den Kopf hinhalten mußten. Darum wurden sie verglichen mit den Handlangern von Quacksalbern, denen alle unangenehmen Aufgaben zufielen; so hatten diese zum Beispiel angeblich vergiftete Kröten zu schlucken, um die Wirksamkeit des vom Meister angepriesenen Gesundheitselexiers unter Beweis zu stellen.

»Nein, ich würde keine Kröten schlucken«, wiederholte Margaret in einem Tonfall, der Vaughan ans Herz ging.

Er beugte sich über den Tisch und gab ihr einen sanften Kuß auf die Lippen. »Ihr und Eure Schwester seid die besten Frauen, die ich kenne.«

Im Obergeschoß fing ein Säugling zu weinen an, und sie hörten, wie Bess ihre Tochter zu trösten versuchte. Seit Monaten hatte im Haus niemand mehr eine Nacht durchschlafen können. Alle waren übermüdet und reizbar. So auch Margaret.

Ein Kind ist ein Geschenk Gottes, versuchte sich Margaret einzureden; es sollte nicht verwünscht werden, sondern geliebt und gepriesen sein.

Margaret hatte sich entschieden gewehrt gegen Lewgers Vorhaben, Bess wegen Unzucht mit zwanzig Peitschenhieben zu bestrafen, und erreichen können, daß das Strafmaß auf fünfhundert Pfund Tabak herabgesetzt wurde. Zur Entschädigung war Bess einverstanden, ihren Dienst bei Margaret um zwei Jahre zu verlängern. Margaret dachte mit Schrecken an die Zeit nach der Entwöhnung des Kindes. Das Gericht würde es in die Obhut einer anderen Frau geben, da es der Mutter nicht möglich wäre, für ihr Kind zu sorgen und gleichzeitig ihren Dienst zu versehen.

Als das Kind endlich zu weinen aufhörte, verabschiedete sich Margaret von Vaughan. Sie stieg neben Schwester Mary ins Bett, und die Gedanken kreisten ihr im Kopf herum, angetrieben vom vielen Weinbrand. Robert Vaughans Kuß wirkte nach wie eine gespenstische Berührung, und sie wischte sich die Lippen, um davon freizukommen.

Während der vergangenen zwei oder drei Jahre hatte sie

sich kaum Sorgen gemacht um die Zukunft ihres Mündels. Doch die machte ihr nun nach Giles Erklärung um so mehr zu schaffen. Andererseits erschien ihr dieser Plan gar nicht so abwegig; es war durchaus üblich, daß Mädchen aus gutem Hause schon mit zwölf Jahren einem Mann zur Ehe versprochen wurden, und zwar vor allem aus wirtschaftlichen Gründen, und die wußte auch Giles zu würdigen.

Als besonnene Frau mußte Margaret mit ihrem vorzeitigen Ende rechnen. Die Sterblichkeit in der Provinz war hoch. Bliebe Kitt in der Familie, würde für ihr Auskommen und ihr zukünftiges Wohlergehen gesorgt sein, und außerdem wäre Giles als Ehemann auch nicht schlechter als andere. Kitt könnte gar keine bessere Partie machen, es sei denn, Leonard Calvert würde sie zur Frau nehmen. Margaret hatte an die Möglichkeit dieser Verbindung schon oft gedacht und Leonard darauf ansprechen wollen, doch nun war es dafür zu spät. Giles hatte sie ausmanövriert, zum allerersten Mal.

Trotz der eisigen Kälte, die im Obergeschoß herrschte, lagen Anicah und Kitt, nur mit Nachthemden bekleidet, auf den Dielenbrettern und lauschten den Worten von Giles, die durch die Fugen im Boden nach oben drangen, und später dann der Unterhaltung zwischen Margaret und Vaughan, bis diese schließlich durch das Jammern des Säuglings abgebrochen wurde:

Daraufhin schlüpften sie wieder unter die Decke, die sie über die Köpfe zogen, um ihre Stimmen zu dämpfen. Zitternd vor Kälte rückten sie eng zusammen und flüsterten miteinander.

»Es tut mir leid, daß deine Eltern tot sind, Kitt.«

»Ich beneide sie. Sie sind jetzt im Himmel.«

»Wirst du zu deinen Leuten zurückkehren, um den Junker nicht heiraten zu müssen?«

»Nein.« Kitt blieb lange stumm, und Anicah glaubte schon, daß sie eingeschlafen sei. Doch dann sagte sie in einem Tonfall, der überraschend erwachsen klang: »Ich gehöre zu Tante

Margaret und Tante Mary. Es wäre undankbar von mir, würde ich vor meiner Pflicht davonlaufen.«

»Aber es kann doch nicht deine Pflicht sein, einen alten aufgeblasenen Mann zu heiraten.« Anicah mochte kaum glauben, daß sich Kitt Margarets endlose Predigten in Sachen Pflicht und Ehre so sehr zu Herzen genommen hatte.

»Für unsereins sind Ehe und Glück nicht ein und dasselbe. Die Piscataway denken in der Hinsicht ähnlich wie die Engländer der oberen Stände. Als Mitglieder der Aristokratie müssen wir zum Wohl der Familie und des ganzen Stammes zweckmäßige Verbindungen eingehen.«

»Papperlapapp«, antwortete Anicah ungehalten. »Ich für meinen Teil bin ganz der Meinung von Junker Plate.«

»Junker Plate?«

»Ja, der, der gesagt hat, daß jeder Mensch ein halbiertes Wesen ist, das nach seiner anderen Hälfte Ausschau hält, um sich dann mit ihr zu vermählen.«

»Ach, du meinst Platon.«

»Ja, den meine ich. Martin ist meine andere Hälfte, und Edward deine. Du kannst doch nicht ein Leben lang halbherzig bleiben und mit einem Mann zusammensein, der nicht zu dir paßt.«

Da Kitt nicht antwortete, langte Anicah mit der Hand aus und berührte ihre Wange. Die war naß von Tränen.

»Entschuldige, ich wollte dich nicht zum Weinen bringen.«

Kitt seufzte und gab Anicah einen Kuß auf die Stirn. »Es ist nicht an dem, was du gesagt hast.«

Die beiden lagen schweigend beieinander und hingen jeweils eigenen Gedanken nach.

Anicah erinnerte sich an den verschnittenen Tabak, der auf Ingles Schiff entdeckt worden war, und es reute sie, Mistreß Margaret nicht gesagt zu haben, daß Harry Angell hinter diesem Schwindel steckte. Aber warum sollte sie ausgerechnet für Giles Partei ergreifen, zumal der die Verantwortung für seine Ware nicht bestritt? Wie dem auch sei, die Herrschaft war vermögend genug. Sollte sie den Streit unter sich ausmachen.

»Kitt«, sagte sie. »Stimmt's, daß du jetzt Königin im Land der Piscataway bist?«

»Das nehme ich an.«

»Dann habe ich zwei Jahre lang das Lager mit einer Prinzessin geteilt und jetzt sogar mit einer echten Königin. Ich kann's kaum fassen.«

Kitt kicherte.

»Majestät«, sagte Anicah und schubste sie zur Seite, »nehmt Eure königlichen, kalten Mauken von meinem Bein.«

48

Mary Brent steuerte mit forschem Schritt auf St. Mary's zu, begleitet von Anicah und Bess, die ihre acht Monate alte Tochter im Wickel auf dem Rücken trug. Sie waren vom Schwesternhof aufgebrochen, um Bedürftige zu beschenken: mit Handspiegeln, Holzkämmen und Tonpfeifen – mit jenen Sachen, die Margaret aus England hatte schicken lassen, um sie als Tauschobjekte im Handel mit den Indianern einsetzen zu können. Deren freizügige Verteilung würde Margaret kaum recht sein, doch Mary ließ sich nicht davon abhalten, den Armen zum Dreikönigstag eine Freude zu machen, denn sie hatten eine solche Aufmunterung bitter nötig. Von all denjenigen, die ihre Zwangspflicht abgeleistet hatten, waren nur wenige in der Lage, jene hundertfünfzig Pfund Tabak aufzubringen, die der Erwerb von fünfzig Morgen Ackerland kostete. Noch viel weniger konnten sich den Bau eines eigenen Hauses leisten. Die meisten mußten sich als Pächter durchschlagen und den Großteil ihrer Ernte an den jeweiligen Grundbesitzer abtreten. Sie hausten in den provisorischen Hütten der ersten Siedler, hungerten und froren den ganzen Winter über.

Mary hatte auch Heilmittel aus ihrem Garten anzubieten: gezuckerten Rettichsaft gegen Husten, Huflattich gegen

Halsentzündungen und einen Balsam aus Honigblatt und Borretsch zur Abwehr der schwarzen Melancholie. Bohneneintopf und Apfelmost steckten in den Körben, die Anicah und Bess mit sich trugen.

Das Dorf duckte sich unter dem kalten Wind, der alles davonblies, was grün und angenehm fürs Auge war. An den Zäunen hing herangewehter Unrat. Die Stimmung unter den Bewohnern von St. Mary's war so schlecht wie das Wetter. In England herrschte Krieg zwischen Parlamentariern und Royalisten, und wie Treibgut schwemmten Feindseligkeit und Zwietracht an Land. Tagtäglich kam es zu heftigen Auseinandersetzungen und Prügeleien über religiöse Themen. Die Streitfälle vor Gericht waren zahlreicher denn je.

Trotz aller Mißstände im Dorf war Anicah froh, wieder einmal da zu sein. Richard Ingles Schiff lag im Hafen vor Anker, und aus der Schenke tönte das Grölen der Seemänner. Hinter den Fenstern des Gerichtssaals im Haus von Leonard Calvert war die kleine Schar der Zuhörer zu erkennen, die den Prozeß verfolgte, den Mary Lawne Courtney angestrengt hatte; sie klagte ihren guten Ruf ein, den sie nie besessen hatte. Verglichen mit der Isle of Kent war St. Mary's eine Metropole.

Anicah hob ihren Korb, aus dem die meisten Geschenke inzwischen verteilt waren. »Mistreß Mary, sollten wir nicht dem alten Gevatter eine Freude machen? Er leidet unter Bauchschmerzen.«

»Gevatter Brown? Aber ja.«

Segeltuchfetzen, zerbrochene Faßdauben und zerrissene Sackleinen ersetzten die verfaulte Rinde auf dem Dach der alten Yoacomico-Hütte, in der Brown hauste. Die Vogelnetze, die wie eine Lumpengirlande die Hütte umkränzten, flatterten im Wind. Bess wartete draußen und versuchte, den schreienden Säugling zu beruhigen, während Mary die Leinwand vorm Eingang beiseite schob und das Dunkel im Innern ein wenig aufhellte. Brown machte zwar Jagd auf einen roten Vogel, doch seine Behausung glich eher dem Nest einer Elster. Unter dem Tonnengewölbe häufte sich nutzloser Krempel.

»Gott zum Gruße, Gevatter Brown«, sagte Mary.

Der Alte blinzelte ihr entgegen. Seine Finger, knorrig wie Alraunenwurzeln, hielten den Rand des Bärenfells umklammert, mit dem er sich zugedeckt hatte.

»Wir bringen einen Extrakt aus Minze und Portulak für deinen Magen und Fenchelholztee für deine Gelenke«, sagte Mary.

»Und einen Schlag Eintopf für den Kohldampf.« Anicah lüftete den Topfdeckel.

Hunger und Argwohn sprachen aus dem hohlen Blick und dem eingefallenen Mund des Alten. »Nee«, krächzte er. »Ich lass' mir kein Diebesgut unterjubeln.«

»Aber das ist nicht gestohlen, sondern von Herzen geschenkt«, entgegnete Mary geduldig.

»Man hat Will eine Ahle durch die Zunge gestoßen, ihn an einen Baum gekettet und verhungern lassen.« Brown verkroch sich tiefer unter dem Bärenfell. »Er spricht von seinem Bruder«, erklärte Anicah. »Als in Virginia die große Hungersnot herrschte, hat er ein Stück Brot gestohlen.« Sie schob den Topf in Browns Reichweite. »Nimm nur! Dafür wird dich niemand bestrafen.«

»Glaub bloß nicht, daß du dich damit an mich ranmachen kannst, Metze.« Anicah und Mary machten sich auf den Weg nach draußen. »Vor Weibsbildern muß sich ein Mann in acht nehmen«, rief er ihnen nach. »Die sind verschlagener und brünstiger als Ziegen oder Füchse.«

Bess' Kind schrie immer noch. Es litt unter Krämpfen, und das winzige Gesicht war schmerzverzerrt. Bess hatte es zu stillen versucht; ihre Brust war blau vor Kälte.

»Wir bringen das Kind nach Hause.« Mary legte der Kleinen eine behandschuhte Hand auf die Stirn, und sie beruhigte sich ein wenig. »Anicah, du mußt noch eine Besorgung machen. Dieses Mittel hier ist für Meister Ingle. Er klagt über Darmverschlingungen. Du triffst ihn am Nachmittag in der Schenke.«

»Aber er ist doch ein Gegner des Königs, Mistreß.«

»Gott wird über ihn urteilen.«

Mary nahm den leeren Korb von Bess zur Hand und legte den Arm um sie und das Kind. Kaum hatten sie sich entfernt, als ein schlaksiger junger Mann hinter einem Schuppen zum Vorschein trat. Er trug Kniehosen aus speckigem Leder, ein mottenzerfressenes Wollwams und einen kurzen Umhang. Grüßend tippte er mit den Fingern an die Hutkrempe und lächelte Anicah zu, wobei er den Überbiß aus schwarz verfaulten Zähnen entblößte.

Anicah ließ ihn gar nicht erst zu Wort kommen. »Die Antwort ist nein, Gevatter Harwood, das weißt du genau. Ich will dich nicht.«

»Ich würde dich der alten Papistenschachtel abkaufen, und dann wärst du mein.«

»Mistreß Margaret hat dein Angebot schon dutzendmal abgelehnt. Hör also auf, mir wie ein Hündchen nachzuhecheln.« Anicah hob einen dicken Ast vom Boden auf, und zufällig schlenderten nun drei weitere Kerle herbei, die ihr ständig den Hof machten. »Dasselbe gilt für euch. Ich bin versprochen. Wenn ihr mir weiter auf die Nerven geht, zieh' ich euch die Ohren lang.«

Sie marschierte an ihnen vorbei in Richtung Wirtshaus. Ingle hielt sich wahrscheinlich im sogenannten Salon auf, der neu angebauten Stube, mit der sich William Howkins so sehr übernommen hatte, daß er anschließend ausgebüxt war, um dem Schuldturm zu entkommen. Der Anbau stand nun da als windschiefes Monument seiner bodenlosen Ambitionen.

Anicah lehnte sich neben dem Fenster an die Außenwand, tat so, als brächte sie ihre Kleider in Ordnung, und lauschte dem Gespräch, das in der Stube geführt wurde.

»… Charles hat kein Recht auf den Thron, solange er nicht dem Parlament beitritt. Wenn er an Bord meines Schiffes wäre, würde ich ihn am Gangspill auspeitschen lassen.«

Anicah kannte Ingles Aufwiegeleien. Sie waren ihr oft genug zu Ohren gekommen, als sie noch in der Schenke gearbeitet hatte.

»Was für ein Glück, daß wir dem verräterischen Hund das hier haben abnehmen können.« Ingle stampfte mit schweren Stiefeln in der Stube auf und ab. »Gott ergreift Partei für unsere Sache.«

»Was steht in dem Papier?« fragte eine zweite, fremde Stimme.

Ein Arm legte sich Anicah von hinten um die Brust; ein zweiter schlang sich ihr um die Taille und lupfte sie vom Boden auf. Sie strampelte mit den Beinen und schlug mit den Fäusten um sich, doch es half nichts. Der Seemann trug sie unter dem Gejohle der Anwesenden in die Stube.

»Ich hab' sie beim Lauschen erwischt«, sagte er.

»Das ist die Papistenmetze; sie hat früher hier in der Schenke gedient.« Ingle stand an der Seite seines ersten Maats neben der Feuerstelle. »Laß sie los.«

Anicah wirbelte herum, trat dem Kerl, der sie hereingeschleppt hatte, vors Schienbein und warf einen Bierkrug hinterher, als er zur Tür hinkte. Ihr war, wenn auch nur für den Augenblick, zumute wie damals als Schankdirne.

»Wenn sich diese eklige Pustel noch einmal an mir vergreift, werde ich sie mit der Kneifzange ausquetschen.« Mit stolz erhobenem Kopf zog sie den zerlumpten Umhang enger um die Schultern.

»Was hast du hier zu suchen?«

»Meine Mistreß schickt mich mit einem Mittel für Euer krankes Gekröse. Jalappenharz und Zaunrübenwurzel in Honig.« Unter dem Umhang löste sie den Korken und reichte Ingle die tönerne Flasche, zur Seite gekippt, so daß der Korken abfiel und der Inhalt über sein neues Samtwams schwappte.

»Oh, verzeiht mir, Junker. Wie ungeschickt von mir«, sagte sie und verschmierte den Sirup mit dem Saum ihrer Schürze.

»Finger weg!« Vor Wut über das verhunzte Wams vergaß er, daß er dem Mädchen einen unsittlichen Antrag hatte machen wollen.

»Ich eile und bitte meine Mistreß, eine neue Mixtur anzurühren.«

»Verschwinde!« knurrte Ingle und entließ sie mit unwirscher Handbewegung.

Anicah knickste und entfloh. Draußen tastete sie unter dem Mieder nach dem zusammengefalteten Dokument, das sie mit spitzen Finger aus Ingles Wams gezupft hatte. Es klebte Honigseim daran, doch das tat seiner Bedeutung für Mistreß Margaret keinen Abbruch. Meister Ingle hätte das Nachsehen, zumal ihm die Gedärme weiterhin kneifen würden, es sei denn, er lutschte die Arznei aus seinem Wams. Anicah schmunzelte hämisch und summte ein lustige Melodie vor sich hin.

Die Sonne ging unter. Anicah traf Bess im Hof an. Sie verkochte Seifenlauge und wartete den Zeitpunkt ab, da sie zur gewünschten Festigkeit eingedickt war. Ihre Tochter lag, warm eingewickelt, in einem Korb am Boden.

»Bess, du wirst in der Küche gebraucht. Die neue Magd soll dich hier draußen ablösen.«

»Die dumme Kuh versteht doch nichts vom Seifesieden.«

Anicah wußte, daß Bess lieber draußen vorm Haus arbeitete, um der Familie das Gejammer ihres Kindes zu ersparen. Es war ein permanentes Ärgernis, vor allem auch darum, weil weder Margaret noch Mary ihm mehr zu helfen wußten.

»Soll ich noch einen Eimer Asche dazuschütten?« fragte Anicah und schaute auf die siedende graue Masse im Topf.

Bess gab keine Antwort. Sie hatte den Kopf vorgereckt und lauschte. Doch es war kein Laut zu hören. Bess ließ den Holzlöffel fallen und eilte zum Korb, warf die Decke beiseite und preßte das Ohr auf die Brust des Kindes. Sie hob es auf und versuchte, Leben in den schmächtigen Körper zurückzuschütteln. Anicah nahm ihr den kleinen Leichnam ab und trug ihn ins Haus. Bess folgte schluchzend.

Während die anderen Mägde mit Bess den Tod des Kindes weinend beklagten, trug Anicah für Margaret und Kitt das Abendessen auf: Brot, kaltes Wildbret und Maisbrei, mit Bärenfett versüßt. Mary kniete vorm Altar in der Kaminecke und bat Gott, daß er sich der Seele des verstorbenen Kindes annehmen möge. Da stolzierte Giles in die Wohnstube hinein.

»Guten Abend, meine Damen.« Er trug seinen knielangen Soldatenrock aus Büffelleder und strotzte vor Selbstgefälligkeit, zog mit der Stiefelspitze einen Stuhl unterm Tisch hervor, wischte das umgehängte Schwert beiseite und nahm Platz. Zur Zimmerdecke aufblickend, fragte er: »Warum das Gezeter da oben?«

»Bess' Kind ist gestorben.«

»Verdammt.« Giles blieb eine Weile stumm, um nicht pietätlos zu erscheinen; dann sagte er: »Ich habe soeben Ingle und seine ketzerische Mannschaft verhaftet und sein Schiff samt der Ladung konfiszieren lassen. Sergeant Price hat mit seinen Leuten Wachposten an Bord bezogen.«

»Was? Du hast Richard Ingle verhaftet?« Margaret war sichtlich konsterniert.

»Auf Weisung von König Charles, um unsere Religion und unser Land zu schützen.« Giles winkte mit dem Schreiben, das Anicah dem Kapitän aus dem Wams gezogen hatte. Der hatte es zuvor einem königstreuen Reeder aus Virginia gestohlen. Margaret bedauerte es, das Schreiben ihrem Bruder anvertraut zu haben. Das königliche Siegel war gebrochen.

Giles faltete das Papier auseinander und las laut vor: »›Wir ermächtigen und beauftragen alle, die uns treu ergeben sind, Frachten, Flotten und Mannschaften solcher Schiffsherren in Beschlag zu nehmen, die mit dem Parlament konspirieren.‹« Giles strahlte übers ganze Gesicht. »Ammann Lewger hat den Haftbefehl unterschrieben.«

»Ah ja, Lewger. Sehr tüchtig.«

Giles überhörte den spöttischen Ton in Margarets Antwort. »Verdammt, es war ein Heidenspaß, Maggie. Du hättest dabeisein sollen.«

»Ja, das wäre wohl in der Tat besser gewesen.«

Margaret mußte an den Bären denken, der im vergangenen Frühjahr von den Knechten in der Milchküche festgesetzt worden war. Sie hatten ihn eingesperrt und wußten nicht weiter. Bevor es ihnen schließlich gelungen war, ihn auf den Hof hinauszutreiben, hatte der Bär die Milchküche verwüstet, ein Schwein zerrissen, den Mastiff halbtot gebissen und einem der Männer die Haut vom Rücken gezogen. Die Sache mit Ingle konnte ähnlich schlimm ausgehen.

»Und was hast du mit ihm vor, Giles?«

»Na, was wohl? Er wird natürlich vor Gericht gestellt und anschließend aufgeknüpft.«

»Gevatter DaSousa hat Euch was zu sagen, Mistreß.« Anicah führte Mathias in die Stube und ans Feuer, wo er sich aufwärmen konnte.

Auf Margarets Geheiß eilte Anicah in die Küche, um dem Gast einen Krug mit heißem Apfelmost zu bringen. DaSousa sagte: »Ich weiß nicht, ob Ihr's überhaupt wissen wollt ...« Er blickte zur Decke empor, irritiert vom Geschluchze, das aus der Dachkammer drang. »Aber vielleicht habt Ihr auch schon von dem Mord gehört.«

»Wir haben heute einen schwarzen Tag erlebt, aber nichts von einem Mord erfahren«, antwortete Margaret.

»In der Nähe der Schmiede von John Dandy ist eine Leiche aus dem Fluß gefischt worden. Die Leiche eines jungen Indianers. Dandy hat zugegeben, ihn erschossen zu haben, und sagt, daß er den Burschen kennt. Sein Name sei Edward.«

Kitt schnappte nach Luft; ihre braunen Wangen wurden aschfahl. Anicah stand mit offenem Mund im Türrahmen. Sie ließ die Hand sinken, die den Krug hielt, und verschüttete den Most. Mary hatte sich vor dem Altar erhoben und starrte dem Unglücksboten entgegen.

Margaret bewahrte Fassung. »Wir werden den Toten morgen identifizieren und für seine Bestattung sorgen. Hast du ihn gesehen, Mathias?«

»Nein, Mistreß. Der Sheriff sagt, daß sein Gesicht zur Unkenntlichkeit entstellt ist. Man hat ihn sofort beerdigt.«

Kitt ging in die Knie und senkte den Kopf auf die Brust. »Wenn Ihr erlaubt, Tante Margaret, würde ich mich gern zurückziehen.«

»Gott segne dich, Kind.« Margaret schlug das Zeichen des Kreuzes. »Freu dich für Edward«, sagte sie, doch die Augen wurden feucht, und die Stimme versagte. »Er ist getauft und darf nun bei Gott sein.«

»Ja, Tante.« Kitt stand auf und stieg langsam über die Stufen hinauf ins Obergeschoß.

»Entschuldigt mich, Mistreß«, sagte Anicah und eilte der Freundin nach.

Sie holte Kitt auf dem oberen Stiegenabsatz ein und legte den Arm um sie. Wie durch diese Berührung freigesetzt, strömten die Tränen. Anicah führte das schluchzende Mädchen zur Schlafmatte, und gemeinsam knieten sie darauf nieder.

Anicah dachte an Edwards Lächeln und an das Strahlen in Kitts Gesicht, wenn sie ihn sah. Sie dachte an Martin, der nun seinen besten Freund verloren hatte. Auch ihr liefen heiße Tränen über die Wangen. Sie drückte Kitt fest an sich. Bess und die anderen Mägde kamen herbei und knieten nieder. Mit angestrengter und kaum wiedererkennbarer Stimme sprach Kitt das Ave-Maria. »Heilige Maria, Mutter Gottes, bitte für uns jetzt und in der Stunde unseres Todes ...«

Die Trauerklage in der Dachkammer machte eine Unterhaltung in der Stube unmöglich. Giles versuchte, seiner Schwester die Einzelheiten seines Triumphs über Ingle zu schildern, gab aber schließlich auf.

»Schwester, wie kannst du es bloß zulassen, daß die Frauenzimmer ein solches Spektakel veranstalten?« rief er laut aus, um sich Gehör zu verschaffen.

»Warum gehst du nicht nach Hause. Da hast du deine Ruhe«, entgegnete Margaret kühl.

»Allerdings.« Giles nahm seinen Mantel, warf den Kopf in den Nacken und marschierte nach draußen.

Margaret kniete sich neben Mary vor den Altar. Sie beteten für die Toten und baten die heilige Mutter um den Schutz der Lebenden. Die Stimmen von oben mischten sich mit den ihren, und das ganze Haus war erfüllt von klagender Psalmodie.

Kaum hatte Cornwaleys Schaluppe von Ingles Schiff ablegt, als die Ankerwinde zu ächzen anfing und die Trosse in der Klüse knirschte. Die Segel blähten sich auf und schimmerten bleich im Mondlicht.

Cornwaleys bereute nicht, daß er die Wachposten angewiesen hatte, Ingle ziehen zu lassen. Die Inhaftierung des Kapitäns hätte Cromwells Leute auf den Plan gerufen. Sie wären wie Schmeißfliegen herbeigeschwirrt, die ein frischer Dunghaufen anlockt, und hätten Unheil gebracht über die gesamte Kolonie. Calvert hätte diesen Tolpatsch von Brent niemals zu seinem Stellvertreter machen dürfen.

In Windeseile segelte das Schiff flußabwärts. Durch die Dunkelheit tönte Ingles Stimme, der seine Kommandos mit deftigen Flüchen spickte.

49

Anicah hielt sich noch eine Weile im Hinterhof der Schenke auf und genoß die Vorzeichen des Frühlings. Der März ging auf sein Ende zu, und es war nun auch schon abends ein Anflug von Wärme zu spüren, gerade so, wie damals auf der Schlafmatte im Zwischendeck des Schiffs, als ihr unter den Decken Martins Atem entgegengehaucht war.

Sie ging in die Küche zurück. An der Feuerstelle stand, von Rauch umweht, die neue Dienstmagd. Ein Bauerntrampel, befand Anicah, ein Mädchen vom Lande, dem immer noch der Geruch von grünem Heu und Kuhdung anhaftete.

Mit ihrem plumpen Arm wischte sich die junge Frau den Schweiß von der Stirn. Vom Holzlöffel, den sie in der Hand hielt, tropfte zäher Maisbrei. Sie zuckte zusammen, als die Wirtin durch die Tür gewatschelt kam und lauthals zur Arbeit antrieb.

»Gott zum Gruße, Gevatterin.« Anicah knickste höflich.

»Was führt dich her, du Papistenluder? Und was hast du

dich so aufgeputzt? Willst du den Teufel in Versuchung bringen?«

Anicah schaute an sich herab auf das durchgewetzte Hemd, die Schnürbrust und den Rock aus rauher, walnußbrauner Wolle. »Meine Mistreß schickt mich. Ich soll hier jemanden abholen.«

»Wohl diesen Nichtsnutz von Bruder.« Zwar verdankte die Wirtin solchen Nichtsnutzen ihr Auskommen, war aber dennoch voller Abneigung, besonders Giles gegenüber.

In der Küche herrschte wie immer ein heilloses Durcheinander. Früher hatte sich Anicah darin wohl gefühlt, jetzt konnte sie nur noch die Nase rümpfen: Sogar der Brentsche Schweinestall war gepflegter und praktischer eingerichtet.

Abfälle schwammen in der Lache rings um die Wassertonne. Töpfe und Pfannen lagen da, wo sie am wenigsten gebraucht wurden. Alles starrte vor Dreck und klebrigem Ruß. Die Körbe waren aufeinandergetürmt, so daß es unnötig Arbeit machte, an den Inhalt der unteren Körbe heranzukommen. Anicah konnte sich lebhaft vorstellen, wie Margaret Brent einem Märzsturm gleich hier herumwirbeln und Ordnung schaffen würde.

Anicah schaute sich um in einfältiger Hoffnung darauf, den kleinen Beutel mit ihren persönlichen Schätzen wiederzufinden, ihren einzigen Habseligkeiten, die William Howkins gestohlen hatte. Aber der war aus Maryland geflohen und hatte wahrscheinlich den Beutel mitgenommen. Sie raffte den Rock und bahnte sich einen Weg durch das Gerümpel in die Schankstube, wo man sie herzlich willkommen hieß.

»Ah, die kleine Spanierin!« rief jemand. »Komm, reich uns deine Äpfelchen, wir wollen daran naschen.«

»Wenn man vom Teufel spricht ...«, sagte Robert Vaughan. »Gerade haben wir uns über junge Frauen unterhalten.«

»Die hätte sich der Schöpfer ruhig sparen können«, grummelte John Lewger.

Giles pochte mit seinem leeren Becher auf die Tischplatte. Die Bedienung eilte herbei; sie wirkte völlig überfordert.

»Morgen werden unserem Oberst Brent die Fesseln der Ehe angelegt«, grölte Vaughan und warf Giles ein großes, gekochtes Ei zu. Der fing es auf, stopfte es in Gänze in den Mund und stellte sich zur Schau dabei. Es war ein Reiherei, dem eine große potenzsteigernde Wirkung nachgesagt wurde.

»Sing unserem bedauernswerten Freund ein Liedchen, Anicah«, sagte Vaughan.

Anicah war durchaus in Stimmung, zumal sich die gesamte Elite von St. Mary's hier versammelt hatte: der Arzt Junker Gerard, der Brentsche Nachbar Junker Greene, Ammann Lewger, der aussah, als hätte er sich an seinem Hosenzwickel wund gerieben, und Cuthbert Fenwick, der Verwalter von Cornwaleys. Es fehlte nur Thomas Cornwaleys selbst. Um einer Anklage wegen Strafvereitelung im Fall von Richard Ingle zu entgehen, segelte er nun auf dessen Schiff nach England. Unter Tränen hatten ihn Fenwick und die Dienerschaft verabschiedet.

Anicah schaute sich in der altvertrauten Schankstube um. Gevatter Brown hockte aufrecht und schweigsam auf der Bierbank; er hielt die lange Stange seines Vogelnetzes in der Hand. Die Wand in seinem Rücken war blank poliert, wetzte er doch seit Jahren sein speckiges Lederwams daran.

»Na schön, ein kurzes Liedchen.« Anicah zwinkerte mit den Augen und tanzte, während sie sang:

> *Sir Walter ergötzte sein Dämchen bei Nacht,*
> *tat's kitzeln und kosen mit soviel Bedacht,*
> *daß sie sich zum End' hin nicht länger konnt' halten*
> *und schrie in Verzückung: Sir Walter, laß walten,*
> *laß walten, o Walter, mein Wallen,*
> *mein süßes Wallen, o Süßer, laß walten.*

Alles verlangte nach einer Zugabe, doch Anicah schüttelte den Kopf. »Ich soll den Junker nach Hause bringen«, sagte sie und nahm Giles beim Arm.

»Verhaftet von der Schürzenpatrouille«, röhrte Vaughan.

Er half ihr, den Betrunkenen auf die Beine zu stellen. Anicah war auf der Hut, denn sie mußte damit rechnen, daß sich Giles über sie erbrach. Es wäre nicht das erste Mal gewesen.

»Zum Wohl«, rief Vaughan mit erhobenem Weinkrug und prostete Anicah zu. »Auf die beste Metze der ganzen Christenheit.«

Auf bedenklich weichen Beinen schwankend, straffte Giles die Schultern und hob seinen Krug. »Auf alle Metzen der Christenheit.«

Die Katholiken hatten ihre neue Kirche gebaut. Der Grundriß war in Form eines Kreuzes angelegt, und der Turm ragte über einem morastigen Feld zum Himmel auf. Das Bauwerk schmückte sich mit hohen, bleiverglasten Fenstern und einem prächtigen Gestühl für die Gutsherren. Das reiche Schnitzwerk bildete Engelgestalten ab, Adam und Eva, umrankt von blühenden Pflanzen, den drachenschlagenden heiligen Georg und höllische Affenfratzen.

Die Gemeinde war voller Stolz. Anicah aber hatte nur wenig Sinn für das papistische Brimborium. An den Gottesdiensten gefiel ihr allenfalls, daß sie ein paar Stunden von der Arbeit befreiten. Immerhin konnte sie den erklärenden Worten von Mistreß Margaret etwas abgewinnen. »Wir bauen Häuser, um darin zu wohnen«, sagte sie. »Gebührt unserem Herrgott nicht das schönste von allen?« Durchaus, dachte Anicah. Doch sie hätte das Haus Gottes mit einem Herd ausgestattet, auf dem sich kochen ließ und der im Winter für Wärme sorgte.

Unter der Aufsicht von Margaret und Mary hatten die Mägde schon früh am Morgen die Kapelle mit duftenden Kräutern und Frühlingsblumen geschmückt, so heiter und freundlich, daß sich selbst Anicah wohl darin fühlte. Pater Copley jedoch wandelte wie der leibhaftige Tod im Kirchenschiff umher. Die falbe Haut hing lose über den Knochen im Gesicht; er schien schon mit einem Bein im Grab zu stehen.

Als er die Eingangsworte zur feierlichen Eheschließung

sprach, war es, als hielte er eine Leichenrede, was Anicah durchaus angemessen fand. Sie hockte zwischen den anderen Mägden auf der Bank, hielt die Arme über der Brust verschränkt und grämte sich. Die Familie der Brents war ihr lieb und teuer, auch wenn sie sich des öftern auf deren Kosten lustig machte. Nun aber grollte sie gegen ihre Herrschaft.

Sie mißbilligte diese Heirat. Giles war viel zu alt für eine so junge Braut. Die Haare fielen ihm schon aus, so daß er seine dünnen, strohblonden Fransen über die kahlen Stellen kämmte. Die waren für Anicah ein sicheres Indiz dafür, daß er nicht nur seine Jugend, sondern auch den gesunden Menschenverstand verloren hatte.

Zur Feier waren nur die engsten Freunde der Familie und die Haushaltsmitglieder eingeladen – die Greenes, die Gerards, Edward Packer und einige andere. Robert Vaughan natürlich auch; er saß hinten in der letzten Reihe, und auch ihm ging das katholische Getue sichtlich gegen den Strich.

Anicah warf einen Blick auf den leeren Platz neben dem Verwalter des Schwesternhofes. Es war der Platz von Edward. Anicah wünschte sich, ihn dort sehen zu können, gekleidet in seinem blauen Soldatenrock, den Kniehosen und dem Leinenhemd, das ihm von Mary genäht worden war, und dem samtenen Wams, das Giles abgelegt hatte, weil es ihm nicht mehr über das Bäuchlein paßte.

Mary Brent lächelte immer nur, wenn man ihr kondolierte. »Wir beklagen den Verlust des Jungen«, erklärte sie jedesmal geduldig. »Aber der Tote ist nicht unser Edward, denn einen Engel kann man nicht töten.«

Daß die Hochzeitsgäste einen griesgrämigen Eindruck machten, hatte nichts mit Edwards Tod zu tun. Ursache war vielmehr der Umstand, daß Giles ein Haushaltsmitglied ehelichte, was allgemein als unschicklich erachtet wurde. Und daß er eine Indianerin zur Frau nahm, war ganz und gar unerhört. Was Wunder, daß die vornehmen Leute die Nase rümpften, wußte doch jeder, daß Giles es auf Kitts Mitgift abgesehen hatte; durch sie würde er in den Besitz großer Ländereien gelangen. Das Gesinde hatte ein anderes Thema zum Tuscheln. Es interessierte sich vor allem für die Frage, ob Indianer tatsächlich, wie gemunkelt wurde, die Sankt-Georgs-Stellung bevorzugten, wobei die Frau, dem Drachen gleich, zu oberst auf dem furchtlosen Helden zu liegen kam.

Kitt wirkte wie weggetreten. Sie trug das Mieder und die Röcke, die ihr Mary zur Taufe genäht hatte. Ihr Kopf reichte dem Bräutigam gerade bis an den Ellbogen. Gemeinsam standen sie vor Pater Copley. Giles machte den Eindruck, als bereute er die weinselige Feier am Abend zuvor.

Als Copley die Trauung vollzogen hatte, gab Giles seiner Frau ein onkelhaftes Küßchen auf die Stirn. Das frischvermählte Paar wandte sich nun der Gemeinde zu, und Anicah sah, daß Kitt mit Tränen in den Augen auf den Platz blickte, den Edward für gewöhnlich eingenommen hatte.

Bess, die neben Anicah saß, schniefte laut und wischte die Nase am Ärmel ab. In letzter Zeit brachte sie die kleinste Veranlassung zum Weinen. Sie hatte ein Keuschheitsgelübde abgelegt und feierlich versprochen, den Brents zu dienen, bis sie ihrem Kind in den Himmel folgte, falls denn Gott ihr als Sünderin, die sie war, gnädig sein würde.

Anicah wandte sich von ihr ab und starrte zum Fenster hinaus. Hinter der gewellten Glasscheibe sah es so aus, als stünde die alte Ruine, die früher als Gotteshaus diente, tief eingetaucht in Wasser. Das Holz und alles verwertbare Material war abgetragen worden. Ranken wucherten über die Außenmauern. Es schien für Anicah eine Ewigkeit herzusein, daß sie mit Martin dort unter der Sitzbank des Gouverneurs Arm in Arm gelegen hatte.

Tränen rollten ihr übers Gesicht. Schmerzlich sehnte sie sich nach ihm. Nur diesen einen Wunsch hatte sie: an seiner Seite zu sein, in guten wie in schlechten Tagen. Sie war inzwischen neunzehn Jahre alt, die Jugendzeit lag hinter ihr. Sie zweifelte nicht daran, daß Martin zurückkehrte; doch es mußte bald geschehen, denn ihnen blieb nicht mehr allzuviel Zeit.

Gemeinsam mit den anderen Hochzeitsgästen verließ sie die Kirche und trat hinaus in die milde Frühlingsluft. Sie war so in Gedanken vertieft, daß sie von Vaughans Scherzen kaum Notiz nahm.

»Wär's nicht passender gewesen, du hättest am ersten April geheiratet, Giles?« hänselte Vaughan und klopfte dem Freund auf die Schulter. »Jetzt kannst du dich nicht damit rausreden, daß alles nur ein Scherz war.«

»Sei getrost, den Ernst lass' ich gewiß nicht bitter werden«, grinste Giles. Jetzt, da die kirchliche Prozedur überstanden war, zeigte er sich sehr viel besser gelaunt, denn nun ging's ans Essen, Trinken und Tanzen. Er wandte sich den Gästen zu und rief: »Jetzt wird gefeiert!«

Margaret hatte den Hochzeitstermin so weit wie möglich hinausgezögert und darauf bestanden, besondere Lebensmittel, Kleider und Utensilien aus Virginia einführen zu lassen. Anicah ahnte, daß sie nur hinzuhalten versuchte in der Hoffnung, Leonard Calvert würde von seiner Reise zurückkehren und Giles einen Strich durch die Rechnung machen. Doch trotz aller Vorbehalte gegen seine Heirat hatte Margaret ein großartiges Hochzeitsfest arrangiert.

Den ganzen Nachmittag über patrouillierte sie durch die Küche, um sicherzustellen, daß Ragout, Pasteten, Grütze, Brot und Süßspeisen ordentlich zubereitet und in der rechten Reihenfolge richtig temperiert aufgetragen wurden. Unter der Eiche im Hof standen ein Dutzend Tische, deren Platten sich unter der Last der Gerichte durchbogen. Es schien, als wären alle Bewohner der Provinz herbeigereist, um an der Feier teilzunehmen.

Zwei Knechte drehten den Bratenspieß, auf dem ein halber Ochse steckte. Das Fett tropfte ins Feuer, aus dem dichter Qualm aufstieg und den beiden Männern an der Winde in den Augen brannte. Wie das brutzelnde Fleisch schwitzten sie aus allen Poren, und ihre Gesichter waren rußverschmiert.

Über etlichen Feuerstellen, die in ausgehöhlten, flachen Kuhlen angelegt worden waren, hingen an dreifüßigen Ständern Kochtöpfe oder Grillroste, auf denen Schweinefleisch und Wildbret röstete. Witib Courtney hatte die Ärmel bis zu den Ellbogen aufgekrempelt, die Röcke hochgesteckt und begoß Enten und Tauben mit Fett, die wie dicke braune Perlen an einem Spieß aufgereiht waren.

Musik und Gelächter tönte durchs Haus und über den Hof. Es fing zu dunkeln an, als die Gäste den Bund an Röcken und Hosen lockerten, um es sich nach dem üppigen Mahl bequem zu machen. Manche fingen mit ernster Pose zu tanzen an. Die Knechte rollten ein weiteres Bierfaß aus dem Braukeller herbei. Sofort scharte sich darum eine Gruppe von Männern, als gelte es, einer Trinkpflicht nachzukommen und den Pegel so schnell wie möglich abzusenken.

Anicah hielt sich abseits; es stand ihr nicht der Sinn danach zu tanzen. Sie suchte Kitt und fand sie am Rand des Hofes, allein an den Gartenzaun gelehnt.

»Die Herrschaft versteht sich gut auf Völlerei und Heißassa«, sagte Anicah. »Aber ich beneide sie nicht um ihre Ehebetten.«

Kitt wußte die Anspielung sehr wohl zu deuten und verzog das Gesicht. Zwar hatte Mistreß Margaret immer wieder betont, daß diese Ehe nur als Zweckverbindung anzusehen sei und daß sie, Kitt, mit ihrem Gatten nicht das Bett zu teilen brauchte. Doch was würde geschehen, wenn Giles hinter dem letzten Gratulanten die Tür verschloß?

»Augenblick«, sagte Anicah. »Bin gleich wieder da mit einem kleinen Geschenk, das dich aufheitern soll.«

Sie eilte zur Vorratskammer, wo sie in einem Versteck ein paar Halbedelsteine aufbewahrte, die sie bei der Feldarbeit gefunden hatte. Sie öffnete die Tür, blieb aber auf der Schwelle stehen, als sie ein helles, rhythmisches Scheppern hörte, wie von Töpfen, die aneinanderschlugen. Mit nach vorn gerecktem Kopf starrte sie ins Halbdunkel und sah, daß der große Geschirrschrank wackelte. Lautlos schlich sie herbei und plierte um die Ecke. Sie erkannte Giles' Stiefel, in denen nackte, dürre Beine steckten, in schräger Stellung zur Wand hin geneigt. Das magere Hinterteil tauchte hinter der Kante des Schrankes auf und wieder weg, in zunehmend schnellerer Folge. Um die Hacken kräuselten sich die samtenen Falten von Giles' neuen Beinkleidern.

Seine vom Schrank verdeckte Partnerin – es handelte sich fraglos um eine von Junker Greenes Mägden – gab kleine, spitze Schreie von sich und kicherte. Anicah wich zur Tür zurück. Dort stand die Wassertonne, aus der sie einen Eimer Wasser schöpfte. Damit schlich sie ein paar Schritte vor, schüttete den Inhalt in hohem Bogen hinter den Schrank und machte sich eilig davon.

Sie war schon in der Menge der Gäste untergetaucht, als Giles in der Tür erschien und wütend über den Hof brüllte.

50

Margarets kleine, gedrungene Pinasse lag, steuerbords zur Seite gekippt, am Ufer. Das Boot sah aus wie ein erlegter Bison mit dem geschwungenen Kiel als Rückgrat. Die Flanken waren mit Tang und Algen überwuchert, und wie ein Bauch blähte sich der schrundige Rumpf auf. Rauch umwehte diesen vermeintlichen Kadaver, der im ganzen geröstet zu werden schien.

Tatsächlich wurde das Holz des Bootes angeflämmt, um die darin steckenden Bohrwürmer abzutöten. Es stank nach heißem Pech und brennendem Hanfwerg, das zur Kalfaterung zwischen die Planken gestopft war. Vier Männer waren damit beschäftigt, mit schartigen Klingen den Muschelbesatz abzukratzen. Margaret witterte Verrat und spitzte die Ohren, um dem heimlichen Geflüster der Männer zu lauschen.

Leonard Calvert war im September, also vor zwei Monaten, mit der Nachricht vom Desaster bei Marston Pool zurückgekehrt. Die geharnischten Truppen des Parlaments hatten, angeführt durch den strengen Puritaner Oliver Cromwell, ihren ersten großen Sieg über die Königstreuen errungen. Seit Bekanntwerden dieser Tat waren die Protestanten in Maryland noch dreister geworden in ihrer Kritik an König Charles und Lord Baltimore. Als besonders dreist taten sich die Männer von Kent hervor.

Margaret stach mit einem Pickel in eins der Wurmlöcher und warf einen Blick auf Peter Knight, der neben ihr mit ausdrucksloser Miene seiner Arbeit nachging.

»Die Wurmkur hätte schon im August erfolgen müssen und nicht erst jetzt, da so viele andere Aufgaben anstehen«, sagte sie.

»Oberst Brent hat versäumt, uns den Auftrag zu geben.« Die Sicherheit des Bootes und der darauf fahrenden Papisten konnte Knight herzlich egal sein.

Seine Augen waren so trüb wie schlammige Pfützen; sie verrieten mit keinem Hinweis, was in seinem Kopf vorging. Sein Gesicht war verwittert und so dunkel und ledrig wie die Schwarten der Schweine, die in der Räucherkammer hingen. Unter einer solchen Haut ließen sich Verrat und Frechheit vortrefflich verbergen, wie Margaret argwöhnte.

Natürlich hatte sie nicht vergessen, daß er ihr ein Schaf gestohlen hatte. Würde sie aber auf die Arbeit all derer verzichten, von denen sie hintergangen worden war, stünde sie allein und ohne Hilfe da. Gewiß gab es an der Ostküste irgendwo auch ehrliche Männer, doch danach würde sie wie Diogenes ein Leben lang mit der Laterne suchen müssen.

Margarets Dienerschaft war damit beschäftigt, Tabakblätter auszulesen und in Fässer zu stopfen, Schweine zu schlachten, Zäune auszubessern, Feuerholz zu hacken und Äpfel zu pressen. Doch ebenso wichtig war es, die Pinasse seetüchtig zu machen, denn ohne das Boot wäre St. Mary's nicht erreichbar.

»Mistreß Margaret.« Anicah knickste und hob einen Korb in die Höhe, gefüllt mit Speisen zum Frühstück.

Margaret überquerte den von Pech und Bilgewasser verdreckten Sandstreifen. Muschelschalen knirschten unter den Füßen, als sie mit Anicah zu der Stelle ging, wo Knights Männer das Takelzeug, die Koffer, Kisten und Eimer aus dem Boot abgestellt hatten. Margaret rückte ein Fäßchen zurecht und nahm darauf Platz. Anicah schleppte eine Truhe herbei, warf eine Decke darüber und stellte den Korb darauf ab. Margaret legte ihre Pistolen daneben.

»Hast du schon gefrühstückt, Ani?«

»Nein, Mistreß. Bess hat erst vorhin das Brot aus dem Ofen geholt, und ich bin gleich losgelaufen, um es nicht kalt werden zu lassen.«

Margaret gab ihr die Hälfte von Brot, Käse und Schinken. Während sie aß, behielt sie die Arbeiter ständig im Auge. Sooft früher ein Boot kielgeholt wurde, hatte hernach immer etliches Werkzeug und Material gefehlt.

»Warst du nicht einmal eine Zeitlang im Gefängnis von Bridewell, Anicah?« fragte Margaret, interessiert an der Vergangenheit ihrer Magd.

»Ja, aber nicht wegen eines Verbrechens. Schuld war der leere Magen. Man hat mich und meine Tante während der Hungeraufstände festgenommen.«

»Wie ist es dir dort ergangen?«

»Der Geruch der Seile hier erinnert mich daran«, antwortete Anicah. »Wir mußten Hanf hecheln, bis uns die Arme aus den Schultern fallen wollten, und wir drohten an den fliegenden Fasern zu ersticken. Und das alles, um dieses Zeug da herzustellen.« Sie nickte in Richtung auf den Haufen aus Werg, das zum Kalfatern des Bootes benötigt wurde.

»Bridewell ist ein schreckliches Loch, dunkel und feucht. Der blanke Steinboden war unser Bett; statt eines Lakens hatten wir nur Asche aus der Anstaltsküche, mit der wir uns zudeckten. Wir lagen wie die Hunde da, dicht an dicht ineinander verschlungen. Ihr könnt Euch nicht vorstellen, wie schrecklich das war, Mistreß.«

»Wahrhaftig nicht«, antwortete Margaret und lächelte matt.

»Wir hingen an den Fenstern und flehten die Passanten um

ein Stück Brot an.« Die Männer am Boot blickten verstört auf, als Anicah mit klagender Stimme rief: »›Gütige Damen, freundliche Herren, gebt uns armen Gefangenen zu essen, bitte, Gott wird's Euch vergelten.‹« Sie blickte von ihrem Frühstück auf, das ihr in jenen Tagen wie ein Himmelsgeschenk vorgekommen wäre. »Seid Ihr nie an einem solchen Gefängnis vorbeikommen und auf diese Weise angebettelt worden, Mistreß?«

»Nein, nie.«

Hübsche Maid, lieblich zu schau'n; Augen wie die einer Kuh, so groß und braun ... Der Anblick von Anicah erinnerte Margaret an ein altes Lied. Nur, die Augen einer Kuh waren zahm und zag; ganz anderes die von Anicah. Sie war zu einer schönen jungen Frau herangewachsen, an die zwanzig Jahre alt, wenn es denn stimmte, daß sie, wie behauptet, im Jahr der Pest zur Welt gekommen war.

Unbändige Locken, honigbraun, umrahmten das zarte Gesicht. Sie hatte eine gerade, markante Nase und dunkle, volle Lippen. Ihre Brüsten spannten die Schnüre des Mieders. Trotz aller Bemühungen, ihr Etikette, Frömmigkeit und Anstand beizubringen, schlugen bei ihr immer noch die Unarten eines Gassenmädchens durch. Doch dahinter steckte ein melancholischer Zug, der ihr Würde verlieh.

Margaret haßte es, wenn die Männer aus St. Mary's und Umgebung bei ihr vorsprachen und Anicahs Zwangspflicht abzukaufen versuchten. Wie brünstige Köter strichen sie um den Schwesternhof. Sie bedrängten, feilschten und balgten sich untereinander um die Gunst des Mädchens. Anicah ließ sich durch diese »plumpen Tölpel«, wie sie sie nannte, nicht beirren. Sie hielt hartnäckig fest an der Hoffnung, daß der flüchtige Liebste zu ihr zurückkehren würde.

»Amerika ist Englands größtes Gefängnis«, sagte Margaret. »Es schickt sein übelstes Gelichter hierher, um unsere Nerven und Galgenstricke zu strapazieren.«

»Ich hätte nichts dagegen, John Dandy einen solchen Strick strapazieren zu sehen.«

»Der Gouverneur hat ihn begnadigt«, sagte Margaret zur Erinnerung.

Daß dem Büchsenmacher der Galgen erspart blieb, stimmte Margaret nicht minder wütend als Anicah. Giles hatte seinen Tod verlangt, doch sein Urteil war von Leonard Calvert nach dessen Rückkehr widerrufen worden, nicht zuletzt aus Ärger über Giles' unbedachtes Vorgehen gegen Ingle. Der hatte, wie Calvert vor seiner Abreise von Bristol erfahren mußte, in London Klage erhoben gegen das Gouvernement von Maryland.

»Aber wie steht's um Dandy? Der ist doch jetzt sieben Jahre lang Leibeigener des Gouverneurs«, sagte Anicah. »Von Rechts wegen dürfte er also nichts gegen Martin unternehmen, wenn er zurückkehrte.«

»Weißt du, wo Martin ist?« Margaret hatte mit einer argwöhnischen Reaktion gerechnet und war überrascht zu sehen, daß ihre Frage Anicah nur traurig machte.

»Der einzige, der mir darüber Auskunft geben könnte, ist tot.«

»Edward?«

»Ja.« Anicah seufzte. »Ich weiß nur, daß Martin zu den Wilden geflohen ist.«

»Glaubst du, daß er immer noch bei denen ist?«

»Ich hoffe es. Gevatter DaSousa hätte sich bestimmt für mich erkundigen können, aber der steht ja jetzt in Mistreß Lewgers Diensten, weil er allein nicht über die Runden gekommen ist.« Plötzlich hellte sich ihre Miene auf. »Vielleicht wär's möglich, daß Pater White Martin ausfindig macht und ihm mitteilt, daß er nun endlich zurückkommen kann.«

»Ich fürchte, daß wäre nicht gut. Seine Flucht wird als Verbrechen geahndet.«

Ironischerweise war Dandy als Leibeigener des Gouverneurs auch dazu verurteilt, ihm als Scharfrichter zu dienen. Dieses Amt sollte abschreckend wirken und ihm vor Augen führen, was ihm im Fall einer weiteren Schandtat selbst blühte. Falls Martin zurückkehrte und schuldig gesprochen würde, fiele ausgerechnet dem Büchsenmacher die Aufgabe zu, ihm die Schlinge um den Hals zu legen, und diese Aufgabe wäre ihm gewiß keine Bürde, sondern vielmehr ein Vergnügen.

Margaret sah Anicah aufs Wasser starren und folgte ihrem Blick. Harry Angell paddelte in einem Kanu herbei. Er sprang ans Ufer und traf mit Peter Knight zusammen. Die anderen Männer ließen ihr Werkzeug fallen und gesellten sich dazu.

»Da ist was im Busch.« Margaret stand auf. »Sie kommen mir vor wie Geier, die einen Kadaver gewittert haben.«

Harry stieg zurück in sein Kanu; Knight schlenderte auf Margaret zu. Er wischte eine schmierige Strähne aus der Stirn und sagte: »Wir müssen die Arbeit unterbrechen.«

»Wieso? Was ist geschehen?«

»Harry Angell warnt vor einem Angriff der Wilden. Wir müssen unsere Familien und unser Vieh schützen.«

»Hat er gesagt, von welchem Stamm die Indianer sind?«

»Die Wilden sind sich alle gleich.« Er machte auf dem Absatz kehrt und marschierte davon. Die Männer sammelten ihre Musketen, Hakenstangen, Pulverhörner und Munitionstaschen vom Boden auf und folgten.

Anicah war gerade dabei, den Korb zu packen, als sie das Wort »Wilde« hörte.

Im April hatten Mitglieder des Stammes der Powhatan, die in Virginia lebten, vom Ufer aus gesehen, wie zwei Schiffe, besetzt mit Parlamentaristen, ein Flieboot aus Bristol enterten. Drei Tage später waren fünfhundert Virginier von Indianern massakriert worden. Ihr achtzigjähriger Häuptling hatte den Streit unter den Engländern zum Anlaß genommen, Krieg zu führen in der Absicht, das Land von den Fremden zu befreien. Der Sieg war schon in greifbarer Nähe, als der Alte von einem Soldaten erschossen wurde.

Bei ihrer Rückkehr zum Kent Fort Manor fand Margaret das ganze Haus in Aufruhr. Die Mägde knieten auf dem Küchenboden und beteten laut vor sich hin. Mary füllte Schießpulver in jene kleinen zylindrischen Holzhülsen ab, die ans Bandelier gehängt wurden.

»Wo ist Oberst Vaughan?« fragte Margaret.

Mary lächelte gelassen. Es schien, als wäre sie dabei, gestoßene Heilkräuter zu verpacken; nichts deutete in ihrem Verhalten auf das drohende Unheil hin. »Er ist draußen und inspiziert die Befestigungsanlage.«

Margaret eilte zur Hintertür hinaus. Vaughan hatte befohlen, einen Vorrat an Munition anzulegen. Im Hof brannte ein Feuer, über dem ein mit Blei gefüllter Kessel hing. Ein Knecht stand bereit, um aus dem geschmolzenen Metall Kugeln zu gießen. Vaughan schritt den Palisadenzaun ab auf der Suche nach morschen Pfosten.

Margaret eilte auf ihn zu. »Robert, was sind das für Indianer, die uns bedrohen?«

Vaughan warf einen Blick über die Schulter und krauste die Stirn. »Uns bedrohen keine Indianer.«

»Aber Peter Knight und Angell haben sie doch gesehen.«

»Wie könnt Ihr von zwei Lügenmäulern erwarten, daß sie die Wahrheit sagen?«

»Wozu dann die ganze Aufregung?«

»Billy Claiborne hat sich, wie schon vor Jahren angekündigt, auf den Weg gemacht, um die Insel zurückzuerobern.« Vaughan grinste ihr mit scheelem Blick zu und deutete mit der Hand auf die alte Hütte, die Claiborne im Jahre 1631 gebaut hatte und die jetzt als Lagerschuppen genutzt wurde. »Anscheinend hat er das Bedürfnis, da wieder einzuziehen.«

Grillen zirpten jenseits der Palisaden. Der Mond war drei Viertel voll; in seinem fahlen Licht sah Anicah die Schattenrisse der Männer, die vor den Ausgucklöchern im Bollwerk Wache standen. Die Mägde hatten sich im Hof versammelt, bewaffnet mit Musketen.

Anicah bibberte vor Kälte. Kopf an Kopf mit Kitt stand sie vor einer der Schießscharten und spähte hinaus. In der Ferne standen die kahlen Bäume schwarz vor dem mondhellen und mit Sternen übersäten Himmel. Anicah fühlte sich verwegen und trutzig unter der Last des Wehrgehänges, das sie um die Brust geschlungen hatte.

Sie befingerte die Seidenfetzen in ihrer Tasche, mit denen die Bleikugeln in den Lauf gestopft wurden. Daß Margaret dafür einen ihrer besten Unterröcke zerrissen hatte, machte den Ernst der Lage überdeutlich, falls es denn überhaupt eines solchen Beweises bedurft hätte. Da die Pinasse kielgeholt war, steckten sie nun alle hier in der Falle. Niemand ließ sich zur Verstärkung rufen, und die Bewohner der Insel waren zur Meuterei bereit.

Anicah legte den Lauf der Ersatzpistole ins Schießloch und tat so, als nähme sie ein Ziel ins Visier. »Früher habe ich immer davon geträumt, als Bandit die Landstraßen unsicher zu machen«, sagte sie.

»Du überläßt das Schießen lieber mir, Ani. Deine Aufgabe ist es, die Pistolen für mich nachzuladen«, sagte Kitt. »Weißt du noch, wie das geht?«

»Na klar. Du hast es mir doch vor kurzem noch gezeigt.«

Anicah wußte, daß es sich für sie ziemen würde, Kitt in respektvoller Form und mit Mistreß Brent anzureden, aber da sie sich eher wie ein Kind denn als Frau eines Junkers aufführte, blieb Anicah beim vertrauten Umgangston. Seit ihrer Hochzeit vor acht Monaten hatten sich Giles und Kitt nur wenige Male gesehen und gewiß kein einziges Mal das Bett miteinander geteilt. Das hätte auch Margaret zu verhindern gewußt.

Als Margaret und Vaughan auf ihrem Patrouillengang bei den Mädchen vorbeikamen, fragte Kitt: »Oberst, wißt Ihr, wieviel Männer Claiborne mit sich führt?«

»Nein. Manche behaupten, daß er ganz allein die Insel zu erstürmen versucht. Andere sprechen davon, daß er in Virginia eine Hundertschaft zusammengetrommelt hat.«

»Bess meint, er sei ein Monstrum«, sagte Anicah. »Eins mit geifernden Lefzen und Händen so groß wie Schinken, die ihm bis zu den Knien herabbaumeln.«

Vaughan lachte. »Weit gefehlt. Er ist ein kultivierter Mann, charmant und geistreich. Er würde Euch gefallen, Margaret. Und es kommt nicht von ungefähr, daß ihm die Strolche hier auf der Insel all die Jahre die Treue gehalten haben.«

»Sie würden jedem folgen, der ihnen einen fetten Anteil von geraubtem Gut verspricht«, empörte sich Margaret. »Wenn er denn so vornehm wäre, wie Ihr ihn beschreibt, warum versucht er dann, über uns herzufallen?«

»Krieg zu führen ist die beste Gelegenheit, alte Rechnungen zu begleichen.«

»Tante Margaret, hört nur, die Grillen haben zu zirpen aufgehört«, sagte Kitt.

Margaret und Vaughan schauten durch das Schießloch. Am Waldrand war das flackernde Licht einer Fackel zu sehen. Metall klickte auf Metall, gefolgt von scharfem Flüsterton, wie er zu hören ist bei Kindern, die Angst haben, bei einer verbotenen Handlung erwischt zu werden.

Margaret machte sich eilig daran, ihre Flinte zu laden. Vaughan lief los, um seinen Posten zu beziehen.

»Wenn Euch Euer Leben lieb ist, kommt nicht näher«, brüllte Vaughan und hob die Armbrust. »Wo ist Claiborne?«

»Noch unterwegs. Wir wollen mit Euch sprechen, Vaughan.«

»Sprich Er, bis ihm das Moos von den Zähnen fällt, Knight.«

Peter Knight tauchte im Mondlicht auf; er stand knapp außerhalb der Reichweite der Musketen vor den Bäumen. »Euch scheint's unter den Unterröcken der papistischen Huren ja mächtig zu gefallen.«

Kitt sah mit offenem Mund zu, wie Margaret mehr Pulver als nötig in die Flinte füllte. Anicah reichte ihr einen der Seidenfetzen aus ihrer Tasche.

»Es muß wohl sein«, murmelte Margaret und stopfte das Tuch in den Lauf. »Aber eigentlich ist Seide viel zu schade für Knight und seine Hunde.«

Sie blies an der Lunte und drückte den Abzug durch. Die zusätzliche Pulverladung verursachte einen so heftigen Rückschlag, daß sie zurücktaumelte. Doch das Risiko hatte sich gelohnt. Der hohe Hut flog Knight vom Kopf; er ließ sich zu Boden fallen und robbte auf seinen Ellbogen hastig in Deckung.

Margaret eilte auf ihren Posten zu. Bess folgte und versuchte, im Laufen die Flinte neu zu laden. Kitt zielte, schoß und reichte Anicah die Pistole zum Nachladen.

Mündungsfeuer zuckte aus den Erlenbüschen am Waldrand. Nach dem ersten Schußwechsel krachte es auf beiden Seiten nur noch sporadisch, denn es kostete Zeit, im Dunkeln mit Pulver, Kugeln und Lunten zu hantieren. Blauer Schmauch stieg ins silbrige Mondlicht auf und brannte in den Augen.

Kitt raffte ihre Röcke und rannte zum Nebentor.

»Was hast du vor? Bleib hier!« rief ihr Anicah nach.

Doch schon hatte Kitt den Riegel beiseite geschoben und das Tor einen Spaltbreit geöffnet, durch den sie nun nach draußen schlüpfte. Anicah sah sie über das Feld rennen. Das Mädchen war über den Sommer lang aufgeschossen; mit wenigen, raumgreifenden Schritten erreichte es Knights Hut, griff ihn sich und hastete zurück.

Aus den Fichten am Ufer tönte plötzlich kollerndes Kriegsgeheul. Es schwoll an und verbreitete Angst und Schrecken. Peter Knight und seine Männer stoben in heilloser Flucht auseinander. Als das Knacken der Äste im Dickicht und die letzten Rufe – »Wartet, wartet auf mich!« – verhallten, senkte sich eine unheimliche Stille herab.

Im Fort eilte alles zum Südost-Wall und starrte durch die Schießlöcher zwei Gestalten entgegen, die sich den Palisaden näherten. Die größere der beiden hielt einen Stock in die Höhe, von dem ein weißes Tuch flatterte. Im fahlen Mondlicht konnte Anicah erkennen, daß sie Leggins trugen, und seitlich an den Köpfen hing ein Schattenrand aus Federn.

»Ich will mit Mistreß Margaret sprechen«, rief die größere Gestalt mit unverkennbarem Akzent.

»Martin!« Anicah rannte über den Hof. »Martin!«

Sie stemmte die Schulter unter den Riegelbalken, der das

Haupttor versperrte, wuchtete ihn aus der Verankerung und zerrte am schweren Doppeltor, bis es ihr Durchschlupf bot.

Martin ließ den Stock und das zerrissene Hemd, das als Fahne diente, zu Boden fallen und lief ihr mit ausgestreckten Armen entgegen. Sie fiel ihm um den Hals, küßte seinen Mund und ließ sich von ihm im Kreis herumwirbeln.

»Martin.« Schluchzend wiederholte sie seinen Namen ein ums andere Mal. Ihre Tränen verschmierten die roten und lehmfarbenen Streifen auf seinem Gesicht. Ungestüm stempelte sie ihm kleine Küsse auf Nase und Augen und Kinn, auf Stirn, Brauen und Ohren. Lachend versuchte er, ihren Mund mit seinen Lippen zu fassen.

Er hob sie mit einem Arm in die Höhe und hielt ihren Kopf gefaßt, so daß er sie küssen konnte, wie es ihm gefiel. Ihr Verlangen machte sie schwindeln; sie wähnte sich federleicht. Seine Lippen, Zunge, Zähne waren von den ihren nicht mehr zu unterscheiden. Es sauste ihr in den Ohren. Die Stimmen, die ringsum laut wurden, ergaben für sie nicht mehr Sinn als das Gemuhe von Rindern jenseits eines rauschenden Flusses.

Martin setzte sie sanft auf dem Boden ab, doch sie hielt ihn umschlungen und verhakte ihre Finger in seinem Rücken, um ihn nicht freigeben zu müssen.

»Wenn man dich hängt, Martin, will ich neben dir baumeln.«

»Edward«, sagte Margaret. »Gott sei Dank, du lebst. Wir dachten, du seist getötet worden.«

Anicah warf einen ersten Blick auf Martins Begleiter. »Bist du ein Gespenst, Edward?«

»Mag sein, aber dann müßten auch Gespenster hin und wieder Harndrang verspüren«, antwortete er und zeigte seine gewohnt ernste Miene, mit der er sein Lachen zu maskieren schien. Er verbeugte sich vor Kitt, der es vor Freude die Sprache verschlagen hatte. »Mistreß Brent«, sagte er, »ich gratuliere zu Eurer Hochzeit.« Er wandte sich ab und verschwand in der Dunkelheit, aus der bald zu hören war, daß er Wasser ließ.

Martin legte den linken Arm um Anicahs Schulter und mimte mit der Rechten einen soldatischen Gruß. »Mistreß Margaret, unsere Gefährten stehen in Bereitschaft. Wir haben genügend Kanus, um Euch alle nach St. Mary's zurückzubringen.«

Robert Vaughan wandte sich den Dienern zu. »Geht und packt das Nötigste ein. Auf keinen Fall mehr.«

»Aber sollen wir denn alles andere aufgeben und den Strauchdieben überlassen«, protestierte Margaret. »Die Tabakernte ist schon zur Hälfte in Fässer gepackt, der Rest lagert in den Scheunen.«

Vaughan führte sie ein paar Schritt zur Seite, damit von den anderen niemand hören konnte, was er ihr zu sagen hatte. »Margaret, ich darf doch hoffen, daß Ihr mich für halbwegs vernünftig und gescheit haltet.«

»Aber sicher, Robert.«

»Dann hört mir jetzt zu.« Er hielt sie beim Arm gepackt, als wollte er sie mit Gewalt zu überzeugen versuchen. Sie wurde stocksteif und biß die Zähne aufeinander; es gefiel ihr ganz und gar nicht, wie ein widerspenstiges Dienstmädchen behandelt zu werden.

»Der Hof läßt sich nicht verteidigen gegen die gesamte Nachbarschaft, die auf Krieg aus ist. Sie könnte uns ohne weiteres aushungern.« Er starrte in ihre grauen Augen. Sie schimmerten wie Schiefer im bleichen Mondlicht. Es entsprach nicht ihrer Natur, vor der Gefahr Reißaus zu nehmen. Wortlos machte sie auf dem Absatz kehrt und ging los, um die Dienstboten zu instruieren.

»Ist ein Angriff der Susquehannocks oder der Powhatan zu befürchten?« fragte Vaughan Edward und Martin.

»Wir werden ihnen aus den Weg zu gehen wissen«, antwortete Edward schulterzuckend und grinste auf seine Weise.

»Halten sich viele feindliche Indianer in der Nähe auf?« Margaret war an Roberts Seite zurückgekehrt.

»So viele, daß sie sich an uns allen nicht satt essen könnten«, sagte Edward.

»Wenn wir uns an den Paddeln abwechseln, wär's zu schaffen, daß wir ohne Pause bis nach St. Mary's kommen«, meinte Martin.

»Raphael, wie schön, dich zu sehen.« Mary Brent eilte herbei und lächelte Edward erwartungsfroh zu. Er wußte aus Erfahrung, was sie von ihm zu hören wünschte, und es fiel ihm beileibe nicht ein, sie zum Narren zu halten.

»Tut mir leid, Mistreß, aber ich habe keine göttliche Botschaft für Euch.«

»Du selbst bist die Botschaft.« Sie fuhr mit der Hand über die kleine Bibel; es schien, als könnte sie die Verse aus dem zweiten Buch Moses durch den Einband und die dazwischenliegenden Seiten mit den Fingern lesen.

»Siehe, ich sende einen Engel vor dir her, der dich
behüte auf dem Wege und dich bringe an den Ort, den
ich bestimmt habe.«

Sie lächelte übers ganze Gesicht, so, als wollte sie zu einer fröhlichen Landpartie einladen. »Könnten wir dann jetzt aufbrechen?«

51

Nach einem kärglichen Frühstück spülten Anicah und Bess das Geschirr und bliesen Trübsal. Die Weihnachtszeit des Jahres 1644 war düster und traurig wie lange nicht. Sogar die Sonne wandte sich schmollend ab von einer kalten, grauen Welt.

Margaret schaute den Mägden bei der Arbeit zu und versuchte, ihren Kummer zu zerstreuen. Jetzt, da das Schicksal von Kent Fort Manor im ungewissen schwebte, die Ernte und das Vieh dort verloren zu sein schienen, galt es, an allen Ecken und Enden zu sparen. Verzweiflung machte sich breit. Nur Anicah war glücklich; sie sang den ganzen Tag vor Freude darüber, daß ihr Schatz zurückgekehrt war.

Auch Margaret fand Trost in seiner Anwesenheit. Einer ihrer Knechte hatte sich in Kent auf Knights Seite geschlagen. Margaret weinte diesem Kerl keine Träne nach, denn allzuoft hatte sie sich über seine Unzuverlässigkeit ärgern müssen. Dennoch war sie entschlossen, Klage gegen ihn zu erheben, sobald das Gericht wieder tagte. Martin dagegen war ein ehrlicher Bursche und arbeitete für zwei. Margaret hatte sich beim Gouverneur für ihn eingesetzt und um Gnade gebeten. Immerhin, so argumentierte sie, habe er ihr Leben und das ihrer Angehörigen und Dienstboten gerettet. Calvert hatte entschieden, daß Martin den Rest seiner Zwangspflicht auf dem Schwesternhof abdienen sollte, zumal John Dandy als Leibeigener keinen Anspruch auf den Jungen mehr erheben konnte.

Giles war den ganzen Dezember über bemüht gewesen, eine Truppe zusammenzustellen, um sie gegen die Meuterer auf der Insel ins Feld zu führen. Vergebens, denn jedermann ließ sich abschrecken von den Gerüchten, die wie eine Schar krächzender Krähen herbeigeflattert waren. Es hieß, daß William Claiborne die Indianer anstachelte, mit ihm gegen alle feindlich gesinnten Engländer vorzugehen, und daß er inzwischen über eine Armee verfügte, die stark genug war, um St. Mary's und die gesamte Provinz einzunehmen.

»Da ist jemand, der Euch sprechen will«, sagte die neue Magd und zog geräuschvoll Schnodder in der Nase hoch. Sie stammte von der schottischen Grenze und war unbelastet von jeglichen Regeln sittsamen Verhaltens.

»Schneuz dir die Nase, Anna, aber nicht am Ärmel.«

Gehorsam, aber mißverstehend, nahm das Mädchen den Saum ihres Unterrocks und entblößte die nackte Scham. Margaret schüttelte den Kopf, genervt von der Aussicht auf all die Erziehungsarbeit, die ihr hier wieder bevorstand. Dabei war sie es längst leid, ungezogenen Dirnen Benimm und Anstand beizubringen mit dem Ergebnis, daß sie anschließend von irgendeinem Bauern weggeheiratet wurden.

»Hat dieser Jemand auch einen Namen?«

»Oberst Vaughan.«

»Und wo ist er?«

»Vor der Tür.«

»Was läßt du meine Gäste draußen in der Kälte stehen?« Heilige Mutter Gottes, verleih mir Geduld, dachte sie.

Robert Vaughan zog den Hut, machte eine tiefe Verbeugung und hängte seinen Umhang an den Haken. Vor dem Feuer im Kamin versuchte er, seine eingefrorenen Füße aufzutauen, indem er von einem auf den anderen stampfte. »Ich hoffe, es geht Euch gut, Margaret.«

»Den Umständen entsprechend. Was führt Euch so früh am Morgen hierher, Robert?« fragte sie und musterte ihn mit skeptischem Blick.

»Ich bin gekommen, um Eure Schulden einzufordern.«

»Was könnte ich Euch schuldig sein?«

»Die Sache liegt schon Jahre zurück. Ihr habt damals versprochen, mir Eure Kristallpokale, zwei Schalen und einen großen Krug voll Wasser zu leihen.«

»Und die wollt Ihr ausgerechnet jetzt haben?«

»Ja. Ich möchte, daß Ihr das Zeug hierher in die gute Stube schaffen laßt. Da ist es sicherer aufgehoben als im hektischen Getriebe Eurer Wirtschaftsräume.«

Margaret kaute auf der Unterlippe. Sie mochte Robert gut leiden. Ihr gefiel sein Witz, seine sonore Stimme und seine Art zu tanzen. Als einen Mann mit Fingerspitzengefühl, der Zerbrechliches behutsam handzuhaben vermochte, hatte sie ihn allerdings noch nicht kennengelernt.

Ihre Gedanken erratend, sagte er: »Ich verspreche, mit den Gläsern ebenso liebevoll umzugehen wie Bess mit Eierschalen.«

Margaret schmunzelte. Bess, abergläubisch wie sie war, hatte es sich zur Gewohnheit gemacht, alle Eierschalen zu zerstampfen, bevor sie sie auf den Abfall warf. Sie fürchtete nämlich, daß eine Hexe die Schalen mit spitzer Nadel durchbohren könnte, um Unheil heraufzubeschwören.

Margaret ließ die von Robert geforderten Gläser in die Stube bringen und auf den Tisch stellen, den er zuvor an die Feuerstelle gerückt hatte. Zu Mittag wurde er mit Maisbrot, Käse, Bohneneintopf und Bratklößen aus gehacktem Wildbret bewirtet. Kaum hatten sie ihm die Speisen aufgetragen, wurden die Mägde von ihm weggescheucht. Er wolle sich selbst um das Feuer kümmern, sagte er. Margaret brachte den Vormittag in der Vorratskammer zu, wo sie Salben anrührte und Pillen drehte. Am Nachmittag ging sie mit dem Verwalter über die Felder und beschloß, welche Pflanzen wo und wann anzubauen waren.

Ins Haus zurückgekehrt, spitzte sie die Ohren. Aus der Stube war ein zartes Glockenspiel zu vernehmen. Offenbar schlug Vaughan die Pokale mit einem metallenen Gegenstand an. Sie war drauf und dran, ins Zimmer zu gehen und ihm die Gläser wegzunehmen, besann sich aber eines anderen. Versprochen war versprochen. Allerdings fuchste es sie, daß Vaughan seine Forderung erst jetzt, sechs Jahre später, geltend machte und daß er sich auf seinen verrückten Irrwegen ausgerechnet ihr wertvolles Kristallglas als Gepäck auserkoren hatte.

»Oh, wie sehr habe ich all die Zeit nach dir verlangt«, flüsterte Martin. »Ich wär' vor Sehnsucht fast gestorben.«

Er und Anicah hatten sich in dem kleinen Schuppen verkrochen, der neben dem Kamin an die Hauswand angebaut worden war. Sie standen ganz hinten, wo das schräge Dach am höchsten war; trotzdem mußte sich Martin ducken, um nicht mit dem Kopf unter die Balken zu stoßen. Er beugte sich über sie und preßte ihren Rücken gegen die warme Kaminmauer. Die war um diese Tageszeit normalerweise kalt, doch heute fauchten Flammen durch die Esse, denn Vaughan hatte in der Stube ein Feuer gemacht.

Martin rieb sich die Wange an Anicahs Haar. »Deine

Locken sind so weich wie das Fell von Nerzen und Fallstricke, die mich gefangenhalten.«

Anicah warf den Kopf in den Nacken zurück und wölbte den Rücken, um sich fester an ihn zu drücken. Obwohl die Pfützen am Boden vor Kälte gefroren waren, hatte sie die Röcke hochgesteckt und seine Hand zwischen ihre Schenkel geführt. Seine Berührung löste prickelnde Wonneschauer in ihr aus. Er nippte mit den Lippen an ihrem Ohr, schmiegte sein Gesicht zwischen Nacken und Schulter.

Mit der freien Hand löste er ihr Mieder und die Zugkordel am gerafften Kragen ihres Hemds, um es über ihre Schultern streifen zu können. Er küßte ihre Brüste. Von seinen Bartstoppeln gekitzelt, mußte sie ihr Kichern unterdrücken und sich vorsehen, daß sie die Rechen und Harken, die an der Wand lehnten, nicht umstieß und zu Boden fallen ließ.

Sie langte in den Schlitz seiner Hose und streichelte ihn, bis er zu keuchen anfing und unter Zuckungen seinen warmen Schwall ergoß. Seufzend ließ er sich auf sie fallen, und sie lächelte vor Glück.

Ihr Geplänkel hatte viel Staub aufgewühlt, der sie zum Niesen reizte. Dabei mußten sie leise sein, um sich nicht an Vaughan zu verraten, der jenseits der Mauer in der Stube weilte und unaufhörlich ein zartes Läuten wie von feinen Glocken erklingen ließ. Margaret hatte Anicah eindringlich gewarnt vor den bösen Folgen der Unkeuschheit und ihr Bess als abschreckendes Beispiel vorgehalten. Doch alle Verbote und Mahnungen konnten das Mädchen nicht davon abhalten, Martin heimlich zu treffen, sooft sich Gelegenheit dazu bot. Egal, wie kalt der Wind blies – davon spürten sie nichts, wenn sie engumschlungen im Heu lagen, unter der Treppe, im Vorratsschuppen, zwischen den Fässern im Weinkeller oder auf dem Steinboden der Milchküche. Gemeinsam lernten sie, durch zartes, beharrliches Liebkosen ihren Genuß aneinander zu steigern und Wonne aus Wonne zu entfalten. Doch bei aller Leidenschaftlichkeit sah sich Martin sorgsam vor, daß sein Überschuß an Lust nicht dahin gelangte, wo neues Leben entsteht.

»Aaanicah!« Margarets Stimme durchdrang die Mauern.

Anicah klopfte die Röcke aus und strich das Hemd glatt. Sie gab Martin noch einen Kuß, spähte durch den Türspalt und eilte ungesehen ums Haus herum.

Margaret stand im Hof, die Hände in die Hüften gestemmt.

»Ihr habt mich gerufen, Mistreß?« Anicah raffte die Röcke über dem Dreck am Boden und machte einen tiefen Knicks, anmutig und reumütig zugleich.

»Hol die zwei Dutzend Eier von Mary Courtney Clocker ab.«

»Für den Weihnachtspunsch?«

»Ja.« Margaret schmunzelte, und die Fältchen um ihre Augen und Mundwinkel verloren an Strenge. »Das Fest sang- und klanglos vorüberstreichen zu lassen, wäre ein geschenkter Sieg für die puritanischen Ketzer.«

Anicah nahm den Korb und eilte ins Dorf. St. Mary's lag wie ausgestorben da. Die Häuser, Zäune, die Felder und Bäume trugen schäbiges Grau und Braun.

Auf dem Rückweg passierte sie eine der ältesten englischen Hütten. Die Dachkanten reichten bis auf Kniehöhe hinab, denn der Innenraum war tief in den Boden gegraben und überdacht worden. Der Eingang bestand aus einem rechteckigen Loch; davor lagen Balken als Stufen, die hinabführten. Vom morschen Türsturz flappten Leinwandfetzen. Hier hauste Gevatter Brown; er hatte sein Yoacomico-Haus verlassen, als es ihm darin zu kalt geworden war.

Der alte Kauz saß draußen auf einer Holzschindel am Boden. Er trug, was er immer anhatte, sommers wie winters: die Wollhose, Hemd und Lederwams. Um die Schultern lag ein altes, von Motten und Ratten zerfressenes Bärenfell.

»Gott zum Gruße, Eure Hinfälligkeit. Warum hockst du hier draußen in der Kälte?«

Der Alte schaute sie aus wäßrigen, rotgeränderten Augen an. Er zitterte am ganzen Körper und war offenbar zu schwach, um zu antworten. Anicah stieg über die Balkenstufen nach unten und warf einen Blick in den düsteren Wohnraum. Den hatte der jüngste Regenguß in einen Tümpel verwandelt, der nun zugefroren war. Im Gerümpel, das er sein Eigentum nannte, fand sie die Holzflöte, die sie zu den Eiern in den Korb steckte.

»Komm mit mir. Mistreß Mary wird sich um dich kümmern.«

Sie half ihm auf die Beine. Er wog kaum mehr als der Korb, so sehr war er geschrumpft und ausgemergelt. Über die Knochen spannte sich eine Haut, so dünn wie Joan Parkes Verhüter aus Schafsdarm.

Singend und auf ihn einredend, führte sie ihn zum Schwesternhof. In der Küche ließ sie ihn vorm Feuer auf einem Stuhl Platz nehmen.

»Hier kann er nicht bleiben«, protestierte Bess und zeigte sich voller Abscheu für den Alten. »In seinem Pelz wimmelt es von Ungeziefer.«

»Er kann uns zum Tanz aufspielen.« Anicah löffelte Maisbrei in eine Schale und gab ihm zu essen. »Mistreß Mary sagt, daß wir zu allen freundlich sein müssen. Wenn nicht, wendet sich der verkleidete Engel von uns ab.«

Während der Alte mit den Fingern seinen Brei aß, ging Anicah zu Mistreß Mary, um ihr zu gestehen, daß sie mehr als nur Eier mit nach Hause gebracht hatte. Mary würde, wie sie wußte, ein gutes Wort für Brown bei ihrer Schwester einlegen.

Sie fand die Herrschaft in der Diele vorm Feuer sitzen. Die Patres White und Copley waren zu Besuch. Kitt starrte in die Flammen. Ihre ausdruckslose Miene verriet, daß sie ungehalten war.

Giles marschierte verärgert auf und ab. »Kittamaquund hat mir selbst versichert, daß er seine Tochter als Nachfolgerin einsetzt.«

Pater White erklärte zum wiederholten Mal: »Nach Tradition und Recht der Piscataway folgt der Erbgang der mütterlichen Linie. Anspruch auf den Thron des Tayac haben deshalb nur die Nachkommen seiner Schwester.«

»Das ist barbarisch.« Giles blieb stehen, steckte seine Pfeife in Brand und paffte hektisch drauflos, bis sein Kopf hinter einer dichten Rauchwolke verschwand. »Unerhört, daß Frauenzimmer über die Nachfolge bestimmen.«

White zuckte mit den Achseln. »Die Piscataway sind ein souveränes Volk, können also an ihre Spitze stellen, wen sie wollen.«

»Vorausgesetzt, Gouverneur Calvert ist damit einverstanden.« Giles hatte ihn aufgefordert, die Indianer unter Druck zu setzen und von ihnen zu verlangen, daß sie seine Frau als ihre Königin anerkennen. Leonard aber war seinerseits empört über die Heirat, und Margaret hatte all ihr diplomatisches Geschick aufwenden müssen, um den Streit zu schlichten.

Anicah hatte durchaus Verständnis für Giles' Ambitionen; der riesige Besitz an Land würde ihm äußerst nützlich sein, auch wenn es sich nur um unwirtliche Wildnis handelte mit gefährlichen Tieren und massiven Bäumen, die nichts als ein Hindernis waren. Aber sie fragte sich, was Kitt auf dem Thron der Piscataway sollte. Sie hatte deutlich zu verstehen gegeben, daß sie nie wieder Tierfelle tragen, in einer Kuppelhütte wohnen oder den Acker mit angespitztem Stock umpflügen wollte.

»Anicah«, sagte Margaret. »Schenk Oberst Vaughan noch einen Becher Süßwein ein. Er ist in der Stube.«

Als Anicah mit dem Wein durch die Diele ging, tönte ihr Musik entgegen. Leise öffnete sie die Tür und schaute ins Zimmer.

Robert Vaughan hockte neben der Feuerstelle. Auf dem Tisch vor ihm standen Margarets Kristallpokale, der Reihe nach geordnet und gefüllt mit unterschiedlichen Mengen Wassers. In den beiden Wasserschalen befeuchtete er seine klobigen Fingerspitzen, mit denen er dann in sanften Kreisbewegungen über die Glasränder strich und liebliche Klänge daraus hervorlockte. Die weichen, vibrierenden Laute mit ihren hellen Obertönen ließen Anicah kalte Schauer über Rücken und Arme rieseln.

Sie stellte den Weinkrug auf der Anrichte ab und eilte zurück in die Halle. Dort winkte sie die Herrschaft herbei und legte den Finger an die Lippen. Margaret blickte verärgert drein, wurde sie doch bei einem wichtigen Gespräch gestört. Dennoch ließ sie sich locken; Schwester Mary folgte.

Zu dritt standen sie im Türrahmen und staunten. Die Melodie hüpfte von Glas zu Glas, und es schien, als zauberte Vaughan sie mit den Fingerkuppen daraus hervor. Klangvoll vibrierte die Luft; die Töne weckten eine unbestimmbare Sehnsucht – nach Schönheit, Liebe, Frieden, nach Unbekanntem und Unerreichbarem. Geradezu schmerzlich berührten sie eine wunde, empfindliche Stelle der Seele.

Inzwischen hatten sich alle Bewohner und Gäste des Hauses hinter Vaughans Rücken in einem Halbkreis zusammengefunden. »Barbara Allen« war eine wunderschöne Ballade, und jeder kannte sämtliche Strophen, doch niemand sang. Kaum einer wagte es zu atmen, um die sphärische, kristallreine Musik nicht zu stören.

Martin umfaßte Anicahs Taille. Sie legte den Kopf an seine Brust und hörte mit geschlossenen Augen Martins Herzschlag mit den Klängen im Raum verschmelzen.

Keiner gab auch nur einen Mucks von sich. Erst als der letzte Ton verklungen war, klatschte Margaret stürmisch Beifall, und alle anderen taten es ihr gleich.

»Ein schöneres Weihnachtsgeschenk hättet Ihr mir nicht machen können«, sagte Margaret und küßte Vaughan auf die Wange.

»Ich wüßte was Schöneres«, grummelte Giles. »Die Rückgabe von Kent Fort Manor zum Beispiel und günstige Tabakpreise in London.«

»Spielt noch ein Lied«, rief Kitt.

Aber Vaughan hatte das Wasser aus den Gläsern bereits in den Krug zurückgeschüttet. »Nein, mein Kind«, antwortete er. »Die flüchtigen Erinnerungen sind die kostbarsten.«

Er hob die Arme in die Höhe und grinste. Er war der unbestrittene Weihnachtsfestordner, der Lord of Misrule, vom nicht vorhandenen Scheitel bis zu den abgewetzten Sohlen. »Und jetzt bitte ich zum Tanz!«

Beschwingt rührte Bess Eier und Gewürze in den Punsch aus Apfelwein. In der großen Halle schlug Mary das Tamburin. Margaret spielte auf dem Klavichord. Zuvor hatte sie allerdings ein Mäusenest aus Federn und Moos daraus entfernen müssen. Der Rest des Haushaltes tanzte einen Ringelreigen.

Anicahs Versuche, Gevatter Brown zum Flötespielen zu bewegen, waren vergebens geblieben. Zuerst hatte er sich damit rausgeredet, daß sein Mund zu trocken sei, und nachdem er einige Humpen Zider getrunken hatte, zitterten seine Hände so sehr, daß er das Instrument nicht zu halten vermochte. Er saß auf einem Hocker, den Rücken an die warme Kaminwand gelehnt, und rauchte Pfeife. Mary hatte ihm ihren besten Wollschal um die Schultern gelegt. Er war sichtlich zufrieden und schmunzelte vor sich hin.

Punsch, Süßwein und gute Wünsche zum Weihnachtsfest hatten alle heiter gestimmt. Anicah war besonders ausgelassen. Robert Vaughan sah zu, wie sie durch das Spalier der Tänzer wirbelte. Die wilden Locken hüpften im Rhythmus ihrer Füße um den Kopf. Vaughan seufzte. Wie gern hätte er sie zur Frau genommen. Aber natürlich war da der große, stattliche Bursche, dem sie ihr Herz geschenkt hatte.

Kitt, langbeinig und dürr, tanzte mit Edward. Vaughan sah sie das erste Mal lächeln.

An Giles gewandt, sagte er: »Hast du vor, dich von deiner Frau zu trennen, jetzt, da du weißt, wie's um ihr Erbe bestellt ist?«

Giles schaute griesgrämig drein. »Scheidung kommt wohl nicht in Frage.«

Vaughan winkte mit der Hand ab und bekleckerte sich mit Asche aus seiner Pfeife. »Ich weiß zwar nicht, wer in erster Instanz dafür zuständig ist, vermute aber, daß selbst der Papst einer Eheauflösung zustimmen würde.«

Giles schüttelte den Kopf. Der Gedanke schien ihm nicht

zu gefallen. Sich von Kitt zu trennen würde bestätigen, was jedermann ahnte, nämlich daß er sie einzig und allein des lockenden Profits wegen geheiratet hatte.

»Ich muß zugeben, daß das päpstliche Scheidungsverbot einer gewissen Raffinesse nicht entbehrt«, sagte Vaughan. »Es führt Mann und Frau wie zwei Cockerspaniels an einer Leine umher, und da sie nicht voneinander loskommen, werden sie mit der Zeit lernen müssen, Zwistigkeiten beizulegen und im Gleichschritt voranzugehen.«

»Ein Lied«, rief Margaret, als der Tanz zu Ende war. »Singt uns was vor, Oberst Vaughan.«

Vaughan dachte einen Augenblick lang nach. »Was ich nun vortrage, wurde von Königin Elisabeths Günstling komponiert und all denjenigen gewidmet, sie so töricht sind, sich zu verlieben.«

> *Was ist Liebe, ich bitte, erkläre?*
> *Es heißt, daß sie ein Brunnen wäre,*
> *Born der Freud' und ach so mancher Zähre.*
> *Womöglich schleust sie uns als Fähre*
> *gen Himmel oder Höll'n Misere.*

Während er sang, brachte Anicah dem alten Brown einen weiteren Humpen Apfelwein. Er bewegte die Lippen, und sie beugte sich zu ihm herab, um zu hören, was er sagte.

»Wenn der Frühling kommt«, murmelte er, »werde ich den roten Vogel fangen.« Daraufhin lehnte er sich zurück an die Wand. Anicah rüttelte ihn beim Arm, doch der war schlaff wie ein Putzlappen. Sie blickte sich hilfesuchend um und winkte Mary herbei.

Die beiden schauten einander an und einigten sich wortlos darauf, niemandem Bescheid zu sagen. Mochte der Schatten des Verstorbenen den Rest des Abend genießen. Anicah legte ihm einen Penny, den einzigen, den sie besaß, unter die Zunge, damit er den Fährmann bezahlen konnte. Mary drückte ihm einen Kuß auf die Stirn; dann verschwand sie in der winzigen

Kammer, die vor kurzem als ein Altar eingerichtet worden war. Es tröstete Anicah zu wissen, daß Mary und ihr Engel nun für die Seele des Alten beteten.

Da zu fürchten war, daß die vielen sechsbeinigen Krabbler von dem abkühlenden Leichnam nun in wärmere Quartiere umzuziehen trachteten, verzog sich Anicah auf die andere Seite des Raums.

Niemand sonst hatte Browns Ableben bemerkt. Vaughan beendete das Lied von Sir Walter Raleigh mit einer fulminanten Geste, die seine Zuhörerschaft mit Süßwein und Tabakasche besprengte.

> *Ich frage wieder, was kann Liebe sein?*
> *Mit Regen vermischter Sonnenschein,*
> *Zahnweh und ähnlich arge Pein,*
> *ein stets verlustreich Spiel zu zwein,*
> *das, so heißt's, sei Liebe allgemein.*

52

In ein wollenes Nachtgewand gehüllt, kauerte Giles im feuchtkalten Zwischendeck zwischen zwei Kisten, die eine mit Kleidern, die andere mit Bratpfannen gefüllt, auf denen sich während der langen Seereise Rost gebildet hatte. Von dem mit Eisschollen bedeckten Fluß drang ein frostiger Lufthauch durch die Planken. Mit wuchtigen Axthieben, so war von oben zu hören, wurde in diesem Augenblick die Tür zur Kapitänskajüte aufgebrochen. Giles war froh, daß er sich wohlweislich nach unten in den Laderaum verkrochen hatte, als Ingle im Morgengrauen seine Ankunft mit Böllerschüssen aus Kanonen angekündigt hatte.

Die *Speagle*, das holländische Handelsschiff, war schon gestern in der Mündung des St.-Indigoes-Flusses vor Anker gegangen, und Giles war an Bord gestiegen, um Vorkehrungen zu treffen für die Einschiffung der Tabakernte von seinen Ländereien bei St. Mary's. Als jovialer Gast hatte er mit dem holländischen Kapitän und den loyalen englischen Händlern bis in die frühen Morgenstunden Wein auf das Wohl von König Charles getrunken.

Das bereute er nun. Der Kopf schmerzte, und sein Magen war in Aufruhr. Er fürchtete, erbrechen zu müssen und sich durch die würgenden Geräusche, die dabei laut würden, zu verraten.

Offenbar war die Tür jetzt aufgebrochen; Giles hörte wütendes Gebrüll. Ingles Spießgesellen hatten, wie es schien, den unglücklichen Schiffslenker gestellt. Stiefel stampften über Deck und die Stiege zum Zwischendeck hinab.

Jemand zerschnitt die Seile, die die Ladung verzurrt hielten. Giles winselte vor Schmerzen, verursacht vom Krachen zu Boden fallender Kisten. Ein Faß rollte polternd längs durch den Laderaum, verfehlte den Versteckten nur um Haaresbreite und zerschellte an den Spanten. Giles hörte das Knirschen von eisernen Stemmeisen auf feuchtem Holz. Deckel wurden von Fässern gehebelt und schepperten zu Boden.

»Potz Teufel«, fluchte jemand. »Nichts als Hüte und Strümpfe! Was soll'n wir mit dem Zeug?«

»Der Lump hat uns doch Wein versprochen.«

Die Männer rückten näher, brachen Kisten und Fässer auf. Giles wagte es nicht, daran zu denken, was passieren würde, wenn sie ihn entdeckten, vor Angst zitternd wie ein in die Enge getriebener Hase. Er holte tief Luft und erhob sich – so weit es ging unter der tiefhängenden Decke. Der Versuch, eine herrische Pose einzunehmen, scheiterte kläglich. Das Nachtgewand und der eingezogene Kopf sprachen für sich.

Ingles Männer waren sofort zur Stelle und beäugten ihn mit unheilvollen Blicken. Nie zuvor waren Giles dermaßen verdreckte, narbengesichtige Gestalten unter die Augen gekommen. Sie kannten ihn nicht, wußten ihn aber sofort an seinen langen Locken als Königstreuen einzuordnen.

»Ein Kavaliersgespenst«, meinte einer.

»Nee, wohl eher 'ne Royalistenratte, mit Grundsuppe groß geworden.«

»Ich will mit Eurem Herrn sprechen.« Giles spürte es kalt um die Beine wehen, als ihm jemand von hinten mit einem Schwert den Saum der langen Schleppe lüftete.

»Und 'n Arsch so weiß wie 'ne geschälte Runkelrübe, nur nicht so rund.« Der Mann piekte Giles Hinterteil mit der Klingenspitze.

»Führt mich zu Kapitän Ingle.«

Ihr heiseres Lachen machte ihm angst und bange, aber schließlich führten sie ihn hinauf an Deck und durch die zersplitterte Tür der Kapitänskajüte. Ingle saß auf einem Stuhl, die Stiefel auf den Kartentisch hochgelegt.

»Brent.« Ingle rührte sich nicht. »Immer noch mit schulterlangen Locken. Ausweis der Hure Babylons.«

»Es wäre die einzige Hure, die er mißachtet.« Giles hob das Kinn und blickte auf ihn von oben herab.

Ingles Schmunzeln ließ erahnen, wie lange es ihn schon danach gelüstete, endlich Rache nehmen zu können. Er wandte sich dem Anführer seiner Bande zu und sagte: »Geh mit ein paar Männern an Land. Tut so, als wärt ihr Teil der holländischen Mannschaft. Es darf kein Verdacht aufkommen.« Er grinste Giles zu. »Wir nehmen uns den Tabak und die Pelze der Schwarzröcke und schaffen sie an Bord der *Speagle* nach England. So werden uns ausgerechnet die Güter der Papisten dabei helfen, den heiligen Kampf gegen sie zu finanzieren.«

Von den Fässern, die an der Anlegestelle von St. Indigoes auf ihre Verladung warteten, gehörten manche Giles, aber davon sagte er nicht. Der Hinweis hätte Ingle nur noch stärker triumphieren lassen.

Wehrlos ließ er sich fesseln und in das Boot verfrachten, das ihn auf Ingles Schiff, die *Reformation,* brachte. Einer der Matrosen stieß ihn in die Achterhütte, warf ein Paar Wollstrümpfe, eine Hose und ein rauhes Hemd hinterdrein und verrammelte die Tür. Der schmale Ausguck war verbrettert worden. Giles trat, im Dunkeln tappend, mit dem nackten Fuß gegen eine Holzkante.

»O verdammt!« stöhnte er.

»Wenn das nicht Junker Brent ist ...«

»Fenwick?« Giles zwinkerte mit den Augen, um sie auf das düstere Licht einzustellen. Cuthbert Fenwick, der Verwalter von Thomas Cornwaleys, hockte auf einer Bohle, die als Schlafpritsche diente.

»Habt Ihr Tabak und Pfeife dabei?« fragte Fenwick.

»Ich habe kaum mehr als das, womit ich geboren wurde.«

Er setzte sich neben Fenwick und versuchte, die Strümpfe anzuziehen, was auf Anhieb nicht gelingen wollte. Es fehlte ihm die Übung, da er sich meist von einem Dienstboten einkleiden ließ. Und weil ihm auch noch das Strumpfband fehlte, rutschten sie ihm auf die Hacken runter.

»Dich hätte ich hier nicht anzutreffen erwartet, Cuthbert, wo doch deine Herrschaft mit Ingle unter einer Decke steckt.«

»Ingle ist ein mieser Verräter.« Fenwick ließ mit der Erklärung eine Weile auf sich warten. Dann sagte er: »Er hat mich gefangengenommen und wenig später auf ein Glas Wein zu sich in seine Kabine eingeladen. Die Stimmung war gut, ich lachte über seine Scherze und versuchte, aus unserer beiderseitigen Freundschaft zu Cornwaleys Vorteil zu schlagen. Schließlich bat ich ihn, an Land gehen zu dürfen.« Fenwick seufzte. »Er versprach mir, mich ziehen zu lassen, machte aber zur Bedingung, daß ich ein Schreiben unterzeichne, eine Urkunde, die ihn bevollmächtigt, über den gesamten Besitz von Cornwaleys frei zu verfügen, solange der sich in England aufhält.«

»Du hast dich natürlich geweigert.«

»Er hat mir hoch und heilig versichert, daß niemandem ein Nachteil oder gar Schaden entstünde. Er habe ehrliche Absichten und wolle nur eines: den Besitz seines Freundes schützen. Darauf gab er mir sein Ehrenwort. Anschließend brachten mich zwei seiner Männer an Land, aber kaum hatte ich meiner Frau das Dokument vorgelegt, packten sie mich und schleppten mich hierher zurück.« Fenwick hatte Mühe weiterzusprechen. »Die Schurken halten Cornwaleys Haus besetzt, und ich muß fürchten, daß sie meiner Frau ein Leid antun.«

Giles legte eine Hand auf Fenwicks Schulter. »Und es sollte niemandem zum Nachteil sein.«

»Nichts als Lügen.« Fenwick weinte hemmungslos.

Schulter an Schulter hockten die beiden in der Dunkelheit und grübelten vor sich hin.

Nach dem Frühstück war Robert Vaughan aufgekreuzt. Margaret leistete ihm in der Küche Gesellschaft und sah zu, wie er sich mit Heißhunger über Grütze und Fleisch hermachte, die vom Vorabend übriggeblieben waren. Ihr fuhr der Schreck in die Glieder, als plötzlich die Tür aufflog und Anicah und Kitt hereingestürmt kamen.

»Tante«, rief Kitt. »Die Pinasse von Junker Giles läuft ein.«

»Ich will nicht, daß du wie eine gewöhnliche Dirne herumrennst und schreist. Wie oft muß ich dir das noch sagen?« Margaret war in letzter Zeit reizbarer denn je. Immerhin, die Nachricht erleichterte sie ein wenig. Endlich geschah etwas. Das lange Warten hatte ihren Nerven gehörig zugesetzt.

»Ist er an Bord?« Margaret ließ sich von Anicah den Umhang bringen.

»Ich weiß nicht. Federputz und bunte Bänder waren jedenfalls nicht zu sehen«, antwortete Kitt.

Margaret bewaffnete sich mit ihren Pistolen, mit Munition und Pulver und eilte hinaus. Vaughan folgte ihr ans Steilufer. Vielleicht hatte sich ja Ingle eines besseren besonnen und beschlossen, Giles auszuliefern. Doch an Bord waren nur er, Ingle, und seine Leute. Er trug einen hohen, schwarzen Filzhut, schwarze, an den Knien zusammengeschnürte Hosen sowie einen weiten Wollmantel, der nach Farbe und Textur feuchter Eichenrinde glich.

»Wie ich sehe, hat er seinen Putz abgelegt zugunsten der schäbigen Tracht eines waschechten puritanischen Roundheads«, sagte Vaughan.

»Kleider aus der Wolle der schwarzen Schafe ihrer Herde«, murmelte Margaret.

»Das letzte Mal, daß ich eine solch liederliche Bande gesehen habe, war, als ich als junger Bursche wegen Trunkenheit und Ruhestörung für eine Nacht hinter Gitter mußte.«

Margaret musterte ihn von der Seite. Er grinste dämlich, konnte aber nicht verhehlen, daß er voller Wehmut zurückdachte an glückliche Zeiten.

»Giles hat die Rechnungsbücher mitgenommen, als er sich auf den Weg machte, um den holländischen Händler an Bord der *Speagle* zu treffen«, sagte Margaret.

Vaughan schnaufte. In den Büchern waren Giles' und Margarets sämtliche Besitzteile und Vermögenswerte aufgelistet, und nun war zu fürchten, daß sich Ingle diese Dokumente unter den Nagel gerissen hatte.

»Mistreß Margaret«, rief Ingle und blickte vom schmalen Sandstrand zu ihr auf. »Gott zum Gruße. Ich hoffe, es geht Euch und Eurem Hausstand gut.« Er entblößte grinsend tabakgelbe Zähne, doch die kleinen blauen Augen blieben ausdruckslos.

Margaret legte mit der Pistole auf ihn an. »Wo ist mein Bruder?«

»Er erfreut sich bester Gesundheit und der Gastfreundschaft auf meinem Schiff.«

»Laßt ihn frei und gebt uns unser Boot zurück.«

»Ich möchte mit Euch reden. Es geht um diese Vollmacht hier«, sagte er und wedelte mit einem Papier in der Luft herum. »Sie wurde von Cuthbert Fenwick, dem Verwalter des Anwesens von Junker Cornwaleys, eigenhändig unterzeichnet.«

»Und was hat es damit auf sich?«

»Alles Weitere würde ich gern unter Eurem Dach mit Euch besprechen. Eure Gastlichkeit wird hoch gerühmt unter allen Seefahrern zwischen Amerika und Gravesend.« Mit seinen Leuten im Schlepp schickte er sich an, den Abhang hochzusteigen.

»Sprecht von dort, wo Ihr seid, oder zieht Eurer Wege.«

Am Rand ihres Blickfelds sah sie Martin herbeikommen. Er trug das alte Luntenschloßgewehr, das er von einem Seneca-Indianer erbeutet hatte, als das Jagdlager des Onkels überfallen worden war. Es war geladen und schußbereit. Das Zündkraut schwelte.

Ingle ließ sich nicht aufhalten. Er blieb erst stehen, als ihm am Klippenrand der Mastiff in die Quere kam, der die Nackenhaare sträubte und durch gefletschte Zähne ein so fürchterliches Knurren laut werden ließ, daß selbst Margaret angst und bange wurde.

»Na schön, machen wir's kurz. Begleicht Eure fällige Schuld, und ich lasse Euch in Frieden.« Er zuckte mit den Achseln, scheinbar verblüfft über den unfreundlichen Empfang. »Wie den Büchern von Cornwaleys zu entnehmen ist, steht Junker Brent mit sechstausend Pfund Tabak, versandfertig abgepackt, und acht Fässern Getreide bei ihm im Soll. Ich habe hier eine von Fenwick unterzeichnete Vollmacht, die mich berechtigt, diese Schuld einzutreiben.«

Er winkte seine Spießgesellen zu sich, was den Mastiff aufs neue alarmierte. Sprungbereit kauerte er am Rand des Abhangs und verschreckte die Männer mit wütendem Gebell. Sie zogen sich zurück.

Margaret spannte den Abzugshahn der Pistole; was ohnehin nicht leicht zu bewerkstelligen war, verlangte nun, da sie vor Erregung am ganzen Leib zitterte, all ihre Kraft. Am liebsten hätte sie Ingle auf der Stelle erschossen. Doch sie wußte, wenn sie auf ihn abfeuerte, wäre es auch um Giles geschehen.

»Packt Euch, Ingle. Und wenn Ihr zurückkehrt, will ich meinen Bruder in Eurer Begleitung sehen.«

Ingle schwenkte seinen Hut in weitem Bogen und stieg zum Strand hinab. »Oberst Brent wird nach England reisen und dort vor Gericht gestellt werden wegen Piraterie und tätlichen Angriffs gegen mich, einen treuen Verteidiger von König und Parlament.«

Margaret war sprachlos vor Wut. Erdreistete sich dieser

Schuft doch tatsächlich, im Namen des Königs zu sprechen. Den Betrüger im Visier ihrer Pistole wartete sie, bis er und seine Männer ins Boot gestiegen waren und vom Ufer abgelegt hatten.

»Der Strolch glaubt, mit Strohmännern und Tinte Krieg gegen mich führen zu können.« Margaret schüttelte den Kopf. »Bei Gott, dem werde ich das Handwerk legen.«

53

Margaret zwängte sich seitwärts durch das Tor, vorbei an einem brüllenden Kalb. Robert Vaughan und seine beiden Jagdhunde eilten ihr über den Hof nach, auf dem es drunter und drüber ging. Die Dienstboten schwirrten umher und trugen hier alle nützlichen, eßbaren und wertvollen Gegenstände aus Giles' Farm und den Außengebäuden des Schwesternhofes zusammen.

»Joseph!« rief sie einem pausbackigen Rotschopf zu, der einen Zentnersack voll Getreide auf dem Buckel schleppte. »Alle Lebensmittel kommen in die Eingangsdiele.« Und an Vaughan gewandt: »Ich danke Gott, daß wir im letzten Frühjahr den Brunnen tiefer ausgehoben, sämtliche Tore verstärkt und schwere Schlösser vor den Weinkeller gehängt haben.«

»Ingles Männer halten St.-Indigoes-Fort besetzt«, rief Vaughan, um sich im lautstarken Tumult und Getöse verständlich zu machen. Die Hühner gackerten, die Schweine quiekten, die Kühe brüllten und der Mastiff rannte, wie von einer Tarantel gestochen, laut bellend im Kreis herum. »Ihr müßt nach Virginia fliehen, Maggie.«

Margaret zeigte sich entsetzt über den Vorschlag. »Und meinen Bruder seinem Schicksal überlassen, mein Anwesen aufgeben, damit es diese Banditen in Beschlag nehmen? Kommt nicht in Frage.«

Vaughan folgte ihr durch die mit Kisten und Säcken zugestellte Diele.

»Außerdem sind wir gut gerüstet und haben alles Nötige griffbereit zur Hand«, sagte Margaret und deutete auf die gehorteten Güter ringsum.

»Gegen Ingle seid Ihr chancenlos; er hat eine ganze Armee um sich geschart. Alle Strauchdiebe der Provinz hören auf sein Kommando.«

In jeder Esse hingen Schweinehälften. Fässer voll Mais, Bohnen und Äpfel säumten die Wände. Streifen getrockneter Kürbisse und Maiskolben baumelten von Deckenbalken herab. In der Küche gossen Anicah und Bess Kugeln. Es dampfte mächtig, sooft sie das heiße Blei zum Abkühlen ins Wasser tauchten.

»Leonard hält sich versteckt«, sagte Vaughan. »Trotzdem werde ich ihn nach Virginia in Sicherheit bringen.« Es grämte ihn, Margaret und Mary allein zurücklassen zu müssen. »All die Gerichtsaufzeichnungen und Verwaltungsakten. Ingle darf sie auf keinen Fall in die Finger bekommen.«

»Ihr werdet Pater Copley doch wohl auch mit Euch nehmen, oder?«

»Er weigert sich zu gehen.«

Beiden war klar, was Copley zu erwarten hätte, wenn Ingle ihn in England auslieferte. Zwar hatten die meisten Priester beim katholischen Landadel im Westen des Landes Zuflucht gefunden, doch über ein halbes Dutzend von ihnen war gefangengenommen, in kalte, rattenverseuchte Löcher gesteckt und später öffentlich verhöhnt und aufgehängt worden.

»Ich bitte Euch noch einmal, Margaret. Kommt mit uns. Gouverneur Berkeley wird Euch Schutz gewähren.«

»Wir stehen hier unter dem Schutz der heiligen Mutter Gottes.« Margaret bekreuzigte sich, und ausnahmsweise verzog Vaughan diesmal nicht das Gesicht. »Sie und ihre himmlischen Heerscharen werden über uns wachen, Robert. Ihr seid der beste Freund ...«

Ihre Stimme versagte. Die Augen brannten. So gerührt war

sie, eingedenk seiner Treue. Er hatte ihr immer beigestanden, gleichgültig, welche Gefahren auch drohten. Was, wenn sie ihn nie mehr wiedersehen würde?

Sie öffnete den Deckel einer Truhe und wühlte darin herum. »Ich hatte Euch das hier eigentlich schon zu Epiphanias schenken wollen, aber sie sind erst vor kurzem fertig geworden«, sagte sie und reichte ihm ein Paar Wollstrümpfe, dick, warm und zueinander passend.

Lächelnd nahm er sie entgegen und stopfte sie in sein altes Lederwams.

»Oberst Vaughan.« Mary kam aus der Wohnstube. »Raphael sagt, daß Ihr nach Virginia segeln wollt.«

»Paddeln wäre das zutreffendere Wort, Mistreß Mary.« Er schmunzelte. »Darf ich die Damen bitten, daß sie sich in meiner Abwesenheit um meine beiden Hunde kümmern?«

»Natürlich«, antwortete Margaret.

Mary drückte Vaughan ein kleines Andenken in die Hand. »Es ist der Jungfrau gewidmet und wird Euch beschützen«, sagte sie leise.

Als er ging, fingen die beiden Cockerspaniels so erbärmlich zu heulen an, daß Margaret sie draußen im Schuppen einsperren mußte.

Aus Gründen, für die sie spontan keine Erklärung hatte, wachte Margaret plötzlich mitten in der Nacht auf. Es war so dunkel wie auf dem Grund eines kalten, abgedeckten Brunnens. Aus der großen Halle, in der Giles' Diener auf dem mit Spreu bedeckten Boden schliefen, tönte lautes Schnarchen. Ein stürmischer Wind pfiff um die Ecken des Hauses und rüttelte an den Fenstern. In der kalten Feuerstelle knackte ein Holzscheit unter dem Druck des vereisenden Saftes, der noch in ihm steckte. Ein abgerissener Ast fiel auf den First und rollte polternd über die Dachschräge.

Wölfe heulten. Über die Jahre hatte Margaret gelernt, die einzelnen Stimmen zu unterscheiden. Sie und Mary hatten ihnen die Namen der Apostel gegeben.

Von feindlichen Angreifern war nichts zu hören, kein Stiefelknirschen, kein Scheppern von metallenen Pulverhörnern, kein Klappern von sorglos getragenen Musketen. Als die Wölfe ihr Heulen einstellten, bemerkte Margaret, daß nicht einmal der leichte, regelmäßige Atem der Schwester zu hören war.

»Bist du wach, Mary?«

»Ja.« Mary richtete sich auf und ließ frostige Luft unter die Decke fahren. »Da stimmt was nicht, Maggie.«

»Es stimmt so vieles nicht, Schwester.« Erschöpft von der schweren Arbeit der vergangenen Tage, lehnte sich Margaret auf das Kopfpolster zurück und schloß die Augen.

Mary stieg aus dem Bett. Sie unterbrach fast jede Nacht den Schlaf, um sich über dem Nachttopf zu erleichtern. Deshalb kümmerte sich Margaret nicht weiter drum.

Am kommenden Tag sollten die Tabaksetzlinge gepflanzt werden. Margaret würde bald aufstehen müssen, um die Dienerschaft zu wecken und sie an die Arbeit zu stellen. Doch müde wie sie war, ließ sie sich zurücktreiben in den stillen, schwarzen Ozean des Schlafs.

»Schwester!« Marys Stimme schreckte sie auf.

Sie zog den Bettvorhang beiseite und sah Mary mit einem brennenden Kienspan in der Tür stehen. Ihr bleiches, hageres Gesicht wirkte gespenstisch im flackernden Lichtschein.

»Die Kapelle steht in Flammen«, sagte sie und eilte wieder hinaus.

Hastig trat Margaret in ihre Schuhe, steckte eine Fackel an, langte nach ihren Pistolen und warf den Umhang über. Dann rief sie Martin zu sich und wies den Verwalter an, das Tor hinter ihr zu verriegeln und keine Fremden auf den Hof zu lassen. In Begleitung von Martin lief sie der Schwester hinterher, deren Fackel auf dem Pfad zum Dorf wie ein Irrlicht durch die Dunkelheit tanzte. Über den Wipfeln der Bäume in Richtung auf St. Mary's schimmerte ein dunkelrotes Band, eine falsche, furchterregende Morgendämmerung.

Margaret winkte Martin vor. »Du bist schneller. Lauf zu!«

Nach kurzem Zögern reichte er ihr die Fackel und rannte los.

Margaret raffte mit der einen Hand die Röcke, hob mit der anderen die Fackel und eilte weiter. Die Luft war so schneidend kalt, daß ihre Lungen zu zerreißen drohten. Die knorrigen Bäume, die schiefen Zäune, die Wurzelstöcke und Stoppeln auf dem Feld wirkten, vom lodernden Licht der Fackel beschienen, wie belebt, und es sah so aus, als verharrten sie in ihrem heimlichen Treiben, sobald Margaret genauer hinschaute. Ringsum schien alles den Atem anzuhalten. Fast war sie geneigt, an Bessens Pantheon der nächtlichen Spukgestalten zu glauben, an die Kobolde und Elfen, die Hexen und Faune und an all die Nachtmahre, die sich auf die Schlafenden legten und sie unter ihrem Gewicht zu ersticken drohten.

Über das eigene Keuchen hinweg hörte sie das Prasseln des Feuers, noch ehe sie die letzte Wegbiegung erreicht hatte. Es tauchte die Umgebung in unwirkliches Licht. Das Dach brannte lichterloh. Wie himmelwärts flatternde Banner züngelten Flammen aus den Fenstern. Zerplatzt waren die kostbaren Glasscheiben.

Zwei Männer rannten in entgegengesetzter Richtung an ihr vorbei. Der eine hatte einen silbernen Kerzenständer erbeutet, der andere die Sanctusglocke. Andere schleppten ihr Diebesgut, in Meßgewänder gewickelt, auf dem Buckel davon. Sie raubten den silbernen Abendmahlskelch und Kruzifixe, den Weihwedel und die Hostienteller, feine Leinentücher und die in Leder gebundene, mit Silberbeschlägen ausgestattete Heilige Schrift, geweihte Gegenstände, die Generationen von Gläubigen trotz großer Anfechtungen hatten aufbewahren können.

Martin rang mit einem halben Dutzend Männern, die ihn festzuhalten versuchten. Margaret verzichtete darauf, sich einzumischen, und eilte weiter, um Mary einzuholen, die inzwischen die Kirchenpforte erreicht hatte.

»Mary!« rief Margaret, obwohl ihr klar war, daß die Schwester sie nicht hören konnte; zu laut fauchten und prasselten die Flammen.

Als wollte sie einen heißen Topfdeckel lüften, wickelte Mary den Saum ihres Umhangs um die Hand, stieß das Tor auf und verschwand in dickem Rauch.

Ein Plünderer kam Margaret in die Quere. Sie rammte ihn mit voller Wucht, so daß er der Länge nach zu Boden stürzte. Der Priesterrock, den er als Beutesack mißbrauchte, öffnete sich, und heraus purzelten Bücher aus Copleys Bibliothek. Männer, die zu spät gekommen und leer ausgegangen waren, fielen darüber her und warfen sie in die Flammen. Wie von Sinnen vor Begeisterung über die Feuersbrunst, die sie entfacht hatten, tanzten und sprangen die Kerle johlend umeinander.

Margaret zog die Kapuze über den Kopf und stemmte mit der Schulter die Pforte auf. Das Fauchen war ohrenbetäubend. Unerträgliche Hitze schlug ihr entgegen. Trotzdem war sie entschlossen, der Schwester zu folgen. Doch plötzlich packte jemand von hinten zu und zerrte sie zurück. Margaret wirbelte herum und fackelte nicht lange. Ihre flache Hand traf Pater Copley mitten ins Gesicht.

»Mary ist da drin!« schrie sie ihn an.

»Heilige Mutter Gottes.« Er bekreuzigte sich.

Margaret wandte sich von ihm ab und sah Mary vor sich auftauchen. Im selben Augenblick stürzte hinter ihr das Kirchendach in sich zusammen. Die Kapuze war auf die Schulter gerutscht, und um ihren Kopf leuchtete eine feurige Aureole. Margaret warf der Schwester ihren Umhang über und erstickte die Flammen und den Gestank brennender Haare. Copley führte die beiden weg. Aus sicherer Entfernung starrten sie auf das Inferno. Die Feuershitze schlug ihnen von vorn entgegen; im Rücken spürten sie Februarkälte.

Margaret berührte Marys Schläfenlocken – eine spröde Krause, die zwischen den Fingern zerbröselte. Auch die Augenbrauen waren versengt, was ihr einen schreckhaften Ausdruck verlieh. Ansonsten hatte ihr Gesicht keinen Schaden genommen.

Sie hielt das kleine Standbild der Jungfrau Maria im Arm.

»Gott hat es nicht gewollt, daß ich den heiligen Splitter des wahren Kreuzes auf die Schnelle finden konnte.« Sie wimmerte vor Schmerzen auf, als Margaret ihr vorsichtig die Kapuze über den angeflämmten Kopf zog.

»Da ist der Pfaffe. Ergreift ihn!« Die Männer ließen Martin frei und machten sich über Copley her. Martin versuchte einzugreifen, doch einer der Schurken setzte dem Pater ein Messer an die Kehle.

»Der Herr ist mein Hirte, Martin«, sagte Copley.

Sie banden ihm die Hände und legten eine Schlinge um seinen Hals.

»Wohin führt ihr ihn?« fragte Margaret; sie hatte ihren Arm um Marys Hüfte gelegt.

»An den Galgen. Da soll er als Verräter zappeln.«

Margaret lud ihre Pistole, spannte den Zündhahn und setzte den Lauf an den Kopf desjenigen, der Copley in seine Gewalt gebracht hatte. »Ihr werdet ihm kein Härchen krümmen.«

»Seht Euch vor, Mistreß, sonst bekommt Ihr es mit meinen Männer zu tun.«

»Aber vorher stirbst du.«

»Ich führe nur meine Befehle aus«, knurrte er.

»Ich will mit deinem Herrn sprechen.«

Sie folgte ihm, die Pistole im Anschlag. Martin sorgte für Rückendeckung und bedrohte jeden, der ihr zu nahe zu kommen versuchte. Sie ließen die brennende Kapelle zurück und bogen in die Straße ein, die durch St. Mary's führte. Trotz des allgemeinen Aufruhrs waren Türen und Fenster der Häuser verschlossen. Richard Ingle hatte das Dorf eingenommen, ohne auf Gegenwehr gestoßen zu sein.

Als sie die Anlegestelle erreichten, dämmerte es. Im Osten nahm der Horizont die Farbe ausgeglühter Asche an. Kalter Dunst stieg vom Wasser auf.

Ein Beiboot beförderte sie zu Ingles Schiff. Copley wurde abgeführt und in der Achterhütte eingeschlossen. Zusammen mit Mary vor den Kapitän geführt, kam Margaret gleich zur

Sache. »Wie kann Er es wagen, unser Gotteshaus in Brand zu setzen und ausplündern zu lassen?«

»Wir sind befugt, das Vermögen unserer Widersacher zu beschlagnahmen und es notleidenden Protestanten auszuhändigen, die durch das frevlerische Treiben der Papisten in Bedrängnis geraten sind.« Ingle verzog keine Miene. »Wie heißt es doch im zweiten Buch Moses, Kapitel zwölf, Vers fünfunddreißig folgende: ›Und die Kinder Israel hatten getan, wie Mose gesagt hatte, und von den Ägyptern gefordert silberne und goldene Geräte und Kleider. Dazu hatte der Herr dem Volk Gnade gegeben vor den Ägyptern …‹«

»Vor den Ägyptern, ha!« Margaret war außer sich.

»›Den Ägypter sollst du auch nicht verabscheuen‹«, zitierte Mary, »›denn du bist ein Fremdling in seinem Land gewesen.‹ Deuteronomium, Kapitel dreiundzwanzig, Vers acht.«

Margaret mußte kichern, obwohl ihr anders zumute war. Wer mit Bibelzitaten zu taktieren versuchte, stand bei Mary auf verlorenem Posten. Das schien auch Ingle einzusehen, denn er schlug nun eine andere Wendung ein.

»Euch wird niemand schädigen oder auch nur beleidigen, wenn Ihr dem Parlament Treue schwört«, sagte er.

Die beiden Frauen starrten ihn an, bis er ihre Blicke nicht länger ertragen konnte und sich abwandte unter dem Vorwand, seine Pfeife zu stopfen. Wie jedermann wußte er ganz genau, daß Katholiken einen solchen Schwur niemals ablegen würden.

Draußen schnatterten Wildgänse, die sich unter brausenden Flügelschlägen in die Luft aufschwangen. Aus der Ferne schallte später Hahnenschrei. Das alles wirkte so vertraut und alltäglich, daß Margaret fast den Eindruck hatte, das nächtliche Geschehen bloß erträumt zu haben, und sie wagte zu hoffen, daß sich dieser Alpdruck nun in Wohlgefallen auflösen würde. Sie schüttelte den Kopf, um wieder klar zu sehen.

»Was hat Er mit Pater Copley vor?«

»Er wird nach England überführt und mit den übrigen Verrätern vor Gericht zur Rechenschaft gezogen.« Es konnte kein Zweifel daran bestehen, daß er zu diesen »Übrigen« auch Giles zählte.

»Wir wünschen, mit unserem Bruder zu sprechen.«

»Von mir aus. Aber das da bleibt hier«, sagte er und zeigte auf Margarets Pistolen. »Wir wollen doch nicht, daß Ihr ihm damit zur Flucht zu verhelfen sucht.«

Margaret zog Mary die Kapuze vom Kopf und entblößte den kahlen Schädel. »Womöglich hält meine Schwester noch eine Waffe in ihren Locken verborgen«, entgegnete sie und fixierte ihn mit eisigem Blick.

Abrupt stand Ingle auf. »Dann folgt mir.« Seine Miene verriet, daß er sich nicht wohl in seiner Haut fühlte. Ihm war wahrscheinlich klar, daß er gegen Margaret, wäre sie nur ein Mann, nichts würde ausrichten können.

54

Jeder wußte um Martins Neigung für die Indianer, aber niemand war so dumm, Abfälliges darüber zu bemerken. Er war der größte und kräftigste Mann der ganzen Provinz und verstand es gleich gut, mit Knüppel, Bogen und Pulverbüchse umzugehen. Ganz und gar kein Simpel mehr, hatte er sich eine Art zugelegt, die ungewöhnlich war und darum unbestimmbar. Er bewegte sich mit der Anmut eines Wolfes und redete nur, wenn es sich nicht vermeiden ließ. Vor seiner Schweigsamkeit und seinen Augen, die so dunkel und schattengleich waren wie das nächtliche Himmelblau bei Mondlicht, nahm sich jedermann in acht. Keiner wagte es, Streit mit ihm anzufangen.

Anicah schöpfte Maisbrei in eine Schale und stellte sie vor ihm auf den Tisch. Der rauhe Märzwind hatte seine Backen rot werden lassen und das dunkle, kupfern schimmernde Haar zerzaust. Die beiden waren für wenige Augenblicke allein in der Küche, und Anicah stellte sich vor, es wären die eigenen vier Wände, in denen sie zu zweit wohnten. Sie strich ihm eine Locke aus der Stirn, um in seine tiefblauen Augen blicken zu können, die so traurig dreinschauten, daß auch ihr das Herz schwer wurde.

Sie versuchte zu beruhigen. »Vater White steht unter Gottes Schutz, Martin.«

»An Händen und Füßen haben sie ihn angekettet, Ani. Das Eisen reißt ihm die Haut von den Gelenken und ist so schwer, daß er sich bei einer falschen Bewegung die Knochen bricht.« Er blickte zu ihr auf, verzweifelt und empört über die Ungerechtigkeit, die allenthalben um sich griff. »Ingle ist den weiten Weg nach Portobacco gesegelt, um den alten, gebrechlichen Mann gefangenzunehmen und ihm Fesseln anzulegen, als wäre er ein Schwerverbrecher.«

Im Gefängnis von Bridewell hatte Anicah schreckliche Geschichten gehört, die davon berichteten, daß Priester, die des Hochverrats für schuldig erklärt worden waren, vor den Augen der johlenden Menge gerädert wurden. Sie legte den Arm um Martins Schultern und setzte sich neben ihn, drückte seinen Kopf an ihre Brust und fuhr mit den Fingern durch sein Haar, als gelte es, ein Kind zu trösten.

»Martin, ich kenn' mich zwar nicht aus in religiösen Dingen, frage mich aber: Was kann der Glaube wert sein, wenn er nie auf die Probe gestellt wird?«

Er schlang einen Arm um ihre Taille. »Und ich frage mich: Womit hab' ich dich verdient?« flüsterte er und drückte ihr einen Kuß auf die Lippen.

»Martin!« Margaret rief aus der Halle.

Er stand auf. »Es scheint, daß Junker Giles reisefertig ist.«

Anicah hielt an ihm fest, als wollte sie ihn nicht ziehen lassen. »Ich mache mir schreckliche Sorgen um dich.«

»Wir nehmen den Mastiff mit.«

»Ein ganzes Rudel Mastiffs wird euch nicht helfen können, falls Ingle beschließt, dich festnehmen und nach England bringen zu lassen. Schließlich bist du ja jetzt auch Katholik.«

Giles' alter Lederkoffer stand fertig gepackt in der Halle. Bess kniete am Boden, um Holzpantinen unter Margarets Schuhe zu schnallen. Martin schulterte den Koffer. Die Mägde folgten ihm und den Schwestern zur Tür und sagten ihnen Lebwohl.

Zum wiederholten Mal ermahnte Margaret: »Laßt niemanden zum Tor hinein, der nicht zur Familie gehört.«

Dann zog sie die Kapuze ihres Umhangs über den Kopf und führte Mary und Kitt hinaus auf den Pfad, der von heftigen Regenfällen aufgeweicht war. Anicah folgte bis zum Tor, um hinter ihnen den Riegel vorzuschieben. Kitt warf ihr einen letzten Blick zu, betrübt, trotzig und hoffnungsvoll zugleich. Worauf sie wohl hoffen mochte? fragte sich Anicah. Darauf, daß Giles nie mehr zurückkehren würde?

Anicah sah sie hinter der Anhöhe verschwinden. An der Anlegestelle erwartete sie die alte Pinke, die so morsch war, daß Ingle darauf verzichtet hatte, sie zu »beschlagnahmen«, wie er es nannte. Bis auf die anderen Boote hatte er den Brents trotz aller Zugriffsversuche und wüster Drohungen nichts abnehmen können.

Als sich die Sonne dem Horizont zuneigte, hantierte Bess zur Vorbereitung des Abendbrotes in der Küche herum. Anicah ging nach draußen, um die beiden mit Seifenlauge gefüllten Eimer ins Haus zu holen, denn für die Nacht war Frost zu erwarten. Als sie zur Hintertür hinaustrat, sah sie Anna, die neue schottische Magd, vor dem Tor stehen. Sie sprach mit einem Mann jenseits der Palisaden, wo sich eine in Braun und Grau gekleidete Menge versammelt hatte, wie Anicah mit Blick durch die Lücken zwischen den Pfosten erkennen konnte.

»Ingle hat vor, deine Herrschaft als papistische Feinde des Parlaments auszuliefern«, sagte der Mann. »Mistreß Margaret will, daß ich ihr die schwere Truhe bringe.«

Anicah spürte das Blut in den Ohren rauschen. Wenn die Herrschaft in Gefahr war, mußte sie auch um Martin fürchten.

»Ich darf keinen reinlassen«, antwortete Anna.

»Mach keine Schwierigkeiten, du dumme Metze.«

Harwood, das ist Robin Harwood, dachte Anicah. »Nein, Anna!« rief sie. Doch es war zu spät.

Zwei Dutzend Männer drängten durch das geöffnete Tor. Die Hühner stieben gackernd auseinander. Anicah rannte in die Küche zurück, riß von einem Faß den Deckel herunter und kippte einen Eimer Seifenlauge in den Apfelwein, der sogleich heftig zu zischen und zu brodeln anfing.

»Bist du verrückt geworden?« Bess starrte sie fassungslos an.

»Robin Harwood kommt mit seiner Bande.« Sie stampften bereits über die Veranda. »Hilf mir, Bess«, rief Anicah und eilte in die Eingangsdiele.

Mit vereinten Kräften stießen sie eins der schweren Vorratsfässer um, und über den Holzboden ergoß sich eine Sturzflut von dreihundert Pfund getrockneten Bohnen. Anicah hastete zur Hintertür zurück; im Rücken hörte sie lautes Gepolter und die deftigen Flüche derer, die auf den Bohnen ausglitten und zu Boden stürzten. In die Diele zurückgekehrt, sah Anicah, wie Bess mit dem Besen auf die Kerle eindrosch. Der letzte, der durch die Tür hereinkam, schleppte Anna auf der Schulter, die strampelnden Beine voran in Richtung auf die Matratzen, die zwischen Kisten und Kästen vor der Wand aufgestapelt waren. Anicah verpaßte ihm einen gezielten Knüppelhieb in die Kniekehlen. Er schlug der Länge nach zu Boden und kam unter Anna zu liegen, die als erste wieder auf den Beinen war, über die Stiege nach oben floh und die Tür hinter sich verriegelte.

Die Eindringlinge randalierten wie von Sinnen, nicht zuletzt in der Wohnstube, wo Margaret und Mary ihre Kostbarkeiten aufbewahrten. Leintücher wirbelten umher. Truhen und Schränke wurden ausgeplündert. Kristallgläser zerschellten an der Wand, was den Strolchen offenbar besonders viel Vergnügen bereitete. Robin Harwood raffte alles zusammen, was ihm zwischen die Finger kam: Unterröcke, Juwelen,

Handspiegel, Marys silberner Fingerhut, Kaminbesteck, Tischtücher und Strümpfe.

Er war außer Rand und Band und hatte den stieren Blick eines Volltrunkenen. Er schwenkte den Arm im Kreis und grölte: »All das hier wird bald mir gehören, und dich nehm' ich mir auch, Metze.«

»Wenn Fröschen Federn wachsen.« Anicah drohte mit dem Knüppel.

»Du gehörst doch nicht zu denen, Sparrow. Komm mit uns.«

»Ich weiß gute von schlechten Leuten zu unterscheiden, du elender Halunke.«

Als er nach ihr zu grapschen versuchte, rammte sie ihm zwei Finger bis zum Anschlag in die Nasenlöcher, daß ihm vor Schmerzen das Wasser in die Augen schoß. »Jetzt bist du reif, mein Täubchen«, brüllte er und schlug zu.

Von seiner Faust ins Gesicht getroffen, kippte Anicah rücklings über eine Bank, doch bevor er über sie herfallen konnte, hatte sie sich wieder berappelt. »Wehe! Wenn du mich anrührst, wird Martin dir den Garaus machen.«

»Und wenn ich ihn vorher umbringe?«

»Wird er auch noch aus dem Grab steigen, um dich zu erledigen.«

Anicah keuchte vor Wut. Wie glänzende Aale wanden sich die Locken um ihr Haupt. Furiengleich blitzten die Augen. Sie schien tatsächlich mit dunklen Kräften in Verbindung zu stehen und durchaus in der Lage zu sein, den toten Liebhaber auferstehen zu lassen, damit er sie rächte.

»Zum Teufel mit dir, du lausige Ratte«, zischte Harwood, sichtlich eingeschüchtert.

In der Küche war ein Hämmern zu hören. Da vernagelte jemand den Deckel des Ziderfasses, um es wegrollen zu können. Andere machten sich daran, die Tür zum Weinkeller aufzubrechen.

Vom Eingang rief einer: »Das Papistengesinde ist im Anmarsch!«

Zinnlöffel klapperten in den Taschen, Tücher, Unterröcke und Tischdecken flatterten hinter ihnen her, als sie nach draußen hasteten, um vor den Knechten auszubüchsen, die gerade von der Feldarbeit zurückkehrten. Unterstützt von sieben seiner Kumpane, bugsierte Harwood das große Bettgestell aus der Stube in den Hof hinaus, wobei kaum eine Türecke unbeschädigt blieb.

Auf sechzehn flinken, aber denkbar unkoordinierten Beinen schaukelte die schwere Schlafstatt zum Haus hinaus; Laken und Bettvorhänge schleiften durch den Dreck hinterdrein. Ein Mann rollte das Ziderfaß weg, fuchtig bemüht, den Dachshund abzuschütteln, der sich in seinem Strumpf verbissen hatte und nicht lockerließ. Drei andere Kerle hatten die Stute und die Milchkühe aus dem Stall geholt und trieben sie auf das Tor zu.

Die Brentschen Mägde schauten dem Rückzug sprachlos zu. Von der Veranda aus rief Anicah den Plünderern nach: »Dafür wird euch die Hölle heiß gemacht!« Wie ein Racheengel stand sie da und verwünschte sie mit der Formel, die sie von Dina in der Schenke gelernt hatte: »*Hocus pocus tontus talontus vade celeriter jubeo.*«

Sie wußte nicht, was die Worte bedeuteten oder ob sie überhaupt einen Sinn ergaben. Immerhin bewirkten sie so viel, daß es Harwood und seine Bande plötzlich noch eiliger hatten davonzukommen. Anicah preßte die Lippen aufeinander und grinste hämisch. Sie wünschte, die Gesichter der Kerle sehen zu können, wenn sie sich über den mit Seifenlauge vergällten Apfelwein hermachten.

Erst an den Leintüchern, die auf dem Hof verstreut lagen, erkannte Margaret, daß hier etwas nicht stimmte. Martin hatte schon früher Verdacht geschöpft. Er rannte ins Haus und rief nach Anicah. Margaret folgte zögernd, voll Angst vor dem, was ihr begegnen würde. Es war Nacht geworden; in den dunklen Räumen flackerten Binsenlichter.

»Wir haben sie aufzuhalten versucht, Mistreß«, sagte Bess.

Sie rutschte auf Händen und Knien in der großen Diele herum, schöpfte die Bohnen vom Boden und schüttete sie ins Faß zurück. Auch die anderen Mägde waren mit Aufräumarbeiten beschäftigt. Der Verwalter wich Margarets Blicken aus. Glasscherben knirschten unter ihren Schuhen, als sie in die Stube ging.

»Ist jemand verletzt worden?« fragte sie Anicah.

»Nein, Mistreß.« Ihr Auge war rot angelaufen und geschwollen, doch über den Fausthieb, der Ursache dafür war, verlor sie kein Wort.

Martin stand hinter ihr. Er schien der Auskunft nicht zu trauen und war versucht, Anicah vom Kopf bis zu den Füßen zu untersuchen, um sicherzustellen, daß ihr auch wirklich nichts geschehen war.

»Wo sind Jack und James?«

»Die haben sich vermutlich zu dem Pack geschlagen.« Mit dem Schürzensaum wischte Anicah die Scherben von den Büchern und stellte sie zurück ins Regal. »Harwood hat ihnen Land und Reichtümer versprochen, um sie auf seine Seite zu ziehen.«

»Diese Schmeißfliegen ...« murmelte Margaret in sich hinein.

»Denen wird sich bald der Magen umdrehen. Ich hab' nämlich den Apfelmost mit Seifenlauge veredelt.«

»Gütiger Himmel!« Mary schlug entsetzt die Hand vor den Mund. »Wo kann ich sie finden, um ihnen mit meinen Medikamenten Linderung zu verschaffen?«

»Die sind über alle Berge«, sagte Anicah. »Haben sich wahrscheinlich in irgendeiner Räuberhöhle verkrochen.«

»Kein Grund zur Panik, Schwester. Die Ätzlauge ist im Most verdünnt und wird allenfalls Bauchgrimmen hervorrufen.«

»Und was für eins!« grinste Anicah.

»Laßt die Arbeit liegen«, rief Margaret den Frauen zu, »und kommt mit.«

Mit Stocklaternen machte sich der ganze Haushalt auf den

Weg zum Steilufer. Unter bleichen, vom Mondlicht beschienenen Segeln trieb Ingles Schiff langsam flußabwärts. Margaret hoffte insgeheim, daß mit ihm auch alle Zwietracht in Richtung England verschwinden würde. Doch wahrscheinlicher war es, daß sie zurückblieb und auch diejenigen entzweite, die bislang in Frieden und Freundschaft zusammengehalten hatten.

Sie dachte an Anicah, an ihren Mut und ihre Treue. Große Not förderte nicht nur das Niedrige zutage, sondern auch das Noble. Selbst in einer Diebin aus den Straßen Bristols. Selbst in Giles. Vor kaum zwei Stunden hatte Margaret Abschied von ihm genommen, und seine Ketten wogen schwer und kalt auf ihren Schultern, als er sie ein letztes Mal umarmte.

»Gräm dich nicht meinetwegen, liebe Schwester«, hatte er betont heiter gesagt. »Ingle mischt schon die Karten, und bevor ich englischen Boden betrete, werde ich zurückgewonnen haben, was er mir gestohlen hat.«

Margaret zwinkerte die Tränen aus den Augen, um das Schiff vorüberziehen zu sehen. Dann bat sie ihre Knechte, die Fackeln hochzuhalten als ermutigendes Zeichen für Giles und die Patres White und Copley.

Im stillen betete sie, daß Copley recht behalten würde.

»Gott wird sein Werk fortsetzen«, hatte er ihr zum Abschied gesagt. »Nichts kann ihn daran hindern.«

55

Die Himmelskuppel schimmerte wie eine Delfter Steingutschüssel. Heller Sonnenschein vergoldete den Fluß. Und die befreiende Aprilwärme verlockte sechs weitere Knechte, den Schwesternhof heimlich zu verlassen. Da war kein Gericht, kein Sheriff und kein Magistrat, vor dem Margaret Klage gegen die Flüchtigen hätte erheben können. Tröstlich war immerhin, daß es keine weiteren Übergriffe auf den Schwesternhof gegeben hatte.

Anicah und Kitt arbeiteten mit den anderen Mägden auf dem Feld. Die Röcke waren hochgesteckt, die Ärmel aufgekrempelt. Kopftücher hielten das Haar zusammengefaßt, und breitkrempige Strohhüte sorgten für Schatten.

Mit ihrer hölzernen Hacke häufelte Anicah Erde um ihr Bein bis hinauf zum Knie. Dann zog sie vorsichtig den Fuß aus dem Haufen hervor und plättete die Kuppe ab, bohrte drei Löcher, steckte je ein Saatkorn hinein und versiegelte die Löcher. Wohl an die tausend Mal würde sie diese Prozedur wiederholen müssen; sie mochte gar nicht daran denken.

»Klar, daß die Lumpen ausgerechnet jetzt zur Saatzeit davongelaufen sind«, meinte Kitt bitter.

»Mir ist das Häufeln lieber als Tabak zu pflanzen.« Anicah reckte sich, um den schmerzenden Rücken zu entlasten, und schaute blinzelnd über die Fläche, die es noch zu bearbeiten galt. Das Feld schien sich bis zum Horizont zu erstrecken.

Margaret hatte genau berechnet, wieviel Getreide und Gemüse angebaut werden mußte, um über den Winter zu kommen. Zum Glück verzichtete sie darauf, Tabak für den Export zu pflanzen. Es sollte nur der Bedarf von Bess und den anderen Dienstboten gedeckt werden, die felsenfest behaupteten, daß sie von dem Kraut »verhext« seien und nicht mehr darauf verzichten könnten.

Hunderte von Spieß- und Blauflügelenten – die einen schnarrend, die anderen mit flötenähnlichen Rufen – schwirrten in mehreren Keilformationen über sie hinweg.

Kitt schaute zu ihnen auf. »Ich wünschte, fliegen zu können.«

»Du würdest wohl gleich losflattern, um zu deinem Liebsten zu kommen, stimmt's?«

Die beiden schauten einander an. Edward war seit der Weihnachtsfeier vor fast vier Monaten nicht wieder aufgekreuzt. Er hatte damals zwar mit Kitt getanzt, ansonsten aber eine übertriebene Höflichkeit an den Tag gelegt und das Mädchen betont förmlich mit Mistreß Brent angeredet, wobei seine Blicke Bände sprachen über Zorn und Spott gleichermaßen. Das mußte auch Kitt aufgefallen sein.

Um sie aufzuheitern, sang Anicah den ersten Vers eines bekannten Kanons an und tippte mit dem Fuß den Takt dazu. Nach und nach stimmten Kitt, Bess, Anna und Mim harmonisch mit ein.

Ein tattriger Greis, bekannt als reich und verschroben,
ließ sich mit 'ner lebhaften Maid aus dem Dorfe verloben.
Rein war ihr Antlitz, gar engelhaft rosig und rund,
ihr Geiglein gestimmt, doch zu spielen er's nimmer verstund.

Zwischen Wurzeln und Steinen harkte Anicah das trockene Erdreich zusammen. Nie zuvor war ihr so bewußt gewesen, daß von dieser mageren Krume ihr Überleben abhing. Denn schon lange waren aus England keine Frachtschiffe mehr gekommen. Auch nicht aus Virginia. Die Pest des Krieges hatte Maryland unter Quarantäne gestellt und vom Rest der Welt abgeschnitten.

Um zumindest den Bedarf an Brot und Maisbrei sicherzustellen, würde sie noch wochenlang auf dem Acker schuften müssen, die Erde wieder und wieder neu zusammenhäufeln und Unkraut jäten, bis es unter den hochgewachsenen Halmen nicht mehr nachwuchern konnte.

Den beiden Monaten, die auf den April folgten, gab Anicah die Namen »Elend« und »Verdruß«, der vielen Arbeit wegen, die in dieser Zeit zu leisten war. Doch zum ersten Mal verstand sie, warum Martin so sehr darauf aus war, eigenes Land zu besitzen und sich damit unabhängig machen zu können. Und so fühlte sie sich zunehmend verantwortlich für die Scholle, die sie bebaute.

An den Krähen, die die Saat aus dem Boden pickten, nahm sie persönlichen Anstoß. Sie beobachtete Wind und Wolken in der Hoffnung auf günstiges Wetter, ging behutsam um mit den Kürbistrieben, die zwischen den Saathaufen für das Getreide rankten. Sie zählte die Fruchtansätze an den Stangenbohnen, nahm ständig Maß an der Höhe des Getreides.

Im Juni, als das Korn bis auf Hüfthöhe herangewachsen war, hörten die Regenfälle auf.

Von Stechmücken umschwirrt, kauerte Anicah in knöcheltiefem Schlamm und blickte argwöhnisch auf einen kleinen Hügel aus Zweigen und Blättern.

»Wie heißt das Tier?«

»*Musquash*«, antwortete Kitt. Sie hatte die Hände auf die Knie gestützt, beugte sich vor und schaute Anicah über die Schulter. »Vielleicht sagt dir der Name Bisamratte mehr.«

»Und wenn das Vieh in seinem Nest ist?«

»Es wird kaum größer sein als die Ratten aus Bristol, von denen du mir erzählt hast.« Kitt stocherte mit einem Stock in dem Reisighaufen. »Hast du Angst?«

»Iwo.« Anicah schlug mit ihrem Knüppel auf die Zweige und legte das Nest frei. Der Nager hatte einen Vorrat an nahrhaften Wurzeln darin zusammengetragen. Anicah und Kitt sammelten sie ein, stopften sie in ihren Sack und zogen weiter.

Auf der Suche nach Eßbarem waren sie in den sumpfigen Quellgrund des Baches geraten. Sie schlugen sich durch dichtes Gestrüpp aus Lorbeerbüschen und kletterten auf dem mit Steinbrech bewachsenen Steilhang zum Rand der Schlucht hinauf, wo Martin mit einem Sack voll Hickorynüssen auf sie wartete. Gemeinsam machten sie sich auf den Rückweg über den Pfad von St. Indigoes, der so zugewuchert war, daß sich sein Verlauf kaum mehr erkennen ließ.

Sie gingen über die verwilderten Felder von Junker Greene. Die Zäune waren umgekippt, das Wohnhaus und die verkohlte Ruine der Tabakscheuer mit Ranken zugewuchert. Marodeure hatten auch Margarets Felder geplündert und niedergebrannt. Über dem schwarzen Boden hing immer noch der beißende Geruch von Holzkohle und verbranntem Tabak. Bis auf vereinzeltes Vogelgezwitscher und das Zirpen von

Grillen war alles still. Eine düstere Stimmung hatte sich breitgemacht.

Auf dem Weg zur Brentschen Anlegestelle kam ihnen Edward entgegen. Er trug Leggins und Mokassins. Auf nackten Schultern schleppte er ein erlegtes Schwein an. »Gott zum Gruße.«

»Anansine.« Marin schüttelte seine Hand und klopfte ihm auf den Rücken. »Willkommen, Bruder.«

Edward legte die Sau am Boden ab. »Die hab' ich Harwood aus dem Stall geholt«, sagte er. »Ich glaube, sie war seine Geliebte, denn ihre Ferkel sehen ihm verblüffend ähnlich.« Er grinste. »Mistreß Brent, ich hoffe, es geht Euch gut.«

Kitt wurde rot im Gesicht. »Was kümmert's dich?«

Sie war mittlerweile fast so groß wie Edward. Trotz der weiten Röcke, die sie trug, war unverkennbar, daß sich ihre Proportionen vorteilhaft verändert hatten. Unter dem enggeschnürten Mieder wirkte ihre Taille noch schmaler, als es ohnehin der Fall war, und die vollen, runden Brüste erheischten Bewunderung. Der schlanke Hals gipfelte in einem energischen Kinn und scharf geschnittenen Kieferknochen, abgeschlossen von zierlichen Ohrmuscheln.

Ohne seinen Blick von ihr abzuwenden, trat Edward auf sie zu und stand schweigend und reglos vor ihr, bis Anicah ihm mit dem Stock den fälligen Anstoß gab und sagte: »Nun gib ihr endlich einen Kuß, du dummer Esel.«

Er beugte sich vor und spitzte die Lippen. Offenbar hatte er nie zuvor geküßt. Kitt hob das Kinn und schloß die Augen. Und dann, als sich ihre Lippen trafen, war es, als kosteten sie eine neue, exotische Frucht.

Anicah und Martin ließen die beiden mit sich allein und gingen weiter.

Margaret zog die Eingangstür vor Leonard Calverts Haus von außen hinter sich zu. Von dem Mastiff begleitet, überquerte sie den verdreckten Hof und schüttelte den Kopf. Seit Richard Ingle vor etwa einem Jahr, im März 1645, die Küste in Richtung England verlassen hatte, war sie zum ersten Mal wieder in Leonards Haus gewesen. Die hohe Luftfeuchtigkeit, die in Maryland herrschte, sowie der plündernde Pöbel hatten das einst hochherrschaftliche Anwesen in eine schäbige Ruine verwandelt.

Der feuchte Putz bröckelte von den Wänden und ließ ein morsches Lattenwerk darunter zum Vorschein kommen. Teile der Holzvertäfelung und der Dielenbretter waren herausgerissen worden. Aus der großen Eingangshalle hatte man vorübergehend einen Viehstall gemacht, und in den Wohnräumen lagerten verrostete Waffen, Pulverfässer und faustgroße Kanonenkugeln. Anscheinend hatten sich hier die rebellischen Protestanten vor dem erwarteten Aufmarsch Calverts verschanzen wollen.

Margaret war gekommen, um Edward Hill, den Interimsgouverneur, in Augenschein zu nehmen. Hill war ein schwergewichtiger und zu nervösen Ticks neigender Protestant aus Virginia – beileibe keiner, dem zuzutrauen war, daß er, wie er salbungsvoll versprochen hatte, die Ordnung in der Provinz würde wiederherstellen können. Er behauptete, von Calvert zu diesem Amt befugt worden zu sein und eine entsprechende Vollmacht zu besitzen. Als Margaret um Einsicht in dieses Dokument gebeten hatte, war ihm nichts Besseres eingefallen als die Ausrede, das Schriftstück verlegt zu haben. Ebenso ausweichend hatte er auf die Frage reagiert, wie er denn Calverts militärische Erfolgsaussichten auf eine Rückgewinnung der Kolonie einschätzen würde.

Margaret ging durch die Ortschaft von St. Mary's, ein Trümmerfeld voll von wucherndem Gestrüpp und Unrat. Bis auf Hill und seine Spießgesellen wohnte hier niemand mehr, und es gab keinen Grund hierherzukommen. Auf den umliegenden Bauernhöfen ging die Angst um; sie sammelte sich wie Staub in den Ecken und wehte durch alle Ritzen, nahm den Atem, setzte sich in den Kleidern fest, machte das Essen ungenießbar und sickerte sogar bis in die Träume durch.

Im vergangenen Jahr hatten sowohl Katholiken als auch

Protestanten an Margarets Tür geklopft. Niemand wußte mehr, wem außer ihr noch zu trauen war in diesem allgemeinen Gespinst aus Argwohn, Verrat und Betrug. Man bat sie, kleinere Streitigkeiten zu schlichten, oder beklagte sich bei ihr über Edward Hills untaugliche Regierung. Manche bettelten auch einfach nur um Nahrung und Medikamente. Doch diese Besuche gingen nun zurück, denn von den ehrlichen Leuten setzten sich immer mehr nach Virginia ab.

Immerhin, dachte Margaret: Zu rauben gab's nicht mehr viel, und auch die Räuber wurden weniger.

Sie trug Herrenstiefel, denn darauf lief es sich besser als auf Holzpantinen. In Begleitung des Mastiffs, mit gehalfterten Pistolen und dem Wehrgehänge unter ihrem zerschlissenen Umhang legte sie in letzter Zeit weite Strecken zurück. Mary behauptete, Margaret würde dem ausgemergelten und an der Schnauze ergrauten Hund von Jahr zu Jahr ähnlicher sehen. Sie nahm ihr den Vergleich nicht krumm.

Margaret wechselte den schweren Korb von der einen in die andere Hand; er war gefüllt mit einem Laib Käse aus der Herstellung von Mary Lawne Courtney Clocker. Die Farm, die Mary Lawne mit ihrem zweiten Ehemann bewirtschaftete, war eine blühende Oase im Vergleich zu den Nachbarhöfen, und Margaret fand an diesem Beispiel wieder einmal die Wahrheit bestätigt, daß nicht immer Sahne war, was obenauf schwamm.

Endlich sah sie in der Ferne und hinter dem kahlen Geäst der Bäume die zwei Schornsteine und das spitze Schindeldach des Schwesternhofes. Das war ihre Welt, zusammengeschrumpft auf wenige Morgen Land und ein Stück Wald, und doch ein schöner Fleck, zumal er ihr gehörte. Sie würde die Ernte dieses Jahres einfahren und sich, wenn nötig, gegen jeden Strolch, der sie ihr streitig machte, mit Waffengewalt zur Wehr setzen.

56

Jene Knechte, die erst vor kurzem in den Dienst der Schwestern getreten waren, hockten am weitesten vom Kamin entfernt auf ihren Bänken. Sie ließen zwei Tonpfeifen rundgehen, flickten ihr Schuhwerk oder feilten die eichenen Blätter der Hacken scharf. Der Verwalter und Bess, Anicah und Edward saßen auf Stühlen dicht vor der Feuerstelle. Martin hatte zwischen Anicahs Knien auf dem Boden Platz genommen.

Unter dem Rauchfang, in unmittelbarer Nähe der wärmenden Flammen, saßen Margaret, Mary und Kitt und spielten eine Partie Pikett. Der Dachshund, der Mastiff, der Whippet und Vaughans Jagdhunde lagen ihnen schlafend zu Füßen. Kitt hatte ihren Stuhl so zurechtgerückt, daß sie von ihrem Platz aus Edward im Auge behalten konnte. Während die Tanten ihre Karten begutachteten, warf sie ihrem Schwarm verliebte Blicke zu.

»Spiel doch mit, Anicah«, sagte Margaret.

»Lieber nicht, Mistreß. Ihr seid mir viel zu gerissen.«

»Unterstellst du mir, daß ich mogele?«

»Allerdings. Und zwar so geschickt, daß niemand was merkt.«

»Das ist ein großes Kompliment aus dem Munde einer Person, die sich selbst auf solche Dinge bestens versteht.« Margaret kniff die Brauen zusammen und bedachte Anicah mit einem Blick, der Strenge vortäuschte.

Auch die Aussicht auf einen wärmeren Platz am Feuer konnte Anicah nicht dazu bewegen, von ihrem Stuhl aufzustehen. Sie hatte ihre Schenkel zangengleich um Martins Brust gelegt, drängte mit dem Schoß gegen seinen Rücken und durchsuchte seinen dunklen Haarschopf nach Läusen. Ihm stand deutlich ins Gesicht geschrieben, wie wohl er sich fühlte.

»Bei Glücksspielen muß man sich ganz besonders vor Raphael in acht nehmen«, sagte Kitt.

Mary schüttelte den Kopf. »Du glaubst wohl, er kiebitzt und verrät mir die Karten der anderen. Aber dem ist nicht so.«

Von Anicah war plötzlich zu hören: »Ich bin im Himmel gewesen und habe Engel gesehen.«

»Papperlapapp!« Bess blickte von ihrer Handarbeit auf; sie strickte an einer Socke aus der aufgeriffelten Wolle eines alten, durchgescheuerten Strumpfes.

»Erzähl uns mehr davon, Ani«, verlangte Mary.

»Es war da so hell wie die Sonne. Überall brannten Kerzen aus schneeweißem Talg.« Sie schlang die Arme um Martins Hals, legte ihm ihre Wange aufs Haar und sinnierte, daß sie hier bei ihm eigentlich schon ihr Paradies gefunden hatte. »Trompeten schallten so wunderbar, daß es nur Engel gewesen sein konnten, die solche Klänge hervorbrachten. Gott und die Heiligen und all die kleinen Cherubine schwebten hoch oben zwischen Wolken und farbigem Licht.«

Bess schnaufte spöttisch, doch Anicah achtete nicht darauf. Sie schlenderte in Gedanken durch die Kirche von Bristol, die der heiligen Mary Redcliffe geweiht war. Vor zehn Jahren hatte sie sich darin vor einer eiskalten Februarnacht zurückgezogen. Im Kirchenschiff waren zur Lichtmeßfeier Hunderte von Kerzen angezündet worden trotz aller Anfeindungen, denen sogar die Anglikaner ausgesetzt waren. Denn die Puritaner verurteilten diesen Brauch als Versuch, den Willen Gottes zu bestechen, und setzten alles daran, ein gesetzliches Verbot zu erwirken.

Anicah hatte die bunten Glasfenster und die Darstellungen der heiligen Familie, die Apostel und Engelgestalten betrachtet, bis der Küster kam und sie hinaus in die frostige Dunkelheit zurückjagte.

»Wer den Himmel nicht auf Erden findet, wird im Jenseits vergeblich danach suchen«, murmelte Mary vor sich hin.

Alles schreckte auf, als von draußen eine Stimme rief: »Hallo he! Seid ihr tot oder schlaft ihr nur?«

Die Cockerspaniels rannten zum Eingang hin und kratzten an der Tür. Der Mastiff fing wütend zu bellen an.

»Ich werde nachsehen.« Martin stand auf, nahm seine Muskete zur Hand und ging hinaus.

Anicah spürte den Verlust seiner Wärme und bekam eine Ahnung davon, wie kalt ihr Leben ohne ihn sein würde.

Als die Tür wieder aufging, stand Robert Vaughan im Rahmen. »Gott zum Gruße, alle miteinander.«

Mit Gejaul und hektisch wedelnden Schwänzen sprangen die Spaniels an seinen Beinen hoch.

Der Mastiff riß ihn fast zu Boden bei dem Versuch, sein Gesicht zu belecken.

»Oberst Vaughan!« Margaret eilte herbei; sie gab ihm einen Kuß auf die Wange, hakte sich bei ihm unter und führte ihn ans Feuer. Die Mägde stürmten in die Küche, um ihm Apfelwein, Tabak und die Reste der dünnen Fischsuppe zu bringen, die es zum Abendessen gegeben hatte.

»Was gibt's Neues aus Virginia, Robert? Hat Leonard genügend Männer zusammengetrommelt? Nimmt er den Kampf auf gegen diese ... diese ...« Sie winkte mit der Hand in Richtung Wald, unfähig ein geeignetes Wort zu finden, das häßlich genug war, um damit jene Strolche zu betiteln, die sich von Richard Ingle hatten korrumpieren lassen.

»Die Virginier hegen nur wenig Freundschaft für uns, und außerdem hat Calvert kaum Geld, um ihnen genügend Sold versprechen zu können.«

»Aber was könnte sie gegen uns einnehmen? Wir waren doch immer ehrlich und fair im Umgang mit ihnen.«

»Als sie vor ein paar Jahren von den Indianern bedroht wurden, sind wir ihnen nicht zur Hilfe gekommen. Das zahlen sie uns jetzt mit gleicher Münze heim. Und vergeßt nicht, es sind mehrheitlich Protestanten.«

»Gouverneur Berkeley und fast alle Virginier von Rang und Namen sind Royalisten.«

»Tja, und darum fürchten sie, daß ihnen der gleiche Ärger ins Haus stehen könnte wie uns. Außerdem haben sie die hohen Verluste, die dem Überfall der Powhatans geschuldet wurden, immer noch nicht verwunden.«

»Und wie stehen die Dinge in England?« wollte Margaret wissen. »Uns hat keine einzige Nachricht erreicht.«

»Cromwell und seine Streitkräfte behalten nach wie vor die Oberhand. Die Puritaner haben die Kirche von England in Acht und Bann getan.« Vaughan lächelte betrübt. »Jetzt bin ich ein Geächteter, wie Ihr es seid.«

»Oh, wie schrecklich ist das alles.« Tränen füllten Margarets Augen.

Vaughan starrte ins Feuer. »Und was gibt's von hier zu berichten?«

»Ein aufgeblasener Sack namens Edward Hill maßt sich das Amt des Gouverneurs an.«

»Herrje, den kenne ich. Geharnischtes Schwein, das er ist.«

»Er hat eine Rotte von Strauchdieben um sich geschart, die er seine protestantische Ratsversammlung nennt.« Trotz aller schlechten Nachrichten zeigte sich Margaret glücklich, ihren Freund wiederzusehen. »Hat Euch eine hübsche Jungfer so lange in Virginia aufgehalten?«

Er schüttelte den Kopf. »Ich mußte mich verdingen, um meine Rippen auf Abstand zu halten. Und außerdem bin ich landein, landaus durch jedes pestverseuchte Nest gezogen, um für Leonard Soldaten zu rekrutieren, allein, ohne Erfolg.«

»Und keiner Jungfer unterwegs begegnet?«

»Wenn Ihr's genau wissen wollt: Da war eine, spröde und tugendhaft, die sagte, daß ohne Ehe bei ihr nichts zu holen sei. Dabei schwoll ihr der Bauch über eine Frucht, die ein anderer angesetzt hatte.« Seine Miene wurde noch düsterer. »Ich bin auch nach Kent gesegelt, Margaret.«

»Und was habt Ihr dort gesehen?«

»Euer Gutshof ist ausgeplündert.« Wütend tippte er mit dem Fuß auf. »Harry Angell und seine *mobile vulgus* sind in meinem Haus über mich hergefallen, haben allen Tabak verbrannt und geraubt, was nicht niet- und nagelfest war.« Und grinsend fügte er hinzu: »Man könnte auch sagen, daß sie bei mir endlich mal aufgeräumt und ausgemistet haben.« Er sah sich in der Stube um. »Zum Glück scheint Ihr den Sturm halbwegs schadlos überstanden zu haben.«

»Uns ist kaum was geblieben, abgesehen von der Spreu und den Ratten.« Margaret warf einen Blick auf die leeren Körbe, die vor den Wänden aufgestapelt waren. Nachdem die letzten Reste Mehlstaub aus den Säcken herausgeklopft worden waren, hatten die Mägde Hemden und Leibchen aus den Sackleinen geschneidert. »Aber wir danken Gott dafür, daß er uns Edward zurückgeführt hat.« Margaret zog den Schal enger um das Nachtgewand. »Ohne ihn und die getauften Indianer hätten wir alle Hungers sterben müssen.«

Mary lächelte Edward an und sagte: »Wir danken Gott dreimal täglich für die Engel, die er uns geschickt hat.«

Vaughan richtete den Blick auf Kitt und notierte anerkennend ihre triumphale Entwicklung zu einer Frau der betörenden Art. Apropos Engel, dachte er bei sich; der hier schafft's, den leibhaftigen Teufel im Manne zu wecken.

Er beneidete Giles um diese Gemahlin. Falls dem armen Tropf das Schicksal erspart bliebe, zum Ergötzen des Londoner Pöbels gerädert zu werden, würde ihn hier eine angenehme Überraschung erwarten.

Vormittags war Anicah etliche Male über die Felder hin zur Steilküste gelaufen, um auf den Fluß hinauszublicken. Aber bislang war kein Segel aufgekreuzt, auch kein Kanu, das ihr eine Nachricht von Martin übermittelt hätte. Wieder einmal kehrte sie betrübt zurück auf dem Weg, der an der provisorischen Schmiede vorbeiführte, durch den Obstgarten und den braungelben Acker, der, weil allzuoft mit Tabak bepflanzt, nun verödet war und brach.

Sie erreichte den eingefallenen Staketenzaun, der den Schwesternhof von Junker Greenes westlichen Feldern trennte. Linkerhand erhob sich der schwarze Winterwald, abweisend wie ein Palisadenwall. Anicah klemmte den Knüppel unter den Arm und steckte die klammen Finger in die

Achselhöhlen. Vom St.-Indigoes-Fluß blies ihr ein scharfer Wind entgegen; sie reckte den Hals und lauschte dem fernen Gedonner von Kanonen.

»Potz noch eins!« Sie machte auf dem Absatz kehrt und lief den Zaun entlang, bis zu der Stelle, wo Edward mit Reparaturarbeiten beschäftigt war. Kitt war bei ihm.

»Edward, komm mit!« rief Anicah.

»Wohin?«

»Nach St. Indigoes natürlich.«

»Ohne mich.« Trotz der Kälte hatte er sein Hemd ausgezogen und über den Zaun gehängt. Die honigbraune Haut zeichnete jeden Muskel, jede Sehne auf Schultern und Rücken ab, als er, die Axt schwingend, seine Arbeit wiederaufnahm. Die alten, wollenen Beinkleider hingen ihm lose auf den schmalen Hüften.

Kitt trug Wams und Umhang; beide Kleidungsstücke waren von Giles aufgetragen und abgelegt worden. Angesichts der englischen Kostümierung der beiden fühlte sich Anicah an jenen Panther erinnert, den sie vor langer Zeit auf dem Jahrmarkt zu Bristol gesehen hatte: Das schmuckvoll verzierte Zaumzeug war nur zur Schau; das Tier wäre dadurch kaum zu halten gewesen, wenn ihm der Sinn danach gestanden hätte davonzuspringen.

Edwards Englisch hatte sich während der vergangenen Monate auf dem Schwesternhof deutlich verbessert. »Wild, wie wir sind, töten wir aus Rache ...« Er trieb die Axt ins Holz und zerrte das Eisen daraus hervor. »Wir töten, um unsere Frauen zu beschützen, um Nahrung zu sichern und gelegentlich auch nur zum Sport. Aber wir töten niemals einen Mann wegen seines Glaubens.«

»Würdest du nicht für den König kämpfen?« fragte Anicah.

»Er ist nicht mein König«, antwortete er mit einem bitteren Unterton in der Stimme, den sie nie zuvor gehört hatte. »Wären Martin und Oberst Vaughan nicht dabei, würd's mich nicht kümmern, wenn sich alle gegenseitig umbrächten.« Und um Anicah zu trösten, fügte er hinzu: »Mach dir keine Sorgen. Über Martin wacht ein schützender Geist.«

»Du meinst ein Schutzengel.«

»Nenn es, wie du willst.«

Kitt sagte: »Jetzt, da Gouverneur Calvert wieder hier ist und gegen die Rebellen bei St. Indigoes vorrückt, werde ich meine Kühe zurückholen. Edward hat sie in Edward Hills Stall gesehen.«

»Du könntest ihn verklagen.« Kaum hatte sie das gesagt, wunderte sich Anicah über sich selbst. Wie konnte ausgerechnet sie den Vorschlag machen, freiwillig vor Gericht zu ziehen?

»Ich schätze, da seine Lordschaft zurückgekehrt ist, wird's vor Gericht demnächst zugehen wie in einem Tollhaus.«

Anicah mußte ihm recht geben. In nächster Zeit würde fleißig abgerechnet und ein Prozeß nach dem anderen geführt werden – wegen Diebstahl, tätlicher Übergriffe, Menschenraub, Verrat, Beleidigung, offenstehender Schulden, Blasphemie, sittenwidrigen Verhaltens, Ehebruch, Fahnenflucht und dergleichen mehr. Es konnte womöglich Jahre dauern, bis alle Fälle verhandelt waren.

»Viel Glück«, sagte Anicah zum Abschied.

»Das wünschen wir dir auch, Ani«, antwortete Kitt. »Und ich hoffe, du findest deinen Martin, bevor der Tag zu Ende ist.«

Anicah lief den Weg zurück, den sie gekommen war, und schlug sich beherzt in den Wald hinein, zum Himmel betend, daß alle Panther, Wölfe und Bären schliefen oder davongezogen waren. Als sie sich, kaum hundert Schritte vorgedrungen, noch einmal umdrehte, war die Lichtung, die sie verlassen hatte, nicht mehr zu sehen. Zwischen dornigen Ranken suchte sie nach den harztriefenden Beilkerben, die zur Markierung in die Bäume geschlagen worden waren. Auf manchen dieser Zeichen hatte ein Bär seine Klauenspuren hinterlassen und deutlich gemacht, wer der eigentliche Herr im Walde war.

Plötzlich hörte Anicah Männerstimmen. Statt ihrem ersten Impuls zu folgen und in umgekehrter Richtung davonzulaufen, blieb sie stehen und hielt den Knüppel mit beiden Händen gepackt. Eine Reihe dunkler Gestalten tauchte aus dem Schatten auf.

»Wen haben wir denn da?« Der Anführer machte Halt, und die Gefährten rückten an seine Seite vor. Sie stanken wie eine Schiffsladung fauler Äpfel und schlecht gegerbter Felle. Anicah kannte nicht einen von ihnen und vermutete, daß sie wohl zu der Söldnertruppe gehörten, die Calvert in Virginia angeheuert hatte.

»Ich bin auf der Suche nach Martin Kirk«, sagte sie.

»Platz da!« tönte es aus dem Hintergrund. Anicah erkannte die Stimme sofort.

»Oberst Vaughan!« Sie drängte durch die Schar der Männer. »Wo ist Martin?«

»Hier«, meldete sich Martin und trat hinter dem Dickicht hervor. Wie bei den anderen waren auch sein Gesicht vom Pulver geschwärzt und die Augen gerötet vom Feuerrauch.

Er trug Leonard Calvert auf dem Buckel, der es aber beim Anblick Anicahs eilig hatte, auf eigenen Beinen zu stehen. Von Martin gestützt, hinkte er herbei.

Anicah machte einen Knicks vor ihm. »Ihr seid verwundet, Euer Lordschaft?«

»Nicht weiter schlimm. Hab' mir bloß den Knöchel verstaucht.« Und offenbar hatte er das Bedürfnis zu erklären, warum sie zu Fuß zurückmarschierten, denn er sagte: »Wir wären gern auf der Pinasse heimgekehrt, doch die ist leider von einer verirrten Kanonenkugel versenkt worden.«

»Ist das hier Eure Truppe aus Virginia?« fragte Anicah und nahm Martin bei der Hand.

»Ja.«

»Ein reichlich wüster Haufe.«

»Zugegeben«, lachte Leonard.

»Martin«, fragte sie, »war es arg schrecklich zu kämpfen?«

Er zeigte sich verlegen, trotzig und erleichtert zugleich. »Nun ja. Die Rebellen sind Hals über Kopf in den Wald geflüchtet. Das Fort war leer, als wir anrückten.«

»Diese Mausköpfe hier haben die Strolche entkommen lassen«, grummelte Vaughan mit Blick auf die Männer aus Virginia.

»Wir sollten dankbar sein, daß kein Blut vergossen wurde«, entgegnete Calvert.

»Dank gebührt vor allem Martin«, fügte Vaughan hinzu. »Er hat ein so fürchterliches Indianergeheul angestimmt, daß die Spitzbuben in alle Richtungen davongestoben sind.«

Leonard wandte sich Anicah zu. »Ist deine Herrschaft zu Hause?«

»Ja.«

»Gut. Ich freue mich schon darauf, an ihrem Kaminfeuer zu sitzen und von dem Brandy zu probieren, den Gouverneur Berkeley ihnen hat zukommen lassen.«

57

Leonard Calvert rückte seine Brillengläser zurecht und starrte auf das Schreiben, das vor ihm auf dem Tisch lag. Die Zeit, die er sich zum Lesen nahm, kam Anicah vor wie eine Ewigkeit, ja, es hatte für sie fast den Anschein, als zögerte er seinen fälligen Kommentar absichtlich hinaus, um sie nervös zu machen. Der ganze Brentsche Haushalt war hier versammelt, während auf dem Hof dringliche Arbeiten zu verrichten waren. Außerdem standen die Leute vor Calverts Tür Schlange, um zur Audienz vorgelassen zu werden. Es war März. Vor drei Monaten, kurz nach der Wende auf das Jahr 1647, hatten Leonard und seine Männer das Fort von St. Indigoes zurückerobert, und es gab für ihn als Gouverneur eine Fülle von sehr viel wichtigeren Angelegenheiten zu erledigen.

Zeit ihres zweiundzwanzigjährigen Lebens scheute Anicah die Vertreter der Obrigkeit, denn von denen hatte sie nie Gutes zu erwarten gehabt. Doch Leonard Calvert – Esquire, Generalleutnant, Admiral und oberster Kommandant der Land-

und Seestreitkräfte der Provinz von Maryland –, dieser hochwohlgeborene Herr bedachte sie nun mit väterlich gütiger Miene, über den Rand der Brille hinweg, die er auf die Spitze seiner nobel geschwungenen Nase hinuntergeschoben hatte.

»Martin Kirk und Anicah Sparrow ... ich frage euch, was ist der Grund für euern Entschluß, die Ehe miteinander einzugehen?«

Martin hielt Anicahs Hand gepackt, als fürchtete er, von ihr losgerissen werden können. »Sie gehört zu mir, und ich werde mich nie von ihr trennen«, sagte er mit fester, klarer Stimme.

Er sah so stattlich aus in seiner neuen Kniehose und dem Wams aus feinem Wollstoff, dem weißen Leinenhemd, den Socken und Schuhen, daß Anicah aus dem Schwärmen nicht herauskam.

»Wohlan, nehmt euch jetzt bei der rechten Hand«, sagte Leonard. »Zuerst spricht der Bräutigam die Worte des Ehevertrags. Löst eure Hände, fügt sie erneut zusammen, und dann wiederholt die Braut den Treueschwur.«

»Ich, Martin Kirk, nehme dich, Anicah, zu meiner anvermählten Frau und gelobe, dir beizustehen in guten wie in schlechten Tagen, bis daß der Tod uns scheidet.«

Anicah holte tief Luft und stieß die Worte prustend hervor aus Angst, ins Stocken geraten zu können. Nervös nestelte sie an den Falten ihrer neuen Schürze herum. Trotz äußerst knapper Mittel hatte Margaret das Brautpaar mit Kleidern aus Virginia ausstaffieren lassen. Dieses Geschenk, so sagte sie, habe Anicah zum Ende ihrer Zwangspflicht redlich verdient. Anicah wähnte sich über alle Maßen reich mit ihrem Wollkleid, der Schnürbrust, der Schürze, dem Hemd aus feinem Leinen, den Strümpfen und den beiden leinenen Häubchen, die sie nun besaß.

»Ihr seid nun Mann und Frau«, sagte Leonard und strahlte übers ganze Gesicht. Niemand hatte ihn glücklicher gesehen seit seiner Rückkehr aus Virginia. »Gottes schönstes Geschenk an uns ist ein treuer Gefährte, der Freud und Leid mit uns teilt. Möge er euern Bund segnen mit Kindern, die ihr dann nach seinen Geboten erziehen sollt, damit auch sie an seiner Herrlichkeit teilhaben werden.« Er wandte sich Anicah zu, die aus den Augenwinkeln bewundernd zu Martin aufblickte. »Frau Kirk ...«

Anicah zuckte zusammen, als sie gewahr wurde, daß er das Wort an sie gerichtet hatte. Frau Kirk. Die Anrede klang in ihrem Ohr ebenso komisch wie respektvoll.

»Ja, Euer Lordschaft?«

»Denk daran, allweg treu zu sein, deinem Manne zu dienen und zu gehorchen.«

»Ja.«

Robert Vaughan lachte laut auf, denn er konnte sich lebhaft vorstellen, wer von den beiden unter wessen Fuchtel geraten würde. An Gewitztheit und Tatkraft war Anicah Sparrow Kirk klar überlegen, nicht zuletzt an Sinnlichkeit, wovon jeder ihrer Blicke zeugte, die sie ihrem Mann zuwarf. Ihr Haar war heute sauber und geschmeidig; es fiel in dunklen Locken bis über die Schultern herab.

Vaughan wäre allzugern dabeigewesen, als Anicah auf Margarets Geheiß zur Feier des Tages ein Bad hatte nehmen müssen. Die Mägde berichteten, daß sie gezetert und wie wild getobt habe, als sie sie eingeseift und unter Wasser zu tauchen versucht hatten. Bess meinte, es sei leichter, ein Dutzend Katzen zu waschen als diese eine Metze.

»Gib ihr einen Kuß, du Glückspilz«, rief Vaughan.

Martin wurde puterrot bis über den Hals und hinunter auf den weißen Kragen seines neuen Hemdes. Anicah warf ihm die Arme um den Nacken und küßte so stürmisch und ausdauernd, daß Bess schließlich der Sorge Ausdruck verlieh, es könne den beiden womöglich die Luft ausgehen, und dann sei noch mehr Zeit vertan, weil auf die Hochzeit sogleich eine Bestattung folgen müsse. Als sich die beiden endlich voneinander trennten, fielen die Gratulanten über sie her. Selbst Leonard gab der Braut ein Küßchen auf die Stirn.

»Hurra!« schrie Robert und verteilte saftige Küsse an alle Frauen, die nicht schnell genug zur Seite springen konnten.

»Viel Glück, meine Kinder.« Margaret versuchte, nicht daran zu denken, daß die Zeit drängte, denn noch heute mußten die Tabaksetzlinge eingepflanzt werden.

In der ganzen Provinz war sie die einzige gewesen, die im vergangenen Herbst eine gute Ernte eingeholt hatte, und sie hatte kaum schlafen können, bis der letzte Tabakstrang ins Faß gepreßt und an Bord des Schiffes gebracht worden war – das erste, das seit zwei Jahren im Hafen festgemacht hatte. Und jetzt sollte die ganze Plackerei wieder von vorn losgehen.

Die Trauzeugen schickten sich schon an, nach Hause zu gehen, als Anicah an die Geschenke dachte, die sie ihnen geben wollte. »Augenblick noch«, sagte sie und holte aus ihrem Umhängebeutel ein Bündel hervor. Darin eingewickelt waren kleine Stücke aus Sackleinen in den Umrissen ihrer eigenen Hand. Von diesen Abschnitten überreichte sie jedem Gast ein Paar und sagte: »Wir haben leider keine Hochzeitshandschuhe zu verteilen, wie's der Brauch ist, aber Mistreß Mary hat mir geholfen, für Ersatz zu sorgen. Sobald Martin und ich unser Glück gemacht haben, werden wir euch richtige Handschuhe nachreichen, aus feinstem Wildleder, so weich wie ein Kinderpopo.«

Dankbar nahm jeder sein Geschenk entgegen. Dann warfen sie ihre Umhänge über, zogen die Kapuzen bis tief in die Stirn und traten hinaus in den Regen. Leonard schaute der Hochzeitsgesellschaft wehmütig nach.

Margaret drehte sich in der Tür noch einmal um. »Leonard, Ihr werdet doch heute abend mit uns zu Tisch sitzen, oder? Wir haben zwar nur einfache Kost anzubieten, aber danach wird zur Feier des Tages gesungen und getanzt.«

Leonard nickte, und Margaret eilte den anderen nach. Durch Pfützen und aufgeweichten Boden ging es zurück zum Schwesternhof. Ein jeder beklagte sich über den feuchtkalten Nebel, der durch Mäntel und Kapuzen drang. Doch Robert sang aus Leibeskräften.

Mein Schatz war ein Beispiel für Anständigkeit
– und hatte des Gutes zuviel an Rapport.
Jetzt ahnt ihr, was anständig hieß bei der Maid:
Es stand bei ihr an jeder Kerl aus dem Ort.

Als sie in Richtung Schenke an der niedergebrannten Kapelle vorbeikamen, zog Anicah ihren Angetrauten beiseite und unter den uralten Maulbeerbaum, der am Wegrand stand.

»Lies es mir noch einmal vor, Martin.«

Der Aushang am Baumstamm war vom Regen durchweicht, die Tinte verschwommen und unleserlich geworden. Das Aufgebot hing dort nun schon seit einer Woche, und Anicah hatte sich von Martin, sooft sie hier vorbeigekommen waren, den Text vorlesen lassen. Beide kannten ihn auswendig. Ihre Lippen formulierten die Worte mit, als er laut vorlas:

> Am heutigen Tage wurde Freisasse Martin Kirk vorstellig und versicherte unter Eid, daß er weder einer anderen Frau als Anicah Sparrow versprochen noch mit dieser blutsverwandt sei, daß ferner keinerlei Verpflichtung dritten gegenüber einer Heirat im Wege stehe und daß nach seiner Kenntnis auch auf seiten der Braut nichts dagegen spreche, sie nach Recht und Gesetz zur Ehefrau zu nehmen.

Die aus den Zweigen fallenden Regentropfen wuschen ihr die Tränen aus dem Gesicht, als sie hinaufschaute auf das durchnäßte Papier und die verschmierte braune Tinte. Sie und Martin konnten nun in Freiheit leben. Margaret Brent hatte Wort gehalten und der Zwangspflichtverordnung gemäß Martin mit zwei Hacken und einer Axt ausgestattet. Anicah war mit einem Faß Korn abgefunden worden.

Sie hatten sich entschlossen, auch weiterhin auf dem Schwesternhof zu arbeiten, und zwar gegen Verpflegung und Lohn. Aus der nächsten Ernte standen ihm zehn Pfund Tabak in Aussicht und für sie sieben Pfund. Sie wollten den Verdienst sparen, bis genügend zusammen war, um eigene hundert Morgen Land erwerben zu können. Als sie noch durch die Straßen von Bristol geirrt war, hatte Anicah im Traum nicht auf ein solches Leben zu hoffen gewagt.

Frau eines Freisassen. Haus und Hof in eigenem Besitz. Anicah wünschte, ihre Mutter könnte nun auf sie hinabsehen. Und auch ihr Vater, wo immer er sein mochte. Wer er auch sein mochte.

Von Mistreß Margaret war den beiden das kleine Häuschen überlassen worden, in dem sie und die Schwester nach ihrer Ankunft in Maryland gewohnt hatten. Es war inzwischen halb verfallen und in denkbar schlechtem Zustand, aber Anicah zweifelte keinen Augenblick daran, daß es ihr und Martin gelingen würde, die Hütte wieder wohnlich herzurichten.

Zur Nacht zog Martin die morschen Läden vor die Fenster. Anicah richtete auf dem alten Pritschengestell beim Kamin das Bett her, klopfte die mit Spreu gefüllte Zwillichmatte aus und legte die Decke darüber, die Robert Vaughan ihnen zur Hochzeit geschenkt hatte.

Durch die Ritzen in Fenstern und Wänden zog kalter Wind. Die Spreu knisterte, als sich Martin auf die Matratze legte. Anicah schaufelte Asche auf die Glut im Kamin und zeichnete mit einem Stock ein Kreuz in die Asche. Dann kniete sie vor der Feuerstelle nieder, senkte den Kopf und sprach das Nachtgebet, das allabendlich im Haus der Brents aufgesagt wurde.

> *Ihr heiligen Apostel, segnet*
> *den Schlaf, der uns begegnet.*
> *Und guter Engel, schütze du*
> *uns vor Gefahr in unserer Ruh.*

Martin schlug die Decke für sie beiseite. Sie eilte über den kalten Boden herbei, streifte den Schmutz von den Füßen und legte sich zu ihm. Aneinandergeschmiegt spürte sie seinen Herzschlag auf ihrer Brust.

Er küßte ihr den Mund, die Augen, die Schläfen, und sie flüsterte: »Wie haben wir eigentlich gelebt, bevor wir uns begegnet sind, Martin? Ich kann mir ein Leben ohne dich nicht mehr vorstellen.«

»Unser Leben beginnt auch erst jetzt, Ani, im Gleichtakt unserer Herzen.«

58

Margaret ließ es sich nicht nehmen, einen Umweg über den verwilderten Gemeindeacker einzuschlagen; sie wollte Robin Harwood am Pranger stehen sehen. Die Julisonne brannte auf ihn nieder und löste die scharlachrote Haut von Gesicht und nacktem Oberkörper. Seine Ohren waren zu beiden Seiten an den Stock genagelt, der auch die Hände fesselte und den Kopf auf die Brust zwang. Stechmücken umschirrten ihn. Ein paar Männer und Frauen waren herbeigekommen und machten sich einen Spaß daraus, ihn mit Schweinemist, verrottetem Fisch und faulen Eiern zu bewerfen.

Margaret und Mary waren auf dem Weg zu Leonards Haus; sie hielten sich nicht lange vor dem Schandpfahl auf. Mit einem Truthahnflügel fächerten sie die Fliegen fort. Oh, diese Fliegen, zürnte Margaret im stillen; es sind wohl die einzigen Wesen, die hier ein reiches Auskommen finden. Mary murmelte ein Gebet vor sich hin und ließ die schweren Perlen ihres Rosenkranzes aneinanderklicken. Margaret hatte die Schwester mehrfach darauf hingewiesen, daß es doch vernünftiger sei, die kleine Kette aus England zu benutzten, die sich unauffällig in der Hand verbergen ließ. Und sie wünschte sich nun, daß sie darauf bestanden hätte, denn in diesem

Moment tauchte Richard Bennett vor ihnen auf. Bei seinem Anblick lief es Margaret kalt den Rücken herunter.

»Geht mir aus den Augen, verruchtes Jesuitengezücht!« brüllte er.

Er war stämmig wie ein Bulle. Unter dem Rand seines schwarzen Filzhutes fransten dünne, graubraune Strähnen hervor. Die engstehenden blauen Augen verliehen ihm den Blick eines Raubvogels. Seine Gesicht hatte von Natur aus recht ansprechende Züge, war aber von Fettwülsten verunstaltet. »Mit solchen Götzenperlen schmückt sich der Teufel.«

Margaret schenkte ihm keine Beachtung, obwohl sie vor Wut zu zittern anfing. Doch Mary lächelte freundlich.

»Guten Morgen, Gevatter«, grüßte sie im Vorbeigehen und setzte ihr Gebet fort.

»Ist Euch Euer Seelenheil denn so einerlei, Frau?« rief er hinter ihr her.

»Gott sorgt sich darum; er sorgt sich um jedermanns Seele.« Mary war stets aufgeschlossen für eine Diskussion über dieses Thema. Sie drehte sich zu Bennett um, blickte dann auf den unsichtbaren Gefährten an ihrer Seite und sagte: »Du stimmst mir doch zu, Raphael, nicht wahr?«

Bennett war sichtlich verdutzt, ging aber gleich wieder zur Attacke über: »Wenn Ihr weiterhin den papistischen Antichristen anbetet und nicht statt dessen seine Götzenbilder und Lappereien zerschlagt, werdet Ihr in der Hölle schmoren.«

Mary neigte den Kopf; es schien, als würde sie diese drohende Möglichkeit in Betracht ziehen. »Haltet Ihr's für ausgemacht, daß Eure Person daselbst nicht anwesend sein wird?«

»Allerdings. Ich werde gerettet werden und inmitten der Auserwählten stehen.«

»Das erleichtert mich aber.« Sie verneigte sich, warf ihm ein letztes Lächeln zu und betete murmelnd weiter.

»Ihr papistischen Kebsweiber«, brüllte Bennett. »Verdammt seid Ihr auf alle Ewigkeit.« Er zog den hohen Hut fester über den massigen Schädel, warf sich in die Schulter und wirbelte eine Menge Staub auf, als er wütend davonstampfte.

Margaret fächerte Leonard mit der Truthahnschwinge Luft zu. Mary legte ihm eine kalte Kompresse auf die Stirn in der Hoffnung, sein Fieber senken zu können. Der Arzt hatte die Fensterläden schließen lassen, um den Patienten gegen die Krankheitserreger in der stickigen Sommerluft abzuschotten. Die Hitze in der Stube war noch drückender als die Glut vorm Haus, die fast ausgereicht hätte, um Brot darin zu backen. Margaret wies die Diener von Leonard an, Rosmarin und Lorbeerblätter zu rösten, damit der Rauch die Gerüche von Krankheit und Tod vertreibe.

Sie hatte nicht das Herz, Leonard zu fragen, was ihm dabei eingefallen sei, dreihundert Puritaner einzuladen, sich in Maryland niederzulassen. Sie hatten sich in Virginia bereits so ungebührlich aufgeführt, daß Gouverneur Berkeley ihren Weggang verlangte. Richard Bennett war als Vorhut gekommen, um für seine Gefolgschaft das in Aussicht gestellte Terrain zu sondieren.

Calvert hatte ihnen Land im Norden versprochen, drei Tagesreisen von St. Mary's entfernt. Er war fest davon überzeugt, daß die neuen Siedler über Jahre hin mit Rodung, Hausbau, Plantagenarbeit und der Schutzwehr gegen Indianer vollauf beschäftigt wären und allein schon darum nicht die Zeit haben würden, den Bewohnern von St. Mary's Schwierigkeiten zu machen. Margaret hatte allerdings arge Bedenken. Denn für Leute vom Schlage Bennetts war das Belästigen anderer nicht bloß Freizeitbeschäftigung, sondern Berufung schlechthin.

Leonard stöhnte. Seine Haut war gelb wie Zwiebelschale, und Margaret wußte, daß keine ihrer Arzneien Heilung würde bewirken können. Sie hatte schon alles, was in ihrer Apotheke war, durchprobiert: Wasserdosten, Schlangenmoos, Fieberkraut oder in Wein aufgelöster Eisenstaub. Dr. Gerard hatte ihn zur Ader gelassen. Vergeblich. Für Margaret, Mary und den Nachbarn Thomas Greene blieb nur noch eines zu tun: am Bett des Kranken zu wachen, für ihn zu beten und ihm Trost im Sterben zu geben.

Alle wußten die Zeichen zu deuten. Die heftigen Schüttelfrostanfälle waren die schlimmste Geißel jener totbringenden Krankheit, die Klimafieber genannt wurde. Die Mägde hatten den ganzen Tag damit zu tun, das Bettzeug zu wechseln und auszuwaschen. Magen, Darm, Nieren und Leber versagten ihren Dienst. Wenn der Siechende, was selten vorkam, Wasser ließ, so war es rot wie Ochsenblut und schließlich – seit gestern – schwarz. Der Tod stand unmittelbar bevor.

Erschöpft und reglos lag Leonard unter dem fleckigen Laken. Margaret schaute hilflos und verzweifelt auf ihn herab. Ferdinand Poulton, Andrew White, Giles und nun Leonard. Sie dachte an Giles, der in irgendeinem dreckigen Verlies schmachtete oder womöglich gar schon tot war. Von denen, die ihr so viel bedeuteten, wurde einer nach dem anderen aus ihrem Leben gerissen. Sollte sie denn am Ende allein an dieser verfluchten Küste ausharren müssen, in Gesellschaft nur von Wölfen und Feinden?

Leonard winkte sie näher zu sich und ließ die Hand schlaff aufs Bett zurückfallen.

»Glaubt Ihr, daß Eure Stunde gekommen ist?« fragte Margaret.

»Ja.« Und an Greene gewandt, tat er seinen Letzten Willen kund: »Thomas, ich schätze, Ihr seid der letzte katholische Gentleman in Amerika, und darum ernenne ich Euch hiermit zum Gouverneur. Möge Gott Euch schützen und anleiten bei der Ausübung dieses Amtes, denn es stehen schwere Zeiten bevor, und ich sehe keinen Hinweis auf Besserung.

Margaret, ich bestimme Euch zu meiner Nachlaßverwalterin.« Er lächelte matt. »Verfügt frei über meine Hinterlassenschaft.« Er stockte, rang nach Luft und meinte dann: »Ich möchte mit Mistreß Margaret noch ein paar Worte unter vier Augen wechseln.«

Der Diener stellte ihr einen Stuhl vors Bett und verließ mit allen anderen das Zimmer.

»Ich stehle mich davon und lass' ein Chaos hinter mir zurück.«

»Mit Gottes Hilfe werden wir zurechtkommen.«

Leonard sprach langsam und mühte sich mit jedem Wort. »Wie Ihr wißt, hat Ingle alle Urkunden und Aufzeichnungen vernichtet, derer er habhaft werden konnte. Darum weiß ich Euch nur das zu berichten, was mir in Erinnerung geblieben ist.«

Gewissenhaft, wie er immer war, zählte er nun all sein Soll und Haben auf sowie das, was an Vieh und Ernteerträgen auf seinen drei Gütern bei Point Lookout und dem Besitztum seines Bruders jenseits des St.-George-Rivers übriggeblieben war. Anschließend lag er lange Zeit still da, und Margaret fühlte den unsteten Puls im Handgelenk.

Schließlich sagte er: »Ich habe immer gehofft, am Ende tun zu können, was englische Katholiken seit Jahrhunderten zu tun pflegen, nämlich einem Priester die Beichte ablegen, um die letzte Ölung empfangen zu können.«

»Lieber Freund, sollen wir gemeinsam den zweiten Bußpsalm sprechen?«

Seine fiebernde Hand haltend, rezitierte Mary mit ihm die Worte: »»Wohl dem, dem die Übertretungen vergeben sind, dem die Sünde bedeckt ist ...‹« Und als sie geendet hatten, fügte Leonard mit schwacher Stimme hinzu: »»In deine Hände befehle ich meinen Geist; du hast mich erlöst, Herr, du treuer Gott.‹« Margaret rief die anderen zurück und gab dem Sterbenden Gelegenheit, sich bei seinen Dienstboten, die ihn aufopferungsvoll gepflegt hatten, mit ein paar kleinen Geschenken zu bedanken. Während er dies tat, schaute sich Margaret in der Stube um und nahm als Nachlaßverwalterin schon einmal Bestand auf von dem, was sich auflisten und verwerten ließ: drei kleine Silberteller, eine zerbrochene Axt, die alte Bettstatt, ein gußeiserner Topf, zwölf Zinnlöffel, angelaufen und abgewetzt vom häufigen Gebrauch. Nach einem langen Leben und den Plünderungen der vergangenen zwei Jahre war nur dieser klägliche Rest geblieben.

Leonard Calvert war schon immer allein gewesen. Was ihn von den anderen trennte, hatte er nie genau bestimmen, geschweige denn überschreiten können, so sehr er auch bemüht gewesen war. Nun stand er vor dem einsamsten aller Wege. Er stieß ein leises Seufzen aus und ermattete vollends. Margaret schloß ihm die Augenlider.

Während sie gemeinsam mit Mary und Thomas Greene die »Trauergeheimnisse« aus dem Rosenkranz sprach, kam ihr ein altes Lied in den Sinn, ein Vers, den Anicah Sparrow Kirk zur Seebestattung einer armen Magd aus Irland gesungen hatte, damals auf der langen Schiffsreise hierher. Margaret erinnerte sich an Anicahs klare, engelsgleiche Stimme, die so gar nicht zu passen schien zu dieser garstigen Metze mit den wüsten Haaren und hungrigen Augen. Leise sang Margaret vor sich hin.

Läßt uns hier allein zurück;
jetzt und immerdar
kehrest du zum Himmel ein,
endlich vor Gottes Altar.

Wie sollte es in der Kolonie ohne Leonard Calvert weitergehen? Er war ihre Seele, ihr ruhender Pol und Antrieb. Margaret war den Tränen nahe, aber zu benommen und erschöpft zum Weinen. Ein Schlußstrich war gezogen; etwas Neues würde beginnen, aber was genau und wohin es sich entwickeln mochte, davon hatte Margaret keine Ahnung.

Sie und Mary traten hinaus unter den Nachthimmel. In Bäumen und Büschen pulsierten die winzigen Lichter einer Unzahl von Glühwürmchen. Sie umschwirrten Margarets Gesicht und entzündeten auf Marys Haar einen kalten Strahlenkranz.

Epilog

Als es am späten Abend an der Tür klopfte, war Anicah gerade damit beschäftigt, Kürbisstreifen auf eine Hirschsehne aufzuziehen, um sie zum Trocknen aufzuhängen. Nervös blickte sie zur Tür. Leonard Calverts virginische Söldner hielten nach wie vor die Garnison bei St. Indigoes besetzt. Sie forderten ihren Sold und beschlagnahmten Hühner, Schweine und Getreide bei all jenen Bauern, die so töricht waren, ihren Besitz nicht streng genug zu bewachen. Besucher zu dieser vorgerückten Stunde verhießen nichts Gutes.

Martin nahm den Knüppel zur Hand und öffnete vorsichtig die Tür, zuerst einen Spaltbreit, dann machte er sie ganz auf. Kitt trat über die Schwelle. Sie hatte die schwarze, mit rotem Samt gefütterte Kapuze ihres wollenen Umhangs zurückgeschlagen, und das lange, schwarze Haar fiel ihr lose über die Schultern. Sie trug ihren Sohn im Arm; die großen, dunklen Augen lugten aus dem Bündel hervor, in das sie ihn eingewickelt hatte.

Martin ging nach draußen, um ein paar Eichenscheite zu holen, die bis unter die Traufe vor der Hauswand aufgestapelt waren. Wieder drinnen zog er die Tür zu, verzichtete aber darauf, den Riegel vorzulegen. Anicah hängte Kitts feinen, neuen Umhang neben die eigenen schäbigen Kleider an den Haken. Daß Kitt zu dieser späten Stunde auftauchte, dazu noch ohne Begleitung, war mehr als ungewöhnlich.

»Tante Margaret sagt, daß ihr bald auf euern Pachthof bei Point Lookout umzieht. Darum sind wir auf einen Sprung vorbeigekommen. Der Kleine und ich werden so bald keine Gelegenheit mehr haben, euch zu sehen.« Sie nannte ihren Sohn nie bei seinem eigentlichen Namen: Giles. Martin rückte ihr einen Stuhl vors Feuer. Kitt schaute sich in der Stube um und sagte: »Du hast es hier sehr wohnlich gemacht, Ani.«

Anicah registrierte den wehmütigen Unterton in ihrer Stimme.

Giles war vor anderthalb Jahren aus England zurückgekehrt, gerade rechtzeitig, um als Vater des Kindes gelten zu können, doch Anicah und Martin wußten es besser. Giles hatte nicht nur seinen Kopf aus der Schlinge ziehen können und erfolgreich Klage gegen Ingle geführt, sondern er war auch noch vom Gericht mit einer Entschädigung von tausend Pfund Sterling abgefunden worden. Kitt war jetzt Mistreß Brent und die Hausherrin seines Anwesens, mit edlen Kleidern ausgestattet und einer Magd, die ihr alle Arbeit abnahm. Sogar ihre Sprache war vornehmer geworden, obwohl sich gelegentlich doch noch der schnoddrige Ton einer Dienstmagd bemerkbar machte.

»Unsere Wohnung ist recht bescheiden«, sagte Anicah.

Über dem Feuer hingen ein kleiner, rostiger Kessel, eine Schöpfkelle und der Brotröster. An der Wand standen auf einem ungehobelten Fichtenbord eine hölzerne Schüssel, Becher und Löffel. Das ganze Mobiliar bestand aus der alten Bettstatt, zwei Hockern und einem von zwei Kisten gestützten rauhen Brett, das als Bank diente. Anicah war stolz auf all das.

Es war Oktober und noch nicht allzu kalt. Das Feuer sorgte für ausreichende Wärme. Sein gelber Schein warf ein angenehmes Licht auf die schwarzen Eichenwände. So einladend hatte die Hütte nicht einmal ausgesehen, als Margaret und Mary im Jahre 1638 für kurze Zeit darin wohnten, vor mehr als einem Jahrzehnt.

Martin hatte frische Spreu auf dem Boden verteilt und duftenden Rosmarin und Thymian aus dem Garten beigemischt. Weitere Kräuter, goldene Getreidegarben, an Fäden aufgezogene Äpfel und Kürbisstücke hingen von den Dachbalken. An der Seitenwand reihten sich Körbe voll Bohnen und Erbsen. In der Esse baumelte ein halber Schinken, schwarzbraun und vom Wind, der durch den Schornstein fiel, in langsame Rotation versetzt. An einem Hakenbord hingen Martins alte Muskete, das Pulverhorn und der Munitionsbeutel. Seine beiden Hacken und die Axt lehnten neben der Tür an der Wand.

»Mistreß Margaret war so freundlich, uns ein Fäßchen von ihrem Apfelwein zu überlassen.« Anicah schenkte dem Gast einen Becher voll ein. Kitt hatte ihr Mieder gelöst und das Hemd aufgeschnürt, um ihr Kind zu stillen.

»Ich habe euch einen Topf Quitten in Sirup mitgebracht«, sagte sie.

»Vielen Dank.«

»Anansine«, rief Martin plötzlich freudestrahlend aus.

Anicah und Kitt schauten sich um.

Wie aus dem Nichts war Edward lautlos aufgetaucht. Er trug lederne Leggins, Lendenschurz und Wolfsfellmantel. Vom Gürtel hing ein großer Beutel aus feinem Wildleder. Die eine Schädelhälfte war wie früher kahlrasiert. Im schwarzen Haar, das er über dem linken Ohr zu einem Knoten zusammengefaßt hatte, steckte eine Falkenfeder.

Vor der Feuerstelle legte er eine fette Wildgans und einen kleinen Sack voll Austern auf den Boden. In dem Beutel am Gürtel klapperte es, als er neben Kitt in die Hocke ging, um den Säugling zu betrachten.

»Wo hast du nur so lange gesteckt, Edward. Wir haben uns Sorgen gemacht, daß dir womöglich was zugestoßen sein könnte.« Anicah legte die Austern in die heiße Asche.

»Mir geht's gut.« Der durchtriebene Humor, der sich früher als Funke in seinen Augen zeigte, war nicht mehr zu erkennen.

»Pater Copley ist aus Portobacco und Piscataway zurückgekehrt«, berichtete Martin. »Er sagt, daß von denen, die Vater White getauft hat, niemand mehr aufzufinden war.«

»Tja, so ist es.« Edward hielt dem Kind einen Finger hin, und es umschloß ihn mit der winzigen Hand.

»Wo sind sie alle hin?« fragte Anicah.

»Die Engländer von Fort Piscataway haben sie geknechtet

und geschlagen, so daß sie schließlich davongelaufen sind. Oder gestorben vor Hunger, weil die Pflanzer das Wild verjagen und ihre Schweine frei rumlaufen lassen, die alles verwüsten. Viele sind auch von der englischen Krankheit angesteckt worden und daran zugrunde gegangen.«

»Martin, hilf mir mal, den Erbsenkorb nach oben zu bringen.« Anicah stieß Martin auf die Leiter zu. Indem sich die beiden unter dem Vorwand, eine dringliche Aufgabe erledigen zu müssen, in die Dachkammer zurückzogen, gaben sie den Freunden Gelegenheit, ungestört miteinander zu sprechen.

»Ani, Martin«, rief Kitt schließlich. »Edward will aufbrechen.«

Edward nahm Martin bei der Hand und steckte ihm ein kleines Zinnkreuz zu, das er vor Jahren von Mary Brent bekommen hatte. »Mistreß Mary wird ein Auge auf euch halten«, sagte er. »Sie hat einen mächtigen Schutzgeist.«

»Hast du Raphael gesehen?« fragte Anicah.

»Gewiß.«

Edward und Martin faßten einander bei den Unterarmen, schauten sich tief in die Augen und wechselten ein paar Worte in Edwards Sprache.

»Gott schütze dich, Edward«, sagte Anicah.

»Dich auch, Ani.«

Er öffnete die Tür und schlüpfte in die Nacht hinaus. Kitt senkte den Kopf und wiegte den Säugling. Das lange, schwarze Haar fiel über die Stirn und verbarg ihr Gesicht.

Anicah sah den Kummer in Martins Augen. »Gräm dich nicht, er wird zurückkommen.«

»Nein, Ani, das wird er nicht.«

»Was macht dich so sicher?«

»Er trägt die Knochen seines Onkels und seiner Tante bei sich. Das heißt, er wird in ein anderes Land ziehen.«

Eine milde Aprilbrise wehte ihnen entgegen, als Robert und Margaret auf der Anhöhe über dem Hafen von St. Mary's standen und hinunterschauten auf das gerade eingelaufene

Schiff. Es war das erste im Jahre 1649. Die Mannschaft ließ das Beiboot ins Wasser, um die Passagiere an Land zu bringen. An Deck tummelten sich insgesamt 275 Männer, Frauen und Kinder in braunen, schwarzen oder grauen Kleidern. Richard Bennett und seine Männer erwarteten sie an der Landungsbrücke. Sämtliche Bewohner von St. Mary's waren an den Strand gekommen, neugierig darauf, die angereisten Nonkonformisten in Augenschein zu nehmen.

»Die sind so grau und zahlreich wie Mäuse in einer Lohgerberei«, sagte Vaughan mit Blick auf die Puritaner.

Margarets Lachen klang bitter.

»Ihr solltet Euch die Sache wirklich noch einmal durch den Kopf gehen lassen«, meinte Robert und griff damit das Streitgespräch wieder auf, das die beiden seit Wochen führten.

»Ich habe mir alles gründlich überlegt.«

»Mit Verlaub, Ihr seid nicht mehr die Jüngste.«

Als Antwort darauf zuckte sie nur mit den Achseln.

»Im Ernst. Ein neues Leben in der Wildnis anzufangen ist was für junge, kräftige und törichte Leute.«

»Ich war nicht mehr jung, als ich hierherkam, aber dennoch töricht genug.«

»Das redet Ihr nur so daher.«

»Ich weiß am besten, wo mir der Schuh drückt.« Im Grunde fühlte sich Margaret geschmeichelt durch seine Versuche, sie zum Bleiben zu überreden. Allen anderen war es offenbar einerlei, ob die Brents nun das Feld räumten oder nicht.

»Das Land rund um den Acquia Creek ist wunderschön«, sagte Margaret, und es schien, daß sie sich, selbst noch unschlüssig, die Vorzüge eines Neuanfangs einzureden versuchte. »Ihr solltet mit uns kommen.«

Er schüttelte den Kopf. Die Brents hatten vor, nach Virginia zu ziehen, und Virginia wurde von der gleichen autokratischen Herrschaft regiert, die auch hier in Maryland das Sagen gehabt hatte. Vaughan wußte, daß er unter den hiesigen Verhältnissen besser und weiter vorankommen würde als anderswo. Über die Puritaner mochte man denken, wie man wollte; auf alle Fälle waren sie äußerst fleißig und tatkräftig. Und keinem von ihnen würde es auch nur im Traum einfallen, dem Nachbarn die Schweine aus dem Stall zu stehlen.

»Wir werden uns bestimmt nicht aus den Augen verlieren«, sagte Margaret. »Immerhin halten wir unseren Besitz hier und werden ab und zu nach dem Rechten schauen.«

»Natürlich.« Aber Vaughan wußte, daß nichts mehr so sein würde wie früher.

Margaret richtete ihren Blick zurück auf das Schiff. Aus der Entfernung wirkten die Passagiere klein wie die Ameisen; sie krabbelten an Strickleitern hinunter ins Beiboot, das vor dem großen Schiffsrumpf im Wasser auf und ab schaukelte.

»In Maryland amtieren zwei Priester«, sagte sie. »Aber die Ostermesse können wir nicht feiern; wir müssen uns wie die Diebe verstecken und zum Gebet in den Wandschrank zurückziehen. Hat Euch etwa das Weihnachtsfest gefallen, als Bennett und seine Kumpane Patrouille gingen, um sicherzustellen, daß auch niemand die Geburt unseres Herrn Jesus feierte? Stellt Euch bloß vor, wie es sein wird, wenn diese Kerle die Mehrheit in der Ratsversammlung stellen.«

»Mir schmeckt das doch auch nicht, aber ...«

»Für mich gibt's kein Aber mehr, Robert. Ich werde mir nicht den Rest meines Lebens von diesem Pack vergrätzen lassen.«

Politisch weitblickend, mußte Margaret außerdem davon ausgehen, daß von Lord Baltimore keinerlei Begünstigungen mehr zu erwarten waren. Im Gegenteil, um den neuen Machthabern zu gefallen, würde er gewährte Privilegien wieder einzuziehen versuchen. Er schwankte im Wind wie ein Gefangener in seinem Schandkäfig, lebendig zwar, aber wie lange noch?

Das Beiboot näherte sich dem Ufer. Erwartungsvolle Erregung machte sich breit unter denjenigen, die den Strand und den Pfad säumten, der zur Steilküste hinaufführte.

»Gelobt sei Gott. Der König ist geköpft«, tönte es ihnen

aus dem Boot entgegen. »Lang lebe das Parlament! Der König ist tot.«

Mit johlender Begeisterung nahm die Menge die Nachricht auf. Brüllend ließen sie Oliver Cromwell hochleben.

»Heilige Mutter Gottes!« Margaret vergaß, wo sie war, und bekreuzigte sich. »Man hat den König ermordet.«

Sie starrte Robert an. Tränen rollten ihm über die Wangen in den Bart. Sie warf sich ihm an die Brust, und gemeinsam beweinten sie den Verlust ihres Königs und die bevorstehende Trennung voneinander.

Bei Sonnenaufgang stiegen Martin und Anicah hinauf zur höchsten Erhebung ihres Pachtlandes bei Point Lookout; es war Teil des Gutes von St. Gabriel. Vom Potomac und dem St.-George-Fluß zog Nebel auf und rollte wie Quecksilber über die tiefer liegenden Auen. Im Norden lagen St. Indigoes und St. Mary's.

»Ani, als ich mich von Mistreß Mary verabschiedet habe, gab sie mir das hier.« Er langte ins Hemd und zog einen verschmutzten Stoffbeutel daraus hervor.

»Das Testament meines Vaters!«

»Sie hat den Beutel vom Hals des alten Brown genommen, als der seinen letzten Hauch von sich gab. Sie hat ihn beiseite gelegt und vergessen. Erst beim Packen hat sie ihn wiedergefunden, aufgemacht und festgestellt, daß er dir gehört.«

Martin hatte ihr den Beutel eigentlich sofort aushändigen wollen, sich aber dann durch eine unbestimmte Angst davon abhalten lassen. Insgeheim fürchtete er, daß sein Inhalt Probleme aufwerfen und Anicah womöglich sogar von ihm entfremden könnte – ein Gedanke, der ihm um so unerträglicher war, als Anicah ein Kind von ihm erwartete.

Vielleicht empfand Anicah ähnlich. Wie gebannt starrte sie auf den Beutel, in dem der Brief steckte, den sie – vor Urzeiten, wie ihr schien – aus der Hand ihrer Mutter empfangen hatte. Er war ihr im Laufe der Jahre zu einer Art Talisman geworden, zu einem Amulett, das ein tiefes Geheimnis barg.

Sie öffnete die Zugkordel und holte mit zitternder Hand die zerbeulte Schnupftabaksdose zum Vorschein. Darin lag der Brief, spröde und vergilbt zwar, aber dennoch erstaunlich gut erhalten. Vorsichtig faltete sie ihn auseinander.

Dieses Blatt Papier hatten ihr Vater und ihre Mutter in den Händen gehalten; jetzt hielt sie es. Ein Fragment aus alter Zeit, die verschüttet schien. Behutsam, als handelte es sich um den Splitter des heiligen Kreuzes, reichte sie den Brief an Martin.

Er wandte das Blatt ins Sonnenlicht, um die verblaßte Schrift entziffern zu können. Dabei ließ er sich so viel Zeit, daß Anicah vor Ungeduld auf den Lippen kaute, denn sie traute sich nicht, ihn zur Eile anzuhalten.

Endlich fing er zu lesen an. »Hier steht: ›Liebste Frau, liebstes Kind ...‹« Anicahs Herz pochte so heftig, daß ihr das Trommelfell in den Ohren zu zerreißen drohte.

Liebste Frau, liebstes Kind
Im Namen des allmächtigen Gottes, Amen. Ich, Will Sparrow, obgleich körperlich gebrochen, so doch bei klarem Verstand, tue hiermit meinen Letzten Willen kund. Zu Unrecht eingekerkert, muß ich bittere Qualen leiden, was ich gerne auf mich nehme, damit Euch meine Habe nicht vorenthalten bleibe. Mein Wärter, Gott vergelt's ihm, hat mich diese Zeilen schreiben lassen und versprochen, den Brief an Euch auszuhändigen.
Erstens, meine Seele übereigne ich Gott, der sie mir gegeben hat. Zweitens, meinen Körper vermache ich der Erde in der Hoffnung auf die Wiederauferstehung von den Toten, die uns Jesus Christus in Aussicht gestellt hat. Meiner lieben Frau hinterlasse ich die Kleider, die ich trug, als man mich in diese Todeszelle brachte.
An weltlichen Gütern blieb mir außerdem nur noch ein Klafter Eichenholz in guter Qualität, das mir William Dunbar aus der Gemeinde von St. James bei Bristol schuldig ist.
Dieses Holz vermache ich meiner Tochter Anicah.

Möge Jesus Christus ihr seinen Segen geben und den Schutz gewähren, den ich ihr nicht mehr bieten kann.

Um ihr dieses Holz hinterlassen zu können, hatte Anicahs Vater lieber tödliche Folter erduldet als mit einem Schuldeingeständis seine bescheidenen Habseligkeiten an den König abtreten zu müssen.

Die Sonne hatte sich vom kahlen Geäst der Bäume frei gemacht, als Anicah zwei Pinassen von Norden her herbeisegeln sah. Sie steuerten auf die Mitte der breiten Potomac-Mündung zu, um die Flutströmung zu erreichen, die sie in die Chesapeake-Bucht treiben würde.

Der alte Mastiff lag struppig und lendenlahm auf dem Vordeck. Der Dachshund sprang um ihn herum und kläffte. Anicah erkannte die zwei Gestalten, die, in weite Umhänge gehüllt, an der Reling standen, und winkte ihnen mit beiden Armen zu. Margaret und Mary winkten zurück.

Obwohl die Zeit drängte und Tabaksetzlinge gepflanzt werden mußten, schauten Anicah und Martin den Booten nach, bis sie um die Landzunge gebogen und hinter dem Waldrand verschwunden waren.

Nachwort

Die zwei Jahre relativer Anarchie, die später »Zeit der Plünderung« genannt wurden, sorgten für anhaltende Turbulenzen in Lord Baltimores Kolonie. Gouverneur Leonard Calvert starb, ehe das Gericht dem jährlichen Turnus gemäß tagen und die Streitigkeiten schlichten konnte. Margaret Brent, seine Nachlaßverwalterin, mußte sich noch lange mit den vertrackten geschäftlichen und rechtlichen Problemen aus seiner Hinterlassenschaft auseinandersetzen. Sie hatte sich nicht nur um Kent Fort Manor und den Schwesternhof zu kümmern, sondern außerdem um die Calvertschen Ländereien bei St. Mary's sowie dessen drei Grundbesitze bei Point Lookout, wovon letztere allein mehr als sechstausend Morgen umfaßten.

1649 trat sie vor die Ratsversammlung und forderte zwei Stimmen im Abgeordnetenhaus, eine für ihre Person und eine als Baltimores Repräsentantin. Dies war ein kühner Schritt, bedenkt man, daß Frauen generell kein Stimmrecht hatten. Die Abgeordneten schlugen ihr diese Forderung aus, und in den Aufzeichnungen heißt es hierzu: »Mrs. [Mistreß] Brent stellte ihren Widerstand gegen sämtliche Entscheidungen der amtierenden Ratsversammlung in Aussicht, falls es ihr nicht gestattet werde, an seinen Beschlüssen stimmberechtigt mitzuwirken.«

Die Rebellion dezimierte die Bevölkerung Marylands und erschöpfte die ohnehin knappen Ressourcen. Es blieben kaum Mittel übrig zur Besoldung jener Soldaten, die Leonard Calvert in Virginia angeworben hatte, um mit deren Hilfe die Macht über die Kolonie seines Bruders zurückzugewinnen. In ihren Bemühungen, die drohende Meuterei abzuwenden, fand Margaret Unterstützung durch Oberst John Price. Sie gab den

Männern Rinder aus Lord Baltimores Zucht und verkaufte weiteres Vieh, um den fälligen Sold auszahlen zu können. Das Desaster war abgewehrt, aber nun sah sich Margaret dem Zorn von Baltimore ausgesetzt, dem es nicht gefiel, daß sie so über sein Vieh verfügte.

In einem Brief an den neuen protestantischen Gouverneur beklagte er sich über sie mit scharfen Worten. Die Männer der Ratsversammlung antworteten, daß »die Sicherheit der Kolonie in ihren Händen zur Zeit besser aufgehoben sei als in denen irgendeines anderen Mannes aus der ganzen Provinz ... denn die Soldaten hätten einer anderen Person niemals soviel Respekt und Gehorsam gezollt wie gerade ihr.« Mistreß Brent, so formulierten sie, habe Anspruch auf Baltimores »Gunst und Dank für ihr entschiedenes Eintreten für die öffentliche Sicherheit«, und sie verdiene es ganz und gar nicht, mit »all jenen bitteren Schmähungen [bedacht zu werden], die Ihr gegen sie zum Ausdruck zu bringen beliebtet«.

Im Jahre 1649 diktierte Baltimore für Maryland die sogenannte Act Concerning Religion [Religionsverordnung]. Sie sollte einerseits die ins Land geholten Puritaner durch Zugeständnisse beschwichtigen und andererseits den ansässigen Katholiken Schutz bieten. Es war das erste Dokument dieser Art. Darin heißt es: In der Provinz dürfe kein Christ »aufgrund seiner oder ihrer Religion auf irgendeine Weise behelligt, belästigt oder mißachtet noch an deren freier Ausübung gehindert werden«. Unter Verbot gestellt wurden außerdem herabsetzende Bezeichnungen wie »Häretiker, Schismatiker, Götzendiener, Puritaner, Independent, Presbyterianer, papistischer Priester, jesuitischer Papist, Roundhead und Separatist«.

Als neues Mitglied des Gouverneursrates setzte auch Robert Vaughan seine Unterschrift unter dieses Dokument. Man fragt sich, was er wohl gedacht haben mochte über jenen Abschnitt, der Flüche und Lästereien unter Strafe stellte. Mit dieser Verordnung sollte den Puritanern ein Zugeständnis gemacht werden.

In der Ratsversammlung von 1650 war erstmalig eine puritanische Fraktion vertreten. Delegierte von deren Siedlung Providence an der Mündung des Severn-Flusses klagten über große Mißstände und Pressionen. Hauptstreitpunkt war für sie der verlangte Treueschwur Baltimore gegenüber. Sie nahmen Anstoß an seiner royalistischen Gesinnung und weigerten sich, einer Obrigkeit zu dienen, deren spiritueller Kopf der Papst war.

1652 nominierte das Parlament Lord Baltimores »Rächer« William Claiborne sowie den Puritaner Richard Bennett als Regierungskommissare für die Provinz von Virginia, deren Bevölkerung mehrheitlich immer noch als königstreu galt. Diese beiden Männer weiteten ihre Vollmacht auch auf Maryland aus. Dermaßen arriviert, verzichtete William Claiborne darauf, Rache zu nehmen an denen, die ihm die Isle of Kent genommen hatten; auch unternahm er keinen Versuch, sie zurückzugewinnen. Er starb im Alter von fünfundneunzig Jahren in Kent County, Virginia.

1654 gewannen die Puritaner die politische Vorherrschaft. Nachdem ihnen von Marylands Gründerregierung Asyl, Land, religiöse Freiheit und politische Gleichheit gewährt worden war, setzten sie Baltimores Religionsverordnung außer Kraft und verweigerten anderen Konfessionen Toleranz.

Der Streit zwischen ihnen, den übrigen Protestanten und Katholiken gipfelte 1654 in der Schlacht von Severn. Der Schlachtruf der Puritaner lautete: »Gott ist unsere Kraft.« Die Royalisten riefen: »Hey, für die beiden St. Maries.« Die Puritaner behaupteten, ihre Feinde hätten außerdem gerufen: »Hey, für zwei Frauen.« Damit unterstellten sie ihnen die Absicht, Frauen vergewaltigen zu wollen, worauf sich ein Mitglied der royalistischen Streitkraft zu einer schriftlichen Gegendarstellung bemüßigt fühlte. Die siegreichen Puritaner versprachen den Unterlegenen Schonung, richteten dann aber vier ihrer Kriegsgefangenen hin. Oberst John Price kam nur deshalb mit dem Leben davon, weil sich eine Reihe von Frauen für seine Begnadigung einsetzten.

Die puritanische Herrschaft über Maryland brachte auch

Robert Vaughan kein Glück. Er hielt den Schikanen der Verwaltung zwar lange stand, wurde dann aber als Kommandant von Kent abgesetzt und wegen Beleidigung des dortigen Gerichts mit einer hohen Geldbuße belegt. Laut Protokoll hatte er sich äußerst »infamer« Vokabeln bedient, mit der Faust gedroht und den Gerichtsschreiber beschimpft.

Er war bereits seit zwanzig Jahren in Maryland, als er schließlich Land erwarb, um das Jahr 1653 heiratete und drei Kinder zeugte. Er starb 1668. In der Bestandsaufnahme seines Besitzes wurde seine Bibliothek auf einen Wert von dreihundert Pfund Tabak geschätzt. Auch seine alte Armbrust wurde in dieser Liste ausgewiesen.

Um 1650 nahm Margaret Brent Ländereien im Norden Virginias in Besitz. Sie nannte ihr Gut »Peace«. Zwischen 1651 und 1666 wuchs der Brentsche Grundbesitz am Ufer des Potomac in der Nähe der heutigen Stadt Alexandria auf insgesamt 9610 Morgen. 1663 gab Margaret ihre Anwesen in Maryland auf und formulierte ihr Testament. 1671, nach dreiunddreißig turbulenten Jahren an der amerikanischen Front, starb sie im Alter von siebzig Jahren. Sie hatte ihre Schwester Mary nur um kurze Zeit überlebt.

Anicah Sparrow ist eine fiktive Gestalt, benannt nach einer zwangspflichtigen Magd, die im siebzehnten Jahrhundert an der Ostküste von Maryland gelebt hat. Sie steht für Tausende von Menschen, die als Arbeitskräfte nach Maryland deportiert wurden, nicht selten gegen ihren Willen.

Im Jahre 1656 bekam Martin Kirk ein Stück Pachtland von Zachery Wade zugesprochen, dem Brentschen Verwalter des Gutes St. Gabriel. Bei dieser Abmachung kam ein alter Brauch zur Geltung: Im Rahmen einer feierlichen Versammlung aller Lehnsleute des Gutes (»Court Baron« genannt) nahmen der Verwalter und Martin Kirk je ein Ende eines Stockes in die Hand und besiegelten somit den Pachtvertrag, nachdem Martin einen Treueeid auf Margaret abgelegt hatte. Den historischen Quellen ist darüber hinaus nur noch ein einziger Hinweis auf Martin zu entnehmen. 1652 wurden er und zwei andere

Männer für schuldig befunden, Rinder ohne Brandzeichen widerrechtlich zusammengetrieben und geschlachtet zu haben.

Die Kinder von Giles Brent und Mary Kittamaquund begründeten einen Familienzweig, der als die »indianischen Brents« bekannt wurde. Giles Brent junior kämpfte 1675 gegen Indianer, die bei einer Reihe von Überfällen Hunderte von virginischen Siedlern umgebracht hatten. Er nahm außerdem teil an der von Nathaniel Bacon angeführten Rebellion gegen Gouverneur Berkeley. Dieser hatte als Royalist die Einfuhr englischer Güter zu behindern versucht und amerikanische Exporte mit hohen Zöllen belegt. Der Aufstand gegen ihn warf Schatten voraus auf eine spätere Rebellion sehr viel größeren Ausmaßes.

Pater Andrew White wurde zwar aus der Haft entlassen, blieb aber in England, wo er 1656 begraben wurde. Thomas Copley hingegen kehrte nach Maryland zurück und starb dort im Jahre 1658. Während der 60er Jahre dezimierte sich die Zahl der Piscataway-Indianer, die Pater White gefolgt waren, erheblich, vor allem durch Krankheit. Sie zerstreuten sich und hinterließen keine Spuren.

Thomas Cornwaleys wurde in England freigesprochen vom Vorwurf des Menschenraubs, den seine Feinde gegen ihn erhoben hatten. Er kehrte nach Maryland zurück, führte eine Anzahl weiterer Siedler mit sich und erwarb Hunderte von Hektar Grundbesitz. 1659 siedelte er jedoch wieder nach England über, wo er bis zu seinem Tod blieb.

Harry Angell und seine Gefährtin Jane sind fiktive Gestalten nach dem Vorbild eines Paares, das zeitgleich auf der Isle of Kent lebte. Dem Mann wurde als überführter Teilnehmer der Rebellion nicht nur Amnestie gewährt, man bestallte ihn sogar mit öffentlichen Ämtern. Allerdings sorgten er und seine Frau immer noch für Empörung und Unruhe. Mehrfach mußten sie sich vor Gericht verantworten wegen Erregung öffentlichen Ärgernisses, Trunkenheit, Gewalttätigkeit gegen Dienstpersonal, Veruntreuung und Diebstahl. In den Gerichtsakten steht, daß sie den Nachbarn Vieh raubten, die

Ohren der Tiere vergruben und »klammheimlich« alle anderen Beweisreste verzehrten.

John Dandy ließ sich von der Nähe zum Galgen nicht auf Dauer zur Räson bringen. Er wurde später wegen eines anderen Mordes hingerichtet. Mary Lawne Courtney Clocker kam wegen Diebstahls vor Gericht, wurde zum Tode verurteilt, dann aber begnadigt. Sie und ihr Ehemann Daniel brachten es schließlich sogar zu beträchtlichem Wohlstand.

Die aus jener Zeit erhaltenen Gerichts- und Ratsaufzeichnungen liegen in gedruckten und mit Register versehenen Bänden vor und bieten eine Fülle von Informationen über besagte und viele andere, gleichermaßen schillernde Persönlichkeiten. Diese Quellen werden in Marylands »Hall of Records« in Annapolis aufbewahrt.

Die puritanische Herrschaft über Maryland endete 1657, als die Regierung Cromwell der Provinz ihre Unterstützung entzog. Mit der Restauration und Krönung von Charles II. festigte sich auch Lord Baltimores Position wieder. In den folgenden drei Jahrzehnten nahm Maryland einen großen Aufschwung; St. Mary's City wurde jedoch nie zur Metropole, wie von den Gründern erhofft.

Im Zuge der glorreichen Revolution in England büßten 1689 die Katholiken von Maryland ihre Besitzungen und alle Rechte ein, die ihnen bis dahin verblieben waren. 1694 wurde Arundel Town, jene Ortschaft, die der ursprünglichen Puritanersiedlung am Severn-Fluß gegenüberliegt, zur Hauptstadt und später nach Königin Anne in Annapolis umbenannt.

St. Mary's, jener Flecken auf der Anhöhe über dem St.-Mary's-Fluß, ist heute ein bedeutender Ort für archäologische Forschung und Rekonstruktion. Besucher bekommen hier Ausstellungen zu sehen, historische Denkmäler, einen Nachbau der Pinasse *Dove* sowie einen Plantagenhof und eine Tabakscheune aus dem siebzehnten Jahrhundert. All diese Zeugnisse vermitteln eine Vorstellung davon, wie sich das Leben gestaltete, als Margaret und Mary die Pfade dieser Halbinsel beschritten und die Wasserwege ringsum befuhren.

Danksagungen

Der Historikerin und Publizistin Dr. Lois Green Carr sei Dank für ihre reichhaltigen Auskünfte über die Familie Brent sowie für die Berichtigung einiger krasser Fehler, die mir unterlaufen sind. Für alle unkorrigierten Irrtümer bin allein ich verantwortlich.

Rebecca Seib-Tout, geschäftsführende Direktorin der Piscataway-Conoy Confederation, steuerte Informationen bei, die ich ohne sie wohl kaum gefunden hätte.

Roxane Ackerman, Kustos am Institut für Geschichte und Folklore der amerikanischen Ureinwohner in Gayhead, Massachusetts, war mir von großer Hilfe. Die Sammlung der Bibliothek von Gayhead enthält Glossarien der Algonquian-Sprache, die für mich von unschätzbarem Wert waren.

Von Pastorin Eleanor McLaughlin erfuhr ich Wesentliches über damalige Formen der Marienverehrung. Pater Hallock Martin informierte mich über die komplexen Details geistlicher Amtstrachten.

Pete Wigginton vom Bundesamt für Umwelt erklärte mir unter anderem, woher die frühen Siedler von Maryland ihr Trinkwasser bezogen.

Nick Carter von der Landesstelle für Naturressourcen in Maryland verschaffte mir Informationsmaterial über Flora und Fauna der Chesapeake-Bai-Region.

Mein langjähriger Freund Tom Gauger und mein Bruder Buddy Robson, beide technisch sehr versierte Männer, halfen mir beim Umstieg von meinem kohlegetriebenen Computer in die rätselhafte Welt der Megabytes.

Eric Smith gab mir den Anstoß, über Maryland zu schreiben – ein Unternehmen, das mich stärker forderte als angenommen. Herzlichen Dank, Eric.

Dank auch an die beiden Ginnys. Ginny Stang vertraute mir ihre Bücher über die Geschichte Marylands an. Ginny Stibolt antwortete wie immer geduldig auf meine Fragen zur Botanik. Sie und ihr Mann Ken gaben mir außerdem Nachhilfeunterricht zum Thema »wilde Truthähne«.

Sam Droege weiß alles über Vögel und ließ mich an seinem Wissen teilhaben.

In permanenter Schuld stehe ich bei den Bediensteten der öffentlichen Bücherei von Anne Arundel sowie bei allen Bibliothekaren und Archivaren von Maryland.

Besonders dankbar bin ich den Historikern, Archäologen, Rekonstrukteuren und Angestellten der Museen von St. Mary's City und der Plimouth Plantation in Plymouth, Massachusetts. Durch sie konnte die Geschichte lebendig werden.

Die Bediensteten des Stadtarchivs von Gloucester in England wissen die Spuren einzelner Familien aus ihrem Gebiet über Generationen zurückzuverfolgen, so auch den Stammbaum der Brents. Bei ihnen fand ich, was ich an Informationen brauchte.

Dank auch an meine Agentin Ginger Barber für ihren Rat und ihre Geduld.

Abschließend sei Pamela Strickler erwähnt, meine Lektorin seit nunmehr fünfzehn Jahren. Sie hat mich beim Schlafittchen gepackt und durch das Labyrinth der Geschichte von Maryland gezerrt, über eine wahrlich lange Strecke. Ich danke dir, Pam.

Thury Harcourt, 1787: Auf einem Sommerfest lernen sich die siebzehnjährige Bernice de Sainte Honorine du Fay und Kapitän William Sidney Smith kennen. Es ist Liebe auf den ersten Blick. Doch der Vater des jungen Mädchens verbannt Smith als vermeintlichen Spion aus seinem Schloß.

Vier Jahre später dringen die Auswirkungen der Revolution von Paris bis in die Provinz vor, bedrohte Adelsfamilien müssen fliehen. Unter ihnen auch Bernice, ihre Schwester und ihre Mutter. William Smith stürzt sich währenddessen auf See von einem Abenteuer ins nächste, doch nichts läßt ihn Bernice vergessen. Trotz der Gefahr, die es für ihn als Engländer bedeutet, entschließt er sich, die Geliebte in Frankreich zu suchen ...

ISBN 3-404-12955-5

Die Schöpfungsgeschichte geht weiter – eine kriminalistische Utopie um den Kampf zwischen Mensch und Computer

Acht junge blonde Frauen sind in Los Angeles ermordet worden, und das FBI hat nur eine einzige Spur: Der Killer sucht sich seine Opfer via Internet. Über die Datenautobahn zapft er vertrauliche Informationen aus Arztpraxen, Versicherungen und Universitäten ab, mit deren Hilfe er seine Opfer in die Falle lockt.
Dann jedoch stößt er bei seinen Streifzügen auf das hochintelligente Programm der Wissenschaftlerin Tessa Lambert, die sich in Oxford mit künstlicher Intelligenz beschäftigt. Durch einen Fehler des Killers ins Internet hinauskopiert, erweist sich das Programm als Meister der elektronischen Manipulation und entwickelt ein gefährliches Eigenleben: Es verlangt von dem Mörder, Tessa zu töten, denn sie ist die einzige, die ihre »Schöpfung« jemals wieder löschen kann ...

ISBN 3-404-12988-1